CHIEMSEE
VERLAG

ISBN: 978-3-94773-839-7

Raiffeisenstr. 4 • D-83377 Vachendorf
www.chiemsee-verlag.de
Versand & Vertrieb durch Nova MD GmbH
www.novamd.de • bestellung@novamd.de • +49 (0) 861 166 17 27
Text: Markus Mattzick
www.mattzick.net • autor.markus@mattzick.net
Bildnachweis: Shutterstock, Alex_Po; stockphotoatinat
Druck: CUSTOM PRINTING
Wał Miedzeszynski 217, 04-987 Warszawa, Polen

MARKUS MATTZICK

OHNE STROM

Bis über deine Grenzen.

BAND II

Für meine Eltern, die mir den Spaß am Lesen vorgelebt haben.
Danke dafür und für so vieles mehr.

VORWORT

Hallo liebe Lesende!

Am Anfang stand die einfache Frage „Wie gut würden wir ohne Strom zurechtkommen?“, die mir Mitte der Neunziger eines Nachts auf der beleuchteten belgischen Autobahn zwischen Lüttich und Verviers durch den Kopf ging.

Man denkt dann zunächst an Licht, den Wecker, die Kaffeemaschine. Je länger man darüber nachdenkt, desto mehr erkennt man weitere Abhängigkeiten. Aber ich will der Geschichte nicht vorgreifen!

Noch während des Schreibens des Romans holte mich die Realität ein. Der erste Corona-Lockdown und die Sache mit den Nudeln und dem Toilettenpapier Ziegen, wie irrational sich Menschen verhalten können. Das Ahrtalhochwasser und ein durch ein überflutetes Umspannter ausgelöster Stromausfall, von dem über 100.000 Menschen betroffen waren, machte das Thema erneut hochaktuell. Die überstrapazierten Lieferketten und unsere Just-In-Time Lebensweise wurden durch die Corona-Pandemie, die den Suezkanal blockierende Energien und dem Ukrainekrieg an die Grenzen und darüber hinaus gebracht.

Das Thema bleibt so aktuell, dass es zu dieser Neuveröffentlichung im Chiemsee Verlag führte.

Nicht der totale Stromausfall ist im Zentrum der Handlung „Ohne Strom“, sondern wie normale Menschen mit den Folgen eines Blackouts umgehen.

Gute Unterhaltung und immer genug Licht und Wärme zum Lesen,

Markus Mattzick

DRITTER AKT

TAG 20

JUTTA

Jutta saß im Wohnzimmer ihres Bruders und beobachtete ihn. Er hatte gegenüber Platz genommen, den Kopf in seinen Händen versenkt, und ihr lange und ausführlich berichtet, wie er den Angriff erlebt hatte.

»Weißt du«, setzte er fort, hob den Kopf und sie konnte sehen, dass seine Augen rot unterlaufen waren, »wir sind anders erzogen worden, ich habe versucht, die Werte, die unsere Eltern uns mitgegeben haben, an meine Kinder zu vermitteln. Und all das ist in nur drei Wochen zusammengebrochen.«

Sie erwiderte nichts, ging davon aus, dass er mehr sagen würde.

»Auf einmal ist alles zusammengebrochen«, wiederholte er. »Letztens war bei den Flüchtlingen ein Arbeitskollege. Jemand, mit dem ich mich gut verstand, mit dem ich freundschaftlich verbunden war. Er hat mich um Hilfe angefleht, für seine Kinder. Ich habe ihm nicht geholfen, seinen Blick werde ich niemals vergessen.«

Jutta unterbrach ihren Bruder immer noch nicht. Dafür kannte sie ihn gut genug, er brauchte etwas Zeit, um sich die Gedanken von der Seele zu reden.

»Ich weiß nicht, wo Simone ist, und kann ihr nicht helfen und auf dem Feld vor unserem Dorf sterben Menschen, ist ein Freund von Lukas erschossen worden. Direkt vor meinen Augen. Wie kann man so etwas aushalten?«

Nun war der Zeitpunkt für eine Antwort gekommen: »In Krisen wachsen die meisten über sich selbst hinaus. Und bisher hast du dich gut geschlagen!«

»Bisher musste ich nicht meine Werte über den Haufen werfen«, entgegnete Malte. »Und ich finde es schlimm, dass mir bei vielen Diskussionen die Argumente ausgehen. Mit den neuen Gefangenen wird die Frage, was wir mit ihnen machen sollen, dringender.«

Jutta waren die wenigen Optionen bewusst: »Ich bin froh, dass ich das nicht entscheiden muss.«

Malte blickte sie mit sorgenvollem Gesicht an: »Vielleicht wirst du das mit entscheiden, wir werden das in der Versammlung diskutieren lassen.«

Jutta hatte das schon mitbekommen: »Und was glaubst du, wie das Dorf entscheiden wird?«

»Wir haben durch die Angriffe Leute verloren«, erklärte Malte, »das wird viele Leute gegen die Gefangenen stimmen lassen.«

»Das bedeutet, sie werden hingerichtet?«, fragte Jutta.

»Hingerichtet«, reagierte Malte, »ermordet. Nenne es, wie du willst. Es ist falsch, aber mir fehlen Argumente dagegen. Uns fehlen die Möglichkeiten, sie länger gefangen zu halten. Wenn wir sie laufen lassen, werden sie zur Gefahr für uns.«

»Wir könnten sie brandmarken«, schlug Jutta vor.

Erschrocken schaute ihr Bruder sie an: »Mit voller Geschwindigkeit zurück ins Mittelalter?«

»Du hast Alternativen gesucht«, erklärte Jutta, »ich habe dir eine geliefert, bei der die Gefangenen nicht ermordet werden.

Wie viele sind es überhaupt?«

»Ich weiß es nicht genau«, gestand Malte.

»Hat Lukas das mit seinem Freund mitbekommen?« Jutta wusste, dass das Thema für Malte schwer war, sie dachte an Lukas, den das auch mitnehmen würde.

»Nein«, Malte schüttelte den Kopf, »und ich würde es vorziehen, wenn er es nicht mitbekommt.«

»Ja«, nickte Jutta, »das wäre besser. Was geschieht mit den toten Angreifern?«

»Was nach jeder Schlacht mit ihnen passiert.« Malte ekelte sich. »Die Leichen werden geplündert und in ein Massengrab geworfen.«

Ihr Bruder gefiel ihr in diesem Moment gar nicht. Von jeher war er das sensiblere Kind ihrer Eltern, versuchte das fast sein ganzes Leben lang zu unterdrücken. Während sie ihn beobachtete, überlegte sie, ob sie ihn mit ›andere haben auch Probleme‹ motivieren sollte, entschied sich dagegen.

Sie stand auf und legte ihre Hand auf seine Schulter: »Bist du fit genug für die Versammlung?«

»Ja«, er ergriff ihre Hand. »Danke, dass du für mich da bist.«

Als sie am Versammlungsort ankamen, waren viele Umbacher bereits dort.

Mit zwei beherzten Pfiffen brachte Nadine Ruhe in die Menge: »Vielen Dank, dass ihr alle gekommen seid. Ich bitte um eine Schweigeminute für unsere Freunde, Väter, Mütter, Töchter, Söhne, Brüder, Schwestern, die ihr Leben bei der Verteidigung unseres Dorfes verloren haben.«

Nadine las die Namen der Gefallenen vor und bat um das Schweigen.

Die meisten senkten den Kopf, andere schauten mit Tränen in den Augen nach vorne. Jutta musterte die Menge und rief sich die erste Versammlung nach dem Stromausfall in die Erinnerung. Die Frisuren wirkten fettiger und ungepflegter, die Kleidung war fleckiger und alle rochen strenger.

Robert Kempf beendete die Stille: »Ich möchte eine kurze Zusammenfassung von dem geben, was wir wissen.«

Er nahm seinen Notizblock und rückte seine Brille zurecht: »Es ist davon auszugehen, dass der Angriff von vorgestern Abend mit dem von gestern zusammenhängt. Beim Ersten wurde vermutlich unsere Verteidigungstaktik getestet.

Gestern wurde versucht, die Nordpforte mit schierer Masse zu überrennen, an der Südpforte kam es zum Angriff besser bewaffneter Einheiten. Trotzdem gelang es unserer Miliz, mit der Hilfe von Einheiten aus Waldgirmes, diesen Angriff zurückzuschlagen. Die Polizeiuniformen dieser Angreifer lassen einen Zusammenhang mit denen des Bauernhofes vermuten, die Menschenmenge wurde gegen uns aufgehetzt.

Aus Gesprächen mit Gefangenen wissen wir, dass ihnen versprochen wurde, wir hätten mehr als genug zu essen für alle und jeder könne sich mitnehmen, soviel er braucht.«

»Wann schlagen wir zurück?«, forderte ein Mann aus der Versammlung heraus.

Robert Kempf versuchte, den Rufer in der Menge auszumachen, und kniff dabei die Augen zusammen: »Gar nicht. Wir wissen nicht, wer unser Gegner ist. Bei der Verteidigung haben wir uns bisher gut geschlagen, ein Angriff hingegen ist eine andere Geschichte.«

»Wir müssen uns wehren!« Der gleiche Mann bestand auf seinen Vorschlag.

Der Major übernahm das Wort: »Durch die Gefangenen und Kundschafter haben wir einen kleinen Überblick und eine Vermutung.

Für den Angriff wurden Flüchtlinge aus Sammelunterkünften zusammengetrieben und losgeschickt. Schusswaffen hatten nur die eigenen Leute, die in erster Linie zum Antreiben der anderen dienten. Vermutlich gehen einige der gefallenen Angreifer auf deren Kosten.

Wo genau die Gruppe ihren Stützpunkt hat, wissen wir nicht. Ich wüsste nicht, wo wir angreifen sollten, um den Gegner entscheidend zu schwächen.

Wir brauchen hier jeden für die Verteidigung. Durch einen Angriff können wir im Moment nichts gewinnen.«

Die Worte des Majors zeigten Wirkung und ein Angriff war kein Thema mehr.

Holzer nutzte die Gelegenheit, um sein Thema zur Diskussion zu stellen: »Da das damit ausdiskutiert ist, sollten wir uns alle gemeinsam Gedanken machen, was mit den Gefangenen passieren soll.«

Kühl übernahm Pape das Wort: »Vorher will ich ein paar Fakten aufzählen: Durch die beiden Angriffe haben wir im Moment Gefangene. Alle wurden bei den Kämpfen verletzt und verbrauchen Verbandsmaterial, das wir für uns selbst brauchen, und essen müssen die auch.

Wenn wir die weiterhin gefangen halten wollen, stellt sich die Frage, wie lange und wie viele unserer Ressourcen wir mit ihnen teilen sollen.

Auf der anderen Seite müssen wir uns überlegen, wie wir verhindern können, dass sie uns noch mal angreifen.«

Holzer kam direkt zum Punkt: »Wir sollten uns nicht weiter mit denen abmühen, während wir selbst gerade genug zu essen für uns haben. Außerdem sind sie Mitschuld am Tod unserer Freunde!«

Jutta hatte den Eindruck das Pape und Holzer sich auf diese Diskussion vorbereitet hatten und war nicht wenig überrascht, als sich ein Freund der beiden mitten aus der Menge lauthals meldete: »Wir sollten kurzen Prozess mit ihnen machen! Auge um Auge! Keine Verschwendung für Menschen, die uns töten wollten!«

Ivonne Schuldacker, die mit Holzer beim Aufstellen von Dorfpolizei und Miliz als Gegengewicht zur Seite stand, regte sich auf: »Du willst Menschen umbringen? Was für ein Rechtsverständnis hast du denn? Wir sind nicht im finsteren Mittelalter!«

»Sind wir nicht?«, entgegnete der Angesprochene, »schau dich um, irgendwie sind wir es doch. Willst du die Leute von deiner Ration durchfüttern? Willst du das? Können wir die in deinen Keller sperren? Für wie lange?«

Schuldacker war auf den Angriff nicht vorbereitet: »Wir sind immer noch ein Rechtsstaat! Wir können doch nicht unsere Werte über Bord werfen!«

Ihr Gegenüber schien ihr einen Schritt voraus zu sein: »Wo war denn dein Rechtsstaat, als der Mob unsere Familie und Freunde getötet hat? Die Mörder geben nichts auf unsere Werte. Das Einzige, was die interessierte, waren unsere Vorräte. Da du ausweichst, nehme ich an, dass du ihnen nichts von deiner Ration abgibst? Warum sollte es sonst jemand von uns machen?«

Erschrocken stellte Jutta fest, dass die Stimmung schnell gekippt war, Frau Schuldacker stand auf verlorenem Boden und am Gesicht ihres Bruders erkannte sie seine Verzweiflung, dass ihm nichts einfiel, mit dem er gegen die harte Linie argumentieren konnte.

»Gibt es denn keine andere Option?«, fragte Kempf.

»Wenn wir sie hinrichten«, sagte Pape, »bekommt das außen keiner mit. Wir sollten ein paar laufen lassen, die darüber berichten können, wie wir mit Räubern und Plünderern umgehen!«

»Früher hat man Dieben die Hand abgeschlagen«, wusste jemand in der Menge.

»Man könnte sie brandmarken«, schlug ein anderer vor.

»Man sollte sich bewusst sein«, ermahnte Kempf, »dass jemand die Strafen ausführen müssen wird. Ich würde deswegen vorschlagen, dass jeder, der für diese Strafen stimmt, in die Auswahl derer kommt, die die Henkersarbeit übernehmen.«

»Ich bin mir sicher, wir finden jemanden, der das freiwillig macht«, entgegnete Pape. »Wenn sich sonst niemand findet, mache ich das.«

Ihr Bruder und Kempf schauten Pape geschockt an, in der Versammlung wurde getuschelt und Holzer ergriff das Wort: »Wir sollten abstimmen. Falls keiner Einwände hat.«

Er schaute erst die anderen Ratsmitglieder, dann die Versammlung an, niemand meldete sich zu Wort.

»Wer ist für freilassen?«, forderte Holzer die Handmeldungen. Jutta sah, dass sich außer Frau Schuldacker kaum jemand meldete.

»Wer ist für gefangen halten?«, fragte Holzer nach der zweiten Möglichkeit, worauf sich etwa ein Viertel der Anwesenden, inklusive Jutta, Malte, Nadine und Kempf meldeten.

»Wer ist für die Hinrichtung?«, Jutta sah, wie ihr Bruder seinen Kopf sinken ließ, als mehr als die Hälfte der Anwesenden die Hände hoben, darunter Holzer und Pape.

Zufrieden lächelte Holzer: »Bitte noch die Enthaltungen.«

Neben dem Major meldeten sich einige andere, das Schicksal der gefangenen Angreifer schien damit besiegelt zu sein.

»Carl, Andreas«, resignierte Kempf, »bereitet das bitte vor.

Ich würde die Sitzung an dieser Stelle gerne beenden und hänge morgen früh den Termin für die nächste Versammlung aus.«

Vor dem Bürgerhaus wartete Jutta auf Nadine und ihren Bruder, die etwas länger brauchten, bis sie herauskamen.

»Ich gehe nach Hause«, erklärte Malte, »das war mir zu heftig.«

Nadine wirkte ebenfalls sehr mitgenommen: »Ich muss jetzt etwas anderes machen. Wollte Verena Kratsch nicht heute in den Wald, um Kräuter und Pilze zu sammeln?«

»Ja«, bestätigte Jutta, »wir gehen bei mir vorbei und nehmen Körbe zum Sammeln mit. Mir wird etwas Waldluft guttun.«

Die Heilpraktikerin hatte angefangen, gemeinsam mit einigen anderen Kräuter- und Pilzkundigen, abwechselnd Wanderungen zum Sammeln anzubieten. Jutta war einmal mitgegangen und war stolz, sich an das ein oder andere aus ihrer Pfadfinderzeit zu erinnern.

Neben Pflanzen und Pilzen diente der Wald als Jagdgebiet für das Dorf und Jutta musste kurz an die Schweine denken, die sie aus dem Transporter gerettet hatte. Wie viele davon noch lebten und wie viele Jägern zum Opfer gefallen waren?

Der Wald selbst war gefährlicher geworden, denn man begegnete oft Wanderern und anderen Flüchtlingen, die die Hauptstraßen verlassen hatten, um dort Unterschlupf und Nahrung zu suchen. Die meisten davon waren froh, in Ruhe gelassen zu werden und versuchten Menschen aus dem Weg zu gehen. Trotzdem kam es gelegentlich zwischen den Flüchtlingsgruppen untereinander und mit den Bewohnern der benachbarten Dörfer zu Zusammenstößen. Auch wenn es keine entsprechende Regel gab, ging kaum jemand alleine in den Wald.

Nachdem sie zwei Weidenkörbe bei Jutta abgeholt hatten, schafften es die beiden Frauen pünktlich zum Treffpunkt und Verena Kratsch erklärte der kleinen Gruppe vor ihr, welche Pflanzen und Früchte sie zu finden hoffte: »… findet man Brombeeren und Himbeeren. Verschiedene Brennnesselarten und Breitwegerich eignen sich für Suppen, Salat oder Tee.

Bei den Pilzen ist jetzt Pfifferlingszeit …«

»Den Vortrag hält sie definitiv nicht das erste Mal«, flüsterte Nadine Jutta zu.

Beide grinsten und folgten, nachdem Verena ihre Erklärungen beendet hatte, der kleinen Gruppe den kurzen Weg bis in den Wald, der an mehreren Stellen direkt ans Dorf reichte. Sie waren mit Verena acht Frauen und Männer, Jutta und Nadine bildeten die Nachhut.

Nach fünfzig Metern erreichten sie eine kleine, künstlich entstandene Lichtung. Man hatte dort angefangen, eine Schneise in den Wald zu schlagen. Frauen und Männer waren damit beschäftigt, Bäume zu fällen, diese zu entasten und in transportierbare Größe zu zersägen. Teile des Holzes waren als Palisade für den Verteidigungswall gedacht. Andere würden als Brennholz Verwendung finden.

»Hier könnten Pferde hilfreich sein«, stellte Nadine fest. »Die könnten die Stämme aus dem Wald ziehen.«

»Meinst du nicht, dass eure Pferde nicht genug zu tun haben?«, konterte Jutta.

»Wir haben im und um den Ort etwa 100 Pferde«, überlegte Nadine. »Die werden nicht immer einen Pflug oder eine Kutsche ziehen und man kann sie bei anderen Arbeiten einsetzen.«

»Manchmal merkt man dir total an, dass du auf dem Bauernhof aufgewachsen bist«, kommentierte Jutta, »da kommt oft ein Pragmatismus durch, um den ich dich beneide.«

›Kleine Tante‹ war ein Kindheitstraum von ihr und sie hatte bisher versucht, ihr das Pferdeleben so angenehm wie möglich zu machen. Natürlich war ihr bewusst, dass das Pferd nicht frei war, und hatte schon einige Diskussionen über die moralischen Fragen des Reitsportes und der Pferdehaltung insgesamt gehabt.

Dass ihr geliebtes Pferd Nutztier werden oder von anderen als potenzielles Nahrungsmittel gesehen werden könnte, machte ihr etwas Angst: »Wird es Forderungen geben, Pferde zu schlachten?«

Nadine schaute traurig: »Ja. Bei uns im Ort nicht so schnell, aber wenn die Nahrung knapp wird, werden es welche fordern.«

»Wunderbar«, freute sich Dirk, »der halbe Ort wird direkt mit Wasser versorgt und wir haben vier alte Brunnen aktiviert. Das bedeutet zwar noch kein fließendes Wasser für alle, aber die großen Wassertouren haben wir damit erst mal hinter uns.«

Die Mitglieder der Feuerwehr, die Helfer der Wasserversorgung und Teile des Rates waren im Feuerwehrhaus und besprachen den aktuellen Stand in der Wasserver- und -entsorgung: »Die Kanalisation ist problematisch. Wir versuchen sie an einigen Stellen zu durchspülen, Schmutz und Unrat sind oft hartnäckig. Das Fehlen von Toilettenpapier und die verschiedenen dafür als Ersatz genutzten Sachen verstopfen auch größere Rohre.«

»Wir kommen um die Latrinen und Sickergruben vorerst nicht herum?«, fragte Robert Kempf.

»Nein«, bestätigte Dirk die Vermutung, »aber das dürfte den meisten klar werden, wenn sie durch das Blumenviertel laufen, dort sind die Verstopfungen am schlimmsten und der Gestank am heftigsten.«

Das Blumenviertel bestand aus Straßenzügen, die nach Blumen benannt waren. Der Gedanke, dass die Straßen, die nach wohlriechenden Blüten benannt worden sind, am meisten stanken, amüsierte Lukas.

»Für uns reduziert sich der Bedarf an Arbeitskräften«, fasste Dirk zusammen, »und bevor ihr euch darüber freut: Das Dorf hat genügend andere Aufgaben, für die Leute gebraucht werden.

Mit den meisten von euch hatte ich vor dem Treffen gesprochen. Am Schwarzen Brett hängen Dienstpläne für die nächsten Tage, die wie immer ohne Gewähr sind.«

Lukas hatte Dirk geholfen, die Listen mit einer alten Schreibmaschine zu erstellen. Die mechanischen Tastaturen waren kein Vergleich zu den Computertastaturen, die er benutzt hatte und statt der Eingabetaste gab es für den Zeilenwechsel und Wagenrücklauf einen Hebel. Da es nur noch ein Ersatzfarbband für die Maschine gab, versuchten sie, sparsam damit umzugehen und die mühselig formatierte Tabelle war an vielen Stellen mit Kugelschreiber korrigiert worden.

Die Erntearbeit war zwar nicht erledigt, aber momentan waren es weniger Felder, die reif waren und Lukas hatte es wieder in die Position als Dirks Assistent gedrängt. Der freute sich über die Hilfe und versuchte mit Lukas sein Wissen für die Brandursachenermittlung zu teilen, musste aber eingestehen, bei allen Brandstiftungen nach dem Blackout ohne konkrete Spur zu sein.

»In der Ermittlungsarbeit der Polizei hilft nicht selten Kommissar Zufall«, hatte Dirk erklärt. »Vielleicht wird das hier auch so sein.«

Auf der Liste mit den Aufgaben war Lukas mit ein paar anderen für den restlichen Tag zur Materialkontrolle im Feuerwehrhaus eingeteilt. Zusammen mit Dirk und Guido stand Lukas vor einem der großen Einsatzwagen und begutachtete den Inhalt.

»Das ist definitiv zu groß, um von Pferden gezogen zu werden«, befand Guido, »aber vielleicht bekommen wir von einem der Landwirte eine Kutsche, die wir zum Einsatzwagen umfunktionieren können?«

»Kannst du mit Pferden umgehen?«, stichelte Dirk ihn und Lukas war sich sicher, wie die Antwort lautete.

»Nein«, fügte sich Guido, »aber es wird sich jemand finden, der das kann. Lukas, was ist mit dir? Deine Tante hat doch ein Pferd?«

»Exakt«, bestätigte der, »meine Tante. Nicht ich. Als ich jünger war, hat sie mich mal reiten lassen, damit hat sich meine Erfahrung mit Pferden erschöpft.

Außer das eine Mal in Frankreich, da habe ich ein Pferdesteak gegessen, erzählt das bitte nicht meiner Tante!«

Die beiden Männer grinsten Lukas an und Guido reagierte: »Ich werde mal herumfragen. Außerdem brauchen wir Pferde, die nahe der Feuerwache untergebracht sind.«

»Platz wäre hier genug«, schlug Lukas vor, »glaube ich zumindest. Wir müssten das Leiterfahrzeug nach draußen schieben.«

»Gute Idee.« Dirk klopfte Lukas auf die Schulter. »Wir …«

Lukas folgte dem Blick von Dirk und sah einen Mann, der auf die Feuerwache zukam. Er wirkte leicht desorientiert, erblickte Dirk und sein Gesichtsausdruck wurde klarer: »Dirk! Ich brauche etwas Gesellschaft.«

»Was ist los, Tobias?«, begrüßte Dirk den Mann.

Lukas erkannte ihn als einen der Gärtner der Gemeinde: »Ich habe den Tod gesehen.«

»Was meinst du genau?«, fragte Dirk. »Der Angriff?«

»Ja«, antwortete Tobias, »Nein, nicht direkt. Ich … hast du einen Schnaps? Oder ein Bier?«

»Lukas«, bat Dirk, »würdest du was vom Vorrat holen?«

›Der Vorrat‹ der Feuerwehr waren drei Kästen Bier und einige Flaschen Hochprozentiges und wurde bisher dezent verheimlicht. Lukas war verwundert, wie offen Dirk vor Tobias davon erzählte, ging davon aus, dass er seinen Grund hatte oder Tobias vertraute. Er beeilte sich, kam mit drei Flaschen Bier zurück und gab Tobias, Dirk und Guido je eine davon.

»Willst du keine?«, fragte Dirk.

»Später.« Lukas wollte nicht verpassen, was dieser Mann zu erzählen hatte.

Sie setzten sich auf eine Bierzeltgarnitur und Tobias fing an zu erzählen: »Boris Kling. Mein Kollege. Er kam gestern nicht auf die Arbeit. Das war gar nicht so ungewöhnlich. Schon vor dem Stromausfall hat der gelegentlich einen Tag krankgefeiert. Er trinkt … trank gerne.

Gestern hatte ich mir keinen Kopf gemacht, aber als er heute früh nicht erschien, dachte ich, ich schaue mal nach ihm. Zwei Tage hatte er nie gefehlt.«

»Noch nie?«, gab Guido zu bedenken.

»Noch nie«, erklärte Tobias, »wir hatten durch die Angriffe einiges zu tun. Das wollte ich nicht alleine stemmen. Wir bekommen viel Unterstützung, aber einige Helfer haben vorher noch nie eine Schaufel in der Hand gehabt.«

Er nahm einen Schluck aus der Flasche und schaute sie an: »Ich habe kein Bier mehr. Auf jeden Fall bin ich zum Haus von Boris, er lebt seit dem Tod seiner Mutter allein.«

»Er wohnte mit seiner Mutter zusammen?« Guidos Stimme klang amüsiert. »Wie alt ist … war er?«

»Ende dreißig«, antwortete Tobias. »So alt wie ich. Ich ging zu seinem Haus und klopfte an.«

Er setzte die Bierflasche ein weiteres Mal an: »Ich rief, ging um sein Haus, und als er nicht reagiert hatte, habe ich angefangen, durch die Fenster ins Haus hineinzuschauen. Im Wohnzimmer sah ich jemanden auf dem Boden liegen und habe wie wild an die Scheibe geklopft und gerufen, es gab keine Reaktion. Ich ging zur Haustür und rüttelte daran und sie war nicht verschlossen, das kleine Hebelchen war auf Entriegelung gestellt und die Tür ließ sich aufschieben. Von der Tür aus konnte ich den Körper im Wohnzimmer sehen und da war Blut. Ich sprach ihn an, aber er reagierte nicht. Als ich näher ging, sah ich, warum er nicht reagierte. Jemand hatte seinen Kopf zu Brei zerschlagen. Und das ist keine Übertreibung, Blut und Gehirn waren über den Boden verteilt. Mir kam das Frühstück hoch und ich rannte raus, kotzte den Vorgarten voll.«

Er nahm einen weiteren Schluck: »Ich stand eine Weile vor dem Haus und habe überlegt, was ich machen soll, und bin zu Lothar Bittler gegangen. Mit dem bin ich bei Doktor Haarberg vorbei und der hat diesen Typen mitgenommen, Florian oder so.«

»Meinen Onkel?«, wunderte sich Lukas und beschrieb ihn.

»Ja, das ist er«, antwortete Tobias. »Wir sind zu viert zurück zum Haus von Boris, Bittler hatte Einweghandschuhe für alle mitgebracht und erklärt, dass er versuchen würde, Spuren zu sichern und wir sollten den Tatort nicht verunreinigen. Im Haus haben sie sich zuerst den Leichnam angeschaut und Bittler ist mit mir durch das Haus gegangen. Hatte wohl gedacht, dass ich ihm etwas zu Boris erzählen konnte, aber wisst ihr, es ist erschreckend, wie wenig ich über ihn weiß. Im Wohnzimmer war Bittler ein Karton mit Zigarettenstangen aufgefallen und er meinte, dass das ein potenzielles Motiv wäre. Er war sich sicher, dass jemand im Dorf Hehlerware verkauft hatte, schon vor dem Stromausfall. Es gilt herauszufinden, ob Boris Kunde oder der Verkäufer war. Selbst wenn man nicht raucht, sind die Stangen mehr wert, als Geld es momentan ist!«

»Ja«, bestätigte Dirk, »bei den meisten ist der Vorrat aufgebraucht, die würden dir vermutlich ihren Erstgeborenen schenken, um an eine Zigarette zu bekommen!«

»So was sagte der Bittler auch«, kommentierte Tobias.

»Warum hat der Täter die Zigaretten nicht mitgenommen?«, wunderte sich Lukas.

»Das habe ich auch gefragt«, sagte Tobias, »Bittler vermutete, dass der Täter gestört wurde.

Weil er keine Kampfspuren gesehen hat, geht er davon aus, dass das Opfer den Täter kannte.«

»Könnte es sein«, mutmaßte Lukas, »dass das der Kunde war und der Täter der Schmuggler?«

»Der hätte nicht die restlichen Zigaretten dort gelassen«, vermutete Dirk.

»Ich bin mit Bittler durch das Haus gegangen«, fuhr Tobias fort, »und ihr könnt euch das nicht vorstellen.«

»Du hast Boris nie besucht?«, wunderte sich Guido. »Ihr arbeitet seit zehn, fünfzehn Jahre zusammen.«

»Nein, noch nie«, bestätigte Tobias, »schon das Wohnzimmer wirkte seltsam, seine Mutter ist einige Jahre tot. Ich bin überzeugt, dass er nicht mal die Tischdecke gewechselt hat. Es wirkte schon gepflegt, aber trotzdem wie eine Reise durch die Zeit. Auch die Küche ist aus den Siebzigern, mit dieser orangenen Front. Im Obergeschoss sind wir ins erste Zimmer, das war das von Boris und ich wette mit euch, dass das sein altes Jugendzimmer ist. Das Einzige, was da nicht Achtzigerjahre rief, war der große Flachbildfernseher, der Computer und die Pornosammlung.«

»Pornos gab es damals schon«, korrigierte Dirk.

Tobias schüttelte den Kopf: »Aber die waren dann doch moderner. Neben dem Bett lag eine aufblasbare Puppe und es ekelte mich so richtig. Bittler durchwühlte Schubladen und Schränke und schaute sich die Papiere auf dem Schreibtisch an. Ob er die Kundenliste suche, fragte ich ihn und er bejahte das. Oder zumindest irgendetwas, aus dem sich Verdächtige ergeben würden. Danach sind wir in den nächsten Raum, das Schlafzimmer der Eltern und das war seit dem Tod der Mutter unverändert. Bis auf Lattenrost und Matratzen, die hatte jemand zur Seite geräumt und Bittler vermutet, dass Boris dort die Zigaretten versteckt hatte.«

»Also hat jetzt jemand in Umbach Unmengen an Zigaretten?«, sagte Guido, »der muss doch zu finden sein! Spätestens wenn der die zu verkaufen versucht.«

»Ja«, stimmte Dirk zu, »es dürfte nicht lange dauern, bis den letzten die Zigarettenrationen ausgehen und man muss sich nur umschauen, wer munter Kippen aus frischen Packungen raucht.«

»Was ich eben vergessen hatte«, ergänzte Tobias, »im Zimmer von Boris konnte ich einen Blick auf einen seiner Kontoauszüge werfen. Dass der überhaupt geschmuggelt hat, wundert mich, denn nötig hatte er das nicht. Das Haus hat er von den Eltern zusammen mit einem kleinen Vermögen übernommen und viel braucht er nicht. Wir sind wieder nach unten gegangen, und Haarberg war mit seiner Untersuchung fertig und packte mit dem Pfleger den Leichnam in eine Plane. Er schätzte, dass Boris 36 bis 40 Stunden tot sei, da die Leichenstarre noch anhielt.«

Lukas rechnete kurz nach: »Das wäre etwa in der Zeit des ersten Angriffs.«

Dirk schien einen ähnlichen Gedanken zu haben: »Für die Zeit hat jeder im Dorf ein Alibi.«

»Wenn es jemand aus dem Ort war«, gab Guido zu bedenken.

»Seit dem Stromausfall war die Aufklärungsrate der Verbrechen im Ort nicht gerade hoch«, urteilte Guido. »Gibt es denn irgendwelche Spuren?«

»Der Doktor meinte nur«, antwortete Tobias, »dass der Täter zumindest kräftig sein muss.«

»Super«, befand Dirk, »dann ist das halbe Dorf verdächtig. Ich beneide Bittler nicht.«

Tobias trank einen Schluck aus seiner Flasche: »Haarberg und der andere haben Boris in eine Plane gewickelt, damit sie ihn später abholen können. Bittler hat mich eine Weile befragt und wollte die Nachbarn noch befragen.«

»Harter Tobak«, urteilte Dirk, »als ob die Zeiten nicht hart genug wären.«

Guido schüttelte den Kopf: »Und ich glaube, das wird schlimmer werden.«

»Noch schlimmer?«, wunderte sich Lukas. »Wir haben die Angriffe auf den Ort mit Toten, den Mord … und du meinst, es soll noch schlimmer werden?«

Guido verschränkte die Arme vor der Brust: »Uns geht es hier noch relativ gut. Andere hatten nicht so viel Glück wie wir. Überlege dir, was den Eltern von Gordon passiert ist.«

Lothar Bittler betrat die Feuerwache, sah Dirk und die anderen und ging direkt auf sie zu: »Tobias Rickschitz, ich muss dich bitten mitzukommen.«

Tobias schaute den Polizisten verwirrt an: »Wieso? Ich habe Ihnen alles gesagt, was ich weiß. Haben Ihnen die Nachbarn denn nicht helfen können?«

Der Angesprochene schaute die Gruppe am Tisch an und wiederholte sich dann: »Tobias, ich muss dich noch mal bitten mitzukommen. Ich habe ein paar Fragen an dich und da muss niemand dabei sein.«

Tobias schüttelte den Kopf: »Ich würde jetzt gerne nach Hause gehen, für heute habe ich genug erlebt.«

Er trank den letzten Schluck aus seiner Flasche und stellte sie auf den Tisch. Bittler schaute ihn traurig an: »Tobias, wo warst du während des ersten Angriffs?«

Dieser schien nun zu bemerken, in welche Richtung die Fragen gehen sollte: »Was soll das? Verdächtigst du mich?«

»Wo warst du«, wiederholte Bittler seine Frage.

»Daheim«, antwortete Tobias knapp.

»Kann das jemand bezeugen?«, setzte Bittler nach.

»Nein«, Tobias war verärgert, »Ich lebe alleine! Und der letzte, den ich an dem Tag gesehen habe, war Bori …«

Er brach bei der letzten Silbe ab und schien zu bemerken, dass er kein gutes Alibi hatte und vermutlich der Letzte war, der Boris lebend gesehen hatte: »Wenn ich Boris was angetan haben soll, wäre ich so dumm zu dir zu gehen?«

Bittler schaute ihn ernst an: »Ich war eben bei dir zu Hause, hatte eine andere Frage. Als du nicht geantwortet hattest, wollte ich gehen. Durch die halb offene Tür habe ich einen Karton in deiner Garage gesehen, der mich an den bei Boris erinnerte.«

»Ja, und?« Tobias schien überrascht zu sein.

»In deiner Garage steht ein Karton, der identisch mit dem in Boris Wohnzimmer ist«, erklärte Bittler.

Tobias starrte sein Gegenüber entgeistert an: »Ich weiß nicht, wie der Karton dahingekommen ist!«

Bittler blieb unnachgiebig: »Tobias Rickschitz: Als Vertreter der Ortspolizei nehme ich dich wegen des Mordes an Boris Kling fest.«

TAG 21

LAURA

Wie so oft wachte Laura vor Gordon auf und schlich sich aus dem Bett. In einem Anflug von Hoffnung nahm sie ihr Handy aus ihrem Nachttischschränkchen. Verstohlen schaute sie nach Gordon, der es nicht bemerken sollte. Sein tiefer und fester Schlaf sorgte dafür, dass er sie nicht erwischte. Sie drückte auf alle Knöpfe des Gerätes und bemerkte, wie ihr die Tränen ins Auge schossen. Auch wenn sie es mittlerweile gut vor ihrer Familie und Gordon verbergen konnte, sie fühlte sich ohne Social Media blind, taub und stumm.

Vorsichtig legte sie das Gerät wieder zurück und ging zur Gästetoilette, die sie, gemeinsam mit Gordon, in eine Komposttoilette umgebaut hatte. Dazu hatten sie die Keramikschüssel entfernt, den Abfluss abgedichtet und ein Holzgestell gebaut, unter dem ein mit Rindenmulch und Stroh gefüllter Eimer gestellt wurde. Das Loch darüber deckten sie mit dem Deckel der alten Toilette ab, vorne befestigten sie eine Blende. Das kleine Geschäft wurde direkt in einen extra Behälter abgeleitet. Die undankbare Aufgabe, den Eimer und den Urinbehälter auf den Komposthaufen in der hintersten Ecke des Gartens zu leeren, wurde reihum von jedem übernommen.

Nachdem sie sich kurz mit kaltem Wasser gewaschen hatte, bereitete sie Frühstück vor. Der Kaffee war in der Woche zuvor ausgegangen und zwei Tage davor die letzte Gasflasche geleert worden. Seitdem nutzten sie Holz, um Wasser und Mahlzeiten zu erhitzen. Laura hatte sich mit den Landfrauen an Kaffee-Alternativen versucht, bisher konnte sie keine davon überzeugen und sie entschied sich für einen Tee.

Nacheinander kamen ihr Vater, ihr Freund und ihr Bruder die Treppe herunter und setzten sich zu ihr. Während Gordon wortlos eine Scheibe Brot und ein Stück Käse aß, erzählte Lukas von Tobias› Bericht und dessen anschließender Festnahme.

Gordon hörte kurz zu kauen auf und kommentierte: »Das wäre das erste Verbrechen im Ort, das aufgeklärt wurde!«

Lukas schaute ihn böse an, ignorierte den Kommentar: »Dirk meinte später, dass Tobias nur Verdächtiger ist und es nur Indizien sind, die gegen ihn sprechen. Wie werdet ihr da vorgehen, Papa?«

Malte wirkte nachdenklich: »Wir müssen uns erst mit dem Rat und den Richtern besprechen. Niemand hatte damit gerechnet, dass es gleich um einen Mordfall geben würde.«

»Ich möchte eine Waffe haben«, sagte Lukas, »die ich ständig bei mir trage.«

»Wir hatten das Thema doch schon«, entgegnete Malte und Laura fand, dass er dabei unnötig aggressiv klang. »Ich habe nichts dagegen, wenn du unter Aufsicht den Umgang mit Waffen lernst, aber ich möchte nicht, dass du eine mit dir trägst. Und versuche gar nicht erst, Dirk oder dem Major Honig um den Mund zu schmieren, ich werde mit beiden sprechen!«

»Wenn du meinst, dass du das machen musst.« Lukas stand auf, ging zur Haustür hinaus und knallte sie mit Wucht zu.

Malte wollte seinem Sohn folgen, doch Laura stellte sich ihm in den Weg: »Wo willst du hin?«

»Was soll die Frage?« Er versuchte erst links, dann rechts an ihr vorbei zu kommen, aber sie blockierte ihn geschickt. »Das kann ich ihm nicht durchgehen lassen.«

»Sprich mit Dirk und spreche heute Abend noch mal mit Lukas«, vermittelte sie. »Wenn du ihm jetzt hinterherläufst, werdet ihr euch richtig in die Haare bekommen. Gib ihm ein wenig Zeit. Und behandle ihn nicht ständig wie ein kleines Kind.«

»Er ist ein Kind!« Malte verhielt sich trotzig und Laura musste lächeln.

»Und wer verhält sich hier wie ein Junge?« Sein Gesichtsausdruck verriet ihr, dass er sich erwischt fühlte. »Unser Ort ist kurz davor, Menschen hinzurichten. Menschen wurden auf den Feldern vor dem Dorf getötet, weil sie auf der Suche nach etwas zu Essen sind. Wenn Lukas Kind sein will, dann wird er versuchen, sich die Zeit zu nehmen. Aber er möchte ein ›Mann‹ sein und wünscht sich, von dir ernstgenommen zu werden.«

»Wir haben dieses Gespräch schon mal geführt.« Ihr Vater war gleichzeitig genervt und schien sich schuldig zu fühlen. »Es ist auch für mich nicht einfach! Meine Frau ist da draußen, wo Menschen für ein wenig Essen töten!

Und es ist gefährlich geworden, viel gefährlicher. Ich …«

Ihr Vater machte eine Pause, seine Augen füllten sich mit Tränen und er atmete mehrmals tief durch: »Ich möchte ihn doch nur beschützen.«

Laura nahm ihn in den Arm und er ließ sich fallen.

Nach einer Weile löste er sich aus ihrer Umarmung: »Danke, es geht schon wieder. Was habt ihr heute vor?«

»Die Pastorin und der Pfarrer haben diesen Sonntag als arbeitsfrei durchgesetzt!«, erinnerte ihn Laura. »Der erste seit dem Stromausfall! Auf den Feldern braucht es nur wenige Leute und das Wetter ist doch bombastisch! «

»Der Bademeister hat das Freibad zum Schwimmen freigegeben«, freute sich Gordon. »Bisher scheint das Wasser nicht umgekippt zu sein. Wir wollen die Chance nutzen, bevor es der zweite Löschwasserteich wird.«

»Passt auf, dass ihr keinen Sonnenbrand bekommt«, ermahnte Malte.

Kurze Zeit später hatte Laura eine Tasche für Gordon und sie selbst gepackt, die er, ganz Gentleman, zum Schwimmbad trug. Das Geläut beider Kirchen rief die Gläubigen zum Gottesdienst und Laura staunte einerseits, wie viele Menschen dorthin unterwegs waren, andererseits, dass sich viele, trotz der warmen Temperaturen, für den Gottesdienst Anzüge und Krawatten angezogen hatten.

»Krisen treiben Menschen dem Glauben zu«, kommentierte Gordon die Kirchgänger. »Als ob das ihnen helfen würde.«

»Wenn es den Menschen hilft, sich besser zu fühlen, ist es doch nicht verkehrt«, entgegnete Laura,

»Das machen sie nicht«, reagierte Gordon gereizt, »und ich kann ehrlich gesagt nicht verstehen, wie ausgerechnet du das verteidigen kannst.«

»Wieso ausgerechnet ich?«

»Funktioniert die Verdrängung bei dir so gut?«, warf Gordon ihr vor. »Es sind solche Leute, die dich Hure genannt haben und aus der Kinderbetreuung rausdrängen wollen.«

»Ein paar Idioten gibt es überall«, entgegnete Laura, »und für die können doch die anderen nichts. Und dieser Johannes Orloff hat nichts mit den Kirchen zu tun, der ist nur ein Spinner!«

»Wo wir von ›den anderen‹ reden, dort kommen sie.« Gordon deutete auf eine Gruppe, die ihnen entgegenkam.

Laura sah Orloff, der schien sie ebenfalls erkannt zu haben. Die Gruppe, die bisher in Zweier- und Dreierreihen gelaufen war, fing an, sich auf der Straße breitzumachen. Es war offensichtlich, dass sie Laura und Gordon den Weg blockieren wollten. Etwa drei Meter vor ihnen blieben sie stehen, verhakten die Arme ineinander und sperrten so die ganze Straße ab.

Laura und ihr Freund gingen die restlichen Schritte auf die Menschenkette zu und stellten sich direkt vor Johannes Orloff.

Gordon überragte ihn und schaute auf ihn herunter: »Würden Sie uns durchlassen? Sie stehen uns im Weg!«

Der Mann blickte Gordon in die Augen und spuckte vor ihm auf den Boden: »Die Sünde hat hier in Umbach nichts zu suchen!«

Laura widerte das Verhalten des Mannes an und sie wollte ihm etwas entgegnen, doch Gordon kam ihr zuvor: »Wissen Ihre Eltern, wie sie sich hier benehmen? Glauben Sie, Ihr Verhalten würde Ihrem ›Jesus‹ ge …«

»Schweig, du Sünder, nimm den Namen des Herren nicht in den Mund!«, schnitt Orloff ihm schroff das Wort ab.

»Nein«, Gordon baute sich in voller Größe auf, spannte die Muskeln an, Laura war erstaunt, dass der Mann sich davon nicht einschüchtern ließ. »Sie haben weder mir noch sonst jemandem zu erzählen, wann er zu schweigen hat.«

Er hob drohend den Finger und deutete auf die Stirn des Mannes: »Ich weiß nicht, was bei Ihnen falsch läuft, würde es aber begrüßen, wenn Sie uns jetzt aus dem Weg gehen.«

Der Mann neben Orloff griff nach Gordons Unterarm, doch seine Reflexe waren schnell, er wich aus und ergriff seinerseits den Arm seines Gegners: »Ja? Wollen Sie wirklich Körperkontakt?«

»Ist gut«, wies Orloff seinen Nachbarn an, »wir lassen die Hure und den Sünder …«

»Wenn Sie Spinner meine Freundin noch einmal Hure nennen«, hob Gordon die Stimme an, »dann …«

»Dann?« Er wartete darauf, dass er etwas Weiteres sagen würde, Laura erkannte, dass Gordon nicht wusste, wie er den Satz beenden sollte.

Sie kannte das aus der Arbeit in der KiTa, da ging es ihr öfter so.

Gordons Blick drückte wohl Entschlossenheit aus, ihre Gegner traten zur Seite: »Der Herr ist mit mir, darum fürchte ich mich nicht; was können mir Menschen tun?«

»Psalm 118?«, überraschte Gordon Laura und anscheinend auch Orloff mit Bibelkenntnissen.

Der legte nach: »Tut Buße, denn das Himmelreich ist nahe herbeigekommen!«

»Matthäus 3?« Gordon lieferte sich ein Blickduell mit seinem Gegenüber.

»Jetzt ist es gut«, reagierte Laura. »Vielleicht sollten Sie einen Psychiater aufsuchen!«

Die beiden drängten sich durch die kleine Lücke und setzten ihren Weg zum Freibad fort. Aus dem Hintergrund konnten sie Orloff rufen hören: »Wir lassen es nicht zu, dass unsere Gemeinschaft wegen eurer Sünden leiden muss!«

Gordon wollte sich umdrehen, doch Laura hielt ihn davon ab: »Lass uns einen schönen Tag im Schwimmbad haben und die Spinner labern.«

»Wie kannst du nur so ruhig bleiben?« Sie bemerkte, wie er sich langsam wieder entspannte.

»Ich bin es nicht«, gestand Laura, »aber ich glaube nicht, dass man mit diesen Menschen reden kann. Woher kanntest du die Bibelstellen?«

»Und dann sollen wir denen das durchgehen lassen?« Gordon ballte seine Fäuste. »Ich habe es satt, wie sich manche Menschen verhalten. Und die Bibelstellen: Es ist noch nicht lange her, da war ich aktiv beim CVJM.«

»Irgendwas müssen wir machen«, drängte Gordon. »Denn der Klügere gibt nur solange nach, bis er der Dümmere ist.«

»Lass uns jetzt den Tag genießen.« Laura hatte sich auf das Freibad gefreut. »Und ein wenig die Sonne ausnutzen. Wetten, ich bin immer noch schneller als du?«

Laura schwamm mehr als passabel, während Gordon zwar größer und stärker, aber definitiv ungeübter im Wasser war: »Neben Tanzen ist das vermutlich der einzige Sport, in dem du mich schlägst.«

Sie neckte ihn zurück: »Ach ja? Beim Schach auch!«

Im Dorf war die Geldwirtschaft seit dem Stromausfall praktisch zum Erliegen gekommen. Noch waren sie darauf eingestellt, dass das Überleben der Gemeinschaft das oberste Ziel war, dem der schnöde Mammon untergeordnet wurde. Laura fragte sich, wie lange das so weitergehen würde, bis der quasi Kommunismus, in dem sie lebten, wieder von der Marktwirtschaft eingeholt werden würde. Der Eintritt ins Schwimmbad war frei und auch wenn es viele Menschen an dem Morgen in den Gottesdienst gezogen hatte, war reichlich Betrieb auf der Liegewiese des Freibades.

Neben einem Planschbecken gab es ein 20 Meter langes Schwimmbecken, die flachere Hälfte davon war mit einer kleinen Mauer vom Schwimmbereich abgetrennt. Laura und Gordon verstauten ihre Wertsachen in einem der Spinde, suchten sich einen

Platz auf der Liegewiese und schwammen ein paar Bahnen, wobei Laura tatsächlich schneller als Gordon war.

Der beeindruckte sie dafür mit verschiedenen Salti, die er vom Startblock sprang und wie jedes Mal, wenn sie dort waren, beschwerte er sich, dass ein richtiges Sprungbrett fehlen würde: »Oder ein Drei-Meter-Turm, das wäre klasse!«

»Du bist nur am Rumnörgeln«, warf Laura ihm vor. »Genieße das kühle Nass und das tolle Wetter!«

Mit einer vom Startblock gesprungenen Wasserbombe verwandelte er den hinteren Teil des Beckens kurzfristig in ein Wellenbad. Nach dem Auftauchen schwamm er zu Laura, drückte sie an sich und küsste sie sanft auf die Lippen.

»Lass uns rausgehen«, schlug Laura vor. »Ein wenig in der Sonne aufwärmen.«

»Na danke«, grinste Gordon, »geh du vor, ich muss kurz im kalten Wasser bleiben. Ansonsten könnte man mir Erregung öffentlichen Ärgernisses vorwerfen.«

»Wenn du dich nicht unter Kontrolle hast«, neckte sie ihn, »dein Problem!«

Sie stieg aus dem Wasser und achtete darauf, sich übertrieben sexy zu bewegen und ihn damit ein wenig zu provozieren.

Die Liegewiese teilte sich in drei Abschnitte: Der erste umgab das Planschbecken und den Sandkasten und wurde von Familien mit kleineren Kindern frequentiert, der zweite lag neben einem Bolzplatz und einem Beachvolleyballfeld und der dritte war einfach nur Wiese. Gordon und Laura hatten ihre Decke und Taschen dorthin gelegt. Sie nahm ihr Handtuch, trocknete sich flüchtig ab und legte sich bäuchlings auf die Decke, um den Blick über die Besucher wandern zu lassen.

Auf dem Bolzplatz spielten einige Jugendliche und junge Männer Fußball auf das Tor, das, wenn nicht Fußball gespielt wurde, Kindern als Klettergerüst diente. Laura fand, dass die Fußballspieler ein wenig anachronistisch wirkten und überlegte, wieso sie darauf kam. Dann fiel ihr auf, dass es an deren Frisuren lag. Mit dem Undercut und den sportlichen Körpern wirkten sie fast wie Soldaten auf

Fronturlaub. Sie suchte die Liegewiese ab, bis sie in einer Ecke eine Gruppe junger Frauen sah, die Badeanzüge trugen, die aussahen, als ob sie aus den Dreißigerjahren wären.

Freyristen. Laura stellte fest, dass Übergewicht innerhalb ihrer Gemeinschaft kein Problem war. Körperliche Fitness war etwas, worauf geachtet wurde und auch wenn die Gemeinschaft von einer Frau geführt wurde, war das Rollenbild traditionell.

Nachdem sie genug gesehen hatte, nahm sie ihr Buch aus dem Korb und begann zu lesen. Daheim hatte sie überlegt, ihr Handy mitzunehmen, vielleicht würde es wieder funktionieren, wollte aber nicht riskieren, dass Gordon es mitbekam. Die Ausbrüche hatte sie unter Kontrolle.

Beim Lesen konnte sie sonst gut abschalten, ihre Gedanken wanderten trotzdem zwischendurch wieder zu ihrem Handy und zum Streit zwischen ihrem Vater und Bruder. Nachdem sie eine Seite das vierte Mal gelesen hatte, ohne den Inhalt mitzubekommen, legte sie das Buch weg. Fast im gleichen Moment landete ein Fußball kurz vor ihrer Decke und mit guten Reflexen hielt sie das Leder mit einer Hand auf.

»Respekt«, bekundete einer der Fußballer, der dem Ball hintergelaufen war. »Schnelle Reaktion! Wir könnten eine Torfrau gebrauchen.«

Sie richtete sich auf und ärgerte sich, nicht die Sonnenbrille aufzuhaben, er konnte erkennen, wie sie seinen Körper musterte: »Na, ich weiß nicht, ihr kommt gut ohne mich zurecht!«

»Schade«, sagte er, »aber wir wollten sowieso gleich aufhören.«

Er warf einen Blick auf ihr Buch: »›Der Report der Magd‹? Schwere Kost, meinst du nicht, das Leben ist im Moment kompliziert genug? Wäre etwas Heiteres nicht besser?«

»Lese ich als Nächstes«, reagierte Laura. »Aber der Roman ist schon spannend, kann ich dir empfehlen.«

Der Fußballer lächelte: »Ich müsste es mir bei dir ausleihen!«

Er drehte sich um und warf den Fußball seinen Freunden zu und wandte sich wieder an Laura: »Magst du dich mit zu uns legen? Kannst ja ein wenig vom Buch erzählen.«

»Nein, danke«, sagte Gordon, der aus dem Becken zurückgekommen war. »Wir liegen hier recht gut.«

Der Fußballer musterte Gordon von oben bis unten, schaute Laura an und dann wieder zu Gordon: »Ich habe sie gefragt, nicht dich. Neger.«

MALTE

Malte fühlte sich erschöpft und er blieb lange, nachdem Laura das Haus verlassen hatte, am Tisch sitzen. Der Streit mit Lukas setzte ihm mehr zu, als er vor Laura zugeben mochte, und er wünschte sich, er würde einen Weg finden, ihn schnell zu beenden. Es erinnerte ihn an seine eigene Jugend, an die Konflikte, die er mit seinem Vater ausgetragen hatte. Jahre später hatte er herausgefunden, dass sein Vater mit seinem Vater ähnliche Probleme hatte, und vermutlich waren alle, genau wie er selbst, überzeugt, es besser als der eigene Vater zu machen. Dabei musste er sich schon als Teenager eingestehen, dass er es mit seinem Vater, im Vergleich zu seinen Freunden, gut erwischt hatte.

Vielleicht war es die Kombination aus dem Fehlen von Simone und den neuen Gefahren in der veränderten Welt, die es ihm schwerer machten, seinem Sohn genügend Freiraum zuzugestehen. Er stand auf und blieb lange vor der Fotowand stehen, nahm das Hochzeitsbild von Simone und sich von der Wand und setzte sich damit auf den Sessel.

Er drückte es an sein Herz und flüsterte: »Du fehlst mir, ohne dich schaffe ich es nicht.«

Tränen kullerten seine Wangen herunter und verfingen sich im Bartansatz. Normalerweise rasierte er sich elektrisch, hatte aber auch Nassrasierer. Seit dem Stromausfall war er nicht mehr zum Rasieren gekommen. Nicht, weil er es nicht wollte. Jedes Mal, wenn er daran dachte, war er weit weg von seinem Badezimmer.

Malte würde gerne mal wieder die Beatles oder Pink Floyd hören, und hatte schon probiert die LPs auf den Plattenspieler zu legen, um den Teller mit der Hand zu drehen. Wenn man mit dem Ohr nahe an die Nadel ging, konnte er leise die Lieder wahrnehmen. Ein Grammophon wäre toll, aber bisher hatte er niemanden in Umbach gefunden, der eines hatte. So blieben ihm seine eigenen leidlichen Fähigkeiten als Musiker oder die Talente seiner Kinder, denen er gerne zuhörte.

Trotz der relativ guten Versorgungslage in Umbach war das kulturelle Leben fast vollkommen zum Erliegen gekommen. Die kleiner werdenden Bestände an Bier und Wein trugen ihren Teil dazu bei, aber auch der Mangel an Strukturen dürfte mit verantwortlich sein.

In Ermangelung anderer Ablenkung hatte er wieder angefangen, mehr zu lesen, und sein Stapel ungelesener Bücher nahm rasant ab. Auch wenn die viele körperliche Arbeit, denn er wurde nicht von der Arbeit auf dem Feld verschont, ihn abends schnell ermüdete, war er überrascht, dass er trotzdem noch oft lesen konnte, bis das Licht zu dunkel dazu wurde.

Er war versucht, sich an dem Kerzenvorrat zu vergehen, da es lange hell blieb, entschied er sich dagegen. Einige Bücher hatte er nur als E-Book, die waren unerreichbar für ihn. Bei einem davon hatte er versucht herauszubekommen, ob jemand eine Printausgabe hatte, zumal ihm nur das letzte Viertel fehlte. Jedoch ohne Erfolg. Er würde sich damit abfinden müssen, nie das Ende des Romans zu erfahren.

Erstaunlich wenig vermisste er Filme und Fernsehserien. Eine Gruppe junger Erwachsener hatte um Zeiten im Bürgerhaus gebeten und war dabei, ein Theaterstück vorzubereiten, der Premierentermin stand noch nicht fest. Für die kleineren Kinder hatte jemand sein altes Kasperletheater aktiviert und die erste Vorführung im Bürgerhaus war bei den Kleinen ein Riesenerfolg.

Malte bewunderte Robert Kempf für dessen Weitsicht und Aktionismus direkt am Anfang des Stromausfalls, aber auch viele andere Umbacher waren über sich selbst herausgewachsen. Die Krise hat Menschen zusammenarbeiten lassen, die sonst im Leben keine Berührungspunkte hatten, und er war froh, dass man die Landwirte nicht zwingen musste, ihre Vorräte mit dem Dorf zu teilen. Trotzdem würde die Solidarität nachlassen und man würde konkret über Bezahlung und Entschädigungen nachdenken.

Der Sommer hatte erst angefangen, der Winter würde aber kommen, und es waren die Landwirte, der Gartenverein und die Landfrauen, die massiv die Bevorratung für die kalte Jahreszeit planten und ihr Wissen teilten.

Kälte würde ein Problem werden, denn sämtliche modernen Heizungen funktionierten nicht mehr und bisherige Versuche, sie auf stromlosen Betrieb umzurüsten, waren gescheitert. Etwa jedes zehnte Haus hatte einen offenen Kamin, einen entsprechenden Holzofen oder eine Feststoffheizung. Für viele andere Häuser würde man schlichte Öfen bauen, damit zumindest ein Raum beheizt werden konnte.

Erstaunlich gut hatten sich die meisten Dorfbewohner arrangiert, dass ihre bisherigen Berufe nicht mehr von Relevanz waren. ITler, Kaufleute, Sachbearbeiter hatten Tastatur und Kugelschreiber gegen Sensen, Sägen und Äxte ausgetauscht und durchliefen bei Land- und Forstwirten kurze Einweisungen, um als Handlanger zu helfen. Sport und Fitnessstudios wurden durch die harte körperliche Arbeit vorerst überflüssig.

Wie die anderen Mitglieder des Rates war Malte nicht von der Feldarbeit befreit, wobei man Robert Kempf ausbremsen musste, da er oft versuchte, über seine Fähigkeiten mitzuarbeiten. Holzer hingegen schaffte es, sich erfolgreich vor zu anstrengender Arbeit zu drücken. Bevorzugt ließ er sich vom befreundeten Förster für die Jagd einteilen. Wie viel der Wildbestand in den Wäldern zur Versorgung beitragen konnte, war umstritten.

Malte und Andreas Pape hatten sich bei den Fällarbeiten gemeldet. Holz wurde als Baumaterial für die Verteidigungsanlagen, zum Bauen und als Brennstoff benötigt. Für das Feuerholz würde die Zeit zum Trocknen definitiv nicht reichen, was für viele Rauch in den Zimmern bedeuten würde.

Da Umbach an zwei Seiten direkt an den Wald grenzte, hatten sie sich dazu entschieden, entlang zweier Waldwege breite Schneisen zu schlagen, die eine unbemerkte Annäherung an den Ort erschweren sollten. Malte zog seine Sicherheitsschuhe an, die er beim Bau des eigenen Hauses gekauft hatte, und machte sich auf den Weg in den Wald. Schutzhelme, Fällkeile, Seile und Äxte hatten der Förster und Umbacher zusammengestellt, die schon vor dem Stromausfall ihr eigenes Holz gemacht hatten.

Andreas Pape war einer davon und bereits im Wald, als Malte ankam: »Gut gefrühstückt? Heute brauchst du all deine Kraft!«

Er hielt Malte einen Helm entgegen, der ihn anzog: »Ich habe von gestern noch Muskelkater!«

»Das vergeht«, lachte Pape, »heute sägen wir gemeinsam.«

Er nahm eine große Säge in die Hand, die von zwei Mann bedient werden musste: »Das ist eine Blattsäge, die Sägezähne sind auf beiden Seiten geschliffen, weil wir die in beide Richtungen ziehen. Lass uns da drüben anfangen.«

Pape zeigte auf einen Baum mit ordentlichem Durchmesser: »Zuerst schlagen wir mit der Axt einen Spalt auf der einen Seite. Dann sägen wir von der anderen und wenn er fällt, sehen wir zu, in Sicherheit zu kommen.«

»In Sicherheit kommen?« Malte war skeptisch.

»Alles halb so wild«, beruhigte ihn Pape, »so schnell fällt der Baum nicht um und wir müssen nur aus der Fallrichtung herauslaufen.«

Jedes Team hatte ein kleines Areal zugewiesen bekommen, damit man sich nicht gegenseitig in Gefahr brachte. Die Arbeiten wurden vom Förster überwacht, der selbst überall Hand anlegte. Viele kleine Lichtungen zeugten vom raschen Fortschritt der Arbeit und die Schneise war bereits zu erahnen.

Am Baum, Malte erkannte eine Buche, den Stammdurchmesser schätzte er auf 60 oder 70 Zentimeter, ergriff Pape beidhändig die Axt und schlug die ersten Kerbe in den Stamm. Immer wieder erklärte er Malte die Axthaltung und wo er am effektivsten schlagen sollte. Von den anderen Gruppen hallten ebenfalls die Schläge herüber, selten auch ein »Baum fällt«. Nach einer Weile drücke Pape Malte die Axt in die Hand und der führte die Arbeit fort.

Zwei Wechsel später rief Pape: »Das reicht! Jetzt sägen wir!«

Sie stellten sich auf die andere Seite des Baumes, setzten die Säge in der Höhe der Kerbe an, die sie auf der gegenüberliegenden Stammseite geschlagen hatten, und sägten los. Zunächst kamen sie nicht voran und mussten die Blattsäge mehrmals neu ansetzen. Nach einem kurzen Moment fanden sie den richtigen Rhythmus und wurden schneller.

»Und weg!«, rief Pape und gemeinsam suchten sie Schutz hinter einem benachbarten Baum.

Ihre Buche neigte sich erst langsam, dann immer schneller, bis der Baum auf den Waldboden aufschlug, kurz nachfederte, um wieder auf den Boden aufzuschlagen.

»Weißt du, was ich am Holzmachen mag?«, fragte Pape. »Es macht dir dreimal warm: das erste Mal beim Schlagen, das zweite Mal beim Stapeln und das dritte Mal, wenn du es verbrennst.«

Zufrieden mit sich selbst nahmen beide ihre Äxte, gingen an entgegengesetzte Enden des Baumes, um mit dem Entasten anzufangen. Später würden die Äste und Zweige eingesammelt werden, denn die waren schwer erarbeitetes Brennmaterial. Danach zersägten sie den Stamm in transportierbare Abschnitte, die von Pferdegespannen direkt ins Dorf gebracht wurden.

»Heute Nacht werde ich gut schlafen«, kommentierte Malte.

Pape grinste: »Das Fitnessstudio können wir uns so auf alle Fälle sparen.«

»BLEIB HIER, WENN ICH MIT DIR REDE!«, wurden sie von einer lauten Männerstimme aus ihrem Gespräch gerissen.

Neugierig versuchten sie auszumachen, wer da am Schreien war.

»Russki, du sollst mir nicht den Rücken zudrehen.« Malte erkannte Ernst, vom Hofgut, der einem anderen Mann hinterherlief. Erst als der sich umdrehte, sah er, dass es Alexander war, der Adjutant vom Major.

»Sascha, lass den Spinner«, wurde der von einem weiteren Mann angesprochen, der versuchte ihn von Ernst wegzuziehen, »den nehmen wir uns bei anderer Gelegenheit vor!«

»Feiger Slawe«, legte Ernst hinterher. »Aber das wundert ja nicht.«

Alexander drehte sich um und ging auf Ernst zu, bis beide Nase an Nase voreinander standen.

»Du bist doch nur mutig«, konterte Alexander, »weil du dich schnell unter den Rock von eurer Führerin verstecken kannst, wenn …«

Malte hatte nicht gesehen, wie Ernst ausgeholt hatte, sein Schlag ging aber ins Leere und irgendwie hatte Alexander dessen Schwung genutzt, sich gebeugt und Ernst über seinen Rücken geworfen.

Der schien erst überrannt zu sein, stand aber umgehend wieder auf und die beiden Männer umrundeten sich wie zwei Kämpfer. Nicht wie Boxer, eher so wie die Kerle, die im Käfig gegeneinander kämpfen.

Ernst ließ erneut seine Faust nach vorne schnellen, diesmal konnte Alexander den Schlag nur abwehren, ging flink in die Knie und brachte mit seinem Bein Alexander zum fallen. Der rollte sich ab, beim Versuch wieder aufzustehen, bekam er einen Stoß von Alexander, der ihn auf den Bauch fallen ließ.

Anstatt nachzusetzen, wartete Alexander ab und erst da fiel Malte auf, dass sich um die beiden drei Gruppen gebildet hatten. Einmal Männer vom Hofgut, ihnen gegenüber ähnlich viele Deutschrussen und etwas abseits alle, die weder der einen noch der anderen Gruppe zugehörten.

Ein lauter Knall ertönte, Malte pfiff es in den Ohren und jeder schien an sich herabzuschauen, ob er getroffen wurde.

»GEHT ES NOCH!« Der Förster hatte das Gewehr in der Hand, den Lauf zum Boden zeigend. »Ihr sollt hier zusammenarbeiten, damit wir unser gemeinsames Dorf verteidigen können. Wenn ihr meint, zu viel Kraft zu haben, dann lasst das an den Bäumen aus.«

Er hatte sich breitbeinig neben die beiden Streithähne gestellt und blickte beiden abwechselnd in die Augen.

»Wir sehen uns noch ›Sascha‹«, Ernst spuckte den Namen fast aus.

»Ich warne dich.« Malte wunderte sich, dass Alexander so ruhig sprechen konnte, er sollte zumindest außer Atem sein. »Andere mögt ihr blenden, wir beobachten euch sehr genau. Und ihr seid nicht im Ansatz so stark wie ihr …«

»Schluss jetzt«, dem Förster wurde es zu viel, »geht arbeiten oder verlasst meinen Wald.«

Wortlos trennten sich die beiden Streithähne und die kleine Ansammlung löste sich wieder auf.

Malte und Pape wollten gerade beim nächsten Baum mit der Axt anfangen, als ein Jugendlicher auf dem Fahrrad zu ihnen kam: »Herr Pape? Herr Kinzig? Herr Kempf schickt mich, Sie mögen bitte zu ihm kommen.«

Es kam nicht selten vor, dass Robert Kempf spontan eine Sitzung des Rates einberief, um neue Entwicklungen zu besprechen. Oft waren es Themen, die hätten warten können, an dem Tag war Malte froh, denn seine Hände hatten vom Führen von Axt und Säge Blasen bekommen.

Auf dem Weg ins Dorf kamen sie an einem Holzgestell vorbei, an dem zwei Männer arbeiteten, und Malte wurde bewusst, dass dort der Galgen aufgebaut wurde. Seine Hoffnung, dass man eine andere Lösung für die Gefangenen finden würde, schwand immer mehr.

Pape bemerkte sein Unwohlsein: »Malte, sie haben es verdient! Sie haben Menschen aus unserem Ort umgebracht und wollten unsere Nahrung klauen.«

»Sie waren verzweifelt«, versuchte Malte zu erklären, »in ihrer Situation hättest du vermutlich nicht anders gehandelt.«

Pape schüttelte den Kopf: »Vielleicht. Aber man kann davon ausgehen, dass sie sich ihres Risikos bewusst waren.«

»Das Risiko beim Angriff zu sterben«, entgegnete Malte, »aber doch nicht hingerichtet zu werden!«

»Das Ergebnis ist das Gleiche«, erwiderte Pape.

Malte wollte etwas entgegnen, entschied sich dagegen und so schwiegen sie sich den Rest des Weges an.

»Hallo, ihr beiden«, begrüßte sie Kempf, der am Tisch mit dem bereits angekommenen Holzer und Nadine saß. »Schön dass ihr so schnell kommen konntet.«

Pape setze sich neben Holzer, Malte nahm auf dem Stuhl neben Nadine Platz: »Ein Deo wäre eine Option gewesen.«

»Für euch beide«, schob Nadine hinterher.

Malte sagte: »Wir kommen …«

»Aus dem Wald«, unterbrach sie ihn, »ich weiß und es war nur ein Spaß. Ihr riecht einfach männlich.«

»Das muss dich irritieren«, stichelte Pape, »so was richtig Männliches.«

»Kinder!«, ermahnte Kempf, »benehmt euch. Heute erreichte mich eine Anfrage aus Blasbach, übermittelt durch den Pony-Express. Deine Schwester hat etwas Tolles aufgebaut!«

Er kratzte sich an der Schläfe: »Bei einem Brand auf einem Bauernhof ist deren Großteil an Getreidevorräten verbrannt. Man bittet uns und die anderen Gemeindeteile um Hilfe.«

»Das hätten wir bei der Sitzung morgen besprechen können«, nörgelte Holzer.

»Wenn die nicht auf die eigenen Sachen aufpassen«, sagte Pape, »ist das ihr Problem. Außerdem ist Erntezeit, die sollten bald genügend haben.«

Kempf überging Holzers Beschwerde: »Ich gebe zu bedenken, dass wir durch Blasbach im Norden recht gut geschützt werden. Was denkt ihr, wird passieren, wenn denen die Vorräte ausgehen?«

»Ist es denn so akut?«, fragte Holzer. »Die werden doch ein paar Tage damit zurechtkommen?«

»Blasbach ist mit uns verbündet«, sagte Malte. »Wenn wir irgendwann wieder so etwas wie Normalität haben wollen, müssen wir Verbindungen aufbauen und zusammenarbeiten.«

»Ja, klasse«, gab sich Holzer genervt. »Du Gutmensch willst gleich wieder allen helfen. Verteil doch unser Getreide, wir brauchen nicht so viel, Hauptsache die anderen werden satt.«

Nadine wurde merkbar sauer: »Du musst nicht gleich übertreiben. Uns ist allen klar, dass unsere Ressourcen knapp sind, aber Blasbach ist nicht ›alle‹ sondern direkte Nachbarschaft. Vielleicht haben die irgendetwas, was wir brauchen?«

»Die haben Bäume«, Pape war ebenfalls genervt, »und offensichtlich kein Getreide mehr.«

Kempf versuchte, Ruhe in die Sitzung zu bekommen: »Ich finde die Idee, dass man dort etwas haben könnte, was wir brauchen, recht gut. Vor allem ist die Zusammenarbeit bei der Verteidigung nicht zu unterschätzen!«

»Wir sollen wegen ein paar Söldnern ein ganzes Dorf durchfüttern?«, regte sich Holzer auf.

»Wir hatten bisher Glück«, gab Malte zu bedenken. »Beim Supermarkt ist nur ein Teil unserer Bestände verbrannt. Es hätte genauso gut unsere Getreidevorräte treffen können. Dann wären wir die, die bei den Nachbarorten um Hilfe gebettelt hätten.«

»Und du glaubst, die hätten uns geholfen?«, fragte Holzer.

»Wenn jeder darauf wartet, dass der andere zuerst etwas macht«, sagte Malte ruhig, »wird nie etwas passieren.«

Holzer und Pape erwiderten nichts, Malte ekelte deren Einstellung und er wollte ihnen etwas Passendes an den Kopf werfen, entschied sich aber dagegen.

Stattdessen übernahm Kempf das Wort: »Wir müssen dringend intensiver mit den anderen Gemeindeteilen zusammenarbeiten. So etwas wie eine Föderation. Das ergibt sich schon aus der räumlichen Nähe und vor vier Wochen waren wir noch eine kommunale Einheit. Da sollten wir ansetzen.«

»Sollten wir dazu nicht das Thing befragen?«, schlug Holzer vor. »Immerhin ist das eine Entscheidung, die den Ort nachhaltig betrifft.«

»Das was?«, fragte Nadine.

»Das ›Thing‹ war eine germanische Volksversammlung«, erklärte Kempf. »Der Begriff hat sich in den skandinavischen Ländern in den Parlamentsnamen gehalten. Ein wenig romantisierend könnte man es als eine der Keimquellen von Demokratie sehen: Jeder freie Mann eines Stammes hatte dort eine Stimme. Aber wie genau das stimmt, wissen wir nicht und die Quellen dazu waren nur spärlich.

Und nun gibt es einige Leute, die sind der Ansicht, die Dorfversammlungen könnte man ›Thing‹ nennen.«

»Ah«, Nadine betonte es übertrieben, »wir müssen nicht sofort entscheiden, aber bevor wir etwas zu einer Entscheidung an die Vers … das Thing übergeben, sollten wir wissen, über was entschieden werden soll. Ihr erinnert euch sicher an die Brexitabstimmung? Es gab nur ein ›Remain ‹ oder ›Leave ‹, wie das ›Leave ‹ genau aussehen sollte, wurde nicht erwähnt.«

»Das klingt vernünftig«, lenkte Pape ein, »laden wir die Führungen der anderen Gemeindeteile ein?«

»Danke.« Kempf war merklich erleichtert. »Ich habe eine Einladung formuliert und ein paar Tagungspunkte der zu besprechenden Themen …«

»FEUER! FEUER!«, wurde er von draußen unterbrochen.

»Schon wieder?«, wunderte sich Malte.

Gemeinsam gingen sie zur Feuerwache und wurden von Dirk zur Eimerkette eingeteilt. Malte war nah genug am brennenden Haus, um zu erkennen, welches es war. Er wusste, dass dort eine marokkanische Familie wohnte, die schon so lange im Dorf lebte, dass ihr erstes in Deutschland geborene Kind bereits erwachsen und ausgezogen war.

TAG 22

FLORIAN

Es könnte für Florian kaum besser laufen: Bittler war der von ihm gelegten Spur auf den Leim gegangen und hatte Tobias als Verdächtigen verhaftet. Nun musste er schnell handeln, um den Verdacht zu erhärten.

Nachdem Jutta das Haus verlassen hatte, begab er sich über Umwege zu seinem Versteck, verpackte zwei Kartons mit Zigarettenstangen in eine große Sporttasche und nutzte jeden Schleichweg, um möglichst ungesehen zum Friedhof zu kommen. Sein Plan war ähnlich banal wie der Karton in der Garage von Tobias. Diesmal versteckte er die Kartons in einer der Nebenräume der Friedhofshalle. Der Polizist würde bei seiner Spurensuche die Arbeitsstätten von Tobias durchgehen und damit den Verdacht erhärten. Das Schloss der Friedhofshalle war für Florian keine Herausforderung und so hatte er seine Arbeit schnell erledigt.

Er war auf dem Weg nach Hause, als er Iris traf: »Hallo Florian, hast du mich vermisst?«

»Iris«, tadelte er, »du weißt, dass wir vorsichtig sein müssen.«

»Zwei erwachsene Menschen, die sich im Dorf über den Weg laufen?«, neckte sie ihn. »Das ist sehr verdächtig. Bestimmt wissen alle Bescheid: ›Seht ihr das? Florian fickt die Frau vom Holzer! ‹.«

Er sah sich um und war froh, dass niemand zu sehen war. Iris wurde ihm langsam zu fordernd und er müsste einen Ausweg finden, bevor ihm die Kontrolle entglitt.

»Lass uns zum Haus der Zieglers gehen«, schlug er vor.

»Wie immer auf verschiedenen Wegen?«, provozierte sie ihn.

»Es würde reichlich seltsam aussehen«, entgegnete er, »wenn wir zusammen in ein verlassenes Haus gehen.«

»Ich wusste nicht, dass du so ein Feigling bist!« Iris stellte sich direkt vor ihn, griff ihm in den Schritt und drückte leicht zu. »Pass auf, dass deine Augen nicht herausfallen, wenn du mir hinterherschaust.«

Er hatte Iris bei einer großen Geburtstagsfeier im Bürgerhaus kennengelernt. Jutta und er waren erst kurz ein Paar gewesen und die Frau von Holzer fiel ihm auf, weil sie, seiner Meinung nach, viel zu attraktiv für den Mann war. Und viel zu jung. Holzers Sohn aus erster Ehe war mit seiner jetzigen Stiefmutter in eine Klasse gegangen und Gerüchten zufolge waren die beiden in ihrer Jugend ebenfalls ein Paar.

Florian hatte sie einmal gefragt, ob sie mit Vater und Sohn gefickt hätte, die Frage hatte sie unbeantwortet gelassen.

Er selbst ging einen anderen Weg bis zum Haus und fand dort im Gästezimmer Iris nackt im Bett liegen: »Du hast dir ordentlich Zeit gelassen, ich dachte schon, du versetzt mich!«

Sie setzte sich auf die Bettkante und zog seine Hose herunter: »Oh. Du hast dich schon mal mehr gefreut, mich zu sehen.«

Tatsächlich stand ihm nicht der Kopf nach Zärtlichkeit oder wildem Sex, er wusste aber, dass Iris nicht lockerlassen würde, bis sie mindestens einen Höhepunkt hatte. Außerdem musste er sich überlegen, wie er wieder die Kontrolle über die Beziehung bekam.

Nachdem er sein Shirt ausgezogen hatte, kniete er sich vor sie und fuhr mit seinen Fingern von ihren Füßen an der Außenseite ihrer Beine entlang bis zur Hüfte. Seine Hände wanderten langsam zu ihrer Taille und er bemerkte, wie sie ihm ihre Brüste entgegenstreckte, wie sich die Härchen auf ihrem Arm aufstellten. Mit seinen Händen griff er sanft nach ihren Brüsten, drückte sie, umspielte mit seiner Zunge den Vorhof und genoss, dass er die Erregung in ihrem Körper spürte. Das Erlangen der Kontrolle machte ihn selber scharf, er spürte, wie sein Schwanz hart wurde und gegen den Stoff der Unterhose drückte. Er zog sie aus, drückte Iris› Körper auf das Bett und drang in sie ein.

Eine Dreiviertelstunde später lag er auf dem Rücken, Iris hatte sich an seine rechte Seite geschmiegt und genoss seine Umarmung, während sie ihre Hand über seinen Körper fahren ließ: »Das hatten wir schon länger und intensiver!«

Er war von dem Vorwurf überrascht: »Ja. Auch schon schneller. Ich habe aber nicht ewig Zeit. Immerhin habe ich andere Aufgaben, als dein Liebessklave zu sein.«

»Für einen Sklaven geht es dir bei mir nicht schlecht«, sie kraulte mit ihrer Hand seine Eier, was bei ihm direkt zu neuer Erregung führte.

»So gern ich länger bleiben möchte«, versuchte er sich herauszureden, »wir sehen uns doch bald wieder.«

Eigentlich hatten sie schon ein neues Treffen ausgemacht und Florian dachte, dass das Thema damit erledigt wäre.

Diese Rechnung hatte er ohne Iris Holzer gemacht: »Carl ist ständig besoffen.«

Verwundert, in welche Richtung das Gespräch gelenkt wurde, fragte Florian nach: »Ach komm, du übertreibst. Wo soll er denn den ganzen Alkohol herbekommen?«

»Wir haben den halben Keller voller Wein und einen gut sortierten Schrank mit verschiedenen Whiskeys und Weinbränden«, erklärte Iris. »Wenn Carl möchte, dann reicht das, um sich mindestens ein Jahr lang jeden Abend abzuschießen.«

»Du kanntest ihn vorher«, wies er sie zurecht. »Wieso überrascht dich das?«

»Vor dem Stromausfall hatte ich genügend Gelegenheit, ihm aus dem Weg zu gehen«, antwortete sie. »Mit den ganzen Dorfpomeranzen war schon vorher nix los und mittlerweile passiert da noch weniger.«

Iris war nie komplett im Ort angekommen, hatte ihre Freundschaften aus dem Studium gepflegt und im Dorf nur Pflichtveranstaltungen an der Seite ihres Mannes mitgemacht. Es wunderte Florian nicht, dass sie außer ihm und ihrem Mann keine weiteren Kontakte hatte.

»Die Landfrauen haben verschiedene Hauskreise gegründet, um ihre Fertigkeiten mit allen anderen zu teilen«, schlug Florian vor.

Sie ging gar nicht darauf ein: »Carl wird immer ekelhafter. Seine Körperpflege lässt zu wünschen übrig und von mir erwartet er, dass ich ihm gefügig bin.«

»Gefügig?«

»Er erwartet jeden Abend einen Blowjob von mir.«

»Wir haben das 21. Jahrhundert. Du weißt, dass du das nicht machen musst.«

Sie drehte ihren Kopf in seine Richtung und er sah Tränen in ihren Augen: »Das habe ich ihm gesagt. Er hat mir geantwortet, wenn mir das nicht passe, dann könne ich ihn jederzeit verlassen.«

Florian hegte keine große Sympathie für Holzer, den er für aufgeblasen und von sich selbst eingenommen hielt. Dass er als Partner nicht erste Wahl war, hatte Iris schon mehrmals berichtet. Er bedauerte sie, allerdings blieb er der Meinung, dass sie das vorher hätte erahnen können: »Das ist mies, du kannst nirgendwo hin.«

»Genau darüber wollte ich mit dir sprechen.« Ihre Stimme wurde zittrig. »Schau, wir kennen uns jetzt so lange und sind fast wie ein Paar. Wir könnten einen Schritt weitergehen.«

Florian gefiel definitiv nicht die Richtung, in die das lief: »Wie stellst du dir das vor? Ich bin verheiratet!«

Iris ließ nicht locker: »Ach komm, wenn du mit Jutta so zufrieden wärst, würden wir jetzt nicht hier liegen!«

So ganz Unrecht mochte sie damit nicht haben: »Hör zu! Ich mag dich, sehr sogar. Dein Mann hat hier im Ort viel Einfluss. Selbst mein naiver Schwager ist nicht ohne. Die würden uns die Hölle heißmachen. Im Moment ist das eine doofe Idee. Vermutlich müssten wir Umbach verlassen … und wo sollen wir dann hingehen?«

Iris sah in aus tränengefüllten Augen an: »Wenn du meinst.«

Sie stand auf und zog sich an, Florian stand auf und nahm sie in den Arm: »Ich überlege mir eine Lösung, mir wird etwas einfallen. Versprochen!«

Er spürte, wie sie sich erst gegen seine Umarmung wehrte, gab dann nach und heulte sich an seiner Brust aus: »Mach schnell, ich weiß nicht, wie lange ich das aushalten kann.«

Nachdenklich ging er nach Hause. Eine feste Beziehung mit Iris kam für ihn auf keinen Fall infrage. Im Bett war die Frau der Hammer, sie war sexy, attraktiv und ihr Intellekt sprach ihn an, aber ansonsten war da nichts. Er beschloss, das Problem auszusitzen und Iris hinzuhalten, bis ihm eine für ihn gute Lösung einfallen würde, ohne dass sie eine Gefahr für ihn werden würde.

Seine ›Runde‹ war kleiner geworden, bestand nur noch aus drei Haushalten und als Erstes ging er zu Herrn Siebenthal. Er klopfte an die Tür und wartete auf den alten Mann, der sich Zeit ließ. Florian war sich sicher, dass der wusste, dass er vor der Tür stand und ihn absichtlich lange warten ließ. Irgendwann würde er es dem alten Sack heimzahlen. Nach einer Weile klopfte er erneut, diesmal lauter, möglicherweise war dem Griesgram etwas passiert. Florians Hoffnung zerplatzte, als er Schritte in der Wohnung hörte: »Ja?«

»Hallo, Herr Siebenthal«, Florian versuchte, so freundlich wie möglich zu klingen, »ich bin es, Florian.«

Er wartete darauf, dass ihm die Tür geöffnet wurde, wurde eines Besseren belehrt: »Ich brauche Sie heute nicht. Sie können die nächsten Senioren quälen.«

»Da tun Sie mir unrecht«, protestierte er, »ich quäle Sie doch nicht! Und auch sonst niemanden!«

»Das können Sie erzählen, wem Sie wollen.« Florian meinte den Mann geifern zu sehen. »Mir machen Sie nichts vor. Sie sind ein falscher Fuffziger und es ist mir ein Rätsel, wie Sie an so ein tolles Mädchen wie Jutta gekommen sind.«

»Jetzt mal langsam«, ermahnte Florian, »ich muss mich von Ihnen nicht beleidigen lassen. Seit wir hier wohnen, helfen wir Ihnen, so oft es geht, machen Einkäufe für sie, helfen im Garten …«

»Glauben Sie, ich bin blind?«, unterbrach der Vermieter ihn. »Ich sehe doch, dass Sie überall dort helfen, wo es jeder mitbekommen kann. Mit allem anderen geben Sie sich gar nicht ab. Wenn Jutta nicht wäre, würden Sie hier nicht wohnen.«

»Haben Sie keine Angst«, fragte Florian, »dass ich Jutta von diesem Gespräch erzähle?«

»Erzählen Sie doch, was Sie wollen«, reagierte Siebenthal. »Alles werden Sie ohnehin nicht erzählen und ich bin überzeugt, dass Sie sich ins rechte Licht rücken werden. Irgendwann wird Ihr Kartenhaus zusammenfallen und ich hoffe, ich werde so lange leben, dass ich das mitbekomme. Und jetzt machen Sie sich vom Acker.«

Florian hörte, wie sich die Schritte von der Tür entfernten, und fasste einen Entschluss. Die bisher im Ort nicht gestellte Frage nach Mieten würde bald von jemandem angesprochen werden und wenn er sich sicher war, dass Siebenthal nicht direkt gegen ihn agieren würde, der Mann musste weg. Bei der letzten Sitzung des Medizinerrates hatten sie darüber gesprochen, dass es nicht mehr lange dauern würde, bis chronische Krankheiten und mangelnde Medikamentierung die Opferzahlen steigen lassen würden. Ein sterbender Senior würde vermutlich gar nicht weiter auffallen.

Die restliche Runde war für ihn menschlich erfolgreicher, die anderen Senioren freuten sich, ihn zu sehen und Florian war überrascht, dass alle recht gut zurechtkamen. Fast alle bekamen Besuch und wurden von den Einwohnern nach dem Leben früher befragt. Die Wertschätzung schien sich positiv auf das allgemeine Befinden auszuwirken. Zwar nicht so weit, dass sie komplett ohne Hilfe zurechtkamen, aber er spürte eine Verbesserung gegenüber deren Zustand vor drei Wochen, als er mit der mobilen Pflege angefangen hatte.

Die Medikamente waren bald aufgebraucht, teilweise auch, weil Florian geschickt für seinen kleinen Nebenerwerb immer wieder etwas abgezweigt hatte. Verena und Bernadette waren dabei, Kräuter und Wurzeln zu suchen, aus denen sie die ein oder andere Medizin herstellen konnte. Bei den Diskussionen waren die beiden sich nicht immer einig und Florian wartete nur darauf, dass sie sich in die Haare bekommen würden. In seiner Fantasie ließ er die beiden schlammcatchen.

Die Runde hatte er schnell hinter sich gebracht und ging zur Praxis von Doktor Haarberg. Er tat sich schwer, sie ›Hospital ‹ zu nennen, bisher gab es nur gelegentlich Patienten, die eine Nacht dort verbracht haben. Mit dem Zusammenbrechen der Zivilisation hatten sich die Krankheitsbilder verändert und der Mangel an Medikamenten hatte sich im Dorf herumgesprochen.

»… kann für Sie nichts tun«, hörte er Bernadette sagen, die sich mit Haarberg unterhielt.

»Es wird nicht alle betreffen«, reagierte Haarberg, »einige werden sich alles hereinpfeifen, was sie finden können.«

Bernadette bemerkte Florian als Erstes: »Hallo Florian!«

Haarberg drehte sich zu ihm um: »Salut Florian, wir reden über Schmerzpatienten.«

»Haben wir viele im Ort?«, fragte Florian.

»Ich weiß von achtzehn«, überlegte Haarberg. »Es könnten auch mehr sein.«

»Und nicht jeder hat bei mir seine Medikamente bezogen«, ergänzte Bernadette, »wenn die denen ausgehen und sie Schmerzen haben, befürchten wir, dass die verzweifelt Ersatz suchen werden. Vor allem diejenigen, die mit Opioid behandelt wurden. Die werden einen richtigen Entzug erleben.«

»Dann ist Umbach in wenigen Wochen drogenfrei!«, witzelte Florian. »Da können wir doch stolz sein.«

Haarberg grinste: »Schön wäre es. Du unterschätzt den Erfindungsreichtum der Menschen, die schon immer irgendeinen Weg gefunden haben, sich zu berauschen.

Das Thema Entzug sollten wir nicht unterschätzen, die Patienten könnten sowohl für sich als auch für deren Umfeld eine körperliche Bedrohung werden.«

»Können wir denen keinen Ersatz anbieten?«, fragte Florian.

»Nicht wirklich«, antwortete Bernadette. »Von den anderen Schmerzmitteln haben wir kaum etwas. Verena und ich versuchen, natürliche Schmerzmittel herzustellen, aber das wird denen nicht reichen.«

Florian legte ein besorgtes Gesicht auf, plante aber bereits, wie er die Patienten erreichen konnte, denn er hatte in seinem Vorrat so einige Mittelchen, die denen das Leben einfacher machen konnten.

»Das sind vermutlich überwiegend alte Personen?«, versuchte Florian mehr Infos über die Patienten zu bekommen, ohne direkt nach einer Liste zu fragen.

»Überwiegend«, bestätigte Bernadette, »mit wenigen Ausnahmen. Wir haben eine Liste zusammengestellt, wissen aber nicht, ob wir alle erfasst haben. Nicht jeder ist bei Marko Patient, nicht jeder bei mir Kunde.«

Sie hielt Florian die Liste hin, der kaum fassen konnte, wie gut es für ihn lief, ohne dass er sich anstrengen musste. Er überflog die Namen und hatte sich schnell fünf davon eingeprägt, die er als wohlhabend einschätzte.

»Man kann davon ausgehen«, sagte Florian, »dass sich diejenigen, die nicht bei euch sind, früher oder später melden werden? Gerade wenn der Schmerz unerträglich wird?«

»Davon gehen wir aus«, Haarberg nahm die Liste von Florian entgegen, »aber bisher kam niemand.«

SIMONE

Die Mutter und Tochter hatten sich nach anfänglichem Zögern Simone und Arne angeschlossen und eine mehrtägige Rast in der Scheune eingelegt, die sie vor dem Aufeinandertreffen anvisiert hatten. Sie stellten sich als Konstanze und Pauline vor, den ersten Tag hatten beide kein Wort mehr gesprochen und Simone wollte sie nicht bedrängen.

Arnes Zustand machte ihr Sorgen, er war fiebrig und hatte rote Flecken an Armen und Beinen und sie hatten diskutiert, einen Arzt aufzusuchen: »Die haben den hippokratischen Eid geleistet, die müssen helfen.«

Arne sah das nicht so optimistisch: »Wir werden ohnehin nirgendwo zu einem Doktor vorgelassen.«

Simone war damit nicht zufrieden und hoffte, dass einige Tage Ruhe ihm helfen würden. Nach der ersten Nacht war Arnes Fieber noch sehr hoch und wenn er die Scheune verließ, um sich zu erleichtern, sah Simone, dass er sich kaum auf den Beinen halten konnte. Gemeinsam mit Konstanze, der Mutter, kümmerte sich Simone um das Auffüllen der Wasservorräte und sie fanden etwas Obst, mit dem sie zur Scheune zurückkehrten. Pauline, die Tochter, kauerte in einer Ecke, Arne schlief unruhig.

Am zweiten Tag überraschte Konstanze Simone mit dem Vorschlag, die Leichen der Männer in den dem Tatort nahen Büschen zu verstecken, dort wo sie lagen, würden sie früher oder später Aufmerksamkeit erzeugen. Die Tochter weigerte sich und Arnes Zustand war unverändert, so kümmerte sich Simone mit der Mutter um die Aufgabe.

Als Arne am nächsten Tag aufwachte, wirkte er etwas ausgeruhter und Simone hatte den Eindruck, dass er weniger fiebrig wäre: »Ich könnte einen ganzen Ochsen essen!«

»Ich bedaure«, lächelte Simone, »Ochse ist aus, wir haben ein paar Äpfel. Wenn der Herr damit vorliebnehmen würde.«

»Danke«, hörte Simone eine Stimme hinter ihr und sie war überrascht, dass Pauline aus ihrer Ecke herausgekommen war und sich neben sie setzte.

»Wenn ihr nicht gewesen wärt«, setzte die junge Frau fort, »dann hätten die Männer uns wieder erwischt.«

Simone wusste nicht, was sie antworten sollte, und war froh, als die Mutter zu erzählen begann: »Ich hatte Dienst, als der Strom ausfiel. Dienst im Kernkraftwerk. In Grohnde, falls ihr das kennt.«

Simone und Arne schüttelten den Kopf: »Muss man auch nicht. Nach meinem Studium und ersten Job als Schiffsbauingenieurin bin ich von Headhuntern an das AKW vermittelt worden. Der Ruf der Branche ist bescheiden, die Bezahlung war gut. So bin ich dort gelandet. Aber egal.

Ich hatte Dienst, als der Strom ausfiel, und sofort die Bilder von Fukushima im Kopf.«

»Den Tsunami und die explodierenden Gebäude?«, vermutete Simone.

»Exakt«, nickte Konstanze, »ihr müsst wissen, dass Kernkraftwerke aktiv gekühlt werden müssen. Es gibt verschiedene Back-up-Systeme, Notstromaggregate und in Fukushima waren die meisten davon ausgefallen. Bei uns fielen die Anzeigen aus und allen war klar, dass uns das gleiche Schicksal wie Fukushima blühte. ›Die verdammten Atomkraftgegner haben wohl recht gehabt ‹, sagte einer der Kollegen, stand auf und verließ den Kontrollraum. Wir Restlichen sahen uns gegenseitig an und diskutierten kurz die Optionen. Dass unsere Handys nicht funktionieren und auch keine Notstrombeleuchtung nahm uns jegliche Zuversicht. Wir entschlossen uns umgehend, das sinkende Schiff zu verlassen.«

Simone lauschte gespannt: »Da wir nicht so weit vom Kraftwerk entfernt wohnten, fuhr ich meistens mit dem Fahrrad zur Arbeit und hatte einen Vorteil gegenüber den Kollegen, deren Autos nicht ansprangen. Beim Rausgehen verteilten wir unsere Panik: Der Pförtner wollte pflichtbewusst sein und erst meine Erklärung, dass wir nichts retten könnten, ließ ihn seine Arbeit vergessen und sich auf dem Weg zu seiner Familie machen. Daheim angekommen, erklärte ich meinem Mann und Pauline, was passiert war, und dass wir uns sofort auf den Weg machen mussten. Als erstes Ziel hatte ich mein Elternhaus bei Salzgitter geplant und keine zwei Stunden nach dem Stromausfall saßen wir auf Fahrrädern und fuhren los. Trotz des Chaos auf den Straßen kamen wir gut voran und übernachteten bei einer Bekannten. Gemeinsam mit denen verließen wir am nächsten Tag den Ort, leider in unterschiedliche Richtungen.«

»Sie haben nicht gesehen, wie das AKW explodierte, oder?«, fragte Arne.

»Konstanze. Ich dachte, wir duzen uns? Zurück zu deiner Frage: Das musste ich nicht sehen«, erklärte die Frau, »das wusste ich und ich hatte kein Interesse daran, das zu sehen. Erinnerst du dich an die Bilder der Verrückten, die ins Sperrgebiet um Tschernobyl gereist sind, um dort Fotos für Instagram zu machen? Idiotisch! Einfach nur idiotisch.«

Der fehlende Mann aus der Erzählung war Simone aufgefallen, erwähnte ihn aber nicht: »Wie weit ist Grohnde von hier entfernt?«

Die Frau überlegte kurz: »Das müssten so knappe 60 Kilometer sein.«

Simone war etwas verwundert, das passte fast gar nicht zu der Angabe, dass sie mit den Fahrrädern gut vorangekommen waren: »Was hat euch aufgehalten?«

Konstanze stiegen Tränen in die Augen: »Am zweiten Tag kamen wir gut voran. Abends hatten wir keine Unterkunft gefunden und haben in einem verlassenen Auto geschlafen. Thilo, mein Mann, hatte es aufgebrochen und ich war überrascht, mit welcher Selbstverständlichkeit er das gemacht hat, und wie wenig sich die Menschen um uns herum darum gekümmert haben.«

Simone wusste, was sie meinte und erinnerte sich an die Mischung aus Hamsterkäufen und Plünderungen in Hamburg: »Wir sind aus Hamburg geflüchtet und was mich im Nachhinein amüsiert, sind die vielen Plünderer, die die großen Fernseher geklaut haben.«

Ihr Gegenüber zog die Augenbrauen hoch: »Vermutlich haben alle noch geglaubt, dass der Strom schnell wieder da sein würde. Bequem war die Nacht im Fahrzeug nicht und ich hatte mich geärgert, dass wir kein Zelt mitgenommen hatten. Vom Auto sind wir in das nächste Dorf und wollten dort im Supermarkt etwas einkaufen, aber die Regale waren fast komplett leer und das wenige brauchbare, was sie hatten, konnten wir uns nicht leisten. Für eine Handvoll Schokoriegel und einen Sixpack von einem vollkommen übersüßten Saft wollte der Mann 150 Euro haben. Ich habe mich mit ihm angelegt und auf die Preisschilder gezeigt, der hat nur den Kopf geschüttelt und gekontert, dass er nichts verkaufen müsse, da keine Kasse funktionierte. Außerdem könnte ich woanders hingehen, wenn mir seine Preise nicht passen. Ich habe die Sachen liegen lassen und ein Mann, der mit leeren Händen an die Kasse kam, kramte seinen Geldbeutel heraus, zeigte auf die Schokoriegel und blätterte dem Verkäufer die 150 Euro hin. Ich konnte das nicht begreifen, aber der Mann grinste mich nur an, als ob er die letzten Karten für irgendein ausverkauftes Konzerts ergattert hatte. Danach kam noch eine Frau an die Kasse, der nahm er fast den normalen Preis ab. Ich war sauer, stocksauer und fragte ihn, was das denn sollte, und er grinste mich an und erklärte Frau soundso wäre Stammkundin. Thilo zog mich aus dem Laden heraus und schlug vor, dass wir unser Glück woanders suchen sollten. Es war für mich unbegreiflich, wie innerhalb von nicht mal zwei Tagen die Regeln unseres Miteinander auf den Kopf gestellt wurden. Wir fuhren weiter und trotzdem überall Autos und Lkw liegen geblieben waren, kamen wir mit den Fahrrädern gut durch. Im nächsten Ort war man wesentlich großzügiger und die Einwohner versorgten uns einfach so. Belegte Brote mit Wurst und Käse, Kaffee und Wasser und alles, was man von uns erwartete, war zu erzählen, was wir erlebt hatten. Mein Bericht über das Kernkraftwerk schockierte die meisten und jeder wollte von mir wissen, ob sie in ihrem Ort sicher vor dem Fallout wären und das Einzige, was ich ihnen erzählen konnte, war, dass ich es nicht wusste. Ich versuchte zu erklären, dass das von der Windrichtung abhängig war und versuchte ihnen eine Karte vom Sperrgebiet um Fukushima aufzuzeichnen, dort hatte sich der Fallout bananenförmig, ausgehend von den Kraftwerken erstreckt.«

»Hat das die Menschen beruhigt?«, wollte Arne wissen.

»In Fukushima?«, witzelte Konstanze. »Unter normalen Umständen wären die Leute umgehend geflüchtet, da niemand Informationen hatte, wie es anderswo aussah, war Bleiben für die meisten die erste Option.«

»Kann man in Deutschland überhaupt irgendwohin flüchten, wo kein AKW in der Nähe ist?«, gab Simone zu bedenken.

»Im Osten«, erklärte Konstanze, »aber da man davon ausgehen kann, dass es überall Störfälle gibt, wird die Falloutwolke irgendeines Kernkraftwerks jede Ecke in Europa erreichen. Die Australier haben vermutlich genug Abstand.«

»Was ist mit Strahlenkrankheiten?« Simone erinnerte sich, dass sie als Kind, nach dem Unfall in Tschernobyl eine Weile nicht draußen spielen durfte.

»Schwer zu sagen. Im direkten Umkreis der Kraftwerke wird es zum sprunghaften Anstieg kommen, weiter weg … das hängt von so vielen Faktoren ab.« Sie nahm einen Schluck Wasser aus ihrer Flasche, bevor sie weitererzählte: »Thilo hatte vorgeschlagen, dort zu fragen, ob wir einen Tag Rast machen könnten. Er befürchtete, dass es lange dauern würde, bis wir wieder Menschen sehen würden, die so hilfsbereit sein werden. Ich war dagegen und rechnete ihm vor, dass wir innerhalb einer Woche bei meinen Eltern sein könnten, vermutlich sogar schneller. Hätte ich nur auf ihn gehört, dann wäre er jetzt noch hier.«

Sie brach in Tränen aus und Simone nahm sie in den Arm.

Erstaunt hörte sie, wie Pauline ihrer Mutter Mut zusprach: »Es war nicht deine Schuld Mama. Die hätten auch einen Tag später dagestanden.«

Es dauerte eine Weile, bis sich Konstanze wieder beruhigt hatte und Simone sagte: »Du musst nicht weitererzählen. Das erwartet keiner von dir.«

»Ich mache das auch für mich«, erklärte Konstanze, »ich muss das erzählen, damit es etwas von dem Schrecken nimmt.«

Konstanze war bereit, ihren Bericht fortzusetzen: »Wir fuhren weiter, wurden herzlich verabschiedet und keine tausend Meter später änderte sich alles. In einem kleinen Waldstück waren auf beiden Seiten je ein Lkw stehen geblieben. Wir konnten nicht sehen, was uns dahinter erwartete. Als wir bei dem ersten Lastwagen vorbei waren, stellten sich uns am Ende des andern Lkw fünf Männer in den Weg. Wir stiegen von den Fahrrädern ab und wollten umdrehen, aber hinter uns hatten sich fünf Weitere gestellt und die kamen langsam hinter uns her. Thilo meinte, wir sollen ruhig bleiben, er würde das Reden übernehmen. Einer der Männer vor uns löste sich von der Gruppe und kam auf uns zu. ›Was habt ihr in euren Rucksäcken? ‹, fragte er und Thilo antwortete, dass es nur Kleidung, etwas zu essen und trinken wäre. Das stimmte nicht ganz, denn ich hatte meinen Schmuck eingepackt. Zumindest den Echten, denn mir war schon ohne den Wucherladen klar, dass wir mit Bargeld nicht allzu weit kommen würden. Der Kerl klatschte und aus dem Wald an der Seite kamen vier weitere Männer heraus.«

Konstanzes Lippen zitterten und es dauerte eine Weile, bis sie weitersprach: »›Durchsucht ihre Taschen ‹ hatte er sie angewiesen. Pauline wollte ihren Rucksack nicht abgeben und der Mann, der versucht hatte, ihn ihr abzunehmen, gab ihr direkt eine Ohrfeige. ›Bitte!‹, sagte Thilo, ›das muss doch nicht sein. Pauline, gib' ihm den Rucksack.‹

›Hör auf Papi‹, lachte der Anführer, und wir stellten alle unsere Rucksäcke ab. Die Kerle gaben sich keine Mühe und kippten die Rucksäcke an Ort und Stelle aus. Alle wühlten sich durch unsere Kleidung und der, der Paulines Sachen durchsuchte, hielt triumphierend einen ihrer BHs und einen Slip hoch: ›Hey! Schaut mal, was für heiße Wäsche die Kleine hat!‹«

Pauline schmiegte sich an ihre Mutter.

»Der Mann an meinem Rucksack entdeckte den Beutel mit meinem Schmuck: ›Chef, schau mal hier.‹

›Seit wann geht der Berg zum Propheten?', schnauzte der ihn an, 'Bring es zu mir.‹

Sein Handlanger folgte dem Befehl und übergab den Beutel. Der Rädelsführer schaute hinein und dann meinen Mann an: ›Das sieht nicht nach Kleidung, Essen und Trinken aus.‹

›Das brauchen wir, um Essen und Trinken zu kaufen ‹, versuchte Thilo zu erklären. Der Anführer stellte sich vor ihn und schlug mit der Faust direkt in Thilos Gesicht.

›Du hast mich angelogen‹, schrie er Thilo an. ›Ich kann es nicht leiden angelogen zu werden.‹

Thilo hielt sich die Hände vor das Gesicht und krümmte sich zusammen. Als er sich aufrichtete, trat ihm das Schwein direkt in den Unterleib. «

Erneut zitterten Konstanzes Lippen. Sie holte tief Luft und Simone sah, wie eine Träne langsam ihre Wange herunterlief.

»›Räumt die Rucksäcke wieder ein und holt die Kabelbinder‹, wies er seine Männer an. Ich fragte mich erst, was er mit den Kabelbindern wollte. Als kurz darauf unsere Hände auf dem Rücken damit zusammengebunden waren, wusste ich es. Zusätzlich verbanden sie uns die Augen und brachten uns dann weg. Jeder von uns wurde von einem der Männer geführt und die waren nicht zimperlich, als sie uns durch den Wald führten. Als ich hinfiel und mir die Stirn an einer Wurzel anstieß, lachte mein Bewacher: ›Mädel, pass auf, wo du hinläufst, wir wollen doch nicht, dass dein hübsches Gesicht entstellt wird.'

Ich weiß nicht, wie lange wir gelaufen sind und irgendwann hörte ich Thilo fragen: ›Wo bringt ihr uns hin?‹

Ein dumpfer Schlag und ein Schrei von Thilo waren für mich der Hinweis, dass er geschlagen wurde, und der Anführer zischte: ›Fresse halten oder ich schlage das nächste Mal deine Tochter!‹«

Sie schaute ihre Tochter lange an und fuhr dann fort: »Mit verbundenen Augen hat man irgendwann kaum das Gefühl für Zeit. Mir schmerzten die Füße und die Kerle wechselten sich beim Führen ab. Jeder begrapschte mich, einer flüsterte mir ins Ohr: ›Freut euch, deine Tochter und du werdet viel Spaß mit uns haben! ‹

Irgendwann wechselten wir vom Wald auf einen geteerten Weg und konnten besser laufen. Dann hörten wir Stimmen, ich überlegte, um Hilfe zu schreien, aber der Anführer muss meine Gedanken erahnt haben.

›ich höre einen Laut und eure Tochter muss daran glauben‹ drohte er uns.

Die Stimmen kamen näher und entfernten sich wieder und wir wurden weitergeschoben. Wir hörten ein Rolltor, ein großes, und wurden in eine Halle geführt und danach in einen kleinen Raum, weiterhin gefesselt und mit verbundenen Augen. Die Tür wurde geschlossen und wir wussten nicht, ob wir alleine waren oder nicht.«

Simone ahnte, was Konstanze berichten würde.

»Durch die Tür konnten wir die Männer diskutieren hören. Was genau, konnten wir nicht verstehen. Dann kam der Rädelsführer herein und verging sich an Pauline. Ich weiß nicht, was Thilo genau gemacht hatte, er hat wohl versucht, ihr zu Hilfe zu kommen und wurde dann verprügelt. Der Mann öffnete die Tür und rief seine Leute rein: ›Bringt das Stück Dreck in den Wald, irgendwohin wo ihn keiner findet.‹

Danach kam er zu mir und zog mir die Hose aus und …«

Simone wollte die Frauen trösten, ihr fehlten die Worte und es dauerte erneut eine Weile, bis Konstanze weiter berichtete: »Zwei Tage, bevor wir auf euch gestoßen sind, ist uns die Flucht gelungen, aber sie blieben uns die ganze Zeit auf der Spur.«

»Zwei Tage?«, staunte Arne. »Und es gab niemanden, der euch geholfen hat?«

Konstanze schüttelte den Kopf: »Irgendwie scheinen alle nur mit sich selbst beschäftigt zu sein.«

TAG 23

JUTTA

Die Welt wurde wieder etwas kleiner und sie trug einen entscheidenden Teil dazu bei. Juttas Pony-Express hatte sich zwischen den fünf Ortsteilen etabliert. Die Geschwindigkeit konnte mit Nachrichtendiensten wie WhatsApp nicht mithalten, aber es war ein Anfang.

Zehn Reiter und Radfahrer standen in verschiedenen Schichten in Umbach bereit, um Botschaften nach Blasbach und Waldgirmes zu bringen. Waldgirmes hatte im Norden Kontakt mit Biebertal, Dorlar im Süden nach Garbenheim und Atzbach im Süden nach Dutenhofen und im Osten zu Kinzenbach und Heuchelheim. Alle Anzeichen sprachen dafür, dass das Netzwerk wuchs.

›Blind‹ waren sie in Richtung Naunheim, Niedergirmes, Hermannstein und Aßlar, an Wetzlar war vorerst nicht zu denken. Jutta hatte ein Büro in der ›Postzentrale‹ bekommen, obwohl sie wenig Zeit dort verbrachte. Sie half bei der Pferdepflege auf dem Bodnerhof, wo Herr Bodner ihr und anderen Kutschfahrern erklärte, wie die Kutschen instandgehalten werden.

Neben ihr gab es Sonja und Karin, die abwechselnd vor- und nachmittags das Büro besetzt hielten, während die Kuriere aus Umbach und den Nachbarorten ein- und ausgingen. Im Moment hatte

Jutta mehr Freiwillige als notwendig. Eine Herausforderung war die Diensteinteilung, weil alle Kuriere einen Hauptjob hatten.

Die Tür ging auf und Robert Kempf kam hinein: »Ah, da ist ja unsere Frau Zuckerberg!«

Jutta musste grinsen, Kempf hatte sich immer Mühe gegeben, das Ohr am Puls der Zeit zu haben: »Ich bin mir nicht sicher, ob das ein Kompliment sein soll, ich habe nicht vor, das Leben unserer Mitmenschen auszuspionieren.«

»Aber du ermöglichst ihnen Kommunikation«, ging Kempf auf ihr Argument ein, »und ich habe keine Ahnung, wie der Mann hieß, der WhatsApp erfunden hatte.«

»Dann bedanke ich mich für das Kompliment«, freute sich Jutta. »Was kann ich für Sie tun? Sie sind doch nicht aus reiner Höflichkeit hier?«

Er grinste: »In meiner Funktion als Quasibürgermeister wollte ich mir anschauen, wie Sie und Ihre Mannschaft arbeiten und ob es etwas gibt, was ihr braucht?

Und privat ist es schon auch. Dank euch haben wir einen Überblick über unsere Nachbarschaft, das hätten wir uns sonst mühsam erarbeiten müssen. Ehrlich gesagt denke ich darüber nach, eine Zeitung ins Leben zu rufen.«

»Eine Zeitung?«, wunderte sich Jutta, »so viel passiert doch gar nicht. Und außerdem: Wäre es nicht ein Interessenkonflikt, wenn sie als Bürgermeister Herausgeber einer Zeitung sind?«

»Ein wenig«, gab Kempf zu, »ich möchte das nicht dauerhaft machen, für beides, Bürgermeister und Zeitung, bin ich zu alt.«

»Fragen Sie meinen Bruder«, kommentierte sie, »soweit ich mich erinnere, hat der in der Schülerzeitung und während des Studiums für ein Stadtmagazin geschrieben.«

»Wie werden eure Kuriere denn in den Nachbarorten empfangen?« Kempf war aufgestanden und schaute sich die Karte an, auf der Jutta mit Pins die verschiedenen Zentralen des Pony-Expresses markiert und die Wege eingezeichnet hatte.

»Blasbach, Umbach, Waldgirmes, Dorlar und Atzbach sind recht einfach, da sich in allen Dörfern wie bei uns die Bürger schnell zusammengefunden hatten, um die Versorgung und Sicherheit aller aufzubauen. Auch Dutenhofen und Garbenheim funktionieren ähnlich wie hier, da haben wir keine Probleme. Wie es darüber hinaus ist, weiß ich nicht und ich denke, das wird sich dauerhaft meinem Wissen entziehen. Das ist so ein wenig wie ein P2P-Netz.«

»Ein was?« Kempfs Kenntnisse der modernen Technik war doch nicht grenzenlos.

»Ein Peer2Peer-Netz ist ein Netz von Gleichgestellten, es gibt niemanden, der alles verwaltet«, erklärte sie ihm. »Solange wir die Strukturen aufbauen, ist an eine zentrale Verwaltung gar nicht zu denken.«

»Braucht man dafür nicht ein Mehr an Ressourcen?« Gebannt schaute Kempf auf die Karte.

»Gute Frage«, gestand Jutta, »ich weiß es nicht.«

»Wie können wir euch unterstützen?«

»Im Moment haben wir alles, was wir brauchen«, antwortete sie, »das Büro, Futter für die Pferde. Wir brauchen bald einen Schmied.«

»Haben wir niemanden in Umbach?«, fragte Kempf.

»Nicht mehr«, sagte Jutta. »Handwerk hatte schon vor dem Stromausfall goldenen Boden, aber oft haben die Nachfolger gefehlt, um die Betriebe weiterzuführen.«

»Und wo hast du dein Pferd beschlagen lassen?«

»Ein Hufschmied aus Krofdorf hatte das erledigt. So weit reichen unsere Kontakte noch nicht.«

»Ihr solltet ein Suchinserat über den Ponyexpress verteilen«, schlug Kempf vor.

»Ja, das sollte ich.« Sie nahm einen Zettel, schrieb etwas darauf und packte es in einem Umschlag, wiederholte das gleich zweimal und ging dann zu Karin, die im Nebenzimmer am Schreibtisch saß.

»Kein Kurier da?«, fragte Jutta.

»Nein, alle Vögel sind ausgeflogen«, bestätigte Karin, »die müssten bald wiederkommen.«

Jutta steckte die Briefe in die Fächer für die beiden Nachbarorte, Kempf war ihr gefolgt: »Ich danke für das Gespräch! Tolle Arbeit!«

»Gerne, Herr Kempf«, bedankte sich Jutta.

Nachdem Kempf die Postzentrale verlassen hatte, sortierte sie die Unterlagen auf ihrem Schreibtisch und verabschiedete sich ebenfalls.

Sie stieg auf ›Kleine Tante ‹ und ritt nach Hause, das eigene Obst und Gemüse würde etwas Aufmerksamkeit brauchen. Drei Wochen nach dem Stromausfall war das Leben in Umbach entschleunigt, aber anstrengend. Fußgänger, Radfahrer, Kutschen und Reiter bewegten sich meistens im gemütlichen Tempo und Kinder nutzten die Straßen zum Spielen. Würde man den Asphalt gegen eine staubige Straße austauschen, die Fahrräder wegnehmen, könnte man fast meinen, in einem Western zu sein.

Zu ihrer Überraschung war Florian daheim, den sie bei der mobilen Pflege vermutet hatte: »Bist du mit deiner Runde schon durch?«

»Es ist ein wenig so«, berichtete Florian, »als ob die Senioren ohne Strom aufblühen. Siebenthal hat mich nicht mal reingelassen.«

»Vielleicht sollte sich jemand anderes um ihn kümmern?«

»Ach, der wird irgendwann nachgeben und meine Hilfe annehmen.«

»Kann ich mich darauf verlassen«, zögerte sie, »dass du deinen Nebenerwerb eingestellt hast?«

Er blickte sie an, als ob sie ihn geohrfeigt hätte: »Stellst du mir jetzt ehrlich diese Frage? Ich habe dir versprochen, dass ich aufhöre.«

Jutta fühlte sich schuldig, sie hatte keinen konkreten Anlass, ihm nicht zu vertrauen.

»Ich hätte auch nicht gedacht, dass du andere Menschen ausnutzen würdest.«

»Was kann ich denn tun, damit du mir wieder vertraust? Wollen wir die ganze Wohnung, den ganzen Keller und die Garage durchsuchen, ob ich etwas versteckt habe?«

»Sollte ich das tun? Und selbst wenn wir das machen würden, in Umbach gibt es genügend andere Möglichkeiten, etwas zu verstecken!«

»Hast du mitbekommen, dass wir nur am Anfang einer Krise sind? Die Zeiten werden schwerer, viel schwerer werden. Im Winter wird das Essen knapp werden. Ich will uns doch nur durch die Zeit bringen, ich habe das doch nur für dich gemacht! Glaub mir, es wird soweit kommen, da wirst du dir wünschen, du hättest mich machen lassen.

Aber ich kann das nicht ohne dein Einverständnis. Die Medikamente habe ich in den Vorrat gebracht.«

»Wie hast du das gemacht?« Jutta war etwas überrascht, dafür hätte er zugeben müssen, dass er Medikamente gehortet hatte.

»Ich habe Bernadette erzählt, dass ich bei den Patienten Vorräte gefunden hatte.«

»Und das hat sie dir abgenommen?«

»Warum sollte sie das nicht? Ich glaube, in den Häusern schlummern noch einige Überraschungen.«

»Hättest du mir vom Anfang an davon erzählt …«

»… dann hättest du mir davon abgeraten.«

»Tante Jutta«, Lukas klopfte an der Tür, »bist du da?«

Florian flüsterte: »Wie ist der in das Haus hineingekommen?«

»Es kann sein, dass ich die Tür nicht zugemacht habe«, gestand Jutta. »Ich wollte nur kurz etwas trinken und dann heraus in den Garten.«

Sie ging zur Wohnungstür und öffnete sie: »Hallo Lukas!«

»Hallo Jutta«, begrüßte er sie und sie war froh, dass er diesmal ›Tante ‹ weggelassen hatte.

»Hallo Florian! Die Feuerwehr könnte deine Hilfe gebrauchen.«

»Meine?«, wunderte sich Florian.

»Nein«, korrigierte Lukas, »nicht deine, die von Tante Jutta!«

»Okay«, sagte Florian, »ich bin trotzdem gespannt … ich darf doch hören, um was es geht?«

»Ja klar. Wir wollen einen Gerätewagen bauen«, begann Lukas, »damit wir im Brandfall mehr Material dabeihaben können.«

»Ich sehe nicht, wo ich euch …«, antwortete Jutta, »Ah, ihr wollt Kutschen einsetzen?«

»Exakt«, bestätigte Lukas, »wir benötigen irgendeine Kutsche, die wir als Gerätewagen umbauen können. Vielleicht hat Herr Bodner etwas auf seinem Hof? Oder sonst jemand im Ort? Du kennst doch alle Reiter?«

»Ich habe schon eine Idee«, zeigte sich Jutta interessiert, »glaube aber, dass es nicht schaden kann, wenn wir mit Nadines Vater sprechen. Der kennt jede Kutsche, die es im Dorf gibt.«

»Wollen wir zu ihm fahren?«, schlug Lukas ungeduldig vor.

»Gleich«, bremste Jutta ihn aus. »Ich nehme an, dein Gedankengang ist nicht fertig gedacht?«

Lukas schien sich an den Rest zu erinnern: »Eine Kutsche hilft uns nur, wenn wir Pferde dafür haben. Und die müssten wir nahe bei der Feuerwehr haben. Oder es müsste jemand sein, der beim Brand mit den Pferden zur Wache kommt.«

Im Kopf ging Jutta die ihr bekannten Mitglieder des örtlichen Reit- und Fahrvereins durch, die eigene Pferde hatten. Erstaunlicherweise gab es keine ihr bekannte Überschneidung mit Mitgliedern der Freiwilligen Feuerwehr.

Florian wurde durch Lukas› Vorschlag ebenfalls auf eine Idee gebracht: »Wir könnten für das Hospital und den Arzt auch eine Kutsche gebrauchen.«

»Es scheint, Kutscher ist eine gesuchte Tätigkeit«, stellte Jutta fest, »und weil Pferde, Kutschen und Kutscher aktuell knapp sind, werden wir genau schauen müssen, wie wir das verteilen.«

»Meinst du, wir könnten die Feuerspritze so umrüsten, dass sie von Pferden gezogen werden kann?«, fragte Lukas.

»Es wird sich ein Tüftler im Dorf finden«, antwortete Jutta. »Mit den Kutschen für Feuerwehr und Ärzte müssen wir schauen, die stehen dann vermutlich für nichts anderes mehr zur Verfügung.«

»Eine Ambulanz kann auch andere Transporttätigkeiten übernehmen«, überlegte sich Florian, »uns würde es reichen, wenn ein Arzt, ein Sanitäter mit Notfallkoffer und einer Trage drauf passt.«

»Trotzdem wäre das keine Kutsche, die sich weit vom Hospital entfernen sollte«, stellte Lukas fest.

»Zwei Kutscher für die Feuerwehr und einen für die Ambulanz«, rechnete Lukas vor. »Braucht man für jede Kutsche zwei Pferde?«

»Nein«, antwortete Jutta, »die Spritze ist nicht so groß, da reicht eins. Vielleicht kann man die zum Anhänger umbauen und an den

Gerätewagen dranhängen. Es kommt halt darauf an, wie schwer der wird … und welche Steigungen ihr damit fahren wollt.«

»Na ja«, winkte Lukas ab, »so viele Berge haben wir in Umbach nicht.«

»Täusche dich nicht«, korrigierte Jutta, »als Fahrradfahrer solltest du die Steigungen im Ort kennen und wenn ein Pferd Gewicht ziehen soll, ist es irgendwann überfordert.«

»Nicht wenn man ein Gespann hat wie früher die Brauereien«, warf Florian ein. »Die kamen jede Straße hoch.«

Jutta grinste: »Wir haben nichts Vergleichbares im Ort. Herr Bodner ist da unser Ansprechpartner, der wird wissen, wie viel wir den Pferden zutrauen können.«

»Hört sich doch alles gut an«, freute sich Lukas, »und so oft wie der Name Bodner gefallen ist, werden wir jetzt zu ihm gehen.«

Jutta nickte: »Ich kenne niemanden im Ort, der einen besseren Überblick über Kutschen und Pferdehalter hat. Kommst du mit?«

Florian schüttelte den Kopf: »Ich wollte zur Apotheke. Du kannst mir ja nachher erzählen, wie es lief.«

LAURA

»Das Gespräch war erst vollkommen normal«, berichtete Laura, »und ich habe nicht bemerkt, dass der Kerl mit mir flirtete. Ich dachte immer, die bleiben innerhalb ihrer Gemeinschaft. Du hättest seinen Gesichtsausdruck sehen sollen, als Gordon dazu kam. Ich kann das gar nicht beschreiben, eben noch total freundlich und sympathisch, dann folgte Ekel oder Hass und er wurde herablassend.«

Laura sah ihren Vater an, der eine Weile brauchte, bis er antwortete: »Ich werde mit Frau Odrell sprechen, vielleicht kann die ihre Leute zurechtweisen.«

»Wieso sollte sie das tun?« Laura wurde sauer auf ihren Vater. »Direkt am Anfang waren sie hilfsbereit und haben keine Bedingungen gestellt. Du weißt doch selbst, dass die Freyristen am liebsten alles Nichtdeutsche weghaben wollen.«

»Laura«, versuchte Malte sie zu beruhigen, »ich werde mit Frau Odrell das Gespräch suchen. Gib mir doch wenigstens eine Chance!«

»Haben wir hier eine Gemeinschaft, die zusammen arbeitet«, regte sie sich auf, »oder lassen wir uns unser Verhalten von einem xenophoben, nach gestern gewandten Haufen diktieren? Hast du dir überlegt, dass die hinter den Bränden stecken könnten?«

»Natürlich ging uns das durch den Kopf«, bestätigte Malte, »aber es wurden keinerlei Beweise gefunden. Und mal ehrlich: Wieso sollten sie den Supermarkt abfackeln? Das hat sie doch selbst genauso getroffen?«

Gordon hatte bis dahin still am Tisch gesessen: »Es waren genau solche Menschen, die meine Eltern umgebracht haben. Menschen, die sich für etwas Besseres halten, weil ihnen unsere Hautfarbe nicht gefällt. Menschen, die anderen Angst machen. Und seit dem Stromausfall haben die Angstmacher leichteres Spiel. Erst die Flüchtlinge, als Nächstes die Türken und Muslime … und die werden nicht aufhören, bis alle volks- und biodeutsch sind.«

»Übertreibt mal nicht«, schaltete sich Lukas in das Gespräch ein. »Idioten und Arschlöcher gibt es überall. Die Leute, die ich vom Hofgut kenne, sind alle nicht so. Die in der Feuerwehr haben damals geholfen, als wir das Flüchtlingshaus hergerichtet haben. Wenn Papa mit Frau Odrell spricht, wird die sich darum kümmern.«

»Spinnst du?« Laura kochte vor Wut. »Wie kannst du das verteidigen? Es ist doch offensichtlich, wie rassistisch die sind. Das haben die nie verborgen. Hast du denn deren Schriften gelesen? Hast du dich mit denen unterhalten, wie die die Hilfsaktionen für die Flüchtlinge fanden?«

»Aber die haben doch geholfen«, verteidige Lukas. »Wieso sollten die das tun, wenn sie die nicht hier haben wollen? Außerdem sind die in fast allen Vereinen aktiv und du wirst niemanden finden, der etwas an ihrem Verhalten zu bemängeln hätte. Und die Werte, die sie dort vertreten, sind Familie, Solidarität mit der Gemeinschaft und Respekt vor der Natur.«

»Und deshalb gibt es bei denen keine Ausländer oder Andersfarbige?« Laura kämpfte mit sich, ihren Bruder nicht zu ohrfeigen. »Lass dich doch nicht von denen blenden.«

»Ihr übertreibt« Lukas ließ sich nicht von seiner Meinung abbringen. »Warte einfach ab, wenn Papa mit Frau Odrell gesprochen hat.«

Laura wollte ihm noch etwas entgegnen, Lukas stand auf und verabschiedete sich: »Ich muss jetzt los.«

»Das lässt du ihm durchgehen«, warf sie ihrem Vater vor, »einfach so?«

»Was soll ich denn tun?« Malte wirkte ratlos. »Ihn einsperren? Ihn bestrafen? Er ist ohnehin Argumenten, die von mir kommen, nicht zugänglich. Ich werde sehen, was ich dort erreichen kann, und danach mit Lukas sprechen.«

Laura war zunächst entgeistert, je mehr sie darüber nachdachte, musste sie einsehen, dass ihr Vater recht hatte: »Wir müssen Lukas doch zeigen, was für ein übler Haufen das ist.«

»Vielleicht muss er das selbst erkennen.«, warf Gordon ein. »Ich könnte versuchen, mit ihm zu reden, glaube aber nicht, dass es etwas bringt.«

»Am besten gehst du mit ihm direkt zum Hofgut«, schlug Laura vor. »Da wird Lukas sofort sehen, was für ein Dreckhaufen das ist!«

»Ich bin mir nicht sicher, ob das was bringen wird«, sagte Malte. »Und ich glaube nicht, dass du dir das antun musst. Außerdem bin ich nicht sicher, zu was die Leute fähig sind. Nach dem Brand haben viele türkische Einwohner Zettel in ihren Briefkästen gehabt.«

»Und was stand darauf?«, fragte Laura.

Ihr Vater holte tief Luft: »Es war eine Warnung, den Ort zu verlassen, ansonsten würde man deren Haus anzünden.«

Laura war geschockt: »Warum geht ihr nicht direkt zur Odrell und konfrontiert sie damit? Damit kann man sie nicht durchkommen lassen, das ist doch ein angekündigtes Verbrechen.«

»Wir wissen nicht, wer die Zettel geschrieben hat«, gestand Malte. »Wir können nicht auf den Hof gehen und jemanden zur Verantwortung ziehen. Der Rechtsstaat funktioniert so nicht.«

»Die kümmern sich einen Dreck um den Rechtsstaat«, erboste sich Laura. »Warum sollten wir nach Regeln spielen, wenn die Gegenseite die bricht?«

»Wir wissen es nicht.« Ihr Vater wurde bestimmender.

»Wenn die Zettel handschriftlich sind«, schlug Gordon vor, »könnte man die Person anhand der Handschrift erkennen.«

Malte nickte: »Das haben wir bedacht. Bittler meinte aber, das würde als Beweis nicht reichen. Zudem wissen wir nicht, wie viele Menschen genau auf dem Hofgut wohnen, wir wüssten nicht mal, ob wir von allen eine Schriftprobe bekommen würden.«

»Wir sind uns doch einig«, sagte Laura, »dass das auf keinen Fall so weitergehen kann. Ich werde das bei der nächsten Dorfbesprechung anbringen.«

Maltes skeptischer Blick zeigte Laura, dass er nicht allzu großen Hoffnungen in den Erfolg solch einer Aktion hatte.

»Mir fehlt eure Mutter«, gestand er, »seit dem Stromausfall geht so viel den Bach herunter, ich komme da schwer mit zurecht.«

»Das Dorf läuft doch gut, vor allem dank des Dorfrates«, warf Gordon ein.

»Das meinte ich gar nicht«, erklärte Malte, »wir leisten hier schon Gutes, aber im Hintergrund bröckeln die Werte, die mir wichtig sind, weg. Hinrichtungen wurden diskutiert und werden vorbereitet, und die Menschen sind so mit sich selbst beschäftigt, dass sie darüber hinwegsehen, wenn Flüchtlinge vertrieben werden. Oder das mit meinem Arbeitskollegen …«

Laura war erstaunt, bisher hatte sie ihren Vater mehr als einen Fels in der Brandung wahrgenommen und es kam ihr gar nicht in den Sinn, dass er an sich selbst zweifelte. Dabei hatte er Wert darauf gelegt, dass seine Kinder wussten, dass auch ihr Vater nicht alles weiß.

»Brauchst du jemanden zum Reden?«, bot sie an. »Wenn ich nachher wieder nach Hause …«

»Danke Laura«, zögerte er, »ich mag dich nicht noch mehr belasten und ich habe meine Schwester.«

»Mein Angebot steht«, sagte sie. »Komm auf mich zu, falls du es dir anders überlegst. Ich muss jetzt los.«

Sie drückte ihren Vater, umarmte Gordon, gab ihm einen Kuss und machte sich auf den Weg zur Schule. Die letzten Tage hatte es keine weiteren Proteste der Fanatiker gegeben, dafür war Erzieherinnen und Lehrerinnen aufgefallen, dass mittlerweile viele Kinder nicht mehr kamen.

Laura und Marlene saßen bei Patricia im Büro und die sah von ihrer Liste hoch: »Ich glaube, wir sollten dem nachgehen. Zumal wir bei den meisten keine Meldung der Eltern haben.«

»Ist das unsere Aufgabe?«, wunderte sich Marlene, »eigentlich wäre jetzt ohnehin Ferienzeit. Und wir haben aktuell weder so etwas wie eine Schulpflicht und schon gar nicht für den Kindergarten.«

»Unsere Aufgabe ist es nicht«, gestand Patricia. »Aber irgendwie glaube ich, dass manche Eltern mehr Hilfe brauchen als andere.«

»Und dann?«, fragte Laura, »was glaubst du, werden diese Eltern machen? Ihre Kinder wieder herbringen?«

Patricia sah traurig aus: »Ich weiß es nicht, aber wenn wir ein paar Reaktionen haben, können wir uns etwas überlegen.«

Laura machte sich mit Marlene auf den Weg und dachte nach, wie man eine Schulpflicht durchsetzen konnte. Deren Ursprung, wusste Laura, war in der Zeit der Reformation zu suchen. Es hatte trotzdem bis zum Anfang des 20. Jahrhunderts gedauert, dass der Staat die allgemeine Schulpflicht für Jungen und auch für Mädchen umsetzen konnte. Speziell auf dem Land gab es von den Kleinbauern Widerstand dagegen, denn die Kinder waren wichtige Arbeitskräfte auf den Höfen. Die Notwendigkeit von Kindergärten war mit der Industrialisierung gekommen. Die Mütter mussten arbeiten und konnten sich schlechter um die eigenen Kinder kümmern.

Beim ersten Haus klopfte Marlene an der Tür und es dauerte eine Weile, bis eine junge, sichtlich erschöpfte Frau öffnete: »Oh, Hallo!«

Sie drehte sich wegen eines Hustenanfalls zur Seite und brauchte eine Weile, bis sie wieder sprechen konnte: »Ich muss uns entschuldigen, bei uns liegen alle krank in den Betten.«

»Kein Problem«, reagierte Marlene, »wir machen die Runde, ihr seid nicht die Einzigen, bei denen die Kinder ohne Rückmeldungen fehlen. Können wir etwas für euch tun? Sollen wir Doktor Haarberg vorbeischicken?«

»Das ist lieb«, lächelte die Frau, »aber wir kommen zurecht und mein Mann war schon bei der Apotheke.«

Marlene und Laura verabschiedeten sich und gingen zur nächsten Familie.

»Das sollte man nicht unterschätzen«, dachte Marlene laut nach. »Verunreinigtes Wasser, geschwächte Körper durch Mangelernährung. Uns werden noch schlimme Sachen erwarten.«

»Meinst du, es war doch schlimmer, als die Mutter gesagt hat?« Laura war verwundert, hatte den Eindruck, dass man ihnen die Wahrheit gesagt hatte.

»Nein«, korrigierte sich Marlene, »das war eher allgemein gedacht. Wir können davon ausgehen, dass wir alle unterschätzen werden, wie gefährlich Krankheiten sind. Wir hatten eine medizinische Versorgung, bei der wir uns über Alltagskrankheiten kaum Gedanken machen mussten.«

Wenige Häuser weiter klopfte Marlene bei der nächsten Familie an der Tür. Auch hier öffnete die Mutter: »Guten Tag. Was wollen Sie?«

Marlene überging gelassen die Ablehnung, die Laura aus der Stimme der türkischen Mutter zu hören meinte: »Hallo. Uns ist aufgefallen, dass einige Kinder nicht mehr in den Kindergarten und in die Schule gebracht werden. Wir wollten nachfragen, ob Sie vielleicht Hilfe brauchen.«

Die Frau schüttelte den Kopf: »Bei uns ist alles okay. Unsere Kinder werden nicht mehr in die Schule kommen.«

Laura hatte nicht mit der Reaktion gerechnet: »Aber …«

»Kein aber«, unterbrach die Frau Laura, »wir sind hier im Dorf nicht mehr sicher und unsere Kinder werden bei uns bleiben.«

Die Brandstiftung und die Briefe, schoss es Laura durch den Kopf. Die Familie hatte bestimmt einen der anonymen Briefe bekommen.

Marlene ließ nicht locker: »An der Schule …«

Erneut unterbrach die Frau: »Bitte gehen Sie.«

Sie schlug die Tür vor Marlene und Laura zu, die beide überrascht waren, wie schnell sie abgefertigt wurden.

»Lass uns zur nächsten Familie gehen«, entschied Marlene.

Laura nickte: »Ich werde das nachher meinem Vater erzählen, man muss sich dringend darum kümmern.«

»Solange man die Brandstifter nicht findet, wird nichts passieren«, zeigte sich Marlene wenig optimistisch.

Die weiteren Besuche verliefen ähnlich: Bei allen Familien mit muslimischem Hintergrund wurde ihnen, wenn überhaupt die Tür geöffnet wurde, die Angst um die Sicherheit der Kinder genannt. In einem Fall berichtete der Nachbar, dass die komplette Familie am Morgen das Haus mit viel Gepäck verlassen hatte.

»Wo wollen die denn hingehen?«, fragte Laura den Nachbarn, »es dürfte doch überall sonst noch schwerer sein?«

Sie musste an ihre Freundin Aysel denken, die wohl zumindest ein Ziel hatte. Laura konnte sich nicht vorstellen, wo das sein sollte, denn jeder Ort hatte mit sich selbst genug zu tun.

Den Mann schien das Schicksal seiner Nachbarn nicht zu belasten: »Das ist deren eigenes Problem, wir haben genug mit uns selbst zu tun.«

Enttäuscht von der Gleichgültigkeit verabschiedeten sich Laura und Marlene und gingen zur letzten Familie auf ihrer Liste. Dabei handelte es sich um Spätaussiedler, die in einer Gegend wohnten, welche im Dorf oft nur ›Wodkahügel‹ genannt wurde. Das in den späten neunziger Jahren entstandene Viertel zeichnete sich dadurch aus, dass dort überwiegend Russlanddeutsche gebaut hatten, was zu Neiddebatten geführt hatte.

»Was ist denn das?«, brach es aus Marlene hervor, als sie die Straßenzüge erreichten.

Laura sah sofort, was sie meinte: Eine der Seitenstraßen war mit einer Straßenblockade versehen und beim Durchgang standen zwei Männer Wache.

Als sie dort ankamen, wurden sie von den beiden freundlich begrüßt: »Guten Tag, die Damen!«

Marlene ergriff das Wort: »Guten Tag, was ist denn hier los? Seit wann ist die Blockade hier?«

Der ältere der Männer antwortete: »Nachdem wir das mit den Drohbriefen mitbekommen haben, haben wir uns dazu entschieden, eine Bürgerwehr für unser Viertel zusammenzustellen.«

»Ihr habt nicht nur eine Bürgerwehr aufgestellt«, konterte Marlene. »Ihr habt gleich eine ›Gated Community‹ aufgebaut?«

Der Mann nickte: »Wir haben das seit dem Stromausfall genau beobachtet und niemand kann von uns erwarten, dass wir stillhalten, bis wir Ziel der Angriffe werden.«

»Ziel der Angriffe?«, fragte Marlene.

»Ja, es ist ein System zu erkennen«, erklärte er. »Zuerst waren es die Flüchtlinge, die als Letztes in den Ort gekommen sind. Als die vertrieben waren, wurden Türken und Araber das neue Ziel. Serben oder Kroaten gibt es im Ort nicht, es ist nur eine Frage der Zeit, bis man uns ins Visier nimmt. Und egal, wer dahintersteckt, wir werden nicht herumsitzen und warten, bis sie zu uns kommen.«

TAG 24

MALTE

Malte stand gemeinsam mit Kempf vor dem abgebrannten Haus der marokkanischen Familie und war angeekelt. Gegen Mitternacht war der ›Feuer‹-Ruf durch das Dorf geschallt und trotz der Nähe zur Feuerwehr und zum Löschteich konnte man nur das Übergreifen des Feuers auf die Nachbarhäuser verhindern. Wie durch ein Wunder war die gesamte Familie dem Inferno entkommen, außer dem eigenen Leben hatten sie nichts retten können.

»Mich kotzt das so dermaßen an«, kommentierte Malte. »Müssen wir denn jetzt überall Wachen aufstellen und die Dorfpolizei ständig patrouillieren lassen?«

»Was die Wachen betrifft«, reagierte Kempf, »sind die Deutschrussen einen Schritt weiter, die haben ihre Straßen verbarrikadiert.«

»Ja, das hat mir Laura gestern Abend erzählt«, sagte Malte. »Aber das kann nicht die Lösung sein.«

»Bittler kommt nicht weiter.« Kempf legte die Stirn in Falten. »Es gibt keine Zeugen. Klar, es erscheint naheliegend, dass die Hofgutgemeinschaft dahintersteckt, aber das sind leider nicht die Einzigen im Dorf, die etwas gegen Ausländer haben.«

»Die Menschen haben seit Jahrzehnten nebeneinander gelebt«, regte sich Malte auf. »Das kann doch niemanden auf einmal egal sein!«

»Niemandem«, korrigierte Kempf ihn mit einem Augenzwinkern. »Lass uns zum Hofgut gehen und das Gespräch suchen.«

Kempf setzte sich auf sein E-Bike und schimpfte: »Ich habe jahrelang gezögert, mir so ein Fahrrad zu holen. Und keinen Monat, nachdem ich es gekauft habe, fällt der Strom aus. Nun ist es schwerer, weil ich das zusätzliche Gewicht vom Motor habe.«

»Nimm doch dein altes Fahrrad«, schlug Malte vor.

»Das habe ich keine Woche vor dem Stromausfall weiterverkauft«, erklärte Kempf. »Der Schuppen war voll, da musste unbedingt was raus.«

»Ihr seid nur zu zweit und habt die ganze Hofreite?«, wunderte sich Malte, »Es sollte genug Platz sein?«

»Du weißt doch, wie das mit dem Platz ist«, winkte Kempf ab, »der füllt sich komplett von allein. Und irgendwann haben wir halt angefangen, für neue Sachen alte wegzugeben. Und dann brauchst du etwas, das du erst ein paar Tage vorher verkauft oder weggeworfen hast. Das kennt jeder. Und hier ist es genauso. Ich bin überzeugt … hätte ich mein altes Fahrrad, wäre der Strom nicht ausgefallen.«

Malte hatte sein eigenes Fahrrad bestiegen und gemeinsam fuhren sie gemütlich bis zum Hofgut. Das große Tor war geschlossen und die beeindruckend große Inguz-Rune darauf, die die Freyristen als Symbol an vielen Stellen verwendeten, war gut zu erkennen. Nachdem sie ihre Fahrräder abgestellt hatten, klopfte Malte an das Tor.

Überraschenderweise war es Frau Odrell persönlich, die ihnen öffnete: »Oh! Hoher Besuch! Guten Tag Herr Kempf, guten Tag Herr Kinzig!«

»Guten Tag Frau Odrell.« Kempf reichte ihr die Hand.

»Hallo Frau Odrell.« Auch Malte wurde mit Handschlag begrüßt.

»Was kann ich für Sie tun?«, fragte die Herrin des Hofguts.

»Wie Sie sicher mitbekommen haben«, kam Malte direkt zum Punkt, »haben wir in unserem Dorf ein Problem.«

Er hatte versucht, dass ›unserem‹ so zu betonen, dass sie sich nicht ausgeschlossen fühlte.

»Ja«, entgegnete die Frau, »Herr Bittler war deshalb schon hier und leider konnten wir ihm bei der Aufklärung des Verbrechens nicht helfen. Wie Ihnen aufgefallen ist, haben wir tagsüber das Tor geschlossen. Das ist eine Reaktion auf die Brände, denn wir befürchten, dass der Täter sich uns als Ziel aussuchen könnte.«

Die Erklärung überraschte Malte und er brauchte eine Weile das Gesagte einzuordnen. Er war sich nicht sicher, ob sie das ernst meinte oder ob es ein durchschaubarer Versuch war, den Verdacht vom Hofgut abzulenken.

Da er keine Antwort parat hatte, war er froh, dass Kempf schneller schaltete: »Interessant. Wie kommen Sie darauf, dass Sie Ziel sein könnten? Die bisherigen Ziele waren das Flüchtlingsheim und Häuser von Menschen mit Migrationshintergrund. Das trifft auf Ihre … Gruppe … nicht zu.«

»Sie vergessen den Brand des Supermarktes«, ergänzte Frau Odrell, »und ähnlich wie der verfügen wir über Vorräte für den ganzen Ort.«

»Warum haben Sie denn nicht schon nach dem Marktbrand mit mehr Sicherheitsvorkehrungen angefangen?« Logisch kamen Malte ihre Erklärungen nicht vor.

»Nach dem ersten Brand gingen wir von einer Einzeltat aus«, antwortete sie. »Vergeben Sie mir bitte meine Unhöflichkeit. Darf ich Sie hereinbitten? Leider sind unsere Kaffeevorräte aufgebraucht, einen Tee könnte ich Ihnen anbieten.«

Sie öffnete die Tür, die Teil des großen Tores war, und trat zur Seite, um die beiden durchzulassen. Mit einer galanten Handbewegung deutete sie zum Haus des Gutsverwalters und folgte Kempf und Malte. Der sah sich um und versuchte zu schätzen, wie viele Leute er alleine auf dem großen Innenhof sah. Einige hackten Holz, andere waren dabei, auf groben Tischen, die in einer Ecke des Platzes standen, Obst und Gemüse zu sortieren.

»Mit den Gewächshäusern können wir fast das ganze Jahr lang ernten«, erklärte Frau Odrell, die offensichtlich Maltes untersuchenden Blick bemerkt hatte.

Der fühlte sich erwischt, versuchte aber, direkt in die Offensive zu gehen: »Wie viele Familien leben hier?«

Ihm war aufgefallen, dass deutlich mehr Menschen zu sehen waren als bei seinem ersten Besuch nach dem Stromausfall.

»Darf ich Sie bitten, Ihre Schuhe auszuziehen?«, ignorierte sie Maltes Frage.

Sie befolgten die Bitte, Frau Odrell selbst entledigte sich flink ihrer Stiefel, um in ein paar Hausschuhe zu schlüpfen. Sie zeigte auf ein Regal mit Filzpantoffeln: »Bitte bedienen Sie sich«.

Malte fühlte sich an die Filzpantoffeln erinnert, die man bei Besuchen in Schlössern über die eigenen Schuhe zog, um nicht wertvolle Holzböden zu beschädigen.

Die beiden folgten Frau Odrell in den Speisesaal, in dem er schon beim letzten Besuch mit Lukas gesessen hatte: »Nehmen Sie Platz, ich bin gleich zurück.«

Sie verließ den Raum, an ihrer Stelle kam ein muskulöser Mann mit militärisch kurzem Haarschnitt herein, grüßte die beiden mit einem Nicken und stellte sich mit hinter dem Rücken verschränkten Armen neben die Tür, durch die Frau Odrell verschwunden war. Wenig später kehrte sie zurück und setzte sich zu Kempf und Malte an den Tisch, der Mann blieb mit steinernem Gesicht auf seinem Posten stehen.

»Ich will offen sein«, setzte Frau Odrell an, »wir haben gewisse Voraussetzungen für unsere Gemeinschaft. Sie wissen, dass wir uns vegetarisch ernähren, dass wir versuchen, so nachhaltig wie möglich zu leben. Nach unserer Ansicht ist es unsere Pflicht, respektvoll mit dem umzugehen, was uns unsere Mutter Erde anbietet. Wir sind davon überzeugt, dass man Menschen nicht mischen sollte. Wir haben alle unsere Heimat, unsere naturgegebenen Umgebungen. Die sollte man nicht vernachlässigen oder verwässern. Aber wir akzeptieren, dass andere Menschen das nicht so sehen. Wenn jemand meint ›Multikulti‹ leben zu müssen, ist das deren und nicht unsere Sache. Teil unserer Gemeinschaft kann nicht jeder sein, aber wir würden nie jemanden vorschreiben, wie oder wo er zu leben hat. Respekt vor anderen ist ein elementarer Bestandteil unserer Werte.«

Malte dachte an Lauras Schwimmbadbericht: »Wenn Sie andere respektieren, wie kann es sein, dass ein junger Mann ihrer Gemeinschaft den Freund meiner Tochter als ›Neger‹ bezeichnet.«

»Haben Sie denn ständig im Griff, was Ihre Kinder sagen?«, konterte sie, »und wenn die Gemeinschaft für mich wie eine Familie ist, so sind nicht alle meine Kinder. Wir sind nicht alle gleicher Meinung und ich kann die niemandem vorschreiben.«

Malte fühlte sich erwischt und war erneut froh, dass Robert Kempf antwortete: »Ich hatte den Eindruck, dass Ihre Gemeinschaft hierarchischer funktioniert, und Ihr Wort Gewicht hat und befolgt wird.«

Frau Odrell schüttelte den Kopf: »Wenn das so einfach wäre. Tatsächlich haben wir eine strenge Hierarchie, die jungen Mitglieder lassen sich jedoch manchmal schlecht einengen. Wenn es Sie beruhigt, verspreche ich, das Thema bei der nächsten Versammlung anzusprechen, verspreche mir aber davon nicht viel. Wir können niemandem vorschreiben, wie und was er denken soll. Andererseits ist es vermutlich etwas jugendlicher Leichtsinn. In dem konkreten Fall mag Neid ein Motivator gewesen sein. Ihre Tochter ist eine attraktive Frau, oder?«

»Ja«, brachte Malte heraus und ärgerte sich, dass er der Argumentation nicht mehr entgegenzusetzen hatte.

»Gerne kann ich weitere Männer und Frauen dazu animieren, sich bei der Miliz zu melden«, bot Frau Odrell an, »wir haben einige Veteranen mit Auslandseinsätzen in unseren Reihen, deren Erfahrung kann der Major sicherlich gut gebrauchen.«

Und warum haben die sich nicht schon längst gemeldet, dachte Malte.

Wieder war es Kempf, der antwortete: »Wir können jede Hilfe gebrauchen!«

»Wunderbar«, Frau Odrell lächelte, »dann können … oh, unser Tee kommt.«

Eine junge Frau betrat mit einem Tablett das Zimmer, verteilt Tassen vor Malte, Kempf und Frau Odrell, stellte einen Zuckerstreuer auf den Tisch und schenkte jedem nacheinander Tee aus der Kanne ein.

»Vielen Dank.« Frau Odrell wies der jungen Frau mit einem Handwink den Weg zur Tür, durch die diese sofort wieder verschwand. »Und nun zu uns, ich glaube wir könnten den Dorfbewohnern mit unserem Wissen über das späte Anpflanzen von Obst und Gemüse helfen.«

Eine halbe Stunde später befanden sich Kempf und Malte auf dem Rückweg.

»Sie hat uns ins Leere laufen lassen«, resümierte Malte, »wie zwei kleine Schuljungen.«

»Ja«, bestätigte Kempf, »dabei hat sie nicht einmal tief in die rhetorische Trickkiste greifen müssen. Wir können davon ausgehen, dass sie sich auf einen Besuch wie den unseren zumindest innerlich schon vorbereitet hatte.«

»Glaubst du ihr?«, fragte Malte. »Glaubst du, dass sie nicht hinter den Brandanschlägen stecken?«

»Ich weiß es nicht. In Ermangelung anderer Verdächtiger stehen sie bei mir oben auf der Liste, aber in dubio pro reo. Hoffentlich sind die Verhandlungen mit den Nachbarorten ergiebiger.«

Vor dem Bürgerhaus standen Fahrräder und Kutschen, daneben Männer und Frauen, die Malte als Bewohner der Nachbarorte erkannte. Man grüßte sich flüchtig und ging direkt in den großen Saal, in dem Tischreihen zu einem großen Viereck angeordnet waren. Kempf und Malte nahmen zwischen Nadine auf der einen und dem Major auf der anderen Seite platz. Holzer und Pape kamen kurze Zeit später in den Saal, grüßten Malte und die anderen und blieben bei einer anderen Gruppe stehen.

»Da stehen die Richtigen zusammen«, kommentierte Nadine in Maltes Ohr.

Der folgte ihrem Blick und erkannte, was sie meinte. Die Gruppe bestand allesamt aus gestandenen Männern, Pape riss den

Altersdurchschnitt gewaltig in die Tiefe. Fast alle hatten, ähnlich wie Holzer, Frauen, die um einiges jünger waren, und jeder war mindestens einmal geschieden. Abgesehen von diesem Lebensstil propagierten sie ›traditionelle‹ Werte und wurden teilweise nicht müde zu betonen, dass ›man das ja wohl doch mal sagen darf‹. Zumindest, solange es nicht gegen sie selbst gerichtet war. Dann waren alle extrem empfindlich und hatten dem ein oder anderen Gegner wegen vermeintlicher Verleumdung mit dem Anwalt gedroht. Die erwachsene Version von ›ich sage es meiner Mama‹.

An den Tischen war Platz für 30 Personen, aus jedem Ortsteil waren sechs Vertreter gekommen und Robert Kempf wirkte zufrieden: »Ich wünschte mir, wir hätten angenehmere Gründe, uns zu treffen, bin froh, dass ihr da seid! Könnt ihr bitte Platz nehmen?«

Es dauerte nicht lang und alle saßen an den Tischen, Kempf rückte seine Brille zurecht: »Um direkt zum Punkt zu kommen: Wir haben innerhalb der Gemeinde eine Schieflage bei den Vorräten. Wir wollen jetzt gemeinsam eine Lösung suchen, von der alle etwas haben.«

»Das hört sich so an«, meldete sich einer der Männer aus der Gesprächsgruppe von Pape und Holzer zu Wort, »als ob die Vorräte dem Ort selbst gehören würden und nicht von den Landwirten beschlagnahmt wurden.«

Holzers finsterer Blick zeigte Malte, dass die Solidarität mit dem Gleichgesinnten schnell Grenzen hatte: »Es stand jedem offen die gleichen Aktionen durchzuführen. Man hätte nur früh genug daran denken müssen.«

»Carl, bitte«, mäßigte ihn Kempf. »Beide Bedenken sind zur Kenntnis genommen. Waldgirmes und Umbach verfügen durch die Aussiedlerhöfe über mehr Getreidereserven und tatsächlich gehören diese den Landwirten, die wir dafür entschädigen müssen. In allen Ortsteilen werden große Anstrengungen unternommen, noch so viel wie möglich anzupflanzen, damit man Vorräte für den Winter anlegen kann. Es sollte keine Frage sein, dass wir uns gegenseitig helfen.«

Die Erklärung wurde von den meisten wohlwollend aufgenommen, Holzer und seine Mitstreiter aus Waldgirmes war die Ablehnung der Idee klar anzusehen.

Malte erwartete Protest, der kam nicht und Kempf fuhr fort: »Ich habe eine konkrete Bitte um Hilfe aus Blasbach und habe angewiesen dieser nachzugehen.«

»Und was bekommen wir als Gegenleistung?«, forderte Pape.

Es entstand ein kurzer verbaler Tumult, den Nadine mit einem Pfiff auf ihren Fingern beendete.

Kempf grinste: »Danke Nadine. Andreas, ich könnte dich fragen, was denn deine Gegenleistung für das Brot ist, das du bekommst, spare mir das aber. Neben den ganzen Arbeiten auf den Feldern und in den Gärten gibt es viel anderes zu tun. Häuser müssen mit Öfen ausgestattet werden, Holz muss geschlagen werden und ich befürchte, dass wir unsere Verteidigungsanlagen weiter ausbauen müssen. Die aktuelle Wallanlage im Westen wird mit einem Palisadenzaun versehen, vielleicht werden wir das mittelfristig mehr befestigen, mir schwebt etwas wie die Wallanlage um den Dünsberg vor.«

Er öffnete ein Buch, in dem die angesprochene Anlage zu sehen war. Der Dünsberg beherbergte einst ein keltisches Oppidum mit ringartigen Wallanlagen aus verschiedenen Besiedlungsstufen. Man vermutete, dass zur Blütezeit bis zu 2000 Menschen dort untergebracht werden konnten. Er gab das Buch an Malte, der kurz die ihm bekannten Bilder ansah und es an Nadine weitergab.

Während das Buch die Runde machte, erzählte Kempf weiter: »Von mehreren Seiten wurde an mich die Frage gerichtet, wie wir in der Gemeinde mit Flüchtlingen umgehen. Mein Vorschlag ist, dass wir alle der Praxis aus Umbach folgen und den Zugang vorerst nur Menschen gestatten, die vor dem Stromausfall in den Orten gelebt haben. Durchreisenden sollten wir Transit mit Eskorte gewähren und zumindest den Zugang zu Wasser ermöglichen.«

Nach kurzer Diskussion wurde der Vorschlag von der Versammlung angenommen und Kempf hakte einen Punkt auf seinem Notizzettel ab: »Weiterhin möchte ich vorschlagen, dass wir in Zukunft uns alle mindestens einmal im Monat und ansonsten nach Bedarf treffen. Bis auf Weiteres bitte ich jeden Gemeindeteil, ein Mitglied für einen kleinen Gemeindevorstand zu benennen.«

»Wie stellst du dir denn die weitere Zusammenarbeit vor?«, fragte einer der Vertreter aus Dorlar.

»So eng wie möglich«, antwortete Kempf. »Wir haben im Grunde die Struktur der Gemeinde, die können wir so weit wie möglich aufrechterhalten. Speziell bei Fragen der Nahrung und Verteidigung müssen wir extrem eng zusammenarbeiten.«

»Quasi eine Föderation?«, vermutete der gleiche Fragesteller.

»Ja«, nickte Kempf, »das beschreibt es gut.«

Die Sitzung wurde beendet und während die Vertreter der anderen Gemeindeteile nacheinander den Saal verließen, blieben die Umbacher dort.

»Das ist ein Fehler«, befand Holzer. »Wir füttern die durch und die haben uns nichts zu liefern.«

Malte sah, wie Nadine die Luft kurz anhielt: »Wo sind denn deine Vorräte? Du wirst von uns Landwirten durchgefüttert und was hast du uns dafür zu bieten?«

»Schutz«, erklärte Holzer, »es sind auch meine Waffen, die den Hof deiner Familie schützen.«

»Leute«, bat Kempf, »was soll das denn? Hätten wir nicht die Aussiedlerhöfe und das Hofgut, wären unsere Vorräte schon aufgebraucht und wir müssten um Hilfe bitten.«

»Das Hofgut vermehrt sich unauffällig«, warf Malte in die Diskussion.

Die anderen fünf schauten ihn erstaunt an und Pape fragte: »Bist du sicher? Von den Wachen wurde nichts berichtet.«

»Relativ«, antwortete Malte, »da sie alle die gleichen Frisuren tragen und überwiegend blond sind, kommt man schnell durcheinander. Ich habe nur kurz überschlagen, wie viel davon wir auf dem Hof gesehen haben und auf dem Rückweg noch die, die in und um die Gewächshäuser waren.«

»Frau Odrell müsste das melden«, beschwerte sich Holzer.

»Wenn die ihre eigenen Vorräte zur Verpflegung nehmen«, erklärte Nadine, »ist es im Grunde deren Sache.«

FLORIAN

Florian hatte sich die Liste der Schmerzpatienten notiert und in vier Gruppen eingeteilt. Bei der Hälfte wusste er gar nicht, wer das sein sollte. Selbst wenn man im Dorf lebte, kannte man nicht zwangsläufig jeden. Beim Rest hatte er recht konkrete Vorstellungen, es waren zwei Männer dabei, die seit Jahren Hartz IV bezogen, bei denen war nichts Materielles zu holen. Beide waren körperlich kräftig, nicht zu intelligent, vielleicht könnten sie ihm den ein oder anderen Gefallen gegen Schmerzmittel erledigen. Fast am entgegengesetzten Ende der Einkommensverteilung schätzte er zwei weitere Einträge der Liste ein. Da sollte sich ein gutes Geschäft ergeben. Die restlichen fünf waren totaler Durchschnitt, sodass er seine Bemühungen auf die beiden reichen Kandidaten konzentrieren würde.

Sein Vorrat an Opioiden war nicht groß, er wusste aber, dass Bernadette noch etwas angesammelt hatte. Er musste nur einen Weg finden, sich aus dem Bestand zu bedienen, ohne dass es ihr auffallen würde. Auch deshalb besuchte er täglich die Apotheke. Bernadette und Verena hatten sich als Team eingespielt und ergänzten sich besser, als Florian es vermutet hätte. Vielleicht war die Esoteriktussi geerdeter, als er angenommen hatte. Möglicherweise war Bernadette etwas offener für alternative Heilmethoden als er.

Florian betrat die Apotheke, als er Bernadettes genervten Tonfall hörte: »Verena, ich werde nie behaupten, dass die Schulmedizin der Gipfel der Weisheit ist, bei Bachblüten und Homöopathie hört es auf, da mache ich nicht mit.«

»Es hilft den Leuten«, erwiderte Verena beleidigt. »Sogar bei Haustieren und da kann man nicht mehr von Placebo reden, die wissen gar nicht, dass denen etwas verabreicht wird.«

Die beiden waren öfter beim Thema Homöopathie aneinandergeraten, der Streit wurde nie beigelegt, sie vermieden das Thema nur.

Die Apothekerin hatte Florian als Erste bemerkt: »Florian! Sag' du doch mal etwas!«

Florian schaute die beiden Frauen an und überlegte sich, wie er diese gefährlichen Klippen umschiffen konnte: »Generell gilt: Wenn es hilft, ist es das richtige Mittel.«

Das brachte Bernadette einen triumphierenden Blick von Verena ein. Florian erklärte weiter: »Dann gibt es bisher keine einzige wissenschaftliche Untersuchung, die die Wirkung bestätigt. Auch nicht bei Tieren oder Kindern.«

Florian erntete einen strafenden Blick von Verena. »Aber es hilft doch!«

»Man kann den Leuten genauso gut Würfelzucker geben und erklären, dass es ihnen hilft.« Bernadette ließ bei diesen Diskussionen manchmal die Sachlichkeit vermissen, die sie sonst eher an den Tag legte.

»Wenn du meinst.« Verena verließ die Apotheke und verabschiedete sich weder bei Bernadette noch bei Florian.

»Du warst nicht zwingend eine Hilfe«, tadelte Bernadette Florian.

Der hatte gehofft, durch Verenas Abgang der Diskussion entkommen zu sein: »Ach komm, warum diskutiert ihr beide das überhaupt noch. Ihr werdet nie zu einem Kompromiss kommen. Lass sie doch mit den Essenzen arbeiten und wenn es jemandem hilft, schadet es nicht.«

»Wenn jemand echte Hilfe braucht, ist das der falsche Weg!«

»Wir sind uns einig, dass die meisten Menschen heute andere Probleme haben. Dass wir unseren Mitbürgern überhaupt eine funktionierende medizinische Grundversorgung anbieten können, ist schon ein Wunder.«

»Ja. Damit hast du recht.«

»Seid ihr denn vor eurem Streit wenigstens produktiv gewesen?« Florian folgte Bernadette in das Labor, das sich im hinteren Teil der Apotheke befand.

»Wie man es nimmt. Wir versuchen, Vorräte anzulegen, wo es geht. Verenas Kenntnisse sind echt eine große Hilfe. Uns gehen viele Medikamente aus, viel schneller, als ich das erwartet hatte. Die Betablocker gebe ich nicht mehr als komplette Päckchen heraus, wenn der nächste Kunde kommt, sind die aufgebraucht. Nitrospray ist auch keines mehr da. Wir werden uns darauf einstellen müssen, dass wir bald Herzinfarkte behandeln müssen.«

Sie stellte sich an den Labortisch und fing an aufzuräumen. Florian überlegte kurz, ob er Körperkontakt suchen sollte, auf dem Weg von vorne bis ins Labor hatte er ihre schwingenden Hüften bewundert und war bereits leicht erregt.

»Hast du mitbekommen«, unterbrach Bernadette seine Fantasien, »dass man in der Friedhofskapelle Kartons voller Zigarettenstangen gefunden hat?«

Florian war in Gedanken dabei sich vorzustellen, wie der nackte Körper unter dem Kittel aussah: »Wie bitte?«

»In der Friedhofskapelle hat man in einer der Schränke Kartons mit Zigaretten gefunden«, wiederholte Bernadette. »Damit dürfte die Luft für Tobias eng werden.«

»Das wäre doof von ihm.« Insgeheim freute sich Florian, dass sein Plan aufging. »Ihm musste klar sein, dass man dort Spuren suchen würde.«

»Tobias schien ein netter Mensch zu sein«, erklärte Bernadette. »Fleißig, nach außen anständig. Die hellste Kerze auf der Torte ist er definitiv nicht.«

Florian grinste: »Das war jetzt nicht nett von dir.«

»Das mag sein«, gestand sie, »aber es entspricht der Wahrheit. Der wird nicht so weit gedacht haben, dass jemand dort nach seiner Beute suchen könnte.«

»Mit ein wenig Fantasie gibt es im Ort genügend vernünftige Verstecke«, wandte Florian ein.

Bernadette drehte sich zu ihm: »Florian, jemand wie du, der genügend Intellekt hat, der denkt weit genug. Tobias ist ein anderes Kaliber.«

»Dann wird ihm jetzt der Prozess gemacht?«

»Man darf davon ausgehen. Die Beweislage ist erdrückend.«

»Indizien«, widersprach Florian, »Beweise sehen anders aus.«

»Ja, du hast recht. Aber bisher fehlen andere Verdächtige. Und von der restlichen Kundschaft seines Opfers wird sich kaum jemand freiwillig melden.«

»In dubio pro reo. Das wird vor dem Gericht nicht standhalten.«

»Dann wird man ihn wieder freilassen«, sagte Bernadette. »Wir dürfen gespannt sein, wer seine Verteidigung übernimmt.«

Vorne aus der Apotheke konnte er die Türglocke hören. Auch wenn die Apotheke modern eingerichtet war, hatte Bernadette es sich nicht nehmen lassen, die Seitentür damit auszustatten. Seit dem Stromausfall war es die einzige nutzbare Tür, die automatische Schiebetür blieb dauerhaft geschlossen.

Bernadette ging nach vorne und Florian nutzte die Chance, ihr erneut hinterherzuschauen. Er folgte ihr in den Verkaufsraum der Apotheke und war nicht wenig überrascht, Iris zu sehen. Die musterte erst die Apothekerin und dann ihn mit einem kühlen Blick und er fühlte ein Schuldgefühl in sich aufsteigen, dass er schnell wieder verdrängte. Er hatte nichts getan. Zumindest bisher nicht. Außerdem hatten sie eine Affäre. Wenn, dann hätte Jutta das Recht, ihm Schuldgefühle zu machen.

»Hallo Iris«, begrüßte Bernadette, »was kann ich für dich tun?«

»Hallo Bernadette.« Ihre Stimme klang normal, Florian hatte mit einer unterkühlten Begrüßung gerechnet. »Ich wollte die Tabletten für Carl abholen. Hallo Florian.«

Sie schaute ihn nicht an und er meinte Ablehnung aus dem Stimmfall heraushören zu können. Er kannte sie gut genug, um zu wissen, dass das Beste war, was er tun konnte, nicht zu reagieren.

»Ja, ich hole sie«, reagierte Bernadette, »bin gleich wieder da.«

Sie verschwand nach hinten und Florian sah, wie Iris ihr hinterherschaute: »Sie ist eine attraktive Frau und bewegt sich toll. Sehr erotisch. Ich kann verstehen, dass du dich an sie heranmachst.«

Sie schaute ihm direkt in die Augen und er hielt ihrem Blick stand. Von hinten konnte Florian das Rollen verschiedener Schubladen hören und hoffte, dass Bernadette bald wieder zurückkommen würde.

»Da ist nix.« Kaum hatte er es ausgesprochen, bedauerte er die Worte schon. Im Grunde hatte er keine Chance, überhaupt etwas Richtiges zu sagen.

»Nix?«, giftete sie ihn flüsternd an. »Wenn ich dir einen Dreier mit ihr anbieten würde, würdest du doch sofort zusagen.«

Florian fühlte sich erwischt, verschwieg ihr aber, dass beim Dreier, von dem er momentan träumte, Iris nicht dabei war: »Wirklich nicht. Du schätzt mich total falsch ein.«

»Ich bin nicht blind.« Zumindest hatte sie etwas an Sicherheit verloren und schien zu zweifeln. »Aber ich verspreche dir, wenn ich irgendetwas mitbekomme, dass meinen Eindruck bestärkt, du flirtest mit Bernadette oder gar planst, mich durch sie zu ersetzen, erzähle ich Carl und Jutta, wie lange wir uns schon treffen.«

Sie hatte die Drohung genau zum richtigen Zeitpunkt beendet, die Apothekerin kam wieder nach vorne und gab Iris eine Papiertüte: »Hier. Das ist die letzte Ration, die ich ihm geben kann.«

»Und was sollen wir dann tun? Kannst du nicht irgendein Ersatzmedikament nehmen oder etwas anderes selber zusammenmischen?«

»Leider nicht.« Bernadette schüttelte den Kopf.

Sie öffnete den Mund, schien aber nicht genau zu wissen, was sie sagen sollte.

»Danke dir trotzdem. Mach's gut«, nickte Iris und legte kühl nach: »Florian.«

Sie verließ die Apotheke und Florian fühlte sich erleichtert. Das war knapp gewesen und er musste dringend einen Weg finden, die Geschichte zu beenden, ohne dass er einen Schaden davon nahm.

»Die Arme«, kommentierte Bernadette. »Um ihren Mann beneide ich sie nicht. Das war schon vor dem Stromausfall keine einfache Beziehung.«

»Niemand hat sie gezwungen, den Kerl zu heiraten«, reagierte Florian, »und sie kannte ihn vorher. Lange genug.«

»Es kann nicht jede so viel Glück wie Jutta haben!« Sie schaute ihn herausfordernd an und er wusste nicht, ob sie ihn aufs Korn nahm oder mit ihm flirtete.

Er ging in die Offensive: »Tja. Wenn ich mich nur klonen könnte, könnte jede attraktive Frau mit mir zusammen sein!«

»Na, ich würde vielleicht ein Exemplar nehmen«, überraschte sie ihn. »Es gibt definitiv schlimmere Männer. Mit dir kann man es vermutlich ganz gut aushalten.«

»Jutta sieht das nicht immer so.« Trotzdem war er überzeugt, dass sie keinen Besseren als ihn finden könnte.

»Vielleicht hast du Glück, dass du sie hast? Sie ist eine tolle Frau und wächst über sich selbst hinaus.«

»Du meinst den Pony-Express und das Organisieren der Kutsche für die Mediziner?« Eigentlich hätte er sich die Frage sparen können, war aber froh, dass das Gespräch eine andere Richtung nahm.

»Ja«, bestätigte Bernadette. »Das ist eine große Hilfe.«

»Mit der Kutsche, auf die Idee kam sie, als wir über die Probleme der Feuerwehr gesprochen haben«, erklärte Florian. »Ich glaube, ich habe sie darauf gebracht. Und der Pony Express …«

»Gönn ihr die Lorbeeren«, unterbrach ihn Bernadette. »Du hast an anderer Stelle viel geleistet!«

»Ich bin total stolz auf sie«, lenkte Florian ein.

Er bemerkte, dass er im Moment bei Bernadette nichts gewinnen konnte: »Kann ich etwas für dich tun? Ich müsste sonst los.«

»Nein, im Moment nicht. Bis bald.« Sie drückte ihn an sich und er genoss das Gefühl ihres Körpers.

»Mach's gut.« Er drückte sie zurück und verließ die Apotheke.

Schneller als er es gewohnt war, hatte er sein Haus erreicht. Seit dem Stromausfall kam er kaum zum Trainieren, da man alle Strecken zu Fuß oder mit dem Fahrrad zurücklegte, fühlte er sich fitter. Er öffnete die Tür, überlegte, ob er bei Herrn Siebenthal klopfen sollte, entschied sich dagegen. Sollte der alte Sack ihn in Ruhe lassen. Er würde sich für dessen Verachtung früh genug revanchieren.

»Hallo Schatz«, grüßte er Jutta, die in der Küche stand und ihn kühl anschaute.

Florian atmete auf, auch wenn sie sich distanziert gab, bemerkte er, dass sie sich nicht mehr ärgerte: »Das ganze Dorf ist vom Pony-Express und deiner Organisation bei den Kutschen begeistert!«

Sie gab ihm einen Kuss auf die Wange: »Jeder hilft, wo er kann!«

»Die einen mehr, andere weniger. Sei stolz auf dich. Ich bin es!«

»Danke, das tut gut.« Sie setzte sich an den Tisch.

Florian nahm eine Flasche Rotwein aus dem Regal und schaute sie fragend an.

»Oh ja, das würde mir jetzt guttun«, sie stand auf und holte zwei Weingläser, während Florian die Flasche öffnete und beiden einschenkte. Gemeinsam setzten sie sich an den Tisch und prosteten sich zu.

»Wie wird das weitergehen?«, fragte Jutta. »Wird es irgendwann wieder Strom geben? Und wenn ja: Wie lange brauchen wir, bis wieder alles normal ist?«

»Was würdest du denn als ›alles wieder normal‹ bezeichnen?« Florian runzelte die Stirn. »Falls der Strom wiederkommt, sollten wir aus dem Erlebten lernen. Die ganze Just-in-time-Mentalität und Versorgungsketten, die rund um die Welt gehen. Und man sollte in der Lage sein, sich selbst besser zu versorgen. Die Menschen, die harte Zeiten erlebt haben, haben sich danach anders verhalten und viel mehr Vorräte angelegt, als sie die Möglichkeit dazu hatten.«

»Und wenn es so bleibt, wie es jetzt ist?« Sie nahm einen großen Schluck aus dem Glas. »Werden wir es schaffen, wieder eine Gesellschaft aufzubauen?«

»Gute Frage. Wir sind dabei, langsam zu wachsen und ich bin überzeugt, dass es andere Gemeinschaften wie die unsere gibt. Das sollte sich ausweiten lassen.«

»In Filmen, Serien und Büchern geht so was immer schief, weil es überall kleinere Despoten gibt, die ihr Revier mit unglaublicher Gewalt unterdrücken. Und das gibt es in unserer Nachbarschaft.«

»Dann müssen wir schnell Verbündete finden, mit denen wir es schaffen die Despoten zu bekämpfen.«

»Bedauerst du es manchmal, etwas nicht getan zu haben?«, fragte Jutta.

Er schaute sie an: »Sicherlich. Meinst du etwas Konkretes?«

»Ja«, sie hatte Tränen in den Augen, »ich wünschte, ich wäre Mutter. Ich wünschte, ich hätte Kinder.«

Trotzdem sie einen tollen Umgang mit ihrer Nichte und ihrem Neffen hatte, hatte sie bisher nie den Wunsch nach Kindern geäußert.

»Und auch wenn ich nicht zu alt dafür bin«, ihre Stimme war zittrig, »man kann doch kein Kind in eine Welt bringen, die so ist wie diese.«

TAG 25

LUKAS

»Oh Mann«, wütete Lukas, »ich wünschte, du wärst mein Vater. Du verstehst mich wenigstens und behandelst mich wie einen Mann. Papa tut so, als ob ich ein Kindergartenkind bin.«

Er saß gemeinsam mit Florian in dessen Küche und sie tranken Tee. Der Kaffee war auch bei Jutta und Florian zur Neige gegangen. Lukas war direkt nach dem Frühstück erschienen und war froh, dass sich Florian Zeit für ihn nahm.

»Versuche doch mal, dich in seine Lage zu versetzen«, versuchte Florian ihn zu beruhigen. »Eure Mutter ist noch nicht zurück und er kann nichts für sie tun. Er versucht, Laura und dich so gut wie möglich zu beschützen.«

Die Wut stieg in Lukas hoch: »Das mit Mama bekommt er nicht auf die Reihe! Die braucht seine Hilfe und er spielt sich hier im Dorfrat auf!«

»Langsam«, beschwichtigte ihn Florian, »das Thema hatten wir schon mehrmals gehabt. Was soll er denn machen? Er könnte deiner Mutter entgegenlaufen, aber ohne zu wissen, welchen Weg sie nimmt, ist die Chance groß, dass sie sich verpassen. Sie könnten sogar wenige Meter aneinander vorbeilaufen. Und dann? Dann ist deine Mutter hier und dein Vater wird vermisst!«

Lukas wollte widersprechen, bemerkte aber, dass Florian recht hatte: »Trotzdem finde ich es affig, dass er mich keine Waffe haben lässt. Überlege dir, was mit den Eltern von Gordon passiert ist. Wären die bewaffnet gewesen, würden sie noch leben.«

»Das weißt du nicht«, reagierte Florian. »Die sind vermutlich überrascht worden.«

»Trotzdem ist es offensichtlich«, protestierte Lukas, »dass es nicht friedlicher wird. Kannst du mir nicht eine besorgen?«

Florian schaute ihn ernst an: »Lukas, mir liegt viel an deiner Tante und ich bin mir sicher, dass sie die gleiche Meinung wie dein Vater hat. Und ich werde einen Teufel tun und mich gegen sie stellen. Was deinen Vater betrifft, der ist im Grunde ein feiner Kerl, aber viele Väter kommen manchmal nicht damit zurecht, dass aus ihren Söhnen Männer werden.«

»Es muss doch keiner erfahren, dass du mir die Waffe besorgt hast.« Lukas gab nicht nach. »Ich verrate dich sicher nicht!«

»Nein, ich werde dir keine Waffe besorgen«, reagierte Florian, »aber …«

»Aber?« Lukas fing an zu lächeln, ›aber‹ bedeutete, dass der Mann seiner Tante eine Idee hatte.

»Ich glaube, ich weiß, wo du eine Waffe herbekommen kannst«, beendete Florian den Satz.

»Spann mich nicht so auf die Folter!« Lukas hatte den Eindruck, dass Florian ihn absichtlich ein wenig zappeln ließ.

»Wer im Ort hat denn Waffen?«

»Ach komm, spuck's aus!«

»Du bist regelmäßig auf dem Hofgut«, erinnerte ihn Florian. »Ich bin mir sicher, dass die einiges an Waffen haben.«

Lukas überlegte kurz: »Ob das reicht, dass die mir eine geben?«

»Wenn du es nicht probierst, wirst du es nie erfahren. Du solltest Frau Odrell direkt fragen und erklären, warum du meinst, eine Waffe haben zu müssen. Mehr als ›Nein‹ kann sie nicht sagen.«

»Ja, das könnte sie.«, Lukas sagte das mehr zu sich selbst.

Er stand auf und gab Florian die Hand: »So oder so: danke für den Input. Ich gebe dir Bescheid, wie es ausgegangen ist.«

Nach der Verabschiedung verließ er das Haus, schwang sich auf sein Fahrrad und fuhr flott, nicht zu eilig, zum Hofgut. Der Weg führte ständig bergauf. Da Lukas schon vor dem Stromausfall fit war, war er kaum außer Atem, als er sein Fahrrad vor dem großen Hoftor des Gutes abstellte.

Unentschlossen zögerte er vor der Tür und als er zum Klopfen ansetzte, öffnete sich die Tür von innen. Ihm gegenüber stand eine junge Frau mit langen, blonden Haaren und ihm blieb kurz das Herz stehen.

Er spürte die Röte in seinem Gesicht aufsteigen und war froh, dass sie zuerst etwas sagte: »Hallo. Kann ich dir helfen?«

Er versuchte, ihr Alter einzuschätzen und vermutete, dass sie so alt wie er selbst oder ein klein wenig älter sein müsste: »Hallo. Ich bin Lukas Kinzig und ich würde gerne mit Frau Odrell sprechen.«

Die junge Frau hob die Augenbrauen: »Soso. Frau Odrell? Was soll ich ihr sagen, worum es geht?«

Er überlegte, was er sagen könnte, denn er wollte nicht direkt mit der Tür ins Haus fallen.

Lukas musterte sie kurz, sie kam ihm bekannt vor. Da fiel ihm ein, dass er sie bei der Arbeit auf dem Feld von Herrn Bodner getroffen hatte. Sie schien seine Unsicherheit zu bemerken und lächelte: »Na, das muss ein großes Geheimnis sein. Komm' mit.«

Sie drehte sich um, er ging durch die Tür, schloss sie hinter sich und beeilte sich, ihr hinterherzukommen. Am Eingang des Verwalterhauses folgte die übliche Pause: »Warte bitte hier.«

Lukas wartete und schaute sich um. Überall waren Männer, Frauen und Kinder beschäftigt, aber alles wirkte entspannter und weniger hektisch als im Dorf.

Die Tür öffnete sich und Frau Odrell selbst stand vor ihm: »Hallo Lukas, schön dich zu sehen. Komm bitte herein.«

Sie trat einen Schritt zurück, sodass er eintreten konnte und er erinnerte sich daran, die Schuhe auszuziehen. Dabei fühlte er sich von der Blonden beobachtet und er konnte ihren Gesichtsausdruck nicht einordnen.

»Danke, Anne«, verabschiedete sie Frau Odrell, »wir sehen uns später.«

Lukas schaute der jungen Frau beim Weggehen hinterher und Frau Odrell entging das nicht: »Sie ist hübsch, oder?«

War er am Tor nur leicht errötet, war er sich sicher, nun so rot wie eine Tomate zu sein: »Äh …«

»Und intelligent ist sie auch«, erlöste Frau Odrell ihn aus seiner Sprachlosigkeit. »Lass uns ins Esszimmer gehen. Magst du einen Tee?«

»Ja gerne.« Lukas folgte der Frau und bewunderte die Figur.

Sie trug Reiterhosen und ein Poloshirt. Dass die Frau jenseits der sechzig war, würde man nicht ahnen, wenn man sie nur von hinten sah.

Frau Odrell setzte sich an den Kopf des langen Tisches, an dem sie vor nicht allzu langer Zeit mit seinem Vater gesessen hatte. Sie drehte sich in die Richtung einer Tür und rief: »Eine Kanne Ceylon Tee mit zwei Tassen.«

Sie war nicht laut, ihrer Stimme strahlte Autorität aus: »Setze dich bitte! Was kann ich für dich tun? Ich nehme nicht an, dass du mit der Absicht hergekommen bist, Anne kennenzulernen oder nur für einen lockeren Plausch mit einer alten Frau hier bist.«

Der Seitenhieb mit Anne ließ ihn wieder erröten und hätte er ein Konzept gehabt, wie er dieses Gespräch angehen sollte, hätte er es verloren: »Ja. In der Tat. Ich habe ein persönliches Anliegen und mein Vater will mir nicht helfen. Im Gegenteil.«

»Dein Vater wird gute Gründe für seine Haltung haben.« Lukas war sich nicht sicher, ob das eine Frage oder eine Feststellung war.

»Ich bin überzeugt, er meint es gut«, bestätigte Lukas, »aber wissen Sie, auch Eltern können sich mal irren. Und mein Vater hat nicht gemerkt, dass die Zeiten sich verändert haben. Er behandelt mich wie einen kleinen Jungen und nicht als Mann. Andere sehen das auch so, nur er nicht. Und er kümmert sich lieber um andere als um meine Schwester und mich.«

Ihr freundlicher Gesichtsausdruck verschwand und sie sah ihn so streng an, dass er sich eingeschüchtert fühlte: »Lukas, du bist nicht das erste Mal hier zu Gast und du weißt, dass wir hier Wert auf Respekt und Familie legen. Kinder, selbst wenn sie erwachsen sind, sollten die eigenen Eltern ehren und nicht schlecht über sie reden. Hast du das verstanden?«

»Ja«, Lukas sah seine Felle wegschwimmen, »aber …«

»Ein ›aber‹ macht das davor Gesagte ungültig«, wies sie ihn zurecht. »Willst du das wirklich?«

»Nein. Ich möchte nur von ihm ernstgenommen werden. Und ich habe Angst um meine Familie. Wir werden bestimmt wieder angegriffen und wer kann heute wissen, ob nicht irgendein Einbrecher das eigene Haus durchwühlt. Unsere Bürgerwehr und die Dorfpolizei kann uns nicht vor jeder Gefahr beschützen. Wir sollten uns alle selbst verteidigen können.«

»Ich verstehe«, der Gesichtsausdruck von Frau Odrell wurde wieder weicher, freundlicher. »Glaubst du nicht, dass dein Vater nur ein wenig Zeit braucht, sich an die neue Welt zu gewöhnen? Er vertrat vor dem Stromausfall eher eine offene Welt, er braucht Zeit, sich daran zu gewöhnen, dass das jetzt noch weniger funktioniert als vorher.«

»Er muss doch sehen, wie schnell sich alles verändert hat. Ich möchte meine Familie und Freunde beschützen können. Und mein Vater ist dagegen, dass ich eine Waffe habe.«

»Sind wir jetzt beim Grund deines Besuches?«

Lukas war zunächst versucht, das zu leugnen: »Ja. Ich habe gehofft, dass Sie mir helfen können.«

Frau Odrell schaute ihn intensiv an und der Moment wurde noch länger, als ein Mann mit einem Tablett mit dem Tee hereinkam, dieses wortlos auf den Tisch, die Tassen vor Frau Odrell und Lukas stellte und den Tee einschenkte. Sie nickte ihm zu und er ging so lautlos, wie er gekommen war.

»Du bedienst dich?«, sie deutete auf Zucker und Milch.

Lukas nickte und nahm sich einen Würfel Zucker.

Frau Odrell süßte ihren Tee ebenfalls, nahm die Untertasse in die Hand und rührte mit dem Löffel in der Tasse: »Wieso glaubst du, dass ich dir helfen könnte? Und wieso glaubst du, dass ich dir helfen würde?«

Lukas spürte einen Funken Hoffnung, zumindest hatte sie seine Bitte nicht sofort abgelehnt: »Ich bin nicht blind und es entgeht auch anderen nicht, dass Sie hier ein eigenes Waffenlager haben müssen. Und wieso Sie mir helfen würden … Ich glaube, Sie verstehen meine Sorgen.«

»Ich gebe dir recht, dass dein Vater die Gefahren nicht richtig einschätzt und ja, ich bin der Ansicht, dass ein deutscher Mann in der Lage sein sollte, sich gegen Angriffe von innen und außen zu schützen. Mit einer Waffe kommt Verantwortung. Bist du dir dessen bewusst?«

»Ja. Natürlich. Aber was meinen Sie mit ›Gefahr von innen‹? Die Dorfgemeinschaft arbeitet doch gut zusammen?«

»Du hast den Mordfall mitbekommen? Dieser Schwarzhändler? Solche Leute oder andere, die einfach nicht in der Lage dazu sind, unseren Boden zu schätzen. Ist dir bei den Menschen hier bei uns in der Hofgemeinschaft etwas aufgefallen?«

»Sie sind fleißig und freundlich? Alle sind sportlich?« Lukas kam sich wie in der Schule vor, er stocherte im Dunkeln.

Frau Odrell lächelte: »Ja. Wir haben gutes Material, wir achten darauf, das Blut rein zu halten und vor Vermischung zu schützen. Wir legen großen Wert auf körperliche Fitness.«

»Ist Variation in der Genetik nicht eher eine Chance?« Lukas fühlte sich verwirrt.

»Wenn gutes Material bei Mutter und Vater vorhanden ist«, sagte Frau Odrell, »dann ja. Wenn ein Elternteil Schwächen hat, überträgt sich das auf das Kind oder die Kinder.

Wusstest du, dass der IQ der negroiden Bevölkerung in den USA einiges unter dem der Weißen liegt?«

Lukas war verblüfft: »Nein.«

»Und wenn du dir die Kriminalstatistiken in Europa anschaust, das spricht Bände, was die kriminelle Energie von bestimmen Gruppen betrifft. Besonders Muslime tun sich negativ hervor. Wir versuchen seit Langem, Spreu von Weizen zu trennen. Auch dafür wurde unsere Gemeinschaft und andere ähnliche gegründet. Und uns bietet sich beim Wiederaufbau eine große Gelegenheit.«

Lukas war verunsichert: »Die vertriebenen Flüchtlinge?«

Frau Odrell schüttelte den Kopf: »Nein, das machen wir nicht. Wir meiden diese Menschen, aber wir wollen ihnen nichts Böses. Wir wollen keine weitere Vermischung.«

»Meine Schwester?«

»Ich würde es gut finden, wenn sie einen etwas nordischeren Freund hätte. Vorschreiben kann man ihr das nicht. Vielleicht müsste man sie darauf hinweisen.«

Sie trank einen Schluck ihres Tees und stellte die Tasse auf den Tisch: »Kommen wir zum Grund deines Besuches. Nehmen wir an, ich könnte dir eine Waffe geben. Was könntest du uns dafür geben?«

Lukas ärgerte sich, damit hatte er nicht gerechnet: »Ich habe kein Geld.«

»Der Wert von Geld ist aktuell nicht vorhanden. Aber selbst wenn es so wäre, das hatte ich nicht im Sinn.«

Lukas fühlte sich unwohl, weil er keine Ahnung hatte: »Ich wüsste nicht, was ich Ihnen bieten könnte.«

»Ich biete dir eine Handfeuerwaffe. Du wirst regelmäßig herkommen, um den Umgang mit der Waffe zu üben und ein wenig auf dem Hof zu helfen. Zusätzlich schuldest du uns einen Gefallen. Ich weiß jetzt nicht, was das konkret sein wird, verspreche dir aber, dass es nichts Unverhältnismäßiges sein wird. Außer mir und der Person, die dich einweisen wird, bleibt das unter uns. Du erzählst niemandem, und das meine ich ernst, niemandem, dass du von uns eine Waffe bekommen hast.«

»Der Mann meiner Tante hat mich darauf gebracht, zu Ihnen zu gehen«, erklärte Lukas.

Frau Odrell schien kurz überrascht zu sein: »Du musst es ihm nicht auf die Nase binden, dann wird er sich das schon denken können. Bist du einverstanden?«

Lukas überlegte kurz, ob er nachfragen sollte, wie lange die Hilfe auf dem Hof dauern sollte, das Verlangen eine Waffe zu haben war größer: »Ja. Vielen Dank!«

Sie klingelte mit einem kleinen Glöckchen, das auf dem Tisch gestanden hatte und fast umgehend kam der Mann in das Zimmer, der vorher den Tee serviert hatte.

Frau Odrell drehte sich zu ihm um: »Ernst! Kannst du bitte Anne rufen?«

Wortlos drehte sich der Mann um und verschwand. Lukas spürte, wie sein Herz einen Schlag aussetzte und als er bemerkte, dass Frau Odrell ihn wissend anlächelte, wurde er wieder rot.

»Anne ist nur wenig älter als du«, erklärte sie. »Kennt sich gut mit Handwaffen aus. Ihre Eltern haben sich schon früh die gleichen Gedanken gemacht, die du jetzt hast. Sie wird dir die Waffe erklären und mit dir üben. Ich empfehle dir, gut zuzuhören, ich vertraue ihrem Urteil und erst, wenn sie sagt, dass du bereit bist, dann wirst du die Waffe mitnehmen können.«

Lukas versuchte, seine Verunsicherung zu überspielen: »Munition?«

»Wirst du auch bekommen«, beruhigte ihn Frau Odrell. »Nicht unendlich, aber ausreichend.«

Die Tür ging auf und Anne kam herein: »Frau Odrell?«

Die drehte sich zu ihr um: »Hallo Anne. Lukas hast du eben schon kennengelernt, er braucht eine Pistole. Kümmere dich bitte darum, dass er weiß, wie er damit umzugehen hat und dass er ein wenig Übung erhält. Am besten fangt ihr heute an und wenn du meinst, er kann damit umgehen, meldest du dich bei mir.«

»Verstanden«, sie deutete eine Verbeugung in Richtung Frau Odrell an und signalisierte Lukas ihr zu folgen: »Dann los! Mal schauen, was du kannst.«

SIMONE

Simone stand vor der Scheune und ließ ihren Blick über die Felder schweifen. Menschen waren keine zu sehen und die Autobahn wurde durch Büsche, Hecken und Bäume verdeckt. Arne schien die Pause gutgetan zu haben und er bestand darauf, dass sie ihren Weg wieder fortsetzten. Auch Konstanze und ihre Tochter hatten sich etwas erholen können und gemeinsam war es ihnen gelungen, einen kleinen Vorrat an Obst, Nüssen und Wasser zu sammeln. Sie lauschte dem Wind, der durch die Bäume blies, als Arne aus der Scheune kam.

»Perfektes Reisewetter!«

Simone drehte den Kopf und musterte ihn kurz.

Die Krankheit hatte ihre Spuren hinterlassen und er sah angeschlagen aus: »Ein paar mehr Wolken wären nicht verkehrt, aber es scheint nicht so heiß zu werden.«

Arne schaute zum Himmel: »Zumindest regnen wird es nicht. Ich habe unsere Rucksäcke gepackt, wir können los.«

Pauline und Konstanze kamen gemeinsam aus der Scheune, Konstanze trug eine Umhängetasche, die sie bei einer Vorratssuche in einem Auto gefunden hatten. Ein Rucksack wäre praktischer gewesen, aber eine Auswahl hatten sie nicht gehabt und es war besser als gar nichts.

Konstanze standen die Tränen in den Augen: »Ich möchte mich bei euch bedanken …«

Als sie nicht weitersprach, nahm Simone sie in den Arm: »Wir waren einfach da.«

Die beiden Frauen lagen sich lange in den Armen, bis sich Konstanze löste: »Wir wollen uns auf den Weg machen.«

»Wir könnten gemeinsam bis zur Autobahn laufen«, schlug Arne vor. »Ich hole unsere Rucksäcke.«

Er verschwand in die Scheune, um kurz danach wieder mit den beiden Rucksäcken zurückzukommen, und gab einen davon an Simone, die ihn sich auf den Rücken band. Gemeinsam gingen sie zur Autobahn. Simone drückte die beiden Frauen, Arne hielt sich zurück, war aber sichtlich überrascht, als Konstanze und Pauline ihm zum Abschied vertrauten und in den Arm nahmen.

»Ich wünsche euch einen sicheren Weg«, sagte Simone. »Passt gut auf euch auf!«

»Ihr auch«, reagierte Konstanze, »ich hoffe, ihr seht eure Familie bald wieder!«

Arne und Simone blieben eine Weile stehen und schauten den beiden Frauen hinterher, bis sie sich selbst auf den Weg machten.

»Die Leute bewegen sich immer mechanischer«, stellte Arne fest, »und sie vermeiden es, andere anzuschauen.«

Simone schaute sich kurz einige der Wanderer an: »Sehen wir genauso übel wie die aus? Und vermutlich versuchen alle Energie zu sparen. Wer weiß, wann wir unsere Vorräte wieder aufstocken können. Und man weiß nicht, wem man vertrauen kann.«

»Nein«, bestätigte Arne, »und ich mag mich nicht schon wieder für das Waffeziehen bei dem Paar rechtfertigen.«

»Das hatte ich gar nicht gemeint.« Simone hatte tatsächlich nicht an den Vorfall gedacht. »Es ist trotzdem ein gutes Beispiel. Und wer verzweifelt ist, wird weniger Skrupel haben. Du hattest doch Skrupel, oder?«

Arne schüttelte den Kopf: »In dem Moment nicht. Ich habe nur die vollen Rucksäcke gesehen und an unsere fehlenden Vorräte gedacht. Und da hatte ich schon die Waffe gezückt. Können wir jetzt das Thema wechseln?«

»Wie fühlst du dich denn?« Arne sah zwar besser aus als in den letzten Tagen, verglichen mit dem sportlichen Mann vor dem Stromausfall war er nur ein Haufen Elend. »Du sagst früh genug, wenn du nicht mehr kannst. Kein Machogehabe, ich verspreche, das bleibt unter uns.«

»Wem wolltest du es auch erzählen?«, fragte er.

»Na ja, unseren Kollegen, wenn alles wieder normal geworden ist.« Sie hatte es kaum ausgesprochen, als ihr aufging, dass das vielleicht nie passieren würde.

Er musste ihre Gedanken erraten haben: »Behalte deinen Optimismus, das hilft mir auch. Und ja, ich werde mich melden, wenn ich nicht mehr kann. Lass uns versuchen, heute bis Göttingen zu kommen. Wir haben viel aufzuholen!«

»Das sind fast 40 Kilometer.« Simone schüttelte den Kopf, »Wir können froh sein, wenn wir die Hälfte schaffen werden.«

Gegen Mittag hatten sie ihren halben Wasservorrat verbraucht und Arne schien fast mit jedem Schritt schwächer zu werden. Die Sonne stand hoch am blauen Himmel und die Temperatur musste bereits über 30 Grad liegen.

»Wir sollten Pause machen«, schlug Simone vor, »du kannst dich ein wenig unter der Brücke da vorne ausruhen und ich suche nach Wasser.«

Mit hochgezogenen Augenbrauen schaute Arne sie an: »Ich soll dich die Arbeit machen lassen, während ich meine Eier schaukele? Abgelehnt, ich helfe dir.«

»Wenn ich einen Spiegel hätte, würde ich dir zeigen, wie beschissen du aussiehst.« Sie stemmte die Fäuste in die Seite. »Dann würdest du von selbst auf die Idee kommen, dass du dich ausruhen musst.«

Arne blickte sich um, ging ein paar Schritte zu einem liegen gebliebenen Fahrzeug und betrachtete sich im Außenspiegel: »Für den ›Bachelor‹ reicht es nicht, wir haben Kollegen, die unter normalen Bedingungen schlechter aussehen.«

Simone konnte ein Grinsen nicht unterdrücken: »Vermutlich hast du damit recht, aber für den Moment solltest du mal auf mich hören.«

»Lass uns bis zum Autohof laufen«, schlug Arne vor. »Da vorne ist schon das Schild zu sehen.«

Dort angekommen, bot sich ihnen ein trostloses Bild: Die Fenster der Raststätte und der Tankstelle waren fast alle zerstört, auf dem Parkplatz lagen die Ladungen vieler der liegen gebliebenen Lkw verteilt und die meisten Fahrerkabinen der Lastwagen zeigten Spuren der Verwüstung. Menschen waren keine zu sehen und Simone fühlte sich unbehaglich.

»Vielleicht war die Idee doch nicht so gut?« Arne schien sich ähnlich zu fühlen.

»Warum macht jemand so etwas?«, wunderte sich Simone. »Plündern kann ich verstehen, aber dieser Vandalismus, das bringt keinem was.«

»Als ob Menschen immer rational handeln würden«, sagte Arne. »Wollen wir trotzdem schauen, ob sich etwas Verwertbares findet?«

»Wir suchen einen Ort, an dem du dich ein wenig ausruhen kannst«, bestimmte Simone, »und ich mache mich dann auf die Suche nach Wasser. Und Nahrung.«

Arne öffnete den Mund, als Simone ihn direkt unterbrach: »Keine Widerrede.«

Sie gingen durch die offenstehende Eingangstür und innen bot sich ein Bild der Unordnung. Aus den Regalen war alles Essbare entfernt worden, vereinzelt lagen aufgeplatzte Verpackungen auf dem Boden.

Arne grinste: »Na, zumindest wurde hier nicht allzu viel ver …«

Ein Knurren unterbrach ihn und sie schauten sich gegenseitig besorgt an.

Hinter der Verkaufstheke kam ein großer Hund hervor, das Fell war struppig, verschmutzt, die Zähne gefletscht und seine Haare im Nacken standen hoch.

»Großartig«, hörte sich Simone flüstern, »als ob wir nicht genug Probleme haben.«

»Immerhin ist es nur einer«, stellte Arne fest. »Zumindest scheint er allein zu sein.«

»Vielleicht ist es eine sie?« Simone schaute den Hund an.

Unter normalen Umständen mochte sie Hunde und die schienen sie zu mögen. Das Tier vor ihnen war nicht auf Freundschaft aus und Simone war sich bewusst, dass die Frage, ob es ein Rüde oder eine Hündin war, unwichtig war. Simone ließ den Hund nicht aus den Augen und versuchte, aus den Augenwinkeln etwas zu suchen, mit dem sie sich verteidigen konnte.

»Rückzug?«, schlug Arne vor und trat langsam einen Schritt nach hinten.

Der Hund reagierte mit einem Satz nach vorne und biss Arne in das linke Schienbein. Der verlor den Halt, fiel nach hinten und schlug dabei mit dem Kopf an eines der leeren Regale. Sichtlich benommen schüttelte er den Kopf und versuchte, ein Bein wegzuziehen, während er mit dem anderen nach dem Tier trat. Das schien die nahende Gefahr erkannt zu haben und zog sich etwas zurück, gerade genug, um außerhalb der Reichweite von Arnes Beinen zu sein.

Simone stand wie gelähmt da, betrachtete den wachsenden roten Fleck auf Arnes Hose und auch am Kopf blutete er. Der Hund schien sie komplett zu ignorieren und versuchte, Arne zu umkreisen, der sich mühsam so drehte, dass seine Beine zwischen ihm und dem Tier blieben. Endlich löste sich ihre Lähmung und ihr Blick fiel auf einen Regalboden aus Blech, der schief im Regal hing. Als der Hund ein weiteres Mal nach Arne schnappte, drehte sie sich zum Regal, nahm den Boden in die Hand und versuchte, ihn herauszureißen. In ihrer Vorstellung hatte sie den Boden in einem schönen Bogen ähnlich wie einen Baseballschläger geschwungen und dem Tier, das ihr leidtat, einen Schlag verpasst, der es zum Rückzug bewegt hätte.

Die Realität sah anders aus: Ein kleiner Metallhaken reichte aus, Simones Bemühungen zu durchkreuzen. Der Boden blieb im Regal hängen, der unerwartete Widerstand schmerzte Simone in Händen und Schultern. Gleichzeitig ließ der Hund von Arne ab und sprang Simone an. Sie riss ihre Arme vor ihr Gesicht, um sich vor dem Angriff zu schützen, und spürte die Zähne in ihrem Unterarm und das Gewicht des Hundes drückte sie in das Regal, in dem der kleine Haken endlich nachgab. Während ihr Angreifer durch den Lärm kurz abgelenkt war, schnappte sich Simone mit einer Hand den Regalboden und schlug ihm damit gegen den Kopf. Zwar hatte sie nicht genug Platz, um auszuholen und keinen festen Griff gehabt, ihr Gegner war vom Gegenangriff überrascht, schüttelte den Kopf und trat einen Schritt zurück. Simone nutzte sofort den ihr zur Verfügung stehenden Platz und noch im Sitzen nahm sie den Boden mit beiden Händen und verpasste dem Hund einen weiteren

Schlag. Statt eines Knurrens hörte sie ein Jaulen und ohne ihn aus den Augen zu lassen, stand sie auf und verpasste dem Tier einen weiteren Schlag. Benommen schüttelte es den Kopf, klemmte den Schwanz zwischen die Beine und versuchte, den Rückzug anzutreten. Simone schlug unbarmherzig weiter auf den Hund ein, bis der zusammenbrach und mit heraushängender Zunge und zuckenden Beinen am Boden lag.

»Simone«, hörte sie von fern eine Stimme, »es reicht.«

Sie hielt im Schlag inne, betrachte den vor ihr liegenden Hund und schaute zu Arne, der aufgestanden war. Er humpelte zu ihr und ihr entging nicht, dass der rote Fleck auf seinem Hosenbein größer wurde. Tränen schossen in ihre Augen und sie schaute wieder nach dem Hund, der keine Gefahr mehr für sie beide darstellte. Um den Körper des Hundes wuchs eine Blutpfütze und sie fühlte ihr schlechtes Gewissen.

»Es tut mir leid«, stotterte sie, »ich wollte … er hat uns angegriffen …«

Simone öffnete ihren Rucksack, zog die Pistole hervor und richtete sie auf den Hund. Sie holte tief Luft und schoss direkt in den Kopf und das Tier hörte sofort auf, sich zu bewegen.

»So muss er sich nicht quälen«, hörte Simone sich sagen, die Ohren noch halb taub von der Lautstärke des Schusses.

Simone deutete auf die Verletzung an seinem Bein: »Wir sollten einen Druckverband darauf machen … und du musst dich endlich ausruhen.«

Sie durchsuchten den Verkaufsraum der Tankstelle und fanden mehrere Verbandskästen, die seltsamerweise nicht geplündert waren.

»Man sollte meinen, dass jeder Bedarf hätte«, bemerkte Arne.

»Sicher? Weder du noch ich haben Verbandsmaterial dabei«, sagte Simone, »vermutlich denken die meisten erst daran, wenn sie es benötigen. Außerdem müsste doch in jedem der Autos einer liegen.«

Sie fanden einen Büroraum mit einer Couch, auf die sich Arne setzte, nachdem er seine Hose ausgezogen hatte. Zusammen versuchten sie, sich in Erinnerung zu rufen, was sie aus ihren

Erste-Hilfe-Kursen wussten, die bei beiden gefühlt Jahrzehnte zurücklagen.

Nach einer Weile betrachteten sie das gemeinsame Werk und Simone versuchte zuversichtlicher auszusehen als sie sich fühlte: »Zumindest ist klar, dass wir damit kein Lehrbuch bebildern werden. Höchstens als Beispiel dafür, wie man es nicht macht.«

Arne lachte über ihren Witz, während sie ihm den Kopf verband. Die Kopfwunde vom Sturz schien nicht so tief zu sein und Simone hatte den Eindruck, dass sie zumindest nicht mehr blutete. Während sich Arne auf der Couch ausstreckte, durchsuchte sie die Schubladen und Schränke und fand Schmerztabletten.

Sie gab ihm eine: »Hier. Die andere heben wir für später auf. Du schließt hinter mir die Tür ab und ruhst dich aus, ich suche Wasser für uns beide.«

»Du brauchst auch eine Pause«, erwiderte Arne ein wenig trotzig. »Und wir können danach gemeinsam auf die Suche gehen.«

Simone war geneigt, ihm recht zu geben, entschied sich dagegen: »Ruhe dich aus. Ich mache ein Nickerchen, wenn ich wieder zurück bin.«

Schließlich gab Arne ihr nach, begleitete sie mit zur Bürotür und sie hörte, wie er sie hinter ihr verschloss. Langsam schlich sie durch den Verkaufsraum, umging traurig den Kadaver des Hundes und blieb eine Weile am Eingang stehen. Dort hielt sie Ausschau, sah keine weiteren Menschen, lief geduckt vom Gebäude weg und versuchte, den Sichtschutz von dort stehenden Fahrzeugen zu nutzen. Es wäre vernünftiger gewesen, einen anderen Ausgang vom Gebäude zu nehmen. Einige hundert Meter vom Autohof entfernt war ein kleiner Wald, sie beschloss, dort ihr Glück zu versuchen. Mittlerweile hatte sie etwas Übung im Auffinden kleiner Bachläufe und seit Arne sich den Magen mit verunreinigtem Wasser verdorben hatte, achtete sie darauf, es, wenn möglich, nur direkt aus Quellen zu holen.

Sie lief parallel zur Autobahn, dort waren viele Wanderer zu sehen. Auch Wochen nach dem Stromausfall schienen noch viel zu viele Menschen weit entfernt von zu Hause zu sein. Eigentlich hatte sie erwartet, dass die Menge an Menschen die, wie Arne und sie, verstreut waren, geringer werden würde. Dann erinnerte sie sich an die Berichte von Menschen, die aus größeren Städten kamen und geflüchtet waren, weil dort keine Besserung der Versorgungslage zu erwarten war. Nicht wenige dieser Wanderer hatten vermutlich kein konkretes Ziel, außer dem nackten Überleben.

Während es am Anfang häufig ein Miteinander und gegenseitiges Helfen gab, überwog zwischen den Wanderern mittlerweile Misstrauen und Angst. Man beäugte sich feindlich und ging sich so gut wie möglich aus dem Weg.

Die Ortschaften um die Autobahnen herum hatten sich verbarrikadiert, vermutlich sah es abseits der Schnellstraßen nicht anders aus. Simone bemerkte, dass eine kleine Gruppe die Autobahn verlassen hatte, sich teilte, als ob sie ihr den Weg abschneiden wollte. Sie fluchte über ihre Leichtsinnigkeit, offen über das Feld gelaufen zu sein und beschleunigte ihre Schritte, um den Wald vor ihren Verfolgern zu erreichen. Die schienen sich ihrer Sache sicher zu sein und veränderten ihre Geschwindigkeit nicht und als Simone durch die erste Baumreihe trat, waren sie nur knappe achtzig Meter von ihr entfernt.

Simone zog sich weiter ins Unterholz zurück, blickte hinter sich und sah, wie sich die Gruppe direkt vor den ersten Bäumen wieder traf, sich kurz zu beratschlagen schien und dann in drei Gruppen aufteilte. Es waren nur Männer und drei davon folgten ihr direkt in den Wald, je zwei schienen ihn in beide Richtungen umrunden zu wollen. Sie merkte, wie sich ihr Puls beschleunigte und die Angst in ihr Aufstieg, wurde dann durch das Gluckern von Wasser abgelenkt.

Die Angst war kurz verflogen, sie war fast über eine kleine Quelle gestolpert und nutzte die Chance, um die Flaschen schnell mit Wasser zu füllen. Kaum waren die voll, stopfte sie sie in ihren Rucksack, versuchte zwischen den Bäumen ihre Verfolger auszumachen und nutze einen kleinen Vorsprung im Waldboden, um sich, geschützt mit Laub, das sie vor sich zog, zu verbergen. Perfekt war das Versteck nicht, aber zumindest müssten die Männer genau hinschauen, um sie zu finden.

»Wo ist sie hin?«, hörte sie die tiefe Stimme eines der Männer fragen. »So dicht ist der Wald hier doch nicht?«

»Die anderen werden sie schon abfangen«, nuschelte der zweite Mann. »Wir müssen sie einfach vor uns hertreiben.«

Beide waren relativ nah, zumindest waren sie nicht direkt über oder neben ihr. Simone hielt unbewusst die Luft an und versuchte, als sie das bemerkte, sich selbst zu beruhigen.

»Und das alles wegen ihrem Rucksack?« Das war der dritte Mann, der weiter weg war, als die beiden anderen. Hoffnung flammte in Simone auf, dass sie nicht gefunden wurde.

»Der Rucksack«, bestätigte die tiefe Stimme, »und ein wenig Spaß.«

Die anderen beiden Männer lachten laut und Simone lief es eiskalt den Rücken herunter. Die Waffe war bei Arne und sie verfluchte sich, sie nicht mitgenommen zu haben. Ihr blieb nur die Möglichkeit, abzuwarten und zu hoffen, nicht entdeckt zu werden.

»Komm! Zeig dich«, rief der Nuschler, »wir finden dich, und wenn wir uns ärgern, weil wir so viel Zeit mit der Suche nach dir verschwendet haben, werden wir sauer. Und das lassen wir dann an dir aus.«

»Und sauer willst du uns nicht erleben«, ergänzte die tiefe Stimme.

Dabei entfernten sie sich von Simones Versteck. Sie überlegte, wie groß der kleine Wald war und wie lange es dauern würde, bis ihre Verfolger sich am anderen Ende treffen würden, um dann zu drehen und wieder in ihre Richtung zu laufen. Langsam kroch sie aus der Spalte, versuchte, ihre Verfolger auszumachen, die Bäume verbargen den Blick auf sie. Vorsichtig ging sie zurück in Richtung des Autohofs, den Boden absuchend, damit sie nicht stolperte oder unnötigen Lärm verursachte. Durch die Baumstämme konnte sie in der Ferne die Gebäude des Autohofs erkennen und von ihren Verfolgern war nichts zu sehen.

Hoffnung flammte in ihr auf und sie zog die Gurte ihres Rucksacks fest, damit er sie nicht unnötig beim Rennen behindern würde. Ein prüfender Blick nach links und rechts, die Verfolger waren weder zu hören noch zu sehen und Simone trat entschlossen ins Freie.

»Wen haben wir denn da?«, hörte sie eine Stimme hinter sich und drehte sich um.

Zwei Männer standen an je eine Birke angelehnt, grinsten sich kurz an und kamen langsam auf sie zu. Simone blickte zum Autohof, dann auf die beiden Männer.

»Vergiss es, das schaffst du nicht«, sagte der gleiche Mann, »unser Andi ist ein hervorragender Sprinter und alternativ habe ich meine Freundin 9 MM hier, mit zehn Schuss. Einer davon trifft deine Beine und das wäre ein Jammer.«

Sie schaute auf die Waffe, musterte den anderen Mann und ärgerte sich, schon wieder, die Waffe nicht mitgenommen zu haben. Und dass sie ihnen so leichtsinnig in die Arme gelaufen war.

»Sieht schärfer aus, als von Weitem zu sehen war«, urteilte der Sprinter. »Mal schauen, was in dem Rucksack ist. Gib ihn her.«

Der andere Mann zielte mit der Pistole auf sie: »Du hast ihn gehört, gib ihm den Rucksack.«

Sie bemerkte, dass beide Männer die Blicke kaum von ihren Brüsten trennen konnten, die sich bedingt durch das Laufen vorher beim Ein- und Ausatmen hoben und senkten. Leicht ungeschickt ließ sie den Rucksack von ihren Schultern gleiten, darauf bedacht ihre Brüste in Szene zu setzen. Sie bemerkte die gierigen Blicke der beiden und nutzte den kurzen Moment, um dem ersten mit einem Schwung des Rucksacks die Waffe aus der Hand zu schlagen. In einem großen Bogen flog die auf den Boden, sie schmiss den Rucksack dem Sprinter ins Gesicht und lief los.

»Schau nicht so dumm, lauf ihr hinterher. Ich hol die Waffe«, hörte sie es hinter sich rufen.

Sie traute sich nicht, sich umzudrehen und nach hinten zu schauen, in der Angst, dass sie das Zeit kosten würde. Der Überraschungsmoment hatte ihr Einiges an Vorsprung verschafft, sie hoffte, es reichte aus, damit sie den Autohof erreichte. Ihre Füße trugen sie über den Feldweg, sie gelangte auf die Straße, überquerte sie und hörte dann die Schritte ihres Verfolgers auf dem Asphalt.

Zwanzig Meter bis zum Gebäude, die Tür stand offen und sie wurde langsam zuversichtlich, es zu schaffen, als sie einen Knall und anschießend ein Geräusch zu ihren Füßen bemerkte. Angespornt durch die größer werdende Angst beschleunigte sie weiter, nur fünf Meter bis zum Gebäude. Und dann? Ging es ihr durch den Kopf und ihr wurde klar, dass sie damit nicht in Sicherheit wäre.

Einen Meter vor der Tür warf sie ein Aufprall von hinten um und ihr wurde klar, dass der Sprinter sie erwischt hatte. Sein Gewicht drückte sie auf den Boden und die Luft wich aus ihren Lungen. Der Mann erhob sich und drückte ihr sein Knie in den Rücken. Simone versuchte, sich zu befreien, ihr Gegner schnappte ihre linke Hand und drehte ihr den Arm auf den Rücken.

»Flott für so ein kleines Ding!« Der Mann mit der Waffe war angekommen, kniete sich neben sie und drückte ihr die Waffe an die Schläfe »Und nun kleiner Wildfang, wirst du dich anständig benehmen. Andi wird dich loslassen und du kannst dann langsam aufstehen.«

Ein Schuss donnerte und sie sah, wie der Mann mit der Waffe zusammensackte. Der Druck auf ihrem Rücken ließ nach und sie versuchte, sich wieder zu befreien, als ein weiterer Schuss ertönte. Der Mann hechtete nach der am Boden liegenden Waffe seines Kumpanen und ein dritter Schuss fand sein Ziel. Simone streckte sich nach der Waffe, ihr Gegner war tödlich getroffen.

Mit der Pistole in der Hand hob sie den Blick und sah Arne in der Tür stehen, seine Waffe in beiden Händen haltend.

»Du hättest nicht ohne mich gehen sollen«, sagte er und brach zusammen.

TAG 26

LAURA

Gordon saß auf einem der Esszimmerstühle, der auf einer ausgebreiteten Folie in der Mitte des Wohnzimmers stand. Um seinen Hals war ein Umhang gebunden, Laura lauerte mit einer Sprühflasche in der einen Hand hinter ihm und begutachtete seinen Kopf. Kurzentschlossen sprühte sie etwas Wasser in sein Haar, stellte sie zur Seite und kürzte ein paar Strähnen. Die Locken fielen zu Boden und gesellten sich auf der Plane zu vielen ihrer dort liegenden Leidensgenossen.

»Du hättest doch zum Friseur gehen sollen«, zweifelte Laura, »das sieht immer so einfach aus …«

Gordon lehnte sich zurück, um seinen Kopf im Spiegel bewundern zu können: »Du machst dich jetzt schlecht. Ich finde, du machst das gut!«

»Du musst es nur tragen«, grinste sie. »Ich muss mit dir so herumlaufen! Außerdem sagst du das nur, weil ich eine Schere in der Hand habe!«

Sie musste sich eingestehen, dass es nicht perfekt, aber annehmbar aussah. Während sie nach Stellen suchte, die nachbearbeitet werden mussten, kam Lukas die Treppe herunter und grinste: »So kann man sich den eigenen Freund sichern! Man macht ihn so unattraktiv und hässlich, dass keine mehr nach ihm schaut!«

Laura stemmte die Hände in die Hüften: »Du bist als Nächstes dran! Sei froh, dass ich an Gordon üben konnte!«

»Vergiss es«, winkte Lukas ab. »Ich habe mich entschlossen, meine Haare lang wachsen zu lassen. Du kommst mit der Schere nicht in meine Nähe.«

»Na, wenn du meinst«, Laura überlegte, ob sie ihrem Bruder erklären sollte, dass lange Haare mehr Pflege brauchten, entschloss sich aber, die Luft zu sparen.

»Du solltest dich auf keinen Fall darauf verlassen, das als zweites Standbein zu machen«, neckte er sie, »bezahlen wird dich dafür niemand. Im Grunde frage ich mich, was du Gordon dafür zahlst, ihn so verunstalten zu dürfen.«

»Willst du das wirklich wissen«, zwinkerte Gordon Lukas zu.

Der grinste breit, schien dann erst die Andeutung zu verstehen, was das Grinsen aus seinem Gesicht verschwinden ließ: »Oh Mann, du bist ekelhaft!«

»Du hast es provoziert«, konterte Gordon, »ich gebe Laura recht, das mit den langen Haaren, das solltest du dir überlegen.«

Mittlerweile hatte Laura die Schere weggelegt, fegte mit einem Pinsel die Haare vom Kittel und befreite Gordon vom Stuhl. Der stand auf, beugte sich nach vorne, wuschelte sich mit den Fingern durch die Haare, sodass noch einiges vom Schnitt herausfiel und betrachtete sich im Spiegel.

»Ich wüsste nicht, warum ich so nicht rausgehen sollte«, sagte er in Richtung Lukas.

»Du solltest dich von hinten sehen«, reagierte der.

Laura fing an, die Folie aufzuheben, sah zu ihrem Bruder: »Sicher? Ich bin gerade erst warm geworden!«

»Nein danke.« Trotzdem kam Lukas ihr entgegen und half ihr die Folie zusammenzulegen, während Gordon den Stuhl weggenommen hatte, »ihr hättet das draußen machen sollen!«

»Das war unser erster Plan«, antwortete Laura, »dafür ist es heute zu windig.«

Sie bugsierten die Folie aus der Terrassentür und schüttelten sie in der Mitte des Gartens aus: »Sag mal Lukas, weißt du, wie Papas Termin bei den Freyristen war?«

Lukas schien zusammenzuzucken, schüttelte dann den Kopf: »Er war dort, erzählt hat er davon bisher nichts. Weißt ja, er hat soooo viel zu tun.«

Als sie wieder zurück ins Haus gingen, kam ihr Vater die Haustür herein.

»Laura«, rief Lukas, obwohl sie direkt neben ihm stand, »dein nächster Kunde kommt!«

»Hallo Kids«, begrüßte Malte und schaute Lukas fragend an. »Kunde für was?«

»Laura hat sich als Friseurin bei Gordon versucht«, deutete auf Gordons Kopf, »trau dich!«

Malte musterte Gordons Frisur, nickte Laura anerkennend zu: »Wenn ich einen Schnitt brauche, melde ich mich.«

»Warst du bei den Freyristen?«, kam Laura direkt zum Thema, das ihr unter den Fingernägeln brannte. »Hast du sie zur Rede gestellt?«

Das Gesicht ihres Vaters verlor das Lächeln: »Ja, ich war mit Robert dort und wir haben uns eine Weile mit Frau Odrell unterhalten.«

»Hast du ihr die Meinung gegeigt?« Laura spürte die Wut in sich aufsteigen. »Habt ihr Druck gemacht?«

»Nein«, antwortete ihr Vater, »ich habe ihr von dem Vorfall erzählt und sie erklärte mir, dass sie nicht verantwortlich für das Verhalten ihrer Mitglieder sei. Sie könne niemandem vorschreiben, was er zu denken hä …«

»Das glaubst du ihr?« Laura wurde laut. »Da hustet keiner, ohne sich vorher eine Erlaubnis abzuholen. Und das weißt du!«

Ihr Vater wollte etwas sagen, sie fiel ihm direkt ins Wort: »Das ist wie jede andere Sekte, die Kinder, die da hereingeboren werden, haben überhaupt keine Chance und werden vom ersten Tag an indoktriniert. Von Anfang an bekommen die ein verqueres Weltbild beigebracht. Du bist nicht nordisch? Du bist draußen! Du willst aufbegehren? Nix da, du hast gehorsam zu sein.«

»Laura«, versuchte Malte zu Wort kommen, »du …«

»Ich kann nicht begreifen, wie du und Herr Kempf euch so habt abfertigen lassen.« Gordon wollte seine Hand auf Lauras Schultern zu legen, die schüttelte sie sofort ab. »Und bei den Neuen schaffen sie es, in kürzester Zeit eine Gehirnwäsche durchzuführen. Und das sind alles Ansichten von gestern. Nein, von vorgestern! Es ist mir nicht begreiflich, wie ihr nichts gegen die Ansiedlung habt unternehmen können. Und nun haben wir die braune Kacke hier im Ort, das ist unter normalen Umständen schon schlimm genug!«

»Du übertreibst«, hörte sie ihren Bruder sagen, »nur weil sie nicht so sind wie du, sind sie automatisch schlecht. Oder hört die Meinungsfreiheit da auf, wo es dir passt?«

Laura fühlte sich wie mit einem Vorschlaghammer getroffen und musterte ihren Bruder. Nur schwer fand sie ihre Sprache wieder: »Was?«

»Ja, du hast recht, die Gemeinschaft ist nicht so weltoffen wie du«, erklärte Lukas, »aber sie haben Werte und die leben sie. Lass ihnen doch ihre Meinung. Sie drängen ihre niemanden auf.«

»Lukas«, Lauras Stimme zitterte, »ich kann nicht glauben, was du da sagst!«

»Ach komm«, konterte er, »du übertreibst, wie so oft. Es geht nicht nach dem Willen von Laura? Oh weh, alle sind schlecht!«

»Lukas«, fing Laura erneut an, »diese Menschen hassen alle, die anders sind als sie selbst! Wenn es nach denen geht, müsste Gordon uns verlassen. Wenn es nach denen geht, dürften er und ich gar nicht zusammen sein. Die sind der Ansicht, dass er minderwertig ist! Siehst du das nicht? Die lehnen ihn ab, weil er nicht weiß ist!«

Eine unangenehme Stille breitete sich aus und Laura fühlte sich dem Platzen nahe. Ihrem Vater hatte es ebenfalls die Sprache verschlagen, er stand nur da und schaute Lukas an. Gordon schien nichts einzufallen und versuchte sie in den Arm nehmen.

Sie schüttelte ihn ab: »Ich muss hier raus!«

Bestimmten Schrittes eilte sie zur Haustür, öffnete sie, ging heraus und schlug sie, so fest sie konnte, hinter ihr zu. Tränen stiegen ihr in die Augen, als sie den Weg zur Schule ging und sie spürte, wie sich ihre Ablehnung der Hofgutgemeinschaft in Hass wandelte. Sie feindeten ihren Freund an und streckten ihre Klauen nach ihrem Bruder aus. Dagegen würde sie ankämpfen, das würde sie nicht zulassen. Aber das war nicht genug. Bisher hatte sie ihren Vater vor Lukas verteidigt und nun fehlte dem die Entschlossenheit, klar Kante zu zeigen. Warum fiel ihm denn nicht selbst auf, dass er mit dem ›Verständnis für alle und jeden‹ nicht weiterkam und nicht kommen würde.

Sie war so sehr in ihre Gedanken versunken, dass ihr die kleine Menschenmenge vor der Schule erst auffiel, als sie fast in sie hineingelaufen war. Überrascht versuchte sie zu erfassen, wer sich denn dort versammelt hatte, und erblickte am Rand der Menschentraube Marlene, Patricia und Norbert, die aufgeregt miteinander redeten. Patricia sah Laura als Erste und winkte sie zu sich. Auf den Stufen der Schule standen Ilka Odengartner und Isabell Pischetertz und waren dabei, Fragen zu beantworten.

»… ist die Mehrheit der Eltern der Meinung«, führte Isabell aus, »dass es in erster Linie Aufgabe der Eltern ist, die Inhalte zu bestimmen, die die Kinder lernen sollen. Deshalb wurde beschlossen …«

»Hallo«, begrüßte Laura die anderen drei, »was ist denn hier los?«

Patricia schaute mit wütendem Gesicht in Richtung der Treppe, auf der Isabell noch am Erklären war: »Man hat uns dieses Wochenende auf Eis gelegt. Während wir am Freitag versucht haben die Kinder zu erreichen, die nicht mehr hergekommen sind, haben Isabell und Ilka Schule und Kindergarten übernommen.«

»Wie können die den Kindergarten übernehmen?« Laura war perplex, ging sie doch davon aus, dass der Dorfrat alle Belange der Gemeinschaft regeln würde.

»Ich bin mir nicht sicher«, gestand Patricia, »die Familien aus dem Hofgut haben überdurchschnittlich viele Kinder, dazu kommen die nicht wenigen Kinder der Tiefgläubigen, da bekommst du recht schnell eine Mehrheit bei den Eltern zusammen.«

»Die können nicht einfach am Dorfrat vorbei …«, fing Laura an, »… es gibt doch Regeln!«

Marlene drehte sich zu ihr um: »Ich glaube, der weiß das noch gar nicht. Man hat halt Fakten geschaffen. Als ich heute Morgen herkam, war das Schloss ausgetauscht. Ich frage mich, wo die das herhaben. Egal: Isabell reagierte auf mein Klopfen und machte ein Fenster auf, um mir zu erklären, dass die gesammelten Elternbeiräte von Kindergarten und Schule beschlossen haben, das Konzept umzustellen.

Es wäre ohnehin Ferienzeit und man wollte die Chance nutzen, um die Kinderbetreuung für die ›neue Zeit‹ zu gestalten.«

»›Neue Zeit‹«, schnaubte Norbert, »was für eine gequirlte Scheiße.«

Mehrere Köpfe drehten sich mit vorwurfsvollen Blicken zu ihnen um, wendeten sich wieder der Ansprache von Isabell zu.

»Ich fragte sie«, setzte Marlene ihre Erklärung fort, »ob sie die falschen Tabletten genommen habe, und drängte sie, mich ins Gebäude zu lassen. Sie ignorierte meinen Vorwurf und verwies auf den Elternbeirat, der beschlossen habe, bestimmte Personen, die man nicht nahe der Kinder haben möchte, vorläufig zu beurlauben. Sie bedaure, dass sie mir das mitteilen müsste, eigentlich sollte das der Elternbeirat machen. Dann kamen nach und nach Eltern mit ihren Kindern, so ziemlich jeder vermied es, mir ins Gesicht zu sehen.«

Marlene wurde dabei lauter und Laura meinte zu sehen, wie einige aus der Menge verstohlen zu ihnen herüberschielten.

»Was mich am meisten erschrickt«, Patricia legte die Stirn in Falten, »von den Eltern scheint es keinen Widerstand zu geben.«

Norbert schüttelte den Kopf verneinend: »Nein. Die haben vorher Eltern hinter sich versammelt und als es genug waren, haben sie gehandelt.«

»Wieso haben sie dich ausgeschlossen?«, wunderte sich Laura, »du führst doch eine vorbildliche Ehe, hast Kinder.«

»Ich habe nie einen Hehl daraus gemacht«, gestand Norbert, »dass ich weder die verblendeten Christen noch die Freyristen mag.«

»Wir können hier im Moment nichts machen.« Patricia presste kurz die Lippen zusammen. »Ich würde vorschlagen, wir suchen den Dorfrat auf und versuchen, eine Lösung zu finden.«

Laura winkte ab: »Normalerweise wäre ich direkt dabei, allerdings hatte ich vorhin einen Streit mit meinem Vater und das bezog sich auch auf Herrn Kempf und die Gemeinschaft vom Hofgut. Die beiden muss ich jetzt nicht unbedingt sehen, ich hatte gehofft, hier ein wenig positive Ablenkung zu finden.«

»Wenn du reden magst«, bot sich Marlene an, »können wir uns einen ruhigen Ort suchen.«

»Ich danke dir«, lehnte Laura ab, »schaut ihr mal, was ihr beim Rat erreichen könnt, vielleicht wacht mein Vater endlich aus seiner Untätigkeit auf und es bewegt sich was. Ich werde ein wenig spazieren gehen, das macht den Kopf frei.«

»Okay«, reagierte Marlene, »falls du dennoch jemanden zum Reden suchst, melde dich einfach.«

»Gerne«, antwortete Laura, »wir sehen uns!«

Während die drei in die eine Richtung gingen, brach Laura in die andere auf. Sie mochte Marlene sehr, auch wenn sie sich über ihren Vater und ihren Bruder ärgerte, darüber wollte sie mit ihr nicht sprechen. Zunächst ging sie ziellos, merkte dann, dass ihre Füße sie zur Wohnung ihrer Tante brachten. Jutta war wie eine große Schwester für sie und war schon in der Kindheit die Person in ihrem Leben, mit der sie unangenehme Themen besprechen konnte. Oder peinliche Themen. Ihre Eltern waren zwar nicht verklemmt, aber mit Jutta waren Themen wie Jungs, der erste Kuss und erste Erfahrungen einfacher zu besprechen als mit ihrer Mutter. Sie wusste auch, dass die deshalb manchmal eifersüchtig auf Jutta war. Als sie merkte, dass sie doch ein Ziel hatte, ging sie ein wenig flotter und klopfte laut an die Haustür.

Im Obergeschoss öffnete sich ein Fenster und Florian schaute zu ihr herunter: »Hallo Laura! Warte, ich mache dir die Tür auf.«

Kurz darauf öffnete sich die Tür: »Was kann ich für dich tun? Du siehst unglücklich aus.«

Laura mochte den Mann ihrer Tante, er war der coole Onkel, mit dem man Spaß haben, aber auch ernste Gespräche führen konnte. Er hatte ihr das eine oder andere Male die Sicht der jungen Männer erklärt.

»Ich hatte bessere Tage«, sagte sie, »ist Tante Jutta da?«

»Nein, die ist heute früh weg, ich weiß nicht, wann sie wiederkommt. Kann ich denn nichts für dich tun?«

Laura versuchte, nicht zu enttäuscht auszusehen: »Ich könnte später wiederkommen …«

Sie überlegte kurz: »Vielleicht hilft es, wenn ich mir ein wenig den Frust von der Seele rede.«

»Komm herein, ich habe mir eben einen Tee gemacht, eine Tasse für dich dürfte da noch drin sein.«

Sie gingen hoch in die Wohnung, Laura setzte sich an den Esszimmertisch und Florian stellte ihr eine große Tasse Tee hin: »Zucker und Milch stehen daneben.«

Laura musste daran denken, dass Zucker mittlerweile knapp wurde und in ihrem Kopf versuchte sie zu rekonstruieren, was sie darüber wusste, wie man aus Rüben Zucker macht.

Florian holte sie aus den Gedanken: »Willst du mir erzählen, was los ist?«

»Ach, mein Vater, mein Bruder, das Hofgut und diese radikalen Christen.«

Florian stellte sich hinter sie und legte seine Hände auf ihre Schultern: »Tief ein und ausatmen. Bis jetzt klingt es fast wie der Anfang eines Witzes.«

Laura musste kurz lächeln und fing an zu berichten: »Vor ein paar Tagen war ich mit Gordon im Schwimmbad und irgendwann, als er im Becken war, kam ein junger Mann vom Hofgut zu unserem Platz. Wir hatten ein echt interessantes Gespräch und als Gordon dazukam, nannte er ihn einen ›Neger‹.«

Während sie am Erzählen war, fing Florian an, ihre Schultern zu massieren. Er hörte zu, stellte Fragen und bearbeitete die Muskeln um ihre Schulterblätter. Auch wenn Florian gut massieren konnte, worum sie ihre Tante beneidete, denn das konnte Gordon definitiv nicht, fühlte sie sich seltsam, es wurde ihr langsam unangenehm. Sie überlegte, wie sie ihm das diplomatisch sagen sollte, als seine Hände um ihren Körper fuhren und dabei ihre Brüste streiften.

Wie von einer Biene gestochen stand sie auf und drehte sich um: »Was sollte das denn?«

Mit unschuldiger Miene schaute er sie an: »Eine Massage? Du wirktest verspannt.«

»Und dafür musst du meine Brüste anfassen?«

»Hab' ich das? Das habe ich gar nicht gemerkt! Entschuldige bitte.«

»Ich gehe jetzt besser.« Ohne sich umzudrehen, verließ sie Wohnung und Haus. Als ob der Tag nicht schon seltsam genug gewesen wäre, dachte sie sich.

JUTTA

In den angeschlossenen Dörfern hatte sich der Name ›Pony-Express‹ schnell durchgesetzt, auch wenn die Mehrheit der Boten mit einem Fahrrad und nicht auf einem Pferd unterwegs war. In Absprache mit den Nachbarorten schränkte man die Lieferungen auf Zeiten mit Tageslicht ein: So viel Korrespondenz gab es noch nicht.

»Florian muss mächtig stolz auf dich sein«, schmunzelte Karin, die Pins an eine Wandkarte steckte.

»Er fühlt sich ein wenig vernachlässigt«, sagte Jutta, »aber er versucht das nicht so zu zeigen und gibt sich tapfer. Und ja, ich glaube, er ist stolz auf mich.«

»Vernachlässigt?«, grinste Karin. »Ihr seid nicht erst seit gestern zusammen. Irgendwann lässt das Feuer ein wenig nach!«

Jutta merkte, wie ihr die Röte ins Gesicht stieg, wahrscheinlich waren sie, was Häufigkeit betraf, weit über dem Durchschnitt, mittlerweile war die Frequenz nicht mehr so wie am Anfang, als sie zusammengezogen waren: »Ist das so? Davon habe ich wenig bemerkt. Und wenn man bedenkt, dass wir beide recht gut beschäftigt sind …«

»Wer ist das heutzutage nicht«, sagte Karin. »Oh. Das klang jetzt doof, anders als es gemeint war.«

»Schon verstanden«, beruhigte Jutta sie, »und natürlich hast du recht. Bleibst du noch lange hier?«

»Zwei Leute sind noch unterwegs.« Karin schaute auf ein Whiteboard, auf dem die Dienste standen und wer, wohin unterwegs war. »Wenn die zurück sind, werde ich in meinen Garten gehen und mich um das Obst und Gemüse kümmern.«

»Ich bin froh«, sagte Jutta, »dass wir direkt am Haus etwas anpflanzen konnten.«

»Reib es mir noch unter die Nase. Das ist halt der Nachteil, wenn man mitten im Dorf wohnt. So weit ist es zum Garten auch nicht.«

»Ich mache mich auch mal auf«, verabschiedete sich Jutta. »Kurz nach Milch und Käse schauen und dann nach Hause. Bis morgen!«

»Pass auf dich auf«, winkte ihr Karin hinterher.

Vor dem Gebäude stand ›Kleine Tante‹, gesattelt und festgebunden, so dass sie sich aus dem Trog mit dem Wasser bedienen konnte. Futter würde sie später bekommen und Jutta machte sich Gedanken, dass ihr Kraftfutter bald aufgebraucht sein würde.

»Hast du auf mich gewartet?« Sie tätschelte ihrer Stute den Hals, band sie los, schwang sich in den Sattel und ritt los. Die Zügel ließ sie locker, wie von selbst bewegte sich das Pferd im Schritttempo und mit wenig Druck ihrer Knie dirigierte sie die jeweilige Richtung. Als sie den Feldweg zum Bauernhof erreichte, ließ sie ›Kleine Tante‹ in einen leichten Trab übergehen und genoss den Wind im Gesicht. Auf dem Weg begegneten ihr viele Umbacher, die auf dem Weg vom oder zum Milchhof waren.

Dort angekommen, wurde sie von Herrn Pinn begrüßt, der direkt die Zügel von ›Kleine Tante‹ nahm: »Hallo Jutta! Schön dich zu sehen! Habe gehört, dass dein Pony-Express gut funktioniert.«

»Hallo Herr Pinn. Danke, wir können alle recht zufrieden sein! Ich wollte mal nach der Käseproduktion schauen. Ich bin neugierig und ehrlich gesagt … habe ich Lust auf ein schönes Stück Käse!«

»Für den Neuen bist du ein wenig zu früh, aber ich kann dir etwas mitgeben. Du sollst nicht mit leeren Händen nach Hause gehen!«

Er drehte sich um, rief seinen Sohn, einen Teenager, zu sich: »Sei so lieb und bringe Jutta ein Viertel vom Käserad aus der Speisekammer!«

»Das kann ich nicht annehmen«, wehrte Jutta ab.

»Ich dulde keinen Widerspruch«, sagte Herr Pinn, »und wenn ich meiner Frau erzähle, dass du gerne etwas Käse hättest und keinen von mir bekommen hast, würde ich Ärger bekommen.«

»Das will ich auf keinen Fall riskieren«, Jutta freute sich über den Käse. »Wie läuft denn die eigene Produktion?«

»Wir können zufrieden sein.« Sie war sich sicher, den Stolz in seiner Stimme zu hören, »das wird uns helfen, Vorräte anzulegen.«

Jutta stieg vom Pferd und Herr Pinn befestigte es an einem Zaun: »Ich bin überzeugt, dass das ganze Dorf sich darüber freuen wird.«

»Was das betrifft«, es kam Jutta so vor, als ob Herr Pinn nur so tat, als ob ihm das Thema unangenehm war, »wir Landwirte haben uns unterhalten und über unseren Beitrag zur Gemeinschaft gesprochen.«

Er erklärte weiter: »Weißt du, vor dem Stromausfall haben uns viele belächelt, teilweise beschimpft, wenn wir die Felder gedüngt haben. Andere wollten uns vorschreiben, wie wir Landwirtschaft machen sollten. Dabei leben wir seit Generationen davon! Es steckt viel Arbeit und unser Geld in diesen Höfen. Die Maschinen sind im Moment leider nicht nutzbar, aber es ist unser Vieh und unser Korn. Und es ist das eine, mal eine Woche allen zu helfen, aber was vollkommen anderes, das ganze Dorf durch den Winter zu bringen.«

Autsch, dachte Jutta, das war mehr als deutlich: »Die Leute helfen euch doch. Bei der Ernte, beim Melken und es ist nicht so, als ob euch alles weggenommen wird.«

»Jutta«, die Stimme des Landwirtes wurde belehrend, »Hilfe ist uns willkommen. Aber wenn du dich ein wenig umschaust, wird dir auffallen, dass wir im Moment mehr Hilfe haben als wir brauchen. Es wäre nur fair, wenn der Anteil der Landwirte neu bewertet wird.«

»Im Moment«, wiederholte Jutta, »und wenn wieder mehr Arbeit da ist, dann soll die Gemeinschaft Leute bereitstellen? Ich verstehe

Sie nicht, momentan ist es unsere Herausforderung das Überleben aller zu sichern.«

»Warum sollten wir denn verantwortlich für alle sein?«, fragte Herr Pinn. »Es hat auch niemanden gejuckt, wenn wir in den letzten Jahren immer mehr Verbote bekamen und dadurch unsere Ernten nicht mehr sichern konnten.«

Durch Nadine und ihre Eltern hatte Jutta einige der Probleme der Landwirte mitbekommen und es war ihr nicht entgangen, dass die wenigsten ›Nichtlandwirte‹ Verständnis aufbrachten. Jeder war es gewohnt in den Supermarkt zu gehen, Brot, Fleisch und weitere landwirtschaftliche Erzeugnisse zu kaufen, ohne sich Gedanken darüber zu machen, wo diese herkamen und welche Kämpfe die Bauern auszufechten hatten.

»Warum erzählen Sie das mir?« Jutta wusste ohnehin nicht, was sie antworten sollte. »Vielleicht sollten Sie direkt mit dem Rat sprechen. Ich glaube, es werden sich Lösungswege finden.«

Der Landwirt dachte kurz nach: »Vermutlich hast du recht. Ich wollte nur, dass sich möglichst viele bewusst sind, dass wir nicht einfach etwas zu verschenken haben.«

Juttas gute Laune war dahin und das Gespräch so unangenehm verlaufen, dass sie fast verzweifelt überlegte, wie sie sich zurückziehen konnte. Getreu ihrer Devise ›nur wenn andere sich doof verhalten, musst du das nicht auch tun‹ versuchte sie, einen versöhnlichen Abgang hinzubekommen: »Wie geht es den beiden trächtigen Kühen? Müsste die eine nicht bald kalben?«

Herr Pinn schien auf den Themenwechsel anzuspringen: »Vermutlich noch diese Woche. Beiden Muttertieren geht es gut und … wer ist denn das da vorne?«

Der Mann deutete mit den Fingern auf einige im Tarnmuster gekleidete Personen, die sich auf einer der Weiden zwischen den Kühen bewegten.

»Ich sehe zwar, dass da jemand ist«, Jutta kniff die Augen zusammen, »erkennen tue ich niemanden.«

Die Gruppe fing an, mit ausgebreiteten Armen auf die weidenden Kühe zuzugehen. Dabei hatten sie sich so positioniert, dass ein kleiner Teil der Herde vom Rest abgeschnitten wurde. Als aus dem dahinterliegenden Wald weitere Personen kamen, die sich an den Weidezäunen zu schaffen machen, wurde ihre Absicht eindeutig.

»HEY!«, schrie Herr Pinn so laut, dass es Jutta in den Ohren schmerzte, »macht euch weg!«

Einige der Viehdiebe drehten sich zu ihnen um, zwei hörten auf, sich um die Kühe zu kümmern, und bewegten sich in Richtung des Hofs. Die anderen beschleunigten ihre Versuche und trieben fünf der Kühe zum Loch im Zaun, dass die Kumpanen gerissen hatten und die versuchten, die in ihre Richtung getriebenen Rinder einzufangen.

Die auf dem Hof anwesenden Umbacher erwachten aus der Starre der Überraschung und bewegten sich in die Richtung der Viehdiebe, als ein Knall ertönte und Herr Pinn sich an die Brust griff.

Jutta schaute zunächst in die Richtung, aus der der Knall zu hören gewesen war: »Da muss jemand im Wald mit einem Gewehr sitzen.«

Sie schaute zum Landwirt, der sich langsam auf den Boden setzte, während der rote Fleck auf seinem Hemd größer wurde: »Verdammte Diebe!«

Er kippte zu Seite, sein Kopf schlug dabei auf dem Steinboden auf. Jutta erlebte das alles wie in Zeitlupe und nur der Einschlag eines weiteren Schusses direkt neben ihrem Fuß brachte sie wieder in die Gegenwart. Sie rannte im Zickzack, hoffend, so ein schlechtes Ziel abzugeben, zurück zu ihrem Pferd, band es los und zog es an eine Stelle, an der sie hoffte, dass sie beide in Sicherheit wären. Alle anderen auf dem Hof Anwesenden suchten ebenfalls Schutz, dabei wusste niemand, woher die Bedrohung genau kam.

»Die sitzen oben im Wald«, rief ein Mann, »direkt beim alten Tagebau.«

Man hatte zwar Schneisen in den Wald geschlagen, es stellte sich aber als unmöglich heraus, ständig die ganze Umgebung zu überwachen. Sie hörte einen dritten Schuss, der in die Wand einer der Nebengebäude einschlug. Da niemand dort zu sehen war, ging

Jutta davon aus, dass das als Warnung gedacht war. Aus dem Haus kam Frau Pinn und rannte auf ihren am Boden liegenden Mann zu.

»Nicht«, rief Jutta, »dort ist es nicht sicher, im Wald sitzt ein Scharfschütze.«

Sie war sich zwar nicht sicher, ob es ein Scharfschütze war, der Abstand vom Waldstück bis zu der Stelle, an der Herr Pinn getroffen worden war, dürfte knappe 200 Meter gewesen sein. Dass der zweite Schuss so nah bei ihr einschlug, sprach dafür, dass es sich nicht um einen Zufallstreffer gehandelt hatte. Frau Pinn ignorierte Juttas Warnung, kniete sich neben ihren Mann und rüttelte an seinen Schultern. Jutta hörte einen weiteren Schuss und sah, wie der Kopf der Frau auf der einen Seite zerplatzte.

›Kleine Tante‹ tänzelte unruhig und Jutta hatte Mühe, sie festzuhalten: »Ruhig! Ruhig!«

Zusammengekauert, die Zügel ihres Pferdes festhaltend, saß Jutta am Boden und wartete. Im vermeintlichen Schutz des Wohngebäudes wagten sich zwei Männer aus Umbach zu ihr.

Bei beiden fiel ihr der Name nicht ein und das war ihr noch unangenehmer, als einer davon sie mit ihrem Namen ansprach: »Alles okay, Jutta? Soll ich ›Kleine Tante‹ für dich festhalten?«

»Nein danke«, reagierte sie, »es geht schon. Was sollen wir tun?«

»Wir wissen nicht, was genau passiert ist«, erklärte der Mann.

Er schaute zu den beiden leblosen Körpern, würgte, drehte sich um und übergab sich.

»Kurz vorher«, berichtete Jutta, »haben wir gesehen, wie jemand versucht hat, Kühe von der Weide zu stehlen.«

Der zweite Mann war durch das blaue Hemd und das rote, um den Oberarm gewickelten Tuch als Teil der Dorfmiliz zu erkennen: »Wir müssen ihnen den Weg abschneiden!«

»Wir wissen nicht, wie viele das sind«, gab Jutta zu bedenken, »und von uns hier ist kaum jemand bewaffnet.«

Dem Mann schien jetzt erst aufzugehen, wie übereilt sein Plan gewesen war: »Dann müssen wir Alarm schlagen und Hilfe aus dem Dorf holen.«

Der andere Mann hatte sich den Mund abgewischt: »Ich bin überzeugt, dass man das bis ins Dorf gehört hat, bestimmt ist schon jemand unterwegs.«

»Dann müssen wir die vor der Gefahr warnen«, sagte Jutta, »nicht, dass die offen in das Schussfeld des Scharfschützen hineinlaufen.«

»Und wie sollen wir das machen«, wand das Milizenmitglied ein, »ohne uns selbst in Gefahr zu bringen?«

»Wenn der Schütze oben bei der alten Grube ist«, erklärte Jutta, »kann man zur Scheune da drüben und herumlaufen, dahinter sieht man den Weg vom Dorf.«

»Okay«, der Milizionär deutete einen militärischen Gruß an und rannte geduckt zur besagten Scheune.

»Und wir warten auf die Kavallerie?«, fragte der andere Mann, »und entschuldige, dass ich mich übergeben habe.«

Jutta wunderte sich immer wieder, wie sehr viele Männer darauf bedacht waren, möglichst hart zu wirken und sich kein Zeichen vermeintlicher Schwäche erlaubten: »Ich glaube, du bist nicht der Erste, der bei so einem Anblick kotzen musste. Was die Kavallerie betrifft, vermute ich, dass der Scharfschütze die anderen nur abgesichert hat. Wenn die ihre Beute haben, werden die sich zurückziehen.«

Im folgenden Gespräch hoffte Jutta einen Hinweis zu bekommen, wer ihr Gesprächspartner war und je mehr Wissen er über sie offenbarte, umso peinlicher wurde es ihr. Den Moment offen zu sagen, nicht zu wissen, wer er ist, hatte sie verpasst. Erlöst wurde sie durch das Eintreffen des Majors, Alexanders und einer Gruppe Milizionäre, einschließlich des Mannes, der vorher mit ihnen auf dem Hof war.

»Hallo Jutta, hallo Bernd«, begrüßte er die beiden, »seid ihr okay?«

»Ja«, antwortete Jutta, »Pinns dagegen …«

Sie deutete auf die beiden leblosen Körper mitten auf dem Hof.

»Hat einer von euch mitbekommen«, fragte er, »was genau passiert ist?«

Jutta fing an zu berichten: »Ich unterhielt mich mit Herrn Pinn, als er ein paar Gestalten auf der Weide vor dem Wald bemerkte. Sie hatten Militärklamotten an, solche Tarnfarbenmuster, und versuchten, ein paar Kühe wegzutreiben. Gerade als wir das zusammengereimt hatten, traf ein Schuss Herrn Pinn. Nach einem zweiten Schuss sind wir alle in Deckung gerannt, nur Frau Pinn ist zu ihrem Mann gelaufen und hat sich dadurch zum Ziel gemacht.«

»Nehmen wir die Verfolgung auf?«, fragte der Milizionär von eben. »Weit können sie nicht sein.«

Der Major begutachtete die anwesende Truppe und schüttelte den Kopf: »Lauf runter ins Dorf … oder suche dir auf dem Hof ein Fahrrad und besorge Verstärkung. Am besten Ex-Soldaten mit Kampferfahrung oder Jäger. Der Rest kommt mit mir, wir werden überprüfen, ob unsere Diebe wirklich abgezogen sind.«

Der Angesprochene ging zielstrebig zu einer der Türen am Wohngebäude und kam mit einem Fahrrad wieder heraus, vermutlich war er nicht das erste Mal auf dem Hof.

»Kann ich helfen?«, bot sich Jutta an.

Der Major nickte: »Nimm dir Hilfe und seht zu, dass ihr die Kühe auf eine Weide näher am Dorf treibt. Warte bitte hier, bis wir das Gelände gesichert haben!«

TAG 27

LUKAS

Als Lukas die Treppe herunterkam, bemerkte er den eisigen Blick seiner Schwester. Die hatte seine Sympathiebekundung für die Hofgutgemeinschaft offensichtlich nicht vergessen, aber das war ihm egal, sie würde sich wieder beruhigen.

»Guten Morgen«, begrüßte er Gordon und seinen Vater.

»'n Morgen«, antwortete sein Vater und nahm einen Schluck aus seiner Tasse. Tee. Vermutete Lukas.

»Moin«, Gordon war um einiges fröhlicher, »fit fürs Feld?«

Im Gegensatz zu seiner Schwester schien der ihm das vom Tag zuvor nicht übel zu nehmen. Heute würden sie wieder auf dem Feld bei der Ernte helfen und auch wenn er wusste, dass Laura eine neue Beschäftigung suchen musste, weil man sie aus dem Kindergarten gedrängt hatte, wollte er das Thema nicht ansprechen. Deshalb war er froh, als sein Vater zu erzählen anfing.

»Ihr habt mitbekommen, dass es gestern einen Raubzug gegen den Hof von Pinns gab, bei dem beide erschossen wurden?«

Solche Nachrichten verbreiteten sich wie ein Lauffeuer durch Umbach.

Lukas› Vater fuhr fort: »Das ist das erste Mal, dass sich jemand getraut hat, einen Raub bei Tag durchzuführen.«

»Waren die nicht militärisch organisiert?«, vermutete Gordon. »Mit Scharfschütze, Uniform und so?«

»Nach allem, was wir wissen«, bestätigte Malte, »müssen wir von einem sehr guten Schützen ausgehen. Was es schlimmer macht, ist die Verfolgung danach.«

Von der hatte Lukas nichts gehört und so wie Gordon sich nach vorne lehnte, hatte der auch nichts mitbekommen.

Lukas› Vater erzählte weiter: »Der Major schickte eine kleine Gruppe hinterher. Fünf Leute, angeführt von einem Jäger und einem Ex-Soldaten. Denen ist es gelungen, die Räuber und die Kühe zu finden, fünf Stück hatten die insgesamt erwischt. Es kam zu einem heftigen Gefecht mit Toten auf beiden Seiten. Von unserer Truppe schafften es nur zwei zurück, die Räuber konnten mit vier der Rinder entkommen. Ein größerer Trupp wird nachher in den Wald gehen, die Leichen und das tote Rind bergen.«

»Drei Tote?« Lukas war überrascht, dass das so nah am Dorf passieren konnte, und musste an seine Ausflüge in den Wald denken. »Wo kamen die Angreifer her?«

»Das wissen wir nicht«, gestand sein Vater, »wir hoffen, dass wir dahinterkommen. Bleibt in Zukunft möglichst nahe beim Dorf.«

»Werden wir das überhaupt jemals hinbekommen?«, meldete Laura ihre Bedenken. »Dafür haben wir gar nicht die Kapazitäten und dazu sind da draußen zu viele verzweifelte Menschen.«

Alle Blicke drehten sich ihr zu: »Ihr seid jetzt nicht wirklich überrascht. In jeder Serie, die in einer postapokalyptischen Welt spielt, gilt das Gesetz des Stärkeren und selbst wenn mal eine Siedlung gesichert ist … kaum verlässt man die, ist man in der Anarchie! Und solange es vielen am Nötigsten fehlt, wird sich das nicht ändern!«

»Laura«, versuchte Malte sie zu beruhigen, »das musst du nicht so negativ sehen. Siehst du denn nicht, was wir hier mit den Nachbargemeinden geschafft haben?«

Sie schaute ihm kühl in die Augen, stemmte die Hände in die Hüfte und ging ohne ein weiteres Wort weg.

»Genau wie Mama!«, bemerkte Lukas, nachdem Laura aus der Haustür verschwunden war.

»Ja«, Malte wirkte genervt, »das musst du mir nicht sagen! Sie sieht zwar aus wie ihre Tante, benimmt sich aber genau wie deine Mutter.«

Er lenkte seine Aufmerksamkeit wieder auf die beiden jungen Männer: »Ihr helft heute bei der Ernte?«

»Ja«, sagten sie unisono.

»Auch wenn es euch nervt«, Malte legte die Stirn in Falten, »passt bitte auf euch auf. Und auf Laura.«

»Versprochen«, sagte Lukas.

Zehn Minuten später befand er sich gemeinsam mit Gordon auf dem Weg zum Hof der Bodners. Der Freund seiner Schwester hatte sich ihm gegenüber bisher nicht zu dem Gespräch vom Vortag geäußert. Am Hof angekommen, wurden sie von Herrn Bodner der gleichen Gruppe zugewiesen und Lukas gingen die Erklärungen von Frau Odrell nicht mehr aus dem Kopf. Er beobachtete Gordon so oft, dass der ihn irgendwann darauf ansprach.

»Willst du mit mir über etwas reden?« Sie hatten mit einer kurzen Pause angefangen und saßen etwas abseits vom Rest.

»Was meinst du?«, versuchte Lukas sich unschuldig zu geben, denn er wusste nicht, was er hätte sagen sollen.

»Du bist nicht der erste Mensch aus meinem Umfeld«, ging Gordon in die Offensive, »der sich von Vorurteilen einwickeln lässt.«

»Ich habe doch keine Vorurteile!«, wehrte sich Lukas.

Gordon wartete eine Weile, bevor er widersprach: »Lukas, jeder Mensch hat Vorurteile. Wichtig ist, dass man sich davon nicht beeinflussen lässt. Und man sollte genau zuhören, was jemand sagt.«

»Das mach ich doch«, wehrte sich Lukas, »aber Laura ist immer schnell mit einem Urteil, wenn jemand nicht so denkt wie sie. Es will ihr niemand vorschreiben, wie sie zu leben hat. Warum meint sie, sie müsste das bei anderen machen?«

»Du weißt schon«, lenkte Gordon ein, »dass mich einer der Gemeinschaft dort ›Neger‹ genannt hat?«

»Ja«, nickte Lukas, »aber weil das einer gemacht hat, kannst du das nicht allen Freyristen vorwerfen? Wäre das nicht auch ein Vorurteil?«

»Gut gekontert«, gab Gordon zu, »aber es geht um den Umgang mit anderen Menschen und glaubst du nicht, dass das aus den Werten kommt, die man in so einer Gemeinschaft pflegt?«

»Wenn ich da war«, erklärte Lukas, »War das nie ein Thema. Man legt dort Wert auf Familie, den Zusammenhalt. Respekt vor den Älteren, Respekt vor der Natur.«

»Respekt vor den Älteren?«, neckte ihn Gordon. »Dein Verhalten deinem Vater gegenüber passt nicht immer dazu.«

»Mag sein.« Lukas fühlte sich ein wenig gereizt. »Respekt soll doch nicht bedingungslos sein.«

»Dir ist klar, dass ich niemals Teil dieser Gemeinschaft werden könnte.«, legte Gordon nach.

»Das weiß ich nicht«, sagte Lukas. »Ich weiß, dass man Menschen individuell beachtet und nichts gegen andere hat.«

»Dann hat man dort kein Problem mit Laura und ihrer Beziehung mit mir?« Gordon ließ nicht locker.

Lukas fühlte sich eingeengt und war froh, als der Vorarbeiter die Pause beendete: »Lass uns ein andermal darüber sprechen.«

Für den Rest des Arbeitstages versuchte er die Nähe von Gordon zu meiden, zumindest soweit es ging. Er beobachtete ihn intensiv, verglich ihn mit den anderen jungen Männern. Auch wenn er Gordon nicht unsympathisch fand, fragte er sich trotzdem, was seine Schwester an ihm fand und wieso sie nicht einen der anderen jungen Männer als Freund hatte.

»Lukas«, hörte er den Vorarbeiter rufen, »du bist nicht bei der Sache, glaubst du wirklich, du solltest so unkonzentriert mit einer Sense arbeiten?«

Lukas betrachtete sein Werk und verstand, was der Vorarbeiter meinte: »Sorry, ich bin heute etwas neben mir.«

»Dann sieh zu, dass du deinen Kopf wieder freibekommst«, wurde er weggeschickt. »Komm morgen wieder, für heute reicht es.«

Er verabschiedete sich mit einem Nicken von Gordon, der ihn fragend anschaute. Sein Ziel war ihm sofort klar, er brauchte jemanden, mit dem er reden konnte, jemand der ihn verstand, und so ging er zum Hofgut.

Das Tor war offen und er wollte direkt zum Verwalterhaus gehen, als Anne ihn abfing: »Lukas! Schön, dass du hier bist! Dein Training ist doch erst morgen.«

Er freute sich, Anne zu sehen und dass sie sich ebenfalls zu freuen schien, schmeichelte ihm: »Ja, eigentlich erst morgen. Ich bin hier, weil ich Fragen an Frau Odrell habe.«

Anne hakte sich bei ihm ein und führte ihn in Richtung des Kellers mit dem Schießstand: »Die ist unterwegs, wir können die Zeit, bis sie zurück ist, direkt nutzen.«

Unten angekommen, entzündete Anne einige Laternen: »Mit Strom war das hier definitiv besser beleuchtet, aber so sollte es reichen, wir üben hier nicht für einen Wettkampf und im echten Leben ist das Ziel auch nicht gut ausgeleuchtet!«

»Man könnte es hier fast romantisch finden«, urteilte Lukas, »zumindest wenn die Einrichtung etwas anders wäre.«

Der Schießstand war zweckmäßig im alten Kellergewölbe eingerichtet und hatte den Vorteil, dass nur wenig Schall nach außen drang.

Lukas platzte vor Neugier: »Seit wann bist du denn Teil der Freyristen?«

»Seit ich mich daran erinnern kann«, antwortete Anne. »Vermutlich seit meiner Geburt. Schon meine Eltern sind da hereingeboren worden und die Eltern meines Vaters hatten ein ähnliches Hofgut wie dieses gehabt. Alles war eine Nummer kleiner.«

»Kam dir das nie seltsam vor?«

»Wie meinst du das?« Sie fuhr sich mit der Hand durch die langen, blonden Haare, was Lukas faszinierend fand.

»Na, hier ist alles ein wenig anders als draußen«, erklärte Lukas. »Ihr geht anders miteinander um und passt mehr auf euch auf. Dir muss doch in der Schule aufgefallen sein, dass ihr hier … anders seid.«

»Ehrlich gesagt empfinde ich unsere Gemeinschaft als ›normal‹ und die Welt draußen als ›anders‹. Bei uns geht es um Respekt. Voreinander. Vor der Natur. Draußen gibt es Rücksichtslosigkeit, Egoismus. Und diese ständige Gleichmacherei, dabei sind

Menschen unterschiedlich, das sollte man doch beachten? Und ständig wird etwas verändert, anstatt das zu schätzen, was man hat. Da verliert man die eigene Identität.«

»Veränderung ist doch normal, man sollte sich dem nicht entgegenstellen. Man sollte sich weiterentwickeln?«

»Ja, aber dabei muss man nicht seine Wurzeln aufgeben! Was macht uns denn zu dem, was wir sind? Unsere Kultur? Ist das nicht unser Lebensraum? Unser Boden? Unsere Eltern und Großeltern?«

»Meine Eltern sind seltsame Menschen. Zumindest mein Vater.«

Anne lachte: »Jedem Jugendlichen kommen die eigenen Eltern seltsam vor, das ging mir nicht anders, aber wir haben oft viel von ihnen. Und das müssen wir nicht verleugnen, nicht weil irgendjemand fordert, dass man die ganze Welt gleichmachen müsste.«

»Ich bin verwirrt«, gestand Lukas.

Anne umarmte und drückte ihn an sich, er spürte dabei ihren schlanken Körper und ihre sanften Brüste: »Weniger nachdenken. Verlass dich ein wenig mehr auf dein Gefühl.«

Lukas genoss die körperliche Nähe, gleichzeitig war sie ihm peinlich. Ob sie gespürt hatte, dass er einen Harten bekommen hatte? Er löste sich von ihr und ließ sich die Luftdruckpistole erklären.

»Um Munition zu sparen«, erklärte Anne, »fangen wir mit Luftdruckwaffen an.«

Eine Stunde später saß er alleine mit Frau Odrell am langen Tisch im Speisesaal des Hauses, wo er schon so oft mit ihr gesessen hatte. Zwar hatte das Gespräch mit Anne ihm bereits geholfen, trotzdem fühlte er sich verunsichert.

»Wissen Sie, ich habe Gordon den ganzen Vormittag beobachtet und es verwirrt mich. Denn einerseits sehe ich keinen Unterschied zwischen ihm und den anderen, sie haben die gleichen Sprüche drauf und ich vermute mal, dass er sich bei Kommentaren über Frauen zurückhält, wenn ich dabei bin. Aber er ist anders. Ich finde er bewegt sich anders.«

Frau Odrell kommentierte das nicht.

»Und was ich nicht verstehe: Wenn meine Schwester mit ihm glücklich ist, ist es doch okay. Oder?«, fragte Lukas. »Gordon ist ein netter Kerl und er ist gebildet.«

Frau Odrell zog scharf die Luft ein: »Bist du dir sicher?«

Lukas nickte: »Er hat ein Abitur, er ist gut in Mathe und in vielen anderen Fächern, kennt sich mit Politik aus …«

»Hast du von Koko gehört?«, wollte Frau Odrell wissen.

»Coco?«, wunderte sich Lukas und überlegte, »Chanel?«

Frau Odrell lächelte: »Nein. Die schrieb sich mit ›C‹, die die ich meine wurde mit ›K‹ geschrieben.«

»Da klingelt bei mir nichts«, gestand Lukas.

»Gut, dass du Pawlow erwähnst«, nickte Frau Odrell, »Koko war eine Rekordhalterin, sie kannte 1000 Worte in Zeichensprache.«

Lukas wusste nicht, ob das viel oder wenig war: »Wie viel wäre denn Durchschnitt?«

»Das kommt vermutlich darauf an«, sagte Frau Odrell geheimnisvoll, »wen du als Vergleichsgruppe nimmst.«

Lukas sah sie fragend an, worauf sie fortfuhr: »Koko war ein Gorillaweibchen. Vermutlich war das eine recht ordentliche Leistung und eine Form von Intelligenz. Das macht aus ihr keinen Menschen.«

»Vergleichen Sie jetzt Gordon mit einem Affen?« Lukas war ein wenig geschockt.

»Gorillas gehören zu den Primaten und unterscheiden sich von ›einfachen‹ Affen vermutlich so sehr, wie wir von ihnen«, erklärte Frau Odell. »Worauf ich hinaus möchte, ist, dass intelligente Fähigkeiten nicht gleichwertig machen. Auch Hunde und andere Tiere können Tricks lernen.«

»Was hat das mit Gordon zu tun?«, wollte Lukas wissen. »Der ist intelligenter als manch ein Weißer.«

»Nur weil manche ihr Potenzial nicht ausschöpfen«, sagte Frau Odrell, »und manchmal jemand weit über seinen eigentlichen Möglichkeiten liegt, ergibt sich daraus keine Gleichwertigkeit. Wer weiß, vielleicht war das nur ein Gendefekt, der sich eine Generation später wieder erledigt hat. So etwas wie ein Savant.«

»Ein Savant? Was ist das?«, Lukas kam sich dumm vor.

»So bezeichnet man Menschen mit Inselbegabungen«, führte die Frau aus, »man vermutet eine Verbindung zum Autismus und kann sich deren Gedächtnisleistungen nicht wirklich erklären. Manche können zum Beispiel spielend komplexe mathematische Berechnungen lösen, sind dafür kaum in der Lage, sich alleine die Schuhe zu binden. Ich würde vorschlagen, wir belassen es dabei und du beobachtest mal die nächsten Tage, und wenn du Fragen hast, kommst du wieder zu mir.«

»Ja, werde ich tun«, bestätigte Lukas. »Ich habe eine andere Frage.«

»Heraus damit«, sie lächelte ihm Mut machend zu.

»Anne hat mir erzählt«, holte Lukas aus, »dass der Respekt vor den Älteren, speziell den eigenen Eltern, wichtig sei. Mein Vater und ich streiten uns ständig und ich kann vieles von dem, was er mir erklärt oder wie er sich verhält, nicht nachvollziehen.«

Frau Odrell gab sich verständnisvoll: »Speziell das Vater-Sohn-Verhältnis ist nicht einfach. Väter sehen sich oft durch ihre Söhne in ihrer Rolle bedroht, und dann versuchen sie, unbewusst, das Erwachsenwerden ihrer Söhne zu verhindern. Für dich als Sohn ist das eine schwierige Prüfung. Wichtig ist, dass dein Respekt nicht grenzen- und bedingungslos sein darf. Verhält dein Vater sich nicht richtig, kannst du ihn darauf hinweisen. Wenn er nicht reagiert, brauchst du dir keinen Vorwurf zu machen. Innerhalb der Gemeinschaft könntest du zu unseren Ältesten kommen, die hören dir zu und würden sich dann an den Vater wenden, wenn sie es genauso sehen.«

»Dann ist der Respekt vor den Werten der Gemeinschaft wichtiger als der Respekt vor den eigenen Eltern?«, fragte Lukas.

»Wenn die Eltern sich nicht an die Werte halten«, nickte Frau Odrell, »dann ja.«

»Wie kann ich meinen Vater dazu bringen, sich mit ihren Werten auseinanderzusetzen?«

»Lukas, das kann man nicht erzwingen, er muss von selbst darauf kommen, sich selber mit beschäftigen wollen.«

Lukas brummte der Kopf: »Das muss ich jetzt erst mal verarbeiten. Das war viel Information.«

»Wenn du Fragen hast«, bot Frau Odrell an, »kannst du herkommen. Auch sonst, wenn du Sorgen oder Probleme hast, kannst du mich immer ansprechen.«

Als Lukas das Hofgut verließ, ging ihm Frau Odrells Vergleich von Gordon und dem Gorilla nicht mehr aus dem Kopf.

FLORIAN

»…. und so hoffen wir, durch die enge Zusammenarbeit mit den anderen Orten, nach und nach die öffentliche Ordnung wieder herstellen zu können«, endete Robert Kempf seine Ansprache in der Dorfversammlung.

Verhaltener Applaus, mehr höflich als zustimmend, war die Reaktion der Versammelten. Der Überfall auf den Milchhof und der Tod des Landwirtes und seiner Frau hatten die Stimmung von Anfang an gedrückt.

Florian hörte zu, wie Bittler und der Major über den Überfall und die Jagd nach den Räubern berichteten, die zum Desaster wurden. Ein größerer Trupp hat die Leichen der eigenen Milizionäre, und zwei der Räuber bergen können, allerdings hätten diese keine weiteren Hinweise erbracht. Keiner trug Identifikationspapiere mit sich, nicht mal Notizen. Man würde sich überlegen müssen, wie man in Zukunft besser die Grenzen schützen kann und die Wälder um den Ort würden Schwachpunkte bleiben, die man mit den verfügbaren Leuten kaum durchgehend überwachen könnte.

»Wann wird es Wahlen geben?«, hörte Florian eine Stimme aus der Versammlung rufen. »Wenn der Dorfrat nicht in der Lage ist, für die Sicherheit zu garantieren, dann müssen andere ran.«

Auf der Bühne schauten sich Malte, Nadine, Kempf und die anderen Ratsmitglieder an. Auch Bittler und der Major waren sichtlich überrascht. Florian hätte sich gerne darüber gefreut, wie unvorbereitet der Rat auf diesen Angriff aus der Mitte des Dorfes kam, er konnte den Fragenden noch nicht einordnen. Für ihn bedeutet das eine potenzielle Gefahr, würde jemand anderes das Ruder an sich reißen, müsste er mit seinen Geschäften vorsichtiger sein.

»Ach!«, kam es aus einer anderen Ecke des Saales, »und du oder jemand anderes kann das besser? Da bin ich gespannt. Ich habe den Eindruck, dass unsere Miliz und unser Rat ordentliche Arbeit leisten!«

Es entstand ein langes Wortgefecht, bei dem schnell deutlich wurde, dass der Rat sich aktuell auf eine breite Mehrheit stützen konnte. Florian war sich sicher, dass da die Saat des Zweifels gesät worden war, und jeder Misserfolg von der Gegenseite eiskalt ausgenutzt werden würde. Zumindest hatte Florian die Erkenntnis gewonnen, dass einige der Gegner aus der Ecke der radikalen Gläubigen um Johannes Orloff stammten, die vom Hofgut Anwesenden hatten sich zurückgehalten.

»Wenn das Thema durch ist«, stand ein älterer Herr auf, »dann hätte ich eine Frage zu den Mieten. Da ich selber nicht arbeiten kann und mir so keinen Bonus erarbeiten kann, bin ich umso mehr auf die Mieteinkünfte angewiesen. Oder zumindest eine Verteilung, bei denen die Mieten bedacht werden.«

Bei Florian läuteten die Alarmglocken: Würde Siebenthal auf so eine Idee kommen? Bei Jutta wäre er großzügig, aber bei ihm würde er zugreifen. Der alte Mann war ihm bis da nur ein Dorn im Auge, mit dem er sich arrangieren musste. Wenn es hart auf hart kommen sollte und Jutta etwas passieren würde, wäre er ihm ausgeliefert. Während die Sitzung um ihn herum weiter lief, verpasste er die Lösungsvorschläge. Da er für sich schon einen Weg ausgemacht hatte, interessierten die ihn nicht. Er würde sein Schicksal selbst in die Hand nehmen.

Nach den Versammlungen im Bürgerhaus standen im und vor dem Gebäude die Menschen gruppenweise zusammen und diskutierten Tagespunkte weiter oder tauschten Neuigkeiten aus.

Florian wollte sich so schnell wie möglich aus dem Staub machen, als sich ihm ausgerechnet Bernadette in den Weg stellte: »Gut, dass ich dich sehe! Wir wollen uns morgen früh bei mir in der Apotheke treffen. Gegen 10 Uhr. Bekommst du das hin?«

»Zehn Uhr«, wiederholte er, »merke ich mir. Am besten ich schreibe mir das auf.«

Er kramte nach seinem Taschenkalender, fand in der Jackentasche einen Bleistift und trug sich den Termin ein.

»Wie kommt ihr denn mit den Schmerzmitteln weiter?«, fragte er, während er den Kalender wieder wegsteckte.

»Nicht schnell genug.« Sie wirkte müde und erschöpft, das sonst fröhliche Gesicht zeigte einige Sorgenfalten. »Ich befürchte wir müssen einigen durch den Entzug helfen. Und ich bin mir sicher, dass es im Ort jemanden gibt, der mit Schmerzmitteln dealt.«

»Wie kommst du darauf?« Florian war alarmiert. »Hast du eine Ahnung wer?«

»Jemand kam bei mir mit einem Medikament vorbei, das ich ihm sicher nicht gegeben hatte«, erklärte Bernadette. »Er erzählte mir etwas vom ›letzten Krankenhausaufenthalt‹, aber einmal geben die selten komplette Päckchen aus, und ich habe Päckchen aus der gleichen Charge bei mir in den Regalen. Das wäre mir zu viel Zufall. Leider weiß ich nicht mehr, wen ich alles damit beliefert habe.«

»Und wie kommst du darauf«, setzte Florian nach, »dass da jemand dealt?«

»Ich wüsste nicht, wie der Mann sonst an das Medikament gekommen sein sollte. Du kannst mal bei deinen Touren darauf achten, was die Leute so in ihren Medizinschränkchen haben. Vielleicht ergibt sich eine Spur.«

Florian versuchte, ruhig zu bleiben und sich nicht anmerken zu lassen, wie gestresst er war, andererseits wusste er nicht, ob er lachen oder weinen sollte. Er schätzte die Intelligenz von Bernadette. Und ihren Körper. Aber momentan schien sie den Wald vor lauter Bäumen nicht zu sehen. Er war in einer Zwickmühle, denn eigentlich musste er herausfinden, welcher seiner Kunden so leichtsinnig war und wenn er es wusste, konnte er den nicht beseitigen, ohne dass es verdächtig wirken würde.

»Florian?«, Bernadette winkte mit der Hand vor seinem Gesicht, »bist du da?«

Er schaute zu ihr herunter und lächelte: »Ja, Entschuldigung. Ich war mit den Gedanken kurz woanders. ›Schauen, ob mir was bei den Medikamentenvorräten auffällt.‹ Werde ich machen.«

Er verabschiedete sich von Bernadette und bemerkte beim Weggehen den durchdringenden Blick von Iris, die neben ihrem Mann stand, der sich mit Malte unterhielt. Florian stellte fest, dass er zu viele offene Baustellen hatte, er musste zusehen, wie er einige davon abschließen konnte, ohne sich dabei in Mitleidenschaft zu ziehen.

Jutta hatte er auf der Versammlung nicht gesehen und er überlegte, ob sie ihm gesagt hatte, was sie an dem Tag vorhatte, konnte sich aber nicht erinnern. Er schwang sich auf sein Fahrrad und fuhr nach Hause. Ein kurzer Blick in den Garten zeigte ihm, dass ›Kleine Tante‹ nicht dort war, seine Frau vermutlich unterwegs. Er überzeugte sich, dass sie nicht in der Wohnung war, ging wieder die Treppe herunter und klopfte an der Tür von Herrn Siebenthal.

Geht doch, grinste er, mittlerweile hatte er sich das auf die Klingel Drücken abgewöhnt.

Nachdem er eine Weile gewartet hatte, klopfte er erneut, wieder gab es keine Reaktion. Er nahm den Schlüssel, öffnete die Wohnungstür und linste in den Flur. Langsam öffnete er die Tür, ging hinein und schloss sie hinter sich. Den Schlüssel ließ er von innen stecken, nicht dass plötzlich jemand anderes in der Wohnung auftauchen würde. Im Flur zog er sich Einweghandschuhe an, auch wenn er nicht erklären müsste, wieso seine Fingerabdrücke in der Wohnung zu finden waren, er musste nichts unnötig riskieren. Im Wohnzimmer kontrollierte er kurz, ob die Verandatür verschlossen war, danach ging er ins Schlafzimmer und sah seinen Vermieter.

Der lag schlafend und laut schnarchend auf seinem Bett. Die andere Seite des Bettes, auf der früher seine Frau gelegen hatte, war ordentlich bezogen, als ob er darauf warten würde, dass sie jeden Moment zurückkommen würde. Er stellte sich an die Seite des Bettes, in dem der alte Mann lag, streckte sich, um an das dort liegende Kissen der Frau zu kommen, und berührte dabei sein Opfer.

Siebenthal öffnete verschlafen die Augen, bemerkte Florian und riss die Augen weit auf.

Was er sagen wollte, wurde durch das Kissen erstickt, das Florian auf sein Gesicht drückte. Der alte Mann griff nach Florians Händen, hatte aber nicht genügend Kraft. Florian spürte, wie Siebenthal versuchte, seinen Körper zu drehen, auch hier reichte die Kraft nicht aus.

»Du hättest netter zu mir sein sollen«, flüsterte Florian, »dann wären wir miteinander ausgekommen.«

Während Florian sprach, wehrte sich sein Opfer etwas heftiger, die Kraft reichte jedoch nicht, Florians Druck zu lösen, und langsam ließ der Widerstand nach.

Florian drückte weiter das Kissen auf den Kopf des alten Mannes und selbst, als der ganz erschlaffte, ließ er nicht nach. Im Kopf ließ er zwei seiner Lieblingslieder abspielen, was irgendetwas zwischen 5 und 6 Minuten entsprach. Das sollte reichen sicherzugehen, dass Siebenthal tot war.

Als er sich sicher war, überprüfte er dessen Vitalfunktionen. Weder Atmung noch Puls oder Pupillenreflexe waren festzustellen. Florian schloss Siebenthal die Augen und drapierte ihn in einer Position, in der es so aussah, als ob er friedlich eingeschlafen war. Weder an seinem eigenen Arm noch an den Händen des Toten waren Abdrücke zu sehen und Florian war sich sicher, dass man den Mord als solches nicht erkennen würde. Er machte die andere Seite des Bettes und legte das als Mordwerkzeug verwendete Kissen wieder zurück auf seinen Platz. Zumindest auf die Schnelle konnte er daran keine Spuren erkennen, die nicht schon vorher dran gewesen waren.

Kurz setzte er sich auf den Sessel im Schlafzimmer und betrachtete sein Opfer und wunderte sich, ob er nicht Mitleid mit dem Mann haben sollte. Dann erinnerte er sich, wie er von ihm behandelt wurde, und kam zu dem Schluss, dass er sich das selbst erarbeitet hatte.

Herr Siebenthal war ein wohlhabender Mann und Florian hatte nicht geplant, ihn auszurauben, würde jedoch zumindest schauen, ob etwas Brauchbares zu finden war. In aller Ruhe durchsuchte er die Schubladen am Bett und die Schränke. Dort befand sich auf einem der Regalböden ein kleiner Tresor, der die Neugier von Florian weckte. Schon beim genaueren Blick fluchte er, es war ein modernes Gerät mit elektronischem Zahlenkombinationsschloss, das mit Sicherheit nicht mehr funktionierte.

In den restlichen Schränken fand er nichts von Wert und er wechselte in das Arbeitszimmer. Dort stapelten sich Fachbücher, Romane, Aktenordner und Ablagefächer mit losen Papiersammlungen, aber nichts, was Florian verwerten könnte. Er war fast schon aus dem Zimmer draußen, als er einen durch die Tür verdeckten Schrank bemerkte. Im Inneren befand sich ein weiterer Tresor, etwas größer als der im Schlafzimmer und dieser war mit einem Schlüssel zu öffnen. Florian musterte das Schloss und hatte eine Vorstellung, wie der Schlüssel selbst aussehen musste. Dann überlegte er, wo er den Schlüssel verstecken würde und der Blick in das überladene Arbeitszimmer machte ihm wenig Hoffnung. Irgendwo hier, das bot sich an, in den vielen Regalen gab es unzählige Möglichkeiten, den Schlüssel zu verstecken.

Er musste systematisch vorgehen und konzentrierte sich auf die Regalfächer, die in Hüft- bis Kopfhöhe waren. Weder hätte sich der alte Mann gebückt, noch wäre er auf eine Leiter gestiegen. Er überflog die Titel der Bücher und bemerkte, wie er nebenbei versuchte, die Sortierlogik auszumachen, kapitulierte nach zwei Fächern. Romane standen im Wechsel mit Fachbüchern, Gedichtsammlungen und Bildbänden. Auch die Form schien keinen Einfluss zu haben. Er fragte sich, wie Siebenthal in dem Raum einen Überblick behalten konnte. Er hatte die erste Wand abgesucht, als ihm etwas ins Auge sprang: Das auffällig grüne Buch hatte er weiter vorne schon einmal gesehen. »Wüstungen in Hessen«. Malte hatte ihm mal einen Vortrag über Wüstungen gehalten. Dabei handelte es sich um aufgegebene Siedlungen, Gründe waren Dürreperioden, Krieg und Seuchen. Auslöser der Erklärung war Lukas› Frage gewesen, warum es ein ›Niedergirmes‹ - und ein ›Waldgirmes‹ aber kein ›Obergirmes‹ gab. Nun wusste er, dass ›Obergirmes‹ auch eine

Wüstung war, deren vermutete Lage mittlerweile von Waldgirmes überbaut wurde.

Nördlich hatte es einst ein ›Husteten‹ gegeben, der Name ist in der am Ortsrand liegenden »Haustädter Mühle« erhalten geblieben. Nicht nur sein Schwager schien von Wüstungen fasziniert gewesen zu sein, auch sein Vermieter. Er zog das Exemplar vor sich aus dem Regal und blätterte kurz durch, Fehlanzeige. Florian stellte es zurück und ging zur anderen Ausgabe und irgendwie fühlte sich die anders an. Beim Öffnen wurde ihm klar wieso: Die Seiten waren in der Mitte ausgeschnitten, sodass ein Fach entstanden war, in das der Tresorschlüssel hereinpasste.

Zufrieden mit sich nahm er den Schlüssel heraus, ging zum Tresor und als er ihn aufschließen wollte, hörte er die Haustür. Er hielt in der Bewegung inne und überlegte seine nächsten Schritte, denn sein ursprünglicher Plan, den Tod des alten Mannes am nächsten Morgen zu entdecken, war damit schwieriger geworden, er musste die Wohnung unauffällig und ungesehen verlassen. Schnell steckte er den Schlüssel zurück in das Buch, stellte es an den Platz im Regal und ging wieder ins Schlafzimmer.

Würde er es nicht besser wissen, würde er selber vermuten, dass der alte Mann im Schlaf gestorben war. Er verfolgte Juttas Schritte in der Wohnung über sich und als er das Geräusch der sich öffnenden Balkontür hörte, schlich er schnell zur Wohnungstür. Er nahm seinen Schlüssel aus dem Schloss, öffnete sie leise, verließ die Wohnung und zog die Tür hinter sich zu. Er wartete kurz, ging zur Haustür und öffnete diese laut hörbar. Nicht übertrieben, aber etwas lauter als üblich. Als er in der Wohnung war, ging er erst ins Schlafzimmer, dann in die Küche und anschließend auf den Balkon.

»Oh, du bist schon zu Hause!«, begrüßte er seine Frau und gab ihr einen Kuss. »Ich habe dich auf der Versammlung vermisst.«

Jutta schaute traurig in den Garten, wo ›Kleine Tante‹ gerade trank: »Ich bin eine Weile alleine ausgeritten. Ich musste den Kopf freibekommen.«

Florian ging kurz in die Küche und holte eine Flasche Spätburgunder, zwei Weingläser und einen Flaschenöffner heraus.

Gekonnt öffnete er die Flasche und schenkte Jutta und sich etwas in die Gläser.

Mit einem dankenden Blick nahm Jutta ihr Glas entgegen und stieß mit Florian an.

»Ich weiß«, begann Florian, »dass du alt genug bist, aber nach gestern solltest du dir genau überlegen, ob du alleine durch die Gegend reiten musst. Die Diebe könnten noch in der Nähe sein. Selbst wenn die es nicht mehr sind, ist die Gegend alles andere als sicher.«

Traurig sah sie ihn an: »Glaubst du, wir bekommen das wieder hin? Dass man sich ohne Angst haben zu müssen zwischen den Dörfern bewegen kann?«

TAG 28

MALTE

Wenn wir ehrlich sind«, Robert Kempf saß mit dem erweiterten Rat am Tisch in seinem Hof und wirkte erschöpft, »haben wir erst die Übersicht und dann die Kontrolle verloren.«

Der Major machte mit den Händen eine abwehrende Bewegung: »Das sehe ich vollkommen anders. Wenn wir alle Umstände betrachten, schlagen wir uns als Gemeinschaft sogar ziemlich gut.«

»Wie stehen wir denn da?«, fragte Holzer. Während die meisten Dorfbewohner in den vier Wochen seit dem Stromausfall abgenommen hatten, schien er über mehr als genug Vorräte zu verfügen und wirkte sogar dicker, »Wir haben die Hofgutgemeinschaft, die uns auf dem Kopf herumtanzt. Wir wissen nicht einmal, wie viele Menschen heute dort leben. Diese radikalen Christen habt ihr überhaupt nicht ernst genommen und die haben die Kontrolle der Schule übernommen und soweit ich weiß, kommen immer mehr ›normale‹ Umbacher zu deren Versammlungen. Dazu die Brandanschläge und wie mir vorhin berichtet wurde, sind zwei unserer muslimischen Familien heute Nacht mit Sack und Pack verschwunden. Nicht mal die Wachen an den Ortsausgängen wollen etwas mitbekommen haben. Der Wodkahügel wird von den Russen zur Festung innerhalb des Dorfes ausgebaut, es ist nur eine Frage der Zeit, bis es knallt. Und als ob das nicht genug ist, nimmt die Toleranz für Menschen mit Orientierungen wie Nadine auch noch ab.«

Die Zusammenfassung von Holzer beschrieb recht präzise die verschiedenen Probleme, die Umbach hatte. Malte musste sich dennoch auf die Lippen beißen, um nicht laut loszulachen, denn Holzer gab sich wie die personalisierte Toleranz, jeder am Tisch wusste, dass er definitiv kein Vertreter der Rechte von Minderheiten war.

»Solange wir die Brandanschläge nicht aufklären können«, erklärte Bittler, »können wir den Menschen die Angst nicht nehmen. Um ehrlich zu sein, haben wir außer Vermutungen keine einzige heiße Spur. Das Verhalten der Spätaussiedler ist nachvollziehbar. Ich habe mich schon mit ihnen unterhalten und man hat mir zugesichert, dass sie unsere Autorität nicht in Frage stellen und sich als Teil des Dorfes sehen, trotzdem etwas für die eigene Sicherheit machen wollen.«

»Sie tragen aktiv zur Bürgerwehr bei und gerade Alexander ist mir eine echt große Hilfe«, ergänzte der Major, »wir müssen nur einen Weg finden, wie wir andere ausländische Familien schützen können.«

»Ach«, platzte es aus Holzer heraus, »sind deutsche Familien weniger schutzwürdig?«

Malte hatte den Major in den letzten Wochen als konservativen, dennoch weltoffenen Mann kennen und schätzen gelernt und war gespannt, wie er auf den Angriff von Holzer reagieren würde.

»Herr Holzer«, der Major rollte mit den Augen, »das ist mir jetzt zu platt, das kommentiere ich überhaupt nicht.«

Malte musste grinsen, Holzers Kopf wurde hochrot.

»Was für uns ein Schwert mit zwei Klingen ist«, erklärte der Major, »sind die Freyristen. Die Gärten und Gewächshäuser tragen zu einem nicht unerheblichen Anteil zur Ernährung bei und ich werde nicht verhehlen, dass die Milizionäre, die von dort kommen, mit die Besten sind, die ich habe. Um ehrlich zu sein, hätte ich kein großes Interesse, gegen die kämpfen zu müssen.«

»Wieso sollte man gegen die kämpfen wollen?«, warf Andreas Pape ein. »Wir haben gemeinsame Ziele und bisher hat das mit dem Nebeneinander gut geklappt?«

»Es geht nicht um ›wollen‹«, schaltete sich Malte in das Gespräch ein. »Das Hofgut steht dafür, dass Volk und Boden zusammengehören, und da passen die Brandanschläge ins Bild.«

»Du bist nur sauer«, reagierte Holzer, »dass einer von deren Jugendlichen deinen Schwiegersohn in Lauerstellung Neger genannt hat. Das muss man nicht überbewerten.«

Malte dachte an die Auseinandersetzungen mit Laura und legte sich eine passende Antwort zurecht, als Kempf ihm zuvorkam: »Wir sollten überall, wo es geht Druck auf Frau Odrell aufbauen. Wir sollten das definitiv nicht auf die leichte Schulter nehmen.«

»Sollten wir jemandem vom Hofgut einen Platz im Rat anbieten?«, schlug Pape vor.

Malte war dem gar nicht abgeneigt: »Keine schlechte Idee, allerdings machen die von der Einwohnerzahl bisher nicht so viele aus, dass man das rechtfertigen könnte.«

»Wir könnten die Frage nach Wahlen aufgreifen«, schlug Kempf vor, »und dabei über die Struktur eines Dorfrates diskutieren lassen.«

»Diskutieren ist perfekt«, grinste Holzer, »das kann man richtig lange hinauszögern.«

Bittler nutzte eine Pause, um das nächste Thema anzusprechen: »Wir haben vermehrt Suchtprobleme. Den Leuten fehlen Kaffee, Zigaretten, Alkohol, Schokolade …«

»Die Ersten haben angefangen, Tabak anzubauen«, berichtete Nadine, »und einige Findige versuchen sich darin, anderes Laub zu Zigarren zu drehen.«

»Bierbrauen war die letzten Jahre ein Hobby mit steigender Beliebtheit«, berichtete Pape, »wir haben zwei Hobbybrauer im Dorf, die ihr Wissen teilen. Und wie man einen Apfelwein keltert, ist weithin bekannt.«

»Und Kaffee kann man sich aus Eicheln und Getreide aufgießen«, erinnerte sich Kempf. »Ist ohne Koffein. Aber besser als nichts?«

»Neben den Bierbrauern und der Herstellung von Apfelwein haben wir ein paar ganz Schlaue, die Hochprozentiges brennen«, berichtete Bittler. »Gerade Letztere machen mir, eigentlich eher der Feuerwehr, Gedanken, vielleicht sollten wir da einen offiziellen Weg finden?«

»Ein abgelegenes Gebäude als Destillerie?« Holzer grinste. »Da sollte sich doch was finden lassen.«

»Das Bedrückende mit Alkohol«, Bittlers Stimme wurde ernst, »ist, dass es, dort wo er fehlt, teilweise zu Gewalt kommt, weil der ein oder andere auf kaltem Entzug nicht zurechtkommt. Und die, die welchen haben, neigen zur Gewalt.«

»Wir sollten alle zu erschöpft für so eine Scheiße sein«, knurrte Holzer und fing sich einen vorwurfsvollen Blick von Bittler ein.

»Und viele haben sonst keine Abwechslung«, entschuldigte Pape. »Wir sollten den Leuten Sport und Kultur anbieten.«

»Kultur!«, rief Holzer, »wir haben heute Nachmittag die Hinrichtungen.«

Alle Anwesenden schauten Holzer schockiert an. Malte wusste, dass selbst die meisten Befürworter sich mit der Hinrichtung schwertaten, aber eine Hinrichtung als Kulturereignis zu sehen, das war eine andere Sache. In den letzten Tagen hatten einige Freiwillige einen Galgen unterhalb des abgebrannten Supermarktes errichtet. Die Suche nach Henkern hatte sich auf andere Weise als problematisch erwiesen, als Malte erwartet hatte. Kempf, der Major und Bittler hatten lange Gespräche mit dreißig Interessenten geführt und eine Vorauswahl von fünf Kandidaten getroffen, mit denen sich der gesamte Rat getroffen hatte.

Nachdem sie die Gespräche mit allen geführt hatten, hatte Kempf Malte zur Seite genommen: »Ich kann das nicht begreifen. Der Henker war in der Gesellschaft früher wie ein Aussätziger, niemand wollte mit ihm gesehen werden, niemand mit ihm befreundet sein. So haben sich Dynastien von Henkern entwickelt, weil die Kinder von Henkern oft nur Kinder von anderen Henkern heiraten durften. Und in unserem beschaulichen Dorf melden sich dreißig für die Aufgabe? Haben die denn nicht schon genug Tod erlebt?«

Am Ende hatten sie zwei Männer ausgewählt und Malte war nicht zufrieden, befürchtete, dass beide mehr Genugtuung statt Abscheu vor ihrer Aufgabe empfinden würden. Auch wenn es Doktor Haarberg widerstrebte, erklärte er sich bereit, gemeinsam mit dem Metzgermeister eine Einweisung in Anatomie für die beiden Henker zu machen. Das gipfelte in einem Test, bei dem eine Sau am aufgebauten Galgen aufgehängt wurde und schon dabei gab es eine Menge Zuschauer.

»Die meisten hungern nach Abwechslung vom Alltag«, hatte Haarberg das Verhalten entschuldigt.

Die Erinnerung holte Malte zurück ins Ratstreffen: »Carl, das ist mehr als geschmacklos.«

»Hinrichtungen waren früher richtige Ereignisse, zu denen viele Schaulustige kamen!«, verteidigte sich Holzer.

»Die Idee der öffentlichen Hinrichtung halte ich für falsch«, meldete sich Kempf. »Vielleicht sollten wir das Ganze doch unter Ausschluss der Öffentlichkeit stattfinden lassen.«

»Der Zug ist abgefahren«, befand Bittler, »da warten zu viele Leute drauf. Und es sind bereits viele Leute beim Hinrichtungsplatz.«

»Es sind doch noch drei Stunden?«, wunderte sich Malte.

»Die vorderen Plätze gibt es nur einmal«, erklärte Pape.

»Was ist mit dem anderen Verbrecher?«, wechselte Holzer das Thema, »dieser Tobias, der seinen Kumpanen erschlagen hat? Gibt es bald einen Prozess?«

Malte fand, dass das Thema Zeit gehabt hätte und auch Bittler wirkte nicht glücklich, über das Thema zu sprechen: »Im Gegensatz zu den Brandstiftungen haben wir in diesem Fall einige Indizien und die wirken erdrückend, konkrete Beweise haben wir nicht.«

»Vielleicht müsst ihr den Täter mal richtig befragen.« Schlug Holzer vor.

Der Major schaute ihn skeptisch an: »›Richtig befragen‹?«

»Na, eben mal richtig mit Druck«, ergänzte Holzer, »nicht so zimperlich. Man muss nicht gleich zum glühenden Eisen greifen, aber härter anpacken kann man ihn schon. Immerhin hat er kaltblütig einen Menschen getötet!«

»Das wissen wir nicht«, widersprach Kempf. »Wir vermuten es nur.«

»Wenn alle Indizien auf den Mann deuten«, Holzer verschränkte die Arme vor der Brust, »ist es naheliegend, dass er es gewesen ist. Irgendeinen Restzweifel wird man immer finden. Soll man ihn deshalb laufen lassen? Meiner Meinung nach gehört der direkt neben die anderen gehängt.«

Kempf stand auf und stützte seine Fäuste auf den Tisch: »Carl, wir müssen nicht immer einer Meinung sein und mir ist klar, dass wir heute anders handeln müssen als vor dem Stromausfall. Ich bin nicht bereit, mal eben die Werte, die hart erkämpft wurden, beim ersten Anzeichen von Problemen aufzugeben! Wenn die Indizien für eine Anklage ausreichen, wird es einen entsprechenden Prozess geben. Hiermit beende ich das heutige Treffen, wir haben heute Nachmittag einen schweren Termin vor uns.«

Holzer funkelte ihn an, öffnete den Mund, überlegte es sich anders und verabschiedete sich nur.

»Bei dir alles okay?« Malte war als Letztes da und legte seine Hand auf Kempf Schulter.

»Ja«, nickte der, »nein. Eigentlich nicht. Mir gefällt nicht, in welche Richtung das läuft. Ich weiß nicht, ob ich die Kraft dafür habe. Vielleicht sollte ich mich aus dem Rat zurückziehen.«

»Und Carl wichtiger machen?« Malte ärgerte sich über seinen Kommentar, denn damit übte er Druck auf Kempf aus. Er war der Ansicht, dass Kempfs Rückzug ein großer Verlust für den Rat wäre.

»Ich brauche jetzt etwas Ruhe. Wir sehen uns nachher, bei der Hinrichtung.«

Die Worte hallten in Maltes Kopf lange nach und er befürchtete, dass dies nicht das letzte Mal sein würde, dass man sich so ›verabredete‹.

Die verbleibende Zeit überbrückte er mit etwas Gartenarbeit beim Haus. Zusammen mit den Kindern hatte er es geschafft, fast den ganzen Garten innerhalb kurzer Zeit in Gemüse- und Obstbeete zu verwandeln. Einige der Pflanzen begannen schon zu wachsen, an anderer Stelle schien ihn das blanke Beet auszulachen. Wer weiß, vielleicht tat sich unter der Erde etwas. An den Schildern war zu erkennen, dass dort Kartoffeln gepflanzt waren, vermutlich würde es dauern, bis sich die Pflanze zeigte.

Schneller als es ihm recht war, war die Zeit vergangen. Er wusch sich mit dem Wasser aus der Regentonne, ging an seinen Schrank und holte eines der gebügelten Hemden aus dem Schrank. Dem Anlass entsprechend entschied er sich für ein schwarzes, zog es an und war erstaunt, wie weit es ihm vorkam. Auch die Jeans war mittlerweile etwas zu weit, seinen Gürtel hatte er erst vor wenigen Tagen gekürzt. Im Gegensatz zu den anderen Umbachern musste er sich keine Gedanken um einen Platz bei der Hinrichtung machen, für den Rat war ein Bereich reserviert. Gerne hätte er auf dieses Privileg verzichtet, trotzdem machte er sich frühzeitig auf den Weg.

Auf halber Strecke traf er Jutta: »Hallo Malte. Schwerer Weg?«

»Ich hatte dich hier nicht erwartet«, gestand er, »du musst dir das nicht antun.«

»Bist du im ›großer Bruder‹ Modus?«, reagierte sie mit einer Gegenfrage, »der Beschützer?«

»Na, die Aufgabe habe ich erfolgreich weitergegeben. Kommt Florian nicht?«

»Doch. Der kümmert sich um die Beerdigung von Herrn Siebenthal.«

»Wann …«

»Er muss entweder gestern Abend oder heute Nacht friedlich eingeschlafen sein. Florian hatte ihn heute Morgen entdeckt.«

»Seine Kinder wohnen weit weg«, erinnerte sich Malte. »Gut, dass Florian sich um die Bestattung kümmert.«

Ihm ging durch den Kopf, dass man Überlegungen anstellen müsste, was man mit dem frei gewordenen Wohnraum machen würde. Aber dafür war es definitiv zu früh.

Auf der Wiese vor dem abgebrannten Supermarkt war es überfüllt. Das hatte sich auf dem Weg schon angedeutet, Malte kam es so vor, als ob mehr Menschen dort waren als beim üblichen Sonnenwendfeuer. Der Galgen war im Dreieck aufgebaut: Drei etwa fünf Meter hohe, massive Stämme bildeten die Eckpunkte, darüber verbanden drei etwa vier Meter lange Balken je zwei der Stämme. An zwei der Balken hingen drei Galgenstricke, am dritten zwei. In halber Höhe war ein Podest befestigt und Malte wusste, dass unter jedem der Balken drei Falltüren angebracht waren, durch die die Verurteilten fallen und deren Genick dabei durch den Aufprall brechen sollte. Die entsprechende Recherche hatten Kempf und andere Mitglieder des Geschichtsvereins zusammengetragen. Bittler hatte Stellung am Fuß einer aus rohen Balken zusammengezimmerten Treppe bezogen, die zum Podest hoch führte. Ein Streifen von etwa fünf Meter Breite um den ›dreischläfrigen‹ Galgen wurde durch ein rot-weißes Absperrband abgetrennt, innen standen im Meterabstand Milizionäre, die ersten Reihen waren gefüllt. Mit Ekel und etwas erschrocken bemerkte Malte, dass einige ihre Kinder mitgebracht hatten, die fasziniert die Konstruktion begutachteten.

Robert Kempf schien seine Gedanken zu erahnen: »Dabei gab es die Anweisung, dass nur Erwachsene hier sein sollten.«

Traurig entdeckte Malte seine eigenen Kinder und Gordon in der Menge. Laura war immer noch sauer auf Lukas und ihn und er konnte es ihr nicht verdenken.

Er bemerkte Bewegung am Rande der Menge und sah, wie die acht Verurteilten, allen war eine schwarze Kapuze über den Kopf gezogen worden, von Mitgliedern der Miliz durch einen Gang in der Menge bis an die Treppe vor dem Galgen gebracht wurden. Abwechselnd wurden sie von den beiden Henkern die Treppe hinauf auf das Podest geführt und unter die Galgenstricke gestellt. Die Scharfrichter achteten darauf, dass die Knoten der Stricke auf der Seite und nicht im Nacken waren, auch das ein Detail, das Kempf herausgefunden hatte. Die Milizionäre, die die Verurteilten gebracht hatten, verteilten sich zwischen die bereits Anwesenden und die Lücke, durch die sie zum Galgen gekommen waren, schloss sich wie das Rote Meer über dem Pharao und seiner Armee.

Nachdem sich die dadurch entstandene Unruhe etwas gelegt hatte, ergriff Bittler das Wort. Malte nahm alles um ihn herum nur wie aus der Ferne wahr, auch was Bittler sagte, kam nicht bei ihm an. Mit Tränen in den Augen sah er zu, wie die Dorfgemeinschaft, seine Dorfgemeinschaft, Männer umbrachte, deren Verbrechen es war, um die eigene Existenz zu kämpfen.

Ein Henker löste die erste Falltür aus, der Verurteilte fiel, ein lautes Knacken war zu hören, der Mann bewegte sich nicht mehr.

Die zweite Falltür wurde geöffnet, wieder war das Knacken zu hören.

Die dritte Falltür, das dritte Knacken.

Die Vierte, das vierte Knacken.

Die Fünfte.

Die Sechste.

Die Siebte.

Die Achte.

Wie aus der Ferne hörte Malte das Applaudieren. Die Menschen, mit denen er zusammenlebte, beklatschten den Tod.

SIMONE

Sie waren den dritten Tag auf der Flucht vor ihren Verfolgern und Simone fragte sich, wo diese die Energie hernahmen.

Die Schüsse beim Autohof waren nicht zu überhören gewesen. Auch wenn es Arne gelungen war, zwei ihrer Verfolger zu töten, verschanzten sich die anderen sechs mit gebührendem Abstand zum Autohof und riefen nach ihren Kumpanen. Arne lag bewusstlos neben der Theke, der Verband, den sie ihm angelegt hatte, war schon aus der Ferne erkennbar durchnässt. Es gelang ihr ihm einen neuen Druckverband, bestehend aus Souvenir-T-Shirts aus dem Tankstellenladen, anzulegen, und glücklicherweise kam er langsam wieder zu sich.

Simone war noch geistesgegenwärtig und angelte sich die Waffe ihres Verfolgers. Sie versteckten sich hinter dem Tresen und Simone kontrollierte das Magazin, in dem noch acht Patronen steckten.

Die Bande draußen hatte sich näher gewagt und als der Erste leichtsinnig den Schutz der Fahrzeuge verlassen hatte, hatte Simone aus versteckter Position angelegt, gezielt und ihn aus wenigen Metern Entfernung mit einem Schuss in die Schläfe ausgeschaltet.

Drei von acht, man sollte meinen, das würde reichen und Simone hatte gehört, wie die verbleibenden fünf über ihr weiteres Vorgehen diskutierten. Arne und Simone nutzten die Diskussion für die eigenen Vorbereitungen, packten zusammen, was ging, und verließen den Autohof auf der anderen Seite des Gebäudes, darauf bedacht, sich im Sichtschutz zu bewegen. Was die Geschwindigkeit betraf, waren sie ihren Verfolgern unterlegen. Schon unter normalen Umständen konnten die vermutlich ein höheres Tempo gehen als sie selbst, der geschwächte Arne bremste sie zusätzlich aus. Die Hoffnung, dass ihre Gegner die Spur verloren, war vergebens. Ohne Autobahn- und Eisenbahndämme und kleine Wälder wären sie längst eingeholt worden, trotzdem hatten sie es geschafft, drei Tage ihren Verfolgern zu entkommen.

Arnes Verband war wieder total durchnässt, er selbst blass und abgemagert und Simone sah ein, dass er eine kurze Pause brauchte.

»Geh ohne mich weiter«, hörte sie ihn sagen, »ich halte sie auf.«

»Wenn wir uns verschanzen, haben wir keine Chance!«

»Simone, wir werden uns nicht verschanzen. Ich werde sie aufhalten und du wirst entkommen.«

Es dauerte eine Weile, bis die Bedeutung seiner Worte bei ihr angekommen waren: »Nein. Ich lasse dich nicht zurück!«

»An dem Tag vom Stromausfall. Eigentlich hatte ich abends ein Date. Mit Anja. Erst zum Italiener, danach ein wenig am Main spazieren gehen und dann … wer weiß, was daraus hätte werden können!«

»Anja? Aus der IT?«

»Ja, genau die. Tolle Frau, klasse Humor und nicht ganz so eingebildet wie viele unserer Kolleginnen.«

»Ihr würdet großartig zusammenpassen!«

»Versprich mir das, falls du sie jemals triffst, ihr zu sagen, wie sehr ich bedauere, dass ich das Date verpasst habe!«

»Sag ihr das doch selber!«

»Schau mich an: Ich habe mir mit dem verschmutzten Wasser irgendwas eingefangen. Ohne dich wäre ich schon aufgeschmissen gewesen, als die restliche Gruppe uns verlassen hatte!«

»Wir haben doch …«

»Ich kann mich kaum auf den Beinen halten. Mir ist schwindelig und wir wissen, dass es ein Wunder ist, dass ich es überhaupt bis hierher geschafft habe. Gib mir die Gaspistole.«

»Vergiss es, du wirst hier nicht den Helden spielen! Steh auf! Wir gehen weiter!«

»Nein. Ich kann nicht mehr. Ich will nicht mehr. Wenn du mich mitziehst, werden sie uns beide erwischen. Auf dich warten deine Kinder und dein Mann!«

Sie wusste, dass er recht hatte und bemerkte, wie in ihr die Vernunft gegen ihre Emotionen kämpfte.

»Geh jetzt! Sonst ist dein Vorteil dahin!«

Simone umarmte Arne, überließ ihm die Gaspistole und ging los, schaute nicht nach hinten. Die Tage auf der Straße hatten sie abgestumpft, aber sie ließ einen Freund zurück und wusste, dass sie ihn nie wiedersehen würde.

Sie wusste nicht, wie viel Zeit vergangen war, wie viel Abstand sie hatte gewinnen können, als sie zwei Schüsse hörte. Aufgeregte Rufe von mehreren Männern deuteten darauf hin, dass Arne sie überrascht hatte und sie zumindest nicht sofort zurückgeschlagen hatten. Kurz darauf folgten drei weitere Schüsse, diesmal hatte Arne Gegenwehr. Das Ausbleiben weiterer Schüsse deutete auf einen Sieger des Duells hin. Simone erreichte ein kleines Waldstück und traute sich, sich umzudrehen. Aus der Ferne konnte sie sehen, wie sich zwei Personen von links und eine von rechts geduckt auf Arnes Position anschlichen. Sie wollte umdrehen und ihm zur Hilfe kommen, erkannte aber, dass alle drei Männer ihn früher erreichen würden. Wenn sie die Aufmerksamkeit auf sich zog, würde das ihre Kräfte aufteilen.

»Hey, ihr Wichser!«, schrie sie laut, »hier bin ich!«

Sie konnte sehen, wie alle drei in ihrer Bewegung stoppten, die beiden zu Arnes linker Seite diskutierten mit vielen Gesten, deuteten zu ihr herüber. Ihre Worte waren nicht zu verstehen, dazu war sie zu weit weg. Schnell wurde ihr klar, dass sie sich weiterhin auf Arnes Position konzentrierten, sie waren dabei ihn einzukreisen. Aus seiner Position heraus konnte Arne keinen der drei sehen, seine Gegner sahen ihre am Boden liegenden, und Simone hoffte toten Kumpane. Simone stellte sich offen auf einen Feldweg und fuchtelte mit beiden Händen in der Luft, aber es half nichts, sie näherten sich Arne. Einer bückte sich, hob etwas auf und fing an, es in Arnes Richtung zu werfen, der reagierte mit Schüssen auf die Bedrohung. Seine Gegner hatten sich erst gebückt und robbten weiter. Zwanzig Meter bis zu Arne und der Abstand verringerte sich.

»Komm schon, Arne«, flüsterte sie sich Mut machend zu. Sie nahm ihre Waffe in die Hand und fing an zu laufen, während der nächste Gegner fünf Meter von Arne entfernt war. Warum schoss er nicht mehr? Mit gezückter Waffe, vermutlich auf Arne gerichtet, überbrückte der Mann die letzten Meter und zog Arne aus seinem Versteck. Der konnte sich nicht auf den Beinen halten, stolperte, wurde unsanft wieder auf die Beine gerissen, während die anderen beiden Männer ihn ebenfalls erreicht hatten.

Simone hörte einen der Männer etwas brüllen, Arne nahm die Hände in den Nacken und kniete sich hin. Der Mann setzte die Waffe an Arnes Schläfe, winkte mit der anderen Hand Simone zu und schoss.

Wie gelähmt blieb Simone stehen, sah, wie Arne zusammenbrach und seine Verfolger mehrfach in seinen Körper schossen. Simone hob ihre Waffe, zielte, bemerkte, dass sie zu sehr zitterte. Wie auf ein Signal fingen alle drei Männer an zu laufen und die plötzliche Bewegung löste ihre eigene Unbeweglichkeit.

Sie hatte vielleicht 350 Meter Abstand und den Vorteil, dass sie auf einem Feldweg lief, ihre Verfolger überquerten einen Acker, wenn sie überleben wollte, musste sie rennen.

Es waren 50 Meter bis zum Wald, 50 Meter, die sie schon hinter sich gehabt und in der Hoffnung, Arne helfen zu können, wieder aufgegeben hatte. Die Baumreihe kam näher, sie spürte durch ihre Schuhe jeden Stein und die Beine schmerzten, nackte Angst trieb sie weiter. Wie lange würde sie das durchhalten können? Wie viel Energie hatten ihre Verfolger?

Sie erreichte den Wald und folgte dem Weg, im Wald wäre sie zu langsam und ihre Verfolger waren so dicht, dass sie keine Chance hatte, ein gutes Versteck zu finden. Sie erkannte, dass der Feldweg in Richtung Autobahn führte und mit einem weiteren Zwischensprint erreichte sie die Fahrbahn, drehte nach rechts und lief weiter.

Die Wanderer sahen sie entweder entsetzt an oder ignorierten sie vollkommen.

»Hilfe! Ich werde verfolgt!«, stieß sie, fast atemlos aus, außer einigen feindseligen Blicken und Wanderern, die sich umdrehten, nach der Bedrohung suchten und sich versuchten, unter Lkws und hinter Autos zu verstecken, passierte nichts. Niemand kam ihr zur Hilfe, niemand rief ihr etwas zu. Es war eher so, als ob alle vor ihr zurückwichen. Zumindest konnte sie auf dem ebenen Untergrund besser laufen und sie versuchte, weiter Abstand zwischen sich und ihre Verfolger zu bekommen. Weiter vorne bemerkte sie eine Brücke und sie schöpfte Hoffnung, an dieser Stelle würden sie sie nicht umzingeln können. Der Lichtblick verlieh ihr die nötige Kraft für einen weiteren Sprint und sie war überzeugt, dass ihre Zeit rekordreif gewesen wäre. Und das Ganze sogar mit einem Rucksack! Ein Schild signalisierte ihr, dass sie gleich die Werra überqueren würde und auch wenn sie sich nicht erinnerte, jemals dort gewesen zu sein, erinnerte sie sich an einen Reim, den sie in der Grundschule gelernt hatte. ›Wo Fulda sich und Werra küssen, sie ihren Namen büßen müssen, da entsteht der Weserfluss‹, oder so ähnlich. Sie war auf dem Weg nach Hause und würde ihre Familie wiedersehen!

Auf der Brücke angekommen, wechselte sie in einen lockeren Dauerlauf und suchte nach einer geeigneten Stelle, an der sie auf ihre Verfolger warten konnte. Ein an der Mittelleitplanke umgestürzter Lastwagen bot auf der einen Seite guten Sichtschutz, aber auch kleine Lücken, die sie als Schießscharte nutzen konnte. Ihre fluchtartige Bewegung war den anderen Wanderern nicht entgangen und wie vorhin auf der Autobahn strebten alle weg von ihr, beschleunigten ihre Schritte, um die Brücke verlassen zu können.

Sie linste durch die Lücke und sah ihre drei Verfolger und Simone stellte stolz fest, dass sie Boden gut gemacht hatte. Vor der Brücke blieben sie stehen und beratschlagten sich. Sie mussten sie auf die Brücke laufen gesehen haben, die Fahrzeuge versperrten den Blick auf das Ende der Brücke. Simone hatte ihren Rucksack abgestellt, das zweite Magazin geprüft und in ihre Hose gesteckt, nun wartete sie und hoffte, dass ihre Gegner sie unterschätzten.

»Es wäre einfacher«, rief der Mann, der wohl der Anführer war, »wenn du zu uns kommen würdest. Du hast uns schon genug Ärger gemacht, wenn du von nun an brav bist, werden wir lieb und nett zu dir sein.«

Die hinter ihren Verfolgern kommenden Wanderer wechselten die Straßenseite, niemand wollte selbst zum Ziel werden.

»Dein Freund hat sich eingeschissen, bevor ich ihn erschossen habe. Das hätte nicht sein müssen, gar nichts davon.«

Simone sah, wie die Drei sich auf die Fahrspuren der Straße verteilten und langsam in ihre Richtung gingen. Jeder hatte eine Waffe gezogen und zielte von Fahrzeug zu Fahrzeug. Gut, dachte Simone, sie haben keine Ahnung, wo ich bin. Sie versuchte, ihre Pistole ruhig zu halten, denn aus dieser Position hätte sie nur einen Schuss, bevor sie in Deckung gehen musste. Der Anführer bot kein gutes Ziel, den Verfolger auf der linken Seite hatte sie perfekt im Blick. Sie zielte auf seine Brust und schoss zweimal kurz nacheinander.

»Die Schlampe hat meinen Arm getroffen«, hörte sie ihr Ziel jammern. »Scheiße, tut das weh!«

»Halt die Fresse«, blaffte der Anführer, »du bist doch kein kleines Mädchen. Wir verarzten dich gleich, wenn wir das kleine Biest gefangen haben.«

Simone sicherte ihre Waffe, steckte sie hinten in den Hosenbund, schnappte sich den Rucksack und rannte geduckt zum nächsten Auto. Hinter dem Geländewagen ließ sie sich zu Boden fallen, legte den Rucksack neben sich und schaute unter dem Auto hindurch auf ihre Verfolger. Die hatten dazu gelernt und sprinteten nun ebenfalls von Deckung zu Deckung.

»Ey Mann, das blutet echt heftig«, hörte sie den Getroffenen rufen, »es wäre besser, wenn ihr mich verbindet.«

»Drücke es selbst ab«, knurrte der Anführer, »ich will, dass wir sie erst fangen! Je schneller du sie hast, umso eher verbinden wir dich!«

Hätte Simone so einen Dialog in einem Film gehört, hätte sie mit Malte darüber gelästert. Viel zu eindimensional, dieser Anführer, zu sehr aufs Ziel fixiert und er machte sich keine Gedanken um seine Ressourcen, behandelte seine Männer wie Dreck. Die würden so jemanden bei der ersten Gelegenheit fallen lassen. Aber offensichtlich war das wahre Leben manchmal platter als der schlechteste Filmdialog.

Anstatt seinem Anführer zu widersprechen, sah Simone, wie der Verletzte zum nächsten Auto stolperte. Wenn es nicht der Schmerz war, würde der Blutverlust vermutlich dazu beitragen, dass ihm schwindelig war. Simone zielte auf seine Beine, schoss, diesmal nur einmal, die Waffe konnte sie dabei mit beiden Händen halten und die Hände auf dem Boden abstützen.

Der Schrei, der dem Schuss folgte, war Bestätigung, dass sie ihn erneut getroffen hatte. Simone stand auf, behielt die Waffe direkt in der Hand, schnappte sich wieder den Rucksack und suchte sich das nächste Versteck.

»Mein Knöchel, mein Fuß«, schrie der Verletzte, »helft mir.«

»Bleib in Deckung, wir holen dich auf dem Rückweg!«, lehnte der Anführer das Flehen seines Handlangers ab.

Die beiden Männer bewegten sich abwechselnd, einer zielte, der andere sprintete von Fahrzeug zu Fahrzeug. Simone hockte hinter einem Kombi mit verdunkelten Scheiben und konnte sehen, wie die Männer näherkamen, ihr aber durch die neue Taktik das Zielen schwerer machten. Würde sie sich erneut auf den Boden legen, würde es zu lange dauern, bis sie aufstehen und weiterlaufen konnte. Sie versuchte, sich an ihre Entspannungsübungen zu erinnern.

Malte hatte sich darüber immer lustig gemacht, war bei der progressiven Muskelentspannung im Kurs der Krankenkasse sogar eingeschlafen und behauptete noch stolz: »Wenn ich da mal nicht entspannt war!«

Ihr Puls beruhigte sich, sie sah die Männer näher kommen und als der andere Handlanger ihr Fahrzeug erreichte, spürte sie, wie es kurz wackelte.

»Gesichert!«, rief der Kumpane seinen Anführer zu.

Simone hatte sich so hinter den Reifen geduckt, dass sie von der anderen Seite nicht zu sehen war, jetzt kam es nur darauf an, dass sie richtig herum stand. Sie hielt ihre Waffe mit beiden Händen und zielte an der Front des Fahrzeuges vorbei, wo sie gleich ihren Gegner vermutete. Der sprintete tatsächlich an ihr vorüber, schaute nur nach vorne und Simone zielte wieder auf den Brustkorb des Gegners. Der erste Schuss traf ihn unterhalb des rechten Schulterblattes, im Stolpern verlor er seine Waffe, drehte sich erschrocken zu ihr um und Simone schoss ein zweites Mal, traf diesmal den Kopf. Der Körper schlug mit einem stumpfen Ton auf den Asphalt, seine Waffe schlitterte einige Meter weiter.

»Chef?«, hörte sie den Mann auf der anderen Seite ihres Fahrzeuges rufen. »Hast du die Schlampe erwischt?«

Es dauerte eine Weile, bis ihm klar wurde, was die ausbleibende Antwort bedeutet: »Ich mach dich kalt! Ich mach dich fertig!«

Blindwütig schoss der Mann über das Auto sein Magazin leer, die Kugeln trafen nur den Boden und andere Fahrzeuge, Simone war sich sicher, dass er keine Ahnung hatte, wo sie war.

»Ey, Anton«, rief ihr Gegner in die Gegenrichtung, »hast du noch ein volles Magazin?«

»Verbind' mich erst«, jammerte Anton zurück.

»Ich brauche erst das Magazin«, gab sich sein Kumpane uneinsichtig. Simone spähte um das Fahrzeug, um zu sehen, was dort passierte. Der Mann bewegte sich mit gezogener Waffe rückwärts, hektisch immer wieder hinter sich schauend. War das ein Bluff, um sie aus ihrem Versteck zu locken?

Den verletzten Mann konnte sie nirgendwo sehen, er lag wohl hinter einem der Autos. Simone beruhigte wieder ihren Atem, wechselte ihr Magazin, nahm die Waffe wieder in beide Hände, ging um das Auto und zielte auf den letzten Gegner. Sie sah, wie der den Finger am Abzug krümmte, hörte das erlösende Klicken einer leeren Waffe.

»Ey, du wirst doch keinen unbewaffneten Mann umbringen«, versuchte der Mann sich zu retten.

Simone verkürzte den Abstand und blieb etwa drei Meter von ihm entfernt stehen: »Waffe fallen lassen und die Hände in den Nacken!«

»Das war ich nicht gewesen, das war unser Chef und dem hast du es doch schon gezeigt!«

»Waffe fallen lassen, Hände in den Nacken«, sie platzierte einen Schuss direkt vor seine Füße, »verstanden?«

Der Mann ließ die Waffe fallen und nahm die Hände in seinen Nacken.

»Jetzt knie dich hin!«, Simone zielte auf seinen Kopf.

»Ich war es nicht«, heulte der Mann, »ich wollte das nicht, ehrlich. Du kannst mich doch nicht umbringen!«

»Hinknien!«

Ungelenk ließ sich der Mann auf die Knie fallen: »Ich habe Frau und Kinder und will nur zu denen zurück!«

»Mach die Augen zu und denk an deine Familie!«

»Bitte«, er sah sie aus tränenüberströmten Augen an, »lass mich laufen! Ich verspreche dir …«

»Ach, halt deine Fresse!« Simone ging einen Schritt näher heran, zielte genau zwischen die Augen und drückte ab.

TAG 29

LUKAS

Wieso müssen wir denen helfen?«, schimpfte Lukas.

Dirk war mit Lukas und Mitgliedern der Feuerwehr nach Blasbach gefahren, um dort beim Sicherstellen der Wasserversorgung zu helfen.

»Langsam«, ermahnte ihn Dirk. »Die waren genauso weit wie wir und hatten ihre Quelle mit ihrem Wasserspeicher verbunden. Dann hat jemand die Leitung zerstört. Das hätte bei uns auch passieren können.«

»Dann muss man besser aufpassen.« Lukas ärgerte sich, dass die Dorfgemeinschaften sich schwertaten, ihre eigenen Sachen zu beschützen. »Wir helfen Wanderern, bekommen unseren eigenen Schutz nicht hin. Das geht nicht.«

»Wir werden uns nie auf alles vorbereiten können.« Lukas wunderte sich, wie gelassen Dirk war. »Wir können nur für den Moment eine Entscheidung treffen und nur mit dem Wissen, was wir in dem Moment haben.«

»Es ist doch klar gewesen«, regte sich Lukas auf, »dass irgendwann es jemand auf unsere Kühe absehen wird. Da muss ich nicht für studiert haben.«

Wie oft hatte er seinen Vater diesen Satz schon sagen hören.

»Das waren bestimmt ein paar Türken aus der Umgebung«, meldete sich ein anderes Feuerwehrmitglied.

Lukas versuchte, sich an den Namen zu erinnern, Erwin, Erich … Ernst. Er war schon einige Jahre bei der Freiwilligen Feuerwehr, seit er in den Ort, genauer zum Hofgut gezogen war.

Dirk schaute ihn ermahnend an: »Man sollte mit solchen Vorwürfen vorsichtig sein. Gerade wenn man keinerlei Anhaltspunkte dafür hat.«

Ernst ließ sich nicht beirren: »Einer der Augenzeugen hatte berichtet, dass die Räuber alle dunkelhaarig waren und einen dunklen Teint hatten.«

Lukas versuchte, sich daran zu erinnern, was Tante Jutta alles über den Überfall erzählt hatte, sie war mitten drin gewesen, aber konkret etwas über die Diebe hatte sie nicht erzählt. Zumindest ihm nicht.

»Und den Bericht hat man ignoriert«, ergänzte Ernst, »weil das mehr Ärger im Dorf bedeuten würde. Und was unsere Arbeit hier betrifft, da braucht man sich nicht zu wundern, die haben mehrere Türken in der Feuerwehr, das kann nichts werden. Wo die herkommen, gab es schon vor dem Stromausfall kein fließendes Wasser. Warum sollten die sich jetzt Mühe geben? Die kennen das doch so.«

»Ernst, es reicht«, ermahnte Dirk, »ist dir das denn nicht zu platt? Die meisten wohnen schon seit drei oder vier Generationen hier und es gibt nicht wenige, die verhalten sich ›deutscher‹ als manche ›Deutsche‹.«

»Wenn man die Wahrheit spricht«, beschwerte sich Ernst, »wird man gleich als Nazi hingestellt!«

»Ich habe dich nicht als Nazi bezeichnet«, korrigierte Dirk, »ich habe nur gesagt, dass das, was du erzählst, zu platt war. Geht das in deinen Kopf?«

»Das ist meine Meinung und bei der werde ich bleiben«, sagte Ernst trotzig.

»Auch wenn ich deine Meinung nicht gut finde«, reagierte Dirk, »werde ich sie dir nicht verbieten. Wie auch. Allerdings musst du hinnehmen, dass man deine Meinung infrage stellt. Und wenn du damit nicht zurechtkommst, solltest du deine Meinung mal selbst hinterfragen. Aber das ist nur meine Meinung! Lasst uns jetzt bitte die Arbeit fertigmachen!«

»Ach«, schnaubte Ernst, »und du entscheidest, wann die Diskussion beendet ist? Hauptsache, du hast das letzte Wort gehabt?«

»Meinetwegen kannst du das letzte Wort haben.« Dirk wirkte gereizt. »Aber lasst uns bitte mit der Arbeit weitermachen!«

Lukas war auf die Reaktion von Ernst gespannt, den hatte Dirk anscheinend auf dem falschen Fuß erwischt: »Ach, lass gut sein, du willst es eh nicht verstehen.«

»Hat Dirk denn nicht recht?«, fragte Lukas Ernst, als sie eine Weile gemeinsam eine Rohrverbindung reparierten. »Viele sind doch schon lange integriert?«

»Lass dich nicht täuschen«, mahnte Ernst, »sie tun so, als seien sie ein Teil von uns, im Innersten werden sie immer anders bleiben. Das können sie gar nicht anders.«

»Können gar nicht anders?«, wunderte sich Lukas.

»Na ja, es liegt in ihrem Blut. Jedes Volk hat seinen eigenen Boden und ihrer ist eben nicht hier. Die können das eine Weile spielen, am Ende sind die Gene stärker.« Ernst wirkte überzeugend.

»Warum verstehen das Männer wie mein Vater oder Dirk nicht?«, fragte Lukas, »wenn es so offensichtlich sein soll?«

»Du darfst nicht vergessen, dass man jahrzehntelang einen Schuldkomplex gepflegt hat«, antwortete Ernst. »Das durchschaut nicht jeder und viele Gutmenschen denken, sie machen das Richtige, wenn sie ihr eigenes Volk verleugnen und anderen helfen.«

»Sind denn nicht alle Menschen gleich?«

»Schau dich um. Was meinst du denn?«

Lukas tat, wie ihm geheißen wurde, Ernst ergänzte: »Nicht nur die Leute, die hier sind. Alle, die du kennst. Sind deine Schwester und du gleich? Sind ihr Freund und du gleich? Sind die beiden gleich?«

Lukas überlegte eine Weile: »Nein, wir sind alle verschieden.«

»Das ist eine Sache, um die es uns geht«, erklärte Ernst weiter, »nicht diese weltverbesserische Gleichmacherei. Wir sind dafür, die Unterschiede zu sehen und die Menschen entsprechend zu behandeln.«

»Seid ihr fertig?«, hörten sie Dirk rufen.

»Eine Minute.« Ernst zog eine Schraube fest und rief zurück: »Fertig, wir kommen!«

Er klopfte Lukas auf die Schulter: »Gehe mit offenen Augen durch die Welt und mache dir dein eigenes Bild. Höre überall zu. Wenn du Fragen hast, kannst du gerne zu mir kommen.«

Sie räumten ihre Werkzeuge in den Koffer und gingen zur Kutsche, mit der sie wieder zurück nach Umbach fuhren.

Dirk saß zusammen mit dem Kutscher vorne auf dem Kutschbock und drehte sich zu Lukas um: »Dank deiner Tante sind wir mobil. Wenn wir das alles hätten laufen müssen.«

Lukas mochte seine Tante, war aber der Ansicht, dass die Idee, Kutschen zu nehmen, nicht so speziell war, dass sonst niemand draufgekommen wäre. Der Weg führte stetig bergauf und die beiden Pferde wurden langsamer. Lukas fragte sich, wie ein Pferdegespann die Feuerwehrspritze oder sogar die großen Wassertanks einen Berg heraufziehen sollten.

»Absteigen und laufen«, ordnete der Kutscher an und alle Feuerwehrleute folgten seiner Anweisung.

Zumindest konnten sie die Werkzeuge und das Material auf der Kutsche lassen und mussten das nicht tragen. Das Blätterdach schützte sie weitestgehend vor der direkten Hitze, trotzdem reichten die durch den Weg entstandenen Lücken, um die Schwüle zu spüren.

Der Knall eines Schusses riss Lukas aus seinem innerlichen Zwiegespräch und er sah, wie etwa siebzig Meter vor ihm der Kutscher auf dem Kutschbock zusammenbrach. Fast gleichzeitig erschienen vor dem Gespann von beiden Seiten des Waldes zwei in Tarnfarben gekleidete Gestalten, die auf die Pferde zugingen und diese festhielten.

»In Deckung«, brüllte Dirk und warf sich in den Graben neben dem Weg, Lukas folgte, Ernst und die beiden anderen suchten Schutz auf der gegenüberliegenden Seite. Mittlerweile waren drei weitere Männer aus dem Wald zwischen ihnen und der Kutsche aufgetaucht und hielten Maschinenpistolen im Anschlag. Die Angst stieg in Lukas auf und er ärgerte sich, keine Waffe zu haben. Als ob ihre Angreifer diesen Gedanken mitbekommen hatten, schossen sie Salven in ihre Richtung, entweder hatten sie schlecht gezielt oder es waren nur Warnschüsse.

»Bleibt unten.« Dirk schien es genauso zu sehen und wollte keinen weiteren seiner Männer in Gefahr bringen.

Einer der Angreifer bestieg die Kutsche, schob den toten Kutscher vom Kutschbock, sodass der auf den Boden aufschlug, und brachte das Gefährt in Bewegung. Die anderen folgten im Laufschritt und kletterten nacheinander auf die Kutsche, die mittlerweile die Anhöhe erreicht hatte. Statt den direkten Weg nach Umbach zu nehmen, bog sie in einen der Seitenwege ab und es dauerte nicht lange, bis das Gespann erst aus der Sicht verschwand und kurze Zeit später nicht mehr zu hören war.

Dirk stand als Erster auf und rannte zum am Boden liegenden Kutscher, Lukas und die anderen folgten ihm. Als Lukas die Stelle erreichte, konnte er aus der Ferne weitere Schüsse hören. Dann aus einer anderen Richtung und fast zeitgleich von einem weiteren Ort.

»Klingt, als ob der ganze Ort angegriffen wird«, vermutete Ernst. »Wir sollten zusehen, dass wir ins Dorf zurückkommen.«

»Ich glaube nicht, dass wir hier in Gefahr sind«, stellte Dirk fest, während er dem Kutscher die Augen schloss, »und wir können ihn nicht zurücklassen.«

»Er wird uns nicht weglaufen«, reagierte Ernst, »den können wir später holen. Wir sollten sehen, ob man im Dorf unsere Hilfe braucht!«

Dirk konnte seinen Blick nicht vom toten Kutscher abwenden und das Geknatter weitere Schüsse riss ihn nicht aus der Bewegungslosigkeit.

Lukas hatte ihn so noch nicht erlebt und war froh, dass Ernst die Initiative übernahm: »Dirk, komm jetzt, wir kommen später zurück und kümmern uns um ihn.«

Er zog Dirk mit sich und sie machten sich im Laufschritt in Richtung Umbach, die bisher vereinzelten Schüsse hatten sich zu einem Feuergefecht erweitert.

»Wer von euch ist bewaffnet?«, fragte Ernst und zog im Laufen eine Pistole aus seinem Rucksack.

Es stellte sich heraus, dass er die einzige Waffe in der Gruppe hatte.

»Das sollten wir in Zukunft anders handhaben«, bemerkte Ernst, »wenn wir den Ort verlassen, sollten wir uns selbst schützen können. Wir laufen bis zum Waldrand, von da ist es ein Katzensprung bis zur Straßensperre. Wenn wir dort angekommen sind, schauen wir weiter. Dirk? Ist das okay?«

Der Angesprochene reagierte nicht, sein Blick ging ins Leere und Tränen füllten seine Augen.

»Dirk!«, drängte Ernst, »wir müssen los!«

Er ging los und wechselte in einen lockeren Laufschritt. Die anderen, auch Dirk, folgten ihm und in kurzer Zeit erreichten sie den Waldrand, von wo aus sie die Straßensperre sehen konnten.

»Hier scheint alles okay zu sein«, vermutete Lukas, »zumindest gibt es hier kein Gefecht.«

Den Geräuschen nach ging es auf der anderen Seite des Ortes anders zu, die trügerische Ruhe seit dem letzten Gefecht war beendet.

»Der Weg scheint frei zu sein«, Ernst deutete auf das freie Feld. »Alle zusammen?«

Er sah nacheinander alle an und wartete, bis sie nickten. Selbst Dirk wirkte gefasster und deutete ebenfalls ein Nicken an.

»Los!« Ernst ging direkt in den Laufschritt über, die anderen folgten im Gänsemarsch.

»Halt!«, brüllte ihnen der Wachposten entgegen. »Stehenbleiben!«

»Wir sind es«, rief Ernst, »der Feuerwehrtrupp, der in Blasbach war! Lasst uns rein. Die haben Bernd erschossen und unsere Kutsche geklaut.«

»Das sind Dirk und der Junge von Kinzigs«, hörte Lukas einen der Wachen rufen, »lasst sie herein.«

Nach wenigen Schritten waren sie innerhalb der Befestigungsanlagen des Dorfes und versuchten herauszufinden, was passiert war.

»Wir haben keine Ahnung«, gestand einer der Wachposten, »zuerst kamen die Schüsse aus eurer Richtung, dann von Westen her, direkt danach aus dem Süden. Dort gab es ein längeres Gefecht, aber seit ein paar Minuten ist es wieder ruhig. Uns hat niemand gesagt, was los ist.«

»Wir bringen Dirk zu Haarberg«, übernahm Ernst die Initiative. »Dann gehen wir zum Major und fragen, ob der Hilfe braucht. Zumindest sollte man uns dort sagen können, was passiert ist.«

»Ich möchte erst nach Hause«, meldete sich eine Gegenstimme, »und würde dann später zur Feuerwache kommen.«

Ernst nickte: »Okay. Andersrum gefragt: Wer hilft mir mit Dirk?«

Lukas war erstaunt, dass sich außer ihm niemand bereit erklärte und war enttäuscht, denn Dirk wäre für alle da gewesen.

»Gut.« Ernst schien ebenfalls nicht glücklich über die fehlende Loyalität zu sein. »Wir sehen uns bei anderer Gelegenheit.«

Lukas und Ernst nahmen Dirk in ihre Mitte und sie liefen zum Hospital, in der Hoffnung, dass ihnen dort jemand helfen konnte. Auf dem Weg sprach keiner ein Wort, Dirk hatte wohl so etwas wie einen Schock und Lukas war in seinen eigenen Gedanken versunken, er vermutete, dass es Ernst ähnlich ging.

Beim Hospital angekommen, wurden sie vom Zahnarzt Haendel begrüßt: »Haarberg ist eben zum Wachposten im Süden gerufen worden, es gibt dort Verletzte.«

»Können wir Dirk bei Ihnen lassen?«, fragte Lukas.

»Ja, sicher. Vielleicht könnt ihr bei seiner Frau vorbeigehen?«, bat Haendel.

»Klar«, sagte Ernst, »das liegt ohnehin auf dem Weg zum Wachposten.«

Lukas machte sich mit Ernst wieder auf den Weg: »So habe ich Dirk bisher nicht erlebt.«

»Vermutlich irgendetwas Posttraumatisches?«, vermutete Ernst. »Wir alle haben in den letzten Wochen Schlimmes erlebt, und der eine ist resilienter als der andere. Weißt du vielleicht, ob er irgendeine freundschaftliche Verbindung zu Bernd hatte? Das könnte ein Auslöser sein.«

»Bernd?«, Lukas überlegte kurz. »Nein, keine Ahnung. Was ist dieses ›resilienter‹?«

»Als Resilienz«, erklärte Ernst, »bezeichnet man die Fähigkeit mit Stress umgehen zu können. Oder ihn abbauen zu können. Es gibt viele verschiedene Faktoren, aber andere können dir mehr dazu erzählen.«

»Warum sind alle unbewaffnet?«, wechselte Lukas das Thema, »selbst die, die eine Waffe haben konnten, sind ohne unterwegs! Du warst der Einzige von uns, das war so leichtsinnig.«

»Du wirst doch auch bald eine haben«, bemerkte Ernst, »und die anderen sollten nicht dein Problem sein. Wenn die nicht von selbst draufkommen, kannst du sie nicht dazu zwingen.

Die anderen jedoch, die bereiten sich auf den Kampf vor.«

»Die anderen?«, Lukas zog die Stirn in Falten.

»Du kennst Alexander, den Adjutanten des Majors bei der Miliz?«, fragte Ernst. »Der und seine slawischen Freunde, die tun so, als ob sie unsere Freunde wären. Den Rücken würde ich denen nicht zudrehen!«

»Ich hatte gedacht der Major weiß, was er macht?«, ärgerte sich Lukas. »Woher weißt du das mit meiner Waffe?«

Ernst grinste ihn an: »Ich bekomme nicht alles mit, was auf dem Hof passiert, aber aus dem ein oder anderen kann ich mir selbst ein Bild machen. Ich wusste es nicht, habe es nur vermutet und etwas gepokert. Anne ist eine gute Trainerin, ein richtiges Naturtalent.«

Lukas verklärter Blick entging Ernst nicht: »Und attraktiv ist sie auch, oder?«

»Was soll ich denn dazu jetzt sagen?«, fragte Lukas, »ist das so offensichtlich?«

»Gar nichts«, neckte ihn Ernst, »genieße das Kribbeln. Egal wie es ausgeht, das ist ein tolles Gefühl. Auch für ein solches Gefühl kämpfen wir.«

»Ihr auf dem Hofgut seid besser auf eine Krise vorbereitet gewesen«, versuchte Lukas das Thema zu wechseln, »da hätten alle von lernen können.«

»Frau Odrell hat dir sicherlich erklärt«, holte Ernst aus, »dass wir versuchen, im Einklang mit der Natur zu leben. Die meisten von uns sind Vegetarier und wir versuchen uns im nachhaltigen Anbau. Eine Familie sollte mit möglichst wenig Fläche in der Lage sein, sich zu ernähren. Das mag sich jetzt wie die abstruse Idee irgendwelcher linken Spinner und Weltverbesserer anhören, der Respekt vor dem eigenen Boden ist aber viel älter als deren Ideologien.«

»Wie bist du zum Hofgut gekommen?«, fragte Lukas.

»Einer meiner Freunde war Mitglied eines ähnlichen Hofes«, berichtete Ernst, »der hatte mich zu den Feiern eingeladen. Dann habe ich mir einige Vorträge angehört, mich viel mit meinem Freund unterhalten und irgendwann Frau Odrell kennengelernt. Als sie das Hofgut hier erweitert haben, hatte sie mich eingeladen und seitdem lebe ich hier.«

»Und wie kann ich Teil eurer Gemeinschaft werden?«, fragte Lukas.

JUTTA

»Ich muss hier raus.« Jutta hatte das Gefühl, ihr würde die Decke auf den Kopf fallen. »Wir waren auf dem richtigen Weg und dann bricht alles zusammen.«

Sie saß am Esszimmertisch, Florian stand hinter ihr und massierte ihr die Schultern: »Das sind Rückschläge. Lass dich nicht entmutigen.«

»Herr Siebenthal wirkte so gesund.« Mit leerem Blick schaute sie aus dem Fenster. »Im Grunde so, als ob er ewig leben könnte.«

»Es ist doch positiv, dass er nicht lange leiden musste.« Florian setzte sich auf den Platz ihr gegenüber. »Willst du noch mal durch seine Wohnung gehen?«

Jutta nickte und wortlos gingen sie gemeinsam die Treppe herunter und betraten die Wohnung ihres verstorbenen Vermieters. Sie ging durch den Flur, schaute sich die Fotos an. Der Mann hatte zwei Kinder, der Sohn, irgendein Ingenieur, der bei einem FinTech Unternehmen arbeitete, wohnte in Berlin, die Tochter war Medizinerin, arbeitete und lebte in Stuttgart. Jutta wusste, dass beide dort in Vororten eigene Häuser gebaut und Familie hatten. Gut möglich, dass mindestens einer von beiden versuchen würde, sich nach Umbach durchzuschlagen, wo die Überlebenschancen besser waren als nahe der Großstädte.

Dass Florian sich um die Beerdigung kümmerte, nahm eine Last von ihren Schultern, auch wenn sie wusste, dass es nicht ihre Aufgabe war. Sie setzte sich an den Esszimmertisch, an dem sie so oft mit dem geselligen Mann Tee getrunken hatte und seinen Erzählungen zugehört hatte. Angesichts seines hohen Alters sollte sie nicht so überrascht sein, trotzdem riss sein Tod ein Loch in ihr Umfeld.

»Ich gehe ausreiten«, beschloss Jutta, »vielleicht macht das meinen Kopf frei.«

»Glaubst du, dass das nach dem Überfall auf den Milchhof eine gute Idee ist?«, sorgte sich Florian. »Wir können gemeinsam spazieren gehen?«

»Das ist lieb von dir, aber ich muss ein wenig alleine sein. Ich nehme nur die sicheren Wege.«

»Es gibt heute keine sicheren Wege mehr«, widersprach Florian. »Der Überfall auf Pinns war auch auf vermeintlich sicherem Terrain.«

»Ich halte die Augen offen«, beendete Jutta das Gespräch und verließ die Wohnung.

Im Garten sattelte sie ›Kleine Tante‹ und ritt los. An der Straßensperre wurde sie von der Wache aufgehalten.

»Wo geht es hin? Pony Express-Lieferung?«

»Nein«, probierte es Jutta mit der Wahrheit, »ich will nur ein wenig ausreiten.«

»Der Major und Herr Bittler raten davon ab«, erklärte die Wache. »Wenn man nicht unbedingt heraus muss, sollte man besser innerhalb der Schutzanlagen bleiben.«

»Wie lange soll das denn gehen?« Jutta wurde sauer, sie wollte einfach nur ihre Ruhe haben, bedauerte ihre gereizte Frage sofort, die Wache konnte nichts für die Anweisungen. »Entschuldigung, ich möchte den Kopf freibekommen und ich halte die Augen offen, beim ersten Zeichen von Gefahr galoppieren wir wieder zurück.«

Die Wache war unschlüssig: »Passen Sie auf sich auf!«

Jutta ließ die Zügel locker und ›Kleine Tante‹ machte sich direkt auf den Weg, erst im Schritt, dann in einen leichten Galopp übergehend. Jutta genoss das Gefühl des Windes in ihrem Gesicht und sie fühlte sich befreit. Für sie war ›das Glück der Erde liegt auf dem Rücken der Pferde‹ nicht nur ein abgedroschener Spruch, es war mit nichts anderem vergleichbar.

Eine Folge von Schüssen aus dem Norden ließen sie zucken und ihr Pferd hielt nervös an, drehte die Ohren in verschiedene Richtungen.

»Ruhig«, versuchte Jutta sowohl das Pferd und sich selbst zu beruhigen, »wir reiten zurück.«

Sie drehten auf der Straße und sahen sich einer Gruppe Männer und Frauen in Tarnuniformen gegenüber, Pistolen und Gewehre auf sie gerichtet.

»Absteigen«, befahl ein bärtiger Mann, »langsam.«

Jutta stieg, wie es ihr befohlen wurde, ab und beruhigte ihr Pferd, wieder in der Hoffnung, dadurch selbst ruhiger zu werden. Weitere Schüsse waren zu hören, diesmal von der anderen Seite des Dorfes und plötzlich scheute ›Kleine Tante‹ und lief los. Die eben noch auf der Straße stehende Gruppe drückte sich an den Straßenrand und ließ das Pferd durchrennen.

»Haltet es auf!«, schrie der Bärtige.

Eine Reaktion blieb aus, bis einer sich zu Fragen traute: »Wie? Sollen wir es erschießen?«

›Kleine Tante‹ lief in Richtung Dorf weg und bevor einer der Angreifer den ersten Schuss abgab, war sie schon zweihundert Meter entfernt.

»Nicht«, rief Jutta besorgt um ihr Pferd, aber das Tier hatte bereits die Pforte erreicht.

Die anderen Angreifer schossen ebenfalls, Jutta atmete auf, als ›Kleine Tante‹ am Wachposten vorbei verschwand. Nun reagierten die Wachen des Dorfes und schossen auf die Gruppe in den Tarnanzügen, Jutta wunderte sich, ob sie nicht daran dachten, dass sie draußen war.

»Du kommst mit.« Der Bärtige legte den linken Arm um ihren Hals und richtete mit der Rechten seine Pistole auf ihren Kopf. »Und keine falsche Bewegung!«

Starr vor Angst folgte Jutta dem Rückzug der Gruppe. Nachdem diese nicht mehr im Blickfeld des Dorfes waren, wurden ihre Hände am Rücken gefesselt und eine Kapuze über ihren Kopf gezogen. Sie wurde grob am Oberarm gepackt, jemand berührte dabei wohl mehr absichtlich als aus Versehen ihre Brust, und führte sie.

Sie versuchte, zu schätzen, welchen Weg sie zurücklegten, die Kapuze war blickdicht und ihre Entführer erlaubten sich den Spaß, sie regelmäßig um die eigene Achse drehen zu lassen.

Irgendwann drückte ihr jemand die Knie in die Kniekehle: »Hinsetzen!«

Sie setzte sich auf den Boden, was ohne zu sehen und ohne Hilfe der Hände nicht einfach war. Die Person, die sie geführt hatte, hielt sie immer noch fest am Oberarm und ließ erst los, als sie im Schneidersitz saß. Sie hörte weitere Schüsse, diesmal von weiter weg und vermutete, dass sie auf der anderen Seite des Autobahndamms war. Ihre Entführer sprachen fast kein Wort, wenn, dann flüsterten sie, einen Hinweis auf ihre Identität konnte sie nicht ergattern.

»Ich muss mal«, meldete sie sich.

»Du wirst ein wenig aushalten müssen«, hörte sie die Stimme, die sie dem bärtigen Mann zuordnen konnte, »und wenn nicht, lass' es einfach laufen.«

Mehr Reaktion bekam sie nicht und da sie nicht dringend musste, entschied sie sich für das Aushalten.

Sie hörte, wie sich Personen um sie herum bewegten und versuchte erneut eine Kontaktaufnahme: »Wo bringt ihr mich hin?«

»Hör zu, Sonnenschein«, wieder der Bärtige, »entweder du hältst jetzt die Fresse oder ich klebe sie dir mit Gaffa zu.«

Jutta entschied sich, zu schweigen und versuchte erneut, sich aus dem, was sie wahrnehmen konnte, einen Reim zu machen. Als allererstes war sie froh, dass ihr Pferd den richtigen Weg eingeschlagen und sich in Sicherheit gebracht hatte. Die Schüsse aus verschiedenen Richtungen sprachen für einen koordinierten Angriff und die tarnfarbenen Uniformen legten die Vermutung nahe, dass es die gleichen Täter waren wie die Rinderdiebe einige Tage zuvor. Damit hatte sie alle ihr bekannten Fakten zusammengefasst. Dass sie lebte, wertete sie als gutes Zeichen und hoffte, dass das so bleiben würde. Sie fing an, sich leise ein Lied vorzusummen, in der Hoffnung, so ein wenig das Zeitgefühl zu erhalten.

»Ich will auch kein Summen hören«, hörte sie überraschend nah die Stimme des Bärtigen.

Er musste sich zu ihr heruntergelehnt haben, um ihr direkt ins Ohr zu flüstern. Erschrocken zuckte sie zusammen, nickte und sang sich im Kopf die Lieder stumm vor. Mit den Fingern versuchte sie zu zählen, wie oft sie sich ›Every Breath You Take‹ von Police vorgesungen hatte, und verwendete dabei einen Trick, den ihr Bruder ihr beigebracht hatte. Statt mit jedem Finger eine Ziffer, zählte sie binär: Dabei zählte der Daumen als eins, der Zeigefinger als zwei, Daumen und Zeigefinger zusammen als drei, der Mittelfinger als vier und so weiter. So reicht eine Hand bis 31, mit allen zehn Fingern würde es bis über 1000 reichen.

So weit musste sie gar nicht zu zählen. Als sie versuchte, nur den Ringfinger zu strecken, und sie das Lied das achte Mal anfing, wurde sie unsanft hochgezogen. Achtmal, wenn sie für einmal etwa dreieinhalb Minuten brauchte, vielleicht war sie das eine Mal schneller, dafür ein anderes Mal langsamer, hatte sie wohl 25 bis 30 Minuten gewartet.

Ihr Beine waren eingeschlafen und kribbelten, sie konnte sich selbst nicht aufrecht halten, wurde von der Person, die sie hochgezogen hatte, am umfallen gehindert. Kurze Zeit später hörte sie das Klappern von Hufen auf Asphalt und bei genauerem Hinhören die Räder einer Kutsche.

»Nicht schlecht«, bemerkte der Bärtige, »dann lasst uns den Rückweg antreten.«

Jemand hob Jutta hoch und legte sie unsanft auf die Kutsche, nicht darauf achtend, dass Werkzeuge und anderes Material alles andere als eine bequeme Unterlage hergaben.

»Aua«, beschwerte sie sich.

»Bist wohl die Prinzessin auf der Erbse?«, machte der Bärtige einen Witz auf ihre Kosten, was seine Gruppe zum Lachen brachte.

Dem Gelächter nach war die Gruppe es gewohnt, über jeden guten und schlechten Witz des Mannes zu lachen, man hatte Respekt vor ihm, eher Angst. Mehr Reaktion bekam sie nicht, sie drehte sich, so gut es ging, damit nicht irgendetwas direkt in ihre Rippen bohrte. Die Kutsche fuhr los und Jutta schätzte ab, in welche Richtung und wie lange sie sich bewegten. Es dauerte eine Weile, bis ihr aufging, dass das vergeblich war, weil sie nicht wusste, wie schnell sie sich bewegten, weil sie nicht wusste, in welche Richtung sie sich bewegten.

Ihre Entführer schwiegen, was ihre Ungewissheit weiter steigerte. Da die Kutsche ordentlich Fahrt machte und sie nicht den Eindruck hatte, dass man sich vorsichtig bewegen würde, vermutete sie, dass die Gruppe ein größeres Gebiet kontrollierte. Als sie das Zeitgefühl komplett verloren hatte, veränderte sich das Geräusch, erst waren sie unter einer kurzen Brücke durchgefahren, dann noch mal, bis sie in eine Halle gelangten. Als sich die Kutsche spiralförmig aufwärts arbeitete, war sie sich sicher, dass sie sich in einem Parkhaus befand, vermutlich das beim Einkaufszentrum in Wetzlar. Nachdem die Kutsche nicht mehr im Kreis fuhr, bestätigte ihr das Auf und Ab des Bodens die Position, die sie vor ihrem inneren Auge sah: Das obere Parkdeck des Forums.

Die Kutsche hielt an und ihre Entführer wurden begrüßt: »Ihr wart erfolgreich?«

»Sicherlich.« Wieder der Bärtige. »Bin gespannt, ob die anderen was mitbringen werden. Außerdem haben wir jemanden gefangen. Wenn sie die ist, die ich denke, wird sie uns einige Informationen liefern können. Oder wir können sie gegen Nahrung austauschen!«

Bisher war Jutta relativ gefasst. Dass ihre Entführer sie kannten, machte ihr Angst. Wieder wurde sie unsanft angefasst und wer auch immer sie von der Kutsche hob, nutzte die Chance, ihre Brüste zu begrapschen. Es ekelte sie, sich vorzustellen, wie dieser Mann sich an ihr aufgeilte und die Wut half ihr, die eigene Angst in Zaum zu halten.

»Macht dich das geil, du perverses Schwein?« Sie biss sich auf die Lippen, hatte es satt, sich wehrlos zu fühlen.

»Ich hab' schon bessere Titten in der Hand gehabt«, bekam sie eine Antwort, »und je nachdem wie dein Abend verläuft, würde ich nicht ausschließen, dass ich mich noch weiter an dir aufgeilen kann.«

Panik überflutete Jutta. Ohne es sehen zu können, bemerkte sie, wie sie in ein Gebäude eintraten, die schiefe Ebene, auf der sie sich einige Schritte später befanden, erkannte sie als das Laufband im Forum. Nach einigen Richtungswechseln wurden ihre Fesseln gelöst, sie auf einen Stuhl gesetzt und ihre Hände und Füße wurden mit Kabelbindern fixiert. Die Kapuze wurde ihr abgenommen und sie blinzelte eine Weile, bis sie wieder sehen konnte.

Was vor dem Stromausfall dort gewesen war, war nicht mehr zu erkennen. Alle Wände waren mit schwarzen Vorhängen abgehangen, außer ihrem Stuhl befanden sich ein Tisch und ein weiterer Stuhl in dem Raum. Von hinten drang Licht in den Raum, sie drehte sich um und sah, dass die Schaufenster und die Tür schwarz abgeklebt waren und Licht nur durch die oberen Scheiben eindrang. Außer dem Bärtigen war niemand im Raum zu sehen.

Der grinste sie an: »Ich freue mich darauf, mehr von dir kennenzulernen!«

Sie drehte den Kopf von ihm weg und begutachtete den anderen Stuhl und den Tisch. Beide dürften zu einem der Bistros gehört haben. Sie betrachtete ihre Fesseln und ihren Stuhl, eine Flucht konnte sie sich nicht ohne Hilfe vorstellen. Dazu war der Stuhl zu stabil. Sie hörte die Tür hinter sich aufgehen und jemand kam herein.

»Wer ist das?«, hörte sie eine Frauenstimme fragen.

»Wenn meine Informationen zutreffen«, sagte der Bärtige, »ist das die Chefin des Pony-Expresses. Sie war mit ihrem Pferd außerhalb des Zauns, als wir sie erwischt haben.«

Immerhin war sie so etwas wie eine Berühmtheit. Die Frau schritt auf sie zu und Jutta drehte den Kopf, um sie sehen zu können. Sie war sich sicher, diese Frau schon mal gesehen zu haben.

»Du fragst dich, wer ich bin?«, fragte ihr Gegenüber. »Ich war schon mal bei euch und habe um Hilfe gebeten. Euer Dorf hat sie mir und meinen Schützlingen verweigert. Nun werden wir uns das holen, was wir brauchen und jede Information hilft uns.«

»Und wie soll ich helfen?« Jutta konnte die Frau immer noch nicht einordnen. »Ich mache nur den Pony-Express und weiß sonst wenig über das Dorf.«

»Jutta Dietz, geborene Kinzig. Schwester von Malte Kinzig, der Teil des Dorfrates ist«, zählte die Frau auf. »Beste Freundin von Nadine Bodner und neben dem Pony-Express Ideengeberin für die Milchprodukte.«

»Woher …« Jutta fehlten die Worte.

»Du bist nicht die erste Person auf diesem Stuhl«, erklärte die Frau, »wir haben schon einiges an Informationen gewinnen können.«

Die Frau setzte sich und musterte Jutta: »Soll ich dir helfen? Armsteiner ist mein Name, Julia Armsteiner. Ich war mal verantwortlich beim Landratsamt, wurde von Männern wie deinem Bruder hängengelassen und muss zusehen, wie ich meine Leute versorge. Und damit mir das gelingt, brauchen wir alle Vorräte, die wir bekommen können und du wirst mir helfen, die nötigen Informationen zu bekommen. Wenn du kooperativ bist, werde ich dafür sorgen, dass Axel heute Nacht ohne dich schlafen muss. Stellst du dich quer …«

TAG 30

LAURA

»Wir müssen uns wehren.« Lukas schlug mit der Faust auf den Tisch, »Bernd ist wie Vieh abgeschlachtet worden. Erschossen. Weil jemand unsere Kutsche geklaut hat. Für eine verfickte Kutsche! Und die gleichen Wichser haben Tante Jutta entführt!«

Der Streit zwischen ihnen war nicht beigelegt, durch die Ereignisse vom Tag zuvor befanden sie sich in einem Waffenstillstand. Ein gemeinsamer Feind von außen bedrohte die Gemeinschaft. Laura würde zu einem späteren Zeitpunkt auf seine Fehler hinweisen.

»Lukas«, ermahnte ihr Vater, »muss das mit so vielen Kraftausdrücken sein?«

»Der ganze Pazifistenmist geht mir auf den Keks«, schimpfte Lukas, »und man muss es mal deutlich sagen. Wer weiß, wie es deiner Schwester gerade geht. Deine Schwester! Aber die ist dir vermutlich genauso egal wie deine Frau!«

Maltes Hand schnellte über den Tisch und verpasste ihm eine Ohrfeige.

Für einen Moment schien die Zeit wie eingefroren. Lukas› Gesicht war durch Überraschung gekennzeichnet, die Hand seines Vaters war als roter Abdruck auf der Wange zu sehen und einen kurzen Moment später konnte Laura nur noch Hass in Lukas› Gesicht erkennen.

»Lukas«, stotterte Malte. »Ich ... das wollte ich nicht ...«

Tränen stiegen in Lukas› Gesicht: »Das wird dir noch leidtun!«

Er stand auf, warf den Stuhl um und rannte aus dem Haus. Malte lief ihm hinterher, rief immer wieder nach ihm, aber gegen die Fitness seines Sohnes hatte er keine Chance. Mit gesenktem Kopf kam er zurück ins Haus.

»Ich wollte das nicht.« Er setzte sich an den Tisch, vergrub seinen Kopf in seine Hände und heulte erbittert.

Laura setzte sich neben ihn: »Papa. Er hat dich gereizt. Und er ist nicht er selbst.«

»Was, wenn er recht hat?«, zweifelte ihr Vater an sich selbst, »wenn ich zu weich für die neue Welt bin?«

Sie nahm ihn in den Arm: »Es muss nicht jeder sofort zu Rick Grimes werden.«

»Wer?«, Malte sah sie fragend an.

»Ach, der Hauptcharakter aus ›The Walking Dead‹«, erklärte Laura. »Das spielt auch in einer Welt mit neuen Regeln. Nur halt nicht mit einem Stromausfall, sondern mit Zombies. Nur keiner nennt sie so.«

»Ich komme nicht mehr an Lukas heran«, sorgte sich Malte. »Kannst du mir nicht helfen?«

»Dir ist schon aufgefallen«, wunderte sich Laura, »dass ich mit ihm Streit habe wegen seiner rassistischen Ideen?«

»Wenn eure Mutter ...«

»Sie ist nicht hier«, unterbrach sie ihn. »Wir müssen uns selbst darum kümmern. Außerdem ist da noch Florian, der braucht Unterstützung.«

Laura hatte die letzte Begegnung mit dem Mann ihrer Tante nicht vergessen, aber bisher mit niemandem darüber gesprochen. Wenn er ihre Brüste wirklich nur unabsichtlich berührt hatte, täte sie ihm Unrecht und bis dahin hatte sie nichts Schlechtes von ihm sagen können. Trotzdem hatte sie nicht vor, ihn allzu schnell wiederzusehen und bevor ihr Vater zu sehr in Lethargie fiel, musste sie ihm

Beine machen. Es bot sich an, dass er sich mit Florian Kontakt aufnehmen sollte.

»Am besten gehst du bei ihm vorbei«, schlug sie vor. »Etwas reden wird euch beiden guttun.«

»Und was ist mit Lukas?«, fragte ihr Vater. »Der braucht mich doch auch?«

»Dem wirst du erst mal Zeit geben.« Laura ärgerte sich, dass ihr Vater das nicht von selbst begriff. Oder wenn er es tat, verleugnete er es: »Rede mit Florian. Der kommt gut mit Lukas zurecht und hat vielleicht eine Idee. Wir machen uns jetzt auf den Weg.«

»Wo wollt ihr hin?« Sie hatte bisher keine neue Aufgabe gefunden und hoffte, dass sie bald wieder mit Kindern würde arbeiten können.

»Ich suche mir eine neue Beschäftigung und Gordon ist bei Bodners eingeteilt.« Laura hoffte einerseits, dass ihr Vater die Lüge nicht bemerkte, andererseits dass Gordon schnell schaltete und sie nicht verriet.

»Okay«, sagte ihr Vater, »Viel Glück. Wir sehen uns heute Abend.«

Malte verließ das Haus, Laura war mit Gordon alleine: »Ich bin bei Bodners eingeteilt?«

»Komm mit«, befahl sie, »wir gehen zum Major, das muss mein Vater nicht wissen.«

»Und du meinst nicht, dass der uns nicht verpfeifen wird? Was wenn dein Vater Nadine oder ihren Vater trifft?«

»Was soll sein?«, sie schaute Gordon herausfordernd an. »Dann wird er merken, dass ich nicht die Wahrheit gesagt habe.«

»Ja, und dass ich ihn auch belogen habe«, reagierte Gordon.

»Du hast ihn nicht belogen, du hast nur nichts gesagt. Mein Vater ist fast fünfundzwanzig Jahre mit meiner Mutter zusammen. Glaubst du nicht, der weiß, wie das läuft? Auf, lass uns losgehen.«

Zwanzig Minuten später waren sie beim Schützenhaus, das als Zentrale für die Polizei und die Miliz diente. Gemeinsam mit dem Major saßen sie auf der Terrasse, etwas abseits von einer Gruppe, die Waffen reinigte.

»Wir möchten dabei sein.« Was sie sagte, klang mehr wie ein Befehl, weniger wie eine Bitte.

»›Wir‹ wollen wo ›dabei‹ sein?«, anstatt des Majors reagierte Gordon.

»Ist es nicht offensichtlich?«, Laura schaute ihn an, »wir werden helfen, Jutta zu suchen und zu retten!«

Gordon machte den Mund auf, schien zu überlegen und schloss ihn wieder.

Das kurze, verschmitzte Lächeln im Gesicht des Majors war Laura nicht entgangen: »Wir hatten beim Überfall gestern einen Toten zu beklagen und die Entführung deiner Tante. Wieso glaubst du, sollte ich riskieren, dass dir etwas passiert?«

»Weil es meine Entscheidung ist«, gab Laura kalt zurück.

»Und dein Freund hat deine Entscheidung mit zu tragen?«

Laura wurde ungeduldig, wollte etwas tun und nicht mehr nur Spielball sein. Sie war davon ausgegangen, dass Gordon ihr zur Seite stehen würde: »Ich habe ihn nicht gefragt.«

»Lassen wir Gordon mal außen vor.« Der Major knetete sein Kinn. »Was qualifiziert dich denn für die von dir vorgeschlagene Aufgabe? Weißt du, wo deine Tante ist? Kannst du mit Waffen umgehen? Kannst du Spuren lesen?«

Laura hatte das Gefühl, der Major würde sich lustig über sie machen: »Ich weiß, dass ich nicht irgendein Elitekämpfer oder Spürhund bin. Meine Tante ist da draußen und ich bin sicher, Sie können jede Hilfe gebrauchen, die Sie bekommen können, um sie zu retten.«

Dann kamen ihr die ersten Zweifel: »Sie werden doch versuchen sie zu retten?«

»Ich will dich nicht zappeln lassen«, erlöste sie der Major, »ja, wir werden alles unternehmen, um deine Tante zurück ins Dorf zu holen. Dir sollte aber klar sein, dass wir auf keinen Fall überstürzt handeln werden.«

»Ja«, Laura klang genervter, als sie wollte, »sorry, das sollte nicht so ungeduldig klingen.«

»Gut«, der Major wirkte zufrieden. »Nun zu deiner Tante und dem, was wir wissen und ich bedaure, es sagen zu müssen: Wir wissen nicht viel und tappen im Dunkeln.«

Wieder knetete er sein Kinn: »Es gab gestern Angriffe an drei Orten, wir lieferten uns Feuergefechte, bis auf Bernd gab es auf beiden Seiten keine Toten. Zumindest sind wir recht sicher, niemanden getroffen zu haben. Wir haben kaum verwertbare Spuren und gehen davon aus, dass die Viehdiebe zur selben Gruppe gehören. Da sie uns aus verschiedenen Richtungen angegriffen haben, fehlen uns Hinweise, woher sie gekommen sind.«

»Sie sagten kaum?« Hoffnung keimte in Laura auf.

»Wir wissen«, erklärte der Major, »dass sich im Forum eine Gruppe einquartiert hat, bei der viele Tarnuniformen tragen. Die Kutsche verschwand vermutlich in Richtung Naunheim und deine Tante haben sie auf dem Feld vor der Autobahn erwischt.«

»Woher wissen Sie das mit der Gruppe?«, meldete sich Gordon.

»Wir haben eigene Kundschafter«, sagte der Major, »befreundete Orte haben welche und es gibt Menschen, die von einem zum anderen Ort wandern und gerne bereit sind, Informationen weiterzugeben. Wir wissen nicht, um wen es sich handelt, nur dass sie brutal vorgehen und ein wenig wie Warlords die von ihnen kontrollierten Gebiete behandeln.«

»Das Forum ist nicht weit«, plante Laura, »da können wir …«

»Langsam«, bremste sie der Major, »einerseits wissen wir das nicht sicher und selbst wenn: Eine Befreiungsaktion dort wäre nicht einfach. Weder wissen wir, wer wirklich unser Gegner ist, noch wie stark die sind. Selbst wenn du ausgebildet wärst, wüsste ich nicht, ob du die Richtige wärst, um uns bei einer Befreiungsaktion deiner Tante zu helfen. Wenn du dich wirklich ausbilden lassen möchtest, dann werden wir einen Weg finden.«

Er wandte sich an Gordon: »Ich schlage vor, du machst dir selbst Gedanken, wie weit du gehen möchtest, um zu helfen, und lasse dich nicht unter Druck setzen, es ist deine Entscheidung. Laura wird sie akzeptieren. Wenn du magst, kannst du nachher mit herkommen und wir unterhalten uns, wenn du erst darüber schlafen möchtest, mach das.«

Sie verabschiedeten sich und Laura schlug vor, zum Bodnerhof zu gehen: »Dann waren wir dort, wie ich es meinem Vater gesagt habe, und vielleicht können wir tatsächlich etwas helfen.«

Dort angekommen, trafen sie Nadine, die sie lange in den Arm nahm und Laura schämte sich fast, bisher nicht an die beste Freundin ihrer Tante gedacht zu haben.

»Wie geht es dir denn?«, fragte sie die Landwirtin.

»Ich mache mir Sorgen«, antwortete Nadine, »die Nacht habe ich kaum geschlafen.«

»Wir waren eben beim Major«, berichtete Laura.

»Und?« Nadine zog die Augenbrauen hoch.

»Ich habe mich freiwillig gemeldet, weil ich helfen wollte, Jutta zu retten.« Laura sah Nadines skeptischen Blick.

Sie schaute wieder Laura an: »Wie hat der Major reagiert?«

Laura erzählte Nadine vom Gespräch mit dem Major, wie wenig man wusste und dass er plante, sie zu trainieren, aber keine Hau-Ruck-Aktion unterstützte.

»Dein Vater wird nicht begeistert sein«, vermutete Nadine, »die Frau vermisst, die Schwester auch, was glaubst du, wie er sich fühlt, wenn dir beim Kämpfen etwas passiert?«

Laura dachte über den Einwand nach: »Habe ich nicht dran gedacht. Aber weißt du, Mama ist auf dem Weg zu uns und ich war überzeugt, dass ich hätte helfen können, Jutta zu retten. Und Papa hätte uns alle Drei.«

Nadine schwieg eine Weile: »Dein Optimismus ist erfrischend. Kann ich denn etwas für euch machen?«

»Sie hat erzählt, dass ich heute bei euch eingeteilt bin«, petzte Gordon, »und meinte, dass es nützlich wäre, wenn wir zumindest hier gewesen sind.«

»Sie hat so viel von ihrer Tante«, grinste Nadine. »Die war immer sehr kreativ, um ihren Unfug zu verbergen. Ihr solltet euch bewusst sein, dass dein Vater das trotzdem mitbekommen wird.«

»Der ist mit Lukas beschäftigt«, entgegnete Laura. »Vorhin hatte der ihn so zur Weißglut gebracht, dass er ihm eine Ohrfeige gegeben hat.«

»Väter und Söhne«, Nadine schüttelte den Kopf. »Dein Vater und sein Vater sind auch oft nicht miteinander zurechtgekommen.«

»Lukas ist im Moment ein richtiges Arschloch.« Laura holte tief Luft. »Der öffnet sich der verdrehten Weltanschauung der Freyristen und ich hoffe, dass Florian ihn einfangen kann. Ich kann im Moment überhaupt nicht mit ihm.«

»Du solltest über deinen Schatten springen«, ermahnte sie Nadine. »Wenn die es schaffen Lukas einzuwickeln, wird man ihn nur schwer wieder herausbekommen. Wir sind zu sorglos mit ihnen umgegangen und momentan benötigen wir sie. Das ist wie ein Pakt mit dem Teufel und ich befürchte, wir werden den teuer bezahlen.«

»Genügend Menschen im Dorf scheinen anderer Meinung zu sein«, erwiderte Gordon, »ein Machtkampf im Dorf wäre jetzt ungünstig. Man kann davon ausgehen, dass diese Odrell das weiß, und die wird die Gelegenheit sicher für sich nutzen.«

»Ja«, Nadine schien kurz nachzudenken, »wir sollten uns eine Taktik überlegen, nicht von ihr überrascht zu werden. Ich bin nicht sicher, ob wir den ganzen Rat auf unserer Seite haben … vom restlichen Dorf brauchen wir gar nicht erst zu reden.«

»Es wird nicht einfach sein, Stimmung gegen das Hofgut zu machen«, überlegte Laura. »Ähnlich wie Capone, der sich mit den Suppenküchen die Solidarität der armen Chicagoer sicherte, haben die Freyristen mit dem Dorf Lebensmittel geteilt. Und Wissen. Und wenn wir ehrlich sind, gibt es zu viele, die schon vor dem Stromausfall deren Weltanschauung nicht so schlimm fanden.«

»Keine guten Aussichten«, befand Nadine. »Die Angriffe von außen, die Entführung und die Spannungen im Ort. Als ob der Stromausfall alleine nicht genug Probleme mit sich gebracht hat.«

»Oh, du hast ›Kleine Tante‹?«, Laura hatte das Pferd ihrer Tante auf der Koppel entdeckt. »Hat Florian sie hergebracht?«

»Nein«, berichtete Nadine, »sie stand gestern auf einmal auf unserem Hof und ich habe sie direkt auf die Koppel gebracht. Danach bin ich ins Dorf, habe mir vom Angriff erzählen lassen und bekam berichtet, wie das Pferd, ohne Jutta, zurück ins Dorf gerannt war. Florian habe ich zufällig in der Klinik getroffen und der bat mich, auf das Pferd aufzupassen, bis Jutta wieder zurück ist.«

Florian

Als der Angriff losging, war er im Spital und half, einen Beinbruch zu versorgen. Mittlerweile waren die Betäubungsmittel knapp geworden und als Haarberg das Bein richtete, war der Patient in Ohnmacht gefallen. Florians Vorräte gingen langsam zur Neige, wenn er die Zigaretten verkauft hatte, müsste er sich einen neuen Wirtschaftszweig suchen.

Das Auftauchen von ›Kleine Tante‹ brachte ihn aus dem Konzept. Auch wenn er Jutta betrog, er liebte seine Frau und dass sie draußen von irgendwelchen Spinnern gefangen gehalten wurde, oder gar Schlimmeres, machte ihn rasend. Er war umgehend zum Major gelaufen und hatte sich freiwillig gemeldet, der hatte ihn ausgebremst, er wäre zu emotional. Im Hospital hatten sie ihn beurlaubt, er solle sich etwas Zeit für sich nehmen. Die Erklärung, dass ihm Arbeit am besten helfen würde, half nicht. So war er alleine in der Wohnung, was niemand bedacht hatte, und hatte sich über drei Flaschen des Weinvorrates hergemacht.

Er vernahm dumpfe Schläge und konnte sie nicht zuordnen. Dann ging ihm auf, dass er im Bett lag und das Geräusch war das Klopfen an der Haustür. Er öffnete die Augen, blinzelte und verfluchte den Wein.

»Florian«, hörte er seinen Schwager rufen.

Auch das noch, mit dem wollte er jetzt nicht sprechen.

»Einen Moment«, seine eigene laute Stimme schmerzte in seinem Kopf, »ich komme.«

Irgendwas würde ihm einfallen müssen, wie man von oben die Haustür aufbekommen könnte. Aber eins nach dem anderen, erst aufstehen. Die Übelkeit stieg in ihm auf, er spürte die Galle im Mund, konnte es aber vermeiden, sich zu übergeben. Zumindest schien sein Schwager ihn gehört zu haben, das Klopfen hatte aufgehört. Florian öffnete die Wohnungstür, ging die Treppe herunter und erblickte die Nachrichtentafel, mit der Siebenthal, Jutta und er Einkaufslisten und Nettigkeiten ausgetauscht hatten. Eigentlich nur der alte Sack und Jutta.

»Du alter, geiziger und emotionaler Sack«, dachte Florian.

Er hatte Gelegenheit gehabt, die Wohnung in Ruhe zu durchsuchen, das meiste hatte nur emotionalen Wert, selbst das im Tresor. Wenn er die gefundenen Papiere richtig verstanden hatte, war sein Vermieter mehrere Millionen schwer gewesen, nur waren die zum Großteil in Immobilien angelegt. Dem Mann musste ein Viertel des Dorfes gehört haben und er bewohnte nur eine kleine und mickrige achtzig Quadratmeter Wohnung. Wenn Florian nur halb so reich gewesen wäre, er hätte in einem Haus mit Pool und riesigem Garten gewohnt.

Die Realität war banaler, er öffnete die Haustür und dort stand sein verheulter Schwager: »Hallo Malte. Du siehst scheiße aus.«

»Na, wenigstens heuchelst du mir nichts vor.« Sein Gesicht versuchte so etwas wie ein Lächeln hinzubekommen. »Ehrlich gesagt, sahst du auch mal besser aus.«

»Bei mir muss es der Wein sein.« Florian zuckte mit den Schultern. »Bei dir muss es das Alter sein. Wenn es noch ein Rentensystem gäbe, könntest du dich jetzt schätzen lassen und du wärst fein raus.«

»Hast du was zu trinken?«, fragte Malte.

»Ich rühre keinen Wein mehr an«, wehrte Florian ab, »zumindest heute nicht.«

»Nein, ein Tee wäre gut«, sagte Malte, »zur Not auch ein Glas Wasser.«

»Klar, komm rein«, bot er Malte an.

Oben angekommen, verabschiedete er sich kurz ins Badezimmer, seine Blase drückte.

»Laura meinte, wir hätten beide Redebedarf«, erklärte Malte, »und dass du vielleicht eine Idee hast, wie ich an Lukas herankomme.«

Florian hatte einen kurzen Schreckmoment, dann wurde ihm klar, dass der ›Redebedarf‹ die entführte Jutta und nicht Iris war: »Was ist mit Lukas?«

»Eine lange Geschichte«, fing Malte an, »um es kurz zu machen: Er wirft mir vor, zu wenig für die Rückkehr von Simone zu tun, dass ich zu wenig für Laura und ihn mache und zu viel für das Dorf. Ich traue ihm zu wenig zu, sehe ihn als Jungen und nicht als Mann. Und er lässt sich von den Freyristen einwickeln.«

Wenn er wollte, konnte Malte einen Sachverhalt kurz und knapp zusammenfassen. Florian war froh, dass er das heute geschafft hatte, denn üblicherweise fing sein Schwager seine Erklärungen fast bei Adam und Eva an.

»Über Simone hatte ich mit ihm schon gesprochen. Er hat nur Angst und ist nicht in der Lage, das rational zu sehen. Das mischt sich mit seinen sonstigen Gefühlen. Pubertät, Hormone und der ganze Kram. Erinnerst du dich nicht mehr, wie du in seinem Alter warst?«

Malte grinste verlegen: »Ja. Mich als Jugendlichen hätte ich als Sohn nicht haben wollen. Dagegen ist Lukas fast harmlos. Laura hingegen, die war und ist wie Jutta.«

»Du musst ihm etwas mehr Raum geben«, riet Florian, »oder mal irgendein Männerding machen.«

Es sah nicht so aus, als ob seine Worte bei Malte Zustimmung hervorriefen.

»Er hatte sich bei mir beschwert, dass du verhinderst, dass er eine Waffe bekommt. Warum besorgst du ihm nicht eine? Du hast doch beste Verbindungen!«

»Weißt du«, Florian wusste, dass Malte sehr weit ausholen würde, »als ich Vater geworden bin und wenn du so einen kleinen Menschen das erste Mal in der Hand hältst, knappe drei Kilo Menschlein, so zerbrechlich, das bleibt dir in Erinnerung. Lukas hatte noch nicht einmal diese drei Kilo gewogen und am Anfang hat er nicht richtig getrunken. Von heute aus betrachtet, war es nie dramatisch, aber damals bin ich tausend Tode gestorben. Wenn dein Kind aufwächst, freust du dich erst über jeden Erfolg. Dann wird dir bewusst, dass mit den neuen Fähigkeiten neue Gefahren entstehen. Und jeder Misserfolg tut dir selbst weh, jeder Sturz. Schon vor dem Stromausfall hätte ich meine Kinder gerne vor dem ein oder anderen beschützt. Ich weiß, dass man das nicht immer kann und dass sie ein Recht auf eigene Erfahrungen haben. Bei dem einen Angriff habe ich gesehen, wie ein Freund von Lukas erschossen wurde, und ich bilde mir ein, ich könnte ihm beide Erfahrungen ersparen: Erschossen werden oder selbst einen Menschen zu töten.«

Florian wartete, ob mehr kommen würde, aber anscheinend war Malte fertig mit seiner Erklärung: »Ja, ich verstehe, was du meinst. Vielleicht fühle ich nicht genauso, aber ich verstehe es. Trotzdem weißt du, dass du ihn nicht vor allem beschützen kannst. Auch darum geht es in der Erziehung. Loslassen.«

»Man lässt sein ganzes Leben immer wieder etwas mehr los«, bestätigte Malte, »ein Nest bieten und Flügel geben.«

»Steh ihm nicht im Weg«, riet Florian, »Du kannst entweder mit ihm gemeinsam den Weg gehen oder er wird ohne dich einen Weg finden.«

Da Malte die Nähe zur Sekte erwähnt hatte, vermutete er, dass Lukas seinem Tipp gefolgt war.

»Ich weiß, dass du recht hast«, schlussfolgerte Malte. »Es fällt mir schwer. Ich wünschte, Simone wäre hier.«

»Ist sie aber nicht.«

»Ja, das hat Laura mir deutlich gesagt«, gestand Malte. »Da ich dich aus dem Bett geholt habe, nehme ich an, du hast nichts Neues gehört?«

»Ich habe gestern zu viel Bekanntschaft mit dem Wein gemacht«, leichte Kopfschmerzen bestätigten ihm das. »Wenn du mir ein paar Minuten gibst, können wir gemeinsam zum Major gehen.«

»Ja klar«, sagte Malte. Florian verschwand kurz ins Badezimmer, um sich die Zähne zu putzen.

Die Tube hatten sie aufgeschnitten, um an die letzten Reste der Zahnpasta zu kommen, danach würden sie auf andere Mittel zugreifen müssen. Bernadette hatte erklärt, dass vereinzelt, bis in die Nachkriegszeit, Asche dafür verwendet wurde. Bisher konnte Florian das umgehen. Er spülte sich den Mund aus, stellte die Zahnbürste zurück in den Becher, zog ein T-Shirt an und überlegte, wann er vor dem Stromausfall das letzte Mal eines mehr als zwei Tage am

Stück getragen hatte. Dieses hatte nun vier Tage auf dem Buckel, er hatte es jeden Abend an einem Bügel auf dem Balkon aufgehängt.

»Wie lange werden wir brauchen«, bemerkte er, »bis wir uns an den neuen Eigenduft gewöhnen werden?«

»Das geht bei den meisten schnell«, winkte Malte ab.

Als sie das Haus verlassen hatten, kam ihnen ein Jugendlicher auf einem Fahrrad entgegen: »Herr Dietz?«

»Wer will das wissen?« Florian überlegte, ob er ihn kannte, aber konnte sich nicht erinnern.

»Doktor Haarberg hat mich geschickt«, umging der Jugendliche die Frage. »Es gibt einen Notfall und er braucht Ihre Hilfe im Spital.«

Florian fühlte sich überrannt, wollte er doch zum Major, um etwas wegen Jutta unternehmen zu können.

»Ich gehe zum Major und du kommst, wenn ihr fertig seid?«, schlug Malte vor.

»Ja«, sagte Florian etwas abwesend. »So machen wir das. Sag Haarberg, dass ich gleich komme.«

Der Jugendliche drehte und fuhr mit schnellen Pedaltritten wieder weg, Florian ging zur Garage, holte sein Fahrrad und folgte ihm.

Bei der Tierarztpraxis angekommen, stellte er sein Rad ab. Abschließen sparte er sich und rannte hinein.

Im Wartezimmer lief ein junger Mann, etwa Mitte 20, hin und her, vermutlich ein Angehöriger. Anna Liebenroth begrüßte Florian.

»Was liegt vor?«, fragte er.

»Eine Sectio«, das erklärte den nervösen Mann im Wartezimmer. »Es sind keine Herzgeräusche mehr zu vernehmen.«

Seit der Blinddarm-OP hatten sie zwei weitere Eingriffe durchgeführt und der Operationsraum wurde ansonsten in ständiger Bereitschaft gehalten.

»Warum habt ihr mich überhaupt gerufen?« Florian wusste, dass es bei der Notsectio immer um Zeit ging. »Und nicht schon angefangen?«

»Wir haben dich auf Verdacht rufen lassen«, erklärte Anna. »Die Frau war erst im Spital, wir haben sie mit dem Vater hierhergebracht und jemanden losgeschickt, dich zu holen. Wärst du nicht gekommen, würden wir es zu dritt machen.«

»Ich finde es vollkommen absurd und sonderbar«, sagte Florian, »dass wir im Dorf keine Hebamme haben.«

Nachdem sich Florian den Möglichkeiten entsprechend vorbereitet hatte, betrat er den Operationsraum. Anna hatte die Narkose schon eingeleitet, bevor sie ihn im Warteraum abgefangen hatte, und überwachte die Vitalfunktionen der Patientin. Auf dem Tisch lag eine dunkelhaarige Frau, Anfang zwanzig, die einiges an Übergewicht vorzuweisen hatte. Das würde den Eingriff erschweren und Florian fragte sich, wie man sich so gehenlassen konnte. Er hatte einen Witz über Elefanten auf der Zunge, verkniff sich den dann doch.

»Hallo Florian«, begrüßt ihn Haarberg. »Danke, dass du da bist.«

»Hallo Marko«, reagierte Florian, »was soll ich tun.«

Haarbeck deutete auf den Besteckwagen: »Da liegt ein Stethoskop drauf. Finde das Herzgeräusch des Kindes, ansonsten alles wie gehabt.«

Eine der Arzthelferinnen bediente die manuelle Maskenbeatmung: »Hallo Florian.«

Anna ergänzte: »Wir haben nach Hendrik und Bernadette gerufen, wir können … der Puls fällt ab.«

Der Arzt setzte zum Pfannenstielschnitt an, der waagerecht über dem Schamhügel verlief, Florian assistierte mit dem Stethoskop im Ohr, ihm fehlte die Hand, es an den ausladenden Bauch der Schwangeren zu halten. Er war sich sicher, dass keiner der hier Anwesenden bei einer Kaiserschnittoperation teilgenommen hatte, falls doch, vermutlich in der Ausbildung. Auch Haarberg war die fehlende Operationsroutine anzumerken, aber wer sollte ihm das schon verdenken.

Schicht für Schicht arbeitete sich Haarberg durch die Bauchdecke, erreichte die Gebärmutter und öffnete sie mit einem weiteren Schnitt.

»Ich habe gar keinen Puls mehr«, warnte die Tierärztin. »Wir müssen reanimieren!«

Mit aufgerissenen Augen schaute Haarberg sie an: »Ich habe sie aufgeschnitten, sie ist intubiert, wie sollen wir da reanimieren?«

»Marko«, ermahnte Anna, »wir werden sie verlieren!«

»Das Baby …«, fing der Arzt an, »ich … entscheiden …«

»Weiter pumpen«, wies Anna die Arzthelferin an, »Florian, Herzdruckmassage. Marko: Hol das Kind heraus.«

Ein Ruck ging durch das kleine Team, Florian legte das Stethoskop zur Seite und suchte den Punkt für die Herzdruckmassage und unterdrückte ein Ekelgefühl. Er würde fester drücken müssen, um überhaupt etwas erreichen zu können. Er wartete auf die Anweisung von Anna und schaute zu Haarberg, der dabei war, ein mit lila und rotem Schleim verschmiertes Etwas aus dem eben gesetzten Schnitt herauszuziehen. Die bläuliche Hautfarbe des Kindes konnte Florian nicht einschätzen, er hatte noch nie ein frisch geborenes Kind gesehen.

»Jetzt Florian«, hörte er Anna und sang sich im Kopf den Refrain von ›Stayin alive‹ vor, dass genau den richtigen Rhythmus von etwa 60 Schlägen die Minute vorgab.

»Florian! Ich brauche deine Hilfe beim Zunähen«, schrie Haarberg.

Anna behielt die Ruhe: »Ihr macht weiter mit der Wiederbelebung. Abwechselnd.«

Sie ging um den Operationstisch, nahm dem Arzt das Kind aus der Hand, wickelte es in ein Handtuch und legte es in einen, mit Handtüchern ausgelegten Korb. Mit ruhiger Hand klemmte sie die Nabelschnur ab, trennte sie und schaffte es, die Nachgeburt aus der Gebärmutter zu entfernen.

»Jetzt vernähen wir«, wies sie Haarberg an.

Florian war weiterhin beschäftigt zu reanimieren und war sich sicher, ihr bereits eine Rippe gebrochen zu haben. Nachdem sie die Frau vernäht hatten, schien Haarberg wieder an Sicherheit gewonnen zu haben. Er ging zum Korb mit dem Kind, doch Anna zog an seinem Arm und schüttelte nur mit dem Kopf.

Sie unterbrach die Reanimationsversuche, um Atem und Puls zu prüfen, und schüttelte erneut den Kopf: »Wir haben beide verloren.«

»Irgendwann musste das passieren«, fand Florian als Erster Worte. »Wenn wir uns überlegen, wie schlecht unsere Voraussetzungen sind, ist es ein Wunder, dass wir bisher dreimal erfolgreich waren.«

»Was lief falsch?«, fragte Haarberg.

»Es kann die Anästhesie gewesen sein«, vermutete Anna Liebenroth. »Dafür bin ich nicht ausgebildet.«

»Dir macht keiner einen Vorwurf!«, verteidigte Florian sie. »Ohne dich hätten wir niemanden, der das kann.«

»Nein«, reagierte die Tierärztin. »Ich habe nicht geglaubt, dass mir jemand einen Vorwurf macht. Es sind lediglich ... Fakten. Außerdem können wir die Patienten während der Narkose nur unzureichend überwachen.«

»Als Hausarzt«, begann Haarberg, »bekommst du viel mit. Deine Patienten sterben dir regelmäßig weg, aber man ist fast nie dabei, wenn es passiert. Man wird gerufen, nachdem es geschehen ist, und man stellt nur noch den Tod fest. Man bekommt ihn nicht so nah mit.«

Es entstand eine kurze Pause. Florian stand auf und warf einen Blick auf den leblosen Körper des Kindes. Es wäre die erste Geburt seit dem Stromausfall gewesen, zugleich ein Zeichen der Hoffnung. Das würde dem ganzen Dorf aufs Gemüt schlagen.

»Soll ich dem Vater die Nachricht überbringen?«, bot sich Florian an.

Haarberg schaute ihn lange an: »Nein. Ich danke dir für das Angebot, vielleicht kommst du mit, aber es ist meine Aufgabe.«

Gemeinsam gingen sie in den Warteraum, der junge Mann lief nervös durch den Raum, blieb stehen, als er die beiden sah und schaute sie erwartungsvoll an: »Kann ich jetzt zu ihnen?«

Florian war über seine Vorfreude verwundert, er musste ihren Gesichtern doch ansehen, dass sie keine guten Nachrichten brachten.

Haarberg schluckte: »Es tut mir leid ...«

Der Mann schaute ihn ungläubig an: »Was tut Ihnen leid?«

»Jeder weiß, dass die es waren, und nur ein paar Gutmenschen verschließen hier wieder die Augen vor der Wahrheit«, schimpfte der Rädelsführer.

Mit ›die‹ meinte er eine türkische Familie, die länger im Dorf lebte, als Malte sich erinnern konnte. Vermutlich waren die Eltern oder Großeltern in den sechziger Jahren nach Umbach gezogen. Mit ›es‹ war der Diebstahl der Rinder der Pinns gemeint und beim Schützenhaus hatte sich eine Gruppe von zwanzig Männern eingefunden, die ›Gerechtigkeit‹ forderte.

Bittler hörte sich die Beschwerde an und warf Malte einen Blick zu, der kurz vor der Meute dort angekommen war, um mit dem Major über Jutta zu sprechen.

»Ich bin also nicht jeder?«, konterte Bittler. »Denn ich weiß nicht, dass sie es waren.«

Der Rädelsführer schaute sich um, als ob er sich Unterstützung von seinen Kumpels erhoffte: »Wir wollen, dass du und ein paar deiner Leute mitkommen. Die Beweise werden wir in deren Häusern finden.«

»Das geht so nicht«, widersprach Bittler, »wir erklären niemanden für schuldig und suchen dann die Beweise.«

»Es ist ganz einfach«, der Rädelsführer gewann an Selbstsicherheit, »entweder kommt ihr mit oder wir werden die Beweise eben ohne euch suchen. Wir lassen uns von denen nicht mehr auf der Nase herumtanzen.«

»Macht keine Dummheiten.« Bittler hatte die Hände in die Seiten gestemmt. »Mir fehlt die Geduld und Zeit, mich um euch … zu kümmern.«

Bittler hatte einen kurzen Moment gezögert, weil vom Nordtor ein Trompetensignal zu hören war.

Malte versuchte, sich zu erinnern, welches es war, Bittler half ihm: »Ein Angriff!«

Der verabschiedete die Meute: »Wenn ihr etwas Vernünftiges machen wollt, geht zur Nordpforte!«

Die Männer schauten den Anführer an, der gab nach: »Wenn das fertig ist, kommen wir wieder und erwarten, dass gegen die gehandelt wird!«

Die Gruppe rückte ab, weitere Männer kamen aus dem Schützenhaus, der Major und zwei Milizionäre bestiegen einen Holzturm, von dem aus man große Teile des Ortes überschauen konnte. Man hatte ihn in der letzten Woche hochgezogen, weitere Türme befanden sich an verschiedenen Stellen im Dorf im Aufbau.

»War der Turm nicht bemannt?«, merkte Malte an.

»Wir sind zu wenig Leute«, sagte Bittler. »Die Dienste sind nicht optimal eingeteilt und manch einer verpasst seine Schicht.«

Der Major kam schon wieder die Leiter herunter, drehte sich und rief nach oben: »Wenn aus einer anderen Richtung jemand kommt, schickt ihr einen Kurier, ich bin an der Nordpforte.«

Er drehte sich zu Malte und Bittler: »Hallo, du hast dir einen ungünstigen Zeitpunkt ausgesucht. Sorry, ich muss los.«

Nachdem er sich auf das Fahrrad gesetzt und losgefahren war, wandte sich Bittler an Malte: »Ich nehme, an du willst wissen, ob es Neues zu Jutta gibt?«

Malte nickte: »Florian wollte mitkommen, ist aber zu einem medizinischen Notfall gerufen worden.«

»Wir wissen wenig, vermuten sie im Forum«, berichtete Bittler. »Die Vorbereitung für eine Befreiungsaktion war bis eben recht weit. Nun müssen wir abwarten, was passiert.«

Er deutete in Richtung der Nordpforte, von wo mittlerweile Schüsse zu hören waren. Männer und Frauen kamen vereinzelt zum Schützenhaus, andere verließen es mit Waffen und rannten in die Richtung des Gefechts.

»Darf die Miliz ihre Waffen nicht mit nach Hause nehmen?«, wunderte sich Malte.

»Nicht jeder hat sie mit nach Hause genommen«, bestätigte Bittler. »Vielleicht solltest du bei der nächsten Versammlung dafür plädieren. Wenn du das vorschlägst, als Mitglied des Dorfrates, und jemand, der Waffen gegenüber kritisch ist, könnte das einige zum Umdenken bringen.«

»Ich mag Waffen nicht«, reagierte Malte, mehr allgemein als an Bittler gerichtet und musste an seine Diskussion mit Lukas denken.

Ein Milizionär kam vom Turm herunter: »Eine zweite Gruppe ist in Richtung des Bodnerhofs unterwegs!«

Bittler verharrte kurz: »Schickt alle, die jetzt kommen, dorthin. Und vergiss den Boten an den Major nicht.«

Er ging zur Tür des Schützenhauses: »Kommst du mit? Wir können jede Hilfe gebrauchen!«

Malte zögerte, schloss sich Bittler aber doch an. Im Schützenhaus bekam er ein Gewehr mit einem zusätzlichen Magazin ausgehändigt.

»Gehen uns nicht bald die Waffen und vor allem die Munition aus?« Er schaute skeptisch auf die Waffe in seinen Händen.

»Wir versuchen an Nachschub zu kommen«, erklärte Bittler, »vorerst hoffen wir einfach nur mehr Munition zu haben als unsere Gegner.«

Und danach gehen wir mit Speeren und Schwertern aufeinander los, dachte sich Malte.

Sie liefen im Laufschritt in Richtung des Hofes, auf halbem Weg wurden sie von ihnen entgegenkommenden Milizionären aufgehalten: »Die haben uns überrannt, wir müssen uns auf eine sichere Position zurückziehen.«

Malte konnte auf der Koppel sehen, wie die Pferde unruhig hin- und herliefen, ›Kleine Tante‹ war mitten unter ihnen.

Einige der in Tarnuniform gekleideten Gegner machten sich am Koppeltor zu schaffen und Malte rastete aus: »Nicht auch noch ihr Pferd!«

Gemeinsam mit den Milizionären zogen sie sich zu den ersten Häusern zurück, ein kleiner Damm schützte sie dort vor der Sicht der Gegner. Mit den letzten Milizen kamen Nadine und ihr Vater in die Reihen zurück, der Vater wurde von der Tochter gestützt, sein versteinertes Gesicht ließ nichts Gutes ahnen.

»Wir brauchen Hilfe, um den Hof wieder zurückzuerobern«, keuchte einer der letzten Männer, die angekommen waren.

»Wir können warten, bis sie wieder abziehen und sie dann erwischen«, schlug ein anderer vor.

Während bei ihnen keine Schüsse mehr fielen, waren die Gefechtsgeräusche vom Nordtor her nicht zu überhören. Malte traute sich einen Blick in Richtung des Hofes zu wagen, dort war wenig zu erkennen, nur drei Männer bewegten sich auf der Koppel und waren bemüht, die Pferde zusammenzutreiben. Die wollten nicht mitspielen und wichen ihren Fängern immer wieder aus. Nadine nickte ihm nur kurz im Vorbeigehen zu, sie führte ihren Vater ins Dorf. Das Fehlen der Mutter und der Gesichtsausdruck der beiden ließ Malte erahnen, dass etwas passiert war.

»Wissen wir, wer unser Gegner ist?«, fragte Bittler Alexander. »Und was hat das mit dem gelben Tuch am Oberarm auf sich?«

»Der Major meinte, damit Feldwebel erkenntlich machen zu müssen«, berichtete Alexander, der außer Atem war. »Die Angreifer haben Tarn- und Polizeiuniformen. Als wir auf dem Hof ankamen, hatten sie schon die Scheune und ein weiteres Nebengebäude unter Kontrolle. Sie waren mehr und vor allem besser bewaffnet als wir. Ich habe entschieden, dass wir Bodners retten und uns zurückziehen.«

Er machte eine lange Pause: »Und beim Rückzug wurde Frau Bodner getroffen. Direkt in den Kopf. Ihr Mann wollte zu ihr, ich konnte ihn gemeinsam mit seiner Tochter wegziehen. Ich bin mir nicht sicher, ob wir nur Glück gehabt haben oder ob das ein Ausnahmetreffer war. Danach hat kein einziger Schuss des Gegners getroffen.«

Nadines Vater war bisher eine der tragenden Säulen im Dorf gewesen und hatte Ruhe und Kompetenz ausgestrahlt. Vermutlich gab es keine Person im Ort, der mehr vertraut wurde. Malte befürchtete, dass sein persönlicher Verlust sich auf den Zusammenhalt im Dorf auswirken könnte.

Das Läuten der Kirchenglocke riss ihn aus seinen Gedanken, ein kurz darauf eintreffender Jugendlicher überbrachte Bittler die Nachricht: »Die Nordpforte ist gefallen, der Gegner konnte sich in zwei Häusern verschanzen.«

»Warum verschwenden die dort so viel Energie?«, wunderte sich Bittler. »Der Hof ist ein lohnendes Ziel, aber am Tor gibt es nicht so viel zu holen.«

»Ein Ablenkungsmanöver.«, vermutete der Bote. »Damit weniger Verteidiger zum Hof kommen.«

»Wie viele Angreifer müssen denn das sein?«, fragte Malte. »Gerade wenn es ihnen gelungen ist, bei der Nordpforte durchzubrechen?«

»Der Major schätzt den dortigen Trupp auf zwanzig Leute«, berichtete der jugendliche Kurier. »Mittlerweile sind wir mehr, aber sie hatten den Überraschungsmoment und sich dann in den Häusern festgesetzt.«

»Aber sie rücken nicht weiter vor?«, fragte Bittler. »Und hier scheinen sie auch nicht weiter vorzurücken.«

»Könnte ein Scharfschütze nicht die Kerle auf der Koppel ins Visier nehmen?«, forderte jemand.

»Wir haben weder ein entsprechendes Gewehr«, bedauerte Alexander, »noch einen ausgebildeten Schützen.«

»In dem einen Film hatte der russische Soldat in Stalingrad auch mit einem normalen Gewehr geschossen«, ließ der Mann nicht locker. »Ich würde das gerne lernen!«

»Das war ein Film«, sagte Alexander, »und über die jetzige Entfernung würden wir die mit unseren Waffen nur zufällig treffen. Dazu haben wir zu wenig Munition. Die müssen wir nicht verschwenden.«

Mehr bewaffnete Bürger kamen an, verteilten sich hinter dem Damm, während die Angreifer ihren Versuch, die Pferde einzufangen, aufgegeben hatten. Bis auf vereinzelte Schüsse war von der Nordpforte nichts zu hören und Malte war überrascht, als Nadine vor ihm stand und auf das Gewehr deutete, das er trug.

»Nadine«, Malte ging auf sie zu, »es tut mir so leid.«

»Danke Malte.« Ihr Gesicht wirkte ähnlich versteinert, wie kurz zuvor das ihres Vaters. »Gibst du mir das Gewehr?«

Er zögerte, sie handelte und nahm es aus seiner Hand.

Sie sah Bittler an: »Was machen wir, um denen in den Arsch zu treten?«

»Es gibt wenig Deckung auf dem Weg zum Hof«, erklärte Alexander. »Wir können uns kaum annähern, ohne ins offene Schussfeld zu laufen.«

»Und wenn die sich in den Gebäuden verschanzt haben«, sagte Bittler. »Ihr erinnert euch an den anderen Angriff?«

»Der Bach verläuft dort neben der Straße«, beschrieb Nadine, »der geht direkt an der Scheune vorbei. Wenn wir dort lang robben, kommen wir bis hinter die Scheune.«

»Und dann?« Die Reaktion Alexanders war mehr herausfordernd als kooperativ.

»Dann sehen wir weiter«, sagte Nadine. »Mit genug Leuten können wir uns gegenseitig Feuerschutz geben und so das andere Nebengebäude einnehmen.«

»Bevor wir die Scheune einnehmen?«, wunderte sich Bittler.

»Wir wissen ohnehin nicht, ob die sich in den Gebäuden verschanzt haben«, grübelte Alexander. »Vielleicht ziehen die bald wieder ab.«

Das Geläut der Glocken hatte aufgehört und Stille senkte sich über das Dorf. Die Angreifer waren nicht mehr zu sehen. Die Kampfpause erlaubte es den Umbachern, sich einen Überblick zu verschaffen, und der Major pendelte zwischen den beiden Kampforten.

»Wir haben mittlerweile Verstärkung aus den Nachbardörfern«, verkündete er, »und haben das genutzt, um den Angreifern den Rückweg abzuriegeln. Sie sind eingekesselt und wir könnten so von allen Seiten angreifen. Zusammen mit den Leuten vom Hofgut können wir zwei Kommandoeinheiten für die Zugriffe zusammenstellen. Wir haben Veteranen, die Erfahrungen im Häuserkampf haben. Da wir momentan die Überhand haben, konzentrieren wir uns erst auf den Hof und gehen dann gegen die Angreifer in den Häusern an der Nordpforte vor.«

Von seiner Position aus konnte Malte beobachten, wie sich die erste Einheit dem Hof näherte, genau wie Nadine vorgeschlagen hatte, über den Bachlauf. Nach einer gefühlten Ewigkeit sammelten sich die Männer hinter der Scheune, ihre Annäherung schienen die Angreifer auf dem Hof nicht bemerkt zu haben.

Dann brach die Hölle los. Mit einer Granate lenkte das Kommando die Aufmerksamkeit auf die eine Seite der Scheune, während sie sich um die andere Seite bewegten. Es folgten kurze Schusssalven und Malte sah, wie sich die zweite Einheit von einer anderen Seite dem Hof annäherte. Wenig später erschien ein Mann mit dem vereinbarten Signal hinter der Scheune und schwenkte ein rotes Tuch, die Angehörigen der Miliz rückten im Schatten der Scheune auf den Hof vor.

Malte folgte Bittler und dem Major, der sich, am Hof angekommen, über den Stand informieren ließ.

»Bis auf das Wohngebäude sind alle Häuser geklärt«, berichtete einer der Ex-Soldaten. »Wir konnten einen Gefangenen machen.«

Zwei weitere Soldaten zerrten einen geknebelten und gefesselten Mann vor den Major.

»Knebel raus«, befahl er, was umgehend befolgt wurde. »Wie viele seid ihr?«

»Du kannst mich am Arsch lecken«, reagierte der Gefangene.

Der Major schlug dem Mann mit der Faust direkt ins Gesicht, der taumelte zur Seite, wurde von den Männern des Majors am Umfallen gehindert.

Mit blutender Nase schaute er den Major mehr überrascht als ängstlich an: »Was soll das, du Wichser?«

Erneut schlug der Major zu, diesmal mit der anderen Faust, vermutlich genauso fest.

»Du schlägst wie meine Mutter«, konterte der Mann, allerdings war er nur schwer zu verstehen. Blut in Mund und Nase verhinderten eine deutliche Aussprache. »Und wenn du nicht aufpasst, erwischen dich meine Kumpels genauso wie die alte Frau vom Hof!«

Auf dem Weg waren sie an der Leiche von Nadines Mutter vorbeigekommen, zwei Männer hatten sie ins Dorf getragen und Nadine bestand darauf, weiter mit zum Hof vorzurücken. Nun stand sie neben Malte und wurde Zeuge des Verhörs. Nach den Worten des Gefangenen schielte der Major kurz zu ihr. Sie ging einen Schritt auf den Mann zu, nahm das Gewehr und legte auf ihn an. Die Soldaten wichen einen Schritt zurück, der Major hob abwehrend die Hand.

»Du traust dich eh nicht«, reizte der Gefangene sie.

Malte ging einen Schritt vor, legte seine Hand auf ihren Oberarm: »Nadine …«

Der Schuss durchschlug die Schläfe des Mannes und er sackte zusammen. Malte war taub vom Knall und beobachtete, wie Nadine mit dem Gewehrkolben auf den Körper des toten Mannes einschlug.

»Wer traut sich nicht?«, schrie sie ihn an, »wer traut sich nicht?«

Malte ging zu ihr, ergriff von hinten ihre Arme. Nadine drehte sich um und hob die Waffe, als ob sie ihn schlagen wollte. Sie sah in sein Gesicht, zögerte kurz und ließ dann das Gewehr fallen. Er nahm sie in den Arm und sie ließ sich von ihm trösten.

Der Major kniete sich neben die Leiche und fing an, dessen Taschen zu durchsuchen: »Wie beim letzten Angriff, keine Hinweise, keine Papiere.«

In dem Moment fing beim Wohnhaus ein Feuergefecht an.

Überrascht schaute der Major hoch: »Wer hat das Feuer eröffnet?«

Ein Milizionär kam von der anderen Seite der Scheune: »Die versuchen einen Ausfall. Haben angefangen, aus dem Haus heraus in Richtung Feld zu schießen, zwei sind aus einem Fenster geklettert und in Richtung Feld gerannt. Beide wurden von uns getroffen. Ob verletzt oder tot können wir noch nicht sagen.«

»Zumindest außer Gefecht?«, fragte der Major.

»Ja«, bestätigte der Bote, »ziemlich sicher.«

»Wer schießt da aktuell?« Im Hintergrund hörte man immer wieder Salven.

»Die schießen aus Fenstern in alle Richtungen, Herr Major«, berichtete der Bote.

»Dann wird ihnen bald die Munition ausgehen«, vermutete Bittler, »wir könnten so lange warten.«

Der Major schaute ihn anerkennend an: »Die Idee ist nicht verkehrt, die Zeit spielt für uns.«

Er wagte einen Blick um die Scheune auf das Wohngebäude, danach wandte er sich an den Boten: »Gib an alle Leute auf der Seite weiter, dass wir vorerst in Deckung bleiben. Sobald jemand an einem der Fenster oder an der Tür zu sehen ist, werden einzelne

Schüsse abgegeben. Ich werde die Nachricht in die andere Richtung weitergeben. Das gilt, bis ich etwas anderes befehle.«

VIERTER AKT

TAG 31

SIMONE

Die beiden Tage nach den Erlebnissen auf der Brücke lebte sie von dem, was sie im Rucksack hatte. Ein paar Schokoriegel aus der Tankstelle, die sie dort im Lager gefunden hatte und mit ihren Wasservorräten ging sie sparsam um. Mehr mechanisch als bewusst bewegte sie sich weiter. Sie hatte Blasen an den Füßen und ihre Beine schmerzten. Die Gegend nahm sie überhaupt nicht wahr und zum Schlafen suchte sie sich liegen gebliebene Autos. Ihre Waffe hatte sie ständig in der Hand. Geladen und ungesichert, auch wenn sie wusste, dass das gefährlich war. Auf der Brücke hatte sie die Waffen und Munition ihrer Gegner an sich genommen, den verletzten Mann hatte sie sterbend zurückgelassen.

Die Sonne stand im Zenit und der Durst quälte sie. Sie ließ den Rucksack vom Rücken gleiten, griff nach einer der Wasserflaschen und stellte fest, dass sie leer war. Auch die anderen beiden Flaschen waren trocken und sie erinnerte sich, wie sie den letzten Schluck genommen hatte. Eigentlich hatte sie sich vorgenommen, für Nachschub zu sorgen, hatte das vergessen und war weitergelaufen.

Da ihre Vorräte aufgebraucht waren, entschied sie sich, einen Versuch zu wagen und um Hilfe zu bitten. Sie lief die Autobahnauffahrt herunter und zögerte, als sie am Ende der Abfahrt ein Gestell erkannte, welches aus Verstrebungen bestand, wie sie im Bühnenbau genutzt wurden. Sie standen im Quadrat, auf vier Streben und an jeder der Querverstrebungen hing ein Mensch. Eine Mischung aus Ekel und Neugierde überfiel Simone und sie ging näher auf die Richtstätte zu. Die Hände der Gehenkten waren am Rücken zusammengebunden, um den Hals hingen Schilder: ›So gehen wir mit Dieben um‹, ›Plünderer sind hier nicht willkommen‹, ›Betteln und Hausieren verboten‹, ›Hühnerdieb‹.

»Mach dich weiter«, hörte sie auf einmal eine Stimme. Sie drehte sich zur Brücke um.

»Hier gibt es für dich nichts zu holen«, wiederholte die Frau in Tarnuniform. »Geh wieder zurück auf die Autobahn und lass uns in Ruhe.«

»Ich brauche Wasser und etwas zu essen«, reagierte Simone.

»Kannst du uns etwas dafür bieten?«, forderte die Frau. »Schmuck? Oder vielleicht bist du bereit, dem ein oder anderen Mann gefällig zu sein? Wobei, so wie du aussiehst, müsstest du ordentlich gewaschen werden. Auch dein Haar sieht ekelhaft aus, aber selbst da gibt es genügend Kerle, die bereit wären, ihre Ration gegen ein wenig Zärtlichkeit einzutauschen.«

In Simone stieg die Wut auf. Nicht nur, dass Männer jede Hemmung hatten fallen lassen, auch für Frauen, wie die ihr gegenüber, war Sex gegen Essen ein selbstverständliches Geschäft.

»Nein danke«, giftete sie zurück, »da verhungere ich lieber.«

»Bist 'ne ganz Feine, oder?« Auch ihre Gegenüber konnte schnippisch sein. »Man sollte meinen, dass du mittlerweile gelernt hast, wie der Hase läuft?«

»Ich bin nicht bereit, mich aufzugeben.« Simone drehte sich um und ging die Auffahrt zur Autobahn wieder hoch.

Es war ihr unbegreiflich, wie innerhalb kürzester Zeit Moral und Anstand so zusammenbrachen. ›Moral muss man sich leisten können‹, hatte sie ein Zitat im Kopf, konnte es aber nicht zuordnen. Sie erinnerte sich an die vielen Toten, die sie in den letzten Wochen gesehen hatte, daran, wie selbstverständlich der Tod mittlerweile für sie, und alle anderen, war. Noch bis in die zweite Woche nach dem Stromausfall hatten sich auch Fremde die Mühe gemacht, den Gestorbenen und Getöteten eine Bestattung zukommen zu lassen. Das hatte sich verändert. Die Leichen blieben offen auf der Straße liegen, streunende Hunde und Krähen machten sich darüber her und niemand machte sich die Mühe, sie zumindest kurzfristig zu verscheuchen.

Nach wenigen hundert Metern verließ sie die Autobahn, diesmal über den Standstreifen. Die Bezeichnung ›Wald‹ war für die paar Bäume übertrieben, trotzdem genoss sie den Schatten, den das Blätterdach bot, und sie war sich sicher, dass sie dort trinkbares Wasser finden würde. Um die Autobahn roch es immer noch ekelhaft, bei Simone erzeugte das keinen Würgreflex mehr. Entweder hatte sie sich an den Gestank gewöhnt, oder es konnte auch sein, dass die Menge an ›neu nachgelieferten Material‹ kleiner wurde und es deshalb weniger penetrant stank. Je weiter sie sich von der Autobahn entfernte, desto weniger menschliche ›Tretminen ‹ waren zu sehen, sie beschloss dennoch, ein wenig weiterzugehen, um einen möglichst unberührten Ort zu finden. Oder zumindest einen, an dem nicht so viele Menschen vor ihr waren. Simone nutzte eine Anhöhe im kleinen Wäldchen, um sich eine Pause zu gönnen. Die Erinnerung, dass manche Tiere genau solche Punkte als ›Toilette‹ auswählten, damit sie während der Verrichtung sehen konnten, was um sie herum passierte, brachte sie dazu, vor dem Hinsetzen nach entsprechenden Hinterlassenschaften zu suchen.

Die Müdigkeit überkam sie noch im Sitzen und sie sackte in einen kurzen, tiefen Schlaf.

Als sie aufwachte, war sie zunächst orientierungslos: Das Blätterdach rauschte, der Himmel, den sie zwischen den Blättern erkannte, war wolkenlos. Spontan konnte sie nicht sagen, ob sie nur wenige Augenblicke oder möglicherweise gar einen ganzen Tag geschlafen hatte. Ein Ziehen in ihrem Bauch nahm ihr kurz die Luft, und ihr erster Gedanke war, dass es Hunger sein konnte. Die Erinnerung kam schnell zurück, es waren wieder knappe vier Wochen vergangen. Simone öffnete den Rucksack und verschaffte sich einen Überblick über den aktuellen Inhalt. Neben den mittlerweile drei

Waffen und der Munition, die sie in anderen Zeiten vermutlich für ›reichlich‹ gehalten hätte, war ein Satz Kleidung, ein paar Unterhosen und drei Wasserflaschen drinnen. Im Rucksack von Arne waren ein Multifunktionswerkzeug und ein Schweizer Taschenmesser gewesen, die hatte sie bisher nicht ersetzen können. Mehrere Unterhosen würden ihr ein wenig helfen, sie musste dringend ein Messer und wenn möglich ein paar Damenbinden besorgen.

Das Aufstehen fiel Simone schwer, ihre Beine kribbelten und sie lehnte sich an einen nahen Baum, bis sie den Eindruck hatte, dass sie sie wieder normal tragen konnten. Sie drehte sich einmal im Kreis, um sich zu orientieren, erinnerte sich, auf welchen Weg sie dorthin gekommen war und überlegte, wo sie mit der Suche nach Wasser weitermachen sollte. Ihre Zunge fühlte sich am Gaumen wie Schmirgelpapier und gleichzeitig geschwollen an und sie merkte, wie schwer es ihr fiel, sich zu konzentrieren. Schritt für Schritt entfernte sie sich weiter von der Autobahn und vernahm nach ein paar Metern zwischen dem Rauschen der Blätter und den vielen singenden Vögeln das Gluckern von Wasser. Sie drehte sich, um den Ursprung des Geräusches besser zu lokalisieren, entschied sich für eine Richtung und fand nach wenigen Metern einen kleinen Bach, eher ein Rinnsal. Mit zunehmender Zuversicht folgte sie dem Lauf und tatsächlich fand sie ein kleines Becken, aus dem er entsprang. Das Wasser war klar und umgehend füllte sie ihre Flaschen, trank die erste fast in einem Zug aus. Ihr Magen rebellierte gegen so viel Zuwendung und zog sich zusammen. Sie drehte sich um und übergab sich.

Danach füllte sie die Flasche erneut und gönnte sich nur wenige Schlucke. Sie zog sich aus, nahm ihr altes T-Shirt als Waschlappen und wusch sich notdürftig. Auch wenn die Kleidung im Rucksack nur wenig sauberer waren als das, was sie vorher anhatte, fühlte sie sich zumindest etwas besser. Das feuchte T-Shirt wrang sie aus, fand einen Stock, der stabil genug war, und führte ihn so durch die Arme, dass das Shirt ausgebreitet dranhing, und lang genug, dass sie ihn über der Schulter tragen konnte. Sobald sie wieder direkt in der Sonne war, würde das Shirt schnell trocknen.

Simone entschied sich, sich noch weiter von der Autobahn zu entfernen, ihre Hoffnung war, dort eher etwas zu finden, was nicht komplett geplündert worden war. Als sie aus dem Wald trat, sah sie mehrere Dörfer, schätzte die Richtung und ging, wie sie vermutete, in Richtung Südosten. Schon beim Näherkommen an den Ort sah sie die Wachposten am Ortseingang und die Dorfbewohner hatten provisorische Zäune um die ganze Siedlung aufgestellt.

»Halt«, rief ihr einer der Wachen zu, als sie etwa zehn Meter entfernt war, »keinen Schritt weiter.«

Sie sah, dass Waffen auf sie angelegt waren, und wartete auf weitere Anweisungen.

»Was willst du hier?« Simone wunderte sich, ob man jetzt überall zum ›du‹ übergegangen war.

»Ich möchte nur nach Hause«, fing sie an, »und etwas Essen suche ich.«

»Wir haben nichts übrig«, erklärte die Wache, »am besten gehst du um den Ort herum, wir brauchen keine Wanderer im Dorf.«

»Ich könnte ein paar Damenbinden gebrauchen«, bettelte sie, »oder etwas Kleidung.«

Die Wachen beratschlagten sich kurz, der gleiche Mann rief ihr zu: »Wir haben nichts, was wir dir geben können. Geh weiter.«

Sie ging die Straße wieder zurück bis zur nächsten Abzweigung und folgte ihr. Die Straße führte sie an Feldern vorbei, durch kleine Wäldchen und, sie hatte es geahnt, wieder näher an die Autobahn. Neben einem Teich traf ihre Straße auf eine andere, zu ihrer Linken befand sich ein Bauernhof, zur Rechten untertunnelte die Straße die Autobahn. Von den Autobahnschildern der letzten Tage wusste sie, dass sie nahe Kassel sein musste, die Straßenschilder gaben ihr Ortsnamen preis, die meisten sagten ihr wenig oder überhaupt nichts. Im Gegensatz zur Autobahn war hier, außerhalb der Dörfer, kaum jemand auf der Straße unterwegs. Auf den Feldern wurde teilweise gearbeitet.

Sie wollte unter der Autobahn durchgehen, als ihr Brombeerbüsche bei einem kleinen Teich auffielen. So flink sie konnte, ging sie dorthin, pflückte sich ein paar Beeren, kontrollierte ob sie

›Bewohner‹ hatten und verschlang so Dutzende der süßlich schmeckenden Früchte. Ihre Hände waren vom Saft blaurot verschmiert und sicherlich sah ihr Mund nicht besser aus. Leider fehlte ihr ein Beutel oder ein Gefäß, so musste eine Seitentasche des Rucksacks als Aufbewahrungsort weiterer Früchte herhalten. Am Teich selbst wusch sie sich Hände und Gesicht und nutzte die durch diesen kleinen Erfolg gewonnene Zuversicht, um ihren Weg fortzusetzen.

TAG 32

LUKAS

Seit Stunden kauerte Lukas zusammen mit Anne und Ernst im Dachgeschoss eines Hauses, das in Nachbarschaft zu einem der von den Angreifern besetzten Gebäude bei der Nordpforte war.

»Solange es hell war, hätten wir sie erwischen können«, schimpfte Ernst, der aus dem Fenster gespäht hatte. Um sie herum lagen zwei Gewehre, eines mit Zielfernrohr, welches Ernst gehörte. Jeder hatte eine Handfeuerwaffe dabei, Anne hatte ihm seine in einem fast feierlichen Moment übergeben. Es musste so zwei oder drei Uhr sein, der Angriff auf das Dorf war nicht zu Ende. Die Rückeroberung des Bodnerhofs hatte bis in die frühen Abendstunden gedauert und für die Einheiten an der Nordpforte galt der Befehl, die Position zu halten. Mit der Dämmerung fing eine angespannte Ruhe an und sie befürchteten einen Ausfall der Eingekesselten. Lukas saß auf dem Boden direkt neben Anne und genoss ihre Nähe. Das ließ ihn die Gefahr verdrängen. Sie half ihm, den Streit mit seinem Vater zu vergessen.

Er war ohne Umweg direkt zum Hofgut gegangen und kämpfte auf dem Weg mit seiner Wut, seiner Enttäuschung. Das würde er seinem Vater nie verzeihen, niemals. Und er würde ihm das irgendwann zurückzahlen. In Sichtweite des Hofguts hielt er an, wischte seine Tränen weg und hoffte, dass er nicht zu verheult aussah. Dort angekommen, bat er um ein Gespräch mit Frau Odrell, die ihn erzählen ließ. Nachdem er seinen Bericht beendet hatte, bot sie ihm an, dass er vorerst auf dem Hofgut bleiben könne, und ließ ihm ein Zimmer im Verwalterhaus einrichten. Anne hatte ihn später zum Schießtraining abgeholt und das war der Moment, als eine Pistole seine Waffe wurde. Als der Angriff auf das Dorf losging, war er mit Ernst, Anne und einigen anderen zum Schützenhaus gegangen und wurde von dort zur Nordpforte geschickt.

»Was glaubst du«, brach Lukas die Stille, »wieso der Major nicht hat angreifen lassen? Wir sind doch in Überzahl?«

»Er versucht auf Nummer sicher zu gehen«, reagierte Ernst, der weiter aus dem Fenster in die nur mit Fackeln erhellte Nacht spähte. »Seine besten Leute hatte er beim Hof, für einen Angriff braucht man andere Leute als zum Verteidigen.«

»Aber es gibt zwei Einheiten«, wunderte sich Lukas, »man hätte eine beim Hof, die andere hier einsetzen können?«

»Mehr gute Leute für den Angriff«, erklärte Ernst, »das passt schon. Und wir konnten die Angreifer hier ohne … oha.«

Er drehte sich vom Fenster weg und streckte sich nach seinem Gewehr, stützte es auf der Fensterbank ab und nahm es in den Anschlag. Mit dem rechten Auge schaute er durch das Zielfernrohr: »Da fühlt sich jemand aber sicher.«

Lukas wollte aufstehen, als ein ohrenbetäubender Schuss ertönte. Das Klirren von Glas auf der anderen Straßenseite ließ erahnen, dass ein Fenster getroffen wurde.

»Hab' ihn!«, triumphierte Ernst. »Einer weniger!«

»Bist du sicher?«, drängte sich Anne neben Ernst.

»So gut wie«, antwortete Ernst, »zumindest meine ich den Einschlag in die Schläfe gesehen zu haben.«

Die Tür zum Treppenhaus ging auf und der Major kam auf den Dachboden: »Wer war das?«

Ernst schaute noch durch das Zielfernrohr: »Ich, Herr Major, einer hatte sich am Fenster gezeigt und ich habe ihn ausgeschaltet.«

Lukas war erstaunt, dass der Major so schnell aufgetaucht war. Auch wenn im Erdgeschoss des Hauses das provisorische Hauptquartier eingerichtet war, hätte der Mann irgendwann mal schlafen müssen. Der Major ging zum Fenster, Anne machte ihm Platz und er schaute zum besetzten Gebäude.

»Die sollten reif für Verhandlungen sein«, grübelte der Major. »Weiter beobachten. Gut gemacht!«

Er stand auf und verschwand wieder durch das Treppenhaus. Kurz danach konnte Lukas ihn hören, wie er durch eine Flüstertüte die Eingeschlossenen ansprach: »Ihr seid umstellt, der Rückweg ist abgeschnitten. Ich gebe euch eine Chance, euch zu ergeben, niemandem wird etwas passieren.«

Lukas wunderte sich über das Versprechen, einerseits hatte das Dorf Verluste durch den Angriff und andererseits hingen am Galgendreieck noch die Letzten, die versucht hatten, das Dorf zu überfallen.

»Kommt zur Vordertür heraus«, wies der Major die Gegner an. »Hände über dem Kopf, die Waffen bleiben im Haus. Jeder der versucht, das Gebäude auf einen anderen Weg zu verlassen, wird erschossen. Ihr habt fünf Minuten, ein weiteres Angebot wird es nicht geben.«

Lukas fragte sich, ob die Leute in dem Haus überhaupt eine Uhr hatten und was mit ihnen passieren würde, wenn sie sich ergeben würden. Er nahm eines der Gewehre, kniete sich neben Ernst und visierte die Eingangstür des Hauses an.

»Würdest du dich ergeben?«, fragte er Ernst.

»Auf keinen Fall«, antwortete der, »andererseits haben die sicherlich nicht den Galgen gesehen. Und vielleicht glauben die wirklich, dass ihnen nichts passieren wird.«

Lukas war mit sich zufrieden, weil er zum selben Schluss gekommen war wie der erwachsene Mann.

»Ob die eine Uhr haben?«, grübelte Ernst, der sich anscheinend die gleichen Gedanken wie Lukas gemacht zu haben schien.

»Die erste Minute ist rum!«, hörten sie draußen den Major rufen.

»Das beantwortet wohl deine Frage«, schaltete sich Anne in das Gespräch ein.

»Es tut sich was.« Lukas hatte bemerkt, dass die Haustür geöffnet wurde.

Wenige Augenblicke später erschien der erste Mann mit hinter dem Kopf verschränkten Händen in der Tür, schaute ängstlich in alle Richtungen und ging weiter bis zur Straßenmitte. Kurz darauf folgte der Zweite und der Dritte.

»Ein Nigger«, stellte Ernst fest. »War klar, dass solches Halunkenpack es auf unser Dorf abgesehen haben.«

Lukas zuckte kurz zusammen, musste an seine Schwester und ihren Freund Gordon denken und es schien, als ob Anne seine Gedanken gespürt haben musste: »Lass dich nicht täuschen Lukas, auch wenn du einen Freundlichen kennst, die meisten können nicht gegen ihre innere Natur ankommen.«

»Die haben Frau Bodner und die anderen auf dem Gewissen«, merkte Ernst an. »Eiskalt und ohne Skrupel!«

Lukas hatte bei einem kurzen Lagebericht mitbekommen, dass die Landwirtin bei der Flucht vom eigenen Hof erschossen worden war. Er hatte sie als freundliche Frau in Erinnerung und auch wenn sie älter war, die Vorstellung, dass sie tot war, weil diese Idioten sein Dorf angegriffen hatten, machte ihn wütend.

Auf der Straße hatten sich die Gegner auf Anweisung des Majors in einer Reihe nebeneinander aufgestellt. Acht Männer, zählte Lukas. Acht Monster.

»Die zwei links sehen aus, als ob sie aus Anatolien kommen.« Ernst hatte sie durch das Zielfernrohr gemustert.

Lukas spürte die Wut in sich aufsteigen, richtete seine Waffe auf den ersten Mann in der Reihe und nahm ihn ins Visier. Er ließ den Lauf weiter wandern, fand den ›Nigger‹ und zielte auf dessen Kopf. Er zwang sich, ruhig zu atmen, schloss kurz die Augen, öffnete sie wieder, der Finger am Abzug krümmte sich und die Explosion der Patrone machte ihn kurz taub. Der Anvisierte brach zusammen, neben sich hörte Lukas Ernst ebenfalls schießen und von draußen waren ganze Salven zu hören. Nacheinander brachen die Männer, die sich im guten Glauben ergeben hatten, zusammen, und es dauerte eine Weile, bis Lukas hörte, dass der Major »Feuer einstellen!« brüllte.

Lukas spürte Annes Hand auf seiner Schulter: »Sie haben es verdient!«

»So sind die sogar besser dran«, stimmte Ernst zu, »die wären sonst die Nächsten für den Galgen gewesen. Gut gemacht!«

Als er den Abzug gezogen hatte, war sich Lukas sicher, das Richtige getan zu haben. Langsam kam ihm der Gedanke, dass die Männer sich ergeben hatten und der Major ihnen zugesichert hatte, dass ihnen nichts passieren würde. Das würde Konsequenzen haben und er würde dafür geradestehen müssen.

Die Tür zum Treppenhaus flog auf und der Major stürmte herein: »Was sollte das? Wer war das?«

Lukas spürte einen Kloß in seinem Hals und überlegte sich, wie er seine Kurzschlusshandlung erklären sollte.

»Ich hatte eine plötzliche Bewegung gesehen«, hörte Lukas Ernst sagen, »und musste mich entscheiden.«

Der Major musterte Ernst: »Eine Bewegung? Ich habe nichts bemerkt.«

»Herr Major«, antwortete Ernst, »ich bin bereit, die Verantwortung zu übernehmen. Ich kann Ihnen nur berichten, dass ich eine schnelle Bewegung gesehen habe und darauf habe ich reagiert. Dass das eine Kettenreaktion auslöst, konnte ich nicht erahnen. Die Sicherheit unserer Leute war für mich am wichtigsten. «

Der Major schwieg einen Augenblick, schaute kurz zu Anne und Lukas, dann wieder zurück zu Ernst: »Wir werden noch darüber reden.«

So schnell wie er gekommen war, verließ der Major wieder den Dachboden.

Dankbar sah Lukas zu Ernst: »Ich wollte zu meiner Tat stehen …«

»Lukas«, die Stimme von Ernst klang versöhnend, »was du getan hast, war richtig. Allerdings sieht das nicht jeder so und wie der Major angekündigt hat, wird es dazu ein Gespräch geben. Ich bin verwegen genug, da ohne Blessuren durchzukommen. Deine Momente, Verantwortung zu übernehmen, liegen noch vor dir.«

»Wie soll ich denn lernen, Verantwortung zu übernehmen?«, Lukas war verwirrt, er wollte als Erwachsener wahrgenommen werden.

Anne beruhigte ihn: »Auch wenn wir Freyristen Wert auf Ehrlichkeit legen, es ist wichtiger, sich gegenseitig zu unterstützen. Ernst wird sich herausreden. Mach dir darüber keine Gedanken.«

Und als ob sie seine Gedanken ahnen würde: »Ich weiß doch, dass du dich nicht hinter ihm versteckst.«

Es dauerte eine Weile, bis sie von draußen das »Haus ist sicher« hörten. Sie verpackten die Gewehre in die Koffer, nicht ohne Stolz steckte sich Lukas seine Pistole hinten in die Hose, so wie er es in vielen Filmen gesehen hatte. Vor allem war er schlau genug, die Waffe vorher zu sichern und zu überprüfen, dass keine Patrone mehr im Lauf war.

Auf der Straße waren Milizionäre dabei, die Leichen in eine Reihe zu legen.

»Die Drecksäcke«, sagte einer, »hast du gesehen, wie sie gezuckt haben, als die Kugeln sie getroffen haben?«

»Wie die Spastis!«, pflichtete ein anderer bei.

»Männer!«, ermahnte der Major, »auch wenn es unsere Gegner waren, erwarte ich mehr Anstand von euch.«

»Lukas!« Lukas drehte sich um und sah Dirk auf ihn zukommen. »Wie geht es dir?«

»Hallo Dirk«, reagierte Lukas, er hatte seinen Mentor von der Feuerwehr einige Tage nicht gesehen, »bin etwas erschöpft, war ja ein langer Tag.«

»Du warst gestern nicht bei der Feuerwehr«, stellte Dirk fest.

Lukas erwartete, dass noch mehr kam, aber Dirk sah ihn nur auffordernd an.

»Ich hatte zu tun«, stammelte Lukas, da er keinen guten Grund hatte. »Feldarbeit und so.«

Dirk nickte, aber Lukas merkte, dass er mit der Antwort nicht zufrieden war: »Auch dein Vater wäre froh, wenn du bei uns hilfst.«

»Lass mich mit meinem alten Herren in Ruhe.« Er klang patziger, als er wollte. »Den interessiere ich doch gar nicht.«

»Du tust ihm Unrecht«, belehrte ihn Dirk, »und das weißt du.«

»Sei's drum.« Lukas fühlte sich etwas hilflos, was ihn wütend machte. »Wenn sonst keiner froh wäre, sind wir wohl fertig?«

»Lukas.« Zufrieden bemerkte Lukas wie er Dirk in die Enge argumentiert hatte. »Natürlich mache ich mir Gedanken um dich, meinst du …«

»Ist alles okay, Lukas?«, schaltete sich Ernst in das Gespräch ein. »Wir müssten zurück, könnten alle eine Mütze Schlaf vertragen.«

»Ich bin müde«, ließ Lukas Dirk auflaufen, »lass uns ein anderes Mal reden. Bis bald.«

»Lukas.« Fast meinte Lukas, dass Dirk ihn anflehen würde, drehte sich demonstrativ um und ging mit Anne und Ernst los, die ihn in seine Mitte nahmen.

Sie hatten die Hälfte des Weges schweigend hinter sich gebracht, als Ernst die Stille durchbrach: »Ist das nicht eine Schande?«

Lukas wusste nicht, was er meinte. Die getöteten Angreifer?

»Die haben das verdient!«, sagte er.

»Die meine ich nicht«, bestätigte Ernst. »Die Drecksäcke hätten mehr leiden müssen und auch wenn es dem Major nicht gepasst hat, viele haben geschossen. Vielleicht nicht alle, aber viele. Und konnten so etwas Druck abbauen.

Was ich meinte, ist dein Vater, der sich hinter Dirk verstecken muss. Es ist schade, dass er nicht den Mut hat, selbst mit dir zu sprechen. Selbst zu dir zu kommen.«

»Der wird sich um irgendwelchen ›wichtigen‹ Kram für das Dorf kümmern.« Er wollte nicht über seinen Vater reden, der Kommentar von Ernst und Dirks Bemerkungen hatten ihn den Streit wieder in Erinnerung gebracht. »Und ehrlich gesagt möchte ich nicht über ihn reden.«

»Nachdem, was dein Vater getan hat«, Anne hakte sich bei ihm ein und lehnte sich beim Laufen an ihn, »kann ich das total verstehen. Aber du weißt: Du kannst mit mir über alles sprechen.«

Lukas war dankbar für die Berührung, sehnte sich nach Nähe.

»Sag mal Ernst«, begann er, »sollten wir nicht zum Gegenangriff übergehen? Wir können doch nicht nur hier sitzen und reagieren. Wir sollten zurückschlagen.«

Ernst nickte: »Weder der Major noch der Dorfrat werden dem zustimmen.«

»Dann müssen wir das fordern«, unterstützte Anne Lukas. »Wenn wir nicht immer nur abwarten, wird das nie aufhören.«

»Dazu müssen wir wissen, wer uns angreift«, gab Ernst zu bedenken, »und vom letzten Angriff kann uns keiner mehr etwas sagen.«

»Die müssen doch irgendeinen Hinweis mit sich tragen«, überlegte Lukas.

»Soweit ich gehört habe«, erklärte Ernst, »haben die außer Waffen und Munition nichts bei sich.«

»Also war es doch falsch sie zu erschießen«, befand Lukas.

Vor seinem geistigen Auge spielte sich immer wieder der Augenblick ab, an dem sich sein Finger krümmte und er das erste Mal einen Menschen erschossen hatte.

»Nein«, hörte er Anne sagen, »schon vor dem Stromausfall waren viele in diesem und anderen Ländern schwach. Das habe viele gemerkt. Und uns stand der Kampf ums Überleben bevor. Deren Frauen sind ständig schwanger und immer wieder Neue kamen hinterher. Der Bevölkerungsaustausch war im vollen Gange.«

»Das muss doch jemand gemerkt haben?« Lukas konnte nicht glauben, dass das niemandem aufgefallen sein sollte.

»Man hat die Leute praktisch eingeladen, zu uns zu kommen« Ernsts Stimme klang erschöpft. »Und niemand hat daran gedacht, dass die alle Gewalt erlebt haben. Die haben keine Skrupel zuzuschlagen. Und du kennst Darwin: Nur der Stärkere überlebt. Nur wenn du bereit bis zu kämpfen, hast du eine Chance.«

»Außerhalb von Umbach haben das viele Leute bemerkt«, ergänzte Anne, »aber die, die vorher gewalttätig waren, sind noch skrupelloser geworden. Wenn wir überleben wollen, müssen wir zu allem bereit sein.«

»Außerhalb von Umbach?«, wunderte sich Lukas,

Ernst sah Anne etwas säuerlich an: »Wir haben lockeren Kontakt mit anderen Gemeinschaften wie der unseren. Und so bekommen wir mit, was um uns herum passiert.«

»Ihr habt einen eigenen Pony-Express?«, Lukas war etwas verwundert, dass sie das nicht mit dem ganzen Dorf teilten.

»So ähnlich«, gab Ernst zu, »bisher war nichts dabei, was dem Dorf helfen würde. Und leider haben wir bisher keine konkreten Hinweise, wer unsere Angreifer sind. Außerdem sind wir uns nicht sicher, wie das Dorf zu uns steht.«

JUTTA

Jutta saß in einem kleinen und finsteren Verschlag, vielleicht drei mal zwei Meter groß. Auf dem Boden lag eine Matratze, darauf eine stinkende Decke, sehen konnte sie sie nicht, dazu war es zu dunkel. Auch wenn ihr Essen gebracht wurde, Karotten oder Äpfel, jemand ihren Eimer wechselte, konnte sie nichts sehen. Sie hatte sich zunächst gesträubt, den Eimer zu nutzen, irgendwann war der Druck so groß, dass sie sich doch darüber gehockt und erleichtert hatte.

Wie viel Zeit seit ihrem Gespräch vergangen war, wusste sie nicht. Die Drohung, dass ›Axel‹ die Nacht zu ihr kommen würde, hatte Frau Armsteiner nicht erfüllt und das, obwohl ihr Jutta nichts Verwertbares erzählt hatte. Seit sie in den Verschlag gesteckt worden war, hatte niemand mit ihr gesprochen und sie war nicht mehr verhört worden. Jutta wusste nicht, welchen Wert sie für ihre Entführer hatte.

Sie hörte das Schlurfen von einem der Wächter, der durch den Vorhang in den Verschlag trat, den Eimer nahm, einen anderen hinstellte und wieder herausging, ohne ein einziges Wort zu sprechen. Am Anfang hatte sie versucht, mit ihm und den anderen Wärtern zu reden, aber keiner reagierte und das Einzige, was sie hörte, waren gedämpfte Stimmen, die irgendwo hinter dem Vorhang waren.

Seit sie sich erinnern konnte, war sie bei Wind und Wetter am liebsten draußen, im Gegensatz zu ihrem Bruder, der mit seinem

Commodore 64 einer der ersten ›Digital Natives‹ gewesen war. Ihr Arbeitsplatz im Cockpit mochte eng sein, die Aussicht, die sie hatte, war unschlagbar. Und so bewegte sie sich wie ein eingesperrtes Raubtier im viel zu engen Käfig. Man hatte ihr die Fesseln abgenommen, auf der anderen Seite war das für sie der Hinweis, dass sich ihre Entführer sicher waren, dass sie nicht entkommen konnte.

Sie fühlte sich erschöpft, denn ihre Wärter sorgten, bewusst oder unbewusst, dafür, dass sie keinen dauerhaften Schlaf bekam. Sie unterbrach ihre Runden durch ihr Gefängnis und hockte sich mit angewinkelten Beinen auf die Matratze, den Ekel davor hatte ihr die Müdigkeit genommen. Es war ihr stets bewusst, dass sich die Boten des Pony-Expresses in Gefahr begaben, wenn sie sich außerhalb der Sicherheit der Siedlungen aufhielten. Aber dass sie so nahe am Dorf überfallen und entführt wurde, ließ sie zweifeln, ob sie die Idee nicht noch einmal überdenken sollte. Die Vorstellung, dass jemandem etwas passieren konnte, machte ihr mehr Gedanken und Angst als die eigene Gefangenschaft.

Sie wurde hellhörig, als sie zunächst Schritte hörte, die sich ihrer Zelle näherten und kurze Zeit später die Stimmen von zwei Männern: »… steiner hat gesagt, ich soll sie abholen.«

Jutta war sich sicher, dass das ›Axel‹ war.

»Alleine?«, fragte der andere Mann.

»Mit der werde ich schon fertig«, lachte Axel, »du weißt doch, dass ich weiß, wie man die wilden Dinger anfassen muss. Damit die parieren.«

Das Lachen des anderen Mannes ließ es Jutta eiskalt den Rücken herunterlaufen.

Ein paar Schritte später spürte sie, wie der Vorhang geöffnet wurde: »Na, mein Fohlen. Hattest du Sehnsucht? Warst du enttäuscht, dass ich gestern Abend nicht mehr zu dir gekommen bin?«

Er ging einen Schritt auf sie zu, sie hörte ihn laut durch die Nase einatmen: »Bei deinem Gestank hier kann einem die Lust vergehen.«

Er lachte überlegen und Jutta ärgerte sich, nicht die Chance ergriffen zu haben, den Eimer mit ihrer Notdurft über ihren Besucher zu schütten.

»Ach komm schon«, forderte Axel sie heraus, »wir wissen doch beide, dass du reden kannst. Komm mir hinterher. Du kannst dich gerne querstellen, dann lasse ich die Jungs reinkommen und die sind nicht so zärtlich und zurückhaltend wie ich.«

Wieder lachte er über seinen eigenen, misslungenen Witz, Jutta sah keinen Zweck darin, ihn jetzt herauszufordern: »Ich komme.«

Sie folgte seinen Schritten und bemerkte, dass es um einige Ecken ging. Vor sich erkannte sie seine Silhouette, es wurde heller. Einerseits war sie beeindruckt, welchen Aufwand man für ein Gefängnis gemacht hatte, dachte gleichzeitig an die Verschwendung der Arbeitskraft. Als Axel den letzten Vorhang aufzog, wurde es schlagartig so hell, dass es sie die Augen zusammenkneifen musste. So viel Licht nach der Zeit in der Dunkelheit blendete sie, trotzdem hatte sie eine leichte Ahnung, wo sie sich genau befand. Vor dem Stromausfall war dort ein Modegeschäft gewesen, das hatten ihre Entführer komplett ausgeräumt.

Langsam gewöhnten sich ihre Augen an das Tageslicht, sie brauchte eine Weile, bis sie bemerkte, dass sie durch die großen Oberlichter die Dämmerung sah. Ob morgens oder abends konnte sie nicht erkennen.

»Wo bringst du mich hin?«, Axel musste sich ziemlich sicher sein, denn er lief vor ihr und sie konnte, in unmittelbarer Nähe, niemanden sehen, der auf sie aufpasste. Wobei sie nicht sagen konnte, ob jemand in den anderen Geschäften, oder das, was davon übrig war, saß und sie beobachtete.

»Eigentlich stelle ich die Fragen« Axel machte sich nicht einmal die Mühe sich umzudrehen. »Wir sorgen dafür, dass du nicht so verdreckt aussiehst, und dann sehen wir weiter.«

Nur wenige Menschen waren zu sehen, vereinzelt standen sie vor den ehemaligen Geschäften und Gastronomiebetrieben. Teilweise waren die mit blickdichten Vorhängen versehen, die Glasabtrennungen geschlossen, andere waren offen. Sie bewegten sich in Richtung des Rollbandes, welches die erste Etage mit dem Erdgeschoss verband und ohne Strom nur eine schiefe Ebene war.

Axel führte sie herunter. Dort angekommen, gingen sie wieder in die andere Richtung. Auch im Erdgeschoss waren kaum Leute zu sehen, sie war sich bewusst, dass es genügend Geschäfts- und Lagerräume gab, in denen sich jemand aufhalten konnte. Sie gingen an zwei bewaffneten Männern vorbei, die sie so offensichtlich mit den Augen auszuziehen zu versuchten, als etwa fünfzig Meter weiter eine Explosion ertönte, die alle Scheiben wackeln ließ.

»Haltet sie fest«, befahl Axel den beiden Männern und rannte in Richtung der Explosion.

Noch bevor die beiden Männer sie erreicht hatten, hörte sie Schüsse aus der gleichen Richtung wie den Knall der Explosion und duckte sich. Weiter Schüsse ertönten hinter ihr und die beiden Wächter brachen zusammen. Sie drehte sich um und sah vier in Tarnuniformen gekleidete Personen mit vorgehaltenen Waffen auf sie zukommen, drei Männer und eine Frau, wenn sie es richtig sah, und sie hob ihre Hände.

Aus den Geschäften oben und unten stürmten Menschen, teilweise ebenfalls in Uniformen, aber trotz der Schüsse, die vom Dach kamen, war der Gegner nicht auszumachen.

»Jutta?«, flüsterte die Uniformierte durch ihre Sturmmaske, »Jutta Dietz?«

Sie war verwirrt: »Ja?«

»Komm mit, wir bringen dich nach Umbach«, erklärte die Frau. »Wir ziehen dir die Kapuze über, hab keine Angst, damit wollen wir die nur täuschen.«

Kaum hatte ihr die Frau den Plan erklärt, hatten sie ihr eine Kapuze, ähnlich wie bei der Entführung, über den Kopf gezogen, diesmal war der Stoff so, dass sie zumindest ein wenig sehen konnte.

»Wer seid ihr?«, fragte sie flüsternd.

»Sei still«, fuhr die Frau sie an und schob sie vor sich her, sodass Jutta sich Mühe geben musste, nicht zu stolpern.

Nach einigen Metern, Jutta merkte, dass sie in Richtung des Ausgangs unterwegs waren, hielt die Frau sie an.

»Wir kommen fast alle vom Hofgut in Umbach und haben ein wenig Verstärkung von der Miliz bekommen«, erklärte die Frau.

»Die Uniformen … haben uns ein paar Angreifer freundlicherweise im Dorf gelassen, so konnten wir, ohne groß aufzufallen, näherkommen.«

Jutta fing vor Erleichterung zu weinen an und stotterte: »Danke.«

»Wir sind noch nicht durch«, wehrte die Frau ab und zog ihr die Kapuze wieder ab, »von jetzt an müssen wir uns durchschlagen, bleib in meiner Nähe.«

Wie Spezialeinheiten im Film hatten sich ihre Befreier verteilt und verständigten sich mit Zeichensprache. Sie verließen das Einkaufszentrum über den Hinterausgang, hin zum Parkhaus, neben der Tür lagen Tote, und sie erkannte weitere Uniformierte, die vermutlich zu ihrem Rettungstrupp gehörten.

»Gib das Signal zum Abrücken!«, befahl die Frau und auf der anderen Seite gab ein Mann ein Handzeichen an jemanden, der sich offenbar oben auf dem Gebäude befand.

Dann arbeiteten sie sich Stück für Stück bis zum Ende des Gebäudes, erreichten die Veranstaltungsarena, in der bis vor Kurzem Sportveranstaltungen und Konzerte stattfanden, umrundeten sie und überquerten die Brücke über die Lahn.

Auf der anderen Seite standen Pferde und eine Kutsche und sie erkannte Nadine auf dem Kutschbock und Laura, die daneben stand. Freudig rannten ihr die beiden entgegen und die Frauen fielen sich in die Arme. In Jutta löste sich alles und sie heulte ungehemmt los. Nachdem sie sich wieder ein wenig gefasst hatte, setze sie sich auf die Hinterbank der Kutsche, Nadine gab ihr eine Decke.

»Ich bin so froh, dass wir dich gerettet haben«, sagte Laura.

»Los! Los!«, trieb die Frau, die Jutta aus dem Forum geholt hatte, alle an und die Kutsche mit Nadine, Jutta und Laura setzte sich in Bewegung. Die anderen hatten sich auf die Pferde gesetzt und sie entfernten sich vom Kreisel, von der Brücke, von Juttas Entführern.

TAG 33

LAURA

Als sie erwachte, war sie total aufgekratzt. Sie hatte geholfen, Jutta zu befreien. Sie, Laura, war zwar nur Teil der Kutschenmannschaft gewesen, damit hatte der Major aber einen Weg gefunden, wie sie bei der Befreiung von Jutta hatte helfen können.

Auf dem Rückweg hatte sie die ganze Zeit ihre Tante im Arm gehalten, die hatte unter der mitgebrachten Decke gezittert und nur wenige Worte von sich gegeben. Nach Umbach waren sie ohne Unterbrechung gekommen, dort wollten sie Jutta direkt nach Hause bringen, sie hatte darum gebeten, mit zu Laura zu gehen. Ihr Vater hatte seine Schwester intensiv in den Arm genommen und die beiden standen eine gefühlte Ewigkeit so vor der Haustür, bis sie hereingingen. Nachdem Florian gekommen war, fing Jutta an, von ihrer Gefangenschaft zu berichten. Der Major war später vorbeigekommen, nachdem er sich die Berichte der Einsatzgruppe angehört hatte.

Laura hatte mittlerweile einen eigenen Rhythmus gefunden, einen Wecker brauchte sie nicht. Sie spielte erneut den Einsatz im Kopf durch, wie eine Vorhut den Kreisel eingenommen und gesichert hatte und die beiden Trupps sich dann an das Forum angeschlichen hatten. Dann hatten sie eine gefühlte Ewigkeit gewartet, bis die

Explosionen und Schießereien losgingen, bis sie Jutta zur Kutsche gebracht hatten. Woher sie die Information hatten, wo sich Jutta genau befand, wollte der Major nicht mitteilen. Soweit Laura wusste, hatte es keine Aufklärungsmission gegeben und sie vermutete, dass man einen Spion innerhalb der Gruppe von Juttas Entführern hatte.

Gordon lag neben ihr und schlief. Das brachte ihr schmerzhaft Lukas in Erinnerung, der sich ihr innerhalb kurzer Zeit entfremdet hatte. Dass er schon vor dem Stromausfall Freunde bei den Freyristen hatte, wusste die ganze Familie und sie wusste, wie sehr das ihren Eltern ein Dorn im Auge gewesen war. Trotzdem hatten sie ihm seine Freunde dort nicht verboten. Denn, so hatten sie es Laura erzählt, wenn sie ihm die verbieten würden, wären sie einfach nur interessanter für ihn. Subtil hatten sie ihm das völkische Gedankengut der Gemeinschaft erklärt. Trotzdem er offensichtlich alles verstand, übte das Hofgut eine Faszination auf ihn aus. Bis zum Stromausfall war Gordons Hautfarbe für ihn nie ein Thema gewesen, umso mehr traf es sie, als er den rassistischen Quatsch nachplapperte.

»Bist du schon lange wach?«, Gordon schien bemerkt zu haben, dass sie ihn angeschaut hatte.

»Zehn Minuten«, sie gab ihm einen Kuss auf die Stirn. »Hast du gut geschlafen?«

»Nachdem du heil zurückgekommen bist«, Gordon zog sie an sich, sie konnte seine Erregung spüren, »fiel mir ein Stein vom Herzen!«

Sie umarmte ihn, ergriff seinen Penis durch den Stoff der Shorts und schüttelte den Kopf: »Wir haben doch gestern Abend schon und außerdem muss ich aufstehen.«

»Ach komm, Baby!«, protestierte Gordon. »Du kannst mich nicht hier stehen lassen.«

»Und ob ich das kann«, lachte sie und stand auf, »und wenn du es nicht aushältst, kannst du dir sicherlich selbst behilflich sein.«

»Was kann so wichtig sein«, ließ er nicht nach, »dass du diesen tollen Körper ignorierst?«

»Nichts«, gestand Laura, »und ich würde nichts lieber … aber wir haben Gäste im Haus und ich werde eine gute Gastgeberin sein.«

Mit gespielter Enttäuschung ließ sich Gordon ins Bett zurückfallen: »Na dann geh' halt. Ich mache mir Gedanken, wie ich mir selbst behilflich sein kann.«

»Du schaffst das schon«, grinste sie, hüpfte in eine Hose und verließ das Zimmer.

Am Esszimmertisch saßen ihr Vater und ihre Tante. Jutta trug ein T-Shirt und eine Jogginghose von ihrem Vater: »Guten Morgen! Du hättest etwas von mir anziehen können, das würde dir besser passen.«

»Guten Morgen«, reagierte Jutta, »ist das deine Art mir zu sagen, dass ich nicht gut aussehe?«

Laura war kurz sprachlos, Jutta erlöste ihre Anspannung mit einem Augenzwinkern: »Danke, dass du geholfen hast mich zu befreien!«

Ihre Tante stand auf und umarmte sie fest und lange.

Nachdem sie sich wieder hingesetzt hatten, bot ihr Vater ihr einen Tee an: »Ich befürchte, die Vorräte werden bald erschöpft sein.«

»Erst der Kaffee, dann die Schokolade und nun der Tee«, philosophierte Laura.

»Vor dem Stromausfall wurde es oft gefordert«, erinnerte sich Jutta. »Regionaler und saisonaler konsumieren.«

Ihr Vater stand auf: »Ich muss zu Robert, nach dem Angriff und der Befreiungsaktion ist einiges zu tun.«

»Woher wusstet ihr das alles?«, fragte Laura.

»Du weißt, dass das geheim ist?«, grinste ihr Vater sie an. »Der Major hat verschiedene Kundschafter und wir arbeiten mit den Nachbarorten zusammen. Zumindest dort, wo es geht. Ihr könnt euch denken, dass wir einen Informanten in der Gruppe hatten, der erstaunlich gut darüber informiert war, wo sich Jutta aufhielt.«

»Das hätte eine Falle sein können«, befand Laura.

Ihr Vater nickte: »Ja, das hatte uns viele Sorgen gemacht. Wir haben uns trotzdem für die Aktion entschieden. Hätte ich gewusst, dass du mitmachst …«

»Was wäre dann gewesen Papa?« Laura klang herausfordernder, als sie wollte. »Hättest du es mir dann verboten? Du kannst uns nicht immer beschützen und musst uns vertrauen. Außerdem war ich nur beim Transport dabei!«

Am Gesicht ihres Vaters sah sie, dass ihn das getroffen hatte.

Seine Augen wurden leer und er ging wortlos zur Haustür: »Ich muss los, bis später.«

»Lukas?«, fragte Jutta.

Laura wusste, was ihre Tante meinte: »Ja. Das sollte jetzt nicht so vorwurfsvoll klingen, aber wenn er Lukas nur ein klein wenig mehr vertrauen würde, ihn ernster genommen hätte, wäre das alles nicht so eskaliert.«

Jutta schaute sie fragend an und es war Laura klar, dass sie mehr erzählen musste.

Die spezielle Verbindung zwischen ihnen empfanden viele als ein wenig übernatürlich, trotzdem waren sie weit davon entfernt, die Gedanken der anderen immer und sofort zu verstehen: »Papa tut sich schwer, Lukas als Mann anzusehen. Er tut sich sogar schwer, ihn als werdenden Mann zu sehen.

Einerseits redet er mit uns, seit ich mich erinnern kann, wie mit Erwachsenen, dann versucht er uns immer wieder zu beschützen, und meint uns Grenzen setzen zu müssen. Die Kämpfe, die Lukas jetzt hat, hatte ich auch und solange Mama dabei war, hat sie Papa etwas ausgebremst. Und jetzt leben wir in der Postapokalypse, wir wissen nicht, wo Mama ist, und Papa ist total mit Lukas überfordert. Das mit dem Rat macht er klasse, aber was ist mit seinen Kindern? Ich habe wenigstens Gordon, aber Lukas fühlt sich allein gelassen.«

Sie schaute ihre Tante an und dann kam ihr in Erinnerung, dass die gestern eine Gefangene war: »Entschuldigung, ich wollte dir nichts vorjammern. Nicht, wo du erst gerettet wurdest. Das muss dir so zynisch vorkommen.«

»Meine Sorgen sind hinter mir«, beruhigte Jutta sie. »Sollten wir sehen, dass wir Lukas und Malte helfen können?«

»Und wenn sich beide nicht helfen lassen wollen?« Laura war skeptisch.

»Florian hat einen guten Draht zu Lukas«, überlegte Jutta, »das nutzen wir. Und ich kann mir Malte vornehmen. Ein wenig hört er auf mich.«

Bei der Erwähnung von Florian fühlte sich Laura wie gestochen: »Liegt Florian noch im Bett?«

»Nein«, Jutta nahm einen Schluck aus ihrer Teetasse, »der ist im Hospital, sie beraten sich mit den Medizinern aus allen Dörfern.«

»Vertraust du Florian?«, fragte Laura ihre Tante.

Die zog die Augenbrauen nach oben: »Ich habe ihn geheiratet. Was glaubst du?«

»Es ist, ich weiß nicht, wie ich das sagen soll«, Laura wollte dem Mann ihrer Tante kein Unrecht vorwerfen. »Als ich letztens bei euch war, hat er mich massiert und dabei meine Brüste berührt.«

»Absichtlich?« Das Gesicht ihrer Tante zeigte keine Regung, die Laura hätte deuten können.

»Er sagte Nein, ich fand es extrem unangenehm, bin fast aus eurer Wohnung geflohen.«

Jutta schwieg eine Weile: »Weißt du, es gibt so viele verschiedene Frauen, weshalb sollte er sich an dich heranmachen? Wir sind uns so ähnlich, das wäre doch unnötig.«

Laura war einerseits froh, darüber gesprochen zu haben, andererseits befürchtete sie, dass da nun etwas zwischen ihr und Jutta stehen könnte.

Die schien das zu ahnen: »Mach dir keinen Kopf, Kleine, wir beiden bleiben unzertrennlich und du weißt, dass ich immer ein offenes Ohr für dich habe!«

Sie nahm ihre Nichte in den Arm und drückte sie lange: »Und danke, dass du geholfen hast mich zu retten!«

Nach einer Weile setzten sie sich wieder an den Tisch: »Was hast du jetzt vor? Ein paar Tage erholen?«

»Daheim fällt mir die Decke auf den Kopf«, sagte Jutta. »Klar, ich könnte mir Zeit nehmen, etwas zu lesen, aber allein mag ich im Moment nicht sein.«

»Verständlich.«

»Ich werde ins Büro gehen, gleich danach ›Kleine Tante‹ abholen. Magst du mitkommen?«

»In den Kindergarten kann ich ohnehin nicht. Klar komme ich mit. Ich zieh mich nur schnell fertig an. Willst du was zum Anziehen von mir haben?«

»Ja, das wäre lieb, außerdem hat dein Vater schon früher immer rumgejammert, wenn ich seine T-Shirts angezogen habe.«

»Komm mit hoch, oder gebe mir besser ein wenig Vorsprung, ich will sichergehen, dass wir Gordon nicht in einer kompromittierenden Situation treffen.«

Sie stieg flott die Treppe hoch und klopfte an die Tür: »Schatz, ich komme jetzt rein und Tante Jutta kommt auch gleich hoch.«

»Was glaubst du denn, was ich mache?«, hörte sie Gordon aus dem Zimmer.

»Als ich vorhin raus ging«, neckte sie ihn, »warst du … angespannt?«

»Kommt herein, alles okay hier drinnen«, sie hörte etwas poltern und die Tür öffnete sich.

Gordon grinste sie und Jutta an: »Hallo Jutta, komm' herein!«

Sie hatten schnell Kleidung für sich beide ausgesucht, Jutta ging ins Gästezimmer, in dem sie gemeinsam mit Florian übernachtet hatte, und wenig später trafen sie sich vor der Haustür wieder. Als Laura herauskam, schaute Jutta sehnsüchtig in den Himmel.

»Du vermisst das Fliegen?«, holte sie Jutta aus ihrem Tagtraum.

»Ja.« Sie blinzelte, Laura meinte Tränen in ihren Augen zu sehen. »Außerdem würde ich gerne wissen, ob ich meine Maschine wieder starten kann.«

Sie grinste Laura an und gemeinsam gingen sie zum Büro des Pony-Expresses, wo Jutta von Karin begrüßt und ausgefragt wurde.

»Entschuldige«, besann sie sich, »vermutlich magst du nicht darüber reden. Gut, dass du wieder da bist!«

»Passt schon«, entgegnete Jutta, »gab es denn hier neue Entwicklungen?«

»Überschaubar«, berichtete Karin, »wenn ich das recht verstehe, haben wir jetzt Kontakt bis kurz vor Marburg und im Süden bis Butzbach. Im Westen ist bei Wetzlar Schluss.«

Laura schaute auf die Wandkarte, in der grüne, blaue und rote Pins steckten. Sie fuhr mit dem Finger eine Strecke bis Kassel nach: »Wo Mama jetzt ist?«

»Deine Mutter ist eine starke Frau«, hörte sie Karin sagen, »die wird bald hier sein.«

»Kann ich nach Marburg gehen?«, wunderte sie sich. »Vielleicht treffe ich sie dort!«

»Marburg selbst ist für uns rotes Gebiet«, erklärte Karin, »zu gefährlich. Da haben sich nach dem Stromausfall die Autonomen breitgemacht und so etwas wie ein Rätegebiet errichtet.«

»Ein was?«, fragte Laura.

»Räte«, wiederholte Karin. »So wie in ›Sowjet‹. Die waren schnell organisiert und hatten die Bauernhöfe in der Umgebung schnell besetzt, wer Widerstand geleistet hatte, wurde weggesperrt.«

»Da muss Mama durch«, befürchtete Laura.

»Das wissen wir nicht«, versuchte Jutta sie zu beruhigen. »Sie kann verschiedene Strecken nehmen, weshalb es keinen Sinn macht, ihr entgegenzulaufen.«

»Sie hat bei Marburg diese eine Freundin«, erinnerte sich Laura. »Wäre es nicht sinnvoll, dass sie sich irgendwohin durchschlägt, wo sie jemanden kennt?«

»Möglich ist das schon«, bestätigte Jutta, »aber du weißt nicht, wann sie kommen wird, und ich bezweifle, dass ihre Freundin dich so lange beherbergen wird. Wenn überhaupt.«

»Darf ich beim Express helfen?«, bat Laura. »In den Kindergarten komme ich ohnehin nicht wieder zurück.«

»Ich könnte Hilfe gebrauchen«, sagte Karin. »Wenn Jutta nichts dagegen hat?«

»Eigentlich wollte ich Expressreiterin oder -fahrerin werden«, sie versuchte sich die Enttäuschung nicht anmerken zu lassen.

Karin sah Jutta unsicher an, die zuckte mit den Schultern: »Von mir aus gerne. Wenn wir gleich bei Nadine sind, können wir schauen, ob es ein Pferd gibt, das für dich geeignet ist.«

FLORIAN

Florian fluchte. Alles schien sich gegen ihn verschworen zu haben. Er freute sich, dass seine Jutta wieder da war, aber er hätte nicht gedacht, dass das so schnell passieren würde. Nach dem Angriff auf das Dorf war er davon ausgegangen, dass es mehr Zeit brauchen würde, eine Befreiungsaktion zu planen. Dass er ins Hospital wollte, war keine Ausrede gewesen, er wollte da nur kurz vorbeischauen, damit er mal wieder gesehen wurde. Er hatte überlegt, bei Bernadette vorbeizuschauen, verwarf den Gedanken wieder. Iris hatte am Tag zuvor ihr Kommen angekündigt (sie hatte die Doppeldeutigkeit der Worte explizit angesprochen) und er konnte davon ausgehen, dass die Juttas Befreiung mitbekommen hatte, aber trotzdem nicht auf ihren Besuch verzichten würde.

Als er an seinem Haus ankam, denn als solches sah er es jetzt an, saß ausgerechnet Lukas auf der Treppe. Er fluchte. Jederzeit konnte Iris eintreffen und er war sich nicht sicher, ob er sich auf Lukas verlassen konnte.

»Hallo Lukas!«, sagte er mit gespielter Freude. »Schön dich zu sehen! Was kann ich für dich tun?«

»Hallo Florian«, reagierte der junge Mann, »eigentlich hatte ich gehofft, Jutta zu sehen, aber nach Hause wollte ich auf keinen Fall.«

»Warum nicht?«, fragte Florian. »Das ist genauso gut dein Zuhause.«

»Nicht solange Gordon da ist«, widersprach Lukas, »und mein Vater mag mich nicht haben. Du weißt, dass er mich geschlagen hat?«

»Ihm ist die Hand ausgerutscht.« Im Grunde hatte Florian keine Lust, Malte zu verteidigen. »Wir sind alle angespannt, das solltest du nicht überbewerten.«

»Ich bin mir nicht sicher.« Lukas klang trotzig. »Ich werde ihm das niemals verzeihen. Und Lauras Neger, wenn der schon bei uns im Haus wohnen muss, nicht bei ihr im Zimmer! Die sind nicht verheiratet!«

»Langsam mit den jungen Pferden.« Nun war Florian überrascht, ihm war klar, dass auf dem Hofgut völkisches, rassistisches Gedankengut gelebt wurde, aber von Lukas hatte er so was noch nicht gehört.

Er simulierte mit der rechten Hand einen Hörer, spreizte dazu die Finger und hielt sich den Daumen ans Ohr und den kleinen Finger vor den Mund: »›Hallo! Hier ist das 19. Jahrhundert, es will seine Moralvorstellungen von dir zurückhaben!‹ Gordon ist doch nicht Lauras ›Neger‹. Was geht denn bei dir ab?«

»Laura ist es vollkommen egal, dass Mama nicht da ist, die verhält sich genauso wie Papa. Wahrscheinlich springt da beim Ficken die Bosheit von Gordon auf sie über.«

»LUKAS!« Florian war in einer Zwickmühle, er musste dieses Gespräch schnell beenden, bevor Iris auftauchte, aber die Entwicklung von Lukas machte ihm Gedanken, das hatte er nicht gewollt, als er ihn zum Hofgut geschickt hatte. »Ich würde sagen, du beruhigst dich jetzt und kommst zurück, wenn wir wieder normal sprechen können. Jutta wird erst gegen Abend hier sein. Vielleicht dann?«

»Ich dachte, du würdest mich verstehen«, knallte ihm Lukas an den Kopf. »Aber du bist wie alle anderen!«

Lukas stand auf, setzte sich auf sein Rad, und entfernte sich, ohne ein einziges Mal nach hinten zu schauen.

»Das lief nicht wie geplant«, sagte Florian zu sich selbst.

»Das war sogar reichlich seltsam«, hörte er die Stimme von Iris, die sich hinter der Garage versteckt hatte. Zumindest so viel Rücksicht hatte sie, das musste er ihr lassen.

»Ich muss ihn dort herausholen«, beschloss er. »Aber ich weiß nicht wie.«

»Ist doch nicht dein Sohn«, bremste sie ihn aus. »Außerdem hast du eine andere Aufgabe. Du weißt, weshalb ich herge … kommen bin?«

Das ›kommen‹ hatte sie so eindeutig betont, dass ihm sofort klar wurde, dass sie sich von der Idee nicht abbringen lassen würde: »Du weißt, dass Jutta wieder da ist?«

»Ja und?«, neckte sie ihn. »Ein wenig Aufregung und Nervenkitzel schadet nicht. Ich verspreche leise zu sein. Fast die ganze Zeit.«

Sie ging erwartungsvoll zur Tür, er folgte ihr und ließ sie ins Haus herein. Sie ging vor ihm die Treppe hoch und wackelte dabei auffordernd mit dem Hintern, zog ihren langen Rock mit einer Hand soweit hoch, dass er sehen konnte, dass sie keinen Slip trug. Bei anderen Gelegenheiten wäre er schon bei der Idee scharf geworden, nun waren die Bedenken, Jutta könnte unerwartet auftauchen, größer als die Lust.

»Du wirst mich noch ins Grab bringen«, er öffnete die Wohnungstür, Iris bewegte sich an ihm vorbei, stieg aus dem Rock und ging direkt zum Schlafzimmer. Florian hob den Rock auf, legte ihn auf seine Kommode und folgte ihr. Auf dem Bett liegend hatte sie sich ihres Oberteils entledigt und lag nackt vor ihm. Im gleichen Bett, in dem er vor wenigen Tagen seine Frau geliebt hatte. Trotz seiner Skrupel spürte er, wie das Blut seinen Schwanz steinhart werden ließ.

Die Beule in seiner Hose war ihr nicht entgangen: »Na zumindest lasse ich dich nicht kalt.«

Er verschlang ihren Körper mit seinen Augen, öffnete seine Hose und stieg aus ihr heraus, ohne von Iris wegzuschauen. Flink zog er sein T-Shirt über den Kopf und in einer fließenden Bewegung entledigte er sich seiner Shorts und wollte sich direkt zu ihr vorbeugen.

»Nicht so stürmisch!«, bremste Iris ihn aus. »Zumindest einen Kuss wirst du meiner Muschi doch gönnen.«

Er grinste, fuhr mit dem Finger über ihre Schamlippen und spürte, wie feucht sie war: »Nötig wäre das nicht.«

Sie griff nach seinem Schwanz und machte leichte Auf- und Ab-Bewegungen.

»Nein, nicht nötig«, hauchte sie. »Es gefällt mir einfach.«

»Neunundsechzig?«, bot er an.

Iris überlegte kurz: »Okay.«

Sie zog ihn aufs Bett, drückte ihn auf die Seite, setzte sich auf sein Gesicht und wartete.

»Sobald ich deine Zunge spüre, beuge ich mich vor«, forderte sie.

Er ließ seine Zunge durch ihre Lippen gleiten und bemerkte, wie sie sich nach vorne beugte, den Kopf auf seine Leiste legte und seinen Schwanz fest ergriff. Mit beiden Händen umfasste er ihren Hintern und beschleunigte die Bewegung seiner Zunge, während er ungeduldig seine Hüfte bewegte. Dann endlich spürte er, wie ihre Lippen seine Eichel umschlossen.

Zwei Höhepunkte später saßen sie, wieder angezogen, das Schlafzimmer gelüftet, am Esszimmertisch: »Ich dachte, Männer können nicht so schnell hintereinander.«

Er grinste: »Junge Männer schon.«

Sie beäugte ihn: »Junge Männer?«

»Vielen Dank für das Kompliment«, neckte er sie. »Ich habe keine Ahnung wieso, aber sei froh, es ist nicht dein Schaden. Außerdem bin ich fast immer Gentleman und warte ab, bis du mindestens einen Höhepunkt hattest.«

»Ich halte es mit Carl nicht mehr aus«, wechselte sie schlagartig das Thema. »Die Entführung von Jutta hatte ich eigentlich als Zeichen gesehen.«

Der Kommentar traf Florian wie ein Schlag. Ja, er betrog seine Frau und er wusste, dass ein liebender Mensch seinen Partner hätte stärker vermissen müssen, oder sich mehr Sorgen hätte machen müssen. Die Art und Weise, wie Iris das kalt und berechnend erklärt hatte, überraschte ihn.

Er wollte antworten, als die Tür aufging und Jutta nach Hause kam.

Erschrocken sahen sich Iris und Florian an, versuchten aber, normal und unverdächtig zu wirken: »Hallo Schatz, wir sind im Esszimmer!«

Jutta kam zur Tür herein: »Hallo!«

Sie schaute von Florian zu Iris und zurück zu Florian: »Iris, wie geht es dir?«

»Gut«, reagierte sie, »aber wichtiger ist doch: Wie es dir geht? Du Arme, du musst Schreckliches erlebt haben?«

»Auch wenn es nicht schön war.« Florian versuchte, ihre Stimmlage zu deuten. »Ich habe Glück gehabt.«

»Das freut mich.« Iris stand auf. »Ich muss wieder los. War schön, dich gesehen zu haben!«

Sie stand auf, drückte beide zum Abschied und verließ die Wohnung. Jutta schaute ihr wortlos hinterher, drehte sich zu Florian um und durchbohrte ihn mit den Augen. Der versuchte sich verzweifelt eine gute Reaktion einfallen zu lassen und obwohl er normalerweise gut mit Druck zurechtkam, tat er sich in dem Moment schwer.

»Was verschaffte uns die Ehre des Besuchs dieses Weibes?«, fragte sie und er erkannte den Vorwurf sowie den Verdacht zwischen den Zeilen.

»Sie hat gehört«, erfand Florian, »dass ich Medikamente besorgen könnte und hat mich um Schmerzmittel angebettelt.«

Jutta drehte sich zur Haustür um, schaute ihn wieder lange an, ohne etwas zu sagen: »Hältst du mich für dumm? Wie lange geht das schon?«

»Wie lange geht was?«, versuchte er sich herauszuwinden.

»Wie lange fickst du schon mit Iris?« Ihre Stimme wurde emotionslos, für Florian das klare Anzeichen, dass es eng für ihn wurde. »Unser Schlafzimmer riecht nach Sex!«

»Iris ficken?« Er versuchte, beleidigt zu klingen. »Natürlich, meine Frau wird entführt und das Erste, was mir in den Sinn kommt, ist es, die Alte von jemand anderem zu ficken? Wer glaubst du, bin ich? Irgendein emotionsloser Casanova?«

Er war lauter geworden in der Hoffnung, dass sie Zweifel an ihren Vorwürfen bekommen würde.

»Wer du bist?«, wiederholte sie vollkommen emotionslos. »ich bin mir nicht sicher, ob ich das weiß. Vielleicht hatte Herr Siebenthal mit seiner Abneigung gar nicht so unrecht.«

Sie wusste gar nicht, wie recht sie hatte und wie sehr ihn der Vorwurf traf. Dem alten Sack hatte er es gezeigt und trotzdem quälte er ihn nach seinem Tod: »Baby, ich bin noch Fl …«

»Medikamentendealer und Fremdvögler von Umbach?«

»Ich habe dir erklärt«, langsam wurde er sauer, »dass ich das mit den Medikamenten für uns gemacht habe. Und als du es von mir gefordert hast, habe ich aufgehört.«

»Ach! Und wenn du aufgehört hast, kommt deine Kundschaft einfach so zu uns nach Hause?«

»Iris hatte den Tipp von jemand bekommen und ...«

»Von jemand anderem?«, nun erhob sie doch die Stimme. »Weißt du, wie bescheuert deine Geschichte klingt? Wie unglaubwürdig?«

»Das mit den Medikamenten mache ich nicht mehr!«, er wurde ebenfalls lauter, »und ich habe dich, in unserer Ehe, nie betrog ...«

»›In unserer Ehe‹?«, schrie sie ihn an. »Und was war in der Zeit, in der wir noch nicht verheiratet waren?«

»Da auch nicht.« Er ärgerte sich über seine Formulierung. »Ich ...«

»Und du machst nicht einmal vor meiner Familie halt«, fiel sie ihm ins Wort. »Du kannst deine Finger nicht von meiner Nichte lassen. Hast du keine Skrupel? Schämst du dich gar nicht?«

»Deine Nichte?«, versuchte Florian unschuldig zu klingen. »Was soll ich mit der gemacht haben?«

»Wieso musst du eine erwachsene junge Frau massieren?«, warf sie ihm vor. »Bist du etwa auch der Physiotherapeut von Umbach? Habe ich was verpasst?«

»Jutta, jetzt beruhige dich doch mal, lass uns wie Erwachsene unterhalten!«

Sie stellte sich, mit in die Seite gestemmten Fäusten vor ihn: »Hast du mit Iris gefickt?«

Die Frage erwischte ihn kalt: »Nein.«

Sie schaute ihm tief in die Augen, sagte kein Wort und drehte sich um. Er dachte schon, dass sie sich langsam abregen würde, da ging ihm auf, dass sie ins Schlafzimmer ging. Vor dem Lüften hatte er, so gut es ging, das Bett gemacht, seine Höhepunkte hatte er in Iris Mund gehabt, es sollte kaum Spuren geben. Er überlegte, ob er aufstehen und ihr hinterhergehen sollte, hörte, wie sie das Bett durchsuchte. Als sie zurückkam, rechnete er mit dem Schlimmsten.

Er durfte auf keinen Fall vergessen, das T-Shirt aus der Wäschetonne zu entsorgen, damit hatte er sich nach dem Sex flüchtig abgewaschen.

»Ich frage dich noch mal: Was sollte das mit Laura? Wieso musst du an einer jungen Frau herumfummeln, die zur Familie gehört?«

»Da war nichts! Sie sah erschöpft aus und ich wollte nur nett sein. Dabei habe ich vielleicht ihre Brust berührt, aus Versehen.«

»Wieso sollte ich dir das glauben? Hat sie dich um eine Massage gebeten?«

»Nein, sie sah nur so aus, als ob …«

»Du kannst nicht jede Frau anfassen, von der du denkst, dass sie eine Massage braucht.«

»Laura ist nicht ›jede Frau‹«, versuchte er sich zu wehren.

»Genau«, giftete sie ihn an, »sie ist nicht jede Frau, sie ist meine Nichte! Simone und Malte würden sie dir blind anvertrauen. Sie vertraut dir! Lukas traut dir! Wieso machst du so etwas Dummes?«

»Ich habe nicht nachgedacht, ich wollte nur nett sein. Und vielleicht bin nicht ich das Problem, vielleicht hat sie sich über die Berührung gefreut.«

Sie schaute ihn verständnislos an: »Gefreut?«

»Soweit ich gehört habe, läuft es bei ihr mit Gordon nicht so optimal, vielleicht sehnt sie sich nach richtiger Zuneigung. Und sie hat mir mal gesagt, dass sie dich um mich beneidet.«

»Da war sie einige Jahre jünger und hatte ihre erste Liebe hinter sich! Wie kommst du auf die Idee, dass es bei ihr und Gordon nicht gut läuft?«

»Wenn man die beiden zusammen sieht …«

»Ach, weißt du was, das interessiert mich nicht. Du hast nicht einfach andere Frauen anzufassen. Selbst wenn du es noch so gut meinst.«

Endlich, das erste Entgegenkommen. Er fühlte sich wieder auf der Gewinnerstraße.

»Ich will, dass du dir eine andere Wohnung suchst.«

Wenn er nicht bereits gesessen hätte, hätte ihm der Satz den Boden unter den Füßen weggerissen. Wähnte er sich eben im Aufwind, fühlte er sich auf einmal wie im freien Fall.

»Ich soll was?«

»Du sollst dir eine Wohnung suchen.«

»Warum?«

»Weil ich dich hier nicht mehr haben möchte.«

»Das ist genauso meine … nein. Warum?«

»Ich kann dir nicht mehr trauen.«

Er stand auf, wollte sie umarmen, aber sie entzog sich ihm.

»Jutta, ich habe aufgehört, die Medikamente zu verkaufen, und ich habe dich nicht betrogen. Niemals.«

Er konnte ihren Gesichtsausdruck nicht deuten, da war weder Erleichterung noch Wut, noch Angst zu sehen. Sie hatte die Situation unter Kontrolle und er war sich schmerzhaft bewusst, dass er daran im Moment nichts, gar nichts ändern konnte. Sie verschränkte die Arme vor ihrer Brust und sein Blick fiel in ihr Dekolleté.

»Unsere Ehe steht auf der Kippe und du starrst mir auf die Brüste?«

»Jutta, was kann ich tun, damit du mir glaubst?«

»Du wirst helfen, dass Lukas sich mit dem Rest der Familie versöhnt«, sagte sie. »Du hast einen guten Draht zu Lukas. Nutze das. Und fang nicht an, ihn zu massieren.«

»Ich kann es versuchen«, reagierte er.

»Mach es. Nicht nur versuchen, das ist mir sehr, sehr wichtig. Lukas muss raus aus der Gemeinschaft.«

»Und wenn ich das nicht schaffe? Wenn Lukas nicht auf mich hört?«

»Du kannst recht überzeugend sein. Nutze das. Und wenn du das geschafft hast, bist du nicht vom Haken. Sollte ich mitbekommen, dass du nach unserem Gespräch immer noch mit Medikamenten gedealt hast oder dass du andere Frauen ungefragt massiert hast, kannst du sie fragen, ob sie ein Bett für dich hat.«

TAG 34

MALTE

Malte stand neben der Scheune, in der sie in den ersten Wochen nach dem Stromausfall Flüchtlinge untergebracht hatten. Nach vielen kleinen und großen Überfällen war die Bereitschaft des Dorfes, fremden Menschen zu helfen, nahezu komplett verschwunden. Robert Kempf war mit ihm gemeinsam den Weg dorthin gelaufen und beide fühlten sich erschöpft. Nicht nur körperlich.

»Ehrlich gesagt verstehe ich es nicht«, sinnierte Malte. »Innerhalb kürzester Zeit haben wir unsere Werte über Bord geworfen.«

Er schaute zum Galgenkonstrukt herüber, das von ihrem Standpunkt aus zu sehen war.

»Und obwohl wir wesentlich besser dastehen, als viele andere Orte rund um uns«, fuhr er fort, »sind unsere Mitmenschen nicht zufrieden. Was erwarten die?«

Robert brauchte lange, bis er antwortete: »Moral muss man sich leisten können. Es hat eine Weile gedauert, bis allen klar wurde, dass das kein zeitlich beschränktes Phänomen ist. Und dann ging ihnen auf, dass die Sorge nicht dem Besitz von Luxusgütern gilt, sondern dass wir alle auf der Bedürfnispyramide bis fast nach unten durchgerutscht sind. Aktuell ist Überleben, Nahrung und ein Dach über dem Kopf wichtig. Und jeder, der das verspricht, der das garantiert, findet Gehör.«

»Aber alle Umbacher haben genug zu essen«, schüttelte Malte traurig den Kopf, »und ein Dach über dem Kopf.«

»Ängste sind nicht rational«, befand Robert. »Mit Argumenten kommst du da fast gar nicht gegen an.«

»Anderen scheint man mehr zuzutrauen«, ärgerte sich Malte. »Wie bekommen wir das Vertrauen wieder? Zumal wir doch nicht allzu viel falsch gemacht haben?«

»Es ist kein Geheimnis, dass du und ich gegen die Todesstrafe waren und sind. Das wird von den meisten als Schwäche angesehen. Stark wirkende Persönlichkeiten, ›Machermentalitäten‹ haben nicht nur in Krisen großen Zulauf.«

»Dann stehen wir auf verlorenem Posten und können nur zusehen, wie jemand das Dorf übernehmen wird?«

»Das ist nicht gesagt. Wir sind nicht chancenlos und ich glaube schon, dass wir Rückhalt haben. Und vielleicht können wir etwas ganz anderes kreieren. Das Thing sollte mehr Entscheidungen treffen.«

»Du willst den Rat durch ein Thing ersetzen?«

»Nein. Ich bin überzeugt, dass es einen Rat braucht, um schneller handeln zu können, aber wir sind im Grunde eine so kleine Gemeinschaft, dass wir öfter alle mitbestimmen lassen können.«

»Wir reden von über zweitausend Menschen. Wie soll das funktionieren?«

Robert Kempf zuckte mit den Schultern. »Ich hatte gehofft, dass du mir eine Antwort geben könntest.«

Malte blickte seinen Freund ratlos an und sein fragendes Gesicht brachte Kempf zum Lachen: »Wenn ich diesen Gesichtsausdruck hätte fotografieren können.«

»Du verarschst mich«, lächelte Malte.

»Dazu ein eindeutiges ›Jain‹«, Kempf klopfte ihm väterlich auf die Schulter. »Wir werden in den nächsten Versammlungen vorschlagen, dass mehr direkt von allen entschieden werden soll und bitten um Ideen, wie wir das am besten machen können.«

»Und wenn das nicht klappt, wird sich irgendwer zum Diktator aufschwingen?«

»Du kennst die Berichte über die die Orte um uns herum. Es gibt Anarchie, es gibt so was wie eine Militär- oder Polizeidiktatur, es gibt eine Räterepublik. Oder eine Räteregion. In manchen Orten haben kriminelle Gangs, Rocker oder Clans die Herrschaft übernommen. Und es gibt Orte, die die alte Rechtsordnung weitestgehend erhalten haben. Aus uns kann schnell alles werden.«

»Dann müssen wir unser Modell schneller exportieren. Und je mehr Orte im Umkreis genauso stabil sind wie wir, desto sicherer sind wir doch selbst.«

»Malte, ich würde gerne deinen Optimismus teilen. Auch wenn wir gut vorbereitet sind: Unsere Ressourcen sind knapp, der Überfall auf den Hof hat uns Vorräte gekostet und wenn der Winter kommt, werden wir bald überlegen müssen, ob wir härter rationieren müssen.«

»Das werden viele nicht mögen und die Zusammenarbeit mit anderen Dörfern infrage stellen.« Malte dachte an die Kornlieferungen, mit denen sie Nachbardörfern geholfen hatten.

»Ja. Da wird sich jeder schnell der Nächste sein. Und im Moment profitieren wir von dem, was vorhanden ist. Wir haben keine Ahnung, wie hart der Winter sein wird, wir wissen nicht, wie gut die Ernten sein werden, wie gut die Ernten nächstes Jahr sein werden. Selbst mit dem Wissen, das wir haben, fehlt uns das Material für Dünger, das Pflügen der Felder ist ohne Maschinen schwerer, der Ertrag wird niedriger ausfallen.«

Traurig schaute der Mann, den Malte als Mentor ansah, ihn an: »Bevor es besser werden wird, wird es erst schlimmer werden. Wir werden Menschen verlieren, an denen uns viel liegt. Wir werden nicht alle retten können.«

Malte hatte selbst versucht, zu berechnen, wie viel Land man brauchte, um eine Familie zu ernähren. Er wusste, dass es Bewegungen gab, die versuchten, auf relativ kleinen Flächen alles anzubauen, was vier Personen benötigten. Er hatte auf Wanderkarten die zur Verfügung stehende Fläche ausgerechnet und war sich sicher, nicht richtig gerechnet zu haben. Vielleicht waren der Hektar Land pro Familie auch falsch gewesen. Er wusste es nicht und jedes Mal, wenn er zu dem Ergebnis gekommen war, dass die Fläche nicht für alle reichte, nicht mal für die Menschen des Dorfes selbst, gab er auf.

»Wir müssen doch mehr machen können, als nur den Mangel zu verwalten?«, hoffte er.

»Wir werden ein Problem nach dem anderen lösen«, Kempf wirkte müde und erschöpft. »Lass uns zum Major fahren.«

Sie bestiegen ihre Fahrräder und traten in die Pedale. Malte musterte seinen älteren Freund, der in den letzten Wochen optisch um Jahre gealtert war. Obwohl beide fitter waren als vor dem Stromausfall, war der Anstieg hoch zum Schützenhaus anstrengend und nach dem ersten Drittel wurde Robert Kempf merklich langsamer.

»Lass uns absteigen und hochschieben«, schlug Malte vor, »das ist mir auch zu steil.«

Kempf schwieg, weil er die Luft zum Schieben des Rades benötigte, Malte wollte ihn nicht in Verlegenheit bringen und sagte ebenfalls nichts. Am Schützenhaus angekommen, stellten sie ihre Fahrräder ab.

»Hallo«, wurden sie vom Major begrüßt. »Wir haben aufregende Tage hinter uns.«

»Hallo Herr Major«, reagierte Malte. »Und wenn ich Ihr Gesicht richtig deute, sind die noch nicht vorbei?«

»Hallo«, begrüßte Kempf den Major, der die Männer ins Schützenhaus führte.

Den ehemaligen Luftgewehrstand hatte man zum Kommandozentrum umgebaut, an jeder Wand hingen, statt der Schützenscheiben, nun Karten und Listen, außerdem hatten sie Whiteboards und Flipcharts besorgt, auf denen Miliz und Polizei ihre Ressourcen planten. In der Mitte hatte man einen großen Tisch zusammengestellt, auf dem lag eine Karte. Malte erkannte Mittelhessen darauf und wenn er sich nicht irrte, Figuren aus einem Risiko-Spiel, die auf die Ortschaften auf der Karte verteilt waren. Die Karte selbst war mit einer Klarsichtfolie abgedeckt und mit Linien waren vermutlich Grenzen aufgezeichnet.

»Woher haben Sie all die Informationen?«, platzte es aus Malte heraus.

»Kundschafter, Ausfragen von Durchreisenden«, erklärte der Major, »und von Gefangenen. Keine Hexerei, vermutlich ist die Haltbarkeit der Daten eingeschränkt. Es ist besser als nichts.«

Malte versuchte, die Situation zu erfassen: Auf dem und um das Forum in Wetzlar standen viele Einheiten. Sehr viele. Zwischen dem Forum und Umbach wenige, jedoch mit einer anderen Farbe, Umbach und die verbündeten Orte waren mit je zwei Farben bestückt.

Der Major bemerkte Maltes fragenden Blick: »Die Gelben sind Einheiten mit Militärerfahrung, die Blauen sind Milizen mit wenig oder keiner Erfahrung.«

In diesem Moment trat Frau Odrell, zusammen mit zwei Männern des Hofguts, ein. Malte erkannte einen davon als den Mann, der ihm seinerzeit Tee serviert hatte.

»Hallo, die Herren«, ihr Tonfall hatte etwas Befehlendes, der Gesichtsausdruck des Majors ließ Malte vermuten, dass der ähnlich empfand. »Wir haben Neuigkeiten über Frau Armsteiner und ihre … Bande.«

»Woher …«, meldete sich Robert Kempf zu Wort.

»Dazu kommen wir später«, unterbrach ihn Frau Odrell. »Innerhalb ihrer Gruppe ist es zum Streit um die Führung gekommen. Und Streit ist dabei euphemistisch zu verstehen. Es gab offene Kämpfe zwischen ihren Anhängern innerhalb der Gruppe und ihren Gegnern. Wir haben die Chance, die Bedrohung zu beseitigen.«

»Beseitigen?«, der Major klang skeptisch. »Solange die sich untereinander streiten, sollten wir uns heraushalten.«

»Dem stimme ich zu«, sagte Alexander. »Die Rechten sollen sich gegenseitig plattmachen.«

Der Teeservierer warf Alexander einen überheblichen Blick zu: »Das freut den Russki, wenn sich Deutsche gegenseitig erschießen.«

»Ernst«, ermahnte Frau Odrell den Teeservierer mit leiser, aber autoritärer Stimme. Sie wartete, bis der einen Schritt zurücktrat und nickte.

»So zurückhaltend, Herr Major?« Es wirkte, als ob sie ihn herausforderte. »Wenn wir warten, wird die Seite, die die Machtkämpfe gewinnt, stärker sein als jetzt. Wir könnten uns auf die Seite der anderen stellen und damit neue Verbündete schaffen.«

»Wer garantiert uns, dass wir uns auf die verlassen können?«, bezweifelte Kempf. »Eine Horde Wegelagerer wird sich nicht auf einmal ändern.«

»Wir haben aktuell nicht viele Verbündete zur Auswahl, oder Herr Major?«, Frau Odrell blickte den Mann auffordernd an.

Der nickte: »Prinzipiell werde ich nicht widersprechen, allerdings würde ich denen nicht den Rücken zuwenden.«

»Bei manch anderen würde ich das auch nicht.« Alexander fixierte Ernst, der ließ sich nichts anmerken.

»Alex«, maßregelte der Major seinen Adjutanten. »Wir haben gemeinsame Feinde.«

»Wie können wir denen überhaupt helfen?«, fragte Malte, »und wie kommen wir in Kontakt mit ihnen?«

Seit Frau Odrell mit ihren Männern hereingekommen war, konnte Malte nur an Lukas denken. Er wollte sie anschreien, sie auffordern, ihm seinen Sohn zurückzugeben, fand aber wieder Ruhe. Er würde auf seine Gelegenheit warten und dann das Thema auf den Tisch bringen.

»Den Kontakt können wir herstellen«, erklärte Ernst, »und mit einem abgesprochenen Angriff könnten wir für die richtige Ablenkung sorgen.«

»Und wenn das eine Falle von Armsteiner ist?«, zögerte Kempf. »Dann laufen unsere Leute ins Verderben.«

Der Major blickte Frau Odrell an: »Ja. Wie können wir sicher sein, nicht in eine Falle zu laufen?«

»Herr Major«, Frau Odrell klang zwar herrisch, aber trotzdem verständnisvoll. »Ich habe Sie einige Male mit Informationen versorgt.

Wenn ich mich nicht irre, haben die sich alle als richtig herausgestellt. Warum sollte ich Ihnen nun etwas vormachen?«

Robert Kempf schien nicht beeindruckt: »Frau Odrell, auch wenn dem so ist, fühle ich mich unwohl dabei. Vertrauen ist gut, aber ich würde es begrüßen, wenn Sie uns ein wenig mehr erzählen würden.«

»Darf ich mich setzen?«, Frau Odrell deutete auf einen freien Stuhl.

»Ja klar«, der Major gab den Gentleman und half ihr.

Malte wunderte sich, denn die Frau war sportlich, vielleicht war es nur der Versuch, so etwas wie Schwäche vorzuspielen.

Nachdem sie sich gesetzt hatte, holte sie tief Luft: »Julia Armsteiner wollte vor einigen Jahren Teil unserer Gemeinschaft werden. Sie lebte sogar einige Wochen bei uns auf dem Hofgut und wir hatten viele lange und gute Gespräche.«

Sie machte eine kurze Pause: »Ihr damaliger Partner war dagegen, auf den Hof zu ziehen und unsere Wege trennten sich.«

»Das erklärt nicht, wie Sie Kontakt zu ihren Gegnern bekommen haben?« Malte war überrascht, wie fordernd Robert Kempf klingen konnte.

»Ich plaudere kein Geheimnis aus«, antwortete Frau Odrell, »wenn ich erzähle, dass wir mit Armsteiner und ihrer Gruppe einige Werte teilen. Es sind die Details, bei denen wir uns nicht einig sind.«

»Klingt für mich wie eine Religion«, urteilte der Major, was ihm einen scharfen Blick der Leiterin der Freyristen einbrachte.

»Sie können es so darstellen«, ging sie darauf ein, »aber innerhalb jeder politischen Richtung gibt es verschiedene Ausprägungen. Erinnern Sie sich an die Anfangszeiten der Grünen? Da haben sich Männer für Liebe mit Kindern starkgemacht und die meisten davon haben sich bis heute dazu nicht mehr geäußert. Bei uns Völkischen gibt es große Unterschiede, speziell wenn es darum geht, wie man mit denen umgeht, die nicht Teil des Volkes sind.«

Kempf verschränkte die Arme vor der Brust: »Abgelehnt wird alles, was anders ist.«

Frau Odrell ignorierte den Kommentar: »Nach dem Stromausfall sind in kurzer Zeit einige Familien aus der Gegend zu uns gekommen. Damit auch viele Informationen. Frau Armsteiner hatte die Chance genutzt, als in der Kreisverwaltung ein Vakuum entstanden war und in enger Zusammenarbeit mit Teilen der Polizei die Ordnung in einigen Vierteln der Stadt wieder hergestellt. Ihr war sehr schnell klar, dass die Ressourcen nicht ausreichen würden um die Menschen, die nun im von ihr verwalteten Gebiet lebten, zu versorgen. Deshalb ihr Ultimatum.«

»Wenn Sie sich so nahestehen«, wunderte sich der Major, »warum haben Sie nicht vorgeschlagen ihr zu helfen?«

»Wir können helfen, einen Ort wie Umbach zu versorgen«, erklärte Odrell, »nicht eine Stadt oder gar einen ganzen Landkreis, das ist nicht zu schaffen.«

Sie wartete kurz auf eine Reaktion, die ausblieb, und fuhr fort: »Nach etwa zwei Wochen bekamen wir kaum noch Infos. Ihre Leute waren ihr treu ergeben und man hatte die Masse unter Kontrolle. Dann fingen einige ihrer... ich nenne sie mal Offiziere, an, ihre Macht massiv zu missbrauchen, und zwar so sehr, dass es im ›Volk‹ rumorte. Julia hat an einem der Männer ein Exempel statuiert und das schweißte ihre Opposition zusammen. Seit etwa drei Tagen erhalten wir wieder Informationen von dort.«

»Und die haben nicht zufällig vor dem letzten Angriff gewarnt?« Der Major wirkte wütend.

»Sie können mir glauben«, reagierte sie kühl, »dass ich das sofort weitergetragen hätte. Der Überfall hat auch uns Vorräte gekostet, auch wir profitieren vom Dorf. Wir sind Teil dieser Gemeinschaft.«

»Frau Odrell, wenn das in Zukunft mit mehr Vertrauen klappen soll«, Robert Kempf klang, wie er als Lehrer geklungen hatte, »dann müssen Sie schneller liefern.«

Wieder entstand eine kurze Stille, bis der Major das Wort ergriff: »Wie viele Ihrer Leute sind abtrünnig? Und können wir die Unterdrückten ebenfalls als Verbündete gewinnen?«

Ernst ging an den Kartentisch und deutete auf die Figuren beim Forum: »Ein Drittel ist bereit, gegen Armsteiner zu rebellieren.

Vielleicht sogar die Hälfte. Was das Volk betrifft, die folgen jedem, der ihnen Nahrung gibt. Wir glauben nicht, dass wir so viele Leute zusätzlich versorgen können.«

»Wir werden versuchen der Schlange den Kopf abzuschlagen«, fasste Kempf zusammen, »wissen aber, dass direkt ein Neuer entsteht, von dem wir nicht wissen, ob der nicht nach uns schnappen wird.«

»Für den Moment können wir nur kurzfristig planen«, sagte der Major, »wenn wir damit weniger Angriffe zu befürchten haben, ist das eine Option. Wie schätzen Sie die Lage ein, wenn wir selbst nichts machen? Wenn wir die sich selbst bekämpfen lassen?«

»Wenn Armsteiner die Köpfe ihrer Opposition rollen lässt«, erklärte Frau Odrell, »kann das zu beidem führen. Entweder sie vereint wieder alle hinter sich oder es kommt zu offenen Kämpfen. In dem Fall wären wir nur Zuschauer und haben keine Möglichkeit, am Ergebnis mitzugestalten.«

Der Major schaute auf die Karte und dann zweifelnd in die Runde: »Für den großen Einsatz können wir zu wenig gewinnen.«

»Das sehe ich auch so«, kommentierte Alexander, »zu gefährlich.«

»Dass der Russki Angst hat, war mir ja klar«, grinste Ernst, »aber beim Major wundert mich …«

»Ernst!«, Malte war erstaunt, wie laut die Stimme des Majors war, ohne dass es ein Brüllen war. »Du und Alex, ihr benehmt euch wie ein paar Jugendliche. Von mir aus könnt ihr nach draußen gehen und euch gegenseitig die Fresse polieren. Danach erwarte ich von euch beiden, dass ihr zusammenarbeitet. Habe ich mich klar ausgedrückt?«

Sowohl Ernst als auch Alexander wichen dem Blick des Majors nicht aus, Frau Odrell schien die Reaktion des Majors zu bewundern und stand auf.

Die beiden Streithähne schwiegen und der Major nickte: »Gut. Auch wenn es manche gerne anders hätten: Wir halten uns aus den Streitigkeiten der Gruppe um Armsteiner heraus und warten die weitere Entwicklung ab.«

Abends saß Malte mit dem Major auf der Terrasse des Schützenhauses und sie teilten sich eine Flasche Spätburgunder.

»Ich bin ja neugierig«, fing Malte an. »Was Sie in Ihrer Laufbahn beim Bund alles gemacht haben.«

Der Major nippte an seinem Glas: »Das ist eine lange Geschichte.«

»Wir haben viel Zeit«, grinste Malte, »mein Fernseher geht gerade nicht und auch ein Kinobesuch ist nicht geplant.«

»Herr Kinzig, ich fühle mich geschmeichelt, aber ich denke, das ist eine Geschichte für ein anderes Mal. Versprochen.«

Malte wollte nicht weiter nachbohren: »Der Streit zwischen Alex und Ernst, vor ein paar Tagen haben die sich schon mal geprügelt.«

»Im Wald«, nickte der Major, »der Förster hat mir davon erzählt. Die Animositäten machen mir echt zu schaffen. Alex mit den Spätaussiedlern auf der einen, Ernst mit den Freyristen auf der anderen Seite. Kräftemäßig ist das ein patt. Beide Seiten verfügen über viel Kampferfahrung, die uns zugutekommt. Dass sie sie verwenden, um sich gegenseitig zu bekämpfen, ist so unnötig.«

SIMONE

An ihren Turnschuhen löste sich die Sohle und sie musste sich dringend Ersatz besorgen. Sie hatte sich tagelang kaum in die Nähe von Ortschaften gewagt und um andere Wanderer einen Bogen gemacht. Tagsüber hatte sie beim Laufen immer eine Pistole in der Hand, was einen Wanderer aus der Ferne zu einem »Hey Schätzchen! Du hattest wohl schlechte Zeiten!« verleitet hatte.

Simone hatte die Waffe auf ihn gerichtet und kühl erklärt, dass er beim nächsten doofen Kommentar merken würde, wie schlecht die Zeiten waren. Der Mann traute sich nicht mehr, sie anzuschauen und beschleunigte seine Schritte, um von ihr Abstand zu gewinnen.

Ohne Arne kam sie schneller voran. Einmal, weil sein geschwächter Körper ohnehin nicht mehr so lange und so schnell laufen hatte können, hinzu kam, dass sie ihr eigenes Tempo gehen konnte, ihren eigenen Rhythmus. Das war weniger kräfteraubend und wenn sie nicht zwischendurch ihre Vorräte auffüllen müsste, wäre sie bald daheim. Aber ›mal eben einkaufen‹ ging nicht mehr. Zuerst suchte sie nach einer Quelle, um ihren Trinkwasservorrat aufzufüllen, danach suchte sie nach Obst, Gemüse und anderem Essbaren. Mit dem wenigen, was sie momentan zu sich nahm, würde sie nicht ewig weiterlaufen können, aber sie war kurz hinter Kassel, früher wäre das in Pendlerreichweite gewesen.

Schuhe, kam es ihr wieder in den Sinn, sie brauchte neue Schuhe. Neben der Autobahn lag ein Gewerbegebiet und sie war froh, dass große und vor allem hohe Schilder auf Supermärkte und Discounter hinwiesen, denn ›von hinten‹ sahen die Gebäudekomplexe oft nicht anders aus als Lager- oder Produktionshallen. Sie kletterte über die Mittelleitplanke, überquerte die Fahrbahn, ging durch die Böschung und befand sich auf dem Parkplatz eines Einkaufszentrums. Was Nahrung betraf, hatte sie wenig Hoffnung. Mittlerweile waren die ganzen Tierfutterkonserven geplündert und sie war sich sicher, dass die nicht nur für Haustiere genutzt wurden. Sie suchte nach einem unverschlossenen Hintereingang, prüfte, ob die Tür offen war und konnte ihr Glück kaum fassen, zumal die Tür sich ohne Lärm öffnen ließ.

Innen war es merklich dunkler, ohne Fenster und Oberlichter brauchten ihre Augen eine Weile, sich an die Lichtverhältnisse zu gewöhnen. Sie befand sich in einem Lagerraum, die Regale waren alle durchsucht und der Inhalt wenig vorsichtig auf dem Boden verteilt worden. Sie nahm eine dieser gelben Postkisten und stellte sie in die Tür, damit sie nicht zufiel und etwas Licht eindringen konnte. Dem überwiegend auf dem Boden verteilten Inventar nach dürfte das ein Lagerraum der Verwaltung des Einkaufszentrums gewesen sein: viel Büromaterial, Werbeplakate und Dekorationsmaterial. Durch eine Tür ging sie weiter in das Gebäude hinein. Die Pistole hielt sie mit angewinkelten Armen direkt vor der Brust, so wie sie es oft in Krimis gesehen hatte, mit der Linken ließ sie kurz los, öffnete die Tür und zog sie einen Spalt auf. Dahinter erkannte sie schemenhaft einen Flur.

»Toll«, sagte sie zu sich selbst, »unzählige Türen und ich gehe in die Verwaltung, wo es nichts zu holen gibt.«

Sie ging durch die Tür, drehte sich nach links und rechts und entschied sich, nach links zu gehen. Vorsichtig arbeitete sie sich vor und öffnete jede Tür, an der sie vorbeikam. Schon bei der Ersten sah sie ihre Vermutung bestätigt. Schreibtische, nutzlose Monitore und Tastaturen zeigten, dass sie sich durch Büroräume bewegte. Raum für Raum arbeitete sie sich vor, in den meisten waren Schränke und Regale ebenfalls ausgeräumt, und der Inhalt lag auf dem Boden verteilt. Im letzten Raum waren die Schreibtische an die Seite geschoben worden, auf dem Boden lagen Matratzen. Es roch nach Schweiß und die Spannbezüge waren fleckig. Sie fühlte den Ekel in sich aufsteigen und verließ den Raum. Die nächste Tür war am Ende des Flurs und unterschied sich von den anderen, war schwerer. Sie öffnete sie, die Waffe wieder im Anschlag und warf einen Blick durch die Tür. Dahinter erkannte sie eine für ein Einkaufszentrum typische Ladenzeile. Direkt gegenüber waren die Schaufenster einer Drogerie, daneben ein Schreibwarenladen und auf der anderen Seite eine Mobilfunkvertretung.

Simone trat durch die Tür und überlegte wieder, in welche Richtung sie gehen sollte. Die Türen der Drogerie waren offen und so machte sie sich an die spärlichen Überreste, die andere Plünderer zurückgelassen hatten. Unter dem Regal direkt bei der Kasse fand sie ein paar Müsliriegel, die sie dankbar in ihren Rucksack packte. Kühlschränke und Getränkeregale waren leer und außer ein paar auf dem Boden verteilten Inhalt von Müslipackungen fand sie nichts Essbares. In einem der Gänge fand sie mehrere unbeschädigte Packungen Feuchttücher sowie einzelne Packungen Damenbinden und stopfte, so viel wie ging, in ihren Rucksack, schulterte ihn und begab sich zurück zum Eingang der Drogerie.

Sie meinte ein Geräusch zu hören und hielt inne, um den Ursprung zu orten, aber nach einer halben Minute hörte sie nichts mehr und sie ging leise weiter bis zum nächsten Geschäft. An den durchwühlten Auslagen im Schaufenster erkannte sie ein Sportgeschäft und sie machte sich Hoffnungen für ihre schmerzenden

Füße. Laura hatte als Vierjährige den begehbaren Schrank von Malte und ihr ausgeräumt und alles kniehoch auf dem Boden verteilt. So ähnlich sah es im Sportgeschäft aus und Simone musste über die Erinnerung lächeln. Sie stapfte durch die in den Gängen liegende Bekleidung, fast wie durch Tiefschnee, und suchte für sich Nützliches. Manchmal hob sie eine Jacke oder ein T-Shirt hoch und hielt sie an sich. Interessante Stücke legte sie über ihren Arm und wieder kamen Erinnerung, diesmal an einen Schlussverkauf, bei dem sie gemeinsam mit Laura und Jutta zugeschlagen hatten.

In der Outdoorabteilung fand sie einen großen Trekkingrucksack und sortierte die Sachen aus ihrem alten Rucksack in den Neuen. Neben Oberbekleidung hatte sie Sportunterwäsche gefunden und sie nutze die Chance, um sich einmal frisch einzukleiden, nicht ohne sich zuvor, so gut es ging, mit den Feuchttüchern zu waschen. Danach brauchte sie eine Weile, bis sie zwei passende Paar Turnschuhe fand, denn alle Schuhregale waren zu einem großen Haufen aufgeschichtet worden. Zufrieden mit sich selbst, mit einem Gefühl von Sauberkeit, verpackte sie weitere Kleidung in den Rucksack und machte sich auf den Weg, um das Sportgeschäft zu verlassen. Kurz vor dem Ausgang hörte sie Stimmen von draußen und schlich sie leise wieder in den Laden und versteckte sich in einer abgelegenen Ecke.

»Hast du gehört, wie sie gebettelt hat?«, lachte ein Mann und sprach dann mit hoher Stimme, »›Nein, tun Sie es nicht, ich mache alles, was Sie wollen‹.«

Ein zweiter Mann lachte ebenfalls: »Was können die doch gefällig sein, wenn sie ihre Kinder schützen wollen!«

»Ja. Dafür, dass sie die ganze Zeit dabei geheult hatte, war es ganz nett«, befand der erste Kerl. »Was würde ich drum geben, mal wieder mit einer Frau zu ficken, die Lust darauf hat.«

»Du musst den Frauen nur was bieten, dann schmeißen sie sich an dich wie die Fliegen«, erklärte der Zweite. »Und wir haben doch massenhaft zu bieten.«

»War die Tür beim letzten Rundgang nicht zu?«, fragte der Erste und Simone verfluchte sich, weil sie nicht darauf geachtet hatte.

»Vielleicht«, reagierte der andere. »Möglicherweise hat sich Sebastian eine mit ins Nest genommen und es ihr richtig besorgt.«

»Wir sollten das kontrollieren«, entschied der Erste. »Außerdem dauert es ohnehin noch, bis das Fleisch fertig gebraten ist.«

Simone hörte, wie sich die Tür zur Verwaltung öffnete und kurz darauf waren die Stimmen der beiden Männer nur noch dumpf zu hören. Den Rucksack schulterte sie, machte den Beckengurt fest und schlich sich, wieder mit der Pistole in der Hand, zum Ausgang des Sportgeschäftes. Da sie nicht wusste, wie schnell die Männer zurückkommen würden, ging sie in die Gegenrichtung, aus der sie gekommen war, weiter in das Einkaufszentrum herein, stets bedacht, sich im Verborgenen bewegen zu können. Vielleicht war es nur der Kommentar des einen Mannes, aber sie war sich sicher, dass es nach Holzkohle roch. Und nach Fleisch. Ihr Magen reagierte mit einem lauten Knurren auf die fast vergessenen Sinneseindrücke und sie spürte, wie ihr das Wasser im Mund zusammenlief. Da sie keine Ahnung hatte, wie groß die Gruppe war, beschloss sie, das Einkaufszentrum so schnell wie möglich wieder zu verlassen.

»Bitte holen Sie uns hier raus.« Obwohl die Frau geflüstert hatte, fuhr Simone erschrocken zusammen. Das Geschäft, an dem sie vorbeigehen wollte, war durch ein Rollgitter abgesperrt, darin befanden sich mindestens fünfzehn Frauen, alle waren nur spärlich gekleidet und verschmutzt. Die meisten kauerten am Boden und starrten apathisch vor sich. Simone untersuchte das Tor, ein großes Vorhängeschloss verriegelte es.

»Ich muss etwas finden, mit dem ich das Schloss aufbekomme«, sagte sie.

»Sie haben die Pistole«, die Frau zeigte auf die Waffe, »schießen Sie es auf.«

»Das würde zu viel Aufmerksamkeit erzeugen«, befand Simone, »ich suche etwas, das leiser ist.«

»Die können jeden Moment wieder kommen«, jammerte die Frau, »bitte helfen Sie uns!«

»Ich beeile mich, möchte selbst schnell hier raus. Bin gleich wieder da!« Sie versuchte, zuversichtlich zu klingen, und ging weiter, ignorierte das weitere Betteln.

Der Geruch von verbranntem Fleisch war hier intensiver und sie vermutete, dass der Grillort im großen Supermarkt sein musste. Sie machte sich kurz Gedanken, wieso man nicht im Freien grillte, vermutete, dass man keine Hungrigen anlocken wollte. Ein Lageplan des Einkaufszentrums offenbarte ihr, dass es einen kleinen Baumarkt gab, dort würde es vermutlich etwas geben, mit dem sie das Schloss knacken konnte.

Stimmen aus der Richtung vor ihr ließen sie zusammenzucken und sie suchte ein Versteck, entschied sich für den kleinen Laden zu ihrer Rechten. Im Gegensatz zum Sportgeschäft war der Boden frei, die Regale waren leergeräumt und ein Vorhang deutete auf einen weiteren Raum. Sie schob ihn zur Seite und musste einen Schrei unterdrücken. Der Geruch von verbranntem Fleisch wurde hier vom Gestank süßer Fäule überdeckt. Im kleinen Raum, der gleichzeitig Lager und Aufenthaltsraum für das Personal gewesen war, lagen Knochenreste, Fliegen fraßen die verbrannten Fleischreste von den Knochen. Sie hatte schnell genug die Fassung wiedergewonnen, den Vorhang hinter sich zugezogen und hörte, wie gleichzeitig die beiden Männer von eben und ein Dritter aus der anderen Richtung vor dem Geschäft aufeinandertrafen.

»Wir müssen bald wieder auf Jagd gehen«, erklärte der Dritte, »die Vorräte sind bald aufgebraucht.«

»Na, für heute und morgen wird es reichen«, erkannte Simone die Stimme des ersten Mannes wieder. »Und selbst wenn, wir haben noch die Frauen.«

Simone betrachtete die Knochen und aus dem, was sie sah und was die Männer erzählten, ergab sich ein schreckliches Bild. Sie kämpfte mit sich, um ein Wimmern zu unterdrücken, die großen Knochen, die sie vor sich sah, erinnerten sie an menschliche Oberschenkelknochen.

Die Männer redeten weiter, sie hörte alles nur sehr weit entfernt, konnte keine einzelnen Worte mehr ausmachen. Sie musste hier raus, so schnell wie möglich und das Schicksal der Frauen im verschlossenen Geschäft durfte sie nicht vom Überleben ablenken. Mit Erleichterung hörte sie, wie die Männer sich von ihr entfernten.

Sie erinnerte sich an den Plan des Einkaufszentrums, überlegte, dass sie keine Wachen in Richtung der Autobahn gesehen hatte, und entschloss sich, sich so schnell wie möglich aus dem Staub zu machen. Den Vorhang schob sie ein wenig zur Seite und sie war erleichtert, niemanden zu sehen. Langsam öffnete sie den Durchgang komplett und schlich nach vorne, lugte in beide Richtungen und trat den Rückweg an. Langsam und rückwärts gehend, damit sie ihre potenziellen Verfolger sah, bevor die sie sehen würden. Geschäft für Geschäft arbeitete sie sich zurück, die Stimmen der Männer waren nicht mehr zu hören.

»Haben Sie etwas gefunden?«, hörte sie die Frau von eben fragen.

»Nein«, Simone brach es das Herz, aber sie musste an ihre eigene Sicherheit denken, »es tut mir leid.«

»Sie müssen uns helfen!«, flehte die Frau, »die Männer halten uns gefangen. Unsere Männer und Kinder haben sie von uns getrennt.«

Simone wollte keine weiteren Details wissen, die Frau redete weiter: »Haben Sie meinen Sohn gesehen? Justin? Ein blonder Junge, acht Jahre alt?«

»Nein«, Simone wollte sich nicht ausmalen, was mit dem Sohn der Frau passiert war. »Ich habe niemanden gesehen. Nur drei der Männer gehört. Wissen Sie, wie viele es insgesamt sind?«

Die Frau brach in Tränen aus: »Ich versuche, es zu verdrängen, aber ich kann mich an mindestens acht erinnern. Ich weiß nicht, ob das alle sind.«

Simone wollte erst nachfragen, was die Frau meinte, bekam dann eine Vorstellung und verkniff sich die Frage. Sie erinnerte sich an die Gruppe, die sie und Arne verfolgt hatte, und wollte das nicht noch mal erleben.

»Ich hole Hilfe.« Ihre Stimme klang nicht so zuversichtlich, wie sie wollte. »Halten Sie durch!«

»Gehen Sie nicht weg«, bettelte die Frau, »lassen Sie uns nicht alleine! Bitte! Bitte!«

Simone widerstand dem Drang zu helfen: »Ich verspreche, ich komme bald wieder!«

Ihr Gegenüber schien zu merken, dass sie selber nicht an dieses Versprechen glaubte.

»Bitte! Bitte helfen Sie uns!«, die Frau ließ nicht locker.

Simone entfernte sich, wieder rückwärts laufend, dem vorwurfsvollen Blick der Frau standhaltend.

»Kommen Sie zurück«, die Stimme der Frau wurde lauter, »schießen Sie das Schloss weg!«

Simone reagierte nicht, drehte sich um und ging erst langsam, dann flotter werdend in Richtung der Verwaltungsbüros.

Hinter sich hörte sie, wie an dem Gitter gerüttelt wurde.

»Komm zurück, du feige Sau!«, schrie die Frau ihr hinterher, »Hol uns hier raus!«

Simone fluchte, fing zu rennen an und hörte, wie die Frau ihr weiter hinterher schimpfte, kurz darauf hörte sie die Stimmen der beiden Männer von eben, da war sie bereits in den Flur geflüchtet. Sie rannte, so schnell es mit dem Rucksack ging, an den Büroräumen vorbei, fluchte erneut, weil sie sich nicht sicher war, welche der Türen der Lagerraum war, durch den sie hereingekommen war. Beim dritten Versuch erkannte sie den Raum wieder, stolperte durch das auf dem Boden liegende Inventar und war sich sicher, die Tür zwischen der Verwaltung und dem Einkaufszentrum zu hören. Falls die Männer ihr folgten, so waren sie dabei leise.

Erneut war sie die Beute und sie wusste nicht, wie groß die Meute war, die sie jagte. Sie erreichte die Außentür, warf einen Blick nach draußen und wagte den Schritt ins Freie. Das helle Tageslicht ließ sie blinzeln. Während sich ihre Augen von der Dunkelheit erholten, überquerte sie den Parkplatz, kletterte durch die Böschung, etwa an der gleichen Stelle, an der sie hereingekommen war, und war kurz darauf auf der Straße. Mit flotten Schritten überquerte sie die Fahrbahn, kletterte über die Mittelleitplanke und bewegte sich im Laufschritt in Richtung Süden, sich immer wieder umdrehend. Sie zählte ihre Schritte, erst zehn, dann wurden es hundert, dann zweihundert. Bei zweitausend hörte sie mit dem Zählen auf, lehnte sich an ein liegengebliebenes Mercedes Cabrio und brach in Tränen aus.

TAG 35

LUKAS

Kommst du?«, hauchte Anne ihm ins Ohr, »es geht gleich los.«
Lukas betrachtete ungeniert den nackten Körper der jungen Frau und spürte, wie sie ihn erneut erregte.

Das entging ihr nicht: »Benimm dich, wir haben jetzt keine Zeit.«

Schnell schlüpfte sie in ihren Slip, zog in atemberaubender Geschwindigkeit ihren BH an, für den Lukas so lange gebraucht hatte, um ihn zu öffnen, und griff nach ihrem Kleid.

»Wieso müssen wir da überhaupt hin?«, fragte er widerwillig, »schön wird das bestimmt nicht.«

Sie setzte sich auf die Kante seines Bettes und zog ihre Schuhe an: »Unsere Gemeinschaft baut auf gegenseitigem Respekt auf. Wenn sich jemand nicht an die Regeln hält, respektiert der uns nicht und die Strafe soll ihn daran erinnern. Und andere abschrecken.«

»Ja, aber auspeitschen«, befand Lukas, »er hat doch nur ein Buch geklaut. Oder sich ausgeliehen, da steht doch Aussage gegen Aussage. Was ist mit ›Im Zweifel für den Angeklagten‹?«

»Hast du gesehen, was diese Einstellung aus unserem Land und unserem Volk gemacht hat?« Seit er auf dem Hof lebte, hatte Lukas diese Argumente öfter gehört. »Mit dieser Weichspülerei bekommst du keinen Respekt, schon gar nicht von den Muselmanen oder

Niggern. Und wenn ein deutscher Mann zu schwach für diese Strafe ist … nur die Stärksten werden überleben.«

»Macht ihr das öfter?« Lukas fühlte sich unwohl bei dem Gedanken, Zuschauer bei der Bestrafung zu sein.

»Nein«, erklärte Anne, »das ist nicht nötig. Und jetzt zieh dich an, sonst kommen wir zu spät.«

»Werden wir dann auch bestraft?«, neckte er sie.

»Willst du das herausfinden?«, stellte sie ihm eine Gegenfrage und er wusste nicht, ob sie es ernst meinte oder nicht.

So schnell er konnte, zog er sich an, versuchte etwas Ordnung in seine Haare zu bekommen und folgte Anne auf den Hof. Dort trafen die Mitglieder der Gemeinschaft ein und versammelten sich mit Abstand um einen Schandpfahl. Anne hatte Lukas erklärt, dass es solche und andere Pranger in jeder Stadt gegeben hatte. Dieser war ein massiver Pfahl aus dunklem Holz, etwa zweieinhalb Meter hoch, zwei Ketten mit Handeisen hingen an den Seiten herunter. Lukas ließ den Blick über die Zuschauermenge schweifen, selbst die kleinsten Kinder waren dabei. Das Gemurmel der Menge erstarb, als man den Klang von Trommeln hörte. Kurz darauf öffnete sich das große Tor der Scheune. Vier junge Männer mit Trommeln führten einen kleinen Zug an, hinter ihnen folgte ein weiterer Mann, mit freiem Oberkörper und konzentriertem Blick, als Letztes folgte Ernst, der eine zusammengerollte Peitsche in der Hand trug.

Erstaunt schaute Lukas Anne an, die erahnte seine Frage: »Nein, Ernst ist nicht immer dafür zuständig, die Aufgabe wird unter den Männern ausgelost.«

»Und wenn man das nicht machen möchte?«, fragte Lukas.

»Das ist noch nicht vorgekommen«, antwortete Anne. »Es ist eine Pflicht, die man nicht ablehnen kann.«

»Man könnte nur so tun, als ob man zuschlägt?«

»Auch das ist nicht passiert. Wenn jemand Zweifel anmeldet, wird jemand anderes zum Peitschen ausgesucht, der die Strafe wiederholt. Für den Ausgepeitschten und den, der ihn nicht richtig bestraft hat.«

Die Trommler hatten mittlerweile den Pfahl erreicht und hatten sich im Karree um ihn aufgestellt. Ernst führte den anderen Mann an den Schandpfahl, der drehte sich mit dem Gesicht dazu und seine Hände wurden mit den Eisen an den Ketten gefesselt. Er hielt dem Gefesselten ein rundes Stück Holz vor den Mund, dieser biss darauf und hielt es so fest. Dann brachte er etwa vier Meter zwischen sich und dem Pfahl, drehte sich um und entrollte die Peitsche. Lukas war an Indiana Jones erinnert, aber das hier fand er nicht lustig. Er wusste nicht, wie lange es dauerte, irgendwann hörten die Trommler auf und brachten ebenfalls Abstand zwischen sich und dem Pfahl.

»Unsere Werte sind Ehrlichkeit, Respekt und Treue«, rief Ernst, als die Menge verstummte. »Nur so können wir ein starkes Volk für unseren Boden schaffen.«

Zustimmendes Gemurmel war von der Menge zu hören.

»Wenn die Regeln gebrochen werden«, fuhr Ernst fort, »muss der Respekt wiederhergestellt werden. Der Ehrlichkeit ist Genüge getan, die Schuld wurde eingestanden. Zwanzig Schläge mit der Peitsche sorgen für den Respekt. Danach steht die Bitte um die Wiederaufnahme in die Gemeinschaft.«

»Die Wiederaufnahme?«, flüsterte Lukas.

»Ja«, nickte Anne, »das ist die Treue.«

»Und wenn er das nicht macht?«, wunderte sich Lukas.

»Auch das ist bisher nicht passiert«, antwortete Anne. »Siehst du, dass das große Hoftor offensteht? Es steht ihm frei durchzugehen.«

»Und dann?«, Lukas ließ nicht locker.

»Dann wäre er kein Teil der Gemeinschaft mehr«, erklärte Anne. »Nie mehr.«

»Wirklich frei ist die Wahl …«, sagte Lukas.

»Scht«, fuhr ihn Anne an, »ich erkläre es dir später.«

Ernst war mit seiner Ansprache fertig und auf dem Hof war es so ruhig, dass man seine Nachbarn atmen hören konnte. Mit einem Knall traf der erste Schlag den Rücken des Gefesselten, ein erster Streifen Blut war unter der rechten Schulter zu erkennen. Die Trommler reagierten mit einem Wirbel, dann wurde es wieder still.

Der nächste Schlag folgte, das Gesicht des Gefesselten war schmerzverzerrt, es war klar zu erkennen, dass er mit den Zähnen fest auf das Stück Holz biss. Nach dem Schlag folgten wieder die Trommelwirbel und das wiederholte sich. Lukas zählte im Kopf mit, war gefangen zwischen Ekel und Faszination. Wegschauen kam nicht infrage, er war sich sicher, dass Anne, Frau Odrell und andere schauen würden, wie er reagiert. Der zwanzigste Knall ertönte, die Trommler fingen mit dem Rhythmus an, den sie beim Aufmarsch gespielt hatten. Ernst ging zum Pranger, löste die Fesseln und bot dem Bestraften seine Hand zum Stützen an. Der drückte die angebotene Hilfe weg, spuckte das Holz aus und sah Ernst voller Hass an. Das Gemurmel ließ Lukas vermuten, dass diese Reaktion nicht üblich war.

Der Mann torkelte einige Schritte vom Schandpfahl weg, warf Frau Odrell einen Blick entgegen, den Lukas zwischen Enttäuschung und Wut einordnete, und stolperte in Richtung des offenen Tors. Da dies wohl noch nicht passiert war, hatte sich niemand die Mühe gemacht, darauf zu achten, dass der Weg zwischen dem Pfahl und dem Tor frei war und nur zögerlich bewegten sich die Menschen zur Seite. Ohne sich umzudrehen, und mit sicherer werdenden Schritten lief er an ihnen vorbei, durchquerte das Tor und ging in Richtung des Dorfes.

Zwei Männer fingen an, ihm zu folgen, wurden von Frau Odrell zurückbeordert: »Lasst ihn gehen. Er hat sich entschieden und die Freyristen verlassen.«

Die Trommler hatten aufgehört und gingen wieder zur Scheune, Ernst ging zu Frau Odrell, die mit einigen der Älteren am Reden war.

»Wie du siehst, hat man die Wahl«, sagte Anne. »Ehrlich gesagt bin ich überrascht.«

»Wieso hat er das über sich ergehen lassen?«, fragte Lukas. »Er hätte vorher gehen können, oder?«

»Nein, das wäre respektlos gewesen.« Anne wirkte sonst immer selbstsicher, das Geschehen schien sie ratlos gemacht zu haben. »Er war schwach.«

»Schwach? Er hat zwanzig Schläge ausgehalten, ohne zu schreien!«

»Er hatte das Holz, auf das er beißen konnte.«

»Aber schwach ist anders.«

»Lukas. Unsere Gemeinschaft hat Werte, wir glauben an diese Werte und sie sind wichtig. Wenn man sich nicht daran hält, greift man alle an.«

»Er hat die Strafe ertragen und du hast doch gesagt, er hat die Freiheit zu gehen.«

»Ja«, sagte sie geistesabwesend, »ich hätte nur nicht gedacht, dass er das machen würde.«

»Das hat offensichtlich niemand«, vermutete Lukas. »Bist du schon mal bestraft worden?«

»Wenn die Strafe vollzogen ist, sprechen wir nicht mehr darüber«, wich sie aus.

»Seid ihr der ›Fight Club‹?«, versuchte Lukas ein wenig Spannung aus dem Gespräch zu nehmen.

»Fight Club?«, Anne schien den Film nicht gesehen zu haben.

»›Die erste Regel des Fight Club lautet, ihr verliert kein Wort über den Fight Club‹?«, Lukas schaute sie fragend an, »Brad Pitt, Edward Norton?«

»Wir haben das jüdische Hollywood gemieden«, erklärte Anne, »Propaganda und Lügen.«

»Das war Popcornkino!«, protestierte Lukas.

»Auf dem Weg konnten sie die Welt unterschwellig beeinflussen«, reagierte Anne, »die offene Auseinandersetzung scheuen sie.«

Lukas hatte einst ein Referat über den Staat Israel gehalten und was er dafür gelernt hatte, widersprach dem, was Anne gesagt hatte: »Ehrlich gesagt, verwirrt mich das alles.«

»Ich vergesse immer wieder«, sagte Anne, »dass du ungefiltert der Propaganda ausgeliefert warst. Vieles von dem, was dir erzählt und beigebracht wurde, ist nicht so passiert: ›Die‹ haben die Geschichte umgeschrieben.«

»Und woher weißt du, was die Wahrheit ist und was gelogen ist?«, wunderte sich Lukas.

»Die Quellen sind … waren offen verfügbar«, erklärte Anne, »man konnte sich selbst informieren und sich ein Bild von allem machen.«

Die Menge löste sich langsam in einzelne Gruppen auf, andere gingen zurück in die Häuser. Anne hakte sich bei Lukas ein und führte ihn zu einer der Bänke vor dem Verwalterhaus.

»Darf ich dich etwas fragen?« Lukas gingen viele Sachen durch den Kopf.

»Das hast du doch gerade«, lächelte Anne.

»Ich werde anders behandelt als die Mitglieder der Gemeinschaft«, stellte er fest. »Warum ist das so?«

»Wir sind in die Gemeinschaft reingewachsen«, Anne deutete auf den Hof, »viele sind sogar herein geborenworden. Jemand, der wie du außerhalb erwachsen wurde, wird erst die Regeln lernen müssen und kann dann frei entscheiden.«

»Ich bin noch nicht Teil der Gemeinschaft?«

»Ja und nein. Du bist so was wie ›auf Probe‹«, bestätigte Anne. »Du hast alle Rechte, nur weniger Pflichten.«

»Zuckerbrot und Peitsche?«, grinste Lukas.

»Ein wenig«, lachte Anne.

»Und wie lange dauert die Probezeit?«

»Da gibt es keine feste Regel«, antwortete Anne.

»Es ist schon so, dass man als jüngerer Mensch hier weniger zu sagen hat.«

»Das Alter ist zu respektieren«, bestätigte Anne, »das ist kein Freibrief, auch die haben Regeln zu befolgen. Und jeder darf jederzeit Entscheidungen hinterfragen.«

»Warum habe ich früher nicht erkannt«, wechselte Lukas das Thema, »dass Fremde schlecht für uns sind?«

»Die gelenkten Medien und der Staat geben dir vor, was du zu denken hast. Du weißt schon, so was wie ›Mein Freund ist ein Ausländer‹. Wenn du dir das genau angeschaut hast, fällt dir auf, dass niemand, der den Slogan propagierte, irgendwelche Ausländer als Freund hatte. Vielleicht irgendwelche Vorzeigeexemplare …«

»Wie Gordon!«

»Ja, wie der Freund deiner Schwester. Man zeigte nur die wenigen Dressierten. Die Masse, die Ungebildeten und Kriminellen, wurden verschwiegen«, erklärte Anne. »Das wahre Ausmaß sollte das Volk nicht wissen.«

»Das wahre Ausmaß?«, fragte Lukas nach.

»Das wahre Ausmaß, wie weit es mit dem Bevölkerungsaustausch schon fortgeschritten war. Hier auf dem Land schien das nicht so weit fortgeschritten zu sein, aber auch hier gab es Ortsteile, die verloren waren. Da war Deutsch eine Fremdsprache. Und überlege dir, wie es um den Bahnhof in Wetzlar ausgesehen hat.«

Lukas versuchte, sich an die Zeit vor dem Stromausfall zu erinnern und das bestätigte für ihn das, was Anne erklärt hatte. Der eine Stadtteil war als ›Klein-Istanbul‹ bekannt gewesen und beim Bahnhofsvorplatz hatte er sich öfter unwohl gefühlt.

»Und in den Großstädten ist das viel schlimmer«, fuhr Anne fort, »da wurde offen gegen Deutsche gehetzt und wenn du nicht Muslim warst, wurdest du angespuckt.«

»Schlechte Menschen gibt es überall«, Lukas erinnerte sich an einige ehemalige Mitschüler, »das hat nichts mit Nationalität zu tun.«

Anne nickte: »Auch wir haben immer wieder Degenerierte. Einigen geht es so wie dem Mann heute, andere haben sich wortlos verdrückt. Und unser Volk ist durch die vielen Mischlinge nicht mehr rein.«

»Ist das nicht der Freibrief für manche Leute, kriminell zu werden?«, Lukas war skeptisch.

»Jeder hat seinen freien Willen«, belehrte ihn Anne, »und so kann jemand mit guten Voraussetzungen schlechter sein als jemand mit nicht so guten Voraussetzungen. Und wenn der entsprechend dressiert wird, dann kann der über sich selbst hinauswachsen.«

Ernst kam auf die beiden zu: »Anne, könnte ich dich kurz sprechen?«

»Klar«, sie drehte sich zu Lukas, »du kommst zurecht?«

»Natürlich«, reagierte er, »es sei denn ich kann euch helfen?«

Anne schaute Ernst an, der schüttelte leicht den Kopf: »Ein anderes Mal gerne, Lukas.«

Sie küsste ihn auf den Mund und ging mit Ernst zu Frau Odrell, gemeinsam gingen sie zu der Scheune, aus der die Prozession vor einer gefühlten Ewigkeit gekommen war.

Lukas fühlte sich vom Gespräch verwirrt. Vieles von dem, was Anne ihm erklärt hatte, kam ihm logisch vor, anderes widersprach dem, was seine Eltern ihm beigebracht und vorgelebt hatten. Was seinen Vater betraf, so saß die Enttäuschung so tief in ihm, dass er das, was er von ihm gelernt hatte, infrage stellen müsste. Was seine Mutter betraf, sah es anders aus. Aber vielleicht war sie so von den Medien beeinflusst, dass sie es nicht besser wusste?

Als er über seine Mutter nachdachte, erinnerte er sich an etwas, das Anne gesagt hatte und ihm kam eine Idee. Er ging zu der Scheune, innen standen Frau Odrell, Anne, Ernst und zwei weitere Männer zusammen und diskutierten.

»… er etwas über die Kreuze erzählt?«, hörte er Ernst fragen.

Ein anderer reagierte: »Wird er nicht, er war bei allen Aktionen beteiligt, auch beim Supermarkt.«

Lukas räusperte sich und klopfte an den Torrahmen.

»Lukas, ich komme gleich«, drehte sich Anne zu ihm.

»Eigentlich wollte ich mit Frau Odrell sprechen«, stellte Lukas klar, »wenn Sie kurz Zeit haben.«

Alle blickten die Frau an, die nickte und kam zu Lukas: »Womit kann ich dir helfen?«

»Ich habe mitbekommen«, fing Lukas an, »dass Sie Kontakt zu anderen Gemeinschaften haben und ich habe mich gefragt, ob mir das helfen könnte, Informationen von meiner Mutter zu bekommen.«

Sie sah ihn eine Weile an: »Sie war in Hamburg, als der Strom ausfiel? Und vermutlich seitdem auf dem Weg hierher.«

Lukas überlegte kurz, Frau Odrell kam ihm zuvor: »Eher eine rhetorische Frage. Wir haben zwischen hier und Hamburg einige Gemeinschaften. Wenn du uns ein paar Fotos besorgen kannst, sorge ich dafür, dass die verteilt werden.«

»Ich habe keine dabei«, befand Lukas, »kann aber welche besorgen.«

Nachdem er sich verabschiedet hatte, machte er sich mit dem Fahrrad auf den Weg ins Dorf. Sein erster Plan war, daheim vorbeizufahren, da könnte er seinem Vater, Laura oder Gordon über den Weg laufen. Er blieb an einer Kreuzung stehen und überlegte, wie er vorgehen sollte. Florian! Er würde bei Florian vorbeifahren, die hatten zahllose Bilder, auf denen seine Mutter war. Statt nach rechts bog er nach links ab, fuhr die Straße herunter, bis er vor dem Haus stand, in dem seine Tante und ihr Mann wohnten.

Es schien Ewigkeiten her, seit er seine Familie gesehen hatte, dann wurde ihm bewusst, dass es nur wenige Tage waren. Wie würde seine Tante auf ihn reagieren? Vielleicht war sie nicht da und bei Florian war er sich sicher, dass der ihm helfen würde, ohne groß Fragen zu stellen. Auch wenn der beim letzten Mal so seltsam gewesen war.

Er klopfte an die Tür und wartete.

»Einen Augenblick«, hörte er seine Tante rufen, »ich komme herunter!«

Lukas hatte das Gefühl, dass sich der Boden unter seinen Füßen öffnete, nun war er dort und wegrennen war keine Option. Irgendwie würde er es schaffen, dass sie nicht über seinen Vater reden würden.

JUTTA

Sie öffnete die Tür und war überrascht, ihren Neffen dort zu sehen: »Lukas! Wie schön dich zu sehen! Warst du schon bei deinem Vater?«

Sein Gesichtsausdruck zeigte ihr, dass das nicht der Fall war. Sie wollte nicht nachbohren.

»Hallo Jutta«, stammelte Lukas. »Ähm, ich suche Bilder von Mama.«

»Da kann ich dir helfen«, sagte Jutta, »komm herein.«

Sie ging hoch in die Wohnung, er folgte ihr und sie bot ihm einen Platz am Esszimmertisch: »Magst du etwas trinken?«

»Nein danke«, lehnte er ab, »könnten wir direkt nach den Fotos suchen? Ich will gleich wieder zurück.«

Bevor sie sich zu ihm setzte, holt sie eine kleine Kiste, in der sie lose Bilder aufbewahrte. Sie öffnete sie und setzte sich zu Lukas, gab ihm einen kleinen Stapel und er fing an, die Fotos zu durchsuchen. Einen weiteren Schwung Fotos nahm sie und fing an, Bilder ihrer Schwägerin auszusortieren.

»Wofür brauchst du die Bilder?«, fragte sie.

Er zögerte kurz: »Die Gemeinschaft hat Kontakt zu anderen Gemeinschaften und wir wollen denen Bilder zukommen lassen.«

»Andere Gemeinschaften?«

»Ja. Zwischen uns und Hamburg. Immerhin eine Option. Vielleicht finden die Mama. Vielleicht ist sie dort durchgekommen.«

Jutta bemerkte die Sorgen, die sich Lukas machte: »Ich bin überzeugt, dass Simone bald kommen wird.«

Der enttäuschte Blick von Lukas machte ihr ein schlechtes Gewissen: »Es kann nicht schaden, wenn wir jede Chance nutzen, sie zu finden.«

»Danke«, Lukas zerdrückte eine Träne und betrachtete lange ein Bild, auf dem seine Mutter zusammen mit Jutta und Laura war. »Das war euer Trip nach München, oder?«

Jutta schaute sich das Bild an: »Ja. Das war ein wunderschöner Tag. Es wirkt wie aus einem anderen Zeitalter.«

Sie durchsuchten eine Weile die Bilderkisten, bis Lukas genug Material gesammelt hatte: »Das sollte reichen. Ich danke dir.«

»Lukas, das ist selbstverständlich. Wir müssen jede Möglichkeit nutzen, die uns oder Simone helfen könnte.« Sie dachte kurz nach. »Was … wird denn als Gegenleistung verlangt?«

»Gegenleistung?«, Lukas klang verwundert.

»Ich kann mir nicht vorstellen«, sagte Jutta, »dass die Gemeinschaft das einfach so selbstlos macht. Die wollen doch von dir irgendetwas?«

»Du hörst dich an wie Papa«, die Enttäuschung war ihm anzusehen und anzuhören. »Es muss nicht immer jemand etwas wollen. Die

Leute halten zusammen und helfen sich gegenseitig. So eine Volksgemeinschaft haben viele vergessen.«

»Aber das ganze Dorf hält zusammen?«

»Tut es das? Es waren die Informationen und die Leute vom Hofgut, die deine Rettung ermöglicht haben.«

Jutta war perplex, sie wusste, dass er recht hatte. Ohne die geübten Kämpfer des Hofguts wäre sie nicht befreit worden. Sie bemerkte, wie er wütender wurde, und wollte versuchen, das Thema zu wechseln, er kam ihr zuvor.

»Und zu dem ganzen Scheiß kommt dazu, dass meine Schwester ausgerechnet einen Neger als Freund haben muss, als ob die Zeiten nicht schwer genug sind!«

»Lukas! Was soll das?«

Er schaute sie fast feindselig an: »Was soll was? Wir haben daheim den dressierten Affen und mein Vater beschützt den, schlägt dafür mich? Bei uns läuft vieles falsch!«

»Lukas, dein Vater liebt dich und ich bin mir sicher, dass ihm das alles leidtut, ihr müsst nur miteinander reden.«

»Wenn du nicht für mich bist, bist du gegen mich. Aber das wundert mich nicht, du bist bei deinen Freunden auch nicht wählerisch. Ihr seid alle so verblendet, so weich gekocht von den Medien. Wie die Schafe …«

»Lukas! Es reicht!« Sie hatte keine Ahnung, was er mit ihren Freunden meinte, konnte sie sich die Rückfrage nicht verkneifen. »Und was soll denn bitte mit meinen Freunden sein?«

»Dass deine beste Freundin widernatürlich ist, stört dich gar nicht?«

Sie brauchte eine Weile, bis sie begriff, dass er die Homosexualität von Nadine meinte. Nun war sie wütend, versuchte aber, ruhig zu bleiben: »Hat denn dein Gespräch mit Florian gar nichts gebracht?«

»Florian? Den habe ich seit Tagen nicht mehr gesehen«, er packte die aussortierten Fotos in seinen Rucksack. »Denk mal über das Dorf nach. Unsere Tür steht allen Volksangehörigen offen!«

Jutta konnte nur wortlos zusehen, wie ihr Neffe aufstand und die Wohnung verließ. Sie war wütend. Wütend auf das, was er gesagt hatte, wütend auf Malte, der sich besser um seinen Sohn hätte kümmern müssen. Wütend auf die Freyristen, die den Jungen so schnell indoktriniert hatten und wütend auf Florian, der sich nicht an sein Versprechen gehalten hatte. Aber ihr Verstand sagte ihr, dass die Wut nicht helfen würde, und sie versuchte, ihre Gedanken zu ordnen, um zu überlegen, wie sie weiter vorgehen sollte. Lukas hinterherlaufen würde nichts bringen, Florian hatte erzählt, dass er im Spital war, also entschied sie sich, zu ihrem Bruder zu reiten.

Im Garten sattelte sie ›Kleine Tante‹, saß auf und ritt im sanften Galopp durch die Straßen. An Maltes Haus angekommen, führte sie ihr Pferd durch eine Gartentür und band es am Zaun fest.

Laura kam ihr mit einem Wassereimer entgegen: »Bestimmt hat ›Kleine Tante‹ Durst!«

Schon während des Abstellens des Eimers senkte das Pferd den Kopf, um an das Wasser zu kommen.

»Danke«, Jutta drückte ihre Nichte. »Ist dein Vater da?«

Laura nickte: »Er kam kurz vor dir nach Hause.«

»Hallo Jutta«, begrüßte er sie, als er auf die Terrasse herauskam. »Hallo ›Kleine Tante‹.«

Er gesellte sich zu seiner Tochter und seiner Schwester und streichelte den Hals des Pferdes: »Ich habe schlechte Nachrichten.«

Jutta blieb kurz das Herz stehen: »Schlechte Nachrichten?«

»Wir haben den ersten Kutschenunfall«, berichtete Malte. »Der Kutscher ist mit einer leichten Verletzung davongekommen, das Pferd hatte drei Beine gebrochen und …«

Traurig sah sie ihren Bruder an: »Und?«

»Anna Liebenroth sagte, sie könne dem Pferd nicht mehr helfen«, erklärte Malte und legte tröstend einen Arm um seine Schwester. »Sie haben es getötet, um es von den Qualen zu erlösen.«

»Es war nur eine Frage der Zeit«, befand Jutta, »vermutlich war die Kutsche überladen?«

Malte nickte: »Anna meinte, dass zu viel Fracht geladen war. Als es bergab ging, schob die Kutsche und das Pferd wurde in den Straßengraben gedrückt und überrollt.«

»Ich muss los«, verabschiedete sich Laura. »Wir sehen uns heute Abend. Wirst du so lange hier sein?«

Jutta zuckte mit den Schultern: »Das weiß ich nicht. Vielleicht bis später.«

»Pass auf dich auf.« Malte drückte seine Tochter, die darauf den Garten verließ.

»Lukas war bei mir«, nahm sie das Gespräch mit ihrem Bruder wieder auf. »Er wollte einige Bilder von Simone haben, die Hofgemeinschaft hat ihm versprochen, sie an andere Gemeinschaften zwischen hier und Hamburg zu schicken.«

»Die halten Informationen zurück«, regte sich Malte auf. »Ich habe denen noch nie getraut.«

»Malte!«, ermahnt sie ihren Bruder, »ich rede mit dir über deinen Sohn.«

Schuldbewusst schaute er sie an: »Ich wünschte, ich könnte die Ohrfeige zurücknehmen.«

»Er hat einige Bilder mitgenommen. Auch wenn ich die für falsch halte, es kann nicht schaden, jeden Versuch zu unternehmen, Simone zu finden.«

Malte nickte: »Es ärgert mich, dass Frau Odrell das nicht schon früher angeboten hat.«

»Die haben Lukas das Gehirn gewaschen. Als er bei mir war, hat er deren Lehren zitiert, sich beschwert, dass seine Schwester mit Gordon zusammen ist, dass meine Freundin lesbisch ist und dass das Dorf nicht völkisch genug sei.«

»Ich weiß nicht, wie ich ihn da herausbekommen soll. Eigentlich hatte ich gehofft, dass sich das wieder von selbst einrenkt.«

»Auch wenn es nicht der Moment für Vorwürfe ist: Du hast da falsch gehandelt. Versuch zumindest, Kontakt mit ihm aufzunehmen. Das muss nicht sofort gelingen, aber er sollte zumindest bemerken, dass du versuchst, zu ihm zu kommen.«

»Meinst du nicht, Florian könnte vermitteln?«

Jutta holte tief Luft: »Es ist nicht Florians Aufgabe, sondern deine. Es ist wichtig, dass Lukas bemerkt, dass du etwas versuchst.

Und was Florian betrifft, den hatte ich schon gebeten und er hatte mir zugesagt mit Lukas zu sprechen, hat es bisher nicht getan.«

Malte sah sie an, machte den Mund auf, als ob er etwas sagen wollte, schwieg dann, wartete eine Weile und fragte: »Ich habe das Gefühl, dass du mir mehr erzählen willst?«

»Könnten wir uns vorher setzen«, bat Jutta, »das könnte länger werden.«

Sie gingen zur Terrasse, wo sie sich auf einen der Stühle setzte. Sie überlegte, wie sie anfangen sollte, und entschied sich dafür, direkt mit der Tür ins Haus zu fallen: »Ich sollte mich von Florian trennen.«

Maltes aufgerissene Augen ließen sie vermuten, dass ihn das überraschte: »Nun, du wirst Gründe dafür haben.«

»Ich weiß gar nicht, wo ich anfangen soll. Als ich ihn kennenlernte, war ich hin und weg von ihm. Die meisten sind das, er kann sich gut in Szene setzen. Er ist witzig, eloquent und wenn er möchte, kann … konnte er mir die Wünsche an den Augen ablesen. Ganz selten hatte ich das Gefühl, so etwas wie eine Trophäe für ihn zu sein, fast immer habe ich mich angebetet gefühlt. Als unsere Eltern gestorben sind, war er eine große Stütze für mich. Im Grunde führten wir die perfekte Beziehung. Dachte ich.«

Sie nahm einen Schluck Wasser, da sich ihr Mund trocken anfühlte: »Wenn ich mich zurückerinnere, gab es so viele Anzeichen, dass er nicht so perfekt war. Aber ich habe die einfach übersehen.«

Malte sagte nichts, wofür sie ihm dankbar war, sie musste ihre Gedanken selbst sortieren: »Als ich vorgestern nach Hause kam, fand ich ihn mit Iris. Nicht im Bett, sie saß mit ihm am Tisch, aber irgendwie wusste ich, dass da mehr war, die Wohnung roch nach Sex. Ich habe ihm vorgeworfen, mich zu betrügen, aber er versuchte sich herauszureden.«

»Wie hat er reagiert?«

»Mir ist bewusst geworden, wie oft er mit anderen Frauen flirtet. Dezent wenn ich dabei war, sicherlich weniger dezent bei anderen Gelegenheiten. Wir haben kurz gestritten, er hat alles geleugnet, und ich habe ihn aufgefordert, sich um Lukas zu kümmern. Das hat er nicht gemacht.«

»Was macht dich so sicher?«, fragte Malte.

»Als dein Sohn bei mir war, habe ich ihn nach dem Gespräch mit Florian befragt. Lukas bestand darauf, dass es nicht stattgefunden hatte.«

Sie lehnte sich im Stuhl zurück: »Ich komme mir so doof vor, denn wenn ich mich ein wenig an die letzten Jahre erinnere, fällt mir auf, wie oft Florian mit anderen Frauen geflirtet hat. Irgendwie ging ich davon aus, dass er nichts dafür konnte und das ihn die Frauen einfach anhimmeln und ich genoss das Gefühl, dass das mein Mann ist. Aber es hat ihm vermutlich besser gefallen und dürfte nicht selten von ihm ausgegangen sein. Ich komme mir vor wie ein naiver Teenager.«

»Florian hat ein Gefühl dafür, sich selbst in Szene zu setzen«, sagte Malte, anscheinend nicht ganz ohne Bewunderung. »Ich denke, dass er narzisstische Züge trägt. Nicht selten hat er deine Leistung entweder als eure oder sogar seine eigene dargestellt. Er hat den ein oder anderen Kontakt abgebrochen, jedes Mal, kurz nachdem die Leute ihn infrage gestellt hatten.«

»Das hast du mir nie gesagt.« Jutta war überrascht.

»Nein«, bestätigte Malte, »du hättest das einerseits nicht hören wollen und vermutlich eher mit Trotz reagiert.«

»Sehr rücksichtsvoll!«, sagte sie, »du bist mein großer Bruder, du sollst auf mich aufpassen!«

Malte lächelte zwar, sein Gesicht wirkte traurig: »Wenn ich ehrlich bin, ist Florian der Freund von dir, den ich am wenigsten leiden konnte.«

»Das wird immer besser!«, stichelte Jutta.

»Ach komm«, wehrte Malte ab, »auch wenn ich ihn seltsam fand, soweit ich das sehen konnte, hat er dich stets gut behandelt. Meistens zumindest. Perfektion erwarte ich nicht. Und für mich war und ist das wichtigste: Du bist glücklich. Und den Eindruck hatte ich. Warum sollte ich dir meine Zweifel teilen? Außerdem hatte ich ihn die ganze Zeit unter Beobachtung!«

»Unter Beobachtung?«, wunderte sich Jutta. »Jetzt machst du mir schon fast ein wenig Angst!«

»Braucht es nicht, es klingt nach mehr, als es war. Ich habe zugesehen, dass ich regelmäßig was mit ihm gemacht habe.«

»Dann danke ich dir, dass du deine Aufgabe als großer Bruder wenigstens versucht hast auszufüllen. ›Malte war stets bemüht …‹«

»Jetzt wirst du ungerecht!«, lächelte er sie an.

»Ja, du hast recht.«

Er lehnte sich nach vorne: »Wie willst du mit Florian weiter vorgehen? Willst du hierbleiben? Das Gästezimmer steht dir zur Verfügung.«

»Ich habe mir noch keine Gedanken gemacht«, antwortete Jutta. »Dein Angebot behalte ich im Hinterkopf. Ich werde bei Nadine vorbeifahren und mir ihr sprechen, vielleicht bringt sie mich auf eine gute Idee.«

»Soll ich dich begleiten?«, bot Malte an.

»Danke dir, das bekomme ich allein hin. Ich melde mich!«

TAG 36

LAURA

Laura saß an ihrem Schreibtisch und schaute aus dem Fenster. Beide Hände zitterten, vor ihr auf dem Tisch lagen ihr Tablet und ihr Smartphone.

»Schatz, was machst du?«, hörte sie.

Gordon war aufgewacht, stand auf und kam zu ihr.

»Ich habe versucht sie wieder einzuschalten.« Er stand hinter ihr und nahm ihre Hände in seine. »Aber alles bleibt schwarz.«

Sie wand sich aus seiner Hand, drehte sich um und umarmte ihn: »Irgendwann wird der Strom wieder gehen, dann wird das Handy wieder funktionieren.«

Erwartungsvoll sah sie Gordon an, sein skeptischer Blick machte ihr Angst: »Gordon! Sag mir bitte, dass das besser werden wird. Das wir bald normal werden leben können und ich alle meine Freundinnen wieder anrufen kann. Und Bilder auf Instagram hochladen.«

»Baby, ich würde dir gerne mit ›ja‹ antworten«, er drückte sie an sich, »ehrlich gesagt, weiß ich es nicht. Ich dachte, du wärst darüber hinweg.«

»Nachdem wir Tante Jutta befreit haben«, gestand Laura, »wollte ich es so vielen Leuten wie möglich erzählen. Ich war stolz auf uns, stolz auf mich. Es sollte jeder wissen. Das ist das erste Mal, dass ich etwas wirklich Wichtiges gemacht habe. Aber niemand bekommt es mit.«

»Das ganze Dorf hat es mitbekommen«, erinnerte sie Gordon. »Das sind mehr, als du Follower auf Instagram hattest.«

»Ja, aber es sind nicht die richtigen Leute, nicht meine Freundinnen«, protestierte Laura, »und ich weiß nicht, wie es denen geht.«

Gordon musterte sie lange, bis ihr sein Verlust aufging: »Es tut mir leid. Deine Eltern. Es tut mir so leid. Und ich jammere über Social Media.«

Er nahm sie in den Arm, drückte sie an sich und streichelte ihren Kopf: »Du warst und bist für mich da, das bedeutet nicht, dass du nicht Sorgen hast und ich nicht für dich da sein kann.«

»Aber dir wurden die Eltern genommen«, Laura drücke sich an ihn. »Und ohne den einen Nachbarn wüsstest du das nicht einmal. Und niemand wird die Täter bestrafen!«

»Ich habe mir schon überlegt«, gestand Gordon, »wie ich das machen werde!«

»Wie du was machen wirst?«, Laura löste sich aus der Umarmung und schaute ihren Freund an.

»Ich möchte die Leute bestrafen«, erklärte Gordon, »die meine Eltern auf dem Gewissen haben. Die von ihrem Tod profitiert haben.«

Laura hatte den Eindruck, dass ihr Herz in die Hose rutschte, sie schüttelte den Kopf: »Das … das ist gefährlich. Diese Menschen sind skrupellos, sie werden dich töten.«

»Dazu müssen sie mich erwischen«, gab sich Gordon sicher.

»Das ist nicht dein Ernst«, die Wut stieg in Laura auf, »denkst du, du bist jetzt John McClane? Gehst als Einzelkämpfer hin, rächst deine Eltern und kommst einfach wieder zurück?«

»John Mc … wer?«, fragte Gordon.

»McClane«, platzte es aus Laura hinaus, »der Hauptcharakter aus ›Die Hard‹… Bruce Willis?«

»Ach der.« Laura konnte nicht fassen, dass das ein Lächeln auf Gordons Gesicht zauberte. »Ich werde alleine hingehen, werde mich auf die Lauer legen und die Leute bestrafen, die meine Eltern auf dem Gewissen haben.«

»Du weißt doch nicht mal, wer das war!«, protestierte Laura.

Gordon zuckte mit den Schultern: »Ich fange mit denen an, die sich in unserem Haus breitgemacht haben. Und vielleicht sagen die mir ja, wer beteiligt war.«

»Das ist Irrsinn!«, schrie Laura, »wie hoch schätzt du deine Chancen ein, gesund zurückzukommen?«

Gordon reagierte zunächst nicht, schaute von ihr weg.

»Nein!« Die Tränen stiegen ihr in die Augen. »Du rechnest damit, dass du es nicht zurückschaffen wirst? Bist du wahnsinnig? Ich brauche dich. Glaubst du, deine Eltern hätten gewollt, dass du dich für so etwas Primitives wie Rache so in Gefahr begibst?«

Wieder antwortete Gordon nicht, wieder wich er ihren Blicken aus.

»Wie lange planst du das schon?«, warf sie ihm vor. »Wann wolltest du es mir sagen?«

»Ich wusste, dass du dagegen …«

»Natürlich bin ich dagegen«, sie baute sich mit in die Hüften gestemmten Fäusten vor ihm auf. »Das ist eine dumme, dumme Idee!«

»Seit ich weiß, was mit meinen Eltern passiert ist«, widerstand er ihr, »wächst der Hass in mir. Ich möchte diesen Menschen Schmerzen zufügen. Auge um Auge, Zahn um Zahn.«

»Du hast keine Ahnung, wie viele das sind.« Laura fühlte sich verzweifelt, »Du weißt nicht, mit wem die unter einer Decke stecken. Jeder, der dich dort sieht, könnte dich verraten.«

»Deshalb darf und wird mich niemand sehen«, reagierte Gordon, »ich werde in der Nacht zuschlagen. Heute Nacht.«

»HEUTE?«, Laura trat einen Schritt zurück. »Warum redest du nicht mit mir? Warum erzählst du mir nichts davon?«

»Weil du es mir ausgeredet hättest.«

»Ja. Das hätte ich … das werde ich. Deine Eltern würden es dir auch ausreden.«

»Meine Eltern sind nicht mehr da und die Menschen, die sie umgebracht haben, sitzen in unserem Haus und niemand macht etwas dagegen!«

»Spinnt ihr jetzt alle?«, fuhr Laura ihn an, »erst dreht Lukas durch, jetzt du? Ich will dich nicht verlieren!«

»Ich komme zurück«, versuchte er sie zu beruhigen. »Morgen oder übermorgen bin ich wieder hier!«

»Wenn du dich nicht davon abbringen lässt, lass dir doch zumindest helfen«, flehte sie ihn an. »Ich komme mit dir!«

»Nein«, blockte Gordon ab, »allein kann ich mich besser bewegen, ich kenne die Gegend um unser Haus wie meine Hosentasche, jeder der mitkommt, ist für mich mehr Behinderung als Hilfe.«

»Ich lass‹ dich nicht gehen! Ich sage dem Major Bescheid, der wird dich aufhalten.«

»Laura, du kannst das machen und vermutlich wird man mich aufhalten. Das wird aber nicht ewig gehen und irgendwann werde ich die Gelegenheit haben und werde dann gehen.«

Sie resignierte, merkte, dass Gordon seine Entscheidung getroffen hatte: »Wann willst du los?«

»Ich habe schon meinen Rucksack gepackt«, offenbarte Gordon, »und will gleich losfahren, damit ich mich in Sichtweite des Hauses ein wenig ausruhen und vorbereiten kann.«

Laura hatte das Gefühl, dass es ihr den Boden unter den Füßen wegriss: »Gleich?«

»Warten macht keinen Sinn«, antwortete er.

Er ging einen Schritt auf sie zu, wollte sie in den Arm nehmen, doch sie wich zurück: »Versprich mir, dass du wiederkommen wirst! Versprich mir, dass du abbrichst, wenn du merkst, dass es zu gefährlich wird!«

»Ich verspreche, dass ich zu dir zurückkommen werde«, Gordon nahm sie in den Arm. »Ich bin bald wieder zurück.«

Laura hatte das Zeitgefühl verloren und wusste nicht, wie lange sie eng umschlungen in ihrem Zimmer standen, irgendwann spürte sie, dass er sich lösen wollte.

»Ich will dich nicht loslassen!«, sagte sie.

»Ich muss los, sonst wird es zu spät.«

Er drückte sie, gab ihr einen Kuss auf den Mund, wischte eine Träne aus ihrem Gesicht und verließ ihr Zimmer. Laura überlegte, ob sie ihm hinterherlaufen sollte, hörte, wie er die Treppe hinunterging, wie er aus dem Vorratsraum seinen Rucksack holte, ging ihm nicht hinterher. Sie hörte, wie er die Haustür öffnete und hinter sich schloss, setzte sich auf ihr Bett und vergrub ihren Kopf in ihren Händen. Sie dachte an ihre Mutter, von der jede Spur fehlte, an den Verlust der Eltern, den Gordon erlitten hatte, den Streit zwischen Lukas und ihrem Vater, Lukas' Radikalisierung und nun Gordons Racheplan. Sie musste ihn aufhalten! Laura stürmte die Treppe herunter, öffnete die Tür und lief auf die Straße. Egal, in welche Richtung sie schaute, Gordon war nicht mehr zu sehen.

»Komm bitte wieder zurück«, flüsterte sie ihm hinterher.

Laura stand auf der Straße und entschied sich zum Hofgut zu gehen, um ihren Bruder dort herauszuholen. Sie verschloss die Haustür, stieg auf ihr Fahrrad und fuhr durch die Straßen von Umbach.

Beim Hofgut angekommen, stellte sie ihr Fahrrad ab und klopfte am Tor. Es dauerte nicht lang und der junge Mann, der sie im Schwimmbad angesprochen hatte, öffnete das Tor: »Hallo! Ich hatte mit dem Buch nicht mehr gerechnet, das freut mich!«

»Das Buch?«, wunderte sich Laura, bis ihr aufging, dass sie sich über ein Buch unterhalten hatten, bevor Gordon dazu gekommen war. »Nein, ich bin wegen meines Bruders hier. Lukas. Ich möchte mit ihm sprechen.«

»Ich werde schauen, was ich für dich tun kann.« Der Mann war dabei, die Tür wieder zu verschließen. »Das Buch würde mich trotzdem interessieren. Wirklich.«

»So, wie du meinen Freund behandelt hast«, sagte Laura, »möchte ich dir mein Buch nicht ausleihen.«

»Wie ich deinen Freund behandelt habe?«, gab sich der Mann verwundert.

Laura fragte sich, ob der es wirklich nicht begriff: »Du hast ihn abschätzig einen ›Neger‹ genannt!«

»Er ist einer«, er hielt die halb offene Tür fest, »oder willst du das abstreiten.«

»Es ist die Art und Weise, wie du das gesagt hast.« Laura war dabei die Geduld zu verlieren, wusste aber, dass sie ein wenig freundlich sein musste, um überhaupt die Chance zu bekommen, mit Lukas zu sprechen.

»Möglicherweise hast du das falsch verstanden«, winkte der Mann ab, »Ich habe nichts gegen Neger.«

Laura war kurz vorm Platzen: »Könntest du bitte nach meinem Bruder schauen?«

»Ach ja«, der Mann schaute hinter sich, »bitte warte einen Augenblick.«

Er verschloss die Tür und Laura wartete. Währenddessen überlegte sie, was sie Lukas sagen sollte, wie sie ihn dazu bewegen konnte, wieder nach Hause zu kommen. Laura hatte keine Armbanduhr mehr und sie wusste nicht, wie lange sie gewartet hatte, bis das Tor wieder aufging.

»Folge mir bitte«, sagte der Mann von eben, ließ sie durch die Tür und brachte sie zum Verwalterhaus.

Dort öffnete er die Haustür: »Bitte die Schuhe ausziehen und dann dort hinten hingehen. Da ist das Esszimmer, da wirst du erwartet.«

Er deutete auf eine Tür am Ende des Treppenhauses. Sie schlüpfte aus den Schuhen, ging zu der besagten Tür und klopfte.

Eine Frauenstimme reagierte: »Komm herein.«

Laura öffnete die Tür und sah Frau Odrell, die am Kopf eines langen Tisches saß: »Hallo Frau Odrell. Eigentlich wollte ich mit Lukas sprechen.«

»Der kommt gleich«, beruhigte sie die Frau. »Geht es dir gut?«

»Ich möchte nicht mit Ihnen darüber sprechen«, reagierte Laura etwas abweisender, als sie wollte. Sie hätte souveräner reagieren sollen.

Frau Odrell war ihr etwas voraus: »Das musst du nicht. Ich hatte nur den Eindruck, dass dein hübsches Gesicht von Sorgen gezeichnet ist.«

»Wen wundert das, in diesen Zeiten?«, konterte Laura.

»Die Zeiten mögen schwer sein«, belehrte ihre Gesprächspartnerin, »aber es gibt immer eine Lösung und einen Weg nach vorne.«

Sie versucht mich einzuwickeln, dachte Laura: »Ein Mitglied hat vor Kurzem erst ihre Gemeinschaft verlassen. Man hörte, er hätte sich über Misshandlung beschwert.«

Wenn Frau Odrell von dem Einwurf überrascht war, ließ sie sich es nicht anmerken: »Es steht jedem frei, jederzeit unsere Gemeinschaft zu verlassen. Und Misshandlung ist übertrieben.«

»Es gibt Gerüchte über Auspeitschungen«, reagierte Laura. »Als was würden Sie das bezeichnen?«

»Unsere Gemeinschaft baut auf gegenseitigem Respekt. Dieser Mann hatte die Regeln gebrochen und war mit der Strafe einverstanden. Neue Zeiten fordern andere Maßnahmen.«

»Lukas kann jederzeit gehen?«, wagte Laura sich vor.

»Wenn er möchte«, lächelte Frau Odrell, »darf er das. Wieso sollte er auch nicht, er ist alt genug, seine eigenen Entscheidungen zu treffen.«

Laura hörte die Haustür, kurz darauf klopfte es an der Tür zum Esszimmer.

»Kommt herein«, bat Frau Odrell.

Die Tür ging auf und Lukas kam gemeinsam mit einer jungen, blonden Frau hinein. Hand in Hand, wie es Laura nicht entging, und einerseits freute sie sich für Lukas, andererseits wurde ihr klar, dass es schwerer werden würde, ihn hier herauszubekommen.

»Hallo Lukas, Hallo Anne«, begrüßte Frau Odrell. »Anne, das ist Laura, Lukas' Schwester.«

Anne reichte Laura die Hand, die schüttelte sie: »Freut mich, Lukas hat viel von dir erzählt.«

Von dir nicht, dachte Laura, aber wann hätte er das tun sollen: »Hallo Anne, Hallo Lukas, wir müssen reden.«

»Ja«, reagierte der.

Laura wartete darauf, dass die beiden Frauen gingen oder das Lukas mit ihr woanders hingehen würde, aber das passierte nicht: »Alleine?«

»Nein«, sagte Lukas, »alles, was wir uns zu sagen haben, können Frau Odrell und Anne hören.«

»Gut«, Laura atmete tief ein. »Lukas, ich brauche dich daheim.«

Ihr Bruder schaute sie an: »Ich möchte nicht mehr in das Haus kommen.«

»Nur weil du einmal mit Papa gestritten hast?« Laura ärgerte sich, denn das war definitiv eine Untertreibung, kein guter Anfang.

Lukas lachte: »Wenn es nur einmal gewesen wäre. Der Streit ist nicht das Schlimmste gewesen. Dass er mich geschlagen hat, verzeihe ich ihm nicht. Das eigentliche Problem war, dass er mich nicht ernst genommen hat.«

»Du weißt schon, dass es hier Prügelstrafen gibt?«

»Ja«, Lukas verschränkte die Arme vor der Brust, »nicht ohne dass es vorher eine Anhörung gibt.«

»Gordon ist heute gegangen«, fuhr sie fort, »er ...«

»Gut«, urteilte Lukas. »Dann kannst du dir jetzt einen passenderen Freund suchen.«

»Lukas«, fuhr Laura ihren Bruder an, »Gordon will seine Eltern rächen und die Leute umbringen. Er ist vorhin losgefahren. Alleine.«

»Na da kannst du stolz auf deinen Neger sein«, giftete Lukas, »vielleicht solltest du ihn heiraten, wenn du unbedingt mit ihm zusammen sein musst. Wundere dich nicht über eure Kinder.«

»Wenn hier Respekt so wichtig ist«, argumentierte Laura, »warum fehlt er dann vor Menschen, die anders sind?«

»Laura«, übernahm Frau Odrell die Antwort, »wir respektieren jeden Menschen, wie er ist. Allerdings sind wir auch der Meinung, dass jeder unter sich bleiben sollte. Wir werden niemanden hindern, wenn er eine Mischehe, oder wie in deinem Fall eine Mischbeziehung, haben will. Es muss respektiert werden, dass wir so eine Vermischung bei uns in der Gemeinschaft nicht haben wollen.«

»Ich bin kein Teil dieser Gemeinschaft«, sagte Laura kühl.

»Ja«, bestätigte Frau Odrell. »Du solltest Lukas' Entscheidung akzeptieren, dass er ein Teil davon sein möchte. Und er muss deine Beziehung nicht gut finden.«

»Ihre Leute nennen meinen Freund einen Neger!«, klagte Laura an.

»Und wie nennen Neger sich gegenseitig?«, verteidigte Frau Odrell, »das ist auch nicht abfällig gemeint?«

Laura schaute flehend zu ihrem Bruder: »Lukas! Bitte komm mit mir nach Hause!«

Der schüttelte den Kopf: »Laura, ich freue mich, dass du dir um mich Gedanken machst: Ich bleibe hier.«

Laura hatte sich so viel vorgenommen, so viele Ideen, doch nun war ihr Kopf leer: »Dann sollte ich jetzt gehen.«

Sie stand auf, ging zu Tür, ohne sich zu verabschieden. Tränen füllten ihre Augen, als sie sich die Schuhe auszog und eilig verließ sie erst das Haus, dann den Hof. Der Weg nach Hause ging überwiegend bergab, sodass sie das Rad nur rollen lassen brauchte. Daheim angekommen, ging sie in ihr Zimmer, schaute wieder nach ihrem Handy und Tablet. Es war, als ob ihr die Luft wegblieb, sie hyperventilierte, fing an zu weinen und schrie. Voller Wut nahm sie ihr Smartphone und warf es gegen ihren Schminkspiegel, der in zahllose Stücke zersprang. Es dauerte eine Weile, bis sie sich beruhigt hatte. Sie hob ihr Handy auf, dessen Display mehrere Risse hatte.

»Na toll«, fluchte sie.

Ihr Blick fiel auf die Spiegelscherben und sie hob eine Scherbe auf. Im Rahmen hing ein großes Stück und sie sah ihr verheultes Gesicht darin. Dann betrachtete sie die Splitter in ihrer Hand und ihren Arm.

FLORIAN

Florian drehte sich um und überzeugte sich, dass ihn niemand sah, wie er das Haus betrat. Den Schlüssel hatte er aus dem Schrank im Hospital, dort lagerten alle Schlüssel der Wohnungen, in denen Menschen lebten, die gepflegt wurden. Und, was Florian besonders praktisch fand, auch die Schlüssel zu den Häusern der Verstorbenen lagerten dort. Er nahm sich jeden zweiten Tag drei Schlüssel mit, um bei der passenden Gelegenheit die Wohnungen zu durchsuchen. Nach fünf Wochen war der Vorrat an Medikamenten in der Apotheke fast verbraucht, es wunderte Florian, dass niemand daran dachte, die Privatbestände zu plündern.

Er betrat das Haus einer Frau, die vor einer Woche verstorben war. Es stand in einem Wohnviertel, das Ende der Siebziger, Anfang der Achtzigerjahre gebaut wurde, die Hälfte der Häuser wurde zur Zeit des Stromausfalls allein von alten Menschen bewohnt. Eine Verschwendung, wenn es nach Florian ging. Er bewohnte mit seiner Frau eine relativ kleine achtzig Quadratmeter Wohnung, während diese alten Leute, die sich kaum bewegen konnten, nicht aus ihren Häusern mit weit mehr als 200 Quadratmeter Wohnfläche zu bekommen waren. Dieses Haus war frei und wenn er sich wieder mit Jutta vertragen würde, würde er einen Weg finden, dass Haus in seinen Besitz zu bekommen. Oder eines der anderen großen, teilweise fast villenartigen Gebäude. Zielstrebig durchsuchte er das Schlafzimmer, in der Schublade des Nachttischs fand er einige Kopfschmerztabletten. Das Badezimmer offenbarte eine wilde Mischung aus Schmerzmitteln, Blutverdünnern, Betablockern und Opioide. Flink beförderte Florian alles in seinen Rucksack und nahm sich Zeit, das restliche Haus zu durchsuchen.

Schrank für Schrank, Schublade für Schublade durchsuchte er die Zimmer. Auch wenn es nirgendwo wirklich vollgestellt oder gequetscht aussah, viel weggeworfen wurde nicht. Im Büro, das nach Pfeifenrauch roch, obwohl der Mann, so erinnerte sich Florian, vor über 20 Jahren verstorben war, entdeckte er in den Schubladen des Schreibtischs die Kameraausrüstung des ehemaligen Hausherren. Er erkannte zwei Leicas, die vor wenigen Wochen ein Vermögen wert gewesen wären. Er entdeckte für jede je eine, in die Jahre gekommene, Tasche, verstaute sie darin und packte sie ebenfalls in seinen Rucksack. Bilder kann man ohne Strom machen, dachte Florian, und wenn der Strom wiederkommt, waren die Kameras auf den Schwarzmärkten einiges wert. Zu seinem Erstaunen fand er so gut wie keinen Schmuck und wenn, dann handelte es sich eher um Modeschmuck. Die paar echten Ringe und Halsketten nahm er trotzdem mit, das Silberbesteck war ihm zu schwer. Eventuell würde er später dafür zurückkommen. Im Rucksack war zwar noch Platz, aber Florian bevorzugte es, bei seinen Raubzügen nicht übermütig zu werden.

Bevor er das Haus verließ, spähte er durch ein Fenster nach draußen, um sicherzugehen, dass ihn niemand sehen würde. Wenig später saß Florian, mit dem Rucksack auf dem Rücken, auf seinem Fahrrad und machte sich auf den Weg zur nächsten Wohnung. Er stellte das Fahrrad nicht direkt vor dem Haus ab, sondern lief die letzten Meter. Als er sich unbeobachtet fühlte, ging er zur Haustür, schloss sie auf und öffnete sie.

»Hallo Florian!«, hörte er eine Stimme hinter sich. »Was machst du denn hier?«

Florian konnte Reinhard nicht leiden, der Weltverbesserer ging ihm auf den Keks, hatte einen infantilen Humor und die Kumpelmasche, die er mit Florian versuchte, raubte ihm den Nerv. Dass er ihn beim Öffnen der Tür gesehen hatte, war ungünstig, denn es gab keine gute Erklärung. Florian fluchte, dass er sich nicht längst eine Ausrede hatte einfallen lassen, denn im Grunde war solch eine Situation überfällig gewesen.

»Hallo Reinhard!«, reagierte er. »Man hatte mich gebeten, ein Fotoalbum zu suchen, das Herr Müller gerne hätte.«

Reinhard musterte ihn lange: »Ich war heute Morgen erst dort. Mir hat er nichts gesagt.«

Florian presste die Lippen zusammen, während Reinhard zu ihm kam: »Spontane Idee. Du weißt ja, wie die alten Leute manchmal so sind.«

»Ich kann dir beim Suchen helfen«, Reinhard drängte sich an Florian vorbei ins Haus. »Wie sieht das Album denn aus.«

»Das konnte mir Herr Müller nicht so genau sagen«, dachte sich Florian schnell aus. »Ich bin mir nicht mal sicher, ob es dieses Album gibt. Hochzeitsbilder, Familienfeiern, persönliche Erinnerung halt.«

Nachdem Florian die Tür geschlossen hatte, drehte sich Reinhard um: »Netter Versuch. Ich hatte immer wieder den Eindruck, dass Schlüssel fehlten. Mehr, wie für die Betreuung notwendig waren.«

»Als«, korrigierte Florian, »als für die Betreuung notwendig waren.«

Reinhard zog die Augenbrauen hoch: »Für jemanden, der beim Diebstahl erwischt wurde, bist du ein ganz schöner Klugscheißer!«

Florian ging seine Optionen im Kopf durch, sollte er alles leugnen, sollte Reinhard ein ›Unfall‹ passieren? Er entschied abzuwarten, um herauszufinden, was Reinhard wusste und was er vorhatte. Hätte er Florian anschwärzen wollen, wäre er nicht allein mit ihm in das Haus gegangen, sondern hätte Bittler geholt.

»So wortlos kenne ich dich gar nicht!« Die Selbstsicherheit von Reinhard brachte Florian zum Kochen. »Wie lange machst du das schon? Darf ich davon ausgehen, dass du der ›Weihnachtsmann‹ bist, von dem so mancher Patient spricht? Vor allem die, die mal reich waren?«

Florian war sich sicher gewesen, seine ›Kunden‹ gut ausgesucht zu haben. Die Drohung, sie nicht mehr zu beliefern, wenn sie etwas über ihn erzählten, schien nicht gewirkt zu haben.

»Weihnachtsmann?«, lächelte er. »Das klingt doch positiv.«

»Hör zu«, Reinhard baute sich vor ihm auf, »es sind harte Zeiten und wir müssen alle sehen, wie wir durchkommen. Ich habe selber lange überlegt, ob man mit den Medikamenten nicht ein kleines Nebeneinkommen machen könnte. Es kam mir lange nicht richtig vor, und als ich mich vor ein paar Tagen dazu entschloss, die Wohnungen zu durchsuchen, sind mir die fehlenden Schlüssel das erste Mal aufgefallen. Ich habe gewartet, bis die Schlüssel wieder im Schrank waren, schnappte mir einen und ich muss sagen, dass du dir nicht viel Mühe gegeben hast, deine Spuren zu verwischen.«

»Was willst du?«, Florian verlor die Geduld.

»Die Hälfte«, grinste Reinhard.

»Die Hälfte von was?« Florian musste sich Mühe geben, nicht zu schreien.

Wieder grinste Reinhard: »Die Hälfte aller Geschäfte ab jetzt.«

»Für was? Dein Schweigen?«, er klang nicht so gelassen, wie er gerne klingen würde.

»Nein, ich will Teilhaber werden«, erklärte Reinhard, »ich kann helfen, die Medikamente zu besorgen und beim Verkauf. Auch ich weiß, wer Wertsachen hat.«

Ein Partner ist das Letzte, was Florian wollte, zu riskant. Aber im Moment musste er zumindest den Anschein wahren: »Woher weiß ich, dass ich dir vertrauen kann?«

»Florian, wenn ich dich hätte verraten wollen, wäre ich mit Bittler hier aufgetaucht. Das sollte dir reichen. Über eine ›kleine‹ Erkenntlichkeit würde ich mich freuen. Muss nichts Großes sein. Einfach eine nette Geste.«

»Und wie stellst du dir das in Zukunft vor?«

»Zu zweit können wir unauffälliger die Wohnungen durchsuchen, können uns gegenseitig decken. Und wir können die Kunden aufteilen. Weniger Zeit, weniger Kontakte.«

»Weniger Einnahmen.«

»Es wird genug übrig bleiben.«

»Und wie garantierst du mir, dass du mich nicht ausliefern wirst?«

»Warum sollte ich dich ausliefern? Du könntest mich genauso verraten.«

Florian überlegte kurz, im Moment sah er keine andere Möglichkeit: »Dann los. Ich durchsuche das Erdgeschoss, du gehst nach oben. Üblicherweise finden sich Medikamente im Schlaf- oder Badezimmer.«

»Und die Wertsachen?«

»Schränke, Schubladen«, antwortete Florian, »aber nicht so viel. Du hast nicht an eine Tasche gedacht und in meine passt nicht mehr so viel herein.«

Reinhard sah sich um: »Vielleicht findet sich hier etwas.«

Ohne eine Antwort abzuwarten, ging er die Treppe hoch und nach kurzer Zeit hörte Florian, wie Schranktüren geöffnet und wieder geschlossen wurden. Ein weiteres Problem. Er musste dringend anfangen, seine Probleme zu lösen, bevor sie überhand nahmen. Wie besprochen durchsuchte er das Erdgeschoss mehr schlecht als recht. Bei der nächstbesten Gelegenheit musste er Reinhard beseitigen. Dann war da Lukas. Der Junge brauchte seine Hilfe und er würde damit bei Jutta punkten. In Gedanken verloren, hatte er die Zeit vergessen und war überrascht, als Reinhard auf einmal im Wohnzimmer auftauchte.

»Ich bin fertig.« Stolz breitete er Schmuck und Medikamente auf dem Wohnzimmertisch aus. »Gute Ausbeute, oder?«

Florian begutachtete Reinhards Beute: »Die Medikamente sind gut, das wundert nicht, du bist vom Fach. Beim Schmuck musst du lernen, den billigen Modeschmuck vom echten zu unterscheiden.«

»Kannst du das nicht machen?«, fragte Reinhard.

»Für 50 Prozent?«, provozierte er seinen neuen Partner.

»Na vielleicht gebe ich mich mit weniger zufrieden«, kam ihm Reinhard entgegnen.

»Weniger«, wiederholte Florian, »wie stellst du dir das vor? Zumal das nicht so einfach aufzuteilen ist.«

»Ach«, beschwichtigte Reinhard. »Wir werden uns einig werden. Wir treffen uns jede Woche einmal, schauen, was wir haben und schätzen dann einfach ab. Man kann die Beute abwiegen. Irgendeinen Weg werden wir finden.«

»Und wie kann ich mir sicher sein«, erwiderte Florian, »dass ich mich auf dein Schweigen verlassen kann?«

»Was hätte ich denn davon?« Reinhard zuckte mit den Schultern. »Außerdem hätte ich dich jetzt schon ausliefern können.«

»Ja«, nickte Florian, »das hättest du. Okay. Es ist wichtig, dass wir nicht zu sehr auffallen. Auch wenn wir beide gemeinsam im Medizinerteam arbeiten, sollten wir nicht wesentlich mehr Zeit miteinander verbringen oder zu sehen sein als vorher. Zumindest nicht ohne einen guten Grund.«

»Und was wäre ein guter Grund?«

»Ich werde es dich wissen lassen, sobald mir einer einfällt. Aber im Grunde ergibt sich so etwas aus einer neuen Aufgabe oder einer neuen Situation.«

»Der Stromausfall ist doch schon eine neue Situation!«

»War es, aber das ist jetzt einige Wochen her. Wir warten ab, irgendwas wird sich finden. Ich werde das Haus als Erster verlassen, lass dir etwa eine Viertelstunde Zeit, bis du gehst.«

Florian wartete keine Antwort ab, gab Reinhard die Schlüssel, schlüpfte durch die Tür und machte sich auf den Weg zu einem Kunden.

Der Mann wohnte nicht weit von Florians Wohnung entfernt und war, ähnlich wie sein verschiedener Vermieter, recht wohlhabend. Nach allem, was er mitbekommen hatte, gab es neben Immobilien fest angelegtes Kapital. Ersteres war für Florian nicht erreichbar, da gab es keine gute Begründung, alles, was bei Banken lag, war vermutlich verloren und nicht ohne Weiteres übertragbar. Also bediente er sich an Wertsachen, vor allem Schmuck aus Gold, Silber, wenn nichts anderes mehr da war.

Florian stand vor dem Haus, das viel zu groß für den alleine lebenden Mann war. Er gehörte nicht zu den Patienten der mobilen Pflege und bekam seinen Alltag nach dem Stromausfall gut auf die Reihe. Als der Mann ihm die Tür öffnete, musste Florian eingestehen, dass er, wenn er achtzig werden würde, gerne genauso fit sein würde wie dieser Kunde. Der musterte ihn und Florian erkannte eine Mischung zwischen Sehnsucht und Abscheu. Vermutlich ging es vielen Abhängigen so, wenn sie ihre Dealer trafen.

Wortlos bat er Florian ins Haus, schnell wechselten Medikamente und ein paar goldene Ohrringe der verstorbenen Frau des Mannes den Besitzer.

»Wo haben Sie das Zeug denn her?«, verhörte der Mann Florian.

»Eigentlich spricht man nicht über seine Quellen«, erwiderte Florian. »Der Medizinerrat wurde angewiesen, einen Vorrat für ›wichtige‹ Personen zu reservieren. Sie wissen ja, manche sind gleicher als gleich. Ich finde es falsch, es kann doch nicht sein, dass ein Ratsmitglied ein Medikament dringender braucht als jemand wie Sie, der schlimme Schmerzen und so viel für die Gesellschaft getan hat.«

Am Gesichtsausdruck des Mannes erkannte Florian, dass die Schmeichelei angekommen war: »Trotzdem sind Sie kein Robin

Hood, Sie lassen sich das Dealen gut bezahlen. An den Ohrringen hängen viele Erinnerungen.«

»Sie haben recht, aber ich setze mich einem Risiko aus und ich finde es nur fair, wenn ich mir das belohnen lasse. Sie wissen doch, nichts im Leben ist umsonst, außer der Tod, aber der kostet das Leben!«

»Haben Sie schon vor dem Stromausfall gedealt?«

Florian war von der Frage überrascht, hätte er dem Mann so viel Neugierde gar nicht zugetraut: »Auch wenn Sie mir das vermutlich nicht glauben werden: Nein, habe ich nicht. Ich habe früh erkannt, dass wir eine besondere Situation haben und vieles von dem, was wir als gesetzt angenommen hatten, keine Gültigkeit mehr hatte. Dann habe ich mir Gedanken gemacht, was in anderen Krisensituationen passiert ist, was Menschen benötigen, was sie brauchen und vor allem, was ich besorgen könnte. Meine Vorräte sind nicht unerschöpflich und die Notvorräte … werden irgendwann verbraucht sein.«

»Dann bricht ihr Geschäftsmodell zusammen?«, schlussfolgerte der alte Mann.

»Bis dahin werde ich mir etwas anderes einfallen lassen müssen.« Florian hatte sich tatsächlich schon Gedanken gemacht. »Ich weiß momentan nicht, in welche Richtung ich gehen könnte.«

»Wenn Ihnen eine neue Idee kommt und Sie Hilfe brauchen«, der Mann machte eine Pause, »kommen Sie auf mich zu. Vielleicht kann ich Ihnen behilflich sein. Ich kenne den Ort recht gut und weiß um die ein oder andere Ressource, die Ihnen unbekannt ist.«

Florian hatte keine Ahnung, ob der Mann ihm wirklich eine Hilfe sein konnte, eine Ablehnung war keine gute Idee, könnte es doch die Lippen des Mannes lockern und Florian war auf die Verschwiegenheit seiner Kunden angewiesen. Andererseits hatte der Mann vermutlich Wissen, welches sich als nutzbringend erweisen könnte: »Und was wollen Sie dann von mir?«

»Das ist doch offensichtlich: Wenn ich Ihnen helfe, neue Geschäftsfelder zu erschließen, möchte ich beteiligt werden.«

Nun war es an Florian nachzufragen: »Sie machen so etwas nicht zum ersten Mal, oder?«

»Schauen Sie sich um. Als ich so jung wie Sie war, hatte ich dieses Haus abbezahlt. Einerseits half da, dass das Grundstück meinen verstorbenen Schwiegereltern gehört hatte. Andererseits habe ich jede Chance genutzt … Geschäfte zu machen. Und irgendwann bemerkt man, dass man mit Kapital mehr einnehmen kann als mit Arbeit. Es gab auch Situationen, in denen ich mal etwas verloren habe. Dadurch, dass ich weit gestreut hatte, konnte ich solche Verluste immer gut ausgleichen.«

Florian nickte beeindruckt.

»Wie lange werden Sie mich mit meinem Medikament beliefern können?« Erstaunlicherweise war es der erste Kunde, der ihm diese Frage stellte.

Florian entschied sich für die Wahrheit, denn er hatte nicht den Eindruck, dass er diesem Mann viel vorlügen konnte: »Zwei Lieferungen werde ich hinbekommen. Wenn sich dann keine neue Quelle ergibt, werden Sie lernen müssen, mit den Schmerzen zu leben.«

TAG 37

MALTE

Malte stand am Bett seiner Tochter, die friedlich zu schlafen schien. Er streichelte ihren Kopf und setze sich auf den Schreibtischstuhl, um sie weiter zu beobachten. Doktor Haarberg hatte ihr ein Beruhigungsmittel gegeben. Seit ihrem Versuch, sich mit den Splittern des Spiegels die Pulsadern aufzuschneiden, waren zwei Tage vergangen, in denen sie selten wach war. Dass er sie gefunden hatte, war mehr zufällig gewesen, denn er war eigentlich auf dem Weg zu Kempf, als er einen Abstecher nach Hause eingelegt hatte.

Daheim angekommen, war es mehr eine Eingebung, die ihn in das Zimmer von Laura hatte gehen lassen. Laura lag vor ihrem Bett und hatte das Bewusstsein verloren, Malte hatte das Gefühl, der Boden unter ihm riss auseinander und ließ ihn ins Leere stürzen. Nach einer gefühlten Ewigkeit fing er sich, hob seine Tochter auf, trug sie die Treppe herunter, auf die Straße und rief laut um Hilfe. Danach verblassten seine Erinnerungen. Haarbach hatte ihm später erzählt, dass zwei seiner Nachbarn ihm geholfen hatten Laura zum Hospital zu bringen. Dort konnten sie eine Bluttransfusion, von Vater zu Tochter, durchführen und als Lauras Zustand sich stabilisierte, hatte man beide wieder nach Hause gebracht.

Jutta hatte sich seitdem um beide gekümmert, kam in das Zimmer, ging an Lauras Bett und streichelte die Schulter ihrer Nichte: »Willst du nicht mal schlafen gehen?«

»Nein«, sagte er, obwohl er im Stehen hätte einschlafen können. »Heute geht der Prozess gegen Tobias los. Da will ich dabei sein.«

Er schaute auf seine Tochter: »Ist es für dich okay, wenn du hier auf sie aufpasst?«

»Du hast, seit du sie gefunden hast, kaum ihre Seite verlassen. Und ich passe gerne auf sie auf.«

Er zweifelte: »Meinst du nicht die Leute …«

»Lass die Leute reden. Die haben sich schon vor dem Stromausfall die Mäuler über jeden Scheiß zerrissen, weshalb sollte das auf einmal besser werden?«

Malte bedankte sich bei seiner Schwester, gab Laura einen Kuss auf die Stirn, blieb kurz in der Tür stehen, schaute auf die beiden Frauen und verließ das Haus.

Der Prozess fand im Bürgerhaus statt, man hatte Tische in U-Form aufgebaut, auf der Seite beim Fenster saß Holzer, der zusammen mit einem Verwaltungsjuristen die Rolle des Staatsanwaltes übernommen hatte. Ihm gegenüber war ein junger Rechtsanwalt, der erst im Jahr zuvor sein Zweites Staatsexamen abgelegt hatte und seitdem eher im Familienrecht tätig gewesen war. Neben ihm saß Tobias, die Hände in Handschellen, der Blick abwesend. Der Richter, sinnigerweise mit dem Familiennamen Richter, war vor dem Stromausfall Verkehrsrichter, auf jeder Seite saß eine Frau, beide waren als Schöffinnen ausgewählt worden.

»Das wirkt wie eine Farce«, kommentierte Kempf, der sich herübergebeugt hatte, um ihm ins Ohr zu flüstern. »Die Juristen unpassend, speziell Holzer hat da nichts zu suchen. Die Anklage als solches ist nicht durchdacht, es sind so viele Lücken drin.«

Malte wusste, dass die meisten Umbacher ihr Urteil gefällt hatten. Selbst wenn Tobias, wider Erwarten, freigesprochen werden würde, das Dorf würde ihn ablehnen. Holzer hingegen war voll in seinem Element, hatte die Anklage gegen den Widerstand von

Bittler durchgesetzt. Selbst dessen Zweifel reichten nicht aus, die Stimmung zu kippen.

Der Richter schlug einmal mit dem Hammer und stand auf. Alle Anwesenden folgten seinem Beispiel.

»Ich eröffne hiermit das Verfahren gegen Tobias Rickschitz. Sie sind des Mordes an Boris Kling beschuldigt. Wie bekennen Sie sich?«

Der Angeklagte schaute mit leeren Augen nach vorne, sein Anwalt lehnt sich zu ihm herüber und flüsterte ihm etwas ins Ohr.

»Nicht schuldig«, stammelte Rickschitz.

»Das Wort hat die Staatsanwaltschaft«, der Richter deutete zu Holzer.

Der stand auf, nahm einen Zettel von dem vor ihm liegenden Stapel, rückte seine Brille zurecht und räusperte sich: »Sehr geehrtes Gericht, wir werden zeigen, dass der Angeklagte in heimtückischer Weise seinen Arbeitskollegen und Mittäter bei Schwarzmarkttätigkeiten kaltblütig umgebracht hat. Es sind wiederholt Streitigkeiten zwischen dem Opfer und dem Täter ...«

»Einspruch!«, erhob sich der Anwalt des Angeklagten, »mein Mandant ist kein Täter, dies ist nur eine unbewiesene Mutmaßung!«

»Ich komme mir vor, wie in einem amerikanischen Gerichtsdrama«, urteilte Kempf, der sich wieder zu Malte gelehnt hatte.

»Ja«, flüsterte der zurück, »das ist surrealer, als unser Leben es ohnehin schon geworden ist.«

Es wurden fünf Zeugen vernommen und es wurde schnell klar, dass der junge Anwalt Holzer und seinem Kumpanen wenig entgegenzusetzen hatte. Bittler, der als Erster verhört wurde, saß danach im Saal und kommentierte so oft die Aussagen der anderen Zeugen, dass ihn Richter des Saales verwies. Nach etwa zwei Stunden beendete der Richter den Verhandlungstag und gab bekannt, dass der nächste angekündigt werden würde.

Vor dem Bürgerhaus versammelten sich verschiedene Gruppen, Holzer ließ sich für seinen Auftritt feiern. Kempf und Malte gesellten sich zu Bittler, der leicht abseits stand.

»Du hältst ihn für unschuldig?«, wollte Malte wissen.

Bittler zuckte mit den Schultern: »Es spricht vieles gegen ihn, bei mir ist da eher so ein Gefühl, dass irgendwas nicht zusammenpasst, aber ich weiß nicht was. Und ich hoffe, ich komme nicht zu spät auf die Lösung.«

»Ohne Chance auf eine Revision liegt alles in den Händen von Richter und den beiden Schöffinnen«, schlussfolgerte Kempf. »Was können wir tun?«

»Den richtigen Täter finden«, schlug Malte vor, »wenn wir den richtigen Täter haben, wäre dieser Prozess beendet.«

In diesem Moment gesellten sich Holzer und Pape zu ihnen.

Holzer legte kumpelhaft den Arm um Maltes Schulter: »Da soll einer mal sagen, dass bei uns Recht und Ordnung nicht funktionieren.«

Wütend blickte Bittler Holzer an: »Du kennst meine Meinung. Rickschitz mag kein Engel sein, aber ich bin überzeugt, dass er nicht unser Mörder ist.«

Holzers Lächeln gefror kurz: »Du selbst hast die ganzen Indizien mit zusammengetragen und es ist nicht mal im Ansatz ein anderer Verdächtiger in Sicht? Was brauchst du denn noch?«

»In meiner Erfahrung«, Malte merkte, dass die Wut gewichen war, »knicken Verdächtige wie Rickschitz irgendwann ein und gestehen. Das ist nicht passiert. Das ist nur ein Indiz für mich, das andere ist …«

»Ein Gefühl?«, Malte kam es vor, als ob sich Holzer ein wenig lustig machen würde. »Ich schaue nachher mal in meiner Kristallkugel nach, vielleicht hat die eine Antwort.«

»Carl!«, ermahnte Kempf. »Es geht hier um das Leben eines Mannes. Witze darüber zu machen ist unpassend.«

»Es geht um einen Halunken«, konterte Holzer, »und wenn Bittler mit einer ›Ahnung‹ kommt, muss ich nicht ernst bleiben.«

Malte kam sich vor, wie bei einer Diskussion mit einem Jugendlichen und schmerzhaft erwischten ihn die Erinnerungen an die letzten Auseinandersetzungen mit Lukas. Für Maltes Stimmung war es nicht förderlich, dass sie gleich im Anschluss an die Gerichtsverhandlung eine Versammlung des Dorfrates eingeplant hatten.

»Ich empfinde speziell dein Verhalten als unpassend.« Kempf gab sich unbeeindruckt von Holzers Verteidigung. »Lasst uns zu mir gehen, wir haben einiges zu besprechen.«

Nadine hatte sie erwartet und wenig später saßen sie wieder am Tisch auf dem Hof von Kempf. Auf dem Tisch stand eine Karaffe mit Wasser und Gläser, Pape schüttete jedem etwas ein. Nachdem er sich hingesetzt hatte, eröffnete Kempf die Sitzung.

»Ich danke euch, dass ihr hier seid«, er ging direkt zum ersten Punkt, »es ist euch nicht entgangen, dass die Stimmung im Ort dabei ist, zu kippen. Die Forderungen nach Wahlen für einen neuen Rat werden lauter, ich bin der Meinung, dass wir dem entsprechen sollten und gemeinsam mit der Dorfversammlung Regeln aufstellen sollten, um diese Wahl vorzubereiten und durchzuführen.«

»Als ob unser Ort nicht gut dastehen würde!«, ärgerte sich Holzer. »Bei uns hat jeder zu essen, zu trinken und ein Dach über dem Kopf. Nicht so wie viele der armen Schweine in Wetzlar. Oder wie in einem der Käffer, in denen sie es nicht geschafft haben, eine ordentliche Versorgung aufzubauen.«

In Gedanken gab Malte ihm recht, durch die Wasserquelle und die landwirtschaftlichen Betriebe hatte Umbach nach dem Stromausfall bessere Startvoraussetzungen als viele andere Orte. Von Städten und Großstädten musste man nicht mal anfangen. Der Kooperationswille der Landwirte hatte die Verteilung der Nahrung einfacher gemacht. Er hatte Berichte gehört, dass es in vielen anderen Orten Streit und, im wahrsten Sinne der Redewendung, Mord und Totschlag gegeben hatte. Ein Teil der Unzufriedenheit hatte vermutlich mit der strengen Rationierung zu tun, die, so war Malte überzeugt, notwendig war, um den Ort durch den Winter und bis zur nächsten Ernte zu bekommen. Er wusste aus einigen Gesprächen, dass mindestens ein Drittel der Umbacher darauf wartete, dass der Strom zurückkehren würde und man wieder normal einkaufen gehen konnte. Wenn man die Arbeit des Dorfrates mit dem Leben vor dem Stromausfall maß, konnte man nur unzufrieden sein.

»Da bin ich bei dir«, sagte Malte an Holzer gewandt, »ich denke, dass wir die Leute mehr an den Entscheidungen teilhaben lassen sollten. Und an den Entscheidungsprozessen.«

»Du willst hier ein basisdemokratisches Experiment wagen?«, meldete sich Pape. »In einem Moment, in dem es starke Führung braucht?«

»Bist du wirklich der Ansicht?«, Nadine war der Ärger anzumerken. »Eine ›starke Führung‹ kannst du in Wetzlar bei Armsteiner und ihrem Haufen haben. Kannst gerne dort hingehen, die nehmen jemanden wie dich bestimmt mit Kusshand an.

Oder ist dir die Mitsprache nur dann recht, wenn die Mehrheit in deinem Sinne entscheidet?«

»Vielleicht haben wir ein paar Bürger«, giftete Pape zurück, »die sich mehr und härtere Führung wünschen würden. Mal darüber nachgedacht?«

»Ja klar«, spottete Nadine, »und es gibt einige Schafe, die sich einen Wolf als Bewacher wünschen. Aus welchem Jahrhundert kommst du denn?«

»Merkst du nicht«, reagierte Pape, »dass wir mit dem Stromausfall eine Zeitreise gemacht haben? Wir haben keine Zeit, für Gendern und auf jeden Spinner Rücksicht zu nehmen. Und das Volk will das, das merkt man doch!«

»›Das Volk‹?«, wunderte sich Nadine. »Wie kommst du auf die Idee, für ›das Volk‹ zu sprechen zu können?«

»Komm du mal raus aus deinem goldenen Käfig!« Pape kam in Fahrt. »Was glaubst du, wieso diese Johannisten und Freyristen Zulauf haben? Die Menschen suchen nach Führung und wenn wir die ihnen nicht geben, vertrauen die sich denen an! Wenn wir jetzt hingehen und denen mehr Mitverantwortung geben, werden die total kopflos. Da ist doch sicher, dass wir unseren Posten an jemanden verlieren, der verspricht, mit harter Hand durchzugreifen.«

»Ich bin dafür«, unterbrach Kempf die Diskussion, »dass wir das Thema der Dorfversammlung überlassen. Die Entscheidung können wir nicht für alle treffen. Wir haben andere Themen, wie zum Beispiel der Zustand des Schutzzauns.«

Malte erinnerte sich an die Sitzung, in der Kempf das Buch über die Wallanlage am Dünsberg gezeigt hatte: »Für eine Anlage wie am Dünsberg fehlen uns momentan die Ressourcen, das sollten wir uns für nach der Ernte vornehmen.«

»Ich gebe dir recht«, erhielt Malte unerwartet von Holzer Unterstützung, »trotzdem sollten wir jetzt schon jemanden suchen, der die Planung übernimmt.«

»Auch eine Frage für die Dorfversammlung?«, Kempf machte sich eine Notiz, »Ich habe eine Idee wen ...«

»Und macht sich Gedanken um die Moral«, platzte es aus Pape heraus. »Immer nur alles weichgespült, jeder soll auf jeden Rücksicht nehmen, damit sich niemand auf den Fuß getreten fühlt. Solche Gutmenschdenke können wir uns heute nicht mehr erlauben.«

»Welche Laus ist dir denn über die Leber gelaufen?«, wunderte sich Malte. »Wenn du fehlende Moral bemängelst, kannst du das bei der Gerichtsverhandlung sehen!«

»Ach komm«, Pape stand auf und lehnte sich bedrohlich in Richtung Malte. »Dein Sohn ist doch vor den Verhältnissen bei dir zu Hause geflohen. Wenn du etwas mehr Ordnung ...«

»Von was redest du?«, Malte hatte keine Ahnung, auf was Pape hinaus wollte.

»Wenn deine Tochter in Sünde mit ihrem Freund zusammenlebt«, erklärte Pape, »dann ist es doch ...«

»Als ob du vor deine Ehe nicht auch eine Nacht mit einer anderen Frau verbracht hättest!«, wies Nadine ihn zurecht. »Das bleibt jedem selbst überlassen. Und es ist absolut nicht unser Problem.«

»Es gibt viele Menschen«, erwiderte Pape, »die so ein Verhalten als Problem ansehen. Und ich denke schon, dass wir die ernst nehmen sollten.«

»Das kann jeder halten, wie er möchte?« Nadine ließ nicht locker. »Vor allem beugen sich dann die einen dem Diktat der anderen.«

»Jetzt ist es doch umgedreht«, stellte Pape fest.

Nadine schüttelte den Kopf: »Keine Ahnung, welches Zeug du nimmst, du solltest damit aufhören!«

»Von einer wie dir lasse ich mir gar nichts sagen!«

»Eine wie ich?« Malte legte seine Hand auf den Unterarm von Nadine, ein verzweifelter Versuch, die Eskalation zu beruhigen.

»Vermutlich brauchst du mal einen richtigen Mann, der es dir ordentlich besorgt«, sagte Pape kalt, »vielleicht wird dein Verstand danach endlich mal klar werden.«

Selbst Holzer schien vom Kommentar seines Kumpanen schockiert zu sein und alle Blicke richteten sich auf Nadine. Die lehnte sich zurück, starrte Pape solange in die Augen, bis der den Blick abwandte. Niemand sagte ein Wort, Nadines Blick fixierte immer noch ihren Gegner und nach einer Weile versuchte er erneut ihrem Blick standzuhalten.

»Ich könnte dir jetzt verraten, dass das keine bewusste Entscheidung war, vermutlich überfordert das dein Rückenmark und deine Kapazität bei Weitem. Ich könnte dir erzählen, was Verschiedene deiner Ex-Freundinnen über deine Fähigkeiten erzählt haben, wobei es da nicht allzu viel zu erzählen gibt. Und weißt du, wenn das eine bewusste Entscheidung wäre und es gäbe nur so Ersatzteile wie dich, würde ich mich für Frauen entscheiden.«

SIMONE

Seit sie aus dem Einkaufszentrum geflüchtet war, hatte sie die Autobahn nur verlassen, um ihre Wasserflaschen aufzufüllen und sich zu erleichtern. Ihre Knochen schmerzten, als sie sich aufzurichten versuchte. Ein Vorteil der kleinen Größe war der, dass sie auf der Rückbank eines Vans gemütlich Platz fand. Und auch wenn dieses Auto, dem Geruch nach, schon anderen Schutz geboten hatte, war es besser, als unter freiem Himmel zu schlafen, es wurde teilweise recht kühl.

Vorsichtig linste sie aus den Scheiben des Gefährts und war froh, dass kein Wanderer in ihrer Nähe war. Sie richtete sich auf, kontrollierte ihre Vorräte. Das Wasser würde bis zum Abend reichen, sie würde sich spätestens gegen Mittag um Nachschub kümmern müssen. Ihr Magen meldete sich mit einem lauten Knurren, sie hatte die Hoffnung, dass er sich bald daran gewöhnt haben würde, fast nichts zu bekommen. Bei ihren Freundinnen war immer mal eine dabei, die mit Fasten versucht hatte, Gewicht zu verlieren. Bei den Gesprächen hatte sie irgendwann aufgeschnappt, wie lange man ohne feste Nahrung aushalten konnte, erinnerte sich nur, dass man von Wasser alleine nicht lange leben konnte.

Sie breitete die kleine Karte vor sich aus, auf der sie versuchte ihren Fortschritt zu notieren und wurde traurig, als sie bemerkte, dass die Strecke, die sie zurücklegen konnte, Tag für Tag kürzer wurde. Sie schätzte den restlichen Weg auf wenig mehr als 100 Kilometer, mit besserer Ernährung wäre das in drei oder gar zwei Tagen zu schaffen. Wenn sie ihr aktuelles Tempo beibehalten würde, müsste sie in sieben oder acht Tagen daheim sein.

Als sie die Autotür öffnete, kroch die kühle Morgenluft in ihr Nachtlager. Auf ihren Armen bildete sich Gänsehaut und sie rieb sich die Unterarme, um sich warm zu halten. Der höhere Sauerstoffgehalt der Außenluft half ihr beim Wachwerden und mit kribbelnden Beinen verließ sie den Minivan, streckte sich und beobachtete die Umgebung. Die nächsten Orte waren zwar in Sichtweite, sie schätzte, dass keiner davon näher als fünf Kilometer war. Um die Orte waren auf den Feldern Menschen zu erkennen, die Erntearbeiten nachgingen. Sie sah vereinzelt Reiter, die, so vermutete Simone, entweder dem Schutz der Feldarbeiter dienten, oder die Arbeiter bewachen sollten. Genaueres war von ihrem Standort aus nicht zu erkennen und sie hatte kein Interesse, es herauszufinden.

Eine ihrer Pistolen steckte sie sich hinten in den Hosenbund der ihr mittlerweile viel zu weit gewordenen Hose. Den Gürtel hatte sie schon ein zweites Mal gekürzt und sie wunderte sich, wie sie jetzt wohl aussah. Sie war vor dem Stromausfall zwar sportlich, aber trotzdem ›weich‹. An ihren Unterarmen traten die Adern hervor und ihre Beine fühlten sich muskulöser an. Und unrasiert. Sie kontrollierte den Inhalt ihres Rucksacks, schulterte ihn und ging los. Nach wenigen Metern verließ sie die Autobahn und suchte eine geschützte Stelle, an der sie sich erleichtern konnte. Sie wunderte sich, wie der Körper, trotz der wenigen Zufuhr immer noch das Bedürfnis hatte, Wasser auszuscheiden.

Eine Stunde später hatte sie wenig mehr als zwei Kilometer hinter sich gebracht. An diesem Tag kam sie nicht so richtig in ihren Tritt und sie beschloss im Schatten einer Brücke eine kurze Pause einzulegen. Von ihrem etwas höher gelegenen Sitzplatz konnte sie gut in beide Richtungen sehen und beobachtete die anderen Wanderer. Fast alle bewegten sich eher mechanisch, wirkten wie Zombies, vermutlich hinterließ sie bei den anderen den gleichen Eindruck. Große Gruppen hatte sie seit Tagen nicht mehr gesehen und war froh darüber. Solche waren eine Bedrohung für kleine Gruppen oder Einzelwanderer.

Simone wurde von manchen der Vorbeilaufenden offen gemustert, andere schielten nur verstohlen zu ihr herüber. Viele hatten die Erfahrung gemacht, dass man besser keine Aufmerksamkeit erregte. Es dauerte nicht lange, bis zwei Männer auf sie deuteten und ihren Weg in ihre Richtung veränderten. Reflexartig griff Simone mit der rechten Hand nach der Pistole in ihrem Hosenbund und holte sie so nach vorne, dass die beiden Wanderer sie nicht sehen konnten.

Als die beiden langsam näherkamen, musste Simone kurz grinsen. Der eine wirkte dürr und schlaksig, der andere war untersetzt und die viel zu weite Kleidung waren ein Indiz, dass er vor dem Stromausfall einen noch ungünstigeren BMI als jetzt gehabt hatte. Die beiden hätten als Stan Laurel und Oli Hardy-Doubles auftreten können, auch die Mimik der beiden passte fast perfekt.

»Hallo junge Frau«, begrüßte sie ›Stan‹, »so allein hier?«

Simone war genervt vom unkreativen Gesprächsauftakt, war sich bewusst, dass die beiden, trotzdem sie wie eine Parodie wirkten, eine reale Gefahr für sie darstellten.

»Danke für das Kompliment«, antwortete sie, »ich würde es bevorzugen allein zu bleiben.«

»Aber, aber«, die beiden kamen näher, Stan schien der Wortführer der beiden zu sein, »wir wollen doch nur helfen. Es ist gefährlich auf der Straße und ein kleines, einsames Vögelchen wie du kann sicherlich etwas Schutz gebrauchen.«

»Nein danke«, erwiderte Simone, »ich komme gut allein zurecht.«

Oli verkürzte den Abstand zu ihr: »Wir haben schlimme Dinge gesehen, du willst doch nicht, dass dir so etwas passiert.«

Simone holte die Waffe hervor und zielte Stan direkt auf den Kopf: »Ich weiß eure Sorge zu schätzen und kann euch versichern, dass ich recht gut auf mich selbst aufpassen kann. Ich würde es begrüßen, wenn du jetzt nicht mehr näherkommst, sonst wärst du der nächste, den ich mit dieser Waffe erschossen habe.«

Sie hoffte, dass ihre Formulierung bei den beiden ankam, dass ihnen klar wurde, dass sie bereits Menschen getötet hatte. Oli schien das nicht verstanden zu haben und machte einen weiteren Schritt auf sie zu: »Sie blufft. Und selbst wenn, kann sie nicht uns beide erschießen.«

»Komm zurück, sie ist das nicht wert«, ruderte Stan zurück, »es gibt einfachere … Wege als diesen.«

Simone war sich bewusst, dass an der Stelle des Zögerns wohl Beute oder Opfer hätte kommen sollen.

Als Oli nicht zurücktrat, legte Stan nach: »Lass es sein, sie hat eine Waffe.«

Oli drehte sich wieder zu Simone, schien seine Chancen einzuschätzen und trat endlich einen Schritt zurück: »Wir wollen nichts Böses, wir wollten dir nur Schutz geben.«

Ohne die Waffe zu senken, stand Simone auf: »Wie schon erwähnt, ich bedanke mich für das Angebot, brauche aber keine Beschützer.«

Die beiden machten einen Bogen um sie herum, sie zielte weiter auf sie, bis sie etwa dreißig Meter entfernt waren. Als sie sich wieder sicher fühlte, steckte sie die Waffe, entsichert, hinten in den Hosenbund und setzte sich. Da die beiden in die gleiche Richtung unterwegs waren, würde sie aufpassen müssen. Sie könnten ihr an einer Stelle auflauern oder sich an einer Stelle verstecken und ihr mit Abstand hinterherlaufen, um sie in ihrem Nachtlager zu überfallen. Kurz erwischte sie sich dabei, sich zu ärgern, dass sie die beiden nicht erschossen hatte, aber sie konnte nicht jeden erschießen, den sie für eine Gefahr hielt. Vermutlich würden die Zwei sich ein weniger gefährliches Opfer suchen und dafür wäre sie nicht verantwortlich.

Die Frau und die anderen Gefangenen aus dem Einkaufszentrum kamen ihr in Erinnerung und sie spürte, wie Tränen in ihre Augen stiegen. Es dauerte eine Weile, bis sie sich wieder gefasst hatte, bis sie sich überzeugend einreden konnte, dass sie nicht für das Schicksal dieser Menschen verantwortlich war. Ihre Aufgabe und ihr Antrieb waren ihre Familie, zu der sie zurückkommen wollte. Der Gedanke an Lukas, Laura und Malte warf sie um, die wiedergewonnene Fassung war dahin, sie musste sich hinsetzen und schluchzte laut. Sie zog die Beine an, umschlang sie mit ihren Armen, kippte zur Seite und lag heulend in Embryohaltung auf dem harten Boden. Alles um sie herum verschwand durch die Tränen, als ob sie durch einen Vorhang schauen würde.

Sie zuckte zusammen, als sie eine Hand an der Schulter berührte. Simone griff nach ihrer Waffe, eine Kinderstimme ließ sie innehalten: »Geht es dir nicht gut?«

Langsam setzte Simone sich auf, wischte die Tränen weg und blickte in das Gesicht eines Mädchens. Vermutlich acht oder neun Jahre alt, sie erwiderte Simones Blick und wiederholte ihre Frage: »Geht es dir nicht gut?«

»Nein, Kleines«, gestand sie, »im Moment nicht. Bist du allein?«

»Ein Kind kann doch nicht allein sein!«, protestierte das rothaarige Mädchen. »Mama, Papa und mein Bruder sind da hinten und müssten gleich mit den anderen hier sein.«

Simone Blick folgte der Richtung, in der das Mädchen deutete und sah eine Gruppe aus sieben Personen, die zwei dieser modernen, faltbaren Bollerwagen hinter sich herzogen, mit denen vor dem Stromausfall Zoos und Vergnügungsparks überflutet wurden.

»Wie kommt es, dass du nicht bei ihnen bist?« Simone wunderte sich, dass das Mädchen keine Angst zu haben schien. »Und fremde Leute ansprechen ist gefährlich.«

»Du sahst nicht gefährlich aus«, urteilte das Mädchen.

»Und deine Eltern?«, sorgte sich Simone.

»Die kommen da hinten!«, erklärte das Mädchen, als ob es nichts Selbstverständlicheres gab, »und die sind auch nicht gefährlich.«

»Alina«, hörte Simone eine der beiden Frauen rufen, »du sollst nicht so weit vorneweg laufen! Und du sollst nicht fremde Leute ansprechen!«

»Aber Mama«, reagierte Alina in einem Tonfall, der jede Sorge und Angst vermissen ließ, »die Frau lag hier und hat geweint und ich habe die nur trösten wollen.«

Simone bemerkte die misstrauischen und feindseligen Blicke der Erwachsenen, während die Kinder, ein Junge etwa im gleichen Alter wie Alina, ein weiteres Mädchen und ein weiterer Junge, etwa zwei Jahre jünger, offen neugierig waren.

Die Mutter von Alina brach die Ruhe: »Mein Name ist Maja, das ist mein Mann Dennis, unser Sohn Matteo und Alina haben sie bereits kennengelernt.«

Sie strecke Simone die Hand entgegen, zögernd schüttelte Simone sie: »Simone.«

Die andere Frau kam ebenfalls auf sie zu: »Ich bin Tatjana, mein Mann Moritz, unser Sohn Mats und meine kleine süße Maus Lotte.«

»Hast du auch Kinder?«, brach es aus Lotte heraus, »und einen Mann?«

»Wenn sie Kinder hat, muss sie auch einen Mann haben«, wusste Matteo.

»Sie kann auch eine Frau haben und mit der Kinder haben«, widersprach Lotte.

Simone musste lächeln: »Ja, ich habe zwei Kinder, Laura und Lukas. Die sind schon erwachsen. Fast. Und einen Mann habe ich auch.«

»Und die haben dich allein gelassen?«, sorgte sich Alina.

Simone war sich aber nicht sicher, was sie erzählen sollte, wusste nicht, ob sie diesen Menschen trauen konnte. Selbst die Kinder waren keine Garantie für ihre Sicherheit.

Schließlich entschied sie sich für Vertrauen: »Nein, als der Strom ausfiel, war ich in Hamburg und ich bin auf dem Weg nach Hause. Meine Kinder und mein Mann waren zu Hause, als es passierte. Glaube ich.«

»Wo ist dein Zuhause?«, Alina ließ ihre Neugierde nicht zügeln.

»Umbach«, erklärte Simone. »Das ist in der Nähe von Wetzlar.«

»Wir kommen aus der Gegend von Limburg«, reagierte Maja, »da haben wir fast einen gemeinsamen Weg!«

»Wir waren zusammen auf einer Familienfeier, als es passiert ist«, berichtete Tatjana, »bei Bremen und sind seitdem auf dem Weg nach Hause. Wir müssen … wir wollen nach Alsfeld.«

»Das ist meine Tante«, erklärte Alina, »und wir waren auf dem neunzigsten Geburtstag meiner Uroma und haben dafür extra in der Schule freibekommen!«

»Sie können uns gerne begleiten«, bot Maja an, »dann sind Sie sicherer.«

Dennis räusperte sich: »Maja, ich fände es gut, wenn wir so etwas vorher gemeinsam absprechen.«

Er deutete auf Simone: »Außer dem, was sie uns erzählt, wissen wir nichts von ihr und die letzten Wochen sollten uns gezeigt haben, dass man niemandem vertrauen kann. Erinnerst du dich an die Familie, die wir in unsere Gruppe aufgenommen hatten, die fast alle unsere Vorräte geklaut hatten.«

»Dafür kann Simone nichts!«, protestierte Alina, »und ich weiß, dass sie nicht gefährlich ist.«

Simone versuchte ein Grinsen zu unterdrücken, Alina und ihr Vater erinnerten sie an Laura und Malte, als Laura etwa im gleichen Alter war.

»Hören Sie zu«, schaltete sich Simone in die Diskussion ein, »ich möchte niemandem Umstände machen und bin bisher gut alleine zurechtgekommen …«

»So sah das eben nicht aus, als du geheult hast!«, widersprach Alina.

»Alina!«, ermahnte sie ihr Vater.

»Es ist schon gut«, winkte Simone ab, »du hast nicht unrecht. Weißt du, es gibt bessere und schlechtere Momente und als du mich gefunden hast, war es halt ein schlechter Moment. Nun geht es wieder.«

»Ich finde auch, dass wir sie mitnehmen sollten«, sagte Tatjana, »vorausgesetzt sie möchte das. Allerdings haben wir nur noch zwei oder drei Tage, bevor sich unsere Wege trennen.«

»Wenn Sie wollen«, ergriff Maja das Wort, »können Sie mit uns kommen, wir kommen auf unserem Weg fast automatisch bei ihnen vorbei!«

Simone freute sich einerseits, wieder Begleitung haben zu können, und vor allem das unbesorgte Verhalten der Kinder weckten in ihr Optimismus und Zuversicht. Sie war sich nicht sicher, ob sie sich nicht einer Gefahr aussetzte. Das Bild der heilen Familie war etwas, dem sie schon vor dem Stromausfall nicht getraut hatte. Dazu gab es zu viele Fälle von Misshandlungen innerhalb von Familien und sie wusste von einigen Freundinnen, dass die harmonischste Kulisse nicht selten vorgespielt war.

Schließlich formulierte sie ihre eigenen Zweifel: »Wissen Sie, ich habe nichts, was ich der Gruppe bieten könnte.«

»Wir sind bei der Nahrungssuche gut eingespielt«, erklärte Tatjana, »ich bin mir sicher, dass Sie da schnell mithelfen können. Immerhin haben Sie es von Hamburg bis hierhin geschafft, so ganz ohne Kenntnisse und Fähigkeiten können Sie gar nicht sein.«

»Darf ich neben Simone laufen?«, bettelte Alina, »immerhin habe ich sie gefunden!«

Maja und Tatjana sahen Simone fragend an, auch die beiden Männer hatten durch ein kurzes Kopfnicken ihr Einverständnis ausgedrückt.

Dennis legte nach: »Und wir sind neugierig auf das, was Sie bisher erlebt haben und sind im Gegenzug gerne dazu bereit, unsere Geschichten zu erzählen.«

Moritz grinste: »Geschichten erzählen ist fast spannender als Fernsehen! Wir haben mittlerweile richtig viel Übung. Nicht nur

Sachen, die wir selbst erlebt haben, in den letzten Tage haben wir unseren Kindern die Star-Wars-Geschichten erzählt.«

»Männer«, Maja rollte mit den Augen, »nur der Preis des Spielzeugs unterscheidet sie von Jungen!«

Simone lachte, das erste Mal seit so vielen Tagen: »Ja, ich würde mich freuen, wenn ich euch begleiten darf.«

TAG 38

FLORIAN

Florian fragte sich, wie lange es dauern würde, bis die Menschen die Pflegefälle nicht mehr als Angehörige, sondern als zusätzlich zu fütternden Mund ansehen würden. Ein Luxus, den man sich erlauben konnte, wenn man im Überfluss lebte. Medikamente hätte man für die gesunden und jüngeren Menschen aufheben können. Solche Gedanken durfte man vor dem Stromausfall nicht offen aussprechen. Und auch jetzt nicht. Noch nicht.

Der rapide sinkende Vorrat an Pharmazeutika machte die Kenntnisse von Verena wichtiger, die sich mit Heilkräutern und -wurzeln auskannte und es war Bernadette, die vorgeschlagen hatte, das Wissen schnell zu teilen. Die beiden Frauen hatten einige gemeinsame Nachmittage in den Wäldern und Abende in der Apotheke verbracht, um weitere Mittel zu kochen, zu mischen, zu verpacken.

Bernadette hatte bei der letzten Sitzung des Medizinerrates angeregt, die Aufgabe nicht nur ihr und Verena zu überlassen, sondern ein kleines Team zu bilden, dass das Wissen weitertragen sollte. Florian hatte sich sofort gemeldet, konnte er so mehr Zeit mit Bernadette verbringen. Zu seinem Leidwesen ließ es sich Reinhard nicht nehmen, Teil der Mannschaft zu werden. Darauf hätte Florian verzichten können.

An diesem Morgen trafen sie sich an einem der Wege, die zum Wald im Nordosten führten.

Neben Verena, Bernadette, Reinhard und Florian waren vier weitere Frauen eingetroffen und Verena erklärte den Plan für den Vormittag: »Ich finde es ganz toll, dass ihr alle hier seid!«

Florian musste innerlich grinsen, Verenas Tonfall entsprach komplett dem Esoterik-Klischee, über das er sich gerne lustig machte.

Florians Überheblichkeit blieb von Verena unbemerkt: »Mutter Erde versorgt uns mit den notwendigen Wurzeln und Pflanzen, mit denen wir viele Beschwerden behandeln und Wunden heilen können.«

Auch bei Bernadette meinte Florian ein kurzes Lächeln erkannt zu haben.

»Wir fangen mit einer kleinen Wanderung an und ich zeige euch, welche Kräuter wir heute sammeln wollen.« Verena hob einen Korb in die Höhe. »Wie ich sehe, haben sich die meisten von euch mit einem Korb versorgt, Florian, du scheinst nicht dran gedacht zu haben. Du kannst meinen Kleinen haben.«

Sie hielt Florian einen mit rosa Stoff versehenen Einkaufskorb entgegen, der nahm ihn ein wenig widerwillig an, nicht weil er von Verena kam, er empfand die Farbe als unmännlich.

»Ich würde gerne jetzt die Zweiergruppen zusammenstellen«, fuhr Verena fort, »die später unabhängig auf die Suche gehen werden.«

Florian versuchte, sich unauffällig in die Nähe von Bernadette zu stellen. Die Aussicht, mit ihr einige Zeit gemeinsam durch den Wald zu laufen, empfand er als verlockend, Verena machte ihm einen Strich durch die Rechnung: »Reinhard und Florian, ihr beide würdet ein gutes Team abgeben!«

So viel zum Ausgleich. Yin und Yang. Bullshit. Stattdessen hatte sie die beiden einzigen Männer in der Gruppe zusammengesetzt. Irgendwann würde er sich Verena vornehmen. Auf die eine oder auf die andere Weise. Die Vorstellung, dass sie mit ihren Shakren und Tantrakenntnissen eine heiße Nacht bieten könnte, machten ihn wieder geil.

Verena führte die Kräutersammler in den Wald und erklärte auf dem Weg die Pflanzen, die man am Wegesrand fand und ob sie als Küchen-, Heilkräuter oder beides genutzt werden konnten.

An eine Lichtung angekommen, beendete Verena ihre Erklärungen: »Das war eine überschaubare Anzahl von Kräutern, von hier aus teilen wir uns auf und jedes Paar geht in eine Richtung. Wir treffen uns gegen Mittag wieder hier und schauen an, was ihr alles gesammelt habt!«

Nacheinander verließen die Paare in verschiedene Richtungen die Lichtung. Leicht sehnsüchtig schaute Florian Bernadette hinterher, als er von Reinhard aus seinen Tagträumen gerissen wurde: »Wollen wir uns auf den Weg machen?«

Florian nickte: »Ja Reinhard, entschuldige, ich war mit meinen Gedanken woanders.«

»In der Muschi von Bernadette?«, überraschte Reinhard Florian.

Er hatte wohl zu offensichtlich der Apothekerin hinterhergeschaut.

»Quatsch!«, bestritt Florian. »Wie kommst du auf das schmale Brett.«

»Du kannst dir gerne selber was vormachen«, sagte Reinhard. »Einerseits ist es offensichtlich, dass Bernadette eine attraktive Frau ist, andererseits sprachen deine Blicke bei der Paareinteilung und eben Bände. Wer sollte dir das Verlangen denn verübeln?«

Nach kurzem Zögern fügte er hinzu: »Oh, außer Jutta, deiner Frau. Die findet das vielleicht nicht so toll.«

Florian schaute sein Gegenüber überrascht an, er hatte den Mann eindeutig unterschätzt und für ihn bedeutete das, dass mehr Gefahr von dem Mann ausging, als er es bisher angenommen hatte. Auch wenn es mit Jutta ohnehin nicht zum Besten stand, musste er Reinhard zum Schweigen bringen.

»Hm.« Florian ging los. »Lass uns Kräuter suchen gehen.«

Reinhard folgte ihm zunächst wortlos, konnte sich nicht die Neugierde verkneifen: »So ganz verstehe ich dich nicht, Jutta ist total scharf, du hast es doch gar nicht nötig, einer anderen Frau nachzulechzen.«

Als Florian nicht reagierte, bohrte er weiter nach: »Oder lässt sie dich nicht ran? Ist die erste Liebe abgeflaut? Das passiert öfter mal!«

Florian hatte Reinhard das erste Mal bewusst nach dem Stromausfall wahrgenommen. Schon da war ihm klar, dass er ihn nicht mochte. Allein die Art, wie er sprach, die Stimmfarbe, ging ihm auf den Keks. So ein typischer esoterisch angehauchter Pfleger. Sicherlich könnte der sich stundenlang mit Verena über Spiritualität unterhalten. Er ärgerte sich, dass ausgerechnet solch ein weichgespülter Typ ihn zweimal erwischt hatte. Wie konnte er den nur übersehen haben. Während er sich ärgerte, hatte er sich einen Plan zurechtgelegt und ihm kam zugute, dass Verena Reinhard und ihn in ein Team gesteckt hatte. Als er den Weg in den Wald eingeschlagen hatte, hatte er auf zwei Sachen geachtet. Einmal, dass sie möglichst weit weg von den anderen waren. Ein weiterer Zufall kam ihm zugute, in ihrer Richtung befand sich der alte Eisenerztagebau, in dem viele Kräuter zu finden waren. Bei dem es Kanten gab, an denen es mehrere Meter in die Tiefe ging.

Der Bergbau war in Mittelhessen bis in das zwanzigste Jahrhundert betrieben worden, in vielen Orten gab es kleine Gruben, manchmal ›Unter Tage‹, die meisten als Tagebau. Da das Erz nicht so ergiebig war, kam der Bergbau über die Jahrzehnte zum Erliegen. Die in den Boden gerissenen Narben wurden von der Natur überwuchert und manchmal musste man genau hinschauen, um ein ehemaliges Abbaugebiet zu erkennen.

Etwa dreihundert Meter vor sich konnte Florian die entsprechende Lichtung erkennen, der Name der ehemaligen Grube wollte ihm nicht mehr einfallen, aber das war ohnehin nicht wichtig. Als der Wald sich zur Lichtung öffnete, waren es knappe zwei Meter bis zur Kante. Gemeinsam standen Reinhard und Florian am Rand und schauten in die Grube, die etwa zwanzig Meter breit, fünfzig Meter lang und unter ihnen sechs oder sieben Meter tief war. Steingeröll und Erde direkt unter der Kante zeugten davon, dass an dieser Stelle immer wieder etwas abbrach.

»Ein Steinbruch?«, vermutete Reinhard.

»Nicht direkt«, belehrte Florian, »ehemaliger Tagebau, Eisenerz. Im Heimatmuseum gibt es darüber einige Informationen.«

»Eisenerz?«, Reinhard hörte sich an, als ob er das nicht gewusst hatte. »Dann haben wir Zugriff auf Eisen?«

»Für die nächsten Jahre sind Schrottplätze ergiebiger und effizienter auszubeuten«, vermutete Florian.

»›Die nächsten Jahre‹?«, wiederholte Reinhard. »Wie lange meinst du denn, dass der Stromausfall anhalten wird? Ich hatte gehofft, dass wir bald wieder normal leben könnten.«

Und dieser Kerl hatte ihn zweimal entlarvt. Wäre es nicht so ärgerlich, hätte Florian laut loslachen können. Er erfasste die Umgebung, suchte nach Anzeichen anderer Menschen, aber es war niemand zu sehen und zu hören. Während Reinhard in die Grube schaute und etwas über den Tümpel am Grubenboden erzählte, fand Florian, was er brauchte. Er hob einen Stein hoch, der schwer genug und handlich zugleich war und näherte sich Reinhard.

»Lauter Libellen«, verkündete er, »für Kinder muss das ein toller Platz sein.«

Florian stand links hinter ihm, den Stein hielt er in der rechten Hand: »Jutta hat mir erzählt, dass sie und Malte als Kinder hier oft waren. Wie vermutlich die meisten Kinder aus Umbach.«

Reinhard nickte und deutete nach unten: »Dort dürften sich einige Kräuter finden lassen.«

Eine bessere Gelegenheit wird es nicht geben. In einer fließenden Bewegung hob Florian den Stein in die Höhe und ließ ihn mit Schwung auf den Hinterkopf seines Opfers herunterschlagen. Die Wucht reichte aus und Reinhard fiel erst auf seine Knie, dann, ohne dass Florian etwas weiter hätte machen müssen, über die Kante, direkt auf einen der Geröllhaufen. Vorsichtig spähte Florian die Kante herunter, die unnatürlich verdrehten Arme und Beine und die rotgraue Masse neben dem Kopf von Reinhard überzeugten ihn, dass er nicht mehr weiter nachhelfen musste.

Er holte tief Luft und bereitete sich auf sein Schauspiel vor: »REINHARD! REINHARD! HILFE! HILFE!«

Wiederholt rief er in alle Richtungen und lief an der Kante entlang, bis zu einem Punkt, an dem es bis zum Grubenboden nur ein Meter war, sprang dort herunter und lief zu der Stelle, an der Reinhard lag. Bei der Leiche angekommen, sah er die Schädelknochen offen aus der klaffenden Wunde schauen, Blut und Gehirn waren über Steine verteilt.

»REINHARD! SCHEISSE! HILFE!« Vorsichtig hob er sein Opfer an, schleppte den schlaffen Körper wenige Meter weiter zu einem ebenen Stück Wiese, als er von oben einen Schrei hörte.

An der Kante standen zwei Frauen der Kräutergruppe, die Hände vor dem Mund und offensichtlich den Schrecken in den Gliedern.

»Holt Hilfe! Und bleibt von der Kante weg«, schrie Florian. »Reinhard ist von da oben heruntergestürzt!«

Die beiden Frauen drehten sich um und riefen ihrerseits um Hilfe, während sie sich wieder von der Grube entfernten. Florian nutzte den Moment und durchsuchte die Hosentaschen von Reinhard, in denen nichts zu finden war. Er würde bald in dessen Wohnung einbrechen und schauen, ob es dort Spuren gab, die auf Florians Geschäfte deuten könnten. Als er oben an der Kante Bewegung wahrnahm, beugte er sich über sein Opfer und tat so, als ob er sich in Wiederbelebung versuchte. Mit etwas Ekel schmierte er sich etwas Blut um seinen und Reinhards Mund und fing mit der Herzmassage an. Florian lieferte die Show seines Lebens ab und fand, dass er sich dafür einen Oskar verdient hätte.

»Florian!«, rief Bernadette von der Kante. »Hör auf, das bringt nichts mehr!«

»BLEIBT VON DER KANTE WEG!«, warnte Florian. »REINHARD IST DA HERUNTERGESTÜRZT!«

Verena und Bernadette folgten dem gleichen Weg wie er selbst, um in die Grube zu gelangen, und standen kurz danach bei ihm.

Bernadette legte die Hand auf seine Schulter: »Hör auf, du kannst für ihn nichts mehr tun.«

»Er muss einen Schock haben«, urteilte Verena über Florian, »das muss er doch selbst sehen.«

In Gedanken bedankte sich Florian bei der blöden Kuh, die sein Schauspiel genauso interpretierte, wie er es erhofft hatte. Die meisten Menschen waren so einfach zu manipulieren!

»Wir kamen aus dem Wald und Reinhard ging auf die Kante zu«, er schluchzte zwischendurch, »und ich sagte ihm, er solle an der Kante vorsichtig sein, als er auf einmal herunterfiel.«

Bernadette drückte ihn an sich und Florian war beeindruckt, wie gefasst sie war, der Anblick von Reinhard hätte selbst viel medizinisches Personal mehr aufgewühlt.

»Ich bringe Florian zurück ins Dorf«, beschloss Bernadette. »Bleibst du hier und wartest darauf, dass Reinhard abgeholt wird?«

Verena zögerte kurz, als oben das letzte Team der Kräutersuche erschien, stimmte sie zu: »Ja.«

»Kommt ihr bitte herunter und wartet mit Verena auf jemanden, der Reinhard ins Dorf bringt?«, schlug Bernadette den Neuankömmlingen vor.

Sie selbst hakte sich bei Florian ein und zog ihn weg von der Leiche: »Lass uns zurückgehen.«

Florian ließ sich führen und gab sich Mühe, den geschockten Gesichtsausdruck beizubehalten: »Ich habe ihn gewarnt, er soll aufpassen …«

»Du kannst nichts dafür«, versuchte Bernadette ihn zu beruhigen, »es war ein Unfall.«

Auf dem Weg zurück ins Dorf kamen ihnen Bittler und ein Angehöriger der Miliz entgegen. Sie hielten an und Bittler schaute die beiden irritiert an.

»Florian hat gesehen, wie Reinhard in die Grube gestürzt ist«, erklärte Bernadette. »Er ist in einem Schockzustand, ich bringe ihn nach Hause.«

»Hat sonst jemand gesehen, was passiert ist?«, wollte Bittler wissen.

»Nein«, stotterte Florian, »wir waren in Gruppen eingeteilt und getrennt. Reinhard ging auf die Grube zu, ich habe ihm gesagt, dass er aufpassen soll, da ist er schon gestürzt.«

Aus Richtung des Dorfes kamen mehrere Leute, unter anderem die Frauen, die Florian ins Dorf geschickt hatte und zwei Männer, die eine Trage mitbrachten.

Bittler verabschiedete sich und Florian ließ sich einige Schritte von Bernadette führen: »Ich komme langsam wieder zu mir.«

Er löste sich von Bernadette und versuchte es nicht so aussehen zu lassen, als ob er sie abschütteln wollte.

»Bist du dir sicher?«, sie klang skeptisch.

»Sicher?«, wiederholte Florian, »wer kann das schon sein. Nein, es gibt etwas, was ich unbedingt tun muss, und was ich dauernd vor mir hergeschoben habe.«

»Was sollte das denn sein?«, sorgte sich Bernadette, »du übernimmst dich, erhol‹ dich erst von diesem Schock.«

»Du musst dich auch nicht erholen«, wandte Florian ein.

»Immer dieses Männergeschwätz«, rügte sie ihn. »Du warst direkt bei ihm, als es passiert ist, warst näher dran. Du solltest Eier genug haben, dir etwas Schwäche eingestehen zu können!«

»Du magst nicht unrecht haben«, sagte Florian, »aber was ich zu machen habe, ist dringend. Das mit Reinhard hat mir bewusst gemacht, dass manche Sachen auf einmal vorbei sind, und dann hast du keine Gelegenheit mehr, etwas geradezubiegen.«

»Auch wenn mich das nichts angeht«, reagierte die Apothekerin. »Darf ich dich fragen, um was es dir geht?«

»Du hast doch mitbekommen, dass der Neffe meiner Frau Streit mit seinem Vater hatte und nun auf dem Hofgut lebt«, erklärte Florian.

»Maltes Sohn Lukas«, Bernadette nickte. »Ja, das ist mir nicht entgangen.«

»Jutta hatte mich gebeten, meinen Einfluss auf Lukas zu nutzen.« Er gab sich Mühe gleichzeitig aufgewühlt und kontrolliert zu wirken. »Und das habe ich bisher vor mir hergeschoben. Und wenn ich das länger vor mir herschiebe, vielleicht ist es zu spät. Vielleicht hört Lukas nicht mehr auf mich, vielleicht passiert mir oder ihm oder Malte etwas, ohne dass ich zumindest einen Versuch unternommen habe. Und dann könnte ich mir selber nicht mehr in die Augen schauen!«

LUKAS

Lukas war den ganzen Vormittag auf einem der Felder zum Pflügen eingeteilt. Sein schon vor dem Stromausfall sportlicher Körper wirkte athletischer, so hätte er einen guten Influencer abgegeben, aber das wäre ohnehin eher etwas für Laura gewesen. Und die achtete zwar auf ihren Körper, war aber nicht ganz so darauf bedacht wie Lukas. Oder wie ihr Niggerfreund. Wenn sie den doch wegschicken würde und wenn sein Vater ihn endlich verstehen würde.

Das Mittagessen wurde oft im großen Saal eingenommen, meistens gab es eine Suppe oder einen Eintopf mit Brot. Er vermisste Fleisch und Wurst, wusste aber, dass das auch bei den meisten Umbachern immer seltener auf den Tisch kam. Für die körperlich hart Arbeitenden gab es eine zweite Portion und Lukas wollte sich seine abholen, als Ernst auf ihn zukam.

»Du hast Besuch«, sagte Ernst. »Kommst du?«

»Aber ich wollte einen Nachschlag nehmen.« Er kannte die Regeln nicht gut genug und befürchtete, dass er später nichts mehr bekommen würde. »Wer ist es denn?«

»Der Mann deiner Tante«, antwortete Ernst, »Florian. Komm jetzt. Wir gehen nachher in die Küche und ich besorge dir deine zweite Portion.«

Er folgte Ernst, der ihn, wider seiner Erwartung, nicht zum Verwalterhaus führte, sondern in ein Nebengebäude, das die Gemeinschaft als Schulungszentrum nutze. Oder zumindest vor dem Stromausfall als solches genutzt hatte. Ernst öffnete die Tür einer der Räume und deutete Lukas hineinzugehen und folgte ihm.

Der Raum sah wie ein typischer Meetingraum aus: in der Mitte ein großer Tisch, acht Stühle darum herum, alles sehr modern, ganz anders als vieles andere auf dem Hofgut. Ein Projektor hing über dem Tisch, die entsprechende Leinwand hatte man vor der Fensterfront herunterfahren können.

In einer anderen Zeit.

An einer Wand hing ein großes Whiteboard, einzelne Pflanzen lockerten den Raum etwas auf. Am Fenster stand Florian und schaute nach draußen.

Als Lukas eintrat, kam er ihm freudig entgegen: »Hallo Lukas! Wie geht es dir? Du schaust großartig aus! Trainierst du?«

»Die ehrliche Arbeit auf den Feldern stählt den Körper«, antwortete Lukas, während Ernst einen der Plätze am Tisch einnahm.

»Ich würde gerne allein mit Lukas sprechen«, beanstandete Florian.

»Willst du allein mit diesem Mann sprechen?«, fragte Ernst.

Lukas war sich unsicher, die Gemeinschaft hatte ihm Halt gegeben, wo seine Familie versagt hatte, und wieso sollte es etwas geben, dass Florian nicht vor anderen sagen konnte.

Die Art, wie Ernst seine Frage stellte, machte ihn unsicher: »Geht das denn?«

Ernst schien zu lächeln und Lukas war sich nicht sicher, ob es nicht eher ein Grinsen war: »Ja, klar geht das. Ich habe gefragt, ob du das denn willst. Willst du mit dem Mann alleine sprechen?«

Irgendetwas in Ernst‹ Stimme signalisierte Lukas die Antwort, die er geben musste: »Es macht nichts, wenn du dabei bist.«

»Gut«, reagierte Florian, »Lukas, ich möchte, dass du nach Hause kommst.«

Ernst sprang auf, Lukas hielt ihn zurück: »Will mein Vater, dass ich zurückkomme?«

Anerkennend klopfte Ernst Lukas auf die Schultern und grinste Florian an.

»Lassen wir deinen Vater mal außen vor«, umging Florian die Frage. »Ich glaube, deine Mutter würde dich gerne dort sehen. Deine Schwester, deine Tante und ich auch.«

»Ihr wart alle nicht für mich da!«, wehrte sich Lukas. »Alle mit euch selbst beschäftigt. Mein Vater mit dem Dorf, meine Schwester mit ihrem Nigger.«

»Lukas, hörst du dir denn selbst zu? Gordon war immer für dich da, er hat sich dir gegenüber wie ein großer Bruder verhalten. So sehr, dass er den einen oder anderen Streit mit deiner Schwester hatte.«

Das überraschte Lukas, tatsächlich war er immer gut mit Gordon zurechtgekommen. Dass das zu Streit zwischen seiner Schwester und ihrem Freund geführt hatte, hatte er nicht gewusst.

»Nein«, gestand er, »das habe ich nicht gewusst. Aber das ist nur so ein Verhalten, um sich anzubiedern.«

»Warum sollte sich Gordon bei dir anbiedern wollen?«, fragte Florian. »Was hat er denn davon?«

»Er kann mit meiner Schwester herummachen!«, feuerte Lukas dem Mann seiner Tante entgegen.

»Dazu braucht er nicht dein Einverständnis.« Florian reagierte gar nicht auf die Wut von Lukas. »Lass doch mal seine Hautfarbe außen vor, Gordon ist nur ein Mensch, der sich mit dir gut versteht.«

»Er hat mich benutzt.« Lukas war wieder verwirrt, brachte das, was Florian im erzählte und das, was ihm auf dem Hofgut erklärt wurde, nicht zusammen.

»Haben wir schon mal über Sekten gesprochen?« Florian schien seinen Zweifel zu bemerken.

»Halt!«, mischte sich Ernst ein, »wir sind keine Sekte! Diese Vorwürfe müssen wir uns nicht gefallen lassen!«

»Wenn Sie keine sind«, konfrontierte Florian Ernst, »haben Sie kein Problem, wenn ich Lukas ein wenig über meinen Cousin erzähle, der in die Fänge einer Sekte geraten war.«

In dem Moment öffnete sich die Tür und Anne kam herein: »Lukas! Ist bei dir alles in Ordnung? Wer ist das?«

»Das ist Florian«, antwortete Lukas, »der Mann meiner Tante.«

Florian musterte die hinzugekommene junge Frau: »Hallo! Und wer bist du? Darf ich vermuten, dass du Lukas den Kopf verdreht hast?«

»Das ist Anne«, fing Lukas an. »Sie …«

»Ich wüsste nicht, was Sie das angehen sollte«, unterbrach sie Lukas.

Der war überrascht, wie aggressiv sie sich gegenüber ihm und Florian verhielt.

»Egal«, gab sich Florian gelassen, »ich wollte von meinem Cousin erzählen, der in die Fänge einer Sekte gelangt war.«

»Anne«, unterbrach Ernst, »kannst du bitte Frau Odrell holen?«

Sofort ging sie zur Tür, warf Lukas und Florian einen Blick zu und verschwand.

»Mein Cousin war in einer schweren Phase seines Lebens«, unbeirrt fuhr Florian fort. »Er hatte seine Ausbildung geschmissen, seine Freundin hatte ihn verlassen, die Eltern hatten sich getrennt. Alles in seinem Leben schien schief gelaufen zu sein. In der Berufsschule hatte er Kontakt zu einer esoterischen Sekte. Irgendwelche Leute, die sich munter bei indischen und fernöstlichen Religionen bedienten und über Wiedergeburt, Nirvana und was weiß ich schwadronierten. Das gefiel meinem Cousin, sie gaben ihm Ziele, Visionen und versprachen ihm Zusammenhalt, den er von zu Hause nicht mehr kannte.«

»Was soll der fernöstliche Mist?« Ernst war gereizt. »Das hat mit uns nichts zu tun.«

»Wie eben schon gesagt.« Lukas bewunderte, wie Florian argumentieren konnte. »Dann ist es kein Problem, wenn ich weiter davon erzähle?«

Ernst verschränkte die Arme vor der Brust und schaute sehnsüchtig zur Tür.

Florian grinste: »Mein Cousin hatte kurz nacheinander Streit mit seinem Vater und seiner Mutter, wegen irgendeinem Mist.«

»Ich habe mich mit Papa nicht wegen irgendeinem Mist gestritten«, konterte Lukas.

»Das habe ich auch nicht behauptet«, ging Florian kurz auf Lukas ein. »Diese beiden Streits waren der Auslöser, dass er seinen Koffer packte und seinen Kumpel bat, ein paar Nächte dort schlafen zu können. Der hatte ein Zimmer in einem Wohnheim der Sekte, das sich auf einem großen Bauernhof befand. Ein wenig abseits vom restlichen Ort. Am Anfang waren sie recht locker, er durfte Besuch haben, interessanterweise nicht allein, es war jedes Mal ein Aufpasser dabei.«

Bei den letzten Worten schaute er provozierend Ernst an, der ließ sich nicht aus der Reserve locken, schaute wieder sehnsüchtig zur Tür.

»Am Anfang war er von den meisten Aufgaben ausgenommen«, erzählte Florian weiter. »Ihm wurden nur die vermeintlichen Vorteile vorgeführt: der Zusammenhalt, die Ordnung und all …«

Die Tür ging auf, Anne kam zurück, hinter ihr betrat Frau Odrell den Raum, die Florian mit freundlichem Blick bedachte: »Florian Dietz, wenn ich mich recht erinnere?«

Sie streckte ihm die Hand entgegen: »Willkommen auf unserem Hofgut.«

Florian schüttelte die Hand: »Hallo Frau Odrell.«

Dann drehte er sich direkt wieder zu Lukas: »… die Ordnung und all das. Von den härteren Diensten war er befreit und Strafen gab es für die Neuen nicht, das hob man sich auf, bis sie so in der Sekte verwachsen waren, dass die Verbindung zum Leben vorher abgebrochen waren.«

»Lukas kann jederzeit Kontakt mit seiner Familie aufnehmen«, Frau Odrell hatte sich neben Ernst gesetzt, der alleine durch ihre Anwesenheit entspannter wirkte. »Wenn er denn will.«

»Dann kann er nachher mit mir zu seiner Schwester gehen?«, fragte Florian. »Einfach so?«

Frau Odrell schien mit der Frage gerechnet zu haben: »Ja, wenn er will, darf und kann er das. Wir sind hier doch kein Gefängnis.«

Anne hatte neben Lukas Platz genommen, seine Hand ergriffen und schmiegte sich an ihn.

Florian zögerte kurz, beobachtete Lukas und Anne: »Deine Schwester hat versucht, sich das Leben zu nehmen, hat sich mit den Splittern ihres Spiegels die Pulsadern aufgeschnitten. Dein Vater hat sie ins Hospital getragen und sein Blut gespendet. Dein Vater ist wieder fit, deine Schwester zumindest stabil.«

Lukas fühlte sich, als ob eine eiskalte Hand nach seinem Herz gegriffen hatte: »Das wusste ich nicht, das hat mir niemand erzählt.«

»Wir wollten es dir sagen«, fing Ernst zu erklären an, erntete dafür einen tadelnden Blick von Frau Odrell.

»Wir haben das mitbekommen«, übernahm sie das Wort, »auch, dass es ihr besser geht. Da sie wieder stabil ist, wollten wir dich nicht damit konfrontieren.«

»Aber Sie sind keine Sekte«, wiederholte Florian das Mantra, auf das Ernst bestanden hatte.

Frau Odrell verlor kurz die Kontrolle und ein hassvoller Blick traf Florian.

»Ich muss zu Laura.« Lukas stand auf, Anne stand mit ihm auf.

»Ich kann mit dir zu ihr gehen«, bot Anne an.

»Hast du das gewusst?«, Lukas war gespannt.

Anne zögerte: »Lukas …«

Sie suchte den Blick von Frau Odrell, sagte nichts weiter.

»Lukas«, mischte sich Florian ein, »lass mich dir ein wenig mehr von meinem Cousin erzählen.«

»Aber Laura …«

»Laura ist stabil«, beruhigte Florian ihn, »wir gehen nachher direkt zu ihr. Mein Cousin hatte diesen Freund, der in der Sekte aufgewachsen war, und nach und nach wurde ihm klar, dass man dort mit heftigen Strafen zu rechnen hatte, wenn man die Regeln der Gemeinschaft brach. Und nicht nur Erwachsene, auch kleine Kinder, die dort aufgewachsen sind, wurden von ihren Eltern und den anderen Mitgliedern der Gemeinschaft geschlagen.«

Florian musterte Anne: »Aber so was ist dir nicht passiert, oder?«

Anne hielt seinem Blick stand, sagte aber nichts.

Florian ließ nicht locker: »Sie hatten dort etwas, dass sie den ›Verschlag‹ nannten. So eine Kiste, in der die Kinder gesperrt wurden, wenn sie die Regeln nicht befolgt haben. Auch kleine Kinder. Zu niedrig, um sich darin strecken zu können. So wurden sie gefügig gemacht.«

Lukas war erschrocken, als er Tränen in Annes Augen sah: »Florian, hör auf!«

Florian ignorierte Lukas' Bitte: »Laut Ernst ist das hier keine Sekte, da gibt es so was nicht.«

»Wir stehen für Ordnung und Disziplin«, ging Frau Odrell zur Gegenoffensive über, »und wir behaupten nicht, dass alles, was wir machen, richtig ist. Und unsere Gemeinschaft passt sich mit der Zeit an. Den ›Verschlag‹ haben wir schon lange nicht mehr. Er wurde auf meine Anweisung hin abgeschafft.«

»Haben Sie das?«, Florian klang zweifelnd. »Und Eltern dürfen ihre Kinder nicht mehr schlagen?«

Die kurze Pause nach der Frage erschreckte Lukas.

»Alle Kinder können jederzeit zum Ältestenrat und zu mir kommen«, wiegelte Frau Odrell ab.

»Sie glauben doch nicht, dass Kinder, die das als normal erleben, auf die Idee kommen sich zu beschweren.« Florian ließ nicht locker. »Das hat nichts mit Tradition zu tun, das ist einfach nur Hilflosigkeit.«

»Sprichst du jetzt noch von deinem Cousin?« Lukas war wieder verwirrt, zu viel von dem, was Florian erzählte, schien auf die Hofgutgemeinschaft zu passen.

»Lukas«, Florian holte tief Luft, »dein Vater mag nicht perfekt sein und ihr hattet einen heftigen Streit, aber verglichen mit dem, was Anne erlebt hat, ist das ein Mückenschiss.«

»Meine Eltern lieben mich!«, protestierte Anne.

»Und liebende Eltern sperren ihre Kinder in den Verschlag? Für welches Vergehen?«, erwiderte Florian.

Anne setzte mehrfach zu einer Antwort an, schaute hilfesuchend zu Frau Odrell.

»Es hat Anne härter gemacht«, rechtfertigte Frau Odrell. »Sie auf die harte Welt vorbereitet. Und gerade jetzt werden nur die Stärkeren überleben.«

»Sie haben Darwin nicht verstanden«, warf Florian Frau Odrell vor. »Wie könnten Sie auch, dazu sind Sie vermutlich selbst in einer zu verblendeten Familie aufgewachsen.«

Ernst erhob sich: »So spricht man nicht mit unserer Führerin!«

Florian grinste: »Ihre ›Führerin‹? Ist es das, was sie gerne wäre? Sie befiehlt, ihr folgt?«

Ernst ging zwei Schritte auf Florian zu, die Hände zu Fäusten geballt.

»Ernst!«, ermahnte ihn Frau Odrell, »setz dich wieder hin!«

Widerwillig nahm Ernst seinen Platz ein.

»Lukas«, begann Frau Odrell, »unsere Gemeinschaft basiert auf Respekt. Und auf Strenge, das haben wir dir niemals verheimlicht. Denk daran, dass wir für dich da waren, als deine Familie dich hat fallen lassen. Umbach hat unserer Gemeinschaft viel zu verdanken, wir haben dem Ort mehr gegeben, als wir von ihm bekommen haben.

Was wir seit dem Stromausfall erlebt haben, war bisher nur der Anfang. Der Kampf ums Überleben wird härter werden, sehr viel härter. Wenn wir das Dorf nicht stärker machen können, werden wir es aufgeben müssen.«

»Das Dorf aufgeben müssen?«, Lukas hatte Probleme, dem Gesagten zu folgen.

»Es ist einfache Mathematik«, erklärte Frau Odrell, »man muss wissen, wie viel Vorräte man braucht, um durch den Winter zu kommen, und auch wenn der Ort sich bisher gut geschlagen hat, es reicht nicht. Nicht für alle.«

»Aber warum …«, stotterte Lukas.

»Man gibt sich kooperativ, solange es nötig ist«, erklärte Florian, »und wenn man hat, was man möchte, lässt man die anderen fallen.«

»Können wir gehen?«, fragte Lukas Florian. »Ich will zu Laura, so schnell wie möglich.«

»Lukas«, Anne stellte sich vor ihn, »wir können zu ihr gehen!«

Lukas schüttelte den Kopf: »Ihr habt mir das mit Laura nicht gesagt. Warum hast du es mir nicht gesagt? Warum nicht?«

Wieder schaute Anne hilfesuchend nach Frau Odrell.

»Lass uns gehen.« Florian stand auf. »Hast du noch Sachen hier?«

»Nichts, auf das ich nicht verzichten kann.« Lukas stand auf und verließ den Raum, ohne sich von Frau Odrell, Ernst oder Anne zu verabschieden.

Florian folgte ihm, ging wortlos neben ihm her, bis sie durch das Tor geschritten waren.

»Gab es diesen Cousin wirklich?«, fragte Lukas.

»Nein«, gestand Florian, »ich hatte mich vor Jahren intensiv über die Hofgutgemeinschaft informiert. Alles, was ich erzählt habe, stammt aus Berichten verschiedener Aussteiger. Mach Anne keinen Vorwurf, sie ist in die Gemeinschaft hereingeboren, sie kennt das nicht anderes. Vielleicht hat sie jetzt Zweifel, aber sie wird gedacht haben, das Beste für dich zu machen. Auf ihre Weise wird sie dich wirklich lieben.«

»Wie schlimm ist das mit Laura?«

»Wenn ich das richtig verstanden habe, verhält sie sich wie jemand, der auf Entzug ist.«

»Ihr Smartphone?«

»Ja. Instagram, was auch immer. Der Kontakt fehlte ihr und als Gordon sich aufmachte, den Tod seiner Eltern zu rächen, da ist sie zusammengebrochen. Dein Vater hat sie rechtzeitig gefunden.«

TAG 39

JUTTA

Die Überraschung am Vorabend hätte nicht größer sein können. Laura war wieder wach, durch die Medikamente noch weggetreten, als es an der Tür klopfte und Florian mit Lukas davorstanden. Die Begrüßung zwischen Malte und Lukas fiel kühl aus, Lukas bestand darauf, seine Schwester sehen zu dürfen. Jutta hatte vorgeschlagen, dass man sich zunächst um Laura kümmerte, und erst am nächsten Morgen versuchte, ein gemeinsames Gespräch zu suchen.

Aus Dankbarkeit hatte sie Florian gebeten, zu bleiben und nachdem sie ihm vorgeworfen hatte, dass er schon früher hätte versuchen sollen, Lukas herauszuholen, ließ sie sich von ihm erklären, wie er das gemacht hatte. Florian hatte weit ausgeholt und sich im besten Licht dargestellt und schließlich war sie während seiner Selbstbeweihräucherung eingeschlafen.

Am nächsten Morgen saß Malte am Tisch, als Jutta die Treppe herunterkam.

»Ich bin ihm dankbar«, sagte Malte, »so dankbar.«

Jutta schaute ihren Bruder fragend an.

»Florian«, beantwortete er die Frage, »ich bin Florian so dankbar, dass er Lukas herausgeholt hat.«

»Du weißt schon«, bremste sie ihren Bruder aus, »dass es jetzt an dir liegt, einen Weg zu deinem Sohn zu finden?«

»Aber wie?«, er wirkte verzweifelt, »ich weiß, dass ich ihm mehr zutrauen sollte. Ihm mehr vertrauen. Aber ich habe solche Angst um ihn.«

»Erkennst du nicht irgendetwas wieder?« Sie war gespannt, wie lange er brauchen würde das Offensichtliche zu erkennen.

»Und er ist doch eigentlich noch ein Junge.« Ignorierte er ihre Bemerkung absichtlich, fragte sich Jutta. »Er sollte mit seinen Kumpels Skateboard fahren, ein paar Körbe werfen, ins Kino gehen.«

»Du schweifst ab«, versuchte sie ihn zurückzuholen.

»Und verglichen mit mir in seinem Alter …«

»Ja?« Würde er es jetzt bemerken?

»Ist er wesentlich unreifer«, fuhr er fort, »die Kids heute sind einfach noch nicht so weit.«

»Du erlaubst mir, dass ich mal kurz lache?«, wie konnte er nur so blind sein?

»Wie meinst du das?« Er war tatsächlich verwirrt!

»Er ist dir nicht unähnlich«, erklärte Jutta, »und euer Konflikt ist fast genauso, wie der zwischen Papa und dir.«

Sie hätte jetzt gerne eine Kamera gehabt, um das Mienenspiel ihres Bruders aufzunehmen, erst wirkte er verwirrt, dann sah sie klar Ablehnung, Verteidigung und schließlich blitzte Erkenntnis auf: »Oh mein Gott! Ich bin mein Vater!«

»Nicht genauso«, bestätigte sie, »aber nicht unähnlich.«

»Auch dann hätte ich es nicht gerne gehört«, gab er zu. »Aber wie schaffe ich es, wieder einen Draht zu Lukas zu bekommen?«

»Du musst lockerer werden«, schlug Jutta vor, »und ihn vor allem für voll nehmen. Nicht von Vater zu Sohn, sondern von Mann zu Mann!«

»Lockerer werden?«, sie spürte Widerwillen. »Ihm mehr durchgehen lassen?«

»Das ist zumindest ein Teil davon, wenn auch nicht alles. Du wirst ihm Zeit geben müssen und musst Vertrauen wieder aufbauen.«

»Ich kann mir doch in Zukunft nicht alles gefallen lassen«, klagte Malte.

»Das sollst du auch nicht«, wiegelte sie ab, »du sollst ihn nur ernst nehmen. Dich mit ihm normal unterhalten. Und vielleicht versucht ihr es damit, mal gemeinsam Lösungen zu finden.«

»Wenn das alles so einfach wäre«, gab sich Malte skeptisch.

Sie hörte, wie sich oben eine Tür öffnete, auch sie konnte Lukas‹ polternde Schritte auf der Treppe erkennen.

»Guten Morgen Lukas«, sagte sie, ohne sich umdrehen zu müssen.

»Woher wusstest du, dass ich das bin?«, wunderte sich ihr Neffe.

»Man hört es, wenn du die Treppe heruntergehst«, grinste Jutta. »Setzt du dich bitte zu uns?«

Unsicher und etwas ablehnend betrachtete Lukas den Tisch.

»Bitte«, sagte Jutta, »ihr braucht einen Neuanfang.«

Jutta sah, dass Lukas sich nur widerwillig hinsetzte und den Blickkontakt mit seinem Vater vermied.

»Als dein Vater langsam erwachsen wurde«, grub Jutta tief in ihrer Erinnerung, »führte er erbitterte Kämpfe mit seinem Vater. Deinem Großvater.

Weißt du, worum es meistens ging?«

»Nein«, Jutta bemerkte, dass sie zumindest die Neugierde von Lukas geweckt hatte.

»Ich hatte nie das Gefühl, dass er mich wie einen Erwachsenen behandelte«, beantwortete Malte die offene Frage. »Er gab mir oft das Gefühl, ein kleines Kind zu sein.«

Lukas zog die Augenbrauen hoch: »Wenn du das selbst erlebt hast, wieso verhältst du dich dann nicht anders? Du musst doch wissen, wie ich mich fühle?«

Malte schien eine Weile nachzudenken, bevor er antwortete: »Ich sollte es. Irgendwie habe ich nicht erkannt, dass du dich in der gleichen Situation befindest wie ich damals. Ich hatte mir fest vorgenommen, bei meinem Sohn auf keinen Fall so zu sein wie mein Vater bei mir und doch bin ich in die gleichen Verhaltensmuster gefallen.

Bei mir ging es nicht um eine Waffe, sondern um den Führerschein für die Achtziger. Und auch sonst habe ich mir oft ›dafür bist du zu jung‹ oder ›werde erst mal erwachsen‹ anhören dürfen.«

»Wann habt ihr das auf die Reihe bekommen?«, Lukas schien es zu helfen, dass sein Vater die gleichen Probleme hatte.

»Ehrlich gesagt: Nie«, Jutta bemerkte, wie traurig Malte darüber war, »und ich möchte, dass wir das besser machen. Es tut mir leid, ich wollte dich nicht schlagen. Verzeih mir bitte.«

»Aber du hast es.« Lukas hatte die Arme vor der Brust verschränkt. »Und das hat wehgetan. Nicht der körperliche Schmerz, die Demütigung.«

»Lukas, wenn ich könnte, würde ich die Zeit zurückdrehen. Leider kann ich das nicht. Ich kann dir nur anbieten, es in Zukunft besser zu machen. Besser als mein Vater und ich und besser, als ich es bisher gemacht habe.«

Lukas zögerte, stand auf und nahm seinen Vater in den Arm: »Ja, lass uns das besser machen!«

Jutta blieb eine Weile mit den beiden sitzen, kommentierte das ein oder andere, hatte das Gefühl, dass sich zwischen den beiden ein gutes Gespräch entwickelte: »Kann ich euch allein lassen? Ich habe den Eindruck, dass ihr auf einem guten Weg seid. Allerdings bitte ich euch beide: Meldet euch bei mir, wenn es zwischen euch kriselt.«

»Ich danke euch! Florian und dir«, sagte Malte, Lukas umarmte sie innig.

Wenig später befand sie sich gemeinsam mit Florian auf dem Weg nach Hause: »Ja, das hätte ich früher machen können, aber du musst zugeben, dass ich das gut gelöst habe!«

Jutta erinnerte sich an Maltes Einschätzung, dass Florian ein Narzisst sei: »Ist dir aufgefallen, dass alles, was du machst immer besonders toll ist?«

»Findest du?« Den Vorwurf schien er nicht als solchen zu empfinden. »Hier und da könnte ich besser sein. Zu Lukas hätte ich früher gehen sollen. Wer weiß, vielleicht hatte er dadurch ein wenig mehr

Spaß mit dieser Anne! Ein süßes Stück, wenn ich jünger wäre … und dich nicht hätte!«

»Nein, das meinte ich nicht«, versuchte sie ihn einzufangen, »du berichtest gerne über deine Erfolge, neigst dazu, die Leistungen anderer entweder kleinzureden oder für dich zu beanspruchen. Es wundert mich, dass mir das die ganze Zeit nicht aufgefallen ist, und sogar Hilfe gebraucht habe das zu sehen!«

»Hilfe?« Sie bemerkte, dass er wütend wurde. »Wer hat dich gegen mich aufgehetzt?«

Jutta ignorierte die Frage: »Ist dir aufgefallen, dass du extrem selbstverliebt bist? Und selbst wenn du etwas für andere machst, sorgst du dafür, dass jeder mitbekommt, wie toll du geholfen hast.«

»Ich mache so viel für andere, speziell für dich und jetzt stellst du meine Großzügigkeit infrage?« Drama konnte er, auch das hätte ihr früher auffallen müssen. »Was soll das hier überhaupt? Ein Verhör? Willst du mich schlecht machen?«

»Du bist doch derjenige, der ständig an mir herummäkelt! Egal, was ich mache, es ist nicht gut genug. Das tut mir weh!«

»Ich habe dich immer und überall unterstützt! Was willst du von mir? Soll ich dich öfter loben? Ist es das, was du willst? ›Jutta, das hast du spitze gemacht!‹, ›Toll gemacht, hier, ein Sternchen, dass du in dein Album kleben kannst!‹ … Das kannst du haben!«

»Du sollst ehrlich sein und nicht immer den Fehler suchen«, reagierte sie, »und nicht immer so mit dem übertreiben, was du mal gemacht hast.«

»Dir kann man es doch eh nicht recht machen.« Er drehte sich demonstrativ weg, und Jutta hatte keine Lust mehr, mit ihm zu streiten. So gingen sie wortlos bis zur Wohnung.

Im Treppenhaus betrachte Jutta traurig die Tafel, auf der sie mit Herrn Siebenthal die Nachrichten ausgetauscht hatten: »Der arme Mann.«

»So arm war der alte Mann gar nicht«, sagte Florian, »und er hat lange gelebt. Wir sollten nur zusehen, dass wir möglichst schnell das mit dem Haus regeln können.«

»Mit dem Haus regeln?«, wunderte sich Jutta. »Was meinst du damit?«

»Unser Vermieter ist tot, wir sollten zusehen, dass wir die Eigentümer werden«, sagte Florian, »bevor jemand anderes versucht, sich das Haus unter den Nagel zu reißen.«

Sie konnte nicht glauben, was sie da hörte. Das ganze Dorf kämpfte um das Überleben und ihr Mann machte Pläne, wie er sich das Haus aneignen konnte?

»Es gibt Erben«, gab Jutta zu bedenken. »Das kann man nicht einfach weiter vergeben, wie es dir gefällt.«

»Wer weiß, was mit den Erben ist«, kommentierte Florian. »Wir sollten zusehen, dass wir die Ersten in der Reihe sind.«

»Wie abgebrüht du dich verhältst«, warf sie ihm vor, »bist du schon immer so gewesen? Habe ich das nur nicht bemerkten wollen? War ich die ganze Zeit einfach nur blind?«

»Ich denke nur an unsere Zukunft«, wehrte er sich, »irgendwann werden die Häuser und der Boden verteilt und ich will für uns vorgesorgt haben.«

»Ist dir mal aufgefallen«, sagte sie, »dass du ständig mit ›du machst das für uns‹ kommst? Glaubst du das oder redest du es dir selbst ein?«

»Ich mache das für uns!«, protestierte Florian.

Sie ließ ihn stehen und ging wütend die Treppe hoch. Als Jutta die Wohnung betrat, war ihr das letzte Aufeinandertreffen in der Wohnung direkt wieder in Erinnerung: Iris Holzer, wie sie am Esszimmertisch saß und Florian, der sich so seltsam verhalten hatte.

»Wie lange läuft das schon mit dir und Iris?«, konfrontierte sie ihn mit ihren Gedanken und ihrem Verdacht. »Und wer weiß noch alles davon? Warum?«

»Sag mal! Was soll das denn«, gab er sich unschuldig. »Wir hatten das Thema schon, da war und ist nichts.«

Jutta sah ihn lange an, ohne nur ein Wort zu sagen. Florian kam mit der Stille nicht zurecht.

»Wie lange schon?«, wiederholte Jutta ihre Frage.

»Ich«, stotterte Florian, beschloss dann, den Mund zu halten.

»Wie konnte ich nur so blind sein? Wie konnte ich dir nur eine zweite Chance geben? Gibt es noch andere?« Jutta überlegte. »Bernadette?«

Wieder dauerte es, bis Florian antwortete: »Nein. Mit der hatte ich bisher noch nichts.«

»›Bisher‹? ›Noch‹?«, schrie Jutta, »Sie hat dich wohl nicht herangelassen? Hast du dich wenigstens geschützt?«

Sie bemerkte, dass sie Florian in die Ecke gedrängt hatte: »Ich weiß nicht, was du hast! Ich bin immer für dich da gewesen und die anderen bedeuteten mir nichts. Ich liebe nur dich und ich bin immer wieder zu dir zurückgekommen!«

»Ich habe nicht mal gemerkt«, schrie sie ihn an, »dass du nicht mehr da warst, dass du mit anderen gevögelt hast. Und jetzt soll ich froh und dankbar sein? Weißt du, wie absurd sich das anhört? Hast du dich geschützt?«

»Ich …«, er zögerte, »… du weißt, dass ich mit Gummi nicht kann.«

»Du vögelst wild herum und ich bin dir vollkommen egal! Du riskierst meine Gesundheit! Deine ist mir egal, aber Herr ›ich mache das für uns‹ … Was hast du alles für uns gemacht? HIV riskiert? Irgendeine andere Geschlechtskrankheit?«

»Schatz, beruhige dich!«, er versuchte sie in den Arm zu nehmen.

»Es hat sich ›ausgeschatzt‹«, sagte sie kühl, »verlasse die Wohnung. Jetzt! Sofort!«

»Das ist auch meine Wohnung«, protestierte Florian. »Du kannst mich hier nicht herauswerfen!«

»Dann lasse ich dich eben herauswerfen«, drohte sie ihm.

Er lachte sie aus: »Wer soll mich denn hier herausschmeißen? Als Mediziner bin ich für das Dorf zu wichtig, man braucht mich. Der Pony-Express, das ist etwas, das jeder kann. Man braucht nur ein paar Kids mit Fahrrädern oder ein paar Reiter mit Pferden.«

»Du bist so ein Arschloch, so ein selbstverliebtes Arschloch«, giftete Jutta ihn an, »aber ich werde mich nicht auf dein Niveau herablassen. Ich brauche dich nicht, du brauchst mich und du brauchst die Bewunderung anderer. Und ich werde dafür sorgen, dass jeder mitbekommt, was für ein Aufschneider und Angeber du bist!«

»Du weißt doch gar nicht, von was du sprichst«, geiferte er sie an. »Ich habe dir immer geholfen, war immer für dich da, aber du lehnst ja Hilfe ab. Du gehörst in Therapie.«

»Ich?«, sie versuchte, ruhiger zu werden. »Ich habe keine Lust mehr auf deine Spielchen.«

Sie drehte sich um, ging ins Schlafzimmer und fing an, ihre Tasche zu packen. Florian kam hinter ihr her: »Was machst du da?«

»Nach was sieht es denn aus? Ich gehe und werde erst wieder zurückkommen, wenn du die Wohnung verlassen hast.«

»Ich werde die Wohnung nicht verlassen, werde dieses Haus nicht verlassen«, antwortete er trotzig. »Und ich warte einfach, dass du zurückgekrochen kommst!«

»Ich werde nicht zurückgekrochen kommen.« Sie schnappte ihre Tasche, verließ die Wohnung, ging in den Garten und sattelte ›Kleine Tante‹, die ihre Unruhe bemerkte. Sie zwang sich, ruhig durchzuatmen und ihren Puls unter Kontrolle zu bekommen.

Sie war keine zehn Meter weit gekommen, als Florian aus dem Haus gerannt kam: »Überlege dir das gut, wenn du jetzt gehst, brauchst du nicht mehr zurückzukommen! Dann bin ich fertig mit dir!«

Jutta reagierte nicht und ließ ihn stehen. Im sanften Galopp trug ihr Pferd sie durch die Straßen von Umbach, unschlüssig, ob sie zu ihrer Freundin Nadine oder zu ihrem Bruder reiten sollte.

An der Kreuzung, an der es in die eine Richtung zu Malte, in der anderen Richtung zum Bodnerhof ging, blieb sie stehen, lehnte sich nach vorne und tätschelte den Hals von ›Kleine Tante‹: »Ich weiß nicht weiter, hast du eine Idee?«

Das Pferd tänzelte auf der Stelle und Jutta hatte den Eindruck, dass es sich auch nicht entscheiden wollte, bis es langsam in die Richtung von Maltes Haus ging.

»Danke«, sie streichelte den Hals des Pferdes und überließ ihm das Tempo. Zu ihrer Überraschung bog ›Kleine Tante‹ tatsächlich in die Einfahrt von Maltes Haus ein und blieb vor dem Gartentor stehen. Sie stieg ab, öffnete das Tor, führte das Pferd in den Garten und machte es fest. Mit geübten Handgriffen legte sie den Sattel ab, brachte ihn in die Garage, ging zur Haustür und klopfte.

Es dauerte eine Weile, bis Lukas ihr die Tür öffnete: »Hallo Tante Jutta! So schnell wieder …«

Er stockte und schaute sie an: »Ist bei dir alles in Ordnung? Komm herein!«

Lukas trat zur Seite, um Jutta durchzulassen, schloss die Tür und nahm ihr die Tasche ab: »Papa, komm mal herunter!«

LAURA

Laura wachte auf und es dauerte, bis sie sich orientiert hatte. Die Vorhänge in ihrem Zimmer waren zugezogen, zwei Stühle standen neben ihrem Bett und niemand war zu sehen.

Um beide Unterarme war ein Verband und in ihrem Kopf sah sie die Bilder. Der zerbrochene Spiegel, das Handy am Boden, wie sie eine große Scherbe nahm und an ihre Pulsadern setzte.

Die Erinnerung an Gordon, der seine Eltern rächen wollte.

Gordon! Sie setzte sich aufrecht hin, die Füße auf dem Boden und spürte, wie ihr leicht schwindelig wurde.

Laura wartete eine Weile, stand auf und musste sich abstützen, da ihre Beine zittrig waren und ihr nur widerwillig gehorchen wollten. Von unten hörte sie Stimmen. Ihr Vater, ihre Tante und die andere Stimme … das war Lukas!

Laura ging zur Treppe und musste sich abstützten: »Lukas!«

»Laura!«, hörte sie ihren Bruder rufen. »Warte, ich komme zu dir hoch!«

Lukas polterte die Treppe nach oben, stützte sie und wollte sie zurück in ihr Zimmer bringen.

»Nein«, wehrte sich Laura, »ich möchte nach unten. Bitte.«

»Wenn du meinst.« Er drehte sich um, wartete, bis sie sich ebenfalls umgedreht hatte und half ihr die Treppe herunter, »das konntest du schon besser!«

Sie musste lächeln: »Wenn du in mein Alter kommst, wirst du froh sein, überhaupt noch Treppen laufen zu können!«

Ihr Vater und seine Schwester saßen am Esszimmertisch und beide hatten einen ernsten Gesichtsausdruck. Irgendwie brachte ihr Vater doch ein Lächeln zustande: » Du musst Durst haben? Ich hole dir ein Wasser.«

Lukas führte sie an den Tisch und sie nahm Platz, bedankte sich für das Glas Wasser und trank einen großen Schluck: »Seid ihr wegen mir so besorgt?«

Bevor jemand ihr antworten konnte, brannte ihr die nächste Frage auf der Zunge: »Lukas, seit wann bist du wieder hier?«

»Langsam mit den jungen Pferden«, begann Jutta. »Ja, wir alle haben uns große Sorgen um dich gemacht. Wir machen es noch. Und wir müssen über deine Abhängigkeit reden. Und über den Entzug.«

»Entzug?«, Lauras Stimme klang nicht begeistert. »Wie soll das denn funktionieren?«

»Das wissen wir nicht genau«, erklärte ihr Vater. »Ich hatte ein langes Gespräch mit Haarberg und Bernadette. Da kam die Idee auf, dass wir dir in so etwas wie einer Zeremonie die Gelegenheit geben, dich von den digitalen Geräten zu verabschieden.«

»Zeremonie«, wiederholte Laura. »Und wie genau soll das aussehen?«

»Das werden wir gemeinsam mit dir besprechen«, sagte Malte. »Wichtig ist, dass du zu uns offen und ehrlich bist. Und uns mitteilst, wenn du dich nicht gut fühlst.«

Sie fühlte sich angegriffen, eingeengt und bedroht: »Ich habe mich jetzt im Griff!«

Malte stand auf und nahm sie in den Arm: »Du bist nicht alleine, es wird immer jemand von uns für dich da sein!«

»Ihr wollt mich überwachen?«, ihr Herz raste.

»Überwachen?«, ihr Vater hörte sich sichtlich betroffen an. »Wir machen uns Sorgen und du hast beim letzten Mal, als du allein warst, nicht gerade mit ruhigem Verstand gehandelt. Du willst unser Vertrauen? Das wirst du dir erarbeiten und wir werden dabei helfen. Und dich vor dir selbst schützen.«

»Es ist gut«, hörte Laura ihre Tante. »Wichtig ist, dass wir für dich da …«

Jutta hielt sich die Hand vor den Mund und rannte in Richtung der Toilette.

»Deine Tante hatte einen aufwühlenden Tag«, erklärte Malte. »Der wird ihr auf den Magen geschlagen haben.«

Laura konnte ein kleines Lächeln nicht verbergen: »Also bin ich nicht die Einzige hier, die Probleme hat?«

»Stell dich hinten an!«, lachte Lukas. »Unsere Familie würde ausreichen, einen Psychologen ganztags zu beschäftigen!«

»Wie kommt es, dass du wieder hier bist?«, sprach sie ihren Bruder an. »Ich habe dich vermisst.«

»Bist du nicht sauer auf mich?«, zögerte Lukas, »ich habe mich wie ein Arschloch verhalten.«

»Natürlich bin ich sauer auf dich«, bestätigte Laura, »aber so froh, dass du wieder hier bist.«

»Ich war verwirrt«, sagte Lukas. »Ich bin es noch. Der Streit mit Papa, ich fühlte mich nicht ernst genommen. Frau Odrell hat mir Antworten zu vielen Fragen geliefert, die ich hatte, und viele Antworten auf Fragen, die ich gar nicht hatte.«

»Und einige der Lösungen, die man dort anbietet«, fuhr er fort, »kamen einem so einfach und einleuchtend vor. Aber es gab Sachen, da wunderte ich mich. Kannst du dir vorstellen? Die lassen ihre Leute auspeitschen!«

»Und dann war da Anne.« Sehnsucht schwang in seiner Stimme mit. »Aber was erzähl ich, es hat so vieles nicht gepasst.«

»Und warum hast du denen nicht schon vorher den Rücken zugedreht?«, fragte Laura.

»Ich war am Zweifeln, aber da war die Wut auf Papa, und die machte das Gefühl, dort zu sein, richtig«, beschrieb Lukas. »Es war Florian, der mir die Augen öffnete.«

Sie sah, wie Tränen in seine Augen stiegen: »Und als er erzählte, dass du versucht hast, dich umzubringen und ich gemerkt habe, dass mir dort keiner etwas davon gesagt hatte …«

Er sprach nicht weiter und begann zu schluchzen: »Ich hätte dich nicht alleine lassen sollen!«

Jutta kam aus dem Bad zurück: »Entschuldigt, irgendwie ist mir nicht gut.«

»Vielleicht bist du schwanger?«, hörte Laura sich sagen.

Ihre Tante schien alle Farbe aus dem Gesicht zu verlieren und war auf einmal weiß wie ein Blatt Papier. Ihrem Vater war das nicht entgangen, der stand auf und ging zu seiner Schwester, die hielt sich sofort an ihm fest.

»Nicht jetzt«, flüstere sie, »nicht jetzt. Das kann nicht sein.«

»Wenn es denn so sein sollte«, Malte führte sie an ihren Platz. »Sehe es positiv, zumindest müsstest du keine Flugpause einlegen.«

»Sehr witzig«, sagte sie trotzig, aber Laura sah, dass ihre Tante lächeln musste, »das hilft mir jetzt gar nicht.«

»Warte ab«, bremste Malte sie aus, »vielleicht solltest du dich untersuchen lassen. Oder vielleicht gibt es in der Apotheke solche Tests.«

»Ich sagte ›vielleicht‹«, meldete sich Laura zu Wort, »Ein wenig Übelkeit kann alles Mögliche sein. Frau muss nicht gleich schwanger sein.«

Jutta schüttelte den Kopf: »Nein Laura, ich glaube, du liegst richtig. Meine Brüste sind sehr empfindlich, ich habe in den letzten Tagen manchmal Heißhunger. Das mit dem Schwangerschaftstest ist eine gute Idee. Ich werde nachher bei der Apotheke vorbeigehen.«

»Florian wird sich riesig freuen«, platzte es aus Lukas heraus. »Der wird ein toller Vater werden!«

Juttas Gesicht verlor das Lächeln, vergrub ihr Gesicht in den Händen und fing zu schluchzen an.

Sie brauchte eine Weile, bis sie sich wieder gefangen hatte: »Ich habe Florian verlassen.«

Die Erklärung haute Laura um: »Aber ihr seid so ein tolles Paar …«

Sie erinnerte sich an das, was sie als Annäherungsversuche eingeschätzt hatte und sie hatte das Gefühl, den Grund oder zumindest einen Grund zu kennen.

»Warum?«, für Lukas musste das ein richtiger Schock sein, er liebte Florian. »Florian ist das Beste, was dir passieren konnte!«

»Lukas!«, ermahnte Laura ihren Bruder, »kommst du mit mir nach oben?«

»Warum?«, protestierte der.

»Bring mich bitte nach oben.« Laura gab sich ein wenig schwächer, als sie war und das verfehlte nicht die Wirkung.

Wie eine alte Frau ließ sie sich von ihm die Treppe hochführen, blickte kurz zurück und sah, wie ihr Vater Jutta in den Arm nahm.

Im Zimmer angekommen, setzte sie sich auf ihr Bett: »Bleibst du bitte kurz hier?«

»Ich dachte, dir geht es schon ein wenig besser?« Sie sah, dass er versuchte, etwas vom Gespräch unten mitzubekommen.

»Ein wenig. Ja«, bestätigte sie. »Aber ich habe dich aus zwei anderen Gründen gebeten, mich hochzubringen. Einmal glaube ich, dass Tante Jutta mit Papa sprechen muss. Und da brauchen sie uns jetzt nicht. Vielleicht später.«

»Und der andere Grund?« Sie erkannte Einsicht in seinem Gesicht.

»Florian mag nicht so perfekt sein, wie er dir vorkommt«, versuchte sie es vorsichtig.

Sie wusste, dass er eine der männlichen Identifikationspersonen für Lukas war und dass Florian sich in der Rolle gefiel. Man hatte nicht das Problem, dass man das eigene Kind erziehen musste, als ›Onkel‹ konnte man sich auf die angenehmen Seiten beschränken.

»Niemand ist perfekt.« Lukas klang trotzig. »Da sollte man auch dran denken.«

»Ich bin überzeugt, dass Jutta uns mehr dazu erzählen wird«, sagte Laura. »Aber ich bin mir sicher, dass sie nicht einfach so ihre Ehe beenden würde.«

»Ich könnte mit Florian reden«, schlug Lukas vor. »Ich habe einen guten Draht zu ihm und irgendwie habe ich das Gefühl, dass ich ihm etwas schulde.«

»Jutta hat ihn verlassen«, erinnerte Laura, »ihn muss man gar nicht überreden. Und vielleicht hat sie gute Gründe, ihn zu verlassen?«

»Was sollte das denn bitte sein?«, sie bemerkte, dass Lukas sich nicht vorstellen konnte, dass Florian etwas falsch machen könnte.

»Eine andere Frau vielleicht?« Laura erinnerte sich an die seltsame Massage, die Florian ihr gegeben hatte.

»Jutta ist der Hammer!«, widersprach Lukas. »Der braucht keine andere Frau!«

»Lukas, er hat mich angegrabscht!«, gestand sie ihm. »Er hat zwar erzählt, dass ich mir das einbilden würde, aber ich bin mir sicher.«

»Du siehst aus wie eine jüngere Version von Tante Jutta«, erklärte Lukas. »Das macht gar keinen Sinn. Außerdem bist du Familie, er hat dich aufwachsen sehen. Nein, ich glaube, dass du dir das eingebildet hast.«

»Vielleicht sollten wir darauf warten«, Laura wollte das Gespräch nicht mehr weiterführen, »dass Jutta uns erklärt, was passiert ist?«

»Wir sollten mit Florian sprechen«, Lukas konnte das Thema anscheinend nicht so schnell beenden, »zu jeder Geschichte gibt es mindestens zwei Seiten.«

»Das können wir versuchen, für den Moment braucht uns Jutta«, sie fühlte sich müde und legte sich hin.

»Du kannst nicht schon wieder müde sein?«, wunderte sich Lukas.

»Oh, und wie ich das kann«, sie gähnte. »Müde sein, das kann ich gut.«

Lukas stand auf und rückte ihre Decke zurecht, Laura sah ihn dankbar an: »Du kannst richtig lieb sein, wenn du willst. Kleiner Bruder!«

»Erst mal bin ich größer wie du!«

»Als du!«, korrigierte sie ihn.

»Als wie du!«, neckte er sie, »und ja, wenn ich möchte, dann kann ich das sein.«

Laura legte sich so auf die Seite, dass sie Lukas sehen konnte: »Was glaubst du, wo Mama gerade ist?«

»Ich hoffe nicht mehr weit«, sie sah die Sorge in seinem Gesicht. »Es sind fast vierzig Tage seit dem Stromausfall vergangen, wenn sie nur fünfzehn Kilometer pro Tag schaffen würde, hätte sie schon hier sein müssen.«

»Wie schnell geht ein Mensch denn?«, überlegte Laura. »Vier oder fünf Kilometer in der Stunde?«

»Das könnte hinkommen.« Lukas schien es nicht besser zu wissen. »Dann müsste sie nur drei oder vier Stunden pro Tag unterwegs sein.«

»Essen und trinken«, gab Laura zu bedenken.

»Ja«, nickte Lukas, »das muss sie auch. Und vor allem wird sie sich das besorgen müssen und das ist bestimmt nicht einfach. Nicht jede Stadt, nicht jedes Dorf ist so großzügig wie Umbach. Als Umbach?«

Laura musste lachen: »Wir müssen fest daran glauben. Mama ist eine starke Frau, die schafft das schon.«

Lukas sagte nichts.

»Und du kannst dich darauf verlassen«, setzte sie nach, »dass Papa sie genauso vermisst wie du und ich. Ich glaube, es macht ihn verrückt, dass er nichts machen kann, um sie schneller herzubekommen.«

»Das weiß ich ja«, fand Lukas wieder Worte. »Irgendwie hatte ich auf ein Wunder gehofft, oder dass Papa auf einmal eine tolle Idee aus dem Hut zaubert. Für das Dorf hatte er auch einige gute Ideen.«

»Meinst du, Frau Odrell ist mit dem Verteilen der Fotos erfolgreicher?«, erinnerte sie sich an die Sache mit den Bildern.

»Ehrlich gesagt bin ich mir nicht sicher, ob es diese anderen Gemeinschaften überhaupt gibt«, sagte Lukas, »oder ob das nur ein Trick war, um mich einzulullen.«

»Hattest du nicht irgendwann Zweifel?« Laura bemerkte, dass ihr Körper Schlaf von ihr forderte.

»Am Anfang nicht«, antwortete Lukas. »Die Wut auf Papa überwog und man hat mich ständig dran erinnert. Danach kam ich mir erst mal wie … ein Mann vor. Jeder behandelte mich mit Respekt, man hat mir ein tolles Gefühl gegeben.«

»Hm, ja«, ihre Augenlider wurden schwerer.

»Ich habe nicht bemerkt, wie sie ihren Hass auf mich übertragen haben«, gestand Lukas. »Was sie mir erzählten, kam mir logisch vor und ich folgte dem bereitwillig. Irgendwann fing es an, seltsam zu werden, und ich kann dir nicht mal konkret sagen was. Es war seltsam. Bist du noch wach?«

»Jaja.« Sie öffnete die Augen einen kleinen Spalt, »erzähl bitte weiter.«

»Und die Sache mit Anne, die hat es besonders gemacht. Immerhin war das mein erstes Mal.«

Laura gelang es, die Augen ganz zu öffnen: »War es schön?«

»Total«, freute er sich. »Besser, als ich mir das vorgestellt habe!«

»Das freut mich für dich«, wieder fielen ihre Augen langsam zu, »und weiter?«

»Weiter mit Anne?«, fragte Lukas, »wir haben uns noch öfter …«

»Die Zweifel, Lukas, die Zweifel, von Anne kannst du mir ein anderes Mal erzählen!«

»Es gab schon so das eine oder andere«, folgte er ihrer Aufforderung. »Heftig fand ich das Auspeitsch … Schläfst du?«

TAG 40

MALTE

Es dauerte, bis Malte bemerkte, dass das Geräusch nicht Teil eines Traums war, sondern dass jemand an der Tür klopfte.

»Einen Moment«, rief er, »ich komme!«

Er stand auf, zog sich den Bademantel an und schlurfte zur Tür, an die jemand heftig klopfte.

»Ich komme schon!« Draußen war es dunkel und Malte hatte das Gefühl kaum geschlafen zu haben.

Als er die Tür öffnete, sah er zwei Milizionäre, in ihrer Mitte stützten sie Gordon, dessen Gesicht die Spuren von Schlägen trugen.

»Er kam eben erst an«, berichtete einer der Milizionäre. »Am Südtor, fast hätten wir ihn nicht erkannt!«

»Kommt herein!«, bat Malte. »Gordon! Ich bin so froh, dass du wieder hier bist!«

Gordon nickte kurz: »Ich auch.«

Das Sprechen musste ihm wehtun, seine Lippen waren aufgeplatzt.

Die Milizionäre brachten Gordon zur Couch, dort setzte er sich mit schmerzverzerrtem Gesicht hin.

»Wir müssen wieder zurück«, erklärte der Milizionär. »Sonst ist der Wachposten unterbesetzt.«

Sie verabschiedeten sich und Malte setzte sich zu Gordon: »Soll ich Doktor Haarberg holen?«

Gordon schüttelte den Kopf: »Nein, ich würde gerne etwas schlafen.«

»Gordon, ich muss dir etwas sagen.« Malte war es klar, dass es keinen schonenden Weg gab ihm vom Selbstmordversuch zu erzählen. »Nachdem du weg warst, hat Laura versucht, sich die Pulsadern aufzuschneiden.«

Der junge Mann stellte sich sprunghaft hin, sein Gesichtsausdruck zeigte Malte, dass ihm die plötzliche Bewegung Schmerzen bereitete.

»Aber« stotterte Gordon, »wegen mir? Ich konnte das nicht wissen! Ich … Malte, ich.«

»Beruhige dich«, Malte wartete, bis er wieder saß. »Ich mache dir keinen Vorwurf. Wir glauben, dass sie mit dem Verlust der modernen Technik, ihres Handys, nicht zurechtkommt.«

»Kein Instagram«, vermutete Gordon.

»Ja«, bestätigte Malte, »wir werden ihr beim Entzug helfen, und haben einen Plan. Es wäre gut, wenn du hilfst.«

»Selbstverständlich. Was soll ich tun?«

»Darüber reden wir noch«, bremste Malte. »Darf ich dich fragen, ob du … erfolgreich warst?«

»Ich weiß es nicht«, gab Gordon eine Antwort, die Malte nicht einordnen konnte. »Ich habe jemanden getötet, jemand, der im Haus meiner Eltern wohnt.«

»Hat es dir geholfen?«, fragte Malte. »Glaubst du, du kannst deinen Frieden finden?«

Der Freund seiner Tochter sah ihn lange schweigend an: »Ich fühle mich einfach nur leer.«

»Das Gästezimmer ist belegt«, erklärte er. »Jutta hat Florian verlassen, mehr dazu erzähle ich dir, wenn du ausgeschlafen hast. Laura erholt sich noch, ich schlage vor, dass wir sie nicht überraschen, indem du einfach im Bett neben ihr liegst. Lukas ist auch wieder hier, ihr solltet ein Gespräch führen. Ich werde mich hier aufs Sofa legen, du kannst dich in mein Bett legen und ausschlafen.«

»Ich kann auf dem Sofa schlafen«, bot Gordon an.

»Dann wirst du in zwei oder drei Stunden geweckt werden«, grinste Malte. »Wenn nacheinander alle wach werden!«

»Ich hole mir meine Bettwäsche aus Lauras Zimmer«, gab Gordon klein bei. »Soll ich dir deine runterbringen?«

»Das bekomme ich schon selbst hin, danke.« Malte folgte Gordon die Treppe hoch, klemmte sein Bettzeug unter den Arm und wartete, bis Gordon im Bett lag.

Im Wohnzimmer betrachtete er eines der Familienfotos, er streichelte das Bild von Simone: »Ich vermisse dich.«

»Guten Morgen«, begrüßte ihn Lukas. »Warum liegst du im Wohnzimmer?«

Malte hatte das Gefühl, sich eben erst hingelegt zu haben: »Guten Morgen Lukas! Mein Bett ist von Gordon belegt, der kam heute Nacht zurück.«

Lukas sah nicht erfreut aus: »Mit ihm werde ich ein langes Gespräch führen müssen.«

»Ein Gespräch ja«, sagte Malte, »ein langes, ich glaube, das muss gar nicht sein. Bis vor Kurzem habt ihr euch gut verstanden, das werdet ihr wieder hinbekommen. Und wenn ihr jemanden dabeihaben wollt, bin ich sicher, dass Jutta, Laura oder ich für euch da sind.«

»Was hast du heute vor?«, fragte Lukas.

»Heute Vormittag ist der zweite Prozesstag gegen Tobias Rickschitz.« Malte zog es den Magen schon beim Gedanken daran zusammen. »Willst du mitkommen?«

Das Angebot schien Lukas zu überraschen: »Ich weiß nicht.«

»Ich würde es dir gerne als positives Beispiel für Gerechtigkeit zeigen.« Malte ging zum Terrassenfenster und schaute heraus. »Glaube aber, dass es dafür absolut nicht taugen wird.«

»Wieso nicht?«

»Es gibt nur Indizien gegen Tobias.« Malte beobachtete wie ›Kleine Tante‹ graste. »Keine richtigen Beweise. Der Anklage reicht das und der Meute auch. Es hängt von dem Richter und den Schöffen ab.«

»Willst du für den Täter was tun?« Lukas klang interessiert.

»Es liegt nicht in meiner Hand und ich habe keine Idee, wie ich ihm helfen kann.« Malte senkte den Blick. »Und bis zur Verurteilung ist er nur der Verdächtige oder der mutmaßliche Täter.«

»Wann müssen wir los?«, fragte Lukas.

»Bald, du hast noch Zeit für ein wenig Körperpflege.«

»Genau wie du«, grinste Lukas.

Malte ging ins Badezimmer, putzte sich die Zähne und wusch sich mit kaltem Wasser. Daran hatte er sich noch nicht gewöhnt und beim Gedanken, dass es bald Herbst und dann Winter werden würde, fröstelte ihn. Er schlich ins Schlafzimmer, holte eines der wenigen gebügelten Hemden aus dem Schrank, zog sich an und schaffte es, wieder aus dem Raum zu gehen, ohne Gordon zu wecken. Beim Rausgehen warf er einen Blick auf den jungen Mann, mit Grauen dachte Malte an den Bericht, den Gordon noch abzugeben hatte.

Als Malte unten ankam, wartete Lukas auf ihn: »Wird auch Zeit!«

Malte grinste, nahm seinen Sohn in den Arm und drückte ihn: »Dafür habe ich mich etwas gründlicher gewaschen als du!«

»Lass uns gehen.« Lukas löste sich ohne Eile aus der Umarmung.

Auf dem Weg zum Bürgerhaus spazierten sie erst eine Weile wortlos nebeneinander, irgendwann brach Malte die Stille: »Willst du wieder zur Feuerwehr?«

»War ich da jemals draußen?«, fragte Lukas. »Oder hat Dirk etwas gesagt?«

»Man hat dich vermisst«, sagte Malte, »ich bin sicher, dass du einen festen Platz dort hast. Und das mit der Miliz, da werde ich dich unterstützen.«

Lukas sah seinen Vater an: »Du hättest nichts dagegen, wenn ich Mitglied werde?«

»Ich werde dich nicht anlügen.« Malte hatte Mühe, das Tempo seines Sohnes mitzugehen und nicht außer Atem zu kommen. »Wenn ich das entscheiden dürfte, würdest du nicht hingehen. Warum?

Weil es gefährlich ist und ich mir Sorgen um dich mache. Wenn du den Weg gehen willst, werde ich mich dir nicht in den Weg stellen!«

»Das ist für mich okay.« Lukas überlegte kurz. »Vermutlich willst du mir nur irgendwann sagen können ›ich habe dir gesagt, dass du es nicht machen sollst!‹?«

»Ja«, grinste Malte, »so was ist mir in den Sinn gekommen.«

Vor dem Bürgerhaus war viel los, die Meute erwartete sehnsüchtig das Urteil.

Robert Kempf kam ihnen durch eine kleine Menschenansammlung entgegen, sah Lukas und fing zu lächeln an: »Hallo Lukas! Hallo Malte! Ich hätte mir gewünscht, dass wir uns zu einer besseren Gelegenheit wiedersehen!«

»Guten Tag Herr Kempf«, reagierte Lukas.

»Hallo Robert«, sagte Malte, »ja, aber das Leben ist leider kein Wunschkonzert.«

»Hast du mitbekommen, dass es in der Nacht Kämpfe bei den Russlanddeutschen gab?«, fragte Kempf. »Die haben jemanden gefangen genommen und Bittler versucht herauszufinden, was genau passiert ist.«

»Gibt es schon Vermutungen?« Malte erinnerte sich an die Befürchtung einer der Spätaussiedler, dass sie irgendwann Ziel von Übergriffen werden konnten.

»Vermutlich Hofgut.« Kempf sah aus, als ob er sich nicht sicher war, das vor Lukas sagen zu können. »Lasst uns reingehen, es dauert noch, bis die Verhandlung fortgesetzt wird, aber es wird voll werden und ich würde gerne sitzen.«

Sie ergatterten Plätze in der zweiten Reihe, Richter, Anwälte und der Angeklagte waren noch nicht zu sehen.

Malte wandte sich an Kempf: »Meinst du, dass zwischen den Aussiedlern und dem Hofgut wird eskalieren.«

»Man hört Sachen«, gab sich Kempf geheimnisvoll, »man hätte sich darauf vorbereitet zurückzuschlagen, wenn man Ziel werden sollte. Andere sind der Meinung, dass einige der Aussiedler von der Weltanschauung gar nicht so weit von der Hofgutgemeinschaft entfernt seien und die sich einigen würden. Für unsere Polizei und die Miliz wird das unangenehm.«

»Weil sie zwischen die Fronten geraten könnten?«, vermutete Lukas.

»Ja«, Malte hörte die Anerkennung in Kempfs Stimme, »und für uns insgesamt ist es ein gefährlicher Punkt. Einerseits konnten wir bisher nicht vor solchen Übergriffen schützen, aber Selbstjustiz können wir nicht tolerieren.«

»Ich befürchte, die Uhren schlagen mittlerweile anders.« Malte hatte Stück für Stück seine Werte den Realitäten opfern müssen und auch wenn er hoffte, dass es irgendwann wieder in die andere Richtung gehen würde, befürchtete er, dass man noch nicht am Tiefpunkt war.

»Richter kommt«, Kempf deutete auf die Tür, durch die erst der Richter mit den beiden Schöffinnen kam und kurz danach die Anwälte und der Angeklagte.

Zwei Stunden Verhandlung vergingen wie im Flug und Malte hoffte, dass es an dem Tag keine Entscheidung mehr geben würde.

Richter Richter erhob sich: »Das Gericht zieht sich zur Entscheidungsfindung zurück, die Verkündung erfolgt in einer Stunde.«

Malte hatte ein flaues Gefühl im Magen. Nach allem, was er gehört und gesehen hatte, sah es nicht nach Freispruch aus. Tobias Rickschitz wurde aus dem Saal geführt und es schockierte Malte, dass einige der Zuschauer, als er in ihre Richtung schaute, mit der flachen Hand an ihrem Hals vorbeifuhren.

»Lass uns hoffen«, bemerkte Kempf, »dass das hier der Tiefpunkt ist. Das wir alle etwas verrohen, das ist angesichts der Umstände nicht verwunderlich, aber das Verhalten, das ekelt mich an.«

»Reg dich nicht auf«, beruhigte Malte seinen Freund. »Das ist nicht gesund. Und du weißt ja, ›die Hoffnung stirbt zuletzt‹!«

Es war keine Stunde vergangen, als zuerst der Angeklagte mit seinem Anwalt hereingebracht wurde und kurze Zeit später der Richter mit den Schöffinnen hereinkam.

Als alle saßen, stand Richter auf, klopfte mit seinem Hammer auf den Tisch: »Ich bitte um Ruhe für die Urteilsverkündung.«

Tatsächlich erstarb das letzte Geflüster und alle warteten gespannt: »Vorneweg: Das Urteil fiel uns nicht einfach, wir haben nach Schwächen in der Anklage gesucht …«

»Ha!«, entfuhr es Kempf frustriert, was zu Unruhe im Saal führte.

Der Richter klopfte erneut mehrmals mit dem Hammer auf den Tisch: »Ruhe!«

Er wartete, bis das letzte Gemurmel verstummte: »Tobias Rickschitz, wir befinden Sie für schuldig des Mordes an …«

Drei Viertel des Raumes brach in Jubel aus, dass andere Viertel war zunächst fassungslos, reagierte dann mit Buhrufen. Malte beobachte Rickschitz, der starren Blickes nach vorne auf seinem Platz saß. Wie musste sich der Mensch fühlen?

»Du Monster, jetzt wird es dir wie deinem Opfer ergehen«, brüllte jemand von hinten.

Wieder klopfte Richter mit dem Hammer, wieder wartete er, bis es ruhig wurde: »Angesichts der Schwere der Tat bleibt uns nichts anderes übrig, als Sie zum Tode durch den Strick zu verurteilen.«

Das Jubeln schmerzte Malte in den Ohren, wie konnten diese Menschen in nur wenigen Wochen so selbstverständlich jemanden in den Tod schicken? Kempf wirkte ebenfalls fassungslos, er schaute sich irritiert um. Rickschitz nahm alles stoisch zur Kenntnis, zeigte keine Regung.

Sein Anwalt legte ihm die Hand auf die Schulter und diese Berührung ließ ihn aus der Starre erwachen: »Ich bin unschuldig! Ich habe das nicht getan! Er war mein Freund!«

»Hängt ihn auf«, skandierte eine hinten im Saal stehende Gruppe. »Hängt ihn auf!«

Die anwesenden Polizisten stellten sich schützend vor den Anwalt und Rickschitz, die Gruppe versuchte, sich nach vorne zu drängeln, einige wenige stellten sich ihnen in den Weg. Ob absichtlich oder weil sie raus wollten, konnte Malte nicht sehen, aber es kam zu Handgemengen.

»Welch ein Irrsinn«, kommentierte Kempf, verzog plötzlich sein Gesicht, als ob er starke Schmerzen hätte.

»Robert? Robert! Was ist los?« Malte sah, wie die Farbe aus dem Gesicht seines Freundes verschwand. »Hilfe! Macht Platz. Lukas, schau ob du Haarberg finden kannst!«

Malte war sich sicher, dass er den Arzt beim Reingehen gesehen hatte. Lukas sah sich um und ging zielstrebig in eine Richtung, Malte stützte Kempf ab und half ihm, sich quer auf drei Stühle zu legen.

Der griff sich an die Brust: »Das Herz. Liegt in der Familie.«

»Ruhig, gleich kommt Hilfe.« Malte bemerkte, dass er nicht nur seinen Freund zu beruhigen versuchte.

Wie aus der Ferne bekam er mit, dass die wenigen Polizisten es geschafft hatten, die Menge zu beruhigen, nach und nach leerte sich der Saal. Doktor Haarberg tauchte zusammen mit Lukas neben ihm auf und fing sofort an, Kempf zu untersuchen.

»Das war vermutlich zu viel Aufregung«, spielte Kempf seinen Zustand herunter, »ein wenig Schlaf wird das schon wieder richten.«

Haarberg sah in skeptisch an: »Dann beschreiben Sie mal bitte, wie es Ihnen geht. Ich sehe die fahle Gesichtsfarbe, den kalten Schweiß, mir ist Ihr Griff an den Brustkorb nicht entgangen. Spüren Sie ein Engegefühl?«

Kempf nickte: »Das ist eine Familientradition.«

»Wir bringen Sie ins Hospital«, ordnete Haarberg an, »mit hoher Wahrscheinlichkeit ein Herzinfarkt. Wir müssen Sie beobachten. Und schonen.«

»Ich kümmere mich um die Ambulanz.« Lukas hatte nicht fertig gesprochen, da rannte er schon los.

»Er ist ein guter Junge«, sagte Kempf, »ich bin froh, dass ihr wieder zueinandergefunden habt.«

»Robert! Was machst du?« Holzer schien sich ebenfalls zu sorgen. »Sollen wir dich ins Hospital bringen?«

»Lukas holt schon die Ambulanz«, antwortete Kempf. »Aber es freut mich, zu sehen, dass du dir Gedanken um mich machst!«

»Wir mögen nicht immer einer Meinung sein«, lächelte Holzer, »aber du solltest wissen, dass ich dich sehr schätze.«

»Dann frage ich mich«, Kempf verzog das Gesicht, als ob er wieder starke Schmerzen hatte, »warum du mir manchmal das Leben so schwer machst. Es wäre einfacher, wenn du das machst, was ich vorschlage!«

»Der Humor hat nicht gelitten«, befand Doktor Haarberg, »trotzdem sollten Sie sich jetzt schonen. Wenn die Herren sich einen anderen Ort zum Debattieren suchen würden?«

»Soll ich nicht bei Ihnen bleiben?«, bot Malte sich an.

Es war Kempf, der den Kopf schüttelte: »Du und Carl solltet euch beraten und den Vorsitz klären. Bis ich wieder fit bin.«

Holzer nickte: »Das bekommen wir einige Tage ohne dich hin.«

»Ich gehe bei deiner Frau vorbei«, schlug Malte vor. »Irgendetwas Bestimmtes, was du von zu Hause haben möchtest?«

»Ein Buch wäre großartig«, Kempf dachte nach, »und vermutlich einen Schlafanzug. Was man halt so mit ins Krankenhaus nimmt.«

»Ich gehe nach draußen und warte auf dich«, verabschiedete sich Holzer.

Gemeinsam mit dem Richter verließ er den Saal, Kempf hielt Malte zurück: »Überlass Holzer und Pape nicht das Dorf. Hol dir Unterstützung! Versprich es mir.«

Mit mulmigem Gefühl sah Malte seinen Freund an: »Versprochen!«

SIMONE

Die Gruppe hatte Simone ein wenig das Gefühl gegeben, wieder mit den Hannoveranern unterwegs zu sein. Zwei Abende hatten sie Geschichten ausgetauscht: Wie man den Stromausfall erlebt hatte, wann man sich dazu entschlossen hatte, sich zu Fuß auf den Weg zu machen. Berichte, die sie von anderen erzählt bekommen hatten, positive Erlebnisse, aber auch schreckliche Erfahrungen, wobei Simone einige Details weggelassen hatte. Die heftigeren Sachen hatten sie erst erzählt, als die Kinder schliefen.

Die Suche nach einem Lager für die Nacht gestaltete sich etwas schwieriger, als für zwei oder nur eine Person. Trotzdem fanden sich immer drei oder vier Fahrzeuge, die nahe genug beieinanderstanden. Jeweils zwei der Erwachsenen übernahmen die Nachtwache, bei der sie sich alle zwei Stunden abwechselten.

Am Tag zuvor war es Zeit für den Abschied, der Weg der beiden Familie trennte sich nach fast sechs Wochen. Simone hatte den Eindruck, dass allen erst dort bewusst wurde, dass es unklar war, ob sie sich jemals wieder treffen würden. Sie selbst hatte sich das erste Mal überlegt, ob sie ihre Familie wiedersehen würde, bisher war sie davon überzeugt, dass sie sich gemeinsam durch die Krise geschlagen hatten. Die Möglichkeit, dass ihnen etwas passiert sein konnte, war ihr bisher nicht gekommen.

Die Kinder verarbeiteten den Abschied um einiges besser: Zunächst heftiger, aber nachdem man sich aus den Augen verloren hatte, schauten sie schon wieder nach vorne. Das erinnerte Simone an ihre Kinder, als die noch in den Kindergarten und die Grundschule gingen. Die konnten beim Abschied Szenen machen, waren aber, kaum dass sie nicht mehr zu sehen war, schnell wieder fröhlich, wie die Erzieherinnen erzählten.

Mit nur drei Erwachsenen einigte sie sich am Abend zuvor darauf, dass jeweils nur eine Person Nachtwache hielt. Als Simone an der Reihe war, wurde sie von Dennis geweckt, der blieb ein wenig bei ihr sitzen, bis er sich sicher sein konnte, dass sie wach war, und legte sich zu seinen Kindern in einen Kombi.

Der Vormittag war unspektakulär verlaufen. Während Dennis mit den Kindern Beeren suchte, kümmerten sich Simone und Maja um Trinkwasser.

»Du hast echt ein Auge dafür Quellen zu finden.« Die Anerkennung in Majas Stimme tat ihr gut. »Wir haben zwar immer Wasser gefunden, aber vermutlich haben wir einfach Glück gehabt.«

Simone hatte von Arne und seiner Vergiftung durch unreines Wasser erzählt. Jedenfalls vermutete sie, dass er sich vergiftet hatte, und alleine die Erinnerung ließ in ihr die Wut steigen. Dass die Menschen, denen sie geholfen hatten, sie wie eine heiße Kartoffel hatten fallen lassen.

Sie war dabei, sich in die Sache herein zu steigern, als Maja sie aus den Gedanken holte: »Ist alles klar bei dir?«

»Ja«, antwortete Simone, »ich war etwas in Gedanken, Erinnerungen haben mich eingeholt.«

»Du sprichst im Schlaf«, offenbarte ihr Maja, »allerdings kann man nicht verstehen was. Es sind keine schönen Träume.«

»Wundert dich das?« Simone war froh, dass sie sich nur selten an ihre Träume erinnerte, zumindest nicht, seit sie sich in Hamburg auf den Weg gemacht hatte. »Es geht wahrscheinlich vielen so.«

»Ja«, bestätigte Maja, »ich bin froh, dass die Kinder die schlimmsten Sachen nicht als solche erkannt haben. Zumindest hoffe ich das.«

Sie hatten alle Flaschen gefüllt und in ihre Rucksäcke verteilt: »Ich bin gespannt, was Dennis und meine Kinder gefunden haben.«

Tatsächlich war ihre neue Reisegruppe gut darin, Pilze, Früchte und essbare Wurzeln zu finden. Bei Pilzen musste sie selber passen, da hatte sie keine Ahnung von.

»Ich bin so dankbar, dass Dennis das mit dem Pilze Sammeln von seinen Großeltern und Eltern gelernt hatte.« Maja war der Stolz anzuhören. »Das hat uns die letzten Wochen echt einen Vorteil gebracht.«

»Und du kennst dich mit Kräutern, Beeren und Wurzeln aus?«, fragte Simone. Die Quelle, an der sie ihre Wasserflaschen aufgefüllt hatten, lag mitten in einem kleinen Wald, sie hatten mittlerweile wieder einen Feldweg erreicht, der sie zurück zur Autobahn führte.

»Da war Tatjana eine große Hilfe, die war mal auf einem extremen Ökotrip«, grinste Maja. »Hat daheim einen Selbstversorgergarten, die musste nie Obst oder Gemüse einkaufen, weil sie alles frisch aus dem Garten oder aus der riesigen Kühltruhe nehmen konnte.«

»Da haben sie daheim einen Vorteil.« Simone war etwas neidisch. »Nur das mit der Kühltruhe bringt nichts mehr.«

»Sie haben auch eingekocht, den ganzen Keller voller Einmachgläser«, berichtete Maja. »Aber nach allem, was wir auf unserem Weg bisher gesehen habe, gehe ich davon aus, dass das Haus und deren Garten mittlerweile geplündert sind.«

»Sind keine Verwandten dort, die hätten aufpassen können?«, wunderte sich Simone.

»Sie sind Zugezogene«, antwortete Maja, »haben zwar Freunde und Bekannte, aber auch die werden ihre Probleme haben. Ich wüsste nicht, wie lange ich die Sachen von jemandem bewachen würde, von dem ich nicht weiß, wann oder gar, ob er zurückkommen wird.«

Simone überlegte kurz: »Im Grunde sind es nicht einmal sechs Wochen, aber ich verstehe, was du meinst, es kommt einem länger vor. Dabei sind sich so viele Tage so extrem ähnlich.«

Die Autobahn kam in Sicht und mit ihr der rote Lkw, den sie als Treffpunkt vereinbart hatten: »Was ist denn das?«

Simone folgte Majas Blick und sah, dass Dennis und den Kindern zwei Männer gegenüberstanden, die dabei waren, deren Taschen zu durchsuchen. Wie automatisch griff sie hinten in ihren Hosenbund und holte ihre Waffe nach vorne: »Geh bitte etwas vor mir.«

»Wenn wir kooperativ sind«, Majas Stimme zitterte, »nehmen die uns nur das Essen weg. Wir finden etwas Neues.«

»Das passt nicht zu den Erfahrungen, die ich gemacht habe«, widersprach Simone. »Wir wehren uns.«

»Bitte nicht«, flehte Maja, »wir wollen keinen Streit.«

Simone hielt die Waffe hinter dem Rücken, die zwei Männer bemerkten sie erst, als sie über die Leitplanke stiegen.

»Oh schau an, was haben wir denn da!«, rief der größere der beiden Männer. »Die sehen lecker aus. Und was die wohl in ihren Rucksäcken haben?«

»Bitte nicht.« Dennis hatte sich zwischen die Männer und die Kinder gestellt.

»Dich hat keiner gefragt!«, fuhr ihn der Dickere an. »Wir schauen uns nur die Taschen an.«

Während der Dicke stehen blieb und auf Dennis und die Kinder aufpasste, näherten sich der andere Maja und Simone. Ihr fiel auf, dass er in erster Linie auf ihre und Majas Brüste starrte und mit der Selbstverständlichkeit von jemandem, dem selten etwas verwehrt wurde, streckte der Große den Arm aus, mit der Absicht, Majas Brüste anzufassen.

Den Moment nutzte Simone, führte ihre Waffe nach vorne, stabilisierte sie mit der anderen Hand und zielte direkt auf den Kopf des Mannes. Der drehte sich überrascht zu ihr um, erkannte die Waffe und sie sah Angst in seinem Blick.

Sie drückte zweimal ab, Blut spritzte auf Maja, die hysterisch zu schreien anfing. Dennis versuchte, sich zwischen die Kinder und Simone zu drücken, besann sich dann, dass der Dicke die größere Bedrohung für ihn darstellte. Der Dicke war erstarrt, schaute seinen toten Kumpanen an und brauchte eine Weile, bis ihm aufging, dass er selbst ebenfalls in Gefahr war. Seine rechte Hand eilte in Richtung eines Messers an seinem Gürtel.

»Lass es«, drohte Simone, die bereits die Waffe auf ihn gerichtet hatte.

Der Dicke harrte in der Bewegung, schien seine Chancen abzuschätzen: »Wir können darüber reden!«

»Darüber reden?« Simone gab sich gar nicht die Mühe, ihre Wut zu unterdrücken. »Seit dem Stromausfall erlebe ich Männer wie euch, die meinen, sich alles herausnehmen zu können und sobald man euch auf die Finger haut, erwartet ihr Verständnis? Du erwartest echt, dass ich mit dir ›darüber rede‹? Was hast du denn zu bieten?«

»Simone, die Kinder«, versuchte Dennis sie etwas zu beruhigen.

Die Waffe auf den Dicken gerichtet, schaute sie zu den beiden Kindern, die sie mit einer Mischung aus Angst und Neugierde anschauten.

»Komm mit!«, befahl sie dem Dicken.

»Wohin?« Angst erfüllte seine Stimme.

Sie schoss auf dem Boden direkt neben seinen Füßen: »Das war keine Bitte. Lass uns ein paar Schritte gehen, in die Richtung.«

Simone deutete ihm mit der Pistole, wo er hingehen sollte, wandte sich dann an Maja: »Durchsucht ihre Taschen, ich bin gleich wieder zurück.«

»Was hast du vor?«, fragte Alina. »Was machst du mit dem Mann?«

»Das hängt davon ab«, antwortete Simone, »wie er sich verhält.«

»Lasst mich mit der nicht alleine!«, flehte der Dicke, aber weder Dennis noch Maja reagierten.

»Geh einfach.« Simone klang genauso genervt wie sie war.

Widerstrebend ging der Mann voraus, sie folgte ihm. Der Verkehr hatte sich hier direkt vor dem Stromausfall gestaut, weshalb viele Fahrzeuge an der Stelle liegen geblieben waren. Hinter einem Lkw befahl Simone dem Mann, sich hinzuknien.

»Warum machst du das?« Er sah sie mit feuchten, flehenden Augen an. »Ich wollte euch nichts tun.«

»Du und dein Kumpel wolltet uns nichts tun?« Sie hob die Augenbrauen. »Wieso habt ihr unsere Taschen durchwühlt. Glaubst du das denn selbst?«

»Wir sind doch nur auf der Suche nach Nahrung«, wimmerte der Dicke. »So wie fast alle.«

»Und statt sich die Mühe zu machen, es selber zu suchen, nehmt ihr es anderen ab? Ist dir nie in den Sinn gekommen, was du anderen Menschen damit antust?«

Simone sah diesen Blick, den sie manchmal bei Lukas sah, wenn er nicht wusste, was sie von ihm wollte: »Du hast dir noch nie Gedanken darüber gemacht, dafür reicht dein Rückenmark nicht.«

»Jeder versucht alles, was er kann, um zu überleben!« Er faltete die Hände wie zu einem Gebet. »Dafür kannst du mich doch nicht bestrafen! Ich mache alles, was du willst!«

»Falls es dir entgangen ist«, reagierte Simone, »ich bin in der Lage, mich selber zu versorgen, ohne dass ich andere ausrauben muss.«

»Aber unsere Rucksäcke! Da ist unser Zeug drinnen!«, protestierte der Mann. »Dann bist du doch auch nur ein Dieb!«

Simone dachte über den Vorwurf nach, der nicht ganz von der Hand zu weisen war: »Ihr habt versucht, uns auszurauben, wir haben uns gewehrt. Dein Kumpel braucht sein Zeug definitiv nicht mehr.«

»Ich brauche …«

»Scht!«, fuhr sie ihm ins Wort. »Ich bin mir nicht sicher, ob du das noch brauchst.«

»Bitte!«, wechselte der Mann wieder zum Flehen. »Sag mir eine Richtung, in die ich gehen soll, ich werde euch nicht verfolgen, du wirst mich nie wieder sehen.«

»Mach die Augen zu«, befahl Simone kühl.

Die Augen des Mannes wurden größer. Erst wirkte er angsterfüllt, dann trotzig: »Du wirst mir in die Augen schauen müssen, wenn du …«

Simone hatte die Waffe schnell gehoben, auf die Stirn gezielt und abgedrückt. Der Mann sackte auf der Stelle zusammen. Simone blieb eine Weile stehen, fühlte die Übelkeit in sich aufsteigen und übergab sich direkt neben der Leiche ihres Opfers.

Sie sicherte die Waffe, steckte sie wieder in den Hosenbund und stellte mit Erschrecken fest, dass sie nicht wusste, wie viele Menschen sie mittlerweile getötet hatte. Der ›Dicke‹ hatte recht, zu den ›Guten‹ gehörte sie nicht mehr. Langsam ging sie zu Dennis, Maja und den Kindern zurück. Die Vier hatten die Rucksäcke der beiden Männer durchsucht, der Inhalt war über die Straße verteilt, Brauchbares hatten sie auf die Motorhaube eines Mercedes gestellt.

»Wir dachten, du würdest gerne sehen, was sie hatten, bevor wir das verteilen.« Maja hatte den Schrecken wohl am schnellsten überwunden. »Hast du …«

Sie deutete in die Richtung, aus der Simone gekommen war.

»Ja.« Simone nickte traurig.

»War das nötig?«, fragte Dennis. »Wir hätten ihn laufen lassen können.«

»Damit er die nächste Familie oder einzelne Frau überfällt?« Simone konnte das Mitleid nicht verstehen. »Oder dass er uns gar folgt und uns ausraubt?«

Betroffen schaute Dennis auf den Boden: »Nein. Du hast recht.«

»Lasst uns nach vorne schauen«, entspannte Maja die Diskussion. »Ich würde sagen, dass wir aus dem, was ihr gesammelt habt, eine leckere Suppe kochen können.«

Tatsächlich zauberte Maja aus dem wenig vorhandenen Gemüse, Pilzen und Kräutern eine leckere Suppe und Simone wurde sich bewusst, dass sie schon lange nichts Warmes mehr im Bauch gehabt hatte. Nachdem sie alles restlos aufgegessen hatten, verkrochen sich die Kinder in einen Kleinbus und die drei Erwachsenen saßen in der Dämmerung, machten das Feuer aus, damit sie niemanden anlocken würden.

»Das war das Leckerste, das ich seit, ich weiß nicht wann, gegessen habe«, lobte Simone.

»Vermutlich liegt es daran«, winkte Maja ab, »dass du schon lange nichts mehr Gekochtes hattest.«

»Was waren das noch für Zeiten«, schwärmte Dennis, »Supermärkte, Bäcker, Metzger, Restaurants, Kühlschränke, ein eigener Herd, ein Grill im Garten ...«

»Simone«, unterbrach Maja ihren Mann. »Du hättest die Männer nicht erschießen müssen.«

Hatte sie richtig gehört? Simone hatte gedacht, dass das Thema abgeschlossen war: »Was hätte ich sonst tun sollen?«

»Das ist kein gutes Vorbild für unsere Kinder«, sagte Maja. »Verstehe mich nicht falsch. Solange wir gemeinsam unterwegs sind, möchte ich, dass du uns deine Waffe gibst.«

Simone war wie vor den Kopf geschlagen. Sie war froh, dass sie nichts von den anderen beiden Pistolen erzählt hatte, konnte die Forderung nicht verstehen: »Ich habe uns vor den beiden beschützt, die hätten unsere Rucksäcke geklaut. Und wer weiß, was sie noch gemacht hätten.«

Maja trat auf Simone zu und streckte fordernd die Hand aus: »Gib mir bitte deine Waffe.«

»Nein.«

»Das ist für mich nicht diskutabel« Maja blieb mit ausgestreckter Hand stehen. »Entweder du gibst sie mir, oder ich nehme sie mir.«

›Only from my cold, dead hands‹, ging Simone ein Spruch der amerikanischen Waffenorganisation NRA durch den Kopf. Sie griff nach hinten, entsicherte die Pistole und zielte auf Maja.

Die sah sie irritiert an: »Es geht doch nur um unsere Sicherheit, nicht gegen dich!«

»Simone, was soll das?«, schaltete sich Dennis ein.

»Für eure Sicherheit habe ich gesorgt. Ohne mich wärt ihr von den beiden ausgeraubt worden. Vermutlich würdet ihr alle Vier jetzt tot auf der Straße liegen. Das müsst ihr doch verstehen.«

Sie schnappte sich ihren Rucksack, ohne dabei Maja und Dennis aus den Augen zu lassen, und entfernte sich rückwärts von der Familie. Nach zehn Metern drehte sie sich um und ging schnellen Schrittes davon.

Nach ein paar Metern hörte sie die Stimme von Alina: »Mama, was ist mit Simone? Warum ist sie so böse?«

»Manche Menschen sind nach dem Stromausfall verrückt geworden«, hörte sie Maja erklären. »Wie gut, dass wir das bemerkt haben, bevor sie für uns eine Gefahr werden konnte.«

Simone lief eine Stunde, bevor sie sich ein Nachtlager in einem Auto suchte. Sie hatte Sehnsucht nach ihren Kindern und ihrem Mann.

FÜNFTER AKT

TAG 41

FLORIAN

Als er aufwachte, war er überrascht, allein im Bett zu liegen. Es dauerte eine Weile, bis er sich an den Streit mit Jutta erinnerte.

»Die wird zurückgekrochen kommen«, sagte er laut zu sich selbst.

Sein Schwanz war steinhart und er befriedigte sich selbst. Ärgerlich nur, dass er vor einigen Monaten sämtliche Erotikhefte weggeworfen hatte. Das Internet hatte ständig Nachschub geliefert. Nun musste er sich auf sein Kopfkino verlassen.

Dass Jutta ihn hatte sitzen lassen, hatte ihn überrascht. Es war nicht das erste Mal, dass sie einen Streit hatten, aber es war das erste Mal, dass sie ihn erwischt hatte. Dabei hatte sie das gar nicht. Zumindest nicht in flagranti, sondern nur die Hinweise zusammengesetzt. Er war unvorsichtig geworden. Bei seinen Geschäften durfte ihm das nicht passieren und er musste selbstzufrieden daran denken, wie er Tobias Rickschitz sein Verbrechen untergejubelt hatte. Jutta könnte ihm gefährlich werden, bisher schien sie keinen Verdacht zu haben, geschweige denn diesen an Bittler weitergetragen.

Da er allein in seinem Haus war, als das er es ansah, standen ihm genügend Verstecke zur Verfügung. Er würde seine Ware und die Wertsachen ins Haus holen, viel war es ohnehin nicht mehr, aber er würde sich den verdächtigen Weg in das bisherige Versteck sparen.

Florian zog sich an, verließ die Wohnung und ging zum leer stehenden Haus, um dort zunächst seine Wertsachen einzusammeln. Er musste über die Naivität von Reinhard lächeln, selbst wenn er keinen ›Unfall‹ gehabt hätte, Florian hätte aus der Partnerschaft mehr für sich herausholen und ihn mit billigem Tand abspeisen können.

Eine halbe Stunde später hatte er alle Verstecke mit den Wertsachen durchsucht, sein Rucksack war voll und schwerer, als Florian das erwartet hatte. Er hatte die Zeit dazu genutzt, Inventur zu machen, und war erschrocken, wie wenig seines Medikamentenvorrates übrig war. Dieses Geschäftsfeld war versiegt, genau wie sein Kunde es vorhergesagt hatte. Die Zigaretten konnte er nur eingeschränkt in Umbach verkaufen, das würde unnötige Aufmerksamkeit erzeugen. Er würde sich Absatzwege in den Nachbardörfern aufbauen müssen, aber auch hier war der Warenbestand nicht unendlich.

Zurück in seinem Haus fiel sein Blick auf das Paar Trekkingrucksäcke, mit denen Jutta und er einige Urlaube verbracht hatten, und die brachten ihn auf die Idee, sich zumindest darauf vorzubereiten, Umbach zu verlassen. Wie gut, dass er das Fahrrad mit dem Anhänger, dass er bei der Flucht aus dem Krankenhaus gestohlen hatte, in die eigene Garage gestellt hatte. Er würde sich einen Fluchtrucksack packen und möglichst viel nützliches Material in der Garage so deponieren, dass er schnell fliehen konnte.

Er war wieder in das Haus hineingegangen und hatte sich den Schlüssel zur Wohnung von Herrn Siebenthal geholt, um diese in aller Ruhe zu durchsuchen, als es an der Tür klopfte. Trotzdem er direkt neben der Tür stand, überlegte er, ob er sich still verhalten sollte, da Besuch, wer auch immer da war, seinen Zeitplan durcheinanderbringen würde. Er entschied sich dafür, die Tür doch zu öffnen.

»Hallo Florian«, begrüßte ihn Iris, »ich wollte mal nach dir schauen.«

»Hallo Iris«, er war verwundert, dass sie ihm nicht direkt um den Hals gefallen war, vielleicht hielt sie sich nur zurück. »Komm herein.«

Er trat zur Seite, ließ sie an sich vorbei und deutete die Treppe hoch. Ihr Hintern kam in der Jeans, die sie trug, gut zur Geltung und da sie direkt vor ihm die Treppe hochging, konnte er ihn mit jeder Stufe bewundern. Die Wohnungstür stand offen, Iris ging hindurch und setzte sich an den Tisch.

»Wie ich gehört habe, hattest du keine gute Zeit?« Sie hatte die Hände gefaltet auf dem Tisch liegen.

»Na ja«, druckste Florian herum, »ich hatte bessere Tage. Das mit Reinhard nimmt mich ziemlich mit. Dass ich Lukas aus dem Hofgut bekommen habe, da bin ich froh darüber.«

»Ja. Reinhard. Das war ein seltsamer Kerl«, sinnierte Iris.

»Es ging so schnell«, berichtete er, »und er ist so unglücklich gefallen. Im Grunde hätte das nicht passieren dürfen.«

»Du weißt, dass ich das nicht meine?« Trotzdem kam sie nicht zum Punkt.

»Jutta und ich hatten Streit«, er ging davon aus, dass sie das meinte, »heftigen Streit. Sie wohnt im Moment bei Malte.«

»Davon habe ich gehört.« Florian meinte Genugtuung in ihrer Stimme zu hören. »Das muss dich schwer getroffen haben?«

»Was soll ich sagen«, versuchte er Zeit für eine gute Antwort zu gewinnen, »wenn es bei Jutta und mir perfekt gelaufen wäre, wärst du jetzt nicht hier. Dann hätten wir nicht so oft unsere kleinen Treffen gehabt. Ich habe über deinen Vorschlag nachgedacht.«

»Meinen Vorschlag?«, konnte sie wirklich nicht ahnen, auf was er sich bezog?

»Du hattest erwähnt«, gab er sich geduldig, »dass das Zusammenleben mit Carl schlimmer werden würde. Es ist Zeit, dass wir dich herausholen.«

»Und dann?« Sie versuchte, ihm tatsächlich jedes Wort aus der Nase herauszuziehen!

»Wie und dann?« Er war bemüht, ruhig zu bleiben. »Dann könntest du zu mir kommen und mit mir zusammenleben.«

Sie schaute ihn lange an, ohne ein Wort zu sagen. Florian hielt ihrem Blick stand, die fehlende Antwort machte ihn rasend.

»Vielleicht erst einen Fick zum Entspannen?«, schlug er vor.

In den meisten Situationen wären ihre Hände bereits in seiner Hose gewesen oder sie hätte sich auf seinen Schoß gesetzt und die Hüfte so fest an ihm gerieben, dass es fast schmerzte. Diesmal blieb sie, mit ausdruckslosem Blick, sitzen.

Wieder hielt er ihrem Blick stand, wieder blieb es lange still.

Er setzte zum Sprechen an, als sie auf einmal aufstand: »Du hältst dich für unwiderstehlich? Glaubst, dass du mit mir spielen kannst?«

»Iris?« Das traf ihn unvorbereitet, »was ist mit dir los?«

»›Iris? Was ist mit dir los?‹«, äffte sie ihn nach. »Ich habe dich angefleht, mich aus meiner Ehe zu retten, aber du hast mich nicht gehört. Du hast mich ignoriert. Und nun, da du selber verlassen wurdest, bin ich dir auf einmal gut genug? Was glaubst du denn, wer du bist? Glaubst du, du kannst mich verarschen?«

»Ich brauchte Zeit, um über deinen Vorschlag nachzudenken«, wehrte er sich. »Ich war mir zunächst nicht sicher, wie ernst du das meinst. Ob das nicht nur eine Laune von dir ist.«

»Weshalb hast du mich das nicht gefragt?«, verhörte sie ihn. »Ich hätte dir gesagt, dass mir das ernst ist.«

»Lass uns jetzt in aller Ruhe reden«, schlug Florian vor. »Wir finden zusammen eine Lösung. Ich will doch, dass du glücklich bist. Dass es dir gut geht, dass wir zusammen sind!«

»Hast du das auch Jutta versprochen?«, zweifelte sie. »Hast du?«

»Willst du mir jetzt vorwerfen, dass ich ein Verhältnis hatte?« Nun verlor er die Geduld. »Geht es darum? Und fällt dir auf, wie absurd das klingt?«

»Wieso soll das absurd klingen«, verteidigte sich Iris, »dass du gerne flirtest, dass wissen du und ich sehr gut und im Gegensatz zu Jutta bin ich nicht so blind. Mir ist schon aufgefallen, dass du mit Bernadette, mit Verena und im Grunde fast jeder attraktiven Frau in Umbach zwischen 20 und 60 geflirtet hast.«

»Wenn du nett sein gleich als flirten interpretierst.« Florian war genervt, aber auch gewarnt, sie hatte das schon richtig erfasst. »Dann habe ich wahrscheinlich auch mit allen Frauen im Krankenhaus geflirtet.«

»Oh, das nehme ich doch an«, hieb sie in die Kerbe. »Ich habe zwei Freundinnen, die dort arbeiten und denen ist das auch aufgefallen.«

»Du hast mich ausspioniert«, erschrak er, »was soll das denn?«

»Nein, nicht ausspioniert«, sie lachte ein bitteres Lachen. »Fühl dich mal nicht so wichtig. Wir waren zusammen essen und die haben von dem aufdringlichen Kollegen erzählt. Es hat nicht lange gedauert, bis ich begriff, dass sie von dir gesprochen haben.«

»Und das willst du mir jetzt aufs Brot schmieren?«, fragte er, »Wieso?«

»Florian«, sie setzte sich wieder hin, »meine Ehe ist scheiße, ich wollte heraus und irgendwie hatte ich den Eindruck, dass du mein Ritter auf dem weißen Hengst sein könntest. Aber als ich dich um Hilfe gebeten habe, hast du gar nicht reagiert, du hast mich ignoriert. Und ich habe darauf gewartet, dass du mich bittest, mit dir zusammenzuleben. Als ich hörte, dass Jutta dich verlassen hat, habe ich erst gedacht, dass du etwas Zeit für dich brauchst. Als ich mir die Zeit zum Nachdenken genommen habe, ist mir aufgefallen, dass Carl zu verlassen, um mit dir zusammen zu sein, genauso ist, wie vom Regen in die Traufe zu kommen. Pest oder Cholera.«

»Du willst mich nicht allen Ernstes mit Carl gleichsetzen!«, wütete Florian. »Wir haben so gar nichts gemeinsam!«

»Ihr seid beide Scheiße«, wurde Iris direkt, »jeder auf seine eigene Art und Weise. Aber zu eurer Verteidigung: Ihr habt beide auch gute Seiten, aber ihr wisst, wie ihr die gut verstecken könnt.«

»Bist du hier, um mit mir Schluss zu machen?«, erkannte er. »Das ist ein schlechter Witz!«

»Es sind harte Zeiten und der kommende Winter wird das Dorf härter treffen, als es sich die meisten Menschen im Moment bewusst sind«, überraschte Iris ihn. »Ich war jemand, der extrem auf das eigene Äußere geachtet hat und versuche das jetzt immer noch. Allerdings habe ich dazugelernt und mich nützlich gemacht. Ich war auf dem Feld, ich helfe beim Milchbauern, ich habe mir von den alten Landfrauen viel erklären lassen. Jetzt muss ich zusehen, dass ich durch den Winter komme und nach allem, was ich weiß, sind meine Chancen, mit Carl zu überleben, höher als mit dir.«

Die Offenbarung traf Florian hart: »Du glaubst, ich plane nicht für den Winter? Du hast doch keine Ahnung, was ich alles mache. Und als Teil der Mediziner braucht mich das Dorf und ich werde Unterstützung bekommen! Sollte es irgendwann hart auf hart kommen und es muss entschieden werden zwischen mir … und einer Hilfsarbeiterin. Was glaubst du, auf wen man besser verzichten können wird?«

»Du bist ein selbstverliebtes Arschloch«, er war verwundert, wie ruhig sie blieb, »und ich hoffe, ich werde mitbekommen, wie du so richtig auf die Schnauze fliegen wirst. Wer weiß, vielleicht wirst du sogar aufgehängt!«

»Willst du mir etwa drohen?« Nun war er unsicher, wie viel wusste sie, wie viel ahnte sie, hatte er sie so unterschätzt.

»Hast du denn den Eindruck, dass ich dir drohen könnte?« Sie stand auf und ging langsam Richtung Tür. »Wir hatten schöne Zeiten und wer weiß, hätten wir uns unter anderen Bedingungen kennengelernt, hätten wir ein tolles Paar abgegeben. Den Moment haben wir verpasst. Vielleicht leider, vielleicht zum Glück. Mach‹s gut.«

Sie ging flott, aber nicht zu schnell zur Wohnungstür, drehte sich kurz zu ihm um, öffnete die Tür, wartete, ging heraus und zog sie hinter sich zu.

Florian brauchte einen kurzen Moment, sprintete zur Tür, hörte, wie sie das Haus verlassen hatte, und öffnete das Fenster im Treppenhaus, um ihr hinterherzurufen: »Fick dich selbst und lass es dir von deinem Alki besorgen. Wenn der es überhaupt noch kann!«

Iris drehte sich nicht um, hob die Hände, um ihm beide Mittelfinger zu zeigen.

Florian holte seinen Schlüssel aus der Wohnung und fuhr mit seinem Fahrrad los, um wieder etwas runterzukommen. Iris war nach rechts gegangen, er entschied sich, den Weg nach links einzuschlagen. Er kreuzte durch die kleinen Straßen des Dorfkerns, bis sein Ärger verflogen war. Vor der Apotheke stand unter einer Linde eine Bank und er setzte sich darauf, um eine Weile zu beobachten. Kaum einer dieser Umbacher konnte ihm das Wasser reichen und die wenigen, die auf seiner Augenhöhe waren, mit denen konnte er auskommen.

Er sah, wie Verena aus der Apotheke kam, sie sah ihn, winkte ihm kurz zu, bevor sie sich auf ihr Rad setzte und wegfuhr. Noch während er zurückwinkte, stellte er sich den nackten Körper unter den viel zu weiten Klamotten vor. Bei passender Gelegenheit würde er ihr ein paar Komplimente geben, denn auch diese Emanzen liebten es, umschmeichelt zu werden. Im Bett war sie bestimmt richtig wild, denn bewegen, das konnte sie sich!

Nachdem sein Ärger ein wenig verflogen war, stand er auf und ging selbst in die Apotheke. Ein Gespräch mit Bernadette würde ihm guttun und wer weiß, vielleicht ergab sich sogar mehr daraus. Nachdem er in das schummrige Licht des Verkaufsraumes eingetreten war, überflog sein Blick die meist fast leeren Regale. Auf der einen Seite begannen sich Gläser mit Pasten und Flüssigkeiten zu sammeln. Neugierig ging er näher und stellte fest, dass in den ehemaligen Marmeladen-, Gurken- und anderen Konservengläser nun selbst gemachte Cremes und Tinkturen waren. Verena und Bernadette waren fleißig gewesen und Florian war gespannt, was die beiden Frauen noch alles zusammenbrauen würden.

»Hallo Florian«, Bernadette war in den Verkaufsraum gekommen, ohne dass er sie bemerkt hatte.

»Hallo Bernadette! Ihr wart fleißig!«

»Wir sind weit hinter dem, was wir eigentlich erreichen wollten.« Sie hatte die Hände in ihren Apothekerkittel gesteckt, der nicht mehr so sauber war, wie man es vor dem Stromausfall gewohnt war.

»Ihr kommt voran.« Er nahm eines der Gläser aus dem Regal und betrachtete es. »Das zählt doch!«

»Wie geht es dir?«, wechselte sie das Thema. »Mir ist zu Ohren gekommen, dass Jutta bei ihrem Bruder wohnt?«

Der Vorteil und Nachteil in einem Dorf war, dass man selten etwas machen konnte, ohne dass es die anderen Bewohner mitbekamen.

»Es hat mich überrascht.« Florian entschied sich zu probieren, ein wenig Mitleid zu erhaschen. »Wie in jeder Beziehung haben wir immer mal wieder Streit gehabt, da war nichts dabei, von dem ich gedacht hätte, dass man nicht darüber hätte reden können.«

Sie kam näher und nahm ihn in die Arme, sein Plan ging schneller auf als erhofft: »Das wird schon wieder. Und selbst wenn nicht, wirst du einen Weg finden.«

Er stellte umständlich das Glas zurück und erwiderte die Umarmung, spürte ihre Brüste durch den Stoff und schmiegte seinen Kopf seitlich an ihren: »Danke, das tut mir gut!«

Sie sah ihm kurz in die Augen, er schaffte es, eine Träne zu zerdrücken, und gab seinem Verlangen nach und küsste sie auf die Lippen.

»Wohoo!« Sie löste sich aus der Umarmung und drückte sich weg von ihm. »Was soll das?«

Florian ärgerte sich über sich selbst und spielte den Verunsicherten: »Ich, ich weiß nicht, ich dachte, du hast mich in den Arm genommen, das tat so gut und … du hast dich so gut angefühlt und als du mir in die Augen geschaut hast, dachte ich …«

»Du, ich fühle mich geschmeichelt«, sie schien seine Ausrede zu schlucken, »aber wir sind befreundet und ich schätze die Gespräche mit dir. Sieh da bitte nicht mehr als es ist.«

»Aber du hast doch mit mir geflirtet.« Nun verlor Florian die Kontrolle. »Hast deinen Körper an mich gedrückt!«

»Florian«, sie schüttelte den Kopf, »du interpretierst etwas, was nicht ist.«

Er drehte sich um und verließ die Apotheke ohne ein weiteres Wort. Es war nicht sein Tag.

LUKAS

Lukas war zusammen mit seinem Vater und Gordon auf dem Bodnerhof, ein weiterer Erntetag stand an und forderte Handarbeit. Er war froh, dass Gordon ihm schnell verziehen hatte und ihm wieder das Gefühl gab, wie ein großer Bruder für ihn zu sein. Übertrieben oft kam Malte zu ihm, um ihn kameradschaftlich in den Arm zu nehmen. Und da sowohl Lukas als auch Gordon wesentlich mehr Erfahrung mit der Feldarbeit hatten als sein Vater, löcherte er die beiden oft mit Fragen oder ließ sich zeigen, wie er die Sense zu führen hatte.

Auf zwei Weizenfeldern der Bodners waren etwa vierzig Leute damit beschäftigt, zu ernten und ein leicht bewölkter Himmel machte die Arbeit etwas angenehmer als an den sonnigen Tagen. Nadine Bodner hatte bei der Einteilung am Morgen gesagt, dass es nicht nach Regen aussah, was gut war, weil sie sonst schneller hätten arbeiten müssen. Einige der älteren Landwirte hatte sich zusammengesetzt und damit angefangen, die ganzen Bauernkalenderregeln und Wettersprichwörter zu sammeln, an die sie sich erinnerten. Initiator war Robert Kempf gewesen, der, so hatte es sein Vater heute berichtet, noch im Hospital lag und dessen Zustand kritisch war.

Gordon, Lukas und Malte hatten in einer Reihe mit dem Mähen angefangen und sein Vater war merklich zurückgefallen. Gordon grinste ihn an und Lukas beschloss, seinen Vater ein wenig zu unterstützten.

»Da merkt man die Jahre, die ich auf dem Buckel habe«, entschuldigte sich Malte.

»Ach Papa«, lächelte Lukas, »und die Übung fehlt dir auch. Außerdem war ich …«

Ein lauter Knall unterbrach Lukas, kurze Zeit später folgten Schüsse. Alle schauten sich alarmiert um. Die Felder lagen außerhalb des Schutzwalls, aber nirgendwo war ein Angriff zu sehen.

»Das kommt vom Hofgut«, vermutete Malte, »oder aus dem Wald dahinter!«

Kurze Zeit später war das Trompetensignal zu hören, mit dem die Miliz ihre Mitglieder zum Stützpunkt beorderte. Lukas sah Gordon und seinen Vater fragend an.

»Lasst uns zum Schützenhaus gehen«, entschied Malte und sie folgten den anderen Feldarbeitern.

Ausgebremst durch seinen Vater waren sie eine der letzten Gruppen, die dort angekommen waren, aber anscheinend trotzdem im richtigen Moment, denn der Major kam aus dem Gebäude und schaute grimmig über die anwesenden Personen.

»Hallo Leute«, begrüßte er, »wie einige von euch mitbekommen haben, ist es beim Hofgut zu Kämpfen gekommen. Ich wurde schnell darüber informiert, dass es sich dabei nicht um einen Angriff von außen handelt, sondern dass sich verschiedene Umbacher bewaffnet gegenüberstehen.«

»Ein Bürgerkrieg?«, flüsterte Malte.

»Die Freyristen auf der einen Seite, offensichtlich«, Gordon grübelte, »aber wer sind die Angreifer?«

Der Major räusperte sich: »Mir wurde berichtet, dass heute Morgen erneut vor den Häusern einiger … Russlanddeutscher brennende Kreuze lagen. Zwei der Brandstifter wurden erwischt, sie konnten eindeutig dem Hofgut zugewiesen werden. Die Art und Weise, wie diese Männer verhört wurden, ist später zu untersuchen. Man war nicht zimperlich, mittlerweile befinden die sich im Gewahrsam der Polizei. Anscheinend war man vorbereitet und hat Kräfte aus den umliegenden Dörfern zusammengezogen, um einen koordinierten Angriff gegen das Hofgut zu starten.«

»Eine Randgruppe gegen die andere«, hörte Lukas jemand in der Menge sagen. »So lösen sich manche Probleme von selbst!«

Anne! Schoss es ihm durch den Kopf. Sie ist in Gefahr!

»Ich muss los, Anne helfen!«, er wollte losgehen, wurde von Gordon zurückgehalten.

»Lukas«, Gordon sah ihn mit verzweifeltem Gesichtsausdruck an, »da tobt eine Schlacht. Wie willst du ihr da helfen? Und glaubst du, sie will sich von dir helfen lassen?«

Lukas war wütend, wollte sich losreißen: »Ich muss doch etwas tun, sie war doch für mich da!«

Er erinnerte sich an den Sex mit ihr, aber auch daran, dass sie ihm nichts von Laura erzählt hatte: »Auch wenn sie … ich kann doch nichts für meine Gefühle!«

»…. deshalb habe ich beschlossen«, drangen die Worte des Majors an Lukas‹ Ohr, »dass wir eine Verteidigungslinie aufbauen. Jeder, der aus der Richtung des Hofguts kommt, wird dazu aufgefordert, seine Waffen abzulegen. Jeder, der der Aufforderung nicht nachkommt, bekommt zunächst einen Warnschuss vor die Füße.«

»Und wenn das nicht hilft?«, stellte jemand die Frage, die in der Luft hing.

Der Major stemmte die Hände in die Hüfte: »Der wird als Bedrohung für das Dorf angesehen. Egal, zu welcher Partei er oder sie gehört.«

Aus der Ferne waren wieder Schüsse und Explosionen zu hören.

»Papa!«, flehte Lukas. »Was kann ich tun? Was soll ich tun?«

»Ich rede mit dem Major«, reagierte Malte, »von dem lass ich uns an der Verteidigungslinie platzieren. Und vielleicht hat der eine Idee, wie wir Kontakt mit Anne aufnehmen können.«

Eine halbe Stunde später befanden sie sich gemeinsam mit dem Major und seinem kleinen Stab im provisorischen Leitstand, direkt dort, wo die Verteidigungslinie die Straße in Richtung des Hofguts traf.

»Wir haben Kuriere zu den Nachbarorten geschickt«, berichtete der Major, »und konnten unsere Warnung zumindest den Deutschrussen zukommen lassen.«

»Was haben die sich nur gedacht?«, hörte Lukas seinen Vater fragen. »Wir haben doch genug Probleme!«

Zwei kurz aufeinanderfolgende laute Explosionen übertönten die Antwort des Majors.

»Malte, ich finde deinen Optimismus gut«, sagte der Major, »aber die Deutschrussen hatten schon vermutet, dass sie irgendwann Ziel von solchen Aktionen werden könnten. Und eine Reaktion angekündigt.«

»Hat das Hofgut nicht selbst Deutschrussen in der Gemeinschaft?«, wunderte sich Gordon. »Ich erinnere mich, dass die irgendeine Verbindung zu einer russischen Bewegung haben?«

»Nein, da ist mir gar nichts aufgefallen«, widersprach Lukas. »Tatsächlich wurde da über die Slawen geschimpft.«

»Beide Seiten in diesem Kampf verfügen über Veteranen aus irgendeinem der vielen Kriege«, erklärte der Major, »möglicherweise haben die vor kurzem gemeinsam mit mir zusammen gekämpft, als wir die Befreiungsaktion hatten. Aber das war für alle nur ein Zweckbündnis. Der Feind meines Feindes ist mein Freund.«

»Im Moment sehen wir zu, dass das Dorf nicht in die Kämpfe einbezogen wird«, zuckte der Major mit den Schultern. »Danach machen wir uns Gedanken, wie es weitergeht.«

»Herr Major«, wagte sich Lukas vor, »auf dem Hofgut gibt es dieses Mädchen, diese junge Frau …«

»Wollen wir das vielleicht in nicht so großer Runde besprechen?«, schlug der Major vor. »Die Herren entschuldigen uns bitte?«

Er führte Lukas etwas von den anderen fort: »Deine Freundin? Oder zumindest jemand, in den du verliebt bist?«

Lukas nickte: »Es ist … kompliziert. Als ich dort war, hat sie sich um mich gekümmert, war für mich da. Mehr als das. Sie hat mich aber auch belogen. Können wir ihr helfen?«

»Glaubst du, sie möchte, dass du ihr hilfst?«

»Es ist doch gefährlich«, protestiere er, » wer will denn da nicht heraus?«

»Du hast doch mit ihr zusammen gekämpft?«, vermutete der Major richtig. »Nach allem, was ich weiß, werden die Mitglieder dort ihr ganzes Leben auf ›den großen Kampf‹ vorbereitet. Wenn du jetzt reingehen würdest, bringst du dich in Gefahr. Ohne zu wissen, ob du überhaupt eine Chance hast, sie herauszuholen.«

»Ich fühle mich so machtlos«, gestand Lukas, »so wie bei meiner Mutter. Fühlt sich mein Vater auch so?«

Der Major schaute zum Leitstand, wo Malte stand: »Vermutlich. Ich beneide euch beide nicht.«

»Und was mache ich jetzt? Einfach warten? Und was ist mit den Kindern, die dort sind?« Lukas gingen so viele Fragen durch den Kopf.

»Wir werden warten«, bestätigte der Major. »Unsere Aufgabe ist der Schutz des Dorfes.«

»Und was passiert dann?« Lukas fühlte die Angst in sich aufsteigen.

»Es gibt verschiedene Möglichkeiten«, erklärte der Major, »wenn eine Seite aufgibt und man sich einigt. Eine andere Möglichkeit wäre es, wenn beide bemerken, dass sie nicht gewinnen können und einen Waffenstillstand vereinbaren.«

»Und was passiert mit den Verlierern?« Lukas musste an die hingerichteten Angreifer des Dorfes denken. »Wie wird man mit denen umgehen?«

»Das weiß ich nicht«, antwortete der Major. »Es tut mir leid, dir nicht wenigstens etwas Zuversicht geben zu können …«

Man hörte laute Rufe aus der Richtung des Hofguts, einige Jubelschreie und das Feuer wurde eingestellt.

»Es scheint so«, der Major spitzte die Ohren, »als ob eine Seite die Überhand gewonnen hat. Lass uns zu den anderen gehen.«

Über die Straße kam Alexander angeritten und blieb mit respektvollem Abstand zu dem provisorischen Verteidigungsstand stehen.

»Leg die Waffe ab, bevor du näherkommst!«, forderte der Major, der sich selbstbewusst auf der Straße aufgestellt hatte.

»Zu Befehl, Herr Major«, reagierte Alexander.

Er stieg ab, legte sein Gewehr auf den Boden und kam auf den Major zu. Vor ihm blieb er stehen und salutierte, der erwiderte den militärischen Gruß.

»Was habt ihr euch gedacht?«, warf er ihm vor.

»Herr Major«, selbstbewusst ignorierte Alexander den Vorwurf, »wir bitten um Ihre Hilfe bei den Verhandlungen.«

Er erblickte Malte unter den Anwesenden: »Ah, und Sie Herr Kinzig, es wäre gut, wenn Sie ebenfalls mitkommen. Bitte.«

Der Major blickte Malte fragend an, der fast unmerklich nickte: »Als Vermittler?«

Alexander nickte: »Ja.«

»Vorher«, der Major ging so nah an den Mann heran, dass sich die Nasen fast berührten, »erwarte ich einen kurzen Bericht über das, was geschehen ist. Von den brennenden Kreuzen habe ich gehört und dass ihr Verstärkung aus den Nachbardörfern bekommen habt.«

»Jawohl« Alexander hielt der Nähe des Majors stand. »Wir haben mit solch einer Aktion gerechnet und uns darauf vorbereitet. Als wir zweifelsfrei die Täter identifizieren konnten, haben wir unseren Plan umgesetzt und haben das Hofgut mit einer Übermacht angegriffen.«

»Und weiter?«, forderte der Major.

»Zunächst gab es heftige Gegenwehr«, berichtete der Mann weiter, »die Verluste auf unsere Seite halten sich in Grenzen. Auf der Gegenseite wissen wir von acht Gefallenen.«

»Zivilopfer?«

»Sind uns bisher keine bekannt«, druckste Alexander herum. »Vorhin wurde aus einem Fenster des Hofes eine weiße Fahne herausgehängt. Man möchte über einen Waffenstillstand verhandeln, wir haben klargemacht, dass wir eine Kapitulation erwarten.«

»Und wie sollen wir da jetzt helfen?«, fragte der Major.

»Beide Seiten vertrauen Ihnen und Herrn Kinzig«, sagte der Mann, als ob es das Selbstverständlichste auf der Welt wäre.

»Wer garantiert unsere Sicherheit?«, sprach der Major eine Sorge aus, die auch Lukas hatte.

»Ich«, sagte Alexander, »und Frau Odrell.«

»Papa.« Lukas ging zu seinem Vater. »Kannst du bitte herausfinden, ob es Anne gut geht?«

»Ja«, versprach Malte. »Ich versuche es.«

»Auf, Malte.« Der Major machte eine Geste, dass Malte ihm folgen sollte.

»Jungs«, Malte drehte sich zu Gordon und Lukas, »wir sehen uns nachher. Passt auf euch auf.«

Sein Vater, der Major und Alexander, diesmal ohne Pferd, machten sich zu Fuß auf den Weg zum Hofgut.

»Ob das eine gute Idee ist?«, formulierte Gordon den Zweifel, den auch Lukas hatte. »Sich einfach auf deren Wort zu verlassen?«

»Ich wäre gerne mitgegangen.« Lukas schaute seinem Vater hinterher.

»Meinst du nicht, dass das leichtsinnig und gefährlich wäre?«, gab Gordon zu bedenken.

»Leichtsinnig und gefährlich?«, wiederholte Lukas, »du hast noch nicht von deinem Rachefeldzug erzählt?«

Gordons Gesichtszüge wurden ernster: »Punkt für dich.«

»Hinsetzen?«, Lukas deutete auf einen Holzstapel neben der Straße.

»Den Hinweg hatte ich schnell geschafft, zumindest bis in die Nähe des Dorfes«, berichtete Gordon, als er sich auf einen der Stämme setzte. »Ich habe mich in einem kleinen Wald versteckt, von dem aus ich unser Haus sehen konnte und habe ein wenig geschlafen.«

»Schlafen?«, wunderte sich Lukas. »War das nicht gefährlich?«

»Ich hatte vor, die ganze Nacht wach zu bleiben«, erklärte Gordon, »ein wenig Ruhe war nicht verkehrt.«

»Wie warst du sicher, ohne Wecker pünktlich wach zu werden?«, grübelte Lukas.

»Ja, das hatte ich nicht bedacht, weshalb ich nicht wusste, wie spät es war, als ich aufgewacht bin«, grinste Gordon. »Ich habe mich dann zum Haus geschlichen.«

»Keine Wachen am Ortseingang?«, wunderte sich Lukas.

»Weder beim Ort, noch beim Viertel«, berichtete Gordon. »Mein Schlüssel zur Kellertür funktionierte noch und so konnte ich in das Haus eindringen. Drinnen stank es erbärmlich, ich fragte mich, wie man in so einem Dreck leben konnte, und schlich mich Zimmer für Zimmer weiter. Niemand war im Erdgeschoss, also ging ich nach oben und in meinem Bett lag der erste Typ. Ich schlich mich an ihn heran und schnitt ihm die Kehle durch. Er öffnete die Augen und sah mich erschrocken an …«

»Ein Messer?«, fragte Lukas. »Hattest du keine Pistole?«

»Nein, das hätte die anderen geweckt, allerdings hatte der in meinem Bett um sich geschlagen, mich an der Schläfe erwischt und dabei viel Lärm veranstaltet.«

»Wusstest du überhaupt, wie viele im Haus waren?«, fragte Lukas.

Gordon schüttelte den Kopf: »Nein, ich hatte nur einen der Typen gesehen, als ich das letzte Mal da war. Der, der mich aus dem Haus geworfen hatte. Und das war nicht der, der in meinem Bett lag. Der Lärm war nicht zu überhören und ich hatte ein wenig Glück, es waren nur noch der andere Typ und seine Freundin im Haus. Ich hörte ihn rufen ›Toto? Toto? Was ist da los?‹. Toto dürfte der Typ in meinem Bett gewesen sein, der konnte nicht mehr antworten. Kurz darauf hörte ich die Freundin rufen: ›Tom, bleib hier, bis die anderen da sind!‹ Kannst du dir das vorstellen? Toto und Tom? Als ob man das erfunden hätte. ›Halt die Fresse, Jeanette, ich kümmere mich darum.‹ Ich hörte, wie er aus dem Schlafzimmer meiner Eltern kam, auch wenn er zumindest versuchte, zu schleichen.«

»Toto? Tom? Jeanette?«, Lukas grinste. »Klingt wie eine Folge Frauentausch!«

»Ich wartete darauf, dass Tom in mein Zimmer kam«, fuhr Gordon fort, »und er kam. Mit einem Sprung stand er in der Tür und feuerte in den Raum, ich hörte die Kugeln neben mir einschlagen und dann ich eilte vor und rammte mein Messer in seine Brust. Es wurde still und Tom brach zusammen. Jeanette war am Schreien: ›Tom? Tom? Was ist mit dir?‹ Ich ging zu ihm, nahm seine Waffe und sah, dass er noch lebte. Langsam kniete ich mich neben ihn, sodass er mich sehen konnte: ›Erinnerst du dich an mich? Ich hoffe, du verblutest jämmerlich!‹ Und das war der Moment, als mich der Schlag am Kopf traf. Später wurde mir bewusst, dass ich mich erst um Jeanette hätte kümmern müssen.«

Er fuhr sich mit der Hand über die Stelle, an der er wohl vom Schlag getroffen wurde: »Ich war eine Weile ohnmächtig, oder zumindest benommen. Ich sah Jeanette zwischen mir und Tom knien und sie rüttelte an ihm. Die Waffe hatte sie nicht beachtet und so benommen, wie ich auch war, gelang es mir, die Pistole zu nehmen und sie zu erschießen. Mir war schwindelig, trotzdem war mir klar, dass ich dort wegmusste. Ich nahm meine Kraft zusammen, versuchte das restliche Haus zu durchsuchen, aber als ich draußen Stimmen hörte, haute ich über den Keller ab.«

»Das war es schon?« Lukas hatte mehr erwartet.

»Ich hinterließ Spuren«, berichtete Gordon, »als ich das Haus verließ, kamen sie mir hinterher. Ich weiß nicht, wie viele es waren. Mein erstes Ziel war der kleine Wald und dort brach ich erneut zusammen. Als ich aufwachte, war schon wieder Tag und aus der Ferne hörte ich Stimmen, schaute nach und sah einige Leute verteilt über das Feld laufen, von mir weg. Ich blieb bis zur Abenddämmerung und machte mich auf den Rückweg.«

LAURA

»Ihr könnt mich allein lassen.« Laura war genervt, kam sich wie ein kleines Kind vor.

Ihre Tante lief durch das Wohnzimmer, wie ein Raubtier in einem viel zu kleinen Käfig: »Laura, ich liebe dich. Das Vertrauen musst du dir erst wieder erarbeiten.«

»Hier erfährst du nicht, was draußen los ist«, versuchte sie Jutta zu reizen. »Geh ruhig, ich warte hier auf dich. Oder ich komme mit.«

»Dein Vater würde mir die Ohren lang ziehen«, reagierte Jutta, »und deine Mutter auch. Wir bleiben hier und warten.«

»Hörst du?« Laura hielt den Finger vor den Mund. »Die Gefechte haben aufgehört!«

Jutta hörte mit dem Herumlaufen auf, wurde ruhiger und setzte sich hin: »Wie geht es dir?«

»Ich vermisse mein Handy und würde mir gerne die Pulsadern aufschneiden.« Laura versuchte, so schnippisch zu klingen, wie sie nur konnte.

»Sehr hilfreich«, konterte ihre Tante, »man konnte sich mit dir mal wie mit einer Erwachsenen unterhalten.«

Laura bedauerte ihr eigenes, trotziges Verhalten, war es satt, dass sie keine Minute mehr für sich alleine hatte. Ihr war bewusst, dass sie sich das selber zuzuschreiben hatte.

»Entschuldige bitte«, brachte sie nach einer Weile hervor, »das mit dem Handy stimmt, das vermisse ich. Ist das nicht seltsam? Einerseits weiß ich, dass das nicht funktioniert. Trotzdem will ich immer wieder draufschauen. Es ist, als ob ein Teil von mir fehlt.«

»Irgendwie war es ein Teil von dir und von vielen anderen«, beruhigte sie ihre Tante. »Ich bin überzeugt, dass du nicht die Einzige bist, die deswegen am Durchdrehen ist.«

»Aber die Einzige hier in Umbach!« Zumindest hatte sie von niemand anderem gehört.

»Vermutlich«, bestätigte Jutta, »aber das wissen wir nicht. Nicht jeder unternimmt einen Selbstmordversuch und ich glaube, dass die Leute so was eher geheim halten.«

»Vielleicht könnte ich eine Selbsthilfegruppe gründen«, schlug Laura vor.

»Ich bin überzeugt, dass wir da die nächste Zeit so einiges brauchen werden«, vermutete Jutta. »Allein die Leute, die Koffein und Nikotin benötigen, hängen jetzt schon in der Luft, die Vorräte sind fast aufgebraucht, nur der Schwarzmarkt liefert noch ein wenig.«

»Also eine Menschheit voller Abhängigkeiten?« Damit wäre sie mit ihren Problemen nicht allein. »Und dann noch die Abhängigkeit von der Technik?«

»Die Unabhängigkeit haben wir mit dem Wechsel von ›Jäger und Sammler‹ zur Landwirtschaft und der Arbeitsteilung verloren«, sinnierte Jutta. »Und danach haben wir uns halt immer mehr von anderen abhängig gemacht. Erst der Wandel von der Agrar- zur Industriegesellschaft, danach in die Dienstleistungsgesellschaft und dann die Digitalisierung. Ein durch und durch fragiles System. Und berauscht haben sich die Menschen zu allen Zeiten.«

»Das ist eine andere Abhängigkeit«, engte Laura es ein. »Wie passiert es, dass man die Kontrolle über sich so verliert?«

»Das ist nur zu menschlich.« Jutta gab nicht auf sie aufzubauen. »Das geht über das Belohnungszentrum im Gehirn und Social Media haben das extrem ausgenutzt.«

Die letzten Worte sprach sie ein wenig lang gezogen, als ob sie ein anderer Gedanke abgelenkt hatte.

»Weißt du was? Ich habe eine Idee!«, sie schnippte in die Finger.

»Ui toll, eine Idee.« Kaum hatte sie es gesagt, bedauerte es Laura schon, sie wollte nicht sarkastisch klingen.

Ihre Tante schaute sie an: »Zynismus kenne ich von deinem Vater, das bin ich gewohnt. Nein. Hör mir zu, ich würde vorschlagen, wir begraben dein Handy. Und dein Tablet. Oder noch besser, wir versenken beide im Löschwasserteich!«

»Das ist bescheuert!«, konterte Laura. »Was ist mit den ganzen Fotos!«

»Sie funktionieren beide nicht mehr«, antwortete Jutta, »und sicherlich hast du deine Bilder schon in der Cloud, oder?«

Laura kniff die Lippen zusammen: »Nachdem ich das eine Handy verloren hatte, habe ich den Upload in die Wolke aktiviert. Trotzdem ist die Idee bescheuert. Kann sein, dass das irgendwann wieder geht. Genauso, wie es ausgegangen ist.«

»Ich verspreche dir, dass wir dir beides neu kaufen, falls der Strom wieder funktioniert«, lockte ihre Tante, »Was hast du zu verlieren?«

Laura zögerte, sie mochte das Gefühl nicht, von den beiden Geräten kontrolliert zu werden. Würde ihr so eine symbolische Tat die Kontrolle wieder zurückgeben?

»Ich hole einen alten Kopfkissenbezug, da nähen wir beides mit ein paar Steinen ein und dann gehen wir zum Teich und du wirfst es herein.« Aus der Nummer würde sie ohnehin nicht herauskommen, ihre Tante war Feuer und Flamme für die Idee und war schon nach oben verschwunden.

Wenig später kam sie mit einem Kopfkissen zurück: »Tante Jutta, nicht mein Bibi und Tina Kopfkissen!«

»Ach komm«, grinste die, »davon liegt oben im Schrank im Gästezimmer mehr als genug. Deine Mutter kann nichts weggeben, oder?«

»Aufgehoben, für Neffen und Nichten.« Laura deutete auf Juttas Bauch. »Willst du, dass das Kind ohne Bibi und Tina Bettwäsche aufwächst?«

»Hol mal dein Handy und dein Tablet herunter!«, forderte ihre Tante sie auf.

Widerstrebend ging Laura die Treppe hoch bis in ihr Zimmer, fand dort das Handy und das Tablet, die auf dem Schreibtisch lagen. Beide mit gesplittertem Bildschirm. Sie zog die Mundwinkel nach oben, ärgerte sich über sich selbst und nahm die beiden Geräte in die Hand.

»Die Netzteile auch?«, rief sie laut.

»Willst du mich veräppeln?«, lachte Jutta. »Nur die Geräte.«

Als Laura wieder unten war, kam ihre Tante von der Terrasse, wo sie ein paar größere Kieselsteine eingesammelt hatte, und beförderte diese in den Kopfkissenbezug. Auffordernd hielt sie die Öffnung Laura entgegen, die nacheinander ihr Smartphone und ihr Tablet hereinlegte.

Dann bekam sie den Bezug in die Hand gedrückt: »Da sind Nadel und Garn, näh es zu!«

»Ich könnte es zuknoten«, wollte sich Laura vor der Arbeit drücken.

»Du kannst es raffen«, winkte Jutta ab. »Musst es ja nicht über die gesamte Länge nähen, nur so, dass es zuhält.«

»Außerdem ist das Wasserverschmutzung!«, protestierte sie.

»Da liegt noch anderes Zeug im Teich«, wurden ihre Bedenken abgewehrt. »Wir drücken beide Augen zu.«

Laura tat, wie ihr geheißen wurde, raffte den Kopfkissenbezug und nähte ihn flink zu: »Mama hat noch die mechanische Nähmaschine von ihrer Oma!«

»Die steht oben im Gästezimmer«, wusste Jutta, »direkt neben ›meinem‹ Bett!«

»Ich hätte das damit zunähen können!«, warf sie ihrer Tante vor.

»Hätte hätte Fahrradkette«, alberte die Schwester ihres Vaters, »schau mal, merkst du nicht schon, wie du dich so von deinen Geräten Schritt für Schritt verabschieden kannst?«

»Du kannst total nervig sein.« Trotzdem war sie ihrer Tante dankbar, dass sie für sie da war. »Und wann wollen wir zum Teich?«

»Wenn nicht jetzt, wann dann?«, versuchte sie Jutta mit ihrem Aktionismus anzustecken.

Laura überprüfte die Naht: »Ich wäre soweit.«

Gemeinsam verließen sie das Haus und spazierten zum Löschwasserteich, der einst die Mitte des Ortes bildete.

Als ihnen ein Milizionär entgegenkam, hielt Jutta ihn auf: »Kannst du uns sagen, was das für eine Schießerei war?«

»Soweit ich weiß«, berichtete er, »habe sich die Russen und die Leute vom Hof ein Gefecht geliefert. Der Major und Herr Kinzig sind dort, um die Verhandlungen zu führen.«

»Danke für die Info«, gab sich Jutta gut gelaunt.

Als der Mann außerhalb Hörweite war, flüsterte sie Laura zu: »Dein Vater hat ein Gespür dafür, sich in Schwierigkeiten zu bringen!«

»Eigentlich ist Lukas da der Meister darin!«, wehrte Laura ab.

»Glaube mir, ich kenne deinen Vater schon recht lange«, grinste Jutta. »Probleme kann der gut. Man muss ihm auch lassen, dass er fast immer gut herausgekommen ist.«

Sie kamen am Teich an, der friedlich ruhte und noch nicht wusste, was er bald zu schlucken hatte.

»Vielleicht sollten wir auf die Männer warten.« Jutta schien Skrupel zu haben, den symbolischen Abschluss nur in kleiner Runde zu machen.

»Wir müssen auch was ohne die Männer machen«, reagierte Laura, »und ich glaube, es wird genug Situationen geben, bei denen ich Hilfe brauche.«

Laura hielt den zugenähten Kopfkissenbezug in der rechten Hand, spürte das Gewicht der Steine, des Tablets und des Handys: »Du stehst zu deinem Wort? Wenn der Strom wieder da ist, besorgst du mir Ersatz?«

Jutta stellte sich neben sie und legte ihren Arm um ihre Schulter: »Du hast mein Wort.«

»Und du weißt schon«, fuhr Laura fort, »dass man das finden wird, wenn mal wieder das Wasser abgelassen werden wird?«

Der Löschteich wurde durch einen Bach gespeist und füllte sich nicht nur mit Wasser, sondern auch mit Sand, Schlamm und anderen Sachen, die der Bach oder die Bäume, die ihn umgaben, hereintrugen. Es war üblich, dass er alle paar Jahre abgelassen und gereinigt wurde und jedes Mal stellte die Feuerwehr die kuriosesten Fundstücke aus.

»Damit hättest du Chancen, einen der besten Plätze bei der Feuerwehrausstellung zu bekommen«, lachte Jutta.

Laura musste bei dem Gedanken lächeln. Sie überlegte, ob ihre Spielstände gespeichert und wiederherstellbar waren. Würde es wieder Social Media geben? Gab es Sicherungen ihrer

Messengernachrichtenverläufe? Es war ihr Vater gewesen, der das erste Smartphone nach Hause gebracht hatte, und er hatte damit die Neugier seiner beiden Kinder geweckt, während ihre Mutter das zunächst abgelehnt hatte.

Die hatte dann relativ schnell von der Arbeit ein entsprechendes Gerät erhalten und dann dauerte es nicht lange, bis sie sich ein Zweites, Privates, gekauft hatte. Dann waren die Diskussionen losgegangen und Lukas profitierte Jahre später davon, dass sie die Kämpfe alle zuerst ausgefochten hatte.

Insgesamt fand Laura es interessant, wie unterschiedlich ihre Freundinnen und sie mit ›dem Internet‹ aufgewachsen waren. Während ihre Eltern es mit Vertrauen und wenig Verboten angingen, hatte sie eine Freundin, bei der der Vater fast alles auf dem Router gesperrt und nur nach und nach Inhalte frei gegeben hatte. Die entsprechenden Inhalte, Gewalt und Pornografie, hatte die Freundin bei anderen mitbekommen. Sie hatte sich mit ihrer Mutter darüber unterhalten und die hatte ihr erklärt, dass das früher schon so ähnlich gewesen war. Wenn man Videofilme sehen wollte, für die man nicht alt genug war, hat man ältere Geschwister oder Verwandtschaft animiert, diese zu besorgen.

Mit siebzehn hatte ihr jemand einen Link zu einem Video weitergeleitet, in dem sich jemand umgebracht hatte. Sie hatte gezögert, es sich doch angeschaut und die nächsten Nächte schlecht geschlafen, was ihren Eltern nicht entgangen war. Nachdem sie sich erst ahnungslos gegeben hatte, hat sie ihren Eltern irgendwann erzählt, wieso sie so schlecht schlief, was viele Gespräche zur Folge hatte. Eine Bekannte ihrer Eltern war Psychologin und hatte mit ihr ein paar Sitzungen gemacht. Vergessen konnte sie die Bilder nicht und sie war geschockt zu erfahren, dass es Menschen gab, deren Job es war, für YouTube, Facebook und andere Seiten solche Videos zu sichten und zu löschen.

»Aber das Wissen, das einem zugänglich war, war großartig«, dachte sie laut weiter.

Jutta sah sie überrascht an: »Ich kann deinen Gedanken nicht so ganz folgen!«

»Ich habe mich ein wenig daran erinnert, was ich mit dem Handy und dem Internet alles erlebt habe«, erklärte Laura. »Du erinnerst dich an dieses Video?«

»Ja, dein Vater hatte mir davon erzählt.«

»Aber es gab auch gute Sachen«, schwärmte Laura. »Heute müssen wir zusehen, dass wir fast verlorenes Wissen schriftlich bewahren oder erlernen. Einfache Sachen, so etwas wie ›wie mache ich Käse‹, das konnte man einfach googeln. Kennst du noch Die Lustigen Taschenbücher? Tick, Trick und Track hatten in ihrem Pfadfinderverein das ›schlaue Büchlein‹, da stand alles drin. Und genauso kam ich mir manchmal vor, wenn ich in meinem Smartphone etwas gesucht habe. Es gab immer eine Antwort!«

»War die denn immer richtig?«, zweifelte Jutta.

»Man hatte zumindest eine Antwort«, konterte Laura. »Wenn du dich früher auf einer Feier über einen Film unterhalten hast, und niemand wusste, wie der eine Schauspieler aus einem Film hieß, und alle haben gegrübelt? Mit Smartphone hatte das jemand einfach nachgeschaut!«

»Ich fand das immer lustig«, erinnerte sich Jutta, »und meistens kam doch jemand drauf!«

Laura nickte und fing an, den Kopfkissenbezug wie einen Schleuderball zu schleudern und ließ los, als sie überzeugt war, den richtigen Schwung zu haben. Der Bezug machte einen großen Bogen und fiel mittig in den Teich, klatschte dort auf und versank schnell. Laura beobachtete, wie die konzentrischen Wellen an das Ufer schwappten, und es dauerte nicht lange, bis der Teich ähnlich ruhig lag wie zuvor.

»Ich fühle mich total befreit«, sagte Laura und achtete dabei, dass ihr Tonfall möglichst gleichgültig klang.

Jutta sah sie mit verdutztem Gesicht an. Da Laura das Grinsen nicht verkneifen konnte, schien ihr schnell klar zu sein, dass sie sich einen Spaß mit ihr erlaubte.

»Nein, ganz ehrlich. Das Gespräch gerade, die Erinnerungen und tatsächlich, die Symbolik. Im Moment fühle ich mich frei. Ich hoffe, das wird so bleiben.«

»Ich würde dir das gerne versprechen«, sagte ihre Tante, »aber ich will dich nicht anlügen. Du wirst viele schlimme Momente haben. Aber es wird immer jemand für dich da sein. Und du weißt, dass du zu uns allen kommen kannst.«

»Auch zu Florian?«, sie hatte vom Streit mitbekommen und hatte ihre Vermutungen, aber auch die Hoffnung, dass sich das wieder zurechtbiegen würde.

Jutta holte hörbar Luft, vielleicht hätte sie das Thema nicht ansprechen sollen: »Ich will ehrlich sein, auch wenn er Lukas aus der Sekte herausgeholt hat, ich traue ihm nicht mehr.«

»Entschuldige«, Laura ärgerte sich über sich selbst. »Ich wollte dir nicht zu nahetreten.«

»Wir leben noch im gleichen Dorf und ich werde ihn immer wieder sehen«, sagte Jutta, »und wie ich mit ihm umgehe, Kontakt halte, muss nicht für euch gelten.«

»Aber wir sind doch eine Familie?«, wunderte sich Laura. »Sollten wir nicht alle zusammenhalten?«

»Ja, wir sind eine Familie, aber es darf jeder seine eigene Meinung haben.« Laura bewunderte ihre Tante für die Ruhe, die sie ausstrahlte. Wäre sie in der Situation, würde sie ihren Freund hassen und nicht wollen, dass jemand aus ihrer Familie mit dem Kontakt hätte.

JUTTA

Als sie beim Hospital vorbeigingen, kam Doktor Haarberg aus der Tür, kramte an seinem Kittel und holte eine Packung Zigaretten heraus. Mit zittriger Hand fingerte er sich eine aus der Schachtel, steckte sie in den Mund, suchte in den Hosentaschen nach einem Feuerzeug und zündete sich den Glimmstengel an.

»Ist es nicht seltsam«, kommentierte Jutta, »dass es speziell Menschen mit medizinischem Hintergrund sind, die, entgegen besseren Wissens, rauchen?«

Haarberg hustete: »Als ich studiert habe, galt Rauchen noch als gesundheitsfördernd!«

»So alt sind sie definitiv nicht!« Jutta war froh, dass er positiv auf die Maßregelung einging.

»Das stimmt«, nickte Haarberg, »ich rauche nur selten und jetzt ist einer dieser Momente.«

»Oh«, Jutta fing an zu begreifen und erinnerte sich, dass Robert Kempf mit einem Infarkt in das Hospital geliefert wurde. »Oh …«

»Leider konnte ich ihn nicht retten«, seine Stimme war zittrig. »Vor acht Wochen wäre es schon keine hundertprozentige Chance gewesen, aber mit den wenigen Mitteln, die wir nur noch haben …«

Auch Laura schien verstanden zu haben, was passiert war: »Das wird meinen Vater hart treffen.«

Jutta sah den Selbstzweifel bei Haarberg: »Sie dürfen sich keinen Vorwurf machen!«

»Danke«, reagierte Haarberg, »ich sehe das realistisch, trotzdem ärgere ich mich. Robert hatte sein Leben gelebt, aber es ist ein überflüssiger Tod mehr und ich habe davon genug.«

Jutta wusste nicht, was sie darauf sagen sollte, Laura offensichtlich auch nicht.

»Und Herbst und Winter kommen erst«, prophezeite der Arzt, »keine Grippeimpfstoffe, kaum Medikamente, schlechte Hygienezustände.«

Er schien zu bemerken, dass seine Sorgen sich auf Jutta und Laura übertrugen: »Entschuldigung, ich wollte euch keine Angst machen!«

Haarberg zog an seiner Zigarette und warf sie halb geraucht weg: »Ich will wieder herein. Bis bald.«

»Tschüss«, sagten Jutta und Laura fast gleichzeitig.

Auf dem Weg zum Hofgut kamen ihr Gordon und Lukas entgegen: »Na, Schwesterherz! Du bist zwar nicht mehr ganz so blass, aber gesund sieht anders aus!«

»Du kannst so charmant sein!« Sie streckte ihm die Zunge raus, nahm ihn in den Arm. »Robert Kempf ist gestorben, Papa wird ein wenig Unterstützung von uns brauchen.«

»Oh«, Lukas Gesicht wurde von einem zum anderen Moment ernsthaft, »dann war das ernster als vermutet.«

»Habt ihr Neuigkeiten vom Hofgut?«, fragte Jutta.

Außer Gordon und Lukas waren andere Milizionäre auf dem Rückweg.

»Es gab einen Waffenstillstand und der Major und Papa sind dort, um bei den Verhandlungen zu helfen«, berichtete Lukas, »und die haben vorhin jemanden geschickt, der die Miliz von ihren Wachposten zurückgeschickt hat. Die unmittelbare Gefahr ist vorbei. Aber so schnell dürfen wir nicht mit Ergebnissen rechnen.«

»Jemand sollte dem Major und Malte vom Tod von Kempf berichten.« Gordon sah Jutta fragend an. »Soll ich das machen?«

»Nein«, beschloss Jutta, »die sollen sich um die Sicherheit des Dorfes kümmern, wenn Malte nach Hause kommt, kann man ihm das immer noch erzählen.«

Malte kam kurze Zeit nach ihnen zu Hause an: »Hallo! Was macht ihr für ein Gesicht? Ist jemand gestorben?«

»Robert ist …«, Juttas Stimme zitterte, »Haarberg konnte nichts mehr für ihn tun.«

Sie nahm ihren Bruder in den Arm. Kempf war ein väterlicher Freund für Malte und einer der wenigen Menschen in Umbach, mit dem Malte auf einer Wellenlänge war. Es war nicht so, als ob Malte sich mit niemandem verstehen würde, aber seine Beziehung zu seinem ehemaligen Lehrer würde eine Lücke hinterlassen. Als er sich von ihr löste, sah sie die Tränen in seinen Augen.

»Kommst du zurecht?«, sorgte sie sich.

»Ja, das wird schon.« Er klang so, als ob er sie beruhigen wollte. »Ich muss nachher nochmal zum Hofgut. Das wird mich ablenken.«

»Was wird es geben?«, Jutta war neugierig, kannte zwar nicht einmal Details des eigentlichen Konflikts und konnte sich deswegen nicht so recht eine Lösung vorstellen.

Malte grübelte: »Ein Nebeneinander wird nicht möglich sein. Ich hoffe, die Freyristen werden Umbach verlassen. Hinzu kommt, dass man die Justiz in die eigene Hand genommen hat. Ich habe keine Ahnung, ich wünschte mir, dass das nicht passiert wäre, dass alle miteinander statt gegeneinander arbeiten. Ich habe das so satt, ich bin so müde.«

Sie nahm ihn erneut in den Arm: »Weißt du, was ich an dir schon immer bewundert habe?«

»Nein«, Maltes fragendes Gesicht bestätigte die Antwort.

»Egal wie schlecht es lief«, beschrieb sie, »und egal wie sehr du etwas schon satthattest, du hast immer einen Weg herausgefunden. So wird es auch diesmal sein.«

»Dein Wort in Gottes Ohr«, schmunzelte Malte. »Ich muss mich kurz ausruhen!«

»Bis nachher«, verabschiedete sich Jutta.

»Jutta«, Lukas wirkte schüchtern, »darf ich dich etwas fragen?«

»Natürlich«, als sie es gesagt hatte, bereute sie es, denn sie hatte eine Ahnung, in welche Richtung die Frage gehen könnte.

»Florian ist doch eigentlich ein cooler Typ«, schwärmte Lukas, »und der macht so viel für andere Leute. Nicht nur, dass er mich aus der Sekte herausgeholt hat, auch für viele andere.«

»Und?« Nun war Jutta neugierig.

»Nach allem, was ich gehört habe«, zuckte Lukas mit den Schultern, »mag er zwar einige Dummheiten gemacht haben, aber vielleicht schafft ihr es ja, euch wieder zu versöhnen?«

Jutta wusste nicht, wie sie das Lukas am besten erklären sollte: »Florian hat seine Eigenheiten, ich die meinen. Ich kann mir das im Moment nicht vorstellen.«

Lukas schien zufrieden mit der Erklärung zu sein: »›Im Moment‹, da ist also noch Platz.«

»Ich würde nicht darauf wetten«, kommentierte Laura.

»Überlasst das mir«, versuchte Jutta das Gespräch zu beenden, »ich wollte bei Nadine vorbei. Ihr kommt allein zurecht?«

»Ja«, antwortete Lukas.

Zehn Minuten später saß Jutta auf ihrem Pferd und war auf dem Weg zum Bodnerhof. Erst auf dem Weg wurde ihr bewusst, dass ihre Freundin beim Angriff auf das Dorf ihre Mutter verloren hatte, und sie bisher keine Gelegenheit gehabt hatten, darüber zu sprechen.

Die letzten Erntehelfer waren vom Hof zurück ins Dorf unterwegs und Jutta war überrascht, Nadines Vater beim Abspannen einer Kutsche zu sehen. Als er aufsah und sie erblickte, verwandelte sich sein trauriges Gesicht kurz in ein lächelndes, bevor es wieder von Trauer gezeichnet war.

»Mädchen! Was bin ich froh, dich zu sehen!« Er trat auf sie zu und hielt ›Kleine Tante‹ am Halfter fest.

Jutta stieg ab, wartete, bis Herr Bodner ihr Pferd festgebunden hatte: »Herr Bodner, es tut mir so schrecklich leid …«

Zu ihrem Erstaunen nahm der Mann, der Vater ihrer besten Freundin, der sonst unnahbar wirkte, sie in den Arm, drückte sie lange und sie bemerkte, wie er schluchzte. Auch sie konnte die Tränen nicht zurückhalten und streichelte ihm den Rücken.

»Danke«, brachte er über die Lippen und löste sich von ihr, »ich bin froh zu wissen, dass Nadine so eine gute Freundin hat. Und ich bin so froh, dass sie dich befreien konnten. Das muss schlimm gewesen sein.«

»Jutta!«, hörte sie hinter sich ihre Freundin rufen, schnelle Schritte und die nächste Umarmung.

»Wie geht es dir?«, fragte Jutta.

Auch Nadines Gesicht zeigte Spuren der Trauer: »Es ist schwer zu beschreiben. Man wacht jeden Morgen auf und fragt sich ›warum‹, und dann wird dir wieder klar, dass es keine vernünftige Antwort gibt.«

»Und ich war nicht für dich da«, schämte sich Jutta.

»Hallo! Du warst eine Gefangene!«, entschuldigte Nadine sie.

»Ja, aber danach … ich hätte zu dir kommen sollen«, Jutta fühlte sich schuldig.

»Lass uns hereingehen«, schlug Nadine vor, »und eine der guten Weinflaschen opfern.«

»Kein Alkohol für mich!«, lehnte Jutta ab. »Aber gerne zusammensitzen und reden. Viel reden.«

Sie verabschiedeten sich von Nadines Vater und gingen in Nadines Wohnung im Obergeschoss des Bauernhauses. Man sah überall die Spuren vom Überfall und Jutta fragte sich, ob es überhaupt jemanden im Dorf gab, der die Fenster reparieren konnte.

»Hat das einen Grund?«, fragte Nadine.

Jutta war sich nicht sicher, was ihre Freundin meinte und sah sie fragend an.

»Kein Alkohol?«, präzisierte Nadine ihre Frage.

Jutta zögerte: »Ich denke, ich sollte nicht. Es ist nicht gut für das Kind.«

»Du bist schwanger!«, freute sich Nadine. »Endlich mal eine gute Nachricht in dieser verfickten Welt!«

Jutta ließ sich vom Stimmungswechsel ihrer Freundin anstecken, die war aufgestanden, hatte sie vom Stuhl gerissen und erneut umarmt.

Dann trat sie zwei Schritte zurück und musterte Jutta: »Ja, du bist noch hübscher, als du ohnehin schon bist!«

»Danke für das Kompliment!«, freute sich Jutta.

»Wie hat Florian auf die Nachricht reagiert?«, beide setzten sich wieder hin.

Jutta zögerte lange, setzte zu einer Antwort an, fand aber keine Worte.

»Er weiß es noch nicht?«, erkannte Nadine. »Nein, da ist noch mehr?«

»Ich habe Florian verlassen«, beichtete Jutta.

»Oh. Wie kam es dazu?«

»Ich habe ihn erwischt. Mit Iris Holzer.« Nadine schenkte sich ein Glas Wein ein, ihrer Freundin gab sie ein Glas Apfelsaft. »Und es gab so viele Kleinigkeiten. Ich komme mir ein wenig doof vor, das nicht schon früher bemerkt zu haben.«

»Mit Iris?«, wiederholte Nadine, »hast du ihn so richtig erwischt?«

»Nicht ganz direkt, aber es war recht eindeutig und als ich ihn befragt habe, war ich mir sicher. Und kannst du dir vorstellen, als ich ihn zur Rede gestellt habe, und gefragt habe, ob er etwas mit anderen gehabt hatte, wich er aus. Als ich konkret nach Bernadette gefragt habe, hat er mir mit ›nein, mit der noch nicht‹ geantwortet.«

Nadine riss die Augen auf: »›Noch‹? Wow, das ist krass.«

»Ja«, nickte Jutta, »das habe ich mir auch gedacht.«

»Dann ist das final?«, fragte Nadine. »Das war es mit euch beiden?«

»Du hättest hören müssen, wie er mir hinterhergeschimpft hat«, sagte Jutta. »Nein, ich fange langsam zu erkennen an, dass er mir nicht gutgetan hat. Ich weiß nur nicht, wieso ich das nie bemerkt habe.«

»Ehrlich gesagt«, druckste Nadine herum, »ich konnte ihn nie wirklich gut leiden.«

»Was ist mit euch los?«, wunderte sich Jutta. »Malte und du, warum habt ihr mir das nicht früher gesagt? Als Bruder und beste Freundin wäre das eure Aufgabe gewesen!«

»Einmal warst du so verliebt«, entschuldigte sich Nadine, »und man muss ihm lassen, dass er weiß, wie man einen ersten Eindruck machen kann. Und dann ging das bei euch so schnell und auf einmal wart ihr verheiratet.«

Jutta grübelte: »Gibt es überhaupt jemanden, der ihn leiden konnte? Also aus meinem Umfeld? Und warum hat mir niemand was gesagt?«

»Darauf habe ich keine Antwort«, gestand Nadine.

»Vermutlich hätte es auch nicht geholfen«, mutmaßte sie, »und ich wäre dann aus Trotz mit ihm zusammengeblieben.«

»Und ihr habt echt gute Zeiten gehabt«, erinnerte sie Nadine. »Beziehung ist halt nicht einfach.«

»Nein, schon vor dem Stromausfall nicht«, stimmte Jutta zu.

»Wie geht es jetzt bei dir weiter? Wie macht ihr das mit der Wohnung?«, fragte Nadine. »Wenn du Hilfe mit dem Kind brauchst, bin ich für dich da!«

»Danke!« Jutta freute sich über das Angebot. »Mit der Wohnung habe ich mir noch keine Gedanken gemacht. Ich mag im Moment gar nicht mit Florian sprechen. Vorerst kann ich bei Malte wohnen.«

»Wenn du Hilfe brauchst dein Zeug aus der Wohnung zu holen, bin ich sofort dabei.« Nadine nahm einen Schluck vom Wein. »Ich würde gerne sein verdutztes Gesicht sehen.«

»Ich habe ein paar Sachen bei Malte, aber wenn ich in die Wohnung gehe, nehme ich dich mit.« Sie war ihrer Freundin dankbar.

»Wir können dann die Kutschen nehmen und möglichst viel Sachen auf einmal mitnehmen«, schlug Nadine vor. »Wichtig ist vermutlich, dass du dein Zeug sicherst, wer weiß, was Florian anstellt, welche blöden Ideen er hat.«

Jutta dachte darüber nach und hatte auf einmal das Gefühl, Florian gar nicht mehr zu kennen. Auch wenn die Befürchtungen von Nadine übertrieben waren, allein die Tatsache, dass sie sie nicht ausschließen konnte, machte sie traurig. Eine Träne floss an ihrer Wange herunter und Nadine schüttelte den Kopf.

»Du sollst wegen dem Arschloch nicht traurig sein«, sagte sie, »du hast so viele Menschen, die für dich da sind, die dich lieben.«

»Ich weiß«, schluchzte Jutta, »ich weiß, aber es ist so, als ob ich aus einem Traum aufwache. Es fühlt sich alles so seltsam an und ich fühle mich so hilflos.«

Nadine stand auf, zog ihre Freundin zu sich und schmiegte sich ganz nah an sie. Jutta spürte Nadines Körper, die Umarmung und genoss sie. Sie fühlte ein angenehmes Kribbeln, sah Nadine tief in die Augen. Ihr Köpfe näherten sich und ihre Lippen berührten sich.

Einen Impuls folgend löste sich Jutta aus der Umarmung und schaute ihre Freundin verwirrt an.

»Entschuldigung«, sagte Nadine, »das hätte ich nicht tun sollen.«

Jutta wusste nicht, was sie sagen sollte: »Nein, nicht Entschuldigung, es war … ich weiß nicht.«

TAG 42

MALTE

Man hatte die Räumung für den Morgen vereinbart und Malte war mit dem Major, Holzer, Pape und einem Trupp der Miliz vor dem Tor des Hofguts angekommen. Obwohl Sommer war, war das kleine Tal in Bodennebel verhüllt, alles sah fast idyllisch aus.

Das Tor öffnete sich und der Mann, den er beim Treffen mit Frau Odrell im Schützenhaus gesehen hatte, Ernst schritt heraus und führte ein Pferd am Halfter mit sich. Vor dem Major salutierte er, saß auf, drehte sich zum Hof um und pfiff auf den Fingern.

Durch das Tor kam eine Kolonne mit Kutschen, Pferde, wenige, fast ausschließlich Männer, zu Fuß. Angeführt wurden sie von Frau Odrell, die aristokratisch auf einem großen, grauen Pferd ritt. Jutta würde ihm sicher sagen können, was für eine Rasse und ob es ein Warm- oder Kaltblüter war. Für ihn war es einfach nur ein graues Pferd.

Frau Odrell grüßte die Abordnung des Ortes, fixierte eine Weile Malte und führte dann den Treck aus dem Hofgut heraus. Die Kutschen waren stark beladen, aber nicht überladen. Man hatte bis etwa Mitternacht verhandelt und Malte war überrascht, dass Frau Odrell sich so schnell auf eine Lösung eingelassen hatte. Die Russen forderten die Auslieferung all derer, die brennende Kreuze ausgelegt hatten. Frau Odrell legte überzeugend dar, dass sie einerseits nicht alle kennen würde, andererseits würden sie keinen Freyristen ausliefern. Denn die zweite Forderung, dass das Hofgut alle Waffen abgab, wurde abgelehnt. Die Gemeinschaft kündige an, den Ort zu verlassen, was Malte und den Major überrascht hatte.

Nun verließen sie die mühsam aufgebaute Heimat, um sich einer ähnlichen Gruppe in Nordhessen anzuschließen. Malte fragte sich, wie sie sich sicher sein konnten, dort Aufnahme zu finden und ob die Gemeinschaft überhaupt noch existierte.

Frau Odrell hatte gelächelt: »Nicht nur ihre Schwester hat Ideen, wie man Informationen von Ort zu Ort tragen kann.«

Als der Treck außer Sichtweite war, betrat die Gruppe das Hofgut. Die Idee war, sich einen ersten Überblick über das zu verschaffen, was die Gemeinschaft zurückgelassen hatte. Ein Kurier war unterwegs ins Dorf, um von dort die Landwirte dazu zu holen, damit diese die Gewächshäuser, Beete und Felder begutachteten.

Malte betrat gemeinsam mit dem Major das Verwalterhaus, in dem er mehrmals von Frau Odrell empfangen wurde. Er war versucht, am Eingang die Schuhe auszuziehen, entschied sich dagegen. Als er dann im Esszimmer war, ärgerte er sich, denn er hinterließ Erdspuren auf dem sauberen Teppich.

Während der Major sich weiterhin im Erdgeschoss aufhielt, ging Malte ins Obergeschoss, um dort nach dem Zimmer zu suchen, in dem Lukas gelebt hatte. Es kam ihm vor wie eine Zelle in einem Kloster, spartanisch eingerichtet: ein Bett, ein Tisch, ein Stuhl und ein kleiner Schrank. Nichts in dem Raum erinnerte an seinen Sohn, man hatte ihn nach seinem Weggang aufgeräumt.

»Wir gehen in die Scheune«, rief der Major von unten.

»Ich brauche einen Augenblick.« Malte legte sich kurz auf das Bett und versprach sich selbst, dass er seinen Sohn nie wieder gehen lassen würde. Zumindest nicht im Streit.

Malte verließ das Haus und war ein wenig überrascht, dass Jutta mit den Landwirten auf den Hof gekommen war.

»Als ich heute Morgen aus dem Haus bin«, begrüßte er sie, »wollte ich dich nicht wecken.«

»Ich habe bei Bodners geschlafen«, erklärte Jutta. »Dir hätte auffallen müssen, dass ›Kleine Tante‹ nicht da war.«

»Wie schnell könnt ihr hier einen Arbeitsplan aufstellen?«, fragte Malte Nadine, die sich zu den beiden gestellt hatte.

»Frag mich das heute Nachmittag, vielleicht erst morgen«, antwortete Nadine. »Das ist einiges an Fläche und wir müssen schauen, was wann geerntet werden muss.«

»Aber können wir das schaffen?«, zweifelte Malte.

»Ja«, grinste Nadine, »wir schaffen das! Genug mit ›Bob dem Baumeister‹, ich will mir mit Papa ein paar Sachen hier anschauen.«

»Das müsst ihr sehen«, rief Holzer, der aus der großen Scheune kam. »Die waren bekloppt!«

Von Neugier getrieben folgten Malte und Jutta Holzer, der zeigte auf mehrere Holzboxen: »Das müssen diese Verschläge sein, in die sie die unartigen Kinder gesteckt haben. Damit nicht genug, da hinten sind so Pferdeverschläge, die als Zelle für Erwachsene genutzt wurden.«

Malte fühlte sich ein wenig angeekelt von Holzers Begeisterung und erschrocken, dass Menschen ihren Kindern so etwas antun konnten.

»Du kannst echt froh sein«, klopfte Holzer Malte auf die Schulter, »dass dein Schwager deinen Sohn hier rausgeholt hat.«

Malte nickte und ließ das unkommentiert.

Holzer war voller Tatendrang: »Bin gespannt, was wir hier noch alles finden werden!«

»Ärger dich nicht über ihn«, versuchte Jutta ihn zu beruhigen. »Er ist … so wie er ist.«

»Und bald vermutlich der ›Quasibürgermeister‹ von Umbach«, prophezeite Malte.

»Willst du den Posten nicht übernehmen?«, wunderte sich Jutta.

»Das wäre nicht meine Entscheidung allein«, winkte Malte ab, »und ich muss mich mehr um meine Kinder kümmern.«

»Wollt ihr die Versammlung nicht verschieben?«, sprach Jutta eine Frage an, über die er sich schon Gedanken gemacht hatte, »Mit dem Tod von Robert und der neuen Situation hier auf dem Hofgut ist viel passiert.«

»Ja, deine Bedenken sind richtig«, stimmte Malte zu, »aber wir überlassen das der Dorfgemeinschaft. Die könnte eine Entscheidung zumindest vertagen.«

»Wann beginnt die Versammlung?« Sie waren auf den Hof gegangen und Malte bewunderte die Architektur des Anwesens.

»Direkt mittags«, antwortete Malte, »ich bin hier fertig. Willst du mit nach Hause kommen?«

»Ich bin mir momentan nicht sicher«, Malte spürte Juttas Traurigkeit, »was mein Zuhause ist.«

»Du weißt, dass du bei uns immer willkommen bist«, erklärte Malte, »immer.«

»Ja, das weiß ich.« Sie umarmte ihren Bruder, holte ihr Pferd und gemeinsam verließen sie das Hofgut.

Der Bodennebel war mittlerweile verschwunden, Malte schaute kurz in die Richtung, in die der Treck mit den Hofgutbewohnern den Ort verlassen hatte: »Ich frage mich, ob wir jemanden hinterherschicken sollten. Nur zur Sicherheit.«

»Ich bin überzeugt, dass die Deutschrussen das schon machen«, vermutete Jutta. »Ich kann mich mal unauffällig erkundigen.«

Daheim angekommen, kümmerte sich Jutta zunächst darum, dass ihr Pferd etwas zu fressen und Pflege bekam. Lukas, Laura und Gordon waren unterwegs, Malte ging davon aus, sie bei der Versammlung zu sehen.

Gemeinsam mit Robert hatten sie viele Fragen vorbereitet, nun würden sie nur eine reduzierte Tagesordnung abarbeiten. Einmal die Wahl eines neuen Rates inklusive eines neuen Vorsitzenden und über Geld sollte gesprochen werden. An vielen Stellen machte sich bemerkbar, dass das Miteinander und die Solidarität nachließen. Die Frage nach Grundbesitz, Mieten und wem die Felder gehörten, wurden lauter und es war Malte zu Ohren gekommen, dass einer der Landwirte versucht hatte, Wachen anzuheuern.

Der Rat hatte sich darauf geeinigt, dass Malte die Sitzung führen sollte und kurz nach zwölf Uhr eröffnete er mit dem Hammer etwas verspätet die Sitzung: »Ich bitte alle aufzustehen.«

Da die meisten ohnehin standen, dauerte es nicht lange, bis Malte fortfahren konnte. Er verlas die Namen derer, die seit der letzten Sitzung verstorben waren, und Malte hatte den Eindruck, dass die Liste kein Ende nahm. Vierundvierzig Namen, alte Menschen, junge Menschen, auch Kinder waren gestorben, oder getötet worden.

Er schloss mit dem Namen seines Freundes ab: »... Robert Kempf. Ich bitte um eine Schweigeminute für die Verstorbenen.«

Mit geschlossenen Augen hörte er nur das Rascheln von Kleidung, ein Husten, ein Räuspern.

»Ich danke euch allen«, beendete Malte das Schweigen, »und ich danke euch, dass ihr hier seid. Wie angekündigt, werden wir einen neuen Dorfrat wählen. Die Vorschläge dazu sind eingegangen, Kandidaten haben sich bereit erklärt, jeder hat drei Minuten die Gelegenheit, sich vorzustellen.«

Eine Zahnputzeieruhr erlaubte diese genaue Zeitansage und insgesamt stellten sich zwanzig Leute zur Wahl. Malte hätte mit mehr gerechnet und hatte keine Ahnung, wie sich die Chancen verteilten. Ursprünglich wollte er nicht kandidieren, mit dem Tod von Kempf fehlte eine besonnene Stimme, weshalb er von seiner Familie bedrängt wurde, doch anzutreten.

Der Wahlmodus war simpel, aber langwierig. Man hatte an alle anwesenden Stimmberechtigten Stimmzettel verteilt und jeder konnte für jeden Kandidaten abstimmen. Die sechs Kandidaten mit den meisten Stimmen waren dann der neue Dorfrat und der mit den meisten Stimmen würde den Rat anführen. Wenn er dieses Amt haben wollte. Wenn nicht, würde es an den mit den zweitmeisten Stimmen gehen.

Man hatte einen Stichtag festgelegt, die über die Stimmberechtigung entschied und man hatte sich auf den Tag des Stromausfalls geeinigt und jeden, der zu der Zeit Bürger von Umbach war.

Zu Maltes Erstaunen verlief die Abgabe der Stimmzettel und die Auszählung relativ zügig und sie konnten das Ergebnis verkünden.

Bittler, der die Funktion des Wahlleiters übernommen hatte, verkündete das Ergebnis: »Mit einem Abstand von über 100 Stimmen zur Zweitplatzierten hat Carl Holzer gewonnen. Ihm folgen Nadine Bodner, Malte Kinzig, Andreas Pape, der Major und Johannes Orloff.«

Malte war etwas überrascht, dass nach all den Auseinandersetzungen der alte Dorfrat quasi bestätigt wurde. Neu in der Runde war Orloff. Der hatte seit dem Stromausfall eine eigenwillige Interpretation der Johannesoffenbarung als Kernelement seiner radikalen Bewegung genommen. Ob sich die ›Johannisten‹ nach ihrem Prediger oder dem Apostel benannt hatten, wusste Malte nicht.

Insgeheim hatte er gehofft, dass Nadine mehr Stimmen als Holzer bekommen könnte, aber zumindest waren sie beide vor Pape gelandet.

»Carl, nimmst du die Wahl an?«, sorgte Bittler für die ordnungsgemäße Durchführung der Wahl.

»Ja«, Carl Holzer war aufgestanden, »ich nehme sie an und bedanke mich für euer Vertrauen!«

Beim aufkommenden Applaus hob er die gefalteten Hände in die Höhe und ließ sich feiern.

Nacheinander fragte Bittler alle Gewählten, ob sie die Wahl annehmen wollten, und nur Johannes Orloff ergänzte die Annahme mit: »Mit Gottes Hilfe!«

»Willst du die Sitzung weiterleiten«, flüsterte Malte Holzer zu und bot ihm den Hammer an.

»Nein«, gab der sich gönnerhaft. »Mach du das bitte.«

Malte räusperte sich und sprach laut: »Wie ihr alle mitbekommen habt, haben wir mittlerweile … ich nenne es mal Geldprobleme. Vieles wird mit Warentausch bezahlt, die Schwarzmarktaktivitäten dürften allen bekannt sein, bei denen einige wortwörtlich das Tafelsilber der Familie verloren haben. Das können, das wollen wir nicht so fortführen. Andere beschweren sich, dass sie keine Miete für ihre Immobilien mehr erhalten, bei anderen ist der Vermieter nicht im Dorf. Und zu guter Letzt sind die Landwirte im Vorteil, ihnen gehört das meiste Land, auf dem das Getreide angebaut wird. Wir wollen gemeinsam Lösungen suchen, mit denen alle leben können.«

»Wollt ihr mich enteignen?«, rief der Landwirt, von dem das Gerücht umging, er würde Wachen anheuern. »Das könnt ihr vergessen!«

»Wir haben gar nichts beschlossen«, versuchte Malte zu beruhigen, »wir wollen verschiedene Ideen sammeln und vergleichen.«

»Und wer entscheidet am Ende?«, der Landwirt ließ nicht locker. »Die Mehrheit? Da mache ich nicht mit!«

Nun stand Holzer auf: »Natürlich wird niemand enteignet, wir müssen uns Gedanken darüber machen, wie wir manche Ressource nutzen. Und zwar so, dass alle etwas davon haben.«

»Ich arbeite seit dem Stromausfall auf den Feldern«, meldete sich ein Mann. »Aber das, was ich dort bekomme, reicht gerade zum Überleben. Wie soll ich meine Familie durch den Winter bringen?«

»Das, was wir auf den Feldern erwirtschaften«, reagierte Pape, »kommt allen zugute und wir legen Reserven für den Winter an, damit alle etwas davon haben.«

»Ich habe keine Miete mehr bekommen«, meldete sich ein älterer Mann, »und bin zu alt, um zu arbeiten. Die beiden Mietwohnungen waren meine Alterssicherung!«

»Leute, Leute.« Malte schaffte sich Gehör mit dem Hammer, weil immer mehr sich gleichzeitig zu Wort meldeten.

Nachdem sich die Menge etwas beruhigt hatte, fuhr er fort: »Wir werden jetzt keine Entscheidung treffen und würden eine Arbeitsgruppe gründen, die verschiedene Vorschläge ausarbeitet und einen Kompromiss erarbeitet.«

»Und wer soll der Gruppe angehören?«, fragte der Landwirt. »Ich wäre da gerne dabei! Oder muss ich dazu im Rat sein?«

»Nein«, sagte Malte, »dazu muss man nicht im Rat sein und man muss nicht in der Gruppe sein, um Vorschläge einzureichen. Wer glaubt denn, dass er Interesse hätte, bei so einem Ausschuss aktiv mitzumachen?«

»Entscheidet der Ausschuss darüber, was gemacht wird?«, fragte der alte Mann mit den Mietwohnungen.

»Nein«, antwortete Malte, »die Vorschläge werden der Vollversammlung zur Abstimmung vorgelegt.«

Im Saal entstanden viele kleine Gespräche und Malte verschaffte sich wieder mit dem Hammer etwas Ruhe: »Dürfte ich um Handzeichen bitten, wer Interesse an der Arbeit im Ausschuss hat?«

Etwa dreißig Leute hoben die Hand, zu viele für so eine Gruppe, vor allem wenn man bedachte, dass noch der Dorfrat dazu kam.

Holzer schaute zufrieden aus: »Okay, ihr bleibt bitte nach der Versammlung hier und tragt euch in die Liste ein. Das erste Treffen des Ausschusses starten wir in drei Tagen.«

Zustimmendes Gemurmel waren ein Hinweis, dass die Wogen sich zumindest für den Moment geglättet hatten.

Der Major nutzte die Chance und ergriff das Wort: »Wie die meisten von euch mitbekommen haben, haben uns die Freyristen verlassen. Sie haben Vorräte, Felder und Gewächshäuser überlassen, dort muss bald geerntet werden. Jede helfende Hand ist willkommen, Nadine kümmert sich um die Einteilung der Helfer. Bitte wendet euch an sie.«

»Bleibt die Vertreibung straffrei?« Malte hörte nur die Stimme, konnte sie nicht einer Person zuordnen.

»Wir werden eine gemeinsame Lösung finden«, antwortete Bittler. »Da wir mit den Hofgutleuten eine Einigung erzielt haben, sollte das nicht allzu schwer sein.«

»Und wenn ›die‹ das ab jetzt immer so machen?« Der gleiche Mann, wieder konnte Malte ihn nicht sehen. »Einfach mit Waffengewalt angreifen, wenn sie einem nicht passen?«

Malte war bewusst, dass sie dafür keine Antwort hatten und nicht genügend Milizionäre, um es zu verhindern.

Holzer stand auf, deutete Malte mit dem Hammer, wieder für Ruhe zu sorgen.

»Wir werden eine Lösung finden«, versprach Holzer, »ein weiteres Thema, das ich diskutieren möchte, ist die Hinrichtung von Tobias Rickschitz.«

Malte wusste, dass das Thema angesprochen werden musste, trotzdem traf es ihn unvorbereitet.

»Wir«, fuhr Holzer fort und Malte fragte sich, wer mit ›wir‹ gemeint war, »legen die Hinrichtung in sieben Tagen mittags fest. Sie wird öffentlich stattfinden und soll jeden abschrecken, sich nicht an die Regeln unserer Gemeinschaft zu halten. Der Hinrichtungsort ist der Galgen, den Scharfrichter werden wir in den nächsten Tagen auswählen.«

SIMONE

Mittlerweile war Simone einige Tage auf der Bundesstraße unterwegs, sie würde bald Marburg erreichen und von dort aus waren es nur ein oder zwei Tage bis nach Hause. Die Nähe zu ihrem Ziel gab ihr Zuversicht und ungeahnte Kräfte.

Die Bundesstraße stellte sie jedoch vor neue Probleme. Auf der Autobahn konnte sie Orte umgehen, Landstraßen hingegen führten oft von Ort zu Ort und wenn es Umgehungsstraßen waren, verlängerten diese ihren Weg. Sie versuchte überall, direkt durch die mit Straßensperren versehenen Orte zu kommen und machte recht unterschiedliche Erfahrungen. Einige Dörfer waren wie ausgestorben, trotzdem fühlte sich Simone dort beobachtet und jeder wehende Vorhang an einem Fenster der Häuser machte ihr Angst. Weniger beklemmend waren die Orte mit Straßensperren, in denen es meistens auch Leben auf der Straße gab.

Am Ortseingang bat sie darum, das Dorf durchqueren zu dürfen, einige Orte lehnten dies komplett ab, manche verlangten Wertsachen, die sie nicht hatte. Andere ließen sie durch, dort wurde sie von einer Wache begleitet, die darauf achtete, dass sie den Ort wieder verließ.

Überall fragte sie, ob jemand etwas von Umbach gehört hätte, von Gießen, von Wetzlar, aber es gab wenig Brauchbares. Was ihr Sorgen bereitete, waren die Berichte über Marburg und Gießen.

»Einen Tag nach dem Stromausfall haben die Linken die Macht in den beiden Städten übernommen«, berichtete einer der Wachen, der sie durch seinen Ort begleitete. »Studentenstädte, sie wissen ja.

Die waren gut organisiert, hatten Waffen und relativ schnell hatten sie die wichtigsten Punkte besetzt. Die sind eine kleine Armee. Ohne Panzer halt, aber viele Leute. Nachdem sie die beiden Städte gesichert hatten, haben sie angefangen, sich die Felder in den benachbarten Dörfern zu sichern. Es gibt Berichte, dass sie jeden Landwirt, der nicht mit ihnen zusammenarbeiten wollte, an die eigene Scheune genagelt haben! Irgendwann hatte sich Widerstand formiert, den haben sie niedergemetzelt und dann die ganzen Familien mit hingerichtet.«

Simone fragte sich, wie viel Wahrheit hinter den Gerüchten steckte, und ob sie einen Umweg in Kauf nehmen sollte, um Marburg zu umgehen, hatte aber die Hoffnung, als einzelne Person durchschlüpfen zu können. Außerdem hatte sie hinter Marburg ein Ziel: Sie hoffte dort auf eine gute Freundin, bei der sie Zuflucht für eine Nacht bekommen könnte.

Sie erreichte bald das Gebiet, das der Wächter als ›Kommunistenland‹ bezeichnet hatte, und entschied sich, vorsorglich in den an die Straße angrenzenden Wald zu gehen. Sie würde dort zwar schlechter vorankommen, aber die Gefahr, dass man sie sehen würde, war wesentlich geringer.

Als das Waldstück endete, sah sie auf der Straße in etwas Abstand einen Wachturm. Ein provisorischer Zaun durchschnitt das Feld zu beiden Seiten der Straße. Unabhängig davon, ob dies das ›Kommunistenland‹ war oder nicht, hier gab sich jemand Mühe, sich abzugrenzen. Es war nicht ersichtlich, ob es darum ging, jemanden drinnen oder draußen zu halten.

Simone folgte dem Wald und entfernte sich von dem Wachturm. Als sie sich sicher war, weit genug entfernt zu sein, begab sie sich auf alle Viere und krabbelte bis zum Zaun. Der bestand an dieser Stelle aus Stacheldraht und sie überlegte sich, ob sie eine andere Stelle suchen sollte, beim Wachturm hatte er wie ein Weidenzaun ausgesehen. Sie entschied sich dagegen, nahm den Rucksack ab, schob ihn unter dem Zaun durch und robbte hinterher. Die fünfzig Meter bis zum nächsten Waldstück robbte sie weiter. Dort angekommen, richtete sie sich auf und spähte in den Wald hinein. Simone hoffte, dass es nicht viele von diesen Zäunen gab.

Im Wald orientierte sie sich am Moos- und Flechtenbewuchs der Bäume, der ihr verriet, in welche Richtung Norden war. Zumindest grob. Ein Waldwirtschaftsweg vereinfachte ihr das Vorankommen und es dauerte nicht lange, bis sie erneut das Ende dieses Waldes erreicht hatte. Der Anblick, der sich ihr bot, verschlug ihr den Atem. Die Lahn mäandrierte durch das Tal vor ihr und zu ihrer Linken, wenn auch in einigem Abstand, erkannte sie Marburg. Simone setzte sich hin, sog die Aussicht in sich auf und merkte, wie sich Tränen in ihren Augen sammelten. Sie war jetzt so nah, Umbach war fast greifbar.

Stimmen ließen sie aufhorchen, sie zog sich in den Wald zurück, um nicht gesehen zu werden, konnte auch nicht ausmachen, aus welcher Richtung sie kamen.

Sie wartete geduldig und einige Minuten später konnte sie hören, was gesagt, eher gebrüllt wurde: »Nicht so langsam, ihr Abschaum! Bis heute Abend müssen wir das Feld abgeerntet haben!«

Wenige Augenblicke später sah sie die Gruppe. Vier Männer saßen auf Pferden, trugen blaue Hosen und dunkelblaue Hemden, hatten Gewehre im Anschlag und gaben sich wie Cowboys. Zwischen ihnen liefen ausgemergelte Menschen, denen die verdreckte Kleidung viel zu groß war.

Ein Mann fiel hin und sofort stand einer der Reiter daneben: »Steh auf!«

»Ich kann nicht«, wimmerte der Gefallene, »ich habe keine Kraft mehr.«

Der Reiter zielte mit dem Gewehr auf den Mann: »Überlege es dir gut!«

»Hey Jonas, spiel doch nicht mit ihm«, lachte einer der anderen Reiter.

›Jonas‹ zögerte kurz und schoss dann dem Mann in den Kopf: »Wer nicht arbeiten kann, nimmt uns das Essen.«

Die Gefangenen schauten weg, folgten den anderen Bewachern. ›Jonas‹ hatte sein Gewehr wieder geschultert, der andere Reiter blieb neben ihm stehen: »Willst du nicht schauen, ob er tot ist?«

»Wieso«, schüttelte er den Kopf, »selbst wenn nicht, der schafft es in kein Dorf mehr zurück.«

Lachend ritten sie der traurigen Prozession hinterher, die sich langsam von Simone entfernte.

Sie wartete lange, bis sie sich traute weiterzugehen, ging parallel zur Lahn in Richtung Süden und überlegte, an welcher Stelle sie den Fluss am besten überqueren konnte. Waren alle Brücken bewacht? Gab es ein Wehr, über das sie gehen konnte?

Auf der B 3 boten ihr die liegen gebliebenen Fahrzeuge zwar potenziellen Sichtschutz, konnten auch andere vor ihr verbergen. Den Wald zu verlassen kam vorerst nicht infrage, er bot ihr zumindest etwas Sicherheit. Sie erkannte den Messeplatz von Marburg und wenige Meter später stellte sie fest, dass der Wald aufhörte. Entweder würde sie zurückgehen müssen oder die schützende Deckung verlassen.

Geräusche hinter ihr, wieder laute Stimmen, schreckten sie auf. Simone sah sich um und entdeckte die aufrecht stehenden Wurzeln eines großen, umgefallenen Baumes, die drei, vielleicht sogar vier Meter in die Höhe ragten. Dort, wo die Wurzeln noch teilweise in der Erde waren, hatte der Baum einen Hohlraum geschaffen, der durch Wurzelwerk sichtgeschützt war. Sie wollte gar nicht darüber nachdenken, welche Insekten und Spinnen dort alle auf sie warteten, aber wenn die Stimmen hinter ihr ähnlich gefährlich waren wie die Gruppe vorher, würde sie das aushalten.

Sie beeilte sich, in den Hohlraum zu kriechen, die Füße zuerst, sodass sie herausschauen konnte. Kurz entschlossen opferte sie etwas Wasser, um damit etwas Erde nass zu machen, die sie sich in das Gesicht und die Haare schmierte. Nur kurz, nachdem sie eine Position eingenommen hatte, die sie als bequem genug empfand, kamen zwei Männer in Sicht und machten es sich auf umgekippten Baumstämmen bequem.

Vorsichtig versuchte sie, an ihre Pistole zu kommen, aber eine Wurzel drückte ihr so in den Rücken, dass sie nicht drankam. Sie saß in der Falle und konnte nur hoffen, nicht entdeckt zu werden.

»Wenn du mir vor dem Stromausfall erzählt hättest, dass ich mit den Linksextremen gemeinsame Sache machen würde«, sagte der eine, »hätte ich dich ausgelacht.«

»Jens«, lachte der andere, »das geht mir genauso. Aber es war gut, dass wir so schnell geschaltet haben. Es ist wesentlich besser, zu plündern, als geplündert zu werden.«

»Erinnerst du dich an die zweite Woche?« Jens furzte laut. »Das Haus mit den Studentinnen? Den Autos nach alles Töchter aus ›gutem‹ Haus. Was haben wir mit denen Spaß gehabt. Willst du schon wieder los?«

»Nee«, antwortete der andere, »ich muss mal pissen.«

Zu Simones Unglück lief er genau in ihre Richtung, stellte sich vor die umgekippte Wurzel, öffnete die Hose und ließ es laufen. Würde er nur einen Meter nach rechts zielen, hätte er Simone direkt angepinkelt. So roch sie den stechenden Gestank von Ammoniak und kämpfte gegen die Übelkeit, gegen den Würgreflex.

»Hey Thorsten«, rief Jens, »hast du noch Bier in deinem Rucksack?«

»Zwei Flaschen«, rief Thorsten, der mittlerweile dabei war abzuschütteln. »Nimm dir eine. Wir werden schon Nachschub finden. Weißt du was? Mach gleich beide auf, ich habe mir Platz geschaffen.«

Thorsten ging zurück, Simone hörte das Klirren von aneinandergestoßenen Flaschen und wie die beiden sich zuprosteten.

»Ich muss auch mal eine Stange Wasser in die Ecke stellen«, meldete sich Jens und folgte Thorstens Beispiel.

Wieder hatte Simone Glück im Unglück, wieder wurde sie nur um etwa einen Meter verfehlt.

Bevor Jens zurückging, ließ er einen langen Furz fahren und vermeldete mit Stolz: »Der riecht echt übel!«

»Wir müssen auf diesen Jonas aufpassen«, wurde das Gespräch ernster, »der traut uns nicht.«

»Ja«, stimmte Jens zu, »und der ist echt krankhaft aggressiv. Die Gruppen, die der bewacht, haben die meisten Verluste!«

»Vielleicht sollten wir zusehen ihn loszuwerden?«, sagte Thorsten. »Denn wenn der uns nach unserer Einstellung ausfragt, sind wir am Arsch.«

»Ach Quatsch«, winkte Jens ab, »das ist nur ein Kind, der auf einmal zu viel Macht hat. Und die Geschichte hat gezeigt, dass es egal ist, auf welcher politischen Seite die stehen, links oder rechts, wenn es extrem wird, sind die gleich und dann sind die blind für die Unterschiede.«

»Ich hab halt Schiss«, sagte Thorsten, »dass der dahinterkommt, dass ich bei der NPD war.«

»Ja und?«, reagierte Jens. »Du kannst stolz vermelden, dass du lange vor dem Stromausfall die Seiten gewechselt hättest. Wir sollten uns wieder auf den Weg machen, es gibt doch noch irgendwas zu holen.«

»Oder was zu bumsen!«, freute sich Thorsten. »Oder vielleicht sogar beides. Das wäre der Jackpot!«

Die Männer standen auf und entfernten sich in Richtung Norden. Simone wartete lange, bis sie sich bewegte und aus ihrem Versteck herauskletterte. Sie musste hier weg, so schnell wie möglich. Vom Rand des Waldes versuchte sie, sich einen Eindruck über den Weg zu machen: ein Industriegebiet, die Bundesstraße, etwas offenes Feld, die Lahn und auf der anderen Seite der Lahn ein Wald. Ihre Freundin wohnte irgendwo hinter diesem Wald, zumindest grob.

Sie fasste allen Mut zusammen, wagte sich vor und verließ den Wald. Unterhalb einer Brücke überquerte sie die Bahntrasse, Angst vor überraschendem Schienenverkehr musste sie keine haben. Geduckt schlich sie von Auto zu Auto, suchte sich Schutz in einem Gebüsch, versteckte sich hinter einer Mauer und legte zwischendurch Pausen ein. Konnte sie jemand gesehen haben? Auch wenn es im Gewerbegebiet keine Wohnhäuser gab, direkt daneben waren Mehrfamilienhäuser und es war nicht auszuschließen, dass sich jemand in einem der Gewerbegebäude eingerichtet hatte.

Sie erreichte einen langen Streifen mit Bäumen und Büschen, versteckte sich darin und war freudig überrascht, dass dieser bis zum

Rand der Bundesstraße führte. Auch auf der anderen Straßenseite boten Bäume Deckung, sie müsste es nur schaffen, unbemerkt über die Straße zu kommen. Sie überlegte, ob sie einen unauffälligen Weg suchen sollte, vielleicht eine Brücke oder Unterführung, dann überlegte sie, ob sie über die Straße schleichen oder rennen sollte. In einer Eingebung entschied sie sich fürs Rennen, lief los, sprang galant über die Mittelleitplanke und war wieder im Schutz von Gebüschen.

Simone linste zur Uferböschung, die etwa fünfzig Meter von ihr entfernt war, erblickte dann Baumreihen, die den offenen Weg für sie reduzieren würden. Schnell eilte sie von Baum zu Baum und befand sich am Ufer der Lahn. Eine Brücke war nicht in Sicht und sie hatte keine Ahnung, wie man eine Furt erkennen konnte. Am gegenüberliegenden Ufer verlief eine Straße, an der vom Fluss abgewandten Seite waren Wohnhäuser, aus denen sie jemand sehen könnte. Der Blick flussauf- und -abwärts zeigte keine engere Stelle, die eine war so gut wie jede andere. Sie packte ihre Pistole in den Rucksack, hoffte, dass die Waffen und vor allem die Munition wieder trocknen würden und trat von der Böschung ins Wasser hinein.

Der Fluss war kälter, als sie es vermutet hätte, aber sie zwang sich, ganz hineinzugehen. Mit etwas Schwung stieß sie sich vom Ufer ab, wurde von der Strömung mitgenommen, erreichte fast fünfzig Meter flussabwärts das andere Ufer und kletterte mehr ungeschickt als galant heraus.

Wieder schlich sie sich durch Baumreihen, überquerte die Straße, verschwand im Wald und orientierte sich erneut am Moosbewuchs der Bäume. Sie ging eine Stunde quer durch den Wald, vermied die Wege, bis sie das nächste Gewerbegebiet erreichte. Bei einem Namen auf den Schildern klingelte es bei Simone, ihre Freundin arbeitete bei diesem Pharmaunternehmen und wohnte nicht allzu weit von dort entfernt. Sie würde nicht umhinkommen, die richtigen Straßenschilder zu finden. Sie durchquerte auch dieses Industriegebiet und lief weiter westwärts, bis eine Straße den Wald durchschnitt. Fast hätte sie den Wachposten übersehen, der diesmal getarnt direkt am Straßenrand stand. Auf der anderen Straßenseite war offenes Feld und erst auf den zweiten Blick erkannte Simone den Zaun, der am Ende der Lichtung auf die Straße traf.

Sie bewegte sich von dem Wachposten weg, ging etwas weiter als nötig in die andere Richtung, bis sie einen weiteren Wachposten sah. Im Grunde nur ein Jägerhochsitz. Zwischen den beiden Posten gab es leider keinen toten Winkel, sie würde die Straße überqueren müssen und hoffen, nicht gesehen zu werden. Als sie gefühlt in der Mitte zwischen dem Hochsitz und dem anderen Posten war, ging sie auf alle Viere und kroch über die Straße. Als sie unter dem Zaun war, hörte sie Trillerpfeifen und Stiefelgeräusche schnell näherkommen. Ihr Rucksack verfing sich im Stacheldraht und in Simone stieg die Panik auf. Sie zerrte, drückte den Rucksack hin und her, während sie die Rufe hörte.

»Da vorne ist jemand! Nicht bewegen oder wir schießen!«

Simone ignorierte die Warnung und drückte den Rucksack, schließlich gab der Widerstand nach und sie konnte unter dem Zaun durchkrabbeln. Mit dem Rucksack in der Hand rannte sie in den Wald und hörte, wie die Kugeln in die Bäume einschlugen. Es dauerte nicht lange und sie konnte beim Zurückblicken die Straße nicht mehr sehen und ging davon aus, dass auch sie nicht mehr gesehen wurde. Trotzdem rannte sie weiter, obwohl sie Seitenstechen und kaum noch Energie hatte. Simone fing an zu stolpern. Sie gönnte sich eine kurze Pause, um sich den Rucksack anzuziehen, und ging wieder weiter, spürte, dass ihre Beine sie nicht mehr trugen, und setzte sich hin. Außer Atem lehnte sie sich an einen Baum, schloss die Augen und schlief ein.

LUKAS

»Hast du Anne gesehen?«, fragte er seinen Vater.

Malte zögerte: »Ich glaube ja, sie saß auf der Kutsche, die hinter Frau Odrell fuhr.«

»Dann hat sie Umbach verlassen.« Es war mehr eine Feststellung als Frage und Lukas konnte die Enttäuschung nicht verbergen. »Dass sie nicht sieht, wie schlecht sie behandelt wurde.«

»Oslo-Syndrom«, meldete sich Gordon zu Wort.

Laura schüttelte den Kopf: »Fast. Richtige Region, falsches Land, falsche Stadt. Es nennt sich Stockholm-Syndrom. Damit ist gemeint, dass Geiseln manchmal eine emotionale Verbindung mit ihren Geiselnehmern aufbauen. Bei Sekten ist das einen Schritt weiter, da ist es Indoktrination. Von Anfang an wird ein verzerrtes Weltbild vermittelt und jemand, der darin aufwächst, hat nur schwer die Chance, überhaupt zu sehen, dass das nicht in Ordnung ist.«

Lukas dachte kurz darüber nach: »Wie können Eltern ihren Kindern so etwas antun? Warum bricht da kaum jemand aus?«

»Vermutlich sind viele auf ähnliche Weise großgeworden«, grübelte Malte, »haben es nicht anders erlebt.«

»Das ist doch keine Entschuldigung«, protestierte Lukas, »man kann sich nicht damit herausreden, dass man es selbst nicht anders erlebt hatte!«

»Zumindest wäre es eine Erklärung«, fand Gordon. »Aber du hast recht. Es muss immer wieder mal Leute gegeben haben, die angefangen haben, mit den Konventionen zu brechen. Irgendwelche Eltern die, im Gegensatz zu den Eltern um sie herum ihre Kinder nicht mit dem Rohrstock geschlagen haben. Bestimmt wurden die von den anderen für ›seltsam‹ gehalten.«

»Die meisten Eltern sind überzeugt, es besser zu machen als ihre eigenen Eltern«, befand Jutta, »dein Vater glaubt ja auch, dass er es besser hinbekommt als sein Vater. Und macht halt andere Sachen falsch. Oder nicht mal falsch, einfach so, dass die eigenen Kinder es nicht gut finden.«

»Danke Jutta.« Malte knuffte sie mit der Faust auf den Oberarm. »Du bist mir, wie so oft, eine echt große Hilfe.«

»Dafür bin ich doch gerne da«, grinste Jutta, »glaubst du, dass sich mit Holzer viel ändern wird?«

»Das hatte ich erst befürchtet«, antwortete Malte, »aber ich hatte nicht damit gerechnet, dass der ganze ›alte‹ Rat wiedergewählt wurde. Die Stimmung bei den letzten Versammlungen wirkte anders.«

»Das kommt einem so vor«, sagte Jutta, »weil die, die unzufrieden sind, lauter sind als die anderen. Viel lauter.«

»Trotzdem wurde dieser Radikaliban in den Rat gewählt.« Lukas hörte den Ärger in Lauras Stimme. »Das hätte es nicht gebraucht.«

»Aber er war weit abgeschlagen«, relativierte Gordon. »Vielleicht halten die sich jetzt insgesamt ein wenig zurück.«

»So weit abgeschlagen war er nicht«, korrigierte Malte, »er hätte Andreas fast eingeholt. Die werden das Leben im Ort noch mehr beeinflussen.«

»Das braucht niemand.« Jutta war der Ärger anzumerken. »Es ist mir schnurz, wenn sie Regeln für sich machen. Aber wenn sie diese der Dorfgemeinschaft aufdrücken, geht das zu weit.«

»Aber genau das haben sie getan«, regte sich Gordon auf, »und weil es so viel andere Sachen zu tun gibt, hat man denen zu viel Raum gegeben. Ich würde es gut finden, wenn wir ein Gegengewicht bilden. Als Erstes sollten wir Kindergarten und Schule wieder religionsfrei machen!«

»Ein Gegengewicht?« Malte horchte auf. »Klingt nach einem guten Plan. Und wen stellst du dir als Unterstützung vor?«

»Na alle jungen Leute im Ort, die nicht in dieser seltsamen Johannistengemeinde sind«, offenbarte Gordon seine Idee. »Dann sollten wir das Gespräch mit möglichst vielen Eltern suchen, deren Kinder dort hingehen. Bei den jungen Leuten bin ich optimistisch. Bei den Eltern glaube ich, dass wir eine Mehrheit zusammenbekommen können.«

»Und dann?«, Malte schaute den Freund seiner Tochter erwartungsvoll an.

»Weiter geht mein Plan noch nicht«, gab Gordon zu, »vielleicht ist Plan übertrieben, aber irgendwo müssen wir anfangen. Wir können nicht darauf warten, bis die hier den nächsten Kirchenstaat ausrufen.«

Lukas ließ sich von Gordons Optimismus mitreißen: »Man darf die restlichen Dorfbewohner nicht vergessen. Da sind genug dabei, denen das nicht geheuer ist.«

»Ihr hört euch ein wenig so an«, befand Malte, »als ob ihr eine Revolution plant! Ich bin beeindruckt und erwarte euren Bericht!«

»Du hilfst uns nicht?«, Laura klang etwas enttäuscht.

»Heute nicht mehr«, entschuldigte er sich, »ich hatte Roberts Frau versprochen ihr bei der Vorbereitung der Beerdigung zu helfen.«

Lukas hatte mitbekommen, dass man die Verstorbenen möglichst schnell bestattete. Die fehlende Kühlmöglichkeit hatte dazu geführt, dass Bestattungen zwei Tage nach dem Tod stattfanden. Er wunderte sich, was es groß vorzubereiten gab. Auf den sonst üblichen Leichenschmaus wurde mittlerweile verzichtet und selbst wenn es für Kempf fast so etwas wie ein Staatsbegräbnis geben würde, gab es Arbeit auf den Feldern und auf dem Dreschplatz. Nur Familie und enge Freunde würden sich nach der Beerdigung zusammensetzen.

»Lukas, kommst du mit?«, fragte Gordon. »Oder klapperst du ein paar deiner Kumpels ab?«

»Ein paar Kumpels abklappern klingt gut.« Lukas hatte sich einen anderen Plan für den Abend ausgedacht, wollte das nicht verraten.

Jutta stand auf: »Ich finde die Idee gut, werde heute nichts mehr machen. Ich bin erschöpft und müde und werde mich früh hinlegen.«

Nachdem sein Vater, seine Schwester und Gordon sich verabschiedet hatten, wartete Lukas, bis er hörte, wie seine Tante ins Gästezimmer gegangen war und die Tür hinter sich zugezogen hatte. Er ging zum Schlüsselkasten, der im Eingangsflur hing, öffnete ihn und sah den Schlüssel, an dem als Anhänger ein Spielzeugpferd hing. Lukas hatte sich vorgenommen, Florian ins Gewissen zu reden, damit er sich bei Jutta entschuldigte.

Der Schlüssel hing schon sein ganzes Leben dort, einmal für den Fall, dass sowohl Florian oder Jutta ihren vergessen hätten. Aber auch, damit seine Eltern nach deren Wohnung schauen konnten, um die Pflanzen zu gießen, wenn die beiden mal im Urlaub waren.

Er hoffte, Jutta überraschen zu können, und konnte sich nicht vorstellen, dass Florian etwas getan haben könnte, das Jutta ihm nicht verzeihen würde. Als er den Schlüssel in seine Tasche gesteckt hatte, hörte er, wie oben die Tür aufging, seine Tante kam die Treppe herunter.

»Kannst du nicht schlafen?« Lukas fühlte sich erwischt und versuchte abzulenken.

»Ich habe Durst«, antwortete Jutta, »und will mir nur ein Glas Wasser holen.«

»Ich wollte los« Lukas deutete auf eine seiner Jacken an der Garderobe., »War schon fast draußen und habe mir gedacht, dass ich eine Jacke mitnehme. Es wird schon kühl.«

»Ich bin so froh, dass Florian dich überreden konnte«, wechselte Jutta das Thema. »Stell dir vor, du wärst beim Angriff da oben gewesen.«

»Florian hat definitiv seine guten Seiten«, bekräftigte Lukas.

»Ja, die hat er«, mehr sagte Jutta nicht.

»Ich mache mich auf den Weg«, kündigte Lukas an, »wir sehen uns morgen früh!«

Er umarmte seine Tante kurz, ging zur Tür: »Lukas! Deine Jacke!«

»Was?« Erst verspätet erinnerte er sich an seine Ausrede. »Ach klar, Jacke. Mach's gut!«

Er schnappte eine leichte Sportjacke und ging heraus. Die Dämmerung hatte eingesetzt, im Westen schien der Horizont rot zu brennen. Manche behaupteten, dass die Natur seit dem Stromausfall schöner wirken würde, dass man sie intensiver wahrnehmen würde. Einige Zyniker vertraten die Ansicht, dass das die Folge diverser GAUs sein musste, die es in allen Kernkraftwerken gegeben haben musste.

Er spazierte gemütlich durch das Dorf und trotz des kleinen Bürgerkrieges schienen die Leute, die er traf, fröhlich und optimistisch. Schritt für Schritt bekam er seinen Kopf frei, musste an seine Freunde denken, die er seit dem Stromausfall nicht mehr gesehen hatte. Er hatte Freunde und Kumpels im Dorf, aber seine besten Freunde lebten nun Welten entfernt. So ähnlich mussten sich im 18. und 19. Jahrhundert Auswanderer gefühlt haben, die sich sicher waren, ihre Heimat niemals wiederzusehen.

Er kam am Teich vorbei, an dessen Grund, wie Laura und Jutta erzählt hatten, Lauras Handy und Tablet lagen. Irgendwie war er ein wenig enttäuscht, nicht dabei gewesen zu sein, dann freute er sich, dass Jutta so eine Idee hatte und hoffte, dass es Laura helfen würde.

Das Dorf wurde dunkler und in einigen Fenstern konnte er Kerzen oder Gaslampen sehen, viele Häuser hatten keine Beleuchtung, die meisten versuchten, sich die kostbaren Kerzen und das Gas zu rationieren. Bestimmt würde man irgendwann wieder für Nachschub sorgen, aber der Aufbau der verschiedenen Handwerke war nicht einfach. In den letzten Jahren kam viel Ware aus Asien und über den Preis wurde das Handwerk verdrängt. Wenn der Strom nicht zurückkommen würde, wäre sein Plan, nach der Schule zu studieren, erst mal Geschichte. Eine klassische Berufsausbildung oder eine auf altem Wissen aufgebaute neue Ausbildung konnte er sich vorstellen.

Beim Haus von Jutta und Florian angekommen, war er zunächst enttäuscht. Es war kein Licht zu sehen. Vielleicht hätte er beim Hospital hereinschauen sollen, die Wahrscheinlichkeit, dass Florian dort sein könnte, war nicht gering. Lukas überlegte sich, wie er das Gespräch anfangen sollte, und legte sich die verschiedenen Punkte, die er sich ausgedacht hatte, im Kopf zurecht. Als er sich sicher war, einen handfesten und sicheren Plan zu haben, ging er weiter, griff nach dem Schlüssel in seiner Tasche, entschied sich, anzuklopfen.

Als keine Reaktion kam, klopfte er lauter: »FLORIAN! BIST DU DA?«

Obwohl er sich den Schlüssel genau für den Fall mitgebracht hatte, war er etwas entmutigt. Gerne hätte er das Gespräch hinter sich gebracht und in seinen Gedanken würden Florian und er direkt danach zurück nach Hause gehen. Florian würde vor Jutta auf die Knie fallen, sich entschuldigen, sie würde ihm verzeihen und sie wären wieder eine Familie.

Lukas schloss die Haustür auf und hörte Florian stöhnen. Die Angst ergriff ihn, vielleicht war Florian krank oder verletzt und konnte sich nicht alleine helfen. Er stürmte die Treppe nach oben, schloss die Wohnungstür auf und nahm eine zweite Stimme, ein zweites Stöhnen wahr.

Die Röte stieg ihm ins Gesicht, als ihm klar wurde, dass Florian weit davon entfernt war krank zu sein, die Geräusche und das Stöhnen waren eindeutig: Florian vergnügte sich mit einer Frau. Im Schlafzimmer von Jutta. Er hatte sich in diesem Mann getäuscht und kam sich wie ein kleiner Junge vor, der die Wahrheit nicht wahrhaben wollte.

Florian schien ihn nicht bemerkt zu haben, was bei der zunehmenden Lautstärke, die aus dem Schlafzimmer drang, nicht verwunderlich war. Lukas' Füße waren wie festgewachsen, er wollte weglaufen, dieses Haus verlassen, aber seine Beine gehorchten ihm nicht. Stattdessen betrat er die Wohnung und ging langsam bis zur Tür des Schlafzimmers.

»Ja! Ja! Ja!«, die Frauenstimme schrie. »Hör nicht auf! Hör nicht auf!«

Lukas streckte die Hand aus, berührte die Tür, zögerte, stieß sie weit auf. Sein Kopf war rot, er war sich nicht sicher, ob aus Wut, oder vor Scham, vermutlich beides. Florian lag auf dem Bett, seine Hände umfassten die Hüfte einer Frau, die wie eine Reiterin auf ihm saß und die Hüfte kreisend drehte. Lukas bemerkte, dass sie die Augen geschlossen hatte, weshalb sie ihn noch nicht bemerkt hatte. Ihre Brüste wippten im Rhythmus der Stöße von Florian.

Das Bett war total zerwühlt, Bettdecken und Kissen waren auf den Boden gefallen und es schien eine Ewigkeit zu dauern, bis Florian Lukas bemerkte: »Fuck! Was machst du denn hier? Wie bist du hier reingekommen?«

Lukas wusste nicht, ob es Florians Frage war oder das abrupte Stoppen seiner Hüftbewegung, die Frau, die auf ihm saß, drehte sich zu Florian um: »Was?«

Dann folgte sie seinem Blick und sah Lukas in der Tür stehen. Verlegen schnappte sie sich eine der am Boden liegenden Bettdecken, griff nach etwas, was Lukas als ein Kleid identifizierte und verschwand ins Badezimmer.

Es dauerte, bis er in der Frau Verena, die Heilpraktikerin, erkannte.

Florian war aufgestanden und hatte sich seine Shorts und ein T-Shirt angezogen: »Noch mal, Lukas! Was soll das? Was machst du hier? Wie kommst du hier herein?«

»Schlüssel«, hörte Lukas sich selbst teilnahmslos sagen, dann brach die Wut in ihm durch: »Warum machst du das? Du hast doch Jutta? Und kaum habt ihr ein wenig Streit, holst du dir eine andere Frau ins Bett? Dann noch so eine? Die kann wohl kaum mit Jutta mithalten!«

»Lukas.« Florian schien von seinem Wutausbruch überrascht zu sein. »Deine Tante hat mich verlassen. Das war nicht einfach nur ein Streit.«

»Und zwei Tage später liegst du mit der Erstbesten im Bett?«, warf Lukas ihm vor. »Ich … Ich bin hergekommen, weil ich dich bitten wollte, dich bei Jutta zu entschuldigen, aber vielleicht habe ich doch einen falschen Eindruck von dir. Du bist ein Arschloch!«

Die Badezimmertür ging auf und Verena kam angezogen heraus: »Ich denke, es ist besser, wenn ich gehe.«

»Ja, ja«, resignierte Florian und wartete, bis die Frau die Wohnung verlassen hatte.

Er öffnete den Mund, doch Lukas kam ihm zuvor: »Weißt du, ich habe zu dir aufgeschaut. Du warst mein Vorbild, ich dachte, du wärst cool. Und locker. Nicht so wie mein Vater. Ich dachte, du bist jemand, der sich um andere kümmert, und ich habe denen nicht geglaubt, dass du nicht so toll bist. Aber du bist eine Enttäuschung.«

»Lukas«, verteidigte sich Florian, »du überreagierst. Ja, wir hatten Streit und Jutta hat mich verlassen. Das hat mich getroffen, hart getroffen und ich vermisse sie. Das mit Verena, das ist nichts, wir hatten uns unterhalten und sie hat meinem Gejammer zugehört und mir angeboten, mich nach Hause zu bringen. Wir haben weitergeredet, sie hat mich in den Arm genommen …«

»Glaubst du das denn selber?«, schrie Lukas. »Das klingt total bescheuert. Wem willst du denn das erzählen?«

»Jutta hat mich verlassen«, trotze Florian den Vorwürfen. »Ich bin ihr da nichts schuldig und kann machen, was ich will. Und was ich hier mache, hat keinen Einfluss auf alles andere, was ich mache.«

»Du bist ein riesengroßes Arschloch!« Lukas drehte sich um und rannte aus der Wohnung.

Florian kam ihn hinterher: »Lukas, hör mir doch zu!«

MALTE

Birgit Kempf war erstaunlich rational und für ihn gab es nichts zu tun. Gemeinsam hatten sie ein Glas Wein auf den Verstorbenen getrunken und sie hatte ihn gebeten zu gehen, da sie sich früh ins Bett legen wollte. Malte vermutete, dass sie im Schockmodus war und befürchtete, dass ihr das Geschehen erst in ein paar Tagen bewusst werden würde. Irgendwie musste er dafür sorgen, dass dann jemand für sie da war. Vielleicht konnte er ihr anbieten, ein paar Tage zu ihnen zu ziehen, er könnte in der Zeit auf der Couch im Wohnzimmer schlafen.

Beim Gedanken daran musste er schmunzeln, die offene Architektur im Erdgeschoss brachte einen Nachteil mit sich, man hatte außer dem Arbeits- und Gästezimmer, das von Jutta belegt war, kein weiteres Zimmer, in dem man Gäste unterbringen konnte.

Zu Hause angekommen, fiel ihm der offene Schlüsselkasten auf und bevor er ihn schloss, entging ihm der fehlende Haustürschlüssel nicht. Seine Schwester kam verschlafen die Treppe herunter und schien erstaunt, ihn zu sehen.

»Na? Schon fertig geschlafen?«, neckte er sie.

»Einfach nur Durst«, erklärte sie, »und gut schlafen kann ich tatsächlich nicht.«

»Hast du eine Ahnung, wo euer Wohnungsschlüssel ist?«, er deutete zum Schlüsselkasten.

»Nein«, sagte sie, zögerte kurz, »aber Lukas hatte sich vorhin etwas seltsam verhalten. Bevor er ging. Hat mir erzählt, er würde eine Jacke brauchen, ich vermute, dass ich einfach nicht mitbekommen sollte, dass er sich den Schlüssel genommen hatte.«

»Er will sich revanchieren«, vermutete Malte, »bei Florian. Er glaubt, dass man euch beide wieder zusammenbekommt.«

Jutta sah nicht glücklich aus: »Es ist lieb von Lukas, aber ich will das nicht. Ich hätte mit Lukas sprechen sollen, im Grunde habe ich das genauso gemacht wie du, ich habe ihn nicht für voll genommen, nicht wie einen Erwachsenen behandelt. Hoffentlich enttäuscht Florian Lukas nicht.«

»Ich werde mal hinterhergehen«, grübelte Malte, »es kann nicht schaden, wenn ich bei dem Gespräch dabei bin. Natürlich nur, wenn es dir recht ist.«

»Klar ist das okay«, gähnte Jutta, »kümmer‹ dich um deinen Jungen, das ist gut für euch beide.«

Anstatt zu Fuß zu gehen, nahm er das Fahrrad. Die fehlende Beleuchtung und die Dämmerung hatte er unterschätzt, weshalb er um ein Haar Verena überfahren hätte, die ihm entgegengelaufen war. Mit einem sportlichen Sprung hatte sie ihm ausweichen können.

»Entschuldige bitte.« Er stieg vom Rad ab, ging auf sie zu sie schaute ihn entgeistert an.

»Schon gut«, stotterte sie, »ist nix passiert, ich muss nach Hause.«

»Geht es dir gut? Du wirkst etwas verwirrt«, sorgte er sich.

»Ach«, sie trat unruhig von einem auf das andere Bein, »ich hatte einen schlechten Tag. Deshalb bin ich dir wohl vor das Rad gelaufen.«

»Ich kann dich nach Hause begleiten?«

»Danke Malte«, reagierte sie, »das muss nicht sein und es ist nicht so weit. Mach es gut!«

Er sah ihr hinterher und war verwundert, dass sie barfuß unterwegs war.

Als er beim Haus angekommen war, kam Lukas aus der Haustür gestürmt.

»Du bist so verlogen! Wie kannst du nur so sein!« Malte war verwundert, wie Lukas Florian beschimpfte.

»Wie oft soll ich dir das denn noch sagen.« Florian war ihm aus dem Haus gefolgt. »Sie hat mich verlassen. Ich kann machen, was ich will.«

»Verstehst du denn nicht«, überschlug sich Lukas Stimme. »Ich bin hier, weil ich dir helfen wollte! Weil ich Tante Jutta helfen wollte! Ich wollte euch wieder zusammenbringen, wollte dich dazu bewegen, dich bei ihr zu entschuldigen.«

»Warum sollte ich mich denn bitte entschuldigen?«, Florian klang herablassend, »ich habe nichts Schlimmes gemacht. Und was ich jetzt mache, hat nichts mit Jutta zu tun! Ich bin wieder Single!«

»Du gibst nach zwei Tagen schon auf?«, lachte Lukas. »Nach nur zwei Tagen? Hast du denn keinen Stolz, kein Durchhaltevermögen?«

»Überspann den Bogen nicht, junger Freund!«, reagiere Florian. »Ich habe so viel für dich getan. Für dich und deine Freunde! Wir waren Cartfahren, Laser taggen, Kanu fahren, Paintball spielen. Wie oft habe ich dich denn ins Kino eingeladen?«

»Ja und?«, wunderte sich Lukas. »Was soll das denn? Wie kleinlich ist es denn, mir das vorzuhalten?«

»Ich will, dass du aufhörst, dich aufzuregen«, forderte Florian. »Komm einfach mal runter und wir können in aller Ruhe reden.«

»In aller Ruhe?«, Lukas wurde wieder lauter. »Was soll das bringen?«

»Ich war jedes Mal für dich da, wenn du Streit mit deinem Vater hattest!«, brüstete sich Florian. »Und jetzt passiert eine Sache und du vergisst das alles? Alles, was ich für dich getan habe? Findest du das nicht etwas undankbar?«

»Verdreh nicht alles.« Lukas Stimme zitterte. »Du hast irgendwie scheiße gebaut, weshalb Jutta dich verlassen hat. Und nach dem, was ich gesehen habe, bin ich mir nicht sicher, ob ich dir irgendwas glauben kann. Bestimmt hast du Jutta auch Versprechungen gemacht!«

Malte bemerkte, dass sein Sohn sich für seine Tante starkmachen wollte, aber durch die Lügen auch Florians Verhalten ihm gegenüber infrage stellte.

»Hallo«, machte sich Malte bemerkbar.

Lukas drehte sich zu ihm um und Florian starrte ihn an: »Na klasse! Du auch noch? Wer seid ihr? Die heilige Inquisition? Komme ich jetzt auf den Scheiterhaufen? Jutta hat mich verlassen, lasst mich in Ruhe! Oder kommen Gordon und Laura auch noch? Vielleicht macht ihr ein Tribunal!«

Bevor Malte etwas sagen konnte, fiel ihm Lukas ins Wort: »Ich habe ihn vorhin erwischt. Als ich hier ankam, war Verena hier. Mit ihm! Im Bett! Nackt!«

»Das ist ganz allein meine Sache«, schimpfte Florian, »und wenn ich zehn Frauen im Bett hätte, Jutta ist gegangen. Sie hat mich verlassen. Mich! Ihr fragt überhaupt nicht, wie ich mich dabei fühle!«

»Verena scheint sich da mehr um dich zu sorgen«, konterte Lukas. »So schlecht kannst du dich gar nicht fühlen.«

»Wenn du mal deine erste Beziehungskrise hast«, versuchte es Florian, »wirst du mich besser verstehen.«

Malte wurde wütend, der Kerl hatte wirklich nicht lange gewartet: »Lukas, wir können hier nichts mehr machen. Florian kann seine eigenen Entscheidungen treffen.«

»Aber ...«, widersprach Lukas.

»Florian, ich bin dir dankbar, was du für Lukas gemacht hast«, wandte er sich an Florian, »aber im Moment solltest du etwas Abstand zu uns halten.«

»Ihr kommt zu mir und du erwartest, dass ich Abstand von euch halte?«, Florian baute sich vor Malte auf. »Das klingt nicht nur lächerlich, das ist es. Und jetzt geht einfach!«

»WO IST DER SCHWEINEHUND!«, hörten sie von hinten jemanden rufen. »Ich ziehe ihm die Haut ab! Ich mach dich fertig, du Wichser!«

Florians, Maltes und Lukas' Blick folgten der neuen Stimme.

»Holzer?«, wunderte sich Malte. Dann erinnerte er sich an das, was Jutta ihm erzählt hatte. »Dann lag meine Schwester mit ihrem Vorwurf nicht falsch?«

»Ich sage nichts mehr«, brummte Florian, »geht einfach.«

Schnaufend kam Carl Holzer die Straße hoch, in seiner Hand hatte er eines seiner Jagdgewehre: »Du Drecksack eines Krankenpflegers! Glaubst du, du kannst mir die Hörner aufsetzen? Das kannst du vergessen, ich mache dich fertig!«

Die Selbstsicherheit war aus Florians Gesicht verschwunden, die Wut in Holzers Gesicht nicht zu übersehen.

»Carl«, versuchte Malte ihn zu beruhigen, »beruhige dich, egal was hier läuft, wir finden eine Lösung.«

»Ich habe eine Lösung«, keuchte Carl. »Geht mir aus dem Weg, ich mache den Kerl fertig.«

»Carl!«, ermahnte Malte ihn, die Waffe nicht aus den Augen lassend.

»Gefickt mit Iris hat er«, schimpfe Holzer. »Jahrelang.«

»Ich habe ihn mit Verena erwischt«, schüttete Lukas Benzin ins Feuer.

»Du hast dich nicht unter Kontrolle.« Holzer zeigte mit dem Finger auf Florian. »Typen wie du sind mir zuwider.«

»Ach komm«, ging Florian in die Gegenoffensive, »wenn du sie anständig behandelt hättest, wäre sie nicht zu mir gekommen. Vielleicht liegt es an dir.«

Keine gute Idee, dachte Malte, Florian musste doch sehen, dass Holzer wütend und bewaffnet war, eine schlechte Kombination.

»Jahrelang?«, regte sich nun Lukas auf. »Du hast meine Tante jahrelang betrogen? Hast du allen nur etwas vorgespielt?«

»Lukas«, sagte Florian kühl, »du gehst jetzt besser und lässt uns Erwachsene allein.«

Lukas schaut Florian entgeistert an, holte kurz aus und schlug ihm mit der Faust ins Gesicht. Malte war überzeugt, etwas knacken zu hören, Lukas schüttelte sich die Hand, als ob er sich beim Schlag wehgetan hätte.

»Scheiße«, nuschelte Florian, dessen Nase blutete. »Scheiße, du hast mir die Nase gebrochen!«

»Du scheiß Lügner.« Malte sah, dass Lukas die Tränen nicht zurückhalten konnte. »Du scheiß Lügner, ich habe zu dir aufgeschaut und du hast nur mit allen gespielt.«

Malte zog Lukas zu sich, legte ihm den Arm um die Schulter und versuchte, Holzer im Blick zu halten.

»Geht einfach«, drängte Holzer, »der ist es nicht wert!«

»Carl«, versuchte Malte ihn erneut zu mäßigen, »nimm das Gewehr herunter. Du hast recht, er ist das nicht wert!«

»Verpisst euch!« Blut tropfte auf Florians T-Shirt. »Schlaft und beruhigt euch!«

»Du hast mir nichts zu sagen«, Holzer legte sein Gewehr an und zielte auf Florian.

»CARL!«, rief Malte und der drehte den Kopf zu ihm um.

Florian nutzte die Gelegenheit, dass Holzer abgelenkt war, sprang nach vorne und griff nach dem Gewehr. Sein Gegner klammerte sich an der Waffe fest und beide Männer versuchten, sie dem anderen zu entreißen.

»Geh!«, befahl Malte Lukas. »Sofort.«

Er beobachtete die beiden kämpfenden Männer, Florian hatte mehr Kraft und Kondition. Malte war sich unschlüssig, wie er in den Kampf eingreifen konnte, ohne sich in Gefahr zu bringen, sah aber keinen Weg.

Florian rang mit seinem Gegner um die Waffe, zog das Gewehr vor, zog es zurück, drehte es, bis Holzer es loslassen musste. Mit Schwung rammte Florian Holzer den Kolben des Gewehrs erst in dessen Magen, danach in sein Gesicht.

Ein lauter Knall hallte durch den Raum, Malte hatte den Eindruck, taub zu sein, dann pfiff es auf seinen Ohren. Holzer war in die Knie gegangen, Florian hatte das Gewehr weggeworfen und trat seinem Gegner in die Weichteile.

»Florian! Es reicht!«, hörte sich Malte sagen, seine Stimme wurde durch das Rauschen und Pfeifen auf seinen Ohren übertönt.

Florian drehte sich zu Malte um, sein erschrockener Blick blieb an etwas hinter ihm hängen. Malte drehte sich um und sah einen roten Fleck auf Lukas' Brust.

»Papa«, Malte hörte ihn kaum, sprang zu ihm herüber und konnte ihn noch auffangen. Die Beine trugen ihn nicht mehr und der rote Fleck auf der Brust wurde größer.

Malte fuhr Lukas durch die Haare: »Es wird alles gut, Lukas, es wird alles gut.«

»Papa«, die Stimme wurde leiser, die Gesichtsfarbe von Lukas blasser. Malte zog sein T-Shirt aus und presste es auf die Wunde, schnell färbte es sich dunkelrot.

»Lukas!«, sprach er seinen Sohn an, dem fielen die Augen zu und der Kopf kippte zur Seite. »LUKAS!«

Florian kniete sich neben ihn: »Ich bin Mediziner, lass mich helfen.«

Voller Hass schaute Malte ihn an: »Rühr ihn nicht an!«

Tränen füllten Maltes Augen, er versuchte, Lukas' Puls zu fühlen, erinnerte sich an seinen Erste-Hilfe-Kurs und legte Lukas auf den Boden. Er kontrollierte den Atem, aber da war nichts zu spüren. Wo sollte man noch mal den Puls fühlen? Er erinnerte sich an die Stelle am Unterarm, aber er spürte nichts.

Florian versuchte es erneut: »Malte, ich kann …«

»Rühr ihn nicht an!«, schrie Malte. »Rühr ihn nicht an!«

Er gab Florian einen Stoß, der stolperte nach hinten, fing sich ab und stand unschlüssig neben den beiden.

Aus den Augenwinkeln sah Malte, wie Holzer sich mühsam aufrappelte, sich den Brustkorb hielt.

Malte führte bei seinem eigenen Sohn eine Herzdruckmassage durch, wechselte zur Beatmung und wiederholte das. Einmal. Zweimal. Zehnmal, er wusste nicht wie lange, wollte nicht aufgeben, konnte nicht aufgeben.

»Malte«, wagte sich Florian noch einmal vor, »bitte lass …«

»Hast du was an den Ohren?«, schrie Malte ihn an. »Du wirst ihn nicht anfassen. Nie wieder.«

Holzer humpelte ihm entgegen, legte die Hand auf Maltes Schulter: »Malte.«

Er schaute auf Lukas: »Malte, du kannst nichts mehr machen, er ist …«

»Nein«, weigerte sich Malte, es einzusehen, »ich gebe nicht auf. Carl, hol Doktor Haarberg.«

»Malte«, fing Carl an, »… okay.«

Holzer humpelte weg und Malte setzte die Wiederbelebungsmaßnahmen fort. Florian stand daneben und sagte kein Wort mehr.

Malte hatte keine Ahnung, wie lange es dauerte, bis Haarberg neben ihm stand, aber auch als der ihm die Hand auf die Schulter legte und aufforderte, zur Seite zu gehen, damit er Lukas untersuchen könne, weigerte er sich.

»Malte«, sagte Haarberg eindringlich, »geh zur Seite. Lass mich ihn untersuchen.«

Malte rückte zur Seite, beobachtete, wie der Arzt den Körper seines Sohnes untersuchte, bemerkte erst jetzt das viele Blut, das den Boden unter ihm bedeckte. Mit traurigem Gesicht drehte sich Haarberg zu ihm: »Es tut mir leid.«

»Nein!«, schluchzte Malte, kniete sich neben seinen Sohn, zog ihn zu sich und wiegte ihn, so wie er es gemacht hatte, als der schlimme Wachstumsschmerzen hatte. »Nein.«

Florian legte seine Hand auf Maltes Schulter, der schlug sie weg. Legte seinen Sohn vorsichtig auf den Boden, stand auf und stellte sich vor Florian.

»Ich gebe dir 24 Stunden«, kündigt er an. »24 Stunden. Wenn ich dich dann noch in Umbach sehe, bringe ich dich um.«

Florian schaute ihn mitleidig an, nicht schuldbewusst: »Du bist verwirrt …«

»24 Stunden Florian. 24 Stunden.«

Haarberg ging zwischen die beiden: »Ich lasse jemanden Lukas abholen.«

»Nein.« Malte kniete sich hin, hob seinen Sohn hoch. Einige Nachbarn hatten den Schuss gehört und gesehen, dass Haarberg gekommen war. Malte ignorierte alle und ging weinend die Straße herunter, den leblosen Körper seines Sohnes auf seinen Armen tragend.

TAG 43

SIMONE

Als Simone aufwachte, war ihre Kleidung feucht und kalt. Sie lehnte noch gegen den Baum, an dem sie erschöpft eingeschlafen war und durch das Blätterdach sah sie den blauen Himmel. An ihrem Armen und Nacken juckte es, in der Nacht waren die Mücken über sie hergefallen.

Großartig, ärgerte sich Simone, nun würden die Mückenweibchen, denn nur die stachen, mit der Energie aus ihrem Blut unzählige Eier in Tümpel und Pfützen legen. Sie versuchte aufzustehen, aber ihre Beine kribbelten und so hielt sie sich einen Moment an dem Baum fest, der ihr die Nacht als Lehne gedient hatte.

Simone hoffte, dass ihre Verfolger aufgegeben hatten, schulterte ihren Rucksack und ging vorsichtig zum Waldrand. Von der Stelle, an der sie stand, erkannte sie links und rechts je einen Ort. Vor ihr lagen Felder. An der Straße, die die beiden Orte verband, war ein Aussiedlerhof. Simone hatte keine Ahnung, wo sie war, nur eine grobe Vorstellung. Sie befürchtete, dass sie schon bei einer kleinen Abweichung den Ort verfehlen konnte, in dem ihre Freundin wohnte, denn die Namen der Nachbarorte, die hatte sie sich nie gemerkt. Das Navi hatte sie immer sicher geführt.

Da sie wenig andere Optionen hatte, wagte sie sich vor und entschloss sich, im nächsten Dorf nach dem Weg zu fragen. Auch wenn jeder Kontakt eine potenzielle Gefahr für sie war, nur mit Straßenschildern alleine würde sie nicht weiterkommen. Da im Osten Marburg lag, entschied sie sich, zum Dorf im Westen zu gehen. Ihre Vermutung war, dass sie dort weiter von den Extremisten entfernt und somit sicherer vor ihnen war.

Beim Näherkommen sah sie, dass der gesamte Ort umzäunt war. Auf der Hauptstraße hatte man einen Jägerhochsitz gestellt, an seinem Fuß lagen Sandsäcke und stand ein kleiner Unterstand.

Als sie etwa zwanzig Meter entfernt war, rief ihr jemand vom Turm herunter zu: »Halt! Bleiben Sie stehen!«

Simone befolgte die Anweisung und wartete, was passieren würde.

»Was willst du hier?« Simone war erstaunt, dass eine einzelne Frau als Gefahr eingestuft wurde.

»Hallo«, Höflichkeit konnte nicht schaden, »mein Name ist Simone und ich suche den Weg nach Oberweimar.«

»Sie sind hier falsch«, wurde ihr zurückgerufen, »gehen Sie weiter.«

»In welche Richtung muss ich gehen?« Man würde ihr zumindest eine Richtung sagen können. »Da wohnt eine Freundin von mir.«

»Welches Weimar?«, rief eine zweite Stimme.

»Oberweimar«, Simone strengte sich an, laut und deutlich zu sein.

»Sind sie bewaffnet?«, fragte eine Frauenstimme, die hinter den Sandsäcken stand.

»Ja«, Simone hoffte, mit Ehrlichkeit weiterzukommen.«

»Wo sind die Waffen?«, wieder die Frauenstimme.

»Eine hinten im Hosenbund, die anderen im Rucksack«, gab Simone wahrheitsgemäß an.

»Stellen Sie langsam den Rucksack ab, legen Sie die Waffe hinein und schultern Sie den Rucksack wieder«, wies die Frau sie an, »dann kommen Sie mit erhobenen Händen näher.«

Simone folgte den Anweisungen und näherte sich dem Wachposten.

Dort kam ihr eine stämmige Frau entgegen, die etwa ihr Alter hatte: »Na gut, Schätzchen, auch wenn du zu besseren Zeiten sicher wie ein Engel ausgesehen hast, wir haben zu viel erlebt. Bitte nimm es nicht persönlich.«

Sie fing an, Simone abzutasten, die ließ die Leibesvisitation über sich ergehen.

»Du hast sicher auch schon besser gerochen!«, grinste die Frau sie an, »aber das gilt heute für die meisten.«

»Okay«, rief sie in Richtung Wachposten, »sie ist sauber, ich bringe sie durchs Dorf. Jan! Du folgst uns.«

»Reine Vorsichtsmaßnahme«, erklärte sie Simone, »man hat hier nicht viel für Fremde übrig.«

»Nach allem, was ich erlebt habe«, sagte Simone, »ist das nur zu verständlich.«

Die Frau deutete in Richtung Dorf und ging mit Simone los. ›Jan‹ ging fünf Schritte hinter ihnen her, die Waffe im Anschlag.

»Magst du ein wenig erzählen?«, fragte die Frau. »Wo kommst du her? Wo willst du hin? Außer nach Oberweimar?«

»Ich war in Hamburg, als der Strom ausfiel«, fing Simone an, »ein Geschäftstermin. Wir waren in einem der Hochhäuser nahe der Elbphilharmonie. Eine Nacht haben wir in der Stadt verbracht und uns dann auf den Weg gemacht.«

»Ja, das war sicher gut«, reagierte die Frau, »aus den Großstädten hört man Schreckliches.«

»Aber diese Extremisten in Marburg«, wunderte sich Simone, »hier war es auch nicht einfach, oder?«

»Auf der anderen Seite der Lahn sind sie weit ins Hinterland eingedrungen«, erklärte die Frau. »Auf dieser Seite der Lahn kontrollieren sie die Stadt selbst, aber sie können sich nicht so verhalten wie auf der anderen Seite.«

Die Frau sah Simones Zweifel: »Gefährlich sind sie hier auch, bisher konnten wir sie abwehren, manchmal auch zurückschlagen.«

»Ein einzelnes Dorf?«, Simone war skeptisch.

»Wir arbeiten zusammen, zumindest bei der Verteidigung«, die Frau redete mit den Händen, »und so konnten wir einen der Orte befreien, den sie besetzt hatten.«

»Und wie kommt ihr sonst zurecht?« Simone sah wenige Menschen im Dorf.

»Die Versorgungslage ist nicht gut«, gestand die Frau, »weshalb wir dir nichts anbieten können und werden. Wenn jemand teilen möchte, muss er es von seinen Rationen abgeben. Aber du hast nicht erzählt, wo du hinwillst?«

»Umbach, das liegt zwischen Gießen und Wetzlar« Simone musste sich anstrengen das Tempo der Frau mitgehen zu können.

»Wer wartet dort auf dich?«

»Wie kommst du darauf, dass jemand auf mich wartet?«

»Schätzchen«, die Art und Weise wie sie das sagte, empfand Simone als fürsorglich, »wer sollte sich die Mühe machen … wie viel? 500 Kilometer? … zu laufen, ohne dass es zu jemandem wäre?«

Simone war gar nicht auf die Idee gekommen, dass es Menschen gab, die einfach entschieden hatten dort zu bleiben, wo sie waren, als der Strom ausfiel: »Meine Kinder und mein Mann.«

»Wie alt sind die Kinder?«, die Frau klang besorgt.

»Fast erwachsen«, erklärte Simone, »die Tochter war am Studieren, mein Sohn auf dem Gymnasium. Habt ihr was aus Wetzlar und Gießen gehört?«

»In Gießen haben auch die Linksextremisten die Chance genutzt und in dem von ihnen kontrollierten Gebiet wüten sie wie die Roten Khmer.«

Sie bemerkte den fragenden Blick von Simone: »Eine kommunistische Bewegung, die in den Siebzigern die Macht in Kambodscha übernommen hatte. Sie haben versucht, ihre Gesellschaft in einen Agrarkommunismus zu verwandeln, vertrieben die Bewohner aus der Hauptstadt und brachten viele, viele Menschen um.«

»Ich habe gesehen, wie sie Gefangene behandeln«, berichtete Simone. »Wie sie jemanden erschossen haben, der einfach nicht mehr die Kraft hatte aufzustehen.«

»Es schaffen immer wieder Menschen dort heraus«, erzählte die Frau, »die meisten kennen jemanden in den Dörfern und wir versuchen sie von Ort zu Ort weiterzureichen.«

»Wie weit gehen Ihre Kontakte?«, Simone schöpfte Hoffnung, konnte man ihr helfen ohne Gefahr die letzten Kilometer zu überbrücken?

»Ich weiß es nicht«, gestand die Frau, »es ändert sich ständig. In manchen Dörfern scheint jede Woche eine andere Gruppe die Macht zu übernehmen. Andere sind recht stabil. Wir sorgen erst mal dafür, dass du bis zu deiner Freundin nach Oberweimar kommst. Und ich hoffe, dass deine Freundin noch da ist.«

»Wie viele Menschen sind in den Dörfern gestorben?«

»Bisher je nach Dorf drei oder vier Prozent. In einigen wesentlich mehr und in den Städten war es schlimmer«, sie räusperte sich, »und der erste Winter steht uns erst bevor.«

»Ich habe mir bisher wenige Gedanken über den Winter gemacht«, gab Simone zu. »Ich war damit beschäftigt, nach Hause zu kommen.«

»Ja, das wird schwer genug gewesen sein.« Sie blieb kurz stehen. »Du bist die erste Frau, die ich getroffen haben, die so weit gekommen ist. Die meisten kamen aus der Gegend.«

»Ich frage mich, wie viele Menschen noch unterwegs nach Hause sind«, grübelte Simone.

Simone berichtete über die Höhe- und Tiefpunkte ihrer Wanderung, auch von dem Einkaufszentrum mit den Kannibalen und sie wusste gar nicht, wieso sie dieser Frau so vertraute.

»Du kämpfst um dein eigenes Überleben und kannst nicht jeden retten«, beruhigte ihre Gesprächspartnerin sie. »Auch wenn es mir manchmal das Herz bricht, wir geben Wanderern wie euch nicht mal Wasser, einfach weil wir gerade genug für uns selber haben, vielleicht nicht mal das.«

Sie erreichten einen Wachposten am anderen Ende des Dorfes: »So, Schätzchen! Es war ein interessantes Gespräch und ich danke dir für deine Geschichte. Unsere Wege trennen sich hier, Jan wird dich bis in den Nachbarort begleiten und man wird dich von Dorf zu Dorf durchreichen. Ich wünsche dir, dass du deine Freundin findest und dass du bald die letzte Etappe deiner weiten Reise hinter dir hast!«

Wie angekündigt, begleitete sie ihr Bewacher bis in den nächsten Ort, dort wiederholte sich das Spiel, nur die Leibesvisitation blieb aus, das Wort von Jan schien den Wachen dort zu genügen. Wieder wurde sie von zwei Leuten durch das Dorf geleitet, wieder wurde sie vom Ortsausgang bis zum nächsten Dorf von einem Bewacher begleitet.

Das wiederholte sich, bis sie vor dem Ortsschild von Oberweimar stand und erschrocken sah Simone, dass ein Teil des Dorfes abgebrannt war. Ihre Hoffnungen schwanden, hatte es vielleicht das Haus ihrer Freundin getroffen?

»Hallo«, grüßte ihr Bewacher die Wachposten. »Ich habe hier Simone, die bei euch eine Freundin besuchen möchte.«

»Hallo«, ein Mann kam ihr entgegen und musterte sie. »Wer ist denn deine Freundin?«

»Sabine Müller«, antwortete Simone, »sie ist so alt wie ich und ...«

»Schon gut, ich kenne Sabine«, sagte der Mann, wandte sich dann an ihren Bewacher. »Danke dir. Kannst du eine Nachricht mit zurücknehmen? Sie liegt drüben im Wachposten.«

Er führte Simone durch den Ort: »Mittlerweile kommen nur noch selten Wanderer.«

»Auf der Autobahn waren vor ein paar Tagen noch viele unterwegs«, berichtete Simone. »Und ich bin überzeugt, dass es einige gibt, die einen weiteren Weg als ich hatten.«

»Wie weit war denn dein Weg bis hierher?«, fragte der Mann und Simone berichtete ihm von ihrer Wanderung.

Als sie in die Straße kamen, in der Sabine wohnte, erkannte Simone sie sofort wieder: »Normalerweise komme ich aus der anderen Richtung.«

Simone fing an zu zittern, was dem Mann nicht entging: »Alles okay mit dir?«

»Ich weiß nicht, ich fühle mich ... aufgeregt«, sie faltete ihre Hände, um sich zu beruhigen.

Sie erreichten das Haus und der Mann klopfte laut an der Tür.

Er sah Simones erstauntes Gesicht und musste lachen: »Wenn du nur auf Wanderung warst, hast du dich vermutlich noch nicht daran gewöhnt, dass die Türklingeln nicht mehr funktionieren.«

Die Tür ging auf und Sabine schaute Simone erst misstrauisch an, schien sie dann zu erkennen: »Scheiße, Simone, wie siehst du denn aus!«

Simones Anspannung löste sich: »Du sahst auch schon besser aus!«

»Mein Föhn geht nicht mehr«, lachte Sabine, »da muss man halt improvisieren.«

»Okay«, unterbrach der Mann die Unterhaltung, »ich muss nicht nachfragen, ob du diese Frau kennst. Kennst du sie so gut, dass wir ihr vertrauen können?«

»Ja, selbstverständlich«, Simone freute sich, dass ihre Freundin nicht mal zögerte.

»Da Ihr Heimatdorf nicht weit ist«, kombinierte der Mann, »vermute ich, dass Sie nicht lange bleiben werden? Wir werden nicht überlegen müssen, was Sie arbeiten könnte.«

»Ich würde mich gerne etwas ausruhen, nicht lange«, erklärte Simone, »mein Zuhause ist nur noch einen Tag weit weg.«

»Die Damen, ich verabschiede mich. Ihnen wünsche ich alles Gute«, sagte der Mann. »Sabine, wir sehen uns.«

»Komm herein«, bat Sabine, »du siehst erschöpft aus.«

»Das bin ich«, sie gingen in das kleine Haus, das Sabine mit zwei Haustieren bewohnte, zumindest erinnerte sich Simone daran. Von dem Hund und der Katze war nichts zu sehen.

»Wo sind deine Haustiere?«, fragte sie.

Traurig antworte Sabine: »Wir hatten seit dem Stromausfall verschiedene Probleme. Der Großbrand hat fast ein Drittel der Häuser gefressen, einige Familien sind in den Flammen umgekommen. Als die Nahrung das erste Mal knapp wurde, gab es ein paar Männer, die anfingen, Haustiere zu fangen und zu schlachten. Die haben auch meine erwischt.«

Simone fühlte sich unwohl, in den Erinnerungen ihrer Freundin gewühlt zu haben: »Das ist schrecklich.«

»Es geht schon wieder«, sie wischte sich eine Träne weg. »Erzähl: Wo kommst du her? Willst du etwas essen?«

»Ich kann dir nichts von deiner Ration wegnehmen.« Simone hatte ein schlechtes Gewissen. »Und ich komme aus Hamburg. Zumindest war ich dort, als der Strom ausfiel.«

»Sechs Wochen von Hamburg bis zu uns?«, staunte Sabine. »Du musst viel erlebt haben. Und meine Ration, ich habe noch nie viel gegessen und wir haben manchmal die Chance, unsere Rationen aufzustocken. Ich teile gerne mit dir. Aber wenn ich mir dich so anschaue, du bräuchtest ein Bad und andere Klamotten. Du bekommst etwas von mir, von der Größe dürfte das passen.«

»Ein Bad?«, Simone war überrascht, »wie das?«

»Wir sind einer der Orte, die es geschafft haben, die Wasserleitungen wieder in Betrieb zu nehmen«, berichtete Sabine stolz. »Es kommt zwar weniger als früher, aber besser, als zum Bach zu gehen. Und Warmwasser, da werden wir etwas kochen. So wie das vermutlich unsere Eltern oder Urgroßeltern gemacht haben.«

»Das kann ich nicht annehmen.« Simone war so gerührt, dass sie weinen musste.

»Keine Widerrede«, Sabine stemmte die Fäuste in die Hüfte, »du bekommst jetzt erst mal eine Scheibe Brot und etwas Käse und ich fange an, dein Bad vorzubereiten.«

Die Vorbereitung dauerte eine Weile, es war nicht so einfach, den großen Kochtopf vom Kaminofen zum Badezimmer zu heben und dann in der Wanne auszuleeren. Irgendwann war die Badewanne so voll, die Temperatur so angenehm, dass sie sich hereinlegen konnte.

Simone entkleidete sich ohne Scham vor ihrer Freundin, die schob mit dem Fuß ihre schmutzige Kleidung weg und gab ihr eine Flasche Duschgel. Als ihr Zeh das heiße Wasser berührte, erschauerte sie am ganzen Körper, langsam tauchte sie den Fuß unter, fand Halt und ließ den anderen Fuß folgen. Sie setzte sich hin und genoss, wie das heiße Wasser sie umfloss, wie ihr Körper die Wärme annahm. Sie lehnte sich zurück, rutschte ein wenig nach vorne, tauchte mit dem Kopf unter und blieb solange unter Wasser, bis ihr die Luft wegblieb.

Sabine kam zurück und legte ihr zwei Handtücher und Kleidung hin: »Morgen gebe ich dir etwas anderes für den Weg.«

»Ich stehe ewig in deiner Schuld!«, bekannte Simone.

»Quatsch«, wehrte Sabine ab. »Du weißt, dass ich die Idee ›Pay-It-Forward‹ mag. Du sollst dich nicht bei mir revanchieren, irgendwann kannst du jemandem helfen. Und der dann jemand anderem.«

Simone nahm etwas Duschgel in die Hand und fing an, es in ihren Haaren zu verteilen.

»Lass mich dir helfen«, bot Sabine an, »außerdem komme ich besser an deine Haare dran.«

Simone war zu sehr im Genießen-Modus, um zu widersprechen, setzte sich hin und genoss, es wie ihre Freundin ihr den Kopf massierte.

»Das letzte Mal richtig kämmen ist eine Weile her«, stellte sie fest, »oder?«

»Ja«, sagte Simone.

»Ich nehme an, dass du so schnell wie möglich weiter möchtest?«, vermutete Sabine.

»Ja«, Simone kam sich etwas doof vor, weil sie so einsilbig antwortete.

»So, wie du aussiehst, würde ich dich erst gerne etwas aufpäppeln«, kündigte Sabine an. »Ich kann verstehen, dass du so schnell wie möglich nach Hause möchtest. Du bleibst heute Nacht hier, schläfst mal wieder in einem richtigen Bett. Morgen frühstücken wir, so gut es geht, und ich bringe dich zum Wachposten.«

»Ja.« Simone fühlte sich zu entspannt, um überhaupt auf die Idee zu kommen, ihrer Freundin zu widersprechen.

FLORIAN

Für ihn war es unverständlich, dass Malte ihn nicht hatte helfen lassen, er war doch Mediziner. Sicher hätte er etwas für Lukas machen können. Es war nicht richtig, dass er die ganze Wut seines Schwagers abbekommen hatte, schließlich war dieser fette Sack Holzer mit der Waffe aufgetaucht, mit der Absicht ihn zu erschießen.

Florian kam mit seiner Hand an seine Nase und jaulte auf. Lukas hatte sie ihm gebrochen und im Spiegel hatte er gesehen, wie sie angeschwollen war. Vor einer Woche hatte er alles unter Kontrolle und plötzlich war nur Chaos übrig. Der Gedanke, wie es mit ihm weitergehen sollte, hatte ihn lange wachgehalten. Sein erster Plan war es, das Gespräch mit Malte zu suchen, es würde dauern, bis der dazu bereit wäre und die Zeit hatte er nicht. Im Gegenteil, vermutlich war sein Schwager unberechenbar.

Jutta um Verzeihung bitten, wie ihm Lukas vorgeschlagen hatte, kam ihn lange wie die beste Idee vor, allerdings müsste er dafür zu Maltes Haus gehen und der blieb für ihn ein Risiko. Er könnte Haarberg um Hilfe bitten oder Bittler oder den Major, aber zu allen hatte Malte einen Draht. Die Johannisten waren nicht seine Welt, er hatte in diesem Ort alle Möglichkeiten verbrannt. Die wenigen Kontakte in die Nachbardörfer waren noch keine Basis und dort wäre er noch zu nahe. Vor allem war nicht auszuschließen, dass jemand hinter seine Geschäfte kam und ihn anschwärzen würde, da er nicht mehr lieferte. Er würde versuchen, ins Dorf seiner Eltern zu kommen.

Als er morgens aufgestanden war, hatte er sofort angefangen, seine Wertsachen so gut und unauffällig wie möglich zu verpacken.

Die restlichen Medikamente hatte er in einer Tasche verstaut, in Siebenthals Fahrradanhänger gepackt, der den ja nicht mehr brauchte, nun suchte er andere Taschen, in denen er einen Teil der Zigaretten packen würde. Für einen Neustart an einem anderen Ort würde solches Kapital helfen. In einen weiteren Rucksack packte er Kleidung ein, er wusste nicht, ob er eine gute Wahl getroffen hatte, aber alles mitnehmen konnte er nicht. Der Küchenschrank gab keine Vorräte her, erst jetzt fiel ihm auf, dass es Jutta war, die sich um die Nahrung gekümmert hatte.

Ohne Vorräte wollte er sich nicht auf den Weg machen, irgendwie musste er es schaffen, jemanden ein paar Brote und etwas Käse abzukaufen. Kurz entschlossen ging er zum ersten Nachbarn und klopfte.

Die Tür öffnete sich und seine Nachbarin schaute ihn angeekelt an: »Was willst du hier?«

»Ich … mir ist das Brot ausgegangen«, erklärte er, »ich würde euch gerne etwas abkaufen. Und etwas Käse?«

»Du gehst besser«, sie wartete gar nicht auf seine Antwort und schloss die Tür.

»Was ist mit ›unschuldig bis Schuld bewiesen?‹«, sagte Florian zur Tür. »Bekloppte Leute.«

Er klapperte mehrere Nachbarhäuser ab, aber überall wurde er ähnlich ablehnend empfangen. Er entschied sich dazu, es bei den Menschen zu versuchen, mit denen er zusammengearbeitet hatte. Irgendjemand würde ihn verstehen, würde ihm helfen. Kurz entschlossen radelte er zur Apotheke und ging hinein.

»Hallo Florian, was willst du hier«, begrüßte ihn Bernadette, kühl.

»Hallo Bernadette.« Ob sie etwas von gestern Nacht wusste? Er versuchte sein Glück: »Ich habe ein kleines Problem und habe vergessen mir meine Brotration abzuholen und ich dachte, dass du mir vielleicht …«

»Vielleicht gibt dir Verena etwas?« Die Ereignisse hatten wohl die Runde gemacht. »Hör zu Florian. Ich finde … ich fand dich nett. Nicht mehr, nicht weniger. Hätte ich gewusst, dass du deine Frau betrügst, hätte ich Abstand zu dir gesucht. Ich kann dir nicht helfen. Mach es gut, pass auf dich auf.«

Florian war verdutzt, mit so viel Ablehnung hatte er nicht gerechnet.

»Das war eine Verabschiedung«, legte Bernadette nach. »Du solltest jetzt gehen.«

Enttäuscht verließ er die Apotheke, ging zum Hospital, in dem er Haarberg traf.

»Hallo«, begrüßte der den Arzt, »ich hätte ihm helfen können, Malte hat mich nicht an ihn herangelassen.«

»Was willst du hier?« Auch Haarberg schien ihm ablehnend gegenüberzustehen.

Okay, dann konnte er direkt zum Punkt kommen: »Ich habe vergessen, meine Ration abzuholen, und brauche dringend etwas Brot.«

»Ja«, Haarberg sah in fragend an, »und was habe ich damit zu tun?«

Konnte der Mann so schwer von Begriff sein: »Würdest du mir etwas Brot ...«

»Nein«, Haarberg verschränkte die Arme vor seiner Brust, »du solltest jetzt gehen. Ich habe zu tun.«

Florian ging hinaus, setzte sich auf sein Rad und fuhr zu Verena. Er klopfte an der Tür und wartete, aber nichts geschah.

Er klopfte erneut: »Verena!«

Die Tür öffnet sich einen Spalt: »Ich möchte nicht mit dir gesehen werden. Eigentlich möchte ich dich gar nicht sehen.«

Kaum hatte sie fertig gesprochen, war die Tür schon wieder zu. Nachdem er das Naheliegende versucht hatte, griff er nach dem letzten Strohhalm. Er ging zu seinem reichsten Kunden, der, der ihn gemeinsame Geschäfte angeboten hatte, und klopfte an der Tür.

Es dauerte, bis sich die Tür öffnete: »Wen haben wir denn da! Du sitzt in der Scheiße, oder?«

»Wie man es nimmt.« Florian versuchte, gelassen zu wirken. »Aber es kann nicht immer alles toll laufen.«

»Das ist die Untertreibung des Jahrhunderts«, lachte der alte Mann. »Ich weiß, dass du in der Scheiße sitzt. Wenn dich Holzer nicht erwischt, ist noch dein Schwager da. Du kommst hier im Dorf auf keinen grünen Zweig mehr.«

»Ich hätte eine Geschäftsidee«, versuchte er den Sermon zu unterbrechen. »Wir könnten ...«

»Du kannst hier nichts mehr«, sagte der alte Mann, »Mach dich weg und sieh zu, dass du Land gewinnst.«

»Würden Sie mir etwas Brot verkaufen?« Florian kämpfte gegen die Verzweiflung.

»Klar. Kannst du haben«, lachte der Mann. »Du erinnerst dich, was du mir alles für die Medikamente abgenommen hast?«

Florian ahnte, in welche Richtung das gehen würde: »Ja.«

»Ich möchte alles zurückhaben«, forderte der Alte.

»Das waren schwer zu bekommende Schmerzmittel!«, ärgerte sich Florian. »Kein Brot wiegt das auf!«

»Du hast mich nicht ausreden lassen!«, tadelte der Mann ihn. »Ich will das und noch einmal genauso viel.«

»Das ist Wucher!«, beschuldigte Florian ihn.

»Möglich«, selbstzufrieden grinste der Mann ihn an. »Willst du Brot oder nicht?«

»Leck mich«, Florian zeigte ihm den Stinkefinger. »Ich werde woanders was bekommen!«

»Wenn du meinst«, winkte der Mann ab. »Verpiss dich.«

Florian fuhr zurück in sein Haus, das er nun verlassen musste. Für Vorräte würde er auf dem Weg sorgen, vielleicht ergab sich was in den Nachbarorten. Nachdem er den Fahrradanhänger vollgepackt hatte, fuhr er los. Er wollte nicht riskieren, dass Holzer ihn erneut aufsuchte und diesmal besser vorbereitet war.

Als er fast alles gepackt hatte, ging er mit einem kleinen Rucksack durch die Wohnung. Er nahm das Fotoalbum mit den Hochzeitsbildern in die Hand, blätterte durch die Seiten und legte es wieder weg. Das war Vergangenheit, im doppelten Sinne. Er suchte sich ein Bild, auf dem Jutta und er waren und eines, auf dem er mit der ganzen Familie zu sehen war, Jutta, Simone, Laura, Malte, Lukas und er. Florian war selten sentimental und tat sich nicht schwer, mal etwas hinter sich zu lassen, aber ihm wurde klar, dass er nie mehr an diesen Ort zurückkehren würde.

Den kleinen Rucksack legte er zu den größeren Taschen im Anhänger, prüfte die Verbindung zum Fahrrad, stieg auf und fuhr los. Er hatte den Eindruck, dass jeder, an dem er vorbeifuhr, demonstrativ wegschaute, meinte ihre Blicke im Rücken zu spüren. Am Wachposten Richtung Waldgirmes blieb er kurz stehen und wartete darauf, dass ihn die Wachen ansprachen.

»Was ist los?«, fuhr ihn einer an. »Willst du hier Wurzeln schlagen?«

Florian verließ Umbach, der Ort, der die letzten Jahre seine Heimat war und niemand weinte ihm eine Träne nach.

Als er den Wachposten am Ortseingang von Waldgirmes erreichte, wurde er freundlich begrüßt: »Hallo! Was ist los? Geht es in den Urlaub?«

Florian musste grinsen. Humor lockerte das Leben auf: »Hallo! Etwas Abwechslung tut gut.«

»Wo soll es denn hingehen?« Der Ton wurde interessierter, ernster. »Vor allem mit so viel Gepäck?«

Florian entschied sich für eine Lüge: »Kinderklamotten für einen Bekannten.«

Der Mann lachte: »Ja, früher war das alles einfacher. Einfach ins Geschäft, auf den Flohmarkt. Aber wenn man jetzt, wie Sie, dass mit Freunden teilt … Wer hätte gedacht, dass wir schlagartig lernen würden, nachhaltiger zu leben. Jahrzehnte Umweltschutzbewegung haben nicht annähernd so viel bewirkt wie ein richtiger Stromausfall.«

Florian ersparte sich, dem Mann zu erklären, dass es viele kleinere und größere Umweltkatastrophen durch den Stromausfall gab: »Ich müsste mal weiter, will heute Abend wieder zurück sein.«

Er wollte in die Pedale treten, als ihm eine Idee kam: »Ich habe vergessen, mir etwas zu essen mitzubringen. Wo kann ich hier Brot kaufen?«

»Kaufen ist nicht«, erklärte die Wache. »Ich würde eins mit dir tauschen, was hast du anzubieten?«

Florian überlegte: »Rauchst du?«

Die Wache schüttelte den Kopf: »Schon lange nicht mehr, aber Zigaretten sind gut zum Tauschen, nicht?«

»Ich könnte dir ein Päckchen für das Brot anbieten«, schlug Florian vor.

»Zwei?«, versuchte, die Wache zu handeln. »Immerhin ist es ein ganzes Brot.«

»Hast du es dabei?«, fragte Florian.

»Nein«, antwortete die Wache, »wir gehen kurz bei mir vorbei.«

Fünfzehn Minuten später befand sich ein relativ frisches Brot in seinem Anhänger, Wasser hatte er genug dabei, die Strecke bis zu seinen Eltern sollte er in zwei maximal drei Tagen schaffen. Für die

Nächte hatte er das kleine Zelt eingepackt, es fühlte sich wirklich fast so wie Urlaub an.

Er kam gut voran und auch wenn auf den Straßen immer noch die liegen gebliebenen Fahrzeuge standen, kam er mit dem Fahrrad gut voran. Wenn das so weitergehen würde, war er am nächsten Tag bei seinen Eltern. Er fuhr in einen Kreisverkehr hinein, als auf der Gegenseite mehrere Männer hinter den Autos hervortraten und ihm den Weg versperrten.

Junge Männer, alle Anfang zwanzig, einige trugen Schusswaffen, er stufte die Situation als extrem gefährlich ein und all seine Sinne schrillten ›Alarm‹.

»Willkommen auf unserer Straße«, begrüßte ihn der Anführer, »ich hoffe, sie gefällt dir gut?«

»Hallo«, reagierte Florian, »ja, ist ganz hübsch, allerdings stehen ein paar Fahrzeuge zu viel herum.«

»Wow!« Der Rädelsführer hob beschwichtigend die Hände. »Das ist was Asiatisches. Weißt du, so ein Feng Shui Ding.«

»Wenn es euch gefällt«, sagte Florian. »Ich will euch nicht weiter stören, nur durchfahren.«

»Ja«, grinste der Anführer, »aber du bist schon auf unserer Straße gefahren. Du willst auch nicht, dass wir in dein Wohnzimmer gehen, oder?«

»Na ja«, Florian wurde nervöser, »es ist ja nicht so, als ob da ein Schild war, dass das eure Straße ist. Dann hätte man das vorher wissen können.«

»Hey Dennis«, rief der Rädelsführer, »Steht da hinten ein Schild, auf dem steht, dass das unsere Straße ist?«

»Ja, Chef«, antwortete Dennis, »das steht da, groß und breit. Nur ein Blinder könnte das übersehen.«

»Ich habe kein Schild gesehen«, verteidigte sich Florian.

»Du willst keins gesehen haben?«, provozierte ihn der Anführer. »Wie ein Blinder siehst du nicht aus. Willst du mir erzählen, Dennis lügt? Dennis! Lügst du?«

»Niemals«, antwortete Dennis wie aus der Pistole geschossen. »Da steht ganz sicher ein Schild.«

»Sind wir uns alle einig, dass da ein Schild steht?«, fragte der Rädelsführer in die Runde und schaute dann Florian an.

»Wenn, dann kann es nicht groß sein.« Florian entging nicht, dass hinter ihm zwei oder drei Männer aufgetaucht waren.

»Wie lösen wir denn die Situation?« Der Anführer knetete sein Kinn mit Daumen und Zeigefinger. »Wie wäre es, wenn du uns eine Nutzungsgebühr bezahlst? In deinem Anhänger wird sich was Passendes finden.«

»Ich könnte euch eine Stange Zigaretten anbieten.« Kaum hatte Florian es ausgesprochen, ärgerte er sich über sich selbst. »Die ist viel wert.«

»So, so«, der Rädelsführer kam näher, »mach mal den Anhänger auf. Ich muss schauen, ob du nicht etwas Verbotenes über unsere Straße schmuggelst.«

»Ich dachte, ihr seid die Straßenbesitzer und keine Polizisten?« Der Anführer stand Florian gegenüber.

»Trotzdem wollen wir wissen, was auf unserer Straße los ist«, sagte er, »wir wollen nicht, dass jemand Drogen an Kinder verkauft.«

»Zwei Stangen Zigaretten?«, feilschte Florian.

»Wenn du so schnell freiwillig etwas anbietest«, befand sein Gegner, »dann hat dein Anhänger mehr zu bieten. Viel mehr.«

Er ging zum Anhänger und fing an, ihn zu öffnen. Florian versuchte, ihn davon abzuhalten, als ihn ein Schlag in die Kniekehle traf. Er verlor den Halt und fiel um. Erst jetzt sah er, dass jemand mit einem Baseballschläger hinter ihn getreten war.

»Ich glaube, er hat jetzt begriffen, dass er mich beim Durchsuchen nicht stören soll«, lachte der Anführer. »Mal schauen, was wir dahaben?«

Er holte zuerst den kleinen Rucksack heraus, schüttete den Inhalt auf den Boden, hob eines der Bilder auf und hielt es Florian entgegen: »Du mit deiner Frau? Wieso bekommt so ein hässlicher Kerl wie du so ein geiles Weib? Schaffst du es überhaupt, sie zu befriedigen? Ich glaube, ich besuche die mal, die ist bestimmt total ausgehungert.«

Florian wurde wütend, aber sein Bein schmerzte und hinter ihm stand der Kerl mit dem Baseballschläger.

Der Anführer hatte das Brot aus dem Anhänger geholt und fing an, es zu zerreißen.

»Was machst du da?« Florian wurde sauer, er hatte so viel für das Brot bezahlt.

»Ich schaue, ob du darin etwas versteckt hast«, sagte der Anführer, als ob es das Logischste auf der Welt wäre, und verteilte die Brotkrümel auf den Boden.

»Jungs«, versuchte Florian zu verhandeln, »wir werden uns schon einigen, ich will nur zu meinen Eltern fahren, die brauchen Hilfe.«

»Lustig«, lachte der Anführer, »ich habe eher den Eindruck, dass du Hilfe brauchst.«

Er nickte leicht dem Mann hinter Florian zu, der ihm in die Seite trat.

»Siehst du?«, erklärte der Rädelsführer. »Aber schauen wir mal weiter.«

Er öffnete den Kleiderrucksack und verteilte den Inhalt auf dem Boden. Danach nahm er den Rucksack, der voller Zigarettenstangen war und öffnete ihn.

»Na, da schau an«, lachte der Anführer. »Und du willst uns nur zwei Stangen geben?«

Florian schwieg, er bereitete sich innerlich darauf vor, dass sie ihm alles abnehmen würden.

»Mal schauen, was in der nächsten Tasche ist«, kündigte der Anführer an und warf einen Blick in die Tasche mit dem Schmuck.

»Na, du bist ja unser Jackpot!«, verhöhnte er Florian. »Vor wem rennst du denn weg?«

Florian sah in an, ohne ein Wort zu sagen.

»Willst du nicht mit uns reden?«, provozierte ihn sein Gegner.

Wieder ging Florian nicht darauf ein.

Der Anführer gab seinem Kumpanen ein Signal und Florian fühlte einen Schlag gegen seinen Hinterkopf, dann wurde es schwarz.

TAG 44

LAURA

Seit dem Stromausfall waren fast täglich Menschen gestorben oder getötet worden. Auch davor sind Menschen gestorben, aber nicht so viele und vor allem seltener junge Leute. Und wenn junge Menschen starben, kannte man sie meistens nicht. Es war etwas, das anderen passierte.

Laura war sich bewusst, dass das davon abhing, in welchem Teil der Welt man lebte. Dass Kinder das erste Jahr nicht überleben, war in Europa schon lange die Ausnahme, in manchen Gegenden in Afrika immer noch bittere Normalität. Während West- und Mitteleuropa seit dem Zweiten Weltkrieg weitgehend von kriegerischen Konflikten verschont geblieben war, sind Menschen in Asien aufgewachsen, die ihr Land nur im Krieg kennen. Kinderarbeit gab es nur ›woanders‹ und die wenigen Menschen in Deutschland, die nicht wussten, wie sie den nächsten Tag an etwas zu Essen kommen, übersah man schnell.

Zwei Abende vorher waren Gordon und sie auf dem Rückweg nach Hause ihrem Vater begegnet und Laura hatte sich gewundert, was er getragen hatte, bis die Erkenntnis sie wie ein Schlag traf. Sie lief ihm entgegen, streichelte Lukas durch das Haar, drückte seine Hand an sich, während ihr Vater wortlos und stoisch wartete, bis er weitergehen konnte.

»Soll ich ihn tragen?«, hatte sich Gordon angeboten, aber ihr Vater schüttelte den Kopf.

Gordon hatte sie in den Arm genommen und wie eine kleine Trauerprozession sind sie nach Hause gegangen.

Malte hatte Lukas in sein Zimmer gebracht, auf sein Bett gelegt und sich auf den Rand des Bettes gesetzt. Laura und Gordon waren ihm gefolgt, gingen auf die andere Seite, wo sie sich hinsetzte. Gordon stellte sich hinter sie und legte seine Hand auf ihre Schulter. Da sie nicht leise hereingekommen waren, kam auch Jutta in das Zimmer, sah Lukas, schrie und setzte sich neben Malte auf das Bett. Vermutlich wären sie tagelang so sitzen geblieben, aber Gordon hatte mitgeteilt, er würde zu Haarberg gehen und fragen, was zu tun sei.

Später hatte Gordon erzählt, dass der Arzt ihm schon mit zwei Männern entgegengekommen war. Haarberg kam in die Wohnung, Gordon führte ihn zu Malte und der Arzt wartete eine Weile, bis Malte ihn anschaute.

»Wir müssen kurz reden Malte«, hatte er gesagt und dann hatte er ruhig und sachlich erklärt, was bis zur Beerdigung vorbereitet werden musste. Gordon hatte sich bereit erklärt viele der Aufgaben, die die Familie leisten musste, zu steuern. Lukas würde bis zur Beerdigung in der Wohnung aufgebahrt werden, die Familie war zuständig, ihn anzuziehen. Särge gab es mittlerweile nur noch als ganz schlichte Holzkisten, darum kümmerte sich die Gemeinschaft.

Nur mit großer, sehr großer Mühe gelang es Laura und Jutta, Malte dazu zu bewegen auf die Beerdigung von Kempf zu gehen. Er war fast gar nicht von Lukas' Bett zu trennen und wieder war es Gordon, der das notwendige Durchhaltevermögen hatte und er versprach, für die Dauer der Bestattung die Totenwache zu übernehmen.

Die Beerdigung von Kempf wirkte wie ein kleines Staatsbegräbnis. Ursprünglich sollte Malte einen Nachruf vortragen, er verzichtete darauf und niemand hatte das nach den Ereignissen erwartet. Holzer war besoffen am Friedhof angekommen und stand fast die ganze Zeremonie über schwankend an der Seite seiner Frau, die ihn wiederholt angewidert angeschaut hatte.

Nach der Beerdigung kam Holzer auf Malte zu: »Malte, es tut mir leid, das war ein Unfall. Wenn dieser verdammte Florian …«

Laura hatte schon einige Konflikte mit ihrem Vater, aber der Blick, den er in diesem Moment Holzer zuwarf, den würde sie nie vergessen. Verzweiflung schimmerte durch, aber die Augen funkelten vor Hass.

Iris hatte ihren Mann weggezogen, wofür ihr Laura extrem dankbar gewesen war. Als sie nach Hause kamen, ging ihr Vater wieder direkt in Lukas' Zimmer und er würde es bis zum nächsten Morgen nur einmal kurz verlassen, um sich zu erleichtern.

Schon am Morgen wurde klar, dass der Tag heiß werden würde, und Laura zuckte zusammen, als es an der Tür klopfte. Davor standen vier Männer mit dem schlichten Sarg. Auf der Straße stand eine Kutsche mit Ladefläche, der Kutscher hielt die beiden Pferde fest.

»Hallo«, grüßte einer der Männer, »wir wollen …«

Er zögerte, dabei hatten sie diesen Moment in den letzten Wochen sicherlich schon oft, zu oft, erleben müssen.

»Hallo«, Laura machte die Tür weit auf, sodass die Männer hereinkommen konnten. Als sie mit dem Sarg an ihr vorbei gingen, war es so, als ob ihr Herz aussetzte. Lukas auf dem Bett liegend, das hatte fast etwas Friedliches, als ob er nur schlafen würde. Der Sarg hatte eine Symbolik, etwas Finales.

Geübt bugsierten die Männer den Sarg nach oben und sie hörte ihren Vater aufheulen.

Jutta und Nadine waren bei ihm, Gordon kam zu ihr: »Geht es?«

Sie umarmte ihn, drückte ihn: »Ich denke schon. Es läuft wie ein Film ab.«

Gemeinsam gingen sie nach oben, Lukas lag bereits im Sarg und die Männer waren dabei, ihn zu verschließen.

»Einen Moment bitte.« Laura ging zum toten Körper ihres Bruders, streichelte ihm die Wange und legte ein Familienbild und zwei Briefe hinein. Sie hatte am Tag zuvor ihren Vater gefragt, ob er etwas schreiben wolle, am frühen Morgen hatte sie seinen Brief auf Lukas' Schreibtisch entdeckt und ihn an sich genommen.

Als der Deckel verschlossen wurde, schluchzte Malte laut auf, ging in die Knie und klammerte sich an den Sarg. Die vier Männer sahen ihn an und man merkte, dass sie sich in ihrer Rolle nicht wohlfühlten. Jutta bemerkte das und gemeinsam mit Nadine zog sie ihren Bruder vom Sarg weg. Die Männer hoben den Sarg und beförderten ihn mit Würde aus dem Zimmer und die Treppe herunter.

Laura und Gordon folgten ihnen, Jutta blieb mit Nadine und Malte eine Weile im Zimmer und während Laura sah, wie die Männer den Sarg vorsichtig auf die Kutsche hoben, erschien ihr Vater neben ihr.

»Es tut so weh«, seine Stimme klang leer und mutlos.

»Mir auch, Papa«, sie legte ihren Arm um seine Hüfte, »mir tut es auch weh.«

Die Kutsche fuhr los und die Fünf gingen den schweren Weg zum Friedhof. Es schien, als ob das ganze Dorf auf den Beinen war, die Straße wurde voller und als Laura hinter sich blickte, sah sie, wie Nachbarn, Freunde, Fremde ihnen mit respektvollem Abstand folgten.

Als sie an der Friedhofskapelle ankamen, stand der Sarg dort zwischen spärlichem Blumenschmuck, jemand hatte ein gerahmtes Bild von Lukas auf eine Staffelei gestellt. Ein kleines Rednerpult stand daneben, man hatte Stuhlreihen aufgestellt, auf die sich bisher niemand gesetzt hatte. Erst als sich Laura, Malte, Gordon, Jutta und Nadine gesetzt hatten, nahmen andere auf den restlichen Sitzen Platz.

Laura knüllte in der Hand ein Taschentuch, mit der anderen hielt sie die Hand ihres Vaters. Auf seiner anderen Seite saß ihre Tante, die seine andere Hand hielt. Neben ihr Nadine und neben Laura saß Gordon, der den Arm um sie gelegt hatte.

Die Menschen drängten in einem riesigen Halbkreis um den Sarg und Laura versuchte zu sehen, wen in der Menge sie alles kannte. Iris Holzer fiel ihr auf, ohne ihren Mann und sie war froh darüber. Die Frau von Robert Kempf hatte sie in der Sitzreihe hinter sich gesehen, der Major und Bittler standen in der Menge. Als sie sich umdrehte, erkannte sie ehemalige Schulkameraden von sich und Lukas. Das war vermutlich das halbe Dorf, wenn nicht sogar mehr.

Die Menge öffnete sich und ließ die Pfarrerin durch, die erst zu Malte und Laura ging und beiden wortlos die Hand gab. Anschließend stellte sie sich hinter das Pult, legte einen Zettel darauf und ließ ihren Blick über die Menge gleiten. Sie nickte jemandem zu und ein junger Mann kam mit Gitarre und Klapphocker neben sie, setzte sich auf den Hocker und spielte ›Tears in Heaven‹, ein Lied, welches Eric Clapton für seinen tödlich verunglückten, vierjährigen Sohn geschrieben hatte. Laura hatte mit Jutta die Titel ausgewählt, die die Pfarrerin vorgeschlagen hatte. Schon vor Wochen war sie auf Laura zugekommen, ob sie bereit wäre, auf Beerdigungen zu spielen, wenn sich jemand Musik wünschte. Laura hatte eine Liste mit Titeln zusammengestellt, wurde aber bisher nicht angefragt.

»Möchtest du etwas spielen und singen?«, hatte die Pfarrerin gefragt.

Laura war sich unsicher gewesen und wollte eigentlich ablehnen: »Ich weiß nicht, ob ich die Kraft dazu habe.«

Die Pfarrerin hatte sie ermutigt: »Es kann dir beim Trauern helfen, und wir stellen dir jemanden zur Seite, als Unterstützung.«

Es war Jutta, die sie überredet hatte, es zu machen.

Die Stimme der Pfarrerin holte sie aus der Erinnerung: »Liebe Gemeinde, wir haben uns heute versammelt, um viel zu früh Abschied von Lukas Kinzig zu nehmen«

Laura hörte ihr zu, verstand die Worte, fand sie passend, aber sie blieben bei ihr nicht hängen. Am Ende der Predigt kam ein Geschwisterpaar mit Gitarren zur Pfarrerin, mit dem Unterschied, dass bei ihnen der Bruder der ältere war. Laura hatte mit beiden schon Musik gemacht, stand auf und ließ sich von dem Mädchen die Gitarre geben, wie die Pfarrerin es ausgemacht hatte.

Sie spielte das Intro zu »Wish You Were Here«, einem Lied von Pink Floyd und einem der Titel, den sie und Lukas gerne gespielt hatten.

Ihr Mitmusiker setzte ein und sie fing mit zittriger Stimme zu singen an. Die Worte kamen automatisch und auch die Akkorde hatte sie so oft gespielt, dass ihre Hände reflexartig die richtigen Griffe fanden. Bei der finalen Strophe unterstützte sie das Mädchen mit der zweiten Stimme und als das Lied endete, war Laura froh. Froh, dass sie es gemacht hat, froh, dass ihre Stimme bis zum Ende durchgehalten hatte.

Sie bedankte sich bei den beiden, gab die Gitarre zurück und ging zurück zu ihrem Platz, wollte sich setzen, aber ihr Vater war aufgestanden und umarmte sie.

»Danke«, flüsterte er in ihr Ohr.

Danach setzten sich beide wieder hin. Die Pfarrerin fuhr mit einer Trauerrede fort, teilte Erinnerungen aus dem Leben von Lukas und seine Schulfreunde hatten ihr schöne und lustige Erinnerungen zugetragen. Nach einem Gebet führte die Pfarrerin die Träger mit dem Sarg, Laura und ihre Familie an das Grab. Die Gemeinde folgte und es dauerte lange, bis sich die Menge verteilt hatte. Laura sah, dass einige Mühe hatten, nicht auf eines der vielen frischen Gräber zu treten.

Die Träger hatten den Sarg auf Holzlatten gestellt, die über dem offenen Grab lagen, die Pfarrerin hatte sich danebengestellt. In einer Reihe, Arm in Arm, standen Gordon, Laura, Malte, Jutta und Nadine und sahen zu, wie die Träger den Sarg anhoben, zwei Männer die Latten herauszogen und der Sarg langsam heruntergelassen wurde. Eine Trompete ertönte, Laura kannte das Stück, ihr fiel der Name nicht ein. Sie blickte erstaunt vom Sarg hoch, um zu sehen, wer der Trompeter war, und erkannte ihren und Lukas' ehemaligen Musiklehrer.

Die Pfarrerin sprach ein Gebet, Laura hörte das typische »Erde zu Erde, Asche zur Asche« und wenig später trat die Pfarrerin zur Seite.

Ihr Vater trat als Erster vor das Grab, nahm die Schaufel und warf etwas Erde in das Grab. Dann fiel er auf die Knie, Laura sah, wie sein Brustkorb bebte, und ging nach vorne, um ihm Halt zu geben. Sie legte ihre Hand auf seine Schulter, er ergriff und drückte sie. Gordon war nähergetreten und half Malte beim Aufstehen.

»Es geht wieder«, versuchte ihr Vater sie zu beruhigen und er ging einige Schritte weiter und stellte sich wenige Meter neben das Grab.

Auch Laura ließ mit der Schaufel etwas Erde in das Grab rieseln, Gordon tat es ihr nach und sie stellte sich neben ihren Vater.

Jutta und Nadine folgten ihrem Beispiel, stellten sich leicht versetzt hinter Malte, Jutta legte ihre Hand auf die Schulter ihres Bruders.

Dann fing der nicht endende Strom der Kondolierenden an. Laura sah ihr gut bekannte Gesichter, viele, die sie flüchtig kannte und manche, die ihr gar nichts sagten. Ihr Vater ertrug es stoisch und tapfer, Laura fiel in einen Automatismus, ließ sich die Hand schütteln, umarmen und schließlich hörte sie die Worte nicht mehr.

Irgendwann hörte der Strom auf und Laura blickte sich um, es standen zwar noch einige Menschen um sie herum, die meisten hatten den Friedhof mittlerweile wieder verlassen. An einem Baum stehend sah sie zwei Männern mit Schaufeln, die das Grab bald zuschütten würden.

»Soll ich Sie mit nach Hause begleiten?«, bot die Pfarrerin an.

»Wir können Ihnen leider keinen Leichenschmaus anbieten«, entschuldigte sich Jutta.

»Das habe ich nicht erwartet«, lächelte die Frau, »ich wollte eher meiner Aufgabe und Berufung als Seelsorgerin nachkommen.«

»Gerne«, entschied Malte und mit einem letzten Blick auf das noch offene Grab verließen sie den Friedhof.

Die Pfarrerin ging mit Malte voraus und war mit ihm in ein Gespräch verwickelt, Laura und Gordon folgten ihnen.

Hinter ihnen ging Jutta und Nadine, zu ihnen hatte sich Bittler gesellt und Laura bekam ein paar Gesprächsfetzen mit: »… hatte er gestern den Wachposten Richtung Waldgirmes passiert. Soweit wir mitbekommen haben, ist er dann nach Heuchelheim und wohin er von dort ist, wissen wir nicht.«

»Er wird versuchen, zu seinen Eltern zu kommen«, überlegte Jutta. »Die wohnen bei Korbach.«

Laura drehte sich um: »Er ist viel zu gut weggekommen.«

Laura grübelte eine Weile, versuchte dann das Thema für sich abzuschließen: »Wisst ihr, worüber ich sehr froh bin? Zumindest sind Papa und Lukas nicht im Streit auseinandergegangen.«

JUTTA

Das Gespräch mit der Pfarrerin hatte Wunder gewirkt, Malte wirkte nicht mehr so zurückgezogen und verschlossen. Sie saßen schon eine Weile im Wohnzimmer und Malte hatte mehrmals gelächelt.

»Ich werde nachher kurz in die Wohnung gehen«, kündigte Jutta an, »und ein paar Sachen abholen.«

»Ich helfe dir«, bot sich Nadine an.

»Natürlich helfe ich dir auch.« Maltes Angebot überraschte sie und sie war sich nicht sicher, ob es eine gute Idee war, ihn mit in die Wohnung zu nehmen, vor der er Zeuge des Todes seines Sohnes geworden war.

»Malte«, Jutta wusste nicht, wie sie ihm das sagen sollte, »meinst du, dass das eine gute Idee ist? Vielleicht brauchst du ein wenig mehr Zeit?«

»Ich weiß deine Fürsorge zu schätzen«, reagierte er. »Lass mich dir bitte helfen.«

»Dann lasst uns gehen«, Nadine stand auf, Jutta sah hilfesuchend die Pfarrerin an.

»Jeder muss seinen Weg zu trauern finden«, erklärte sie. »Da gibt es keine Regeln.«

Jutta resignierte und gab sich geschlagen: »Okay, dann gehen wir.«

Auf der Straße war wieder Alltag eingekehrt. Beerdigungen waren kein seltenes Ereignis und auch wenn es diesmal einen jungen Menschen getroffen hatte, mussten alle für die eigene Zukunft sorgen. Man war pragmatischer als vor dem Stromausfall.

Als sie vor dem Haus ankamen, hielten sie an, Jutta atmete tief ein: »Willst du dir das wirklich antun?«

Malte kniete sich hin und streifte mit der Hand über eine Stelle des Bodens: »Hier ist er gestorben.«

Jutta rechnete damit, dass Malte eine Weile dort hocken bleiben würde, wurde überrascht, als er schnell wieder aufstand. Sie gingen in die Wohnung und sie sah sich um.

»Ich glaube, ich mag hier nicht mehr leben«, versuchte sie ihren Bruder abzulenken. »Zu viele Erinnerungen.«

»Du kannst bei uns so lange wohnen, wie du möchtest«, bot Malte an. »Mi casa e tu casa. Das solltest du wissen.«

»Falls er dich irgendwann satthaben sollte«, lachte Nadine, »unser Haus steht dir immer offen!«

Jutta ging ins Schlafzimmer und suchte nach ihrem Rucksack: »Florian scheint alle Taschen mitgenommen zu haben. Auch die großen Rucksäcke.«

»Ihr habt doch irgendwo Taschen herumliegen?« Nadine öffnete den Wandschrank im Flur und durchsuchte die einzelnen Fächer.

»Wo habt ihr eure Reisekoffer?«, fragte Malte, »die wird er nicht mit dem Fahrrad mitgenommen haben. Zu groß und sperrig, selbst für den Anhänger.«

»Entweder im Keller«, überlegte Jutta. »Oder auf dem Dachboden.«

»Aua!«, rief Nadine. »Na das nenne ich mal einen Vorrat!«

Jutta sah eine Stange Zigaretten am Boden liegen und im Wandschrank, im obersten Fach, bestimmt zwanzig weitere.

»Das ist heute ein Vermögen wert!« Sie hob die Stange auf und musterte die anderen im Schrank »Wo hat er die ...«

Sie schüttelte den Kopf: »Nein! Wie konnte ich nur so blind sein. Ich muss mich hinsetzen.«

»Was meinst du?« Malte folgte ihr, sie setzte sich hin und vergrub den Kopf in ihren Händen.

»Es ist schon wieder einige Zeit her«, fing Jutta zu erzählen an, »als ich Florian erwischt habe.«

»Erwischt?«, wiederholte Nadine.

»Er hatte Medikamente gehortet«, fuhr Jutta fort, »und er hatte Schmuck versteckt. Er hat mir erzählt, dass er das für uns machen würde, damit wir besser durchkommen. Ich habe ihn aufgefordert, damit aufzuhören, und habe das nicht weiter überprüft. Aber die Zigaretten, Malte, weißt du, was das bedeutet?«

Der Blick ihres Bruders zeigte ihr, dass er noch nicht eins und eins zusammengezählt hatte.

»Komm schon Malte«, drängte sie. »Das ist nicht so schwer. Überlege, wann in Umbach Zigaretten das letzte Mal ein großes Thema waren.«

Maltes Gesicht erstarrte: »Dieser Teufel! Er hat mit Medikamenten und Zigaretten gedealt? Dann ist er der Verdächtige, der uns fehlt!«

Er stand auf: »Ich muss zu Bittler, das sollte Rickschitz retten.«

»Wir kommen mit!«, beschloss Jutta.

»Packt ihr weiter Juttas Sachen, lasst die Zigaretten, wo sie sind, Bittler wird das Haus durchsuchen wollen«, wehrte Malte ab. »Wir sehen uns nachher daheim!«

»Ich war über all die Jahre so blind«, warf sich Jutta vor. »Wie konnte ich die ganzen Anzeichen nicht sehen. Wie konnte ich in den letzten Wochen das alles übersehen und ihm vertrauen.«

»Man sieht das, was man will«, philosophierte Nadine. »War er zu dir jemals gewalttätig?«

»Nein«, antworte Jutta, »zumindest nicht körperlich. Er konnte abfällig sein und manchmal verletzend.«

»Auf jeden Fall hast du es jetzt hinter dir«, beruhigte sie Nadine. »Na komm, lass uns ein paar Sachen packen und zusehen, dass wir hier herauskommen.«

Jutta stand im Schlafzimmer vor ihrem Kleiderschrank und suchte weite Kleidung: »Wer weiß, wie lange ich die noch tragen kann.«

»Wieso?«, fing Nadine an., »Ach klar, ja, wir werden dir ein paar Klamotten suchen müssen, die etwas weiter sind.«

Jutta musste lachen: »Das sollte genügen, nun noch den Koffer und wir machen uns auf den Weg.«

»Willst du nicht noch etwas Persönliches mitnehmen?«, wunderte sich Nadine. »Fotos, Schmuck, das Familiensilber …«

»Gute Idee, könntest du die Sachen hier bitte in den Koffer packen?«

»Klar. Wo waren die Koffer?«

»Die müssten im Wäschekeller sein, wenn nicht dort, dann im anderen Kellerraum«, erklärte Jutta.

»Okay«, Nadine ging zum Treppenhaus und Jutta hörte, wie sie die Treppe herunterging.

Sie selbst ging zu ihrem Nachttischschränkchen, darin war eine kleine Box, die sie als Schülerin gebastelt hatte und in der sie Erinnerungen aufbewahrte. Eine Locke, die ihre Eltern ihr als Baby abgeschnitten hatten, ihr erster Liebesbrief, das erste Bild von ihr mit Laura am Tag ihrer Geburt, ein weiteres mit Lukas am Tag von dessen Geburt.

Sie legte die Box oben auf das Schränkchen und ging ins Wohnzimmer, in einer Vitrine hatte sie Modelle aller Flugzeugtypen, die sie bisher geflogen hatte. Besonders stolz war sie auf die Miniatur der kleinen Cessna, mit der sie den ersten Alleinflug gemacht hatte. Ob sie jemals wieder ein Flugzeug steuern würde? Sie packte das Modell in ihren Rucksack und ging zum Regal, in dem die Fotoalben standen. Sie nahm das Erste aus dem Fach, eines, das ihre Eltern für sie gemacht hatten. Mit dem Gruppenbild aus dem Kindergarten, Bildern von ihrer Einschulung, von verschiedenen Faschingsfeiern. Sie nahm das Album mit den Hochzeitsbildern in die Hand und wurde etwas sentimental. Florian und sie sahen gut aus, fast wie aus einem Modekatalog. Dann erinnerte sie sich an ihren Schuhkarton mit Bildern aus ihrer Teenagerzeit. Wo hatte sie den nur hingestellt? Im Schlafzimmer öffnete sie ihren Schrank und schaute auf den oberen Regalboden und dort war der blau-weiße Schuhkarton mit den drei Streifen. Den Karton öffnend, setzte sie sich auf das Bett und fing an, sich die Bilder anzuschauen. Tanzschule, Zeltfreizeit, Reitturniere.

»So klappt das mit dem Einpacken nicht«, tadelte sie Nadine, die mit zwei Koffern zurückgekommen war. »Wenn wir heute noch zurückwollen, solltest du etwas Tempo machen. Die Bilder können wir uns bei anderer Gelegenheit anschauen.«

»Erinnerst du dich an die Zeltfreizeit?«, sie zeigte Nadine das entsprechende Bild. »Da waren wir ungefähr vierzehn.«

»Da habe ich mein erstes Bier getrunken!« Nadine grinste. »Was habe ich mich erwachsen gefühlt.«

»Hier ist eins von der Skifreizeit!«, sie gab ein weiteres Foto weiter. »Da war ich das erste Mal verliebt.«

»Ich schon während der Zeltfreizeit«, beichtete Nadine.

»Das hast du mir nie erzählt?« Jutta war erstaunt, sie hatten eigentlich alles geteilt. »Erzähl! Wer war es.«

Nadine antwortete nicht und schaute sie nur an.

»Oh«, verstand Jutta, »aber wieso hast du nie etwas gesagt?«

»Ich habe lange geglaubt«, offenbarte Nadine, »dass wir einfach sehr gute Freundinnen waren und dass Freundschaft sich so anfühlt. Ich wusste es damals selber nicht. Erst Jahre später kam mir die Erinnerung, dass das eben nicht nur eine einfache Freundschaft war.«

»Wolltest du mir es nie erzählen?«, wunderte sich Jutta.

»Weißt du, ich habe geglaubt, dass du es irgendwann merken würdest«, erklärte Nadine, »und dann hast du geheiratet. Du warst unerreichbar und mir war es wichtiger, mit dir befreundet zu sein.«

»Ich muss total blind gewesen sein«, Jutta konnte nur ahnen, was für eine Gefühlsachterbahn ihre Freundin durchlebt haben musste. »Unser Kuss?«

»Den habe ich genossen«, lächelte Nadine, »und die Umarmung.«

»Ich brauche etwas Zeit.« Kaum hatte sie es ausgesprochen, wurde ihr bewusst, wie abgedroschen das klingen musste. »So wollte ich das nicht sagen. Ich meinte … ich will …«

»Du musst dich nicht rechtfertigen«, sagte Nadine, »nicht für deine Gefühle. Versprich mir, dass wir, egal wie, weiterhin beste Freundinnen bleiben. Lass‹ das bitte nicht zwischen uns stehen.«

»Versprochen«, Jutta umarmte ihre Freundin.

»Vielleicht sollten wir die Tage noch mal mit der Kutsche hier vorbeikommen?« Wie Nadine auf einmal so sachlich werden konnte, überraschte Jutta, vielleicht war das notwendig, um die Situation zu entspannen. »Nur ein Vorschlag.«

Jutta warf einen Blick in die beiden vollen Koffer und konnte nicht widersprechen: »Ja. Lass uns gehen, es war anstrengend und etwas Ruhe wird uns allen guttun.«

Jutta verschloss die Wohnungstür, sie gingen die Treppe herunter und verließen das Haus. Beim Zuziehen der Haustür lief es Jutta so eiskalt den Rücken herunter, dass sie sich kurz schütteln musste.

»Alles okay mit dir?« Nadine war es offensichtlich nicht entgangen.

»Mir lief es kalt den Rücken herunter.« Die Haustür verschloss sie, »Es hat so etwas ›finales‹, ich habe hier schöne Zeiten erlebt. Und nun ist alles anders. Herr Siebenthal ist tot, Florian ist verschwunden und da wächst ein kleiner Mensch in mir heran. Wie sehr hatte ich mir gewünscht, dies mit Florian zu erleben, wie Laura, Simone, Lukas und Malte uns geholfen hätten. Als ich die Tür zugezogen habe, das war so, als ob ich alles oder vieles davon hinter mir gelassen habe. Vielleicht brauche ich so etwas wie Laura mit dem Handy im Teich versenken, irgendetwas, womit ich mich davon innerlich lösen kann.«

»Na, du hast doch da etwas.« Nadine deutete auf Juttas Bauch. »Wenn das kein Neuanfang ist, was dann?«

Jutta streichelte über ihren Bauch, dem bisher nichts anzusehen war, dafür war es noch zu früh: »Das Kleine ist beides, es ist ein Neuanfang, wird mich aber immer, immer an Florian erinnern.«

»Du solltest bald einen Termin bei Haarberg machen«, schlug Nadine vor. »Bücher über Schwangerschaften und für werdende Mütter, da fragen wir uns bei den Eltern junger Kinder herum und versuchen, dich mit Umstandskleidung und Babysachen zu versorgen.«

Nadine hatte Jutta den Rucksack abgenommen und geschultert: »Hey, den kann ich allein tragen!«

»Klar kannst du das.« Nadine streckte ihr die Zunge heraus, »Aber jetzt habe ich ihn.«

»Ich bin schwanger, nicht krank!«, protestierte Jutta und lief ihrer Freundin nach.

»Ja«, lachte die, »aber ich war schon immer die Stärkere von uns beiden. Liegt wohl an der harten Arbeit auf dem Bauernhof!«

»Hey, ich habe auch manchmal geholfen«, erinnerte sie sich an so manchen Tag, an dem sie Bodners auf dem Hof geholfen hatte. Nadines Vater hatte auch Jutta gezeigt, wie man eine Sense schärfte, wie man mit ihr Getreide erntete und als die Mädchen etwa 14 Jahre alt waren, fing er an, ihnen zu erklären, wie man einen Traktor steuerte. Mit viel Spaß hatten sie erst Runden auf dem Hof gedreht, manchmal hatte Jutta in den Jahren danach bei der Ernte geholfen.

Als sie bei Maltes Haus angekommen waren, stand Andreas Pape vor der Tür und klopfte.

»Hallo Andreas«, grüßte Nadine.

Der Angesprochene drehte sich überrascht um, als ob er nicht damit gerechnet hatte, dass jemand hinter ihm stehen konnte, was Jutta verwunderte, die Rollkoffer machten so viel Lärm, nur ein Schwerhöriger konnte das überhören.

»Hallo Nadine, hallo Jutta«, er nickte ihnen kurz zu.

»Hallo Andreas.« Auch Jutta und Nadine standen jetzt vor der Tür. »Wenn du etwas zur Seite gehst, könnten wir die Tür öffnen.«

Kaum hatte sie das ausgesprochen, öffnete sich die Tür und Malte schaute irritiert: »Hallo Andreas! Hallo Mädels. Warum seid ihr nicht hereingekommen?«

»Meine Schuld«, sagte Andreas, »ich hatte geklopft und nicht mitbekommen, dass die Frauen hinter mir waren.«

»Außerdem hat er nicht wissen können, dass ich einen Schlüssel habe«, reagierte Jutta, wobei ihr dann aufging, dass genügend Leute im Dorf wussten, dass sie momentan bei ihrem Bruder lebte.

»Gut, dass du da bist, Nadine«, redete Andreas weiter, »dann spare ich mir den Weg raus auf euren Hof und muss es nur einmal erzählen.«

Fragend sahen ihn alle an: »Carl hat heute Morgen versucht, sich das Leben zu nehmen.«

Jutta war sich nicht sicher, ob kurz ein Lächeln in Maltes Gesicht aufblitzte. Auch ihm war klar, dass Holzer an den Umständen beteiligt war, die zu Lukas' Tod geführt hatten.

»Kommt herein«, bat Malte, »was genau ist passiert?«

Als sie am Tisch saßen, fing Andreas zu erzählen an: »Iris war nach der Beerdigung mit zu uns nach Hause gekommen, sie gestand uns, Angst vor Carl zu haben, dass er unberechenbar wäre. Als sie am frühen Nachmittag nach Hause kam, fand sie ihn. Er saß auf seinem Sessel, auf dem Boden lag eines seiner Gewehre, er hat versucht, sich zu erschießen.«

»Meine Güte«, Nadine schlug die Hand vor den Mund, »aber er hat überlebt?«

»Ja, für einen Jäger sollte man meinen, er wüsste, wie man so etwas macht«, Pape versuchte, sich das Geschehene mit Galgenhumor schöner zu reden. »Haarberg versucht, ihn stabil zu bekommen, seine Chancen stehen fifty-fifty.«

Es entstand eine Pause, die Pape selbst brach: »Wir sollten so schnell wie möglich mit dem Rat zusammenkommen und vielleicht sollten wir nächste Woche wieder eine Versammlung einberufen.«

»Wieso das?«, wunderte sich Malte.

»Dafür, dass du so intelligent bist, tust du dich manchmal schwer, wirklich schwer«, neckte ihn Andreas. »Carl wurde zum Bürgermeister gewählt. Wir haben keine Regelung für eine Stellvertretung, weshalb ich vorschlage, dass Nadine das vorläufig machen sollte, sie hatte die zweitmeisten Stimmen.«

»So viel Verantwortung will ich gar nicht«, wehrte Nadine ab, »warum nicht Malte oder du?«

»Er hat recht«, sagte Malte, »für den Moment solltest du das machen, bis wir gemeinsam eine neue Lösung …«

Ein forderndes Klopfen an der Haustür unterbrach Malte.

SIMONE

Seit dem Bauernhof war es das erste richtige Frühstück. Ein Nichts im Vergleich zu früher, aber Brot, Butter, Honig, eine heiße Tasse mit irgendwelchem Kaffee-Ersatz. Dazu das Gefühl, frisch gewaschen zu sein und saubere Kleidung zu tragen. Simone war dankbar, dass Sabine so großzügig zu ihr war.

»Wir machen dir ein Lunchpaket für den restlichen Weg.« Sabines Stimme klang nicht so, als ob das ein zu diskutierender Vorschlag war. »Wann willst du los?«

»Ein Teil von mir würde gerne länger hierbleiben«, antwortete Simone. »Aber ich habe die Befürchtung, dass mir dann das Weiterlaufen schwerer fallen wird. Und von hier aus sollte ich es schaffen, bis heute Abend nach Hause zu kommen.«

Bei dem Gedanken, ihre Familie bald wiederzusehen bekam sie Gänsehaut. Schnell nahm sie einen Schluck des noch warmen Ersatzkaffees.

»Du musst mir eins versprechen!«, sagte Sabine.

»Und was?«, Simone war neugierig.

Ihre Freundin zögerte: »Du hast viel gesehen, viel erlebt. Sollte für dich in Umbach kein Zuhause sein, weil deine Familie … nicht mehr da ist, kommst du hierher zurück.«

Simones Optimismus von kurz zuvor war schlagartig verschwunden: »Ich … da habe ich ehrlich gesagt nie daran gedacht.«

»Es tut mir leid«, Sabine wirkte ein wenig traurig, »wenn dich das jetzt traurig macht, aber ich wollte ehrlich sein und als Freundin ist es meine Aufgabe, dich darauf vorzubereiten, dass vielleicht nicht alles gut ist. Du bist hier willkommen und wir würden einen Weg finden, dich in die Dorfgemeinschaft aufzunehmen.«

»Danke«, Simone hatte einen Kloß im Hals, »und ich weiß es zu schätzen, dass du so offen darüber sprichst. Ich vermute, für viele Wanderer hat und wird es bei der Rückkehr böse und traurige Überraschungen geben.«

»Hoffen wir das Beste.« Sabine biss in ihr Brot. »Vielleicht kannst du versuchen, mir eine Nachricht zukommen zu lassen? Wir haben hier zwischen den Dörfern Kurierdienste, ich bin überzeugt, dass es so etwas mittlerweile in vielen Gegenden gibt.«

»Oder ich besuche dich mal wieder!« Simone wurde optimistischer.

Sabine hatte Simones Rucksack vorbereitet und gab ihn ihr.

Als Simone die Pistole herauszog, runzelte Sabine die Stirn: »Ich hoffe, die wirst du auf den letzten Kilometern nicht mehr brauchen.«

»Ich wünschte mir«, Simone wurde von Erinnerungen überholt, in denen sie die Waffe genutzt hatte, »ich hätte sie nie gebraucht.«

Sie steckte sie zurück in den Rucksack, denn sie ging davon aus, dass man in allen Orten, die ihr Transit gestatten würden, es nicht gerne sehen würde, wenn sie die Waffe im Hosenbund tragen würde.

Simone tat einen tiefen Atemzug: »Sabine, ich kann dir gar nicht sagen, wie dankbar ich dir für den Abend, die Nacht im Bett und das Frühstück bin!«

Sabine lächelte: »Gerne, sehr gerne.«

Die beiden Frauen drückten sich und insgeheim überlegte Simone, ob dies das letzte Mal war, das sie sich sehen würden. Auch wenn es weniger als fünfzig Kilometer waren, momentan war das eine Distanz, die sich weiter anfühlte als der Mond.

Sabine brachte Simone bis an den Wachposten: »Pass gut auf dich auf und grüße Malte von mir! Drück deine Kids fest für mich!«

Eine Wache übernahm es, Simone bis zum nächsten Dorf zu bringen. Simone fiel auf, dass dieser, im Gegensatz zu denen gestern, einen großen Rucksack trug.

Er bemerkte ihren fragenden Blick: »Wenn wir den Weg machen, versuchen wir Kurieraufgaben zu erledigen. Zumindest für Sachen, die nicht dringend sind, wenn es eilig ist, übernimmt das jemand mit dem Fahrrad oder auf dem Pferd.«

»Das macht Sinn«, nickte Simone. »Schreiben sich die Leute viel?«

»Auf WhatsApp haben sie sich öfter und mehr geschrieben«, lächelte der Mann. »Nachdem es erst eine Weile gedauert hatte, bis wir das etabliert haben, wird es recht gut angenommen. Manche machen sich die Mühe und nehmen eine Tagesreise auf sich, um einen Freund oder Familie zu besuchen. Man darf dabei nicht vergessen, dass es auch in den Gegenden wie der unseren nicht komplett sicher ist. In den Wäldern leben ehemalige Wanderer, die vermutlich aus irgendeiner Großstadt geflohen sind und die nirgendwo bleiben durften. Deshalb geht man heute mindestens in kleinen Gruppen in den Wald, es ist einfach zu gefährlich.«

»So ähnlich muss es wohl zu der Zeit gewesen sein«, überlegte Simone, »in der Goethe gelebt hatte.«

»Ja«, lachte der Mann, »der Stromausfall hat uns alle in eine Welt mit den Möglichkeiten von vor zweihundert Jahren katapultiert. Nur fehlen uns die Versorgungsketten von damals und handwerkliches Wissen. Und wenn man überlegt, wie sehr und wie schnell sich unsere Welt in den letzten zwanzig Jahren vor dem Stromausfall geändert hat, wir würden schon Probleme haben, in den Fünfzigerjahren zu leben.«

Die Turnschuhe, die Sabine ihr gegeben hatten, waren erstaunlich bequem und sie kam gut voran, sehr gut. Einerseits, da sie seit Wochen am Gehen und trainiert war, andererseits auch, da die Wachen und Kuriere, die sie von Ort zu Ort begleiteten, ebenfalls eine gute Kondition hatten.

Gegen Mittag sah sie den Dünsberg, ein Anblick, der ihr noch geläufiger war als die Silhouette von Marburg, mit dem markanten Schloss und der Elisabethkirche. Sabine hatte ihr eine Karte mitgegeben, auf der sie sich verschiedene Routen notiert hatte. Meistens konnten die Kuriere ihr schon die nächsten zwei oder gar drei Orte als sichere Route melden, warnten auch vor bestimmten Richtungen: »Um Gießen sollten sie einen Bogen machen!«

An einer Stelle konnte sie das Lahntal überblicken, sah links von sich, im Osten, Gießen liegen. Aus dieser Entfernung sah die Stadt friedlich aus, nichts gab einen Hinweis darauf, dass einige Linksextremisten dort eine Schreckensherrschaft etabliert hatten. Im Westen konnte sie Wetzlar erkennen, der charakteristische Dom, aber auch dort war aus der Ferne nichts zu erkennen.

»Wissen Sie, wie es in Wetzlar aussieht?«, fragte sie die Frau, die sie auf dieser Etappe begleitete.

»Da haben sich verschiedene Gruppen lange gegenseitig bekämpft«, antwortete die Frau.

Irgendwann kam der Moment, an dem sie auf einem Wegweiser das erste Mal »Umbach« las. Ehrfürchtig blieb sie vor dem Schild stehen und die Frau sah sie verwirrt an.

Simone lächelte: »Wissen Sie, ich bin seit dem Stromausfall unterwegs nach Hause und allein, dass ich jetzt den Ortsnamen lesen kann. Ich habe so lange darauf gewartet!«

»Bis dahin können Sie immer von Kurieren begleitet werden«, machte die Frau ihr Mut.

Am späten Nachmittag war sie endlich auf der Straße nach Umbach, nur der Wald vor ihr und eine kurze Straße trennte sie von ihrem Zuhause.

Der Wald wich dem offenen Feld, die Sonne ging im Westen gerade unter, tauchte den Himmel in eine bunte Mischung aus orange und rot. Das erste Mal, seit dem Morgen vor über sechs Wochen, als sie zu den Kundenterminen nach Hamburg aufgebrochen war, sah sie ihren Heimatort wieder. Spuren von Kämpfen auf den Feldern um das Dorf, die Wallanlage, die stellenweise so aussah, als wäre sie von einer Horde Grundschulkinder geplant worden, und die Wachposten wirkten fremd auf sie. Nachdem sie erst überwältigt stehen geblieben war, ging sie wieder los und wurde schneller, bis sie rannte. Dass der Rucksack bei jedem Schritt gegen ihren Rücken klatschte, ignorierte sie und der Kurier, der sie begleitete, hatte Mühe, ihr Tempo mitzuhalten.

»Langsam!«, rief er ihr hinterher, »schnelle Bewegungen machen die Wachposten nervös.«

Simone verlangsamte ihre Geschwindigkeit, gab dem Drang nach, die restlichen Meter bis zu ihrem Haus zu sprinten.

Fünfzehn Meter vor der Pforte hörte sie jemanden rufen: »SIMONE! Da wird Malte sich freuen!«

Der Mann kam ihr entgegen und sie erkannte ihren Nachbarn und brach in Tränen aus: »Ich habe es geschafft, ich habe es geschafft!«

»Ich bringe dich nach Hause«, bot ihr Nachbar an, »du warst in Hamburg, als es passiert ist? Wie war es dort? Was hast du alles erlebt? Soll ich deinen Rucksack tragen?«

»Danke«, sie gab ihm den Rucksack, »ja, ich war in Hamburg und wir sind am ersten Tag heraus, allein das, was ich erzählt bekommen habe, ist schrecklich. Aber so muss es in allen Großstädten sein. Ich habe gehört, dass Umbach sich recht gut geschlagen hat? Wer hat die Wallanlage geplant? Wer hat uns angegriffen?«

»Viele Fragen«, sagte der Nachbar, »dein Mann war und ist Teil des Dorfrates, dem wir viel verdanken. Auch unsere Landwirte und sogar die Leute vom Hofgut haben geholfen, die sind nach dem Kampf mit den Russen gegangen.«

»War das der ›Bürgerkrieg‹, von dem mir der Kurier erzählt hat?«, fragte sie.

»Vermutlich«, bestätigte ihr Nachbar.

Je näher sie an ihre Straße kam, umso flotter ging Simone, bis sie, ihr Haus sehend, in einen Dauerlauf wechselte. Vor dem Haus stehend, begann Simone vor Aufregung zu zittern und ihr Nachbar klopfte laut an die Tür.

Es dauerte eine Weile, bis sie sich öffnete und sie Malte gegenüberstand.

Er war schmaler, aber auch muskulöser als sie in Erinnerung hatte: »Du hast Sport gemacht?«

Malte ging auf sie zu, nahm sie in den Arm und drückte sie so fest an sich, dass ihr fast die Luft wegblieb. Auch sie drückte ihn so fest, wie sie nur konnte. Sie konnte seinen Brustkorb beben spüren, hörte sein Schluchzen und auch sie ließ sich gehen.

Aus dem Haus heraus hörte sie die Stimme ihrer Schwägerin: »SIMONE! LAURA, KOMM HERUNTER!«

Malte ließ sie nicht los, drückte sie und sie hörte, wie Laura die Treppe herunter stürmte: »MAMA!«

Endlich konnte sie ihre Tochter wieder in den Arm nehmen und sie spürte, dass Malte sie nur widerwillig losließ. Nach einem kurzen Augenblick nahmen sie sich zu dritt in den Arm, über die Schulter von Malte sah sie Gordon stehen und forderte ihn auf, dazuzukommen.

»Endlich bist du wieder da!«, weinte Laura, »wir haben dich so vermisst und wir hatten so viel Angst!«

Jutta kam auf sie zu, hob sie bei der Umarmung einfach hoch und auch bei ihr konnte Simone spüren und hören, dass sie am Schluchzen war.

Der Nachbar stand gerührt daneben: »Ich werde wieder zum Wachposten zurückgehen.«

»Danke!«, verabschiedete Malte den Mann und forderte alle auf hereinzukommen.

Erwartungsvoll sah Simone zur Treppe: »Ist Lukas unterwegs? »Lukas! Schläfst du?«, rief sie die Treppe hoch. »Er hatte schon immer einen tiefen und festen Schlaf. Es tut so gut euch zu sehen, ich habe euch so sehr vermisst, hatte Angst, dass euch etwas passiert ist.«

Es dauerte eine Weile, bis Simone bemerkte, dass sie alle anschwiegen, dass ihr keiner in die Augen schauen konnte, ihrem Blick auswichen.

»Was ist los?«, fragte sie und langsam setzte sie die Puzzleteile zusammen.

»Nein!«, sie hielt ihre Hände vor ihren Mund. »Nein.«

Sie schaute von Gordon zu Laura, von Jutta zu Nadine, zu Malte, alle hatten diesen traurigen und schmerzvollen Blick.

»Nein«, flüsterte sie, ihre Beine zitterten, Malte und Gordon fingen sie auf, führten sie zu der Couch und setzten sie hin.

Wieder schaute sie hoffnungsvoll zur Treppe, wollte nicht hören, was man ihr sagen würde. Das konnte nicht sein.

»Lukas?«, fragte sie mit zittriger Stimme.

Wieder schaute sie alle an, Gordon wich ihrem Blick aus, Laura schaute auf den Boden, die frischen Tränen in ihren Augen entgingen Simone nicht. Jutta stand mit Nadine hinter ihr und sie suchte den Blick von Malte.

Der kniete sich vor ihr auf den Boden, nahm ihre Hände in seine Hand, drückte fest zu und schaffte es, ihr in die Augen zu schauen.

Langsam schüttelte er seinen Kopf und Simone hatte den Eindruck, dass der Boden sie verschlucken würde.

MALTE

Gordon war zu Haarberg gegangen und mit ihm wieder zurückgekommen. Simone war zusammengebrochen, heulte, zitterte und reagierte kaum auf Umarmungen und gar nicht, wenn sie angesprochen wurde. Viel konnte Haarberg nicht für sie tun. Er versuchte, ihr Beruhigungstabletten zu verabreichen, aber weil Simone den Mund nicht geschlossen hielt, fielen sie, angenässt von ihrem Speichel, wieder heraus.

Haarberg nahm Malte zur Seite: »Ich kann im Moment nichts für sie tun. Leider habe ich nichts mehr zum Spritzen. Ich lasse euch Tabletten da, wenn du heute Abend zwei davon in sie hineinbekommst, wäre das gut. Besser wäre, wenn sie schlafen würde. Wenn das morgen früh nicht besser wird, schick Gordon zu mir. Ich werde mit Bernadette sprechen, vielleicht hat sie eine Idee.«

Simone wechselte zwischen hemmungslosem Weinen, lautem Schluchzen einerseits und stiller Embryohaltung andererseits. Abwechselnd versuchten Laura und er sie zu umarmen, ihr Wärme zu geben, hüllten sie in eine Decke ein, sobald sie sich bewegte, rutschte die wieder auf den Boden.

Nadine hatte sich verabschiedet, sie wollte nicht im Dunkeln auf den Hof zurückgehen. Gordon und Jutta boten ihr an, sie zu begleiten, damit diese nicht alleine laufen musste.

Simone schien davon überhaupt nichts mitzubekommen, Malte fiel auf, dass die leisen Phasen länger wurden, dass ihre Augen schwerer und schwerer wurden, immer wieder zufielen. Genau wie ein Kind, dass übermüdet war und gegen den Schlaf kämpfte. Als die Augen schließlich doch geschlossen waren und Malte regelmäßiges und tiefes Atmen feststellte, versuchte er sie hochzuheben.

»Laura, kannst du schnell das Bett oben frei machen?« Seine Tochter lief sofort zur Treppe, die Berührung hatte Simone wieder geweckt und auch wenn sie sich nicht wehrte, auch wenn sie noch leichter als früher war, sie bewegte sich so, dass Malte sie nicht tragen konnte.

Resignierend trat er zurück: »Papa, ich bereite das Bett trotzdem schon mal vor.«

»Danke dir«, er setzte sich wieder neben Simone, legte seine Hand auf ihre Schulter und fühlte sich hilflos.

Nach einer Weile wurde Simone wieder leiser, wieder hörte Malte den regelmäßigen und tiefen Atem, sogar ein leises Schnarchen, was ihn ein wenig lächeln ließ.

Laura war die Treppe heruntergekommen: »Das Bett ist fertig. Soll ich dir beim Hochtragen helfen?«

»Nein danke«, lehnte Malte ab, »das bekomme ich hin.«

Er schaute auf Simone: »Sie wiegt fast gar nichts mehr und ich bin besser im Training als früher.«

»Ich habe eine Laterne oben in den Flur gestellt«, berichtete Laura, »und eine in euer Schlafzimmer, es wird schon dunkel und du sollst dich und vor allem sie nirgendwo anstoßen!«

Seine Tochter kam ihm oft erwachsener vor, als er sich selbst fühlte: »Das war eine gute Idee.«

Laura setzte sich auf die andere Seite der Couch und beobachtete ihre Mutter: »Ich bin gespannt, was sie alles erlebt hat. Sie hatte drei Pistolen in ihrem Rucksack.«

»Du hast in ihrem Rucksack herumgewühlt?« Seine Stimme klang vorwurfsvoller, als er wollte. »Nein, entschuldige.«

»Mama hatte erstaunlicherweise eine recht saubere Tupperdose«, berichtete Laura, »da waren Brot und Käse drinnen, die habe ich in unseren Vorratsschrank geräumt. Frische Kleidung war darin und eben drei Pistolen und Munition.«

»Kannst du eine Kanne Tee vorbereiten?«, schlug Malte vor. »Der würde ihr guttun. Wenn sie mal wieder etwas trinken wird.«

Malte startete einen zweiten Versuch, diesmal gelang es ihm sie hochzuheben, ohne dass sie aufwachte. Vorsichtig trug er sie um die Couch.

»Hast du sie so über die Schwelle getragen?«, grinste Laura. »Das sieht sehr liebevoll aus.«

»Damals hatte ich den Vorteil«, antwortete Malte, »dass sie mich umarmt hatte, so dass ich mir keine Sorgen machen musste, dass sie runterfällt.«

»Ich habe angeboten, dir zu helfen«, sagte Laura.

»Die Treppe hoch wäre das gut«, überlegte Malte. »Aber da ist es zu eng. Ich bekomme das schon hin.«

Als er die Mitte der Treppe erreicht hatte, bebte ihr Körper kurz und er befürchtete den Halt zu verlieren, konnte Simone stabilisieren und schaffte ohne Zwischenfall die letzten Stufen. Im Schlafzimmer legte er sie ins Bett, in ihre Seite des Bettes, auf der er in den letzten Wochen oft aufgewacht war. Die ersten beiden Wochen hatte er ihr Nachthemd wie ein Kuscheltier genutzt, da es nach ihr roch, aber der Geruch war irgendwann kaum noch wahrzunehmen.

Sie drehte sich von selbst auf eine Seite, winkelte ihre Beine an und lag eingerollt auf dem Bett, das viel zu groß für sie wirkte. Malte deckte sie zu und setzte sich auf die Bettkante neben sie, hielt ihre Hand, die meistens schlaff war, aber hin und wieder fest zugriff. Er fing an zu erzählen, ob sie ihm bewusst zuhörte oder nicht, war ihm egal, er hatte das Bedürfnis und war überzeugt, dass seine Stimme sie beruhigen könnte.

Malte erzählte davon, dass er im Supermarkt war, als der Strom ausfiel, von der Frau mit dem Kind im Auto, vom findigen Supermarktleiter, der spontan seine Ware grillen und verkaufen ließ. Er erinnerte sich an die ersten Sitzungen des Rates, berichtete vom Tod seines Freundes Kempf, sprang zurück zum Punkt, als die Aufgaben im Dorf verteilt wurden.

»Ich frage mich, ob jemand aufgeschrieben hat, was alles im Dorf passiert ist?« Simone schlief tief, ihr Körper zuckte immer mal wieder.

Malte berichtete von den radikalen Christen im Dorf, davon, wie das Hofgut dem Ort half und wie dieser Teufelspakt ihm ständig Sorgen gemacht hatte. Seine Erinnerung an Lukas, der Konflikt mit seinem Sohn, wie er sich von Frau Odrell hatte einwickeln lassen und wie Florian ihn herausgeholt hatte. Auch die Angriffe auf das Dorf kamen ihm wieder in Erinnerung, Lauras Selbstmordversuch und wie Jutta ihr geholfen hatte. Er erzählte ihr, wie Gordon ins Dorf gekommen war, dass er zu seinem persönlichen Rachefeldzug gegangen war. Wie das Dorf die gefangenen Angreifer hingerichtet hatte und wie man Rickschitz zum Tode verurteilte, der Aussicht auf Rehabilitation hatte, weil vieles dafür sprach, dass Florian der Täter war. Überhaupt, Florian, der Mann, der seine Schwester mit einer anderen Frau betrogen hatte, der im Streit seinen Jungen erschossen hatte. Mit Tränen in den Augen berichtete er von Lukas' Beerdigung.

»Du hast das alles mitbekommen?«, hörte er Laura sagen. »Für mich war das alles irgendwie ganz weit weg!«

»Wie lange stehst du schon dort?«, fragte Malte.

»Schon eine Weile«, gestand sie. »Die Frage, ob das jemand aufgeschrieben hat, ist gut. Ich würde vermuten, dass Robert Kempf da ein Kandidat war, vielleicht fragst du Birgit?«

Malte grübelte kurz nach: »Das ist eine gute Idee.«

»Papa«, tastete sich Laura vor, »soll ich mich eine Weile zu ihr setzen? Du solltest dich ein wenig ausruhen.«

»Und du nicht?«, konterte er.

»Du bist schon lange hier oben und hast vermutlich nicht gemerkt, wie die Stunden vergangen sind und dass Jutta und Gordon wieder zurückgekommen sind. Ich entscheide jetzt, dass du dir eine Pause nimmst. Die muss nicht lange sein, aber mal auf Toilette gehen, was trinken, vielleicht was essen.«

»Ich habe keinen Hunger«, er hörte sich wie ein trotziges Kind an.

»Ein Brot und ein Stück Obst.« Seine Tochter hörte sich mütterlich an. »Ich bleibe solange bei Mama. Außerdem habe ich Sachen, die ich ihr erzählen mag und da musst du nicht zwingend dabei sein.«

Malte gab sich geschlagen, stand auf und bemerkte, wie Laura schnell seinen Platz neben Simone einnahm und ihr die eine Hand auf die Schulter legte und mit der anderen ihre Hand in die eigene nahm.

»Meine Zeit läuft erst, wenn du draußen bist«, drängelte sie ihn und er folgte ihrer Bitte. Oder ihrem Befehl.

Zuerst ging er auf die Toilette, danach in die Vorratskammer und nahm sich eine der Weinflaschen aus dem Regal. Im Wohnzimmer holte er sich ein Weinglas und den Flaschenöffner, ging heraus auf die Terrasse, setzte sich hin und stellte mit einem Grinsen fest, dass die Flasche einen Schraubverschluss hatte. Gluckernd füllte sich sein Glas mit dem Spätburgunder und er setzte zu einem Schluck an, ließ ihn über die Zunge gleiten und prostete ›Kleine Tante‹ zu, der Laura und Jutta mittlerweile den halben Garten abgetrennt hatten.

Er war gespannt, ob die Indizien gegen Florian für die Rehabilitation von Rickschitz ausreichen würden, Bittler war davon überzeugt, das würde für ihn wesentlich mehr Sinn ergeben. Malte war sich bewusst, dass er die erste Hinrichtung eines Bürgers verhindert hatte, die Frage, wie sie mit Verbrechern umgehen würden, würde sich wieder stellen.

Holzers Selbstmordversuch würde die Kräfteverteilung im Dorf neu ordnen, Malte hatte keine Ahnung, in welche Richtung. Papes Idee, dass Nadine vorerst den Rat anführte, fand er gut. Die Frau hatte eine angenehme Mischung zwischen Pragmatik, Emotionalität und Weisheit. Blieb nur zu hoffen, dass die Johannisten nicht zu stark werden würden, denn der nahende Winter würde ihnen Zulauf bringen. Wenn man die Vorräte streckte, wenn es an Brennmaterial fehlen würde und Menschen in ihren Häusern erfrieren würden.

Nicht abzuschätzen war die Gefahr von außen, gegen wen würden sie sich wehren müssen und wenn die Menschen noch verzweifelter sein würden, wie viel aggressiver würden sie werden?

»Grübelst du über die Welt nach?« Jutta war herausgekommen, hatte sich ein Weinglas mitgebracht, wollte sich etwas einschenken, hielt aber inne.

»Verdammt«, grinste sie, »keinen Alkohol!«

Malte sah, wie sie sich liebevoll über ihren Bauch streichelte.

»Soll ich dir ein Wasser holen?«, schlug Malte vor. »Wir haben auch noch Apfelsaft.«

»Ja, gerne«, nahm sie sein Angebot an, während sie sich hinsetzte.

Malte kam kurz darauf wieder mit einer Flasche Apfelsaft und einem Glas zurück, schenkte seiner Schwester ein und setzte sich wieder auf seinen Stuhl.

Sie prosteten sich wortlos zu und schwiegen einen Augenblick.

»Mach dir keine Sorgen«, brach Jutta die Stille, »Simone ist stark, vermutlich stärker als du. Das war jetzt zu viel auf einmal.«

»Ja«, nickte Malte, »du hast recht. Es wird eine Weile dauern und ich werde für sie da sein.«

»Du bist nicht alleine«, beruhigte sie ihn. »Du hast Laura, du hast mich, Gordon ist hier und Nadine. Und viele andere.«

»Wird sie die Aufgabe annehmen?«, fragte Malte.

»Den Rat zu leiten?«, Jutta nickte. »Ja, sie hat ein Pflichtgefühl. Und wenn du mich fragst, ist sie die Beste für den Job. Ohne dir zu nahe treten zu wollen!«

»No offence taken«, winkte Malte ab. »Ich stimme dir zu. Vor allem bin ich froh, dass Pape mit dem Vorschlag kam, das bedeutet, wir haben ihn auf unsere Seite. Wir haben mit diesen Christen schon genug Schwierigkeiten am Hals.«

»Ja, aber auch die wird man mit einbeziehen müssen«, vermutete Jutta. »Versuch nicht, zu sehr gegen die zu arbeiten.«

»Wer, ich?«, Malte gab sich unschuldig.

»Ja«, bekräftigte Jutta. »Wenn du dir etwas in den Kopf gesetzt hast, kannst du sehr störrisch sein. Die Idee von Gordon, denen zu zeigen, dass sie eben nicht das ganze Dorf sind, das ist wichtig. Wenn du sie ›offen‹ angreifst, gibst du ihnen eine Opferrolle, mit der sie mehr Sympathien bekommen werden.«

»Hier sind wir«, sagte Malte. »Ein kleines Dorf, das nicht weiß, wie es alle Einwohner durch den Winter bekommen soll und man muss taktieren.«

»Niemand sagte, dass Politik einfach ist«, grinste Jutta.

»Ich bin froh, dass du eine Freundin wie Nadine hast.« Malte vermisste seinen Freund Robert. »So jemand kann einem viel Kraft geben.«

»Das mit Robert tut mir leid.« Sie kannte ihn doch recht gut. »Aber ich würde dir gerne etwas erzählen, was mich ein wenig irritiert.«

»Ich weiß, dass du schwanger bist«, witzelte Malte. »Das braucht dich nicht zu irritieren, weißt du, mit den Bienen und den Blumen ist das …«

»Nicht witzig, Bruder!«, tadelte sie ihn, »und das meinte ich nicht.«

»Entschuldige bitte«, sagte Malte, »um was geht es?«

»Es gab diese Situation vor ein paar Tagen«, Jutta redete ein wenig um den heißen Brei herum. »Also es gab diesen Moment, wir saßen zusammen, haben uns gut unterhalten und in dem einen Moment mussten wir uns drücken.«

Sie machte eine Pause und Malte sah sie fragend an.

Jutta fuhr fort: »Jedenfalls gab es diesen Kuss.«

Nun hatte sie Maltes volle Aufmerksamkeit: »Moment! Du hattest einen Kuss? Wer war es? Kenn ich ihn? Unfug, ich kenne jeden im Dorf! Sag schon?«

»Nadine«, antwortete Jutta.

»Jetzt lenk' nicht ab«, er war ungeduldig. »Sag schon, wen hast du geküsst?«

Er ging im Kopf die verschiedenen Kontakte von Jutta im Dorf durch, jedoch wollte ihm niemand einfallen. Dann fiel ihm Juttas Gesichtsausdruck auf, der irgendetwas wie ›merkst du das jetzt wirklich nicht‹ sagte.

»Oh!«, entfuhr es ihm, »oh.«

Jutta lächelte.

»Ihr würdet ein hübsches Paar abgeben«, sagte er, »und ich mag sie sehr gut leiden. Sehr, sehr gut.«

»Das erzählst du mir jetzt nicht einfach nur so«, zweifelte sie. »Immerhin habe ich auch gedacht, dass du Florian leiden konntest.«

»Doch«, bekräftigte er, »Nadine ist eine der angenehmsten Personen, die ich kenne. Weißt du, früher habe ich mir manchmal gewünscht, sie wäre meine Schwester und nicht du.«

»Du verarschst mich!«, sagte Jutta.

»Nein, wirklich nicht«, reagierte Malte. »Ich mag dich, aber manchmal warst du … zickiger, doofer als Nadine. Aber vermutlich hätte ich andersrum gedacht, wenn sie meine Schwester gewesen wäre.«

»Da hast du gerade noch die Kurve bekommen«, urteilte Jutta.

»Du sagtest, dass du verwirrt bist?«, fragte Malte.

»Das mit Florian ist gerade erst passiert«, berichtete Jutta, »und Nadine hat mir offenbart, dass sie schon ihr ganzes Leben in mich verliebt ist. Ihre Nähe fühlt sich gut an und der Kuss war schön, aber ich bin unsicher.«

»Musst du dich denn jetzt entscheiden?«, fragte Malte. »Fordert sie das von dir?«

»Nein«, antwortete Jutta.

»Was spricht dagegen, es auf euch zukommen zu lassen?«, schlug Malte vor.

»Sie wartet schon so lange«, man hörte Jutta die Schuldgefühle an. »Dann hat sie genau das gesagt und dass ihr die Freundschaft zwischen uns wichtiger ist.«

»Siehst du«, befand Malte, »niemand drängelt und verwirrte Gefühle sind normal. Lass es einfach auf dich zukommen.«

Sie stand auf und umarmte ihn: »Danke fürs Zuhören!«

»Ich danke dir«, gab Malte zurück, »schlaf gut!«

»Gute Nacht!«, sie nahm ihr Glas und die Flasche Apfelsaft mit herein.

Malte hob sein Glas mit dem letzten Schluck Spätburgunder, stellte sich an den Rand der Holzterrasse und blickte in den wolkenlosen Nachthimmel. Ohne Fremdlicht war das Band der Milchstraße gut zu erkennen und Malte sah, wie ein einzelner Stern von Westen nach Ostern wanderte.

EPILOG

ISS

Von der Internationalen Raumstation aus betrachtet, war der Stromausfall ein faszinierendes, aber kurzes Spektakel. Als es geschah, überflog man die Nachtseite unseres Heimatplaneten und mit einem Mal waren die hell erleuchteten Städte dunkel und die durch die Lichter erkennbaren Küstenlinien verschwammen mit den Ozeanen im Dunkeln. Mit enormem Aufwand waren die Module der Raumstation so geplant, dass die zur Lebenserhaltung notwendigen Systeme mehrfach redundant vorhanden waren. Die fehlende Elektrizität machte sich einmal durch das Erlöschen aller Lichtquellen, aber auch durch das gleichzeitige Verstummen aller Pumpen und Ventilatoren bemerkbar. Der ein oder andere Fluch von anderen Kosmo- und Astronauten machte Ben schnell deutlich, dass er nicht der Einzige war, der durch den Ausfall überrascht, beim routinierten »durch die Station schweben« kurz die Orientierung verloren hatte und sich den Kopf oder ein anderes Körperteil gestoßen hatte.

Schon kurze Zeit nach dem Ausfall versammelten sich die sechs Crewmitglieder im Unitymodul und diskutierten die Notfallprozeduren: Ausfall der Kommunikation, Ausfall der aktiven Lebenserhaltungssysteme, Ausfall der Steuerung. Die geplante Beschleunigung der Station und das daraus resultierende Anheben auf eine höhere Umlaufbahn wäre so nicht durchzuführen, ohne Steuerungscomputer wäre die Brenndauer schwer einzuschätzen. Daraus ergab sich keine direkte Gefahr für die Raumstation. Selbst wenn die Station etwas tiefer sinken würde, würde daraus kein sofortiger Absturz resultieren. Problematischer wäre, dass die Schwerkraft die Lage der Station ändern würde und sie sich aufrecht stellen würde und schlimmstenfalls ins Trudeln kommen würde.

Gemeinsam schauten sie aus den Fenstern der Cupola und versuchten Details auf der Erde auszumachen. Auf der Nachtseite waren

Explosionen zu erkennen und es dauerte eine Weile, bis jemand feststellte, dass es abstürzende Flugzeuge sein mussten.

Eine Notfallroutine bei Feuer an Bord war das Bemannen der Sojus-Kapseln. Da sich diese ohne Strom ebenfalls nicht steuern ließen, wurde diese Option verworfen. Nach kurzer Diskussion fiel die Entscheidung, zunächst eine Weile zu warten, bis sie wieder Elektrizität hatten. Die ersten Stunden kämpften sie gegen Langeweile und die eigenen Ängste. Nachdem die nicht mehr laufenden Geräte keine Wärme mehr erzeugten, fing es an, kälter zu werden. Die Radiatoren zur Abfuhr überflüssiger Wärme funktionierten noch, somit waren die einzigen Wärme erzeugenden Einheiten an Bord die Körper der Astronauten.

Am Ende entschieden sich zwei Astronauten dazu, in je einem abgeschlossenen Modul den Druck ab- und das Vakuum hineinzulassen. Die beiden starben innerhalb kürzester Zeit an Sauerstoffmangel. Die anderen vier versuchten sich, solange es ging, an möglichen Rettungswegen, als der Kohlenstoffdioxidgehalt der Atmosphäre der ISS stieg, wurden sie müder und müder, bis nacheinander alle bewusstlos wurden.

Wenige Tage nach dem Stromausfall hatte sich der menschliche Vorposten im Weltall zum ersten Grab im Orbit gewandelt. Ben Lennards toter Körper würde einige Jahre im frostigen Orbit Kondenswasser ansammeln und gefrieren. Das Eis schmolz auch in den kurzen Phasen des Tagesorbits nicht.

TANSANIA

Mille beobachtete einen Stern am Nachthimmel, der von der einen zur anderen Seite des Firmaments wanderte. Anders als die Sternschnuppen verglühte dieser nicht, sondern verschwand hinter dem Horizont.

Nachdem die Männer bei der letzten Jagd eine Giraffe erlegt hatten, verlegten die Hadza ihr Lager zum Kadaver. Der Transport des toten Tieres wäre aufwendiger gewesen als der Aufbau der neuen Hütten. Wieder hatte es keine zwei Stunden gedauert, bis Mille und die anderen Frauen der Gruppe das Lager mit den Hütten aufgebaut hatten. Mittlerweile war die Gruppe um zwei Mitglieder gewachsen, einer davon war der neue Partner von Mille. Bei der ersten Jagd mit den anderen Männern hatte er einen Pavian erlegt und wenn man ihm glauben konnte, hatte er viele dieser Affen getötet und genoss dadurch hohes Ansehen. Diesmal hatte eine andere Frauengruppe Beeren und Wurzelknollen gesammelt, sie hatten reichlich zu essen.

Die Frauen saßen an einem Feuer und sangen leise vor sich hin. Mille beobachtete von ihrem Platz am Lagerfeuer, wie die Männer zufrieden um das Feuer saßen, sich gegenseitig ihre Heldentaten erzählten und dabei rauchten sie Tabak, den sie mit dem Nachbarstamm gegen Honig getauscht hatten. Einer der neu dazugekommenen Männer erzählte, dass in den letzten Wochen viele Hadza wieder zurück zu den Gruppen gekommen wären, dafür wären keine Touristen mehr gekommen und die geraden Wolken hatte Mille lange nicht mehr gesehen. Mille war müde und legte sich zum Schlafen an ihr Feuer. Sie und ihre Hadza waren mit ihrem Leben, so wie es war, zufrieden.

WIE ES WEITER GEHT ERFÄHRST DU IM
DRITTEN BAND DER REIHE!

NACHWORT

UMBACH

Nimmt man eine Karte von der Gegend zwischen Wetzlar und Gießen zur Hand und schaut dann auf das Gebiet zwischen Waldgirmes, Naunheim und Blasbach, findet man dort keinen Ort mit dem Namen Umbach. Man wird einfach nur Wald, Wiesen, Wege, Stromleitungen und den Längenbach entdecken.

Ich hätte eines der real existierenden Dörfer als Handlungsort nehmen können, immerhin bin ich dort aufgewachsen und habe die Gegend als Kind und Jugendlicher erkunden können. Ein erfundener Ort gab mir aber einerseits die Möglichkeit, dass er alles hat, was ich für die Handlung brauche (ein Schwimmbad und einen Löschteich, ein Schützenhaus, einen Supermarkt, ein Sonnenwendfeuer, ein Hofgut) und ich konnte, mal eben, eine ganze Bevölkerung erfinden. Meine Inspiration dafür sind »Castle Rock« und »Derry«, zwei fiktive Orte, die Stephen King als Handlungsort vieler seiner Geschichten dienen.

Auch wenn der Ort selbst erfunden ist, den Namen habe ich aus einer älteren Quelle, in der Umbach als »ausgegangenes Dorf nördlich von Naunheim« beschrieben wird. Solche Wüstungen gibt es in der Region einige und ob »mein« Umbach von der Lage her identisch mit dem historischen Ort ist, weiß ich nicht. Vermutlich war er etwas weiter westlich.

Auch das im ersten Akt erwähnte Römische Museum in Waldgirmes gibt es, bisher, noch nicht. Die anderen Schauplätze sind weitestgehend echt.

NOTLANDUNG DER 767

Offensichtlich ist die Notlandung von Juttas Flugzeug vom Gimli Gleiter inspiriert. Was allerdings für Kanada gilt, ist in Deutschland weniger ein Thema. Die Gleitzahl der 767 hätte es der Crew erlaubt, noch den Frankfurter Flughafen (oder einige andere besser geeignete Landebahnen) zu erreichen. Damit nicht genug, die Landebahn des Flugplatzes in Lützellinden ist definitiv zu kurz und vermutlich auch nicht dazu geeignet, das Gewicht einer 767 zu tragen. Weitere schriftstellerische Freiheit habe ich mir beim Verhalten von Jutta erlaubt: Eine Pilotin wird ihre Maschine nicht so schnell verlassen, schon gar nicht, wenn es eine außerplanmäßige Notlandung gab.

FREYRISTEN

Die Freyristen sind fiktiv, aber von verschiedenen Gruppierungen inspiriert.

In unterschiedlichen Regionen Deutschlands versuchen völkische Gruppen, Land und Häuser zu erwerben. Speziell in Gebieten, in denen es zu viel Landflucht gekommen ist, sind sie dabei recht erfolgreich. Die beschriebenen Verhaltensweisen, starke Integration ins dörfliche Vereinsleben, Versammlungen Gleichgesinnter sind ebenfalls zu beobachten.

»Ein Hektar pro Familie« ist das Credo verschiedener Selbstversorgerbewegungen, die es aus dem gesamten politischen Spektrum gibt.

Auch für den spirituellen Hintergrund der Sekte gibt es ein Vorbild: Die aus Russland stammende, sehr naturnahe Anastasia-Bewegung.

Die Menge an bereits verfügbaren Romanen zum Thema zeigt, dass es noch viele andere Aspekte gibt, die es nicht oder nur am Rande in den Roman geschafft haben. An manches habe ich schlicht nicht gedacht. Gerade in ländlichen Gebieten gibt es immer mehr Menschen, die sich Hühner halten, die mit Eiern und Fleisch eine Ergänzung zur Ernährungsgrundlage herhalten können.

Anderes passte einfach nicht mehr in das Manuskript. In der Vorbereitung hatte ich Kontakt mit Preppern, die, so mein Eindruck, wesentlich vielfältiger sind, als es aktuell wahrgenommen wird. Im ursprünglichen Entwurf war zu dem Thema mehr zu lesen, allerdings hat die von mir gewählte Erzählperspektive die Darstellung zu sehr eingeschränkt.

Neben Dieselmotoren gibt es auch Benziner, die selbstzündend funktionieren, darüber hinaus hat man in Deutschland auch Erfahrung mit Holzvergasern. Mobilität und Maschinen wären ausbaubare Themengebiete, von denen es nur der Traktor der Familie Bodner in den Roman geschafft hat. Neben Pferden lassen sich auch Rinder zum Ziehen von Transportmitteln und Pflügen nutzen und Pferde benötigen regelmäßige Hufpflege.

Einiges wird sich auch erst mit der Zeit entwickeln, dafür reichen die knappen sechs Wochen, in denen der Roman spielt, nicht. Die verschiedenen GAUs deutscher AKW dürften zu einem deutlichen Anstieg an Krebs- und anderer Erkrankungen führen. Der Mangel an Nahrungsmitteln wird über einen längeren Zeitraum auch für ländliche Gebiete eine Herausforderung. Mit der Verknappung werden sich auch die Verteilungskämpfe verstärken.

In einer Datei habe ich bereits Ideen für eine potenzielle Fortsetzung gesammelt und auch meine Testleser haben mir da interessantes Material und Fragen geliefert. So wurde ich mehrmals nach Details zu dem »Major« befragt, ob denn keiner in der Geschichte auf die Idee gekommen sei, Dampfmaschinen und -lokomotiven in Betrieb zu nehmen. Man könnte Bögen, Speere und Armbrüste bauen, Druckluftwaffen konstruieren und und und.

DANKSAGUNG

In den meisten Büchern, die ich gelesen habe, habe ich die Danksagung ausgelassen. Umso mehr freut es mich, dass du hier weitergelesen hast.

Als ich vor einigen Jahren mit dem Manuskript anfing, hatte ich nicht mehr als eine Idee, die aus einer simplen Frage entstanden war: »Wie gut würden wir ohne Strom zurechtkommen?«

Ich schrieb einfach los, machte mir wenig Gedanken über den Plot und zeigte die ersten Kapitel in meiner Familie und bei einigen Freunden herum. Die Reaktionen hätten mich eigentlich ermutigen sollen durchzuhalten, aber aus verschiedenen Gründen wanderte der unfertige Entwurf in die virtuelle Schublade. Speziell Marc Elsbergs »Blackout - Morgen ist es zu spät« demotivierte mich: Es war der erste Roman, dessen Geschichte vor dem Hintergrund eines Stromausfalls spielte, den ich gelesen hatte. Im Laufe der Jahre las ich weitere Romane, die vor dem Hintergrund eines Blackouts spielen und dann kam mir in den Sinn, dass viele Krimis ja auch nur von einem Verbrechen und der Aufklärung handelten. Man kann aus der gleichen Grundidee verschiedene Handlungen machen und die in der Literaturaufzählung genannten Werke geben eine große Bandbreite wieder. Das war eine Erkenntnis, die bei mir erst reifen musste.

Ich holte den Entwurf aus der Schublade und versuchte weiterzuschreiben, landete aber schnell in der Sackgasse. Meine Grundidee mit sechs Protagonisten reichte nicht aus und während ich den Anfang als entdeckender Schreiber formuliert hatte, kam ich nicht mehr weiter.

Also beschäftigte ich mich damit, wie man Romane schreibt. Es braucht eben mehr als nur eine Grundidee und einen groben roten Faden.

Mein Dank geht hier an Bea Schweighöfer (Keltologin und Autorin), die mir geholfen hat, diese Tür zu öffnen und mir den Podcast und YouTube Kanal der Schreibdilettanten der beiden Autoren Marcus Johanus und Axel Hollmann empfahl. Deren Ratgeber »Romane schreiben für Dummies« habe ich verschlungen, vielen Dank für eure Tipps.

Weiterer Dank geht an Andrea Nesseldreher (Kinderbuchautorin, Mitmusikerin, Freundin), die mir die Webseite von Andreas Eschbach empfahl, der darauf Jungautoren wertvolle Tipps zum Schreiben und Überarbeiten mitteilt. Papyrus Autor, eines der beiden Autoren-Programme, mit denen ich arbeite, wurde von ihm mit entwickelt.

Eines der ersten »Erwachsenen«-Bücher, das ich gelesen habe, war »Feuerkind« von Stephen King, dessen Werke ich jahrelang verschlungen habe. Sein »Danse Macabre« war für mich mit ausschlaggebend, einen langen Bericht über King für die Schülerzeitung zu verfassen und »On Writing« sollte jeder Autor gelesen haben.

Danke Carola Leipert, die mir geholfen hat, einen Einblick in die Welt der Autoren zu bekommen und mir wertvolle Tipps gegeben hat. Ohne sie hätte ich mich vermutlich wenig mit »Zielgruppe finden« und »vernetzen mit anderen Autoren« beschäftigt.

An dieser Stelle der (namenlose) Dank an viele andere Autor*innen und Lektor*innen, die mir auf verschiedenen Wege meine neugierigen Fragen ums Schreiben und Veröffentlichen geduldig beantwortet haben.

Zum Recherchieren muss man heute nicht mal mehr das Haus verlassen, das Internet, speziell Wikipedia und Google Maps waren für mich oft der erste Anlaufpunkt, wenn mir Detailwissen fehlte. Mein Halbwissen habe ich dann oft mit Büchern ergänzt, oder mir Spezialisten gesucht. Sollte ich Sachverhalte falsch beschrieben haben, lag das nicht an meinen Spezialisten, sondern daran, dass ich entweder nicht richtig aufgepasst oder im Sinne der Dramatik geändert habe.

Michael Boeck ist Pilot bei der Lufthansa und hat mir den ersten Entwurf der Notlandung auseinandergenommen. Und auch die Späteren. Sein Wissen hat verhindert, dass die notgelandeten Passagiere an ihr Gepäck kommen konnten. An anderer Stelle habe ich mich entschieden, seine Tipps zu ignorieren und der Dramatik zu opfern. Oder der Lesbarkeit für Nichtpiloten.

Natascha Grawitter ist Tierärztin und beantwortete mir viele Fragen um Pferde, die Keulung von 20.000 Hühnern, aber auch, inwiefern eine Veterinärin im Notfall auch Menschen behandeln könnte. Ihr Mann Johannes ist Altenpfleger und beriet mich bei Fragen zur mobilen Altenpflege und zum Krankenhausbetrieb. Beiden verdanke ich auch viele Infos um Medikamente und Schusswaffen.

Anke Metzger, Apothekerin, beantwortete mir geduldig Fragen über die Haltbarkeit von Medikamenten. Von Schmerzpatienten hatte ich, bevor sie die erwähnte, noch nicht gehört.

Danke an Marc Suhl, der mir viele Fragen zum Preppen, zur Bundeswehr und zu Waffen beantwortet hat.

Mein Ex-Schwiegervater Herbert Gath hat sich die Zeit genommen und mir einen intensiven Einblick in verschiedene Handwaffen, Munitionsarten, Kaliber und den Umgang mit Waffen gegeben.

An dieser Stelle könnte dein Name stehen, nur ist mir deine Hilfe vielleicht schon entfallen, weil ich in den letzten zwei Jahren so viele Leute mit Fragen gelöchert habe, dass ich die Übersicht schlichtweg verloren habe! Beispielhaft der Mann, der mir im Heimatmuseum vieles zur Entwicklung des Dorfes selbst, den Wüstungen und den Eisenerzabbau erklärt hatte. Unvergesslich ist für mich seine Erzählung, dass er sich daran erinnern konnte, wie im Dorf die Müllabfuhr eingeführt wurde!

Da ich meine eigene Geschichte so oft gelesen hatte, war ich auf die Hilfe von Testlesern angewiesen, die mich einmal auf logische Fehler hingewiesen haben, mir ihre Eindrücke geschildert haben, durch die ich an einigen Stellen noch nachbessern konnte oder die mir bestimmte Kapitel im Grunde lektoriert haben.

Beispiele?

»Wenn die Bauarbeiter schon zwei Stunden vorher Feierabend gemacht haben, wieso ist der dann erst im Supermarkt?«

»Fährt der jetzt einen Land Rover oder Range Rover?«

»Ist die Kirche nun aus dem 12. oder 14. Jahrhundert?«

»Vorne beschreibst du Herrn Siebenthal als kinderlos. Weiter hinten hat er auf einmal zwei Kinder!«

Vielen Dank an Britta Westen, Natascha und Johannes Grawitter, Eva Graulich-Pobel, Alexander Jakob, Oliver Kast, Beatrix Erb, Nani Behrendt, Katharina und Mario Schaus, Sven Löber, Martin Koch, Michaela Rzehak, Julius Mattzick, Leo Körber, Beatrice Liebig, Thomas Jaekel, Ute Zembsch, Sebastian Wilm, Marcus Wächtler, Natalie Stadlmajer, Sandra Hartl.

Beim Schreiben war ich irgendwann im Tunnel und auch drei Programme haben viele Grammatik- und Rechtschreibfehler übersehen. In unglaublicher Akribie haben mir Nani Behrendt, Beatrice Liebig, Tanja Dudenhöfer, Marc Rauber und Ute Peppler geholfen, das Manuskript auf Fehler zu durchsuchen. Du hast trotzdem einen entdeckt? Gib mir einfach Bescheid. Vermutlich habe ich beim Einarbeiten der Korrekturvorschläge einfach etwas übersehen.

Unverhofft kommt oft? Eigentlich wollte ich vor einigen Wochen nur den Vertrieb umstellen und hatte mich über Konditionen informiert, als mich Armin Wirth anrief und mir für „Ohne Strom“ einen Verlagsvertrag anbot. Ihm und seinen Mitarbeiterinnen Nina Empl, die geduldig alle meine Fragen beanwortet hat, und Anna Gnadl, die das Cover gestaltet und den Buchsatz gemacht hat, vielen Dank. Ich freue mich auf unsere weitere Zusammenarbeit.

Während des Schreibens musste meine Familie oft auf mich verzichten, manchmal war ich nur körperlich anwesend und mein Kopf streifte durch die stromlose Welt von Umbach. Danke, Michaela, Johanna und Julius für eure Geduld und euer Verständnis.

Der Roman ist meinen Eltern, Hans Mattzick und Renate Rinn, gewidmet, die mir die Freude am Lesen vorgelebt haben. Bei uns daheim waren Bücher und Zeitschriften allgegenwärtig und wenn ich mich an beide erinnere, dann sind auch immer Bilder in meinem Kopf, wie sie ein Buch lesen. Beide konnten das fertige Werk leider nicht mehr lesen.

DIR HAT DAS BUCH GEFALLEN?

Ich freue mich sehr, dass du mein Buch bis zu dieser Stelle gelesen hast. Wenn es dir gefallen hat, wäre es toll, wenn du ihm bei dem Online-Shop eine Bewertung gibst, bei dem du bestellt hast. Oder du schreibst bei einem deiner Lieblings-Buchportale eine Rezension.

Es ist nicht nur sehr schön, Meinungen zu meinem Buch zu lesen, es hilft mir auch dabei, weitere Geschichten zu schreiben und neue Leser für meine Bücher zu finden.

CHIEMSEE
VERLAG

LESEEMPFEHLUNGEN

Viele von uns verbinden einen Stromausfall mit einem Hauch von Romantik: Mit einer Taschenlampe geht man vorsichtig zur ersten Kontrolle zum Sicherungskasten. Dann sitzt man bei Kerzenschein im Wohnzimmer und erzählt sich Geschichten, wartet darauf, dass der Strom wieder geht, um danach all die Uhren wieder einzustellen, die einem von allen möglichen Geräten entgegenblinken.

Im Laufe der Jahre hat das Thema »Blackout« einen immer größeren Platz in den verschiedenen Medien eingenommen: Sachbücher, Belletristik, TV-Serien und Filme und ganze Internetseiten beschäftigen sich mit dem Thema.

Im Folgenden eine Auswahl an Webseiten und Portalen, die sich mit den Themen Stromausfall, Blackout und Krisenvorsorge beschäftigen.

WEBSITEN

https://www.outdoor-chiemgau.info/ https://www.youtube.com/c/outdoorchiemgau
Stefan Spiegelsperger betreibt einen informativen Videoblog rund um die Themen Outdoor und Survival. Er greift dabei auf seine Erfahrungen als Reservist, ehrenamtlicher THW Helfer und 15 Jahre Freiwillige Feuerwehr zurück. Als Energieanlagenelektroniker entwickelte er eine Affinität zum Thema Strom und ein Blackout ist in seinem YouTubeKanal ein sehr präsentes Thema.

https://www.saurugg.net/
Herbert Saurugg ist der Blackout-Experte im deutschsprachigen Raum. Er berät Kommunen in Bezug auf Krisenvorbereitung und auf seiner Seite finden sich Hintergrundinformationen wie ein Blackout entsteht, aber auch Vorsorgetipps.

https://www.stromausfall.info/ https://www.youtube.com/stromausfallinfo
Thomas Reicher hat seinen Videokanal und seine Webseite angefangen, nachdem er einen 34 Stunden langen Stromausfall miterlebt und die Abhängigkeit von Strom vorgeführt bekommen hatte.

https://www.bbk.bund.de/DE/Home/home_node.html
Das Bundesamt für Bevölkerungsschutz und Katastrophenhilfe hält viele Informationen zum Thema Krisenvorsorge bereit. Besonders empfehlenswert: Der „Ratgeber für Notfallvorsorge und richtiges Handeln in Notfallsituationen", als PDF herunterladbar oder als Printausgabe bestellbar.

https://publikationen.bibliothek.kit.edu/140085927
Die Blackout-Studie des Büros für Technikfolgenabschätzung des Bundestages wurde bereits 2011 herausgegeben und zeigt am Beispiel verschiedener Bereiche was nach einem Stromausfall passiert.

https://ohne-strom.net
Mein eigenes Portal rund um die Themen Blackout, Stromausfall und Krisenvorsorge